DAGMAR TRODLER

Die Stunde der Seherin

Buch

Schottland im 11. Jahrhundert. Nach einem Schiffbruch landen die Geschwister Margaret, Christina und Edgar sowie ihre Mutter am Hofe des schottischen Königs Malcolm. Die schöne Margaret zieht sogleich das Interesse des Königs auf sich. Christina jedoch fühlt sich zunehmend allein gelassen. Bei einem ihrer einsamen Ausflüge entdeckt sie ihre alten Kräfte wieder: Sie hat die Gabe, Sterbende ins Leben zurückzuholen. Und sie begegnet erneut dem schottischen Mönch Nial, der sie bei dem Schiffsunglück aus dem Wasser gerettet hatte. Derselbe Funke, den sie damals schon spürte, entzündet sich mit dem Wiedersehen erneut. Doch dann überschlagen sich die Ereignisse: Margaret, inzwischen Angetraute des Königs, erleidet mysteriöse Ohnmachtsanfälle. Christinas größter Wunsch ist es, der Schwester zu helfen, und so verlässt sie die Burg, um zusammen mit Nial den Ort aufzusuchen, an dem sie den Ursprung des Fluches vermutet, der ihre Schwester getroffen hat. Doch dort angekommen, steht Christina vor der wohl schwersten Entscheidung ihres Lebens …

Autorin

Dagmar Trodler, 1965 geboren, arbeitete als Krankenschwester und studierte dann Geschichte und skandinavische Philologie in Saarbrücken, Aachen und Köln. Sie lebt in der Lüneburger Heide. Ihr letztes Buch *Die Totenfrau des Herzogs* und ihre historische Roman-Trilogie *Die Waldgräfin, Freyas Töchter* und *Die Tage des Raben* sowie *Die Rose von Salerno* begeisterten Leser, Buchhändler und Rezensenten gleichermaßen.

Von Dagmar Trodler bei Blanvalet lieferbar:

Die Waldgräfin (35616) · Freyas Töchter (36182) · Die Tage des Raben (36601) · Die Rose von Salerno (37152) · Die Totenfrau des Herzogs (37584)

Dagmar Trodler

Die Stunde der Seherin

Roman

blanvalet

MIX
Papier aus verantwortungsvollen Quellen
FSC® C014496
FSC www.fsc.org

Verlagsgruppe Random House FSC-DEU-0100
Das FSC®-zertifizierte Papier *Holmen Book Cream*
für dieses Buch liefert Holmen Paper, Hallstavik, Schweden

1. Auflage
Taschenbuchausgabe Januar 2013 bei Blanvalet Verlag,
einem Unternehmen der
Verlagsgruppe Random House GmbH, München

Dieses Werk wurde vermittelt durch die
Literarische Agentur Thomas Schlück, Garbsen.
Umschlaggestaltung: © bürosüd°, München
Umschlagmotiv: plainpicture/Arcangel/Susan Fox;
Bourne Fine Art, Edinburgh, Scotland/The Bridgeman Art Library
Redaktion: Petra Lingsminat
LH · Herstellung: sam
Druck und Einband: GGP Media GmbH, Pößneck
Printed in Germany
ISBN: 978-3-442-37223-2

www.blanvalet.de

Für Johannes

ERSTES KAPITEL

Ich merkte, dass alles, was Gott tut, das besteht immer:
man kann nichts dazutun noch abtun;
und solches tut Gott,
dass man sich vor ihm fürchten soll.
(Prediger Salomo 3,14)

Der Ton in ihrem Ohr veränderte sich.

Als der Sturm sie über Bord gezogen und ins Wasser geworfen hatte, war der Ton quälend schrill gewesen. Peinigend hatte er ihren ganzen Kopf ausgefüllt, hatte sie wie eine Fadenpuppe an der aufgewühlten Wasseroberfläche entlanggezogen. Sie konnte sich daran erinnern, wie ihr Salzwasser ins Gesicht spritzte, aber nicht daran, untergetaucht zu sein oder Wasser geschluckt zu haben.

Der Ton wurde weich.

So weich wie die Kuhle, in die Christina sich dankbar hatte sinken lassen, nachdem sie durch hartes Schilfrohr gekrochen war und sich die Hände an scharfen Blattkanten aufgeschnitten hatte. Das Schilf wogte immer noch drohend vor ihrer Nase, doch es konnte ihr nichts mehr anhaben.

Der Ton nahm Gestalt an.

Er verließ die ausgetretene Spur, auf der er sich sonst bewegte und sie peinigte, und schmiegte sich stattdessen in ihr Ohr, wo er feine Schnörkel formte, Wohlklänge, wunderbare Klänge … Christina legte beide Hände auf die Ohren, um die Töne darin zu behalten, damit sie ihren Kopf ausfüllten und sie aus der Kälte davontrugen.

»Allmächtiger Gott, lieber Herr, willst du mich auf die Probe stellen, dass du mir so etwas Schönes in den Weg legst? Ganz bestimmt willst du mich strafen …«

Christina runzelte die Stirn. Ihr war entsetzlich kalt, aber die Melodie in ihrem Kopf half gegen die Kälte. Sie half ihr immer, sich über Schmerz und Kälte zu erheben, sie half ihr, den Körper eine Stufe höher zu heben, dorthin, wo die Kälte zwar nach ihr griff, sie aber nicht erreichen konnte – wenn niemand störte. Hier aber störte jemand den Ton und ihre innige Zweisamkeit mit ihm, hier verhinderte jemand, dass sie sich entfernen konnte …

»Herr, hab Erbarmen, prüfe mich nicht so …«

Sanft streifte ein Atemzug ihr Gesicht. Dann kam eine Hand, die mit großer Zartheit über ihre Wange strich und wie ein bloßer Gedanke ihre Lippen berührte. Christina schlug die Augen auf. Der Ton verschwand, es wurde still in ihrem Ohr. Nur das Schilf wogte im immer noch böigen Wind an diesem düsteren Tag im Jahre des Herrn 1069. Der Sturm hatte sich beruhigt, und das große Meer hatte endlich seine Wellen eingeholt. Über ihnen schrien Möwen. Es roch nach fauligen Algen – aber nicht nach Salz. Und der Finger war von ihren Lippen verschwunden.

»Vergebt …«

Seine Stimme erstarb. Er war jung und schlecht rasiert, das Haar hing ihm in unordentlichen Strähnen über die schmalen Schultern. Seine Augen schimmerten in sanftem Braun … schimmerten ein wenig zu sehr, wie Christina fand. Und er hockte auch ein wenig zu dicht bei ihr. Zumindest ließ seine einfache Kleidung darauf schließen, dass sein Abstand sehr ungehörig war. Vor allem aber wandte er den Blick nicht von ihr. Auch das gehörte sich nicht, doch ihr wurde plötzlich ganz heiß. Einen langen Moment versank sie in diesem Blick.

Die Kälte hatte es nicht gewagt, an ihr hochzukriechen. Christinas Kleider klebten ihr immer noch nass am Körper, und auch an ihrer Lage im schlammigen Schilf hatte sich nichts geändert. Außer dass der Mann sie anschaute und mit seinen Blicken umfing und wärmte. Sie schloss die Augen. Es war gut so.

»Ich bringe Euch, gleich bringe ich Euch… vergebt mir – Herr, womit prüfst du mich hier… ich will Euch sagen… der Herr vergebe mir, Er sendet mir Prüfungen…« Sein Stammeln wurde immer wirrer, und dann fasste er sie an. Christina riss die Augen wieder auf. Alle Töne in ihrem Kopf waren nun verstummt, als wollten sie lautem Geschrei Platz machen, weil er Hand an sie legte. Doch er drapierte nur seinen Mantel um ihre schmalen Schultern. Das tat er ziemlich ungeschickt. Dann entschied er sich zu einem weiteren Schritt und grub ihren Oberkörper aus dem Schlammloch. Sie versuchte instinktiv, sich zu wehren, obwohl das närrisch war, denn er tat ihr ja nichts.

»Vergebt mir.« Der Mann fuhr zurück. Bis zu den Knien hockte er im Schlamm vor ihr. Mit einem zerfetzten Ärmel wischte er sich den Schweiß von der Stirn – und das brachte Christina zum Lachen. Wieso schwitzte der Mann? Es war eiskalt, und es hatte angefangen zu regnen.

»In Eurer Welt ist es sicher so warm, dass es auch für mich noch reicht«, neckte sie den Fremden, der ihr die schützende Melodie genommen und ihr dafür seine Wärme gebracht hatte. Und weil er über diese Worte zu strahlen begann, streckte sie die Arme aus und ließ sich von ihm aus dem Schlamm ziehen. Als er versuchte, sie hochzuheben, landete sie halb auf seinem Rücken.

»He!«, protestierte sie, worauf er sie umgehend freigab und in den Schlamm zurückgleiten ließ.

»Vergebt… vergebt, vergebt…« Er versuchte es erneut, diesmal anders, einen Arm in ihrem Rücken, den anderen um ihre Beine, doch sie rutschte ihm aus den Händen und landete ein weiteres Mal im Schlamm. Sein entsetztes Gesicht nahm ihr den Ärger. Ihr hilfloser Retter rührte ihr Herz, und so streckte sie wie ein Kind die Hände nach ihm aus, und diesmal fand er den richtigen Griff. Sie war viel kleiner als die meisten Frauen und fügte sich perfekt in das schützende Nest seiner Arme.

»Vergebt meine Ungeschicklichkeit, ich habe so etwas lange nicht mehr gemacht«, murmelte er. Auf seiner Stirn erschienen Falten, weil er die Brauen zur Mitte hochzog, vielleicht weil er nicht wusste, was er als Nächstes tun sollte. Einem Impuls folgend, streckte Christina die Hand aus und strich über diese Falten. »Ihr denkt zu viel.« Sie lächelte. »Rettet mich doch einfach.« Die Falten vertieften sich. Sein Antlitz färbte sich tiefrot, dann hastete er ohne Erwiderung los. Statt zu fragen, wohin er eilte, umfasste sie ihn und legte den Kopf an die kräftige Schulter, während er wie ein Storch durch den fast knietiefen Uferschlamm stakste. Inzwischen keuchte er vor Anstrengung, umklammerte sie aber immer fester. Und seltsam … sie war froh, so fest gehalten zu werden. Es fühlte sich gut an, nachdem sie so viele Stunden alleine gewesen war. Waren es Stunden gewesen? Sie wusste es nicht. Und jetzt spielte es auch keine Rolle mehr. Verstohlen steckte sie die Nase an seinen Hals, wo unter feinen Falten seine Ader wild pochte.

»Ich sah das Schiff, die zerstörten Reste, ich sah Eure Leute – das sind doch Eure Leute?« Er schluckte hastig, bevor er weitersprach. Ihr Finger hatte ein Brandmal in seinem Gesicht hinterlassen, ob ihr das klar war? Jeder würde es sehen, würde auch sein schamloses Begehren sehen, welches er fühlte, seit er das Mädchen in diesem Schlammloch entdeckt hatte … er verbot sich weitere Gedanken. »Der Sturm … der Sturm letzte Nacht hat Bäume umgeknickt, und die Wellen brandeten bis weit in die Bucht hinein, sie fraßen tiefe Löcher ins Ufer und rissen Teile unserer Hütten hinweg.« Wieder hielt er an und holte tief Luft, weil ihn das Reden beim Laufen anstrengte. Er war kein Held, der Frauen mühelos über Felsschluchten trug, und sie sah aus, als wüsste sie das. »Ich … ich hörte auch, wie Euer Schiff zerbrach. Doch Gottes Zorn war so groß, dass ich nicht wagte nachzusehen …« Er hastete weiter. Plötzlich schämte er sich für dieses feige Versäumnis, weil sie ja wohl auf dem Schiff gewesen war.

»Ihr habt aber doch nachgesehen«, unterbrach das Mädchen ihn lächelnd. »Und Ihr habt mich gefunden.« Ihre Augen waren so nah und merkwürdig vertraut, obwohl sie sich doch gerade erst kennengelernt hatten. Ihr Angelsächsisch hatte einen hinreißend rollenden Akzent, doch er wagte nicht zu fragen, woher sie kam. Sie war ihm vor die Füße gefallen, vielleicht hatte der Himmel sie dort abgelegt …

Er blieb verzaubert stehen. »Ja. Das habe ich. Ich habe Euch gefunden.« Dann schloss er den Mund, aus Angst, etwas wirklich Falsches zu tun, und schaute sie nur noch an.

»Gut«, flüsterte sie. In seiner Brust machte sich ein Ziehen bemerkbar, und das nahm ihm die Luft. Vielleicht sah er besser woanders hin – was schwierig war, weil er sie doch so fest an sich gedrückt hielt und eigentlich nur in ihr Gesicht schauen konnte. »Gut«, wisperte sie und lächelte dabei ein wenig hilflos. Das Ziehen breitete sich in ihm aus.

»Wie ist Euer Name?«

»Nial«, stammelte er.

»Nial«, flüsterte sie. Sie sprach seinen Namen anders aus – wunderbar anders. Er schauderte, dachte daran, ihr seine anderen Namen zu nennen, den seines Vaters und den Namen des Ortes im Hochland von Moray, wo er herstammte, nur um zu hören, wie sie das aussprechen würde. Doch sie hatte genug Freude an seinem Namen. »Nial«, wiederholte sie entzückt. »Nial. Danke, Nial«, raunte sie an sein Ohr. Dann schlang sie ihm den freien Arm um den Hals, und weil er just in diesem Augenblick den Kopf drehte, verrutschte ihr offenbar für die Wange gedachter Kuss auf seinen Mund. Und für einen langen, zauberhaften Moment ließ sie die Lippen dort verharren …

»Verzeiht«, lächelte sie dann. »Nein. Verzeiht nicht, Nial …«

»Christina! Um Himmels willen – dem Himmel sei gedankt! Christina lebt!«, schrie da eine Frau auf. Nial umrundete die letzten Ginsterbüsche, dann hatten sie das Schiffswrack erreicht, das sich wie durch ein Wunder nicht in den Felsen ein paar Steinwürfe weiter gebohrt hatte, sondern auf dem Ufersand auseinandergebrochen war. Christina vergaß, was noch vor wenigen Augenblicken geschehen war, vergaß den Kuss, den Mann – alles. Die Nacht hatte sich zurückgemeldet. Es war kein böser Traum gewesen, der Sturm nicht und auch nicht das Auflaufen des Schiffes.

Da lag es, wie ein bizarr verdrehtes Mahnmal, um die Menschen daran zu erinnern, dass Gott der Allmächtige stark genug war, einen ganz normalen Junimorgen zum letzten Morgen im Leben zu machen, wenn Ihm danach war. Der Sturm hatte mitten in der Nacht gehässig Menschen über Bord gezogen und gegen Felsbrocken geschleudert, er hatte sie den hungrigen Wellen zum Fraß vorgeworfen und die Ertrunkenen hasserfüllt auf den Boden der Bucht gestampft, wo kein Gebet sie je erreichen würde. Sie erinnerte sich. Nachdem das Ruder zerbrochen und der Mast umgestürzt war und ein tiefes Loch in den Schiffsrumpf gerissen hatte, war auch sie über Bord gegangen – sie war geflogen, hatte kaum das Wasser berührt, und dann hatte die See sie auf eine fast fürsorgliche Art getragen, anstatt sie hinabzuziehen, und mit der nächsten Welle hatte es sie in das schlammige Schilfbett gespült. Sie hatte den Schatten des Schiffs noch gesehen, hatte gesehen, wie eine besonders heftige Bö es wie einen leblosen Kadaver ans Ufer geworfen hatte. Und dann ohrenbetäubendes Krachen, Splittern, endloses Ächzen. Schreie – auch daran erinnerte sie sich. Grässliche Schreie ... Dann hatte sie das Bewusstsein verloren. »Allmächtiger«, flüsterte sie. Tröstend drückte der Mann sie und verlangsamte seine Schritte, als zögerte er, sie dem grauenvollen Bild zu übergeben.

»Lasst mich, Nial.« Sie versuchte sich aus seinen Armen zu befreien, und behutsam stellte er sie auf den Boden, ganz dicht bei sich und ohne sie loszulassen, und sie war froh über diese tröstliche Nähe, während sie in stummem Entsetzen den verwüsteten Strand nach Schwester und Mutter absuchte. Bis zuletzt waren sie bei ihr gewesen – und dann auf einmal nicht mehr.

Die Überlebenden lagen erschöpft zwischen Trümmern aus Planken, Kisten und Fässern. Hier und da verliehen angeschwemmte Kleidungsstücke dem schwarzen Ufer eine bizarre bunte Farbe. Ein Hund lief schnüffelnd von einem Stück zum anderen, Raben zankten sich mit Möwen um die Herrschaft über das Schlachtfeld. Noch konnte man sie von den Toten zurückhalten, doch lange würden sie sich von ein paar hilflos geschwungenen Holzstöcken nicht abwehren lassen, es waren viel zu wenig Helfer gegen die Aasfresser. Man hörte leises Weinen, manche jammerten vor Schmerzen. Ein Mann schrie heiser und reckte seinen blutüberströmten Armstumpf in die Luft, doch niemand war da, um ihm die Pein zu nehmen, er würde bis zum Ende aushalten müssen. Gott würde irgendwann vielleicht Mitleid mit ihm haben und ihn von seinen Schmerzen erlösen. Christina erkannte den Priester unter den Toten. Sein aufgedunsenes Gesicht hatte keine Ähnlichkeit mehr mit dem freundlichen Beichtvater von gestern. Von weiter hinten drang monoton aus Frauenkehlen das Paternoster. Überall rannten kopflos Menschen herum und konnten doch nichts gegen das Unglück ausrichten.

»Allmächtiger«, flüsterte sie wieder und bohrte ihr Gesicht in Nials zerlumpte Kleider.

Im nächsten Augenblick hatte die Frau Christina erreicht und riss sie schluchzend von ihm weg. Eine zweite stürzte herbei, trat an ihre andere Seite … bei Gott, Christina war klein und zart wie ein Kind, sie ging den Frauen nur bis zur Schulter … aber er hatte kein Kind in den Armen gehalten. Er wusste, wie willige Frauen sich anfühlten, zum Teufel, das wusste er nur zu gut. Hungrig sah er ihr hinterher, kämpfte gegen den Wunsch, ihr nachzulaufen. Dann sah er nur noch wehendes Frauenhaar zwischen flatternden Mänteln – weißblondes, langes Haar, das im schüchternen Morgenlicht unschuldig leuchtete, und er hörte, wie sie in den Armen der anderen weinte. Er blieb zurück, allein dem heftigen Wind des Nordens ausgeliefert, der ihn dafür strafte, das zu begehren, dem er doch entsagen wollte.

Von zwei Seiten gestützt, wurde sie weggeführt, und er sah ihr nach, immer noch fassungslos über den Kuss, den sie hatte geschehen lassen. Da drehte sie sich noch einmal zu ihm um, bedeutete ihren Frauen anzuhalten, doch die drängten sie weiter, zum trockenen Ufer hin, von wo noch mehr Menschen auf sie zuliefen. Sein Mantel, voll nassem Schmutz und Schilfblättern, umfing ihre schlanke Gestalt wie ein Versprechen, im Gedränge auf sie achtzugeben. Ihr Lächeln auf dem tränenüberströmten Gesicht wärmte sein Herz und überstrahlte die grausige Kulisse.

»Hier, für dich.« Ein Mann in Dienerkleidung drückte ihm etwas in die Hand. »Für die Rettung, und Gott segne dich dafür, lässt die Dame Agatha ausrichten.«

»Wer ist sie?«, fragte Nial, ohne den Blick von dem Mädchen zu lassen. Der Diener zog die Brauen hoch. »Das ist Christina, die Tochter von Prinz Edward, welcher einst König von England werden sollte und dann leider starb. Ihre Mutter ist die Dame Agatha.«

Die Namen verwirrten Nial. Weder fiel ihm ein, wer Prinz Edward war, noch wusste er, wer jetzt König in England war.

Es spielte keine Rolle, dass er eine Prinzentochter gerettet hatte. Er wusste nur, dass er das Mädchen Christina schon jetzt schmerzlich vermisste. Der Ring, den man ihm als Belohnung überreicht hatte, fiel ihm aus der Hand. Nials Füße schienen auf dem Fleck festgewachsen zu sein, wo er stand – festgewachsen für alle Zeiten. Wohin sollte er auch gehen, jeder Weg ohne sie schien sinnlos zu sein.

Sie wurde immer kleiner, war zwischen den beiden Frauen kaum noch zu erkennen. Doch ihr offenes Haar schlug im Wind hin und her, als winkte es ihm zu. Sie hatte ihn ins Mark getroffen.

Und weil er immer noch wie verzaubert stehen blieb, wurde er Zeuge, wie das Ufer von einem Pulk Reiter eingenommen wurde, die mit angelegten Waffen auf die Schiffbrüchigen zupreschten.

Die Mutter hatte sie lange umarmt und geküsst und Gott immer wieder gedankt, dass er ihr Mädchen gerettet hatte. »So lange haben wir dich gesucht, Edgar ist sogar noch einmal ins Wasser gestiegen und hat mit ein paar Männern das Schilf durchsucht«, schluchzte sie. »Dein Bruder hat viele Menschen aus dem Wasser gezogen. Er ist ein wahrer Held.« Sie lächelte unter Tränen, voll Stolz auf ihren jüngsten Sohn. Christina strich ihrer Mutter beruhigend über das immer noch volle Haar. Sie war einst eine Schönheit gewesen, doch Sorgen und Trauer hatten sie immer magerer und kleiner werden lassen. Im Lauf der Jahre hatte sich ihr tiefschwarzes Haar in eine dünne weiße Wolke verwandelt, welche sie stets unter einer Haube verbarg. Jetzt hing es ihr traurig und nass auf die krummen Schultern, und Christina drehte es zärtlich zu einem Knoten, damit es ihr nicht feucht im Nacken hing. Ein Haarband, irgendwer musste doch ein Band oder eine Haarnadel für die Mutter haben. Ein törichter Gedanke, wo andere das Unwetter nicht einmal überlebt hatten. Doch dieser Gedanke hatte ein Ziel – Mutters frisierte Haare –, und vielleicht würde er ein glückliches Lächeln auf ihr Gesicht zaubern. Und so fand sie ihn dann doch nicht so töricht. Suchend drehte sie sich zu den Frauen um, die hilflos herumstanden und nicht wussten, wohin sie gehen und was sie tun sollten – durchnässt, hungrig und orientierungslos standen sie am Strand, von dem sie nicht mal wussten, in welchem Land er lag.

»Ja, Mutter, Edgar ist ein Held«, bestätigte sie, obwohl sie diese Ansicht eigentlich nicht teilte. Doch ihre Worte und das Frisieren taten Agatha gut; sie entspannte sich und wollte tatsächlich ein Lächeln versuchen. In diesem Augenblick begann der Boden unter ihnen zu dröhnen, weil ein ganzes Heer den Hügel herabstürmte. Christina traute ihren Augen nicht. Der Wind hatte das Nahen der Reiter heimtückisch bis zuletzt vor ihnen verborgen, und nun gab es kein Entrinnen mehr.

»Habt Mitleid!«, schrie Agatha und fiel vor dem ersten Reiter auf die Knie. Christina drehte sich um und rannte zurück zu ihr. »Mutter, bist du närrisch?« Im allerletzten Moment konnte sie die in Panik geratene Frau aus der Gefahrenzone ziehen, schleifte sie durch den Sand und warf sie neben das Pferd. Es scheute vor der hastigen Bewegung und stieg schreiend neben ihnen hoch. Die Hufe schleuderten Schlammklumpen in die feuchte Morgenluft. Wie kleine, bösartige Geschosse prasselten sie auf die Frauen nieder, trafen sie am Kopf, im Gesicht. Christina duckte sich über ihre Mutter. Ihr Herz wollte ihr schier die Brust sprengen vor Aufregung, als jemand dicht neben ihnen vom Pferd sprang und seine Schwertspitze in den Sand bohrte.

»Sicher wisst Ihr …«

»Sicher werdet Ihr Erbarmen mit uns Schiffbrüchigen haben. Gott wird Eure Hände dafür segnen«, unterbrach eine Frauenstimme den Ankömmling. Der Wind hatte für einen Moment nachgelassen, um die klare Stimme ihrer älteren

Schwester auf leichten Händen tragen zu können. Es wurde still. Das Schwert fiel in den Sand. Vorsichtig hob Christina den Kopf. Vor ihr stand ein Mann, ein Riese in kriegerischer Gewandung mit glänzenden Eisenstulpen bis zu den Ellbogen, und starrte Margaret von England an, als hätte sich ihm eine Erscheinung gezeigt. Das nasse Kleid hing ihr in Fetzen von den Schultern herab, die der Mantel nur ungenügend verbergen konnte, und der Wind ließ ihr goldblondes Haar wie lange, elegante Finger über diese Schultern tanzen. Die Augen des Mannes saugten sich förmlich an der nackten, weißen Stelle fest. Auf ihrem Gesicht erschien ein winziges, verächtliches Lächeln, als sie das erkannte, und mit einer ruhigen Bewegung zog sie den Mantel ein Stück höher, um weiteren lüsternen Blicken zuvorzukommen.

»Vielleicht könnt Ihr uns verraten, an welche Küste der Sturm uns verschlagen hat?«, fragte sie, als er sich immer noch nicht bewegte. »Vielleicht sprecht Ihr unsere Sprache? Sprecht Ihr Lateinisch? Griechisch? Französisch? Angelsächsisch? Dänisch?« Mühelos strömten ihr die fremden Worte über die Lippen. Schließlich legte sie die Unterarme übereinander, fügte hinzu: »Ungarisch …?« und wartete ruhig auf eine Antwort.

Christina hielt den Atem an. Mit ihrem langen, blonden Haar und den tiefblauen Augen war ihre Schwester selbst in diesen schmutzigen Lumpen und erschöpft von den Strapazen der Sturmnacht noch wunderschön, doch noch nie hatte sie erlebt, dass es einem Ritter derart die Sprache verschlug! Langsam richtete sie sich auf, ohne die Hand von der schluchzenden Mutter zu nehmen. Der Reiter verschlang Margaret mit Blicken, bis ihm wohl auffiel, wie ungehörig das war.

»Ich – ähm.« Der Mann bemerkte, dass ihm sein Schwert abhandengekommen war. Hastig bückte er sich und hob es auf. Offenbar war es ein magisches Schwert, denn kaum umschloss seine Hand den Knauf, fand der Mann die Sprache wieder – ein höfisches Angelsächsisch mit spaßigem Akzent, aber gut zu verstehen.

»Edinburgh, *hlæfdige*. Dort, hinter den Hügeln. Ihr seid in… in Lothian… ähm, der Sturm hat Euch… also… die Küste…«

Margaret lächelte nachsichtig und neigte den Kopf. »Edinburgh in Lothian also, habt Dank.«

»Ja, Edinburgh. Man kann es… also… die Residenz… wir haben… sicher seid Ihr… wir können…« Er stocherte mit der Schwertspitze im Sand herum und stampfte die Löcher mit dem Fuß wieder zu. Christina wusste mit einem Mal, dass sie ihn irgendwoher kannte. Diese breite Stirn, die eigenwillige Adlernase und die Wirbel, welche die Barthaare am Hals formten. Die dicken Adern am Hals, die noch mehr anschwollen, wenn die Wut ihn packte. Sie kannte ihn. Und Margaret kannte ihn auch. Aufgeregt über ihre Entdeckung kaute sie auf der Unterlippe, versuchte Margarets Blick aufzufangen, doch die tat ihr nicht den Gefallen, zu ihr hinüberzuschauen. Stattdessen stellte sie sich noch ein wenig aufrechter hin und deutete auf das Durcheinander am Schiffswrack.

»Vielleicht kann man uns ein paar Decken und Felle bringen und etwas zu essen für die Verletzten. Die meisten von uns sind sehr erschöpft und haben keine Kraft mehr. Und einen Priester, unser Beichtvater ist ertrunken…«

Ein lauter Schrei unterbrach sie. »Margaret, wie kannst du es wagen! *A rìgh* – vergebt, wenn man Euch nicht gebührend begrüßt hat!« Schritte auf dem Sand ertönten, dann stürzte ein junger Mann auf die Gruppe zu und blieb vor dem Bewaffneten stehen. Von seinem dichten braunen Schopf tropfte ihm Wasser auf die Schultern, die durchweichte Lederkleidung hing schwer an seinem athletischen Körper herab. In der Hand trug er immer noch den Stab, mit dem er wohl im Schilf nach Überlebenden gesucht hatte. Nach kurzem Zögern beugte er vor dem Ritter das Knie. Christina fand, dass ihr Bruder Edgar viel zu lange damit zögerte und dass er sich viel ungehöriger als Margaret benahm. Wer auch immer dieser Ritter vor ihnen war, die Situation kam ihr zu undurchsichtig vor, um hier mit Hochmut aufzutrumpfen. Das sah ihm mal wieder ähnlich! Womöglich würde er nun auch noch recht unflätig den Mund aufreißen. Doch sie hütete ihre Zunge. Zumal der Riese ihren kleinen Bruder, Edgar Æthling, tatsächlich zu erkennen schien.

»Mein lieber junger Freund!«, rief der Ritter aus, offenbar froh, die Sprache wiedergefunden zu haben und ein wenig von Margaret abgelenkt zu werden, die er nun lieber nicht mehr anschaute. »Mein lieber junger Freund – welch traurige Überraschung, Euch und … Eure Familie so wiederzutreffen! Ich hatte mir schon Sorgen gemacht, was wohl aus Euch geworden war, seit wir voneinander schieden – doch nun sehe ich, dass Ihr wohlauf seid.« Und sein Blick wanderte wieder zurück zu Margaret, die ihn unverhohlen musterte. »Wohlauf … ähm, wohlauf, mein Freund. Wohl …« Ein leises, spöttisches Lächeln erschien auf ihrem Gesicht.

Edgar zögerte nicht, die entstandene Pause für sich zu nutzen. »Unser Aufbruch aus Yorkshire war ein wenig überhastet, *a rìgh*. Dem Herrn Cospatric erschien es sicherer, das Land zu verlassen, und er riet auch mir, das Gleiche zu tun, nachdem König Wilhelm sich anschickte, Northumbria von Süd nach Nord dem Erdboden gleichzumachen. Wir konnten seinen Truppen entkommen und Schiffe finden«, berichtete Edgar vertrauensselig. »Der schreckliche Sturm trennte unsere Flotte und warf uns an dieses Gestade …«

»Die Vorsehung, lieber junger Freund«, strahlte der Ritter und nahm flink seine Augen wieder von Margaret, die sich weder gerührt noch verbeugt hatte. »Seid meine Gäste, lasst Euch pflegen, lasst Euch gesund pflegen, lasst Euch vergessen machen, was Ihr erlebt habt, lasst uns den Sturm und all das andere ungeschehen machen! Seid meine Gäste …«

»Danke, *a rìgh*, Ihr seid sehr großzügig«, unterbrach Edgar den Redeschwall. »Vor allem bitte ich für meine frierende Mutter und für meine armen Schwestern dringend um ein Obdach und um Essen.«

Ein ganzer Trupp Reiter hatte die Gruppe inzwischen umringt. Düstere, wilde Gestalten mit langen Haaren unter zerbeulten Helmen, und ihre plump gebauten, dicklichen Pferde sahen nicht besser aus. Manche Reiter waren abgestiegen; Sand knirschte unter ihren Füßen, als sie den Himmel verdeckten. Bisher war Christina ruhig geblieben, doch nun breitete sich Furcht in ihrem Herzen aus, als fünf gierige Augenpaare über ihren Körper wanderten. An welcher Küste waren sie gelandet? Lothian? Schottland? Waren dies etwa die Pikten, von denen man in London am abendlichen Feuer so schreckliche, grausame Geschichten erzählte? Edgar war im vergangenen Jahr in den Norden gereist, doch hatte er so geheimnisvoll getan, dass sie ihn nie mit Fragen bedrängt hatte. Kannte ihr Bruder etwa Männer vom Stamm der wilden Pikten? Unwillkürlich duckte sie sich wieder über Agatha, die Ave-Maria murmelnd in den Sand starrte, wohl in der Hoffnung, die grausige Heimsuchung möge an ihnen vorüberziehen.

»Kleidung, Essen, alles, was Ihr wünscht, junger Freund. Eure Schwestern sollen die beste … das allerbeste … am besten … wir … Eure Schwestern … « Der Riese stotterte wieder, nachdem er Margaret angeschaut hatte – offenbar ein Fehler. Edgar stupste Christina mit dem Fuß an. »Los, steh auf, verbeug dich«, raunte er hastig. »Das ist Malcolm, der König von Schottland, der uns helfen will. Mach schon, los! Bevor er es sich anders überlegt.«

Ein König! Christina sprang erleichtert auf die Füße und tat, wie ihr geheißen. Doch der König von Schottland hatte nur Augen für ihre Schwester, die immer noch regungslos vor ihm stand und den Blick auf ihm ruhen ließ. Ihre Verbeugung vor dem König konnte nicht tief gewesen sein.

»Ich hoffe, dass wir uns Eurer Barmherzigkeit würdig erweisen«, sagte Margaret. »Ich werde für Eure Seele beten und in meinen Gebeten ganz besondere Inbrunst walten lassen.«

Des Schottenkönigs Gesicht offenbarte wachsende Verwirrung. Er konnte ja nicht ahnen, dass Margaret von England ihr Leben Gott dem Allmächtigen in einem Kloster weihen wollte und dass nur die äußeren Umstände – die mögliche Thronfolge ihres Bruders Edgar und sein ungeschicktes Verhalten dem normannischen Eroberer gegenüber, wodurch sich die Familie zur Flucht gezwungen sah – sie davon abgehalten hatten, ihr Gelübde abzulegen. Aber eigentlich sah sie sich als Braut Christi, seit Christina denken konnte. Vielleicht spürte ihr Retter auch, dass sie etwas Besonderes war, denn er verneigte sich vor ihr, zog seine Reithandschuhe aus und hob die junge Frau dann ohne Vorwarnung wie ein kostbares Gefäß in seinen Sattel.

»Wenn Ihr … wenn Ihr … mein Pferd, wenn Ihr …«, stotterte er, kratzte sich am Kopf und nahm die Hände mit einiger Verspätung von ihrer Taille. Margaret betrachtete ihn still. Ihr Blick trug jene freundliche Sanftheit, mit der sie alle Lebewesen betrachtete, und doch entdeckte Christina etwas anderes, rätselhaft Neues in ihren Augen. Dann wehte eine Windbö loses Haar vor Margarets Gesicht. Eine Strähne davon umschmeichelte auch ihn, und der König ließ sie los, als hätte er sich verbrannt.

Christina bekam keine Zeit, weiter darüber nachzudenken, weil ihr jemand von hinten den Arm um die Taille legte. »Ihr erlaubt?« hieß es knapp, danach flog sie durch die Luft und landete auf dem Rücken eines Pferdes. Mit Mühe konnte sie sich an der buschigen Mähne festhalten, um nicht auf der anderen Seite wieder herunterzurutschen. Ihr Ritter hielt sie fest und zupfte gleichzeitig an ihrem Mantel.

»Ihr solltet das schlammige Ding ausziehen. Nehmt meinen Mantel, der ist neu und aus gutem Filz gemacht«, bot er in ordentlichem Angelsächsisch an und legte ihr auch schon das Kleidungsstück über die Schultern.

»Ich behalte ihn gerne, er gehört meinem tapferen Retter«, lächelte Christina. Der Ritter runzelte die Stirn.

»Wer war denn Euer… tapferer Retter?«, fragte er und fasste den Mantel mit spitzen Fingern an. »Dieses Ding hier gehört zweifellos diesem *culdee.*«

»*Culdee?* Was ist das?«

Er grinste anzüglich. »Ein Betbruder.« Auf ihren entsetzten Gesichtsausdruck hin bequemte er sich zu weiteren Erklärungen. »*Culdees* sind Mönche. Sie kamen einst vor vielen Jahren aus Irland herüber und leben nun hier in Schottland. Sie wollen nicht im Kloster leben, wie ordentliche Mönche das tun. Sie wollen keine Gelübde ablegen und rasieren sich die Stirn, was kein normaler Mönch tut.« Er redete sich in einen seltsamen Ärger hinein. »Man findet sie in Erdhöhlen, müsst Ihr wissen. Und manche von ihnen leben sogar mit Weibern zusammen. Sie essen Käfer und Wurzeln. Die *culdees* kommen von den…«, er spuckte aus, um seinen Abscheu zu betonen, »…von den Iren und nicht von Gott. Und ganz gewiss sind sie nicht tapfer.« Wie zur Bekräftigung zog er sein Schwert am Gürtel gerade.

»Aber dieser hat mich gerettet«, gab Christina zu bedenken. »Niemand sonst war hier…«

»Dieser hier«, zischte der Ritter, »dieser hier ist immer hier, *hlæfdige*, hier an diesem verdammten Fluss, obwohl er ein Hochlandschotte ist, von denen keiner freiwillig hierherziehen würde.« Vermutlich war der Mann selbst aus dem Hochland, wo auch immer das sein mochte. Er rollte seine Zunge so stark, dass sie das Hochland allein deshalb schon furchterregend fand.

Und er war noch lange nicht fertig. »Dieser hier lebt irgendwo in einer verdammten, verlausten Höhle und macht den Armenprediger für einen Haufen Weiber – das behauptet er jedenfalls. Der König mag solche Männer nicht. Und diesen hier mag er erst recht nicht, weil dessen Bruder nämlich ein Schwert trägt und wie ein Mann für seinen König kämpft – im Gegensatz zu diesem hier, der sich lieber hinter Weiberröcken verkriecht, nachdem er in Ungnade gefallen ist. Wisst Ihr nun genug, *hlæfdige*?«

Christina verspürte kein Verlangen, mit dem Mann über Menschen zu reden, die Gott in Seine Dienste geholt hatte. Die Verachtung, die dem *culdee* hier entgegenschlug, war ihr vollkommen unverständlich. Dennoch bewahrte sie alles, was sie über ihn gehört hatte, in ihrem Gedächtnis. Er kam aus dem Hochland und hatte einen Bruder, der für den König das Schwert trug. Sie ließ ihren Blick über den Strand gleiten, vorbei an hilflosen Menschen, die Tote bargen und versuchten, brauchbare Habseligkeiten aus den Trümmern zu ziehen. Und ganz hinten, wo Sträucher das Ufer begrenzten und die Bucht mitleidig umfingen, stand immer noch Nial, der *culdee*, farblich fast mit dem Boden verschmolzen und regungslos. Er war ihr mit seinen Blicken gefolgt.

Manche von ihnen leben sogar mit Weibern zusammen …

Mönch oder nicht – seine Arme waren die eines Mannes gewesen, und sein Kuss … Christina biss sich auf die Lippen. Die despektierlichen Worte des Ritters waren vergessen. Nur der Kuss war noch da. Sie würde diesen Kuss beichten müssen, schließlich hatte sie damit angefangen. Ja, das hatte sie. Aber waren ihre Lippen nicht auch einfach nur zufällig …? Dann hob sie die Hand und winkte. Und ihr Herz klopfte ziemlich heftig, als der *culdee* den Arm hochriss und zurückwinkte.

Es war ein äußerst merkwürdiger Zug, der sich da im Schritttempo am Ufer entlangschlängelte und auf die Umfriedung von Edinburgh zuritt. Statt wie sonst im alles niederwalzenden Galopp wurden die kleinen Pferde zu Fuß nach Hause geführt, weil auf ihrem Rücken eine kostbare Last Platz genommen hatte. Auch Katalin, der treuen, alten Amme, hatte man in einen Sattel geholfen, wo sie nun hockte und vor sich hin schimpfte, weil sie das Reiten hasste, seit sie vom Pferd gefallen war. Doch eine Sänfte, wie es für Reisende in England üblich war, gab es hier nicht. Agatha ertrug es klaglos, die Amme tat ihre Unzufriedenheit kund. »Barbaren«, brummte sie und klammerte sich an der gewaltigen Mähne ihres Pferdes fest. »Barbaren, Gott möge sie strafen, alles Barbaren…«

»Sitzt Ihr… sitzt Ihr… ich meine…« Malcolm schritt neben Christinas Pferd und führte sein eigenes am Zügel, während er ein wenig hilflos versuchte, mit Margaret, die in seinem Sattel Platz genommen hatte, ein Gespräch zu führen.

»Auf dem Schiff ist es weitaus unbequemer gewesen, *a rìgh*«, lächelte sie ihn freundlich an. Christina bewunderte die vornehme Haltung ihrer Schwester. Auf dem Schiff war es furchtbar gewesen. Schmutzig, eng, laut – vor allem schmutzig. Auch vorher war es furchtbar gewesen – seit über einem Jahr eigentlich. Seit sie den königlichen Hof in London verlassen hatten, weil ihr Bruder Edgar entschieden hatte, sich gegen seinen Gönner zu stellen, Wilhelm von der Normandie, den neuen König von England, und mit diesen beiden gut aussehenden Northumbriern, den Earls von Mercia, Edwin und Morcar, gemeinsame Sache zu machen. Und alles immer noch in der Hoffnung, dass ihm das eines Tages die englische Krone einbringen könnte, von der er zutiefst überzeugt war, dass sie ihm durch seine Geburt zustand. Immerhin hatte der englische Kronrat sie ihm aufsetzen wollen, nachdem König Harold vor zwei Jahren in der Schlacht von Hastings gefallen war. Sie war zum Greifen nahe gewesen – doch dann war der Sieger von Hastings, Wilhelm von der Normandie, nach London gekommen und hatte sie sich einfach genommen. Bei seiner Krönung im Dezember des Jahres 1066 sprach niemand mehr von einem König Edgar Æthling. Der neue König hatte die Æthling-Geschwister, Edgar, sie und Margaret, wie hochgeborene Mündel behandelt. Alles hätte friedlich bleiben können, wenn Edgar nicht seiner verlorenen Krone hinterhergetrauert hätte. Eigentlich war bereits damals ihr sicheres Leben zu Ende gewesen.

»Ihr werdet… Ihr werdet in Edinburgh… alles soll… Ihr…« Der König stammelte schon wieder. Sie legte ihm die Hand auf den Arm.

»Ein Mantel wäre jetzt hilfreich gegen den Wind, *a rìgh*.« Und errötend riss er sich den gewebten Schal von den Schultern und hüllte sie darin ein wie einen kostbaren Schatz, der vor den Blicken der anderen geschützt werden musste.

Edgar ritt von der anderen Seite neben Christinas Pferd.

»Hast du gesehen, wie er sie angeschaut hat?«, flüsterte er aufgeregt und auf Ungarisch, was er nur ganz selten tat, weil er viele Worte vergessen hatte. »Glaubst du, er gefällt ihr, Stina?«

Erstaunt sah sie ihren Bruder an. »Er ist ein alter Mann, Edgar. Würde dir ein altes Weib gefallen?«, grinste sie.

Doch Edgar starrte die beiden nur an. Er nahm den Zügel in eine Hand und strich sich langsam über den spärlichen schwarzen Bart, der dringend gestutzt gehörte. Christina fand, dass diese Bewegung irgendwie befriedigt wirkte, und fragte sich, welche Pläne ihr kleiner Bruder mit dem großen Kämpferherz wohl wieder ausheckte.

»Was sprecht Ihr da für eine Zunge, *hlæfdige*?«, fragte ihr Ritter von der linken Seite. »Ihr seid wohl doch keine Angelsachsen?« Neugierig musterte er sie, als glaubte er, einen zweiten Kopf auf ihren Schultern entdecken zu können. Christina unterdrückte ein Lachen. Hier auf dem Pferd, in warme Mäntel gehüllt, mit der Aussicht auf warmes Essen und ein warmes Bett, ging es ihr gut genug, um sie heiter zu stimmen. Die Mutter bescheinigte ihr für diese Genügsamkeit ein einfaches Gemüt, und manchmal klang das verächtlich.

»Wir sind Angelsachsen, *hlæfweard*«, sagte sie stolz. »Aber wir sind in Ungarn geboren. Unser Vater war ein angelsächsischer Prinz. Aber wir haben in Ungarn gelebt.«

Und merkwürdig, wie sehr ihr diese Worte auf dem Weg zu Malcolms Burg nachgingen …

»Schläfst du schon?«, wisperte Christina und tastete in dem riesigen Bett nach ihrer Schwester. »Margaret? Schläfst du?« Hatten sie sich nicht erst vorhin nebeneinander zum Schlafen hingelegt? Nach einem fettigen Essen in der Halle war Christina auf diesem Lager eingenickt, obwohl sie doch hatte wach bleiben wollen, weil ihr alles so unheimlich vorkam. Nun schliefen die anderen – und sie war hellwach.

Man hörte Seufzen, Grunzen, jemand murmelte im Schlaf vor sich hin. Das Rascheln von Mäusen verriet, dass sie, von Katzen unbehelligt, im Stroh nach Körnern suchen konnten. Die Mutter am anderen Ende des Lagers bewegte sich unruhig, doch ihr Schnarchen ließ darauf schließen, dass sie fest schlief. Kein Wunder nach den Anstrengungen. Katalin grunzte im Traum, nachdem sie sich mit ungarischen Heiligenlitaneien in den Schlaf gesungen hatte, weil sie den Teufel in diesen Hallen fürchtete und Dämonen in jeder Ecke vermutete.

Vielleicht hatte sie recht damit. Christina war sich nicht sicher. Drüben in der Halle saßen Männer, die ein Land in Aufruhr gebracht hatten. Ihr Widerstand gegen den normannischen Eroberer und neuen König Wilhelm schien ungebrochen, obwohl sie nun erst einmal außerhalb seines Reiches Luft holten, um zu überlegen, wie sie weiter vorgehen sollten.

Ihr Bruder Edgar zählte keine sechzehn Jahre, und sie fand ihn viel zu jung für die Krone. Er war aufbrausend und ließ sich viel zu leicht beeinflussen. Dennoch kämpfte er für seine Sache mit der Verbissenheit und Intriganz eines alten Haudegens, das musste sie neidlos anerkennen. Und fast hätte er es ja auch geschafft: Der englische Kronrat Witan hatte ihn nach König Harolds Ableben im letzten Herbst zum König ausgerufen. Mit einem Kreis erfahrener Männer – jene, die nun bei ihm saßen – hätte er trotz seiner Jugend England regieren und gegen den normannischen Angreifer verteidigen sollen. Doch Wilhelm von der Normandie war zu stark gewesen, zu skrupellos, und man munkelte, auch zu schlau für die trägen Angelsachsen. Er hatte nicht gezögert und war nach der gewonnenen Schlacht von Hastings gleich auf London marschiert. Er hatte die Stadt eingekreist und sich am Weihnachtstag des Jahres 1066 die englische Krone einfach genommen. Und Edgar hatte tatenlos zusehen müssen.

Christina starrte ins Dunkel. Damals hatte die trügerische Sicherheit ihres Lebens ein Ende gehabt. Man hatte sie und ihre Schwester aus dem Konvent geholt und auf einem Landgut versteckt, bis sich die Lage in London beruhigt hatte. Sie fand, nichts hatte sich beruhigt. Und sie sehnte sich nach der Ruhe und Ordnung des Klosters zurück.

Edgar war in der Halle bei den Männern geblieben und teilte sich Bier mit ihnen, obwohl er keines vertrug. Am Abend hatten sich auch der northumbrische Earl Cospatric und sein Verbündeter John Merlewein mit ihren Getreuen eingefunden. Sie waren mit ihrem Schiff dem Sturm durch glückliche Fügung entronnen und weiter nördlich an Land gegangen, von wo aus man sie nach Edinburgh geleitet hatte. Ihre Ankunft hatte Aufsehen erregt, weil Cospatric sich vor ihrem Bruder zu Boden geworfen hatte und ihm damit mehr Respekt erwies als dem königlichen Gastgeber. Christina mochte Earl Cospatric nicht. Er war ein grobschlächtiger, hässlicher Mensch, der Edgar nur benutzte, und sie hasste seine berechnenden Schmeicheleien. Sie hatte schnell verstanden, dass Cospatric lediglich seine northumbrischen Besitztümer wiederhaben wollte, die König Wilhelm ihm abgenommen und einem seiner eigenen Leute gegeben hatte. Dafür würde er jeden Weg und über Leichen gehen. Sie fand, dass Edgar sich von diesem Schlitzohr blenden ließ und jene Vorsicht vergaß, für die sie ihren jungen Bruder immer bewundert hatte.

Sie seufzte.

»Ich bete«, kam es da überraschend aus der Dunkelheit. Das Feuer in der Mitte des Raumes war heruntergebrannt, und die Glut reichte nicht aus, um mehr als den Boden erkennen zu lassen. Schmutzig, wie sie den Raum am Abend wahrgenommen hatte, war es vielleicht auch besser so. Offenbar räumte hier niemand den Unrat weg, den die Hunde verschmähten. Es roch muffig, nach zu vielen Schläfern, schlechtem Atem und kaltem Essen, und es roch auch nach altem Blut, vielleicht menstruierte eine der Mägde. Margaret rutschte zwischen die Felle, offenbar hatte sie neben dem Lager auf dem Boden gekniet. »Ist dir auch so kalt?«, wisperte sie. »Ich dachte, vom Beten wird mir warm…«

Christina zog die ältere Schwester unter ihre Felldecke und rieb ihr die eisigen Arme. Beieinanderliegen und sich gegenseitig wärmen half. Es hatte immer geholfen, wenn sie die Welt da draußen nicht mehr verstand. Jetzt half es, die Erinnerung an den Strand von Edinburgh zurückzuholen. »Er hat dich angeschaut, Magga. Die ganze Zeit hat er dich angeschaut, hast du das denn nicht gemerkt?«

»Wer? Wen meinst du?« Selbst in der Dunkelheit spürte sie, wie Margaret errötete. Christina grinste verstohlen. Natürlich hatte ihre Schwester das gemerkt, sie war ja nicht dumm.

»Er konnte nicht mal reden, hast du so etwas schon mal erlebt? Er hat gestottert wie ein kleiner Junge, dabei ist er ein alter Mann! Ich glaube ja, er ist verliebt in dich…«

»Unsinn! Was redest du da!«, fuhr Margaret hoch. »Er ist kein alter Mann, er ist König…«

»Ach, und Könige verlieben sich nicht?«, neckte Christina sie.

»Dieser nicht! Er ist ein Barbar …«

Christina kicherte über die plötzliche Unlogik. »Ach so. Ein König und ein Barbar. Na ja, zumindest ein gut aussehender. Und Manieren hat er auch. Immerhin hat er dich sehr behutsam auf sein Pferd gehoben, und er hat dir seinen Mantel gegeben. Mein Barbar warf mich einfach in den Sattel …«

»Katalin hat erzählt, dass in der Stadt unzählige englische Sklaven leben – Frauen und Kinder. Ein echter Barbar, ich sag's dir.« In ihrer Stimme schwang leises Bedauern, das sich auch in der Art verriet, wie sie ihr langes Haar zwirbelte. Das tat sie immer, wenn sie verlegen war.

»Warum die Sklaven?«, fragte Christina und kuschelte sich in die Arme ihrer Schwester. »Wo kommen die her?«

»Katalin sagt, dass er Northumbria mehrfach verwüstet hat, und weil es nicht genug Beute gab, hat er eben … andere Beute genommen. Frauen und Kinder, wie die Barbaren das tun.« Sie schwiegen. Die friedlichen Zeiten der Londoner Klosterschule waren vorüber. Seit Edgar die beiden Schwestern von dort weggeholt hatte, lernten sie, dass das wahre Leben keine Stickmuster in Leinentücher fädelte, sondern sich mit brennenden Nadeln in den Leib der Menschen ritzte. So manchen ließen diese Narben die Menschlichkeit vergessen. Sie verdrängte die Erinnerung an die lange Flucht.

»Weißt du noch – in Ungarn hatten wir auch Sklaven. Die Frau mit den Schlitzaugen in der Küche? Und der dunkelhäutige Mann im Stall? Ich hatte Angst vor ihnen, aber sie taten uns niemals etwas zuleide.«

Christina schloss die Augen. Vor ihrem geistigen Auge stieg die Heimat ihrer Kindheit auf. Die Holzresidenz in den Bergen von Meksnedad, unbeschwerte Jahre mit den Eltern und freundlichen Dienstboten, fröhliche Feste am Hof des ungarischen Königs, Schlittenfahrten mit dem Vater …

»Glaubst du, dass alles anders geworden wäre, wenn Vater nicht gestorben wäre?«

Margaret seufzte. »Ich glaube nicht, Stina. Ich hatte das Vergnügen, an Wilhelms Tafel zu sitzen und ihm zuzuhören, weil Mathilda es wünschte. Wilhelm ist ein Raubtier. Er wurde in der Küchenasche einer Gerberei geboren, er entstammt keiner königlichen Familie. Solche Männer sind sehr gefährlich, weil ihnen das natürliche Benehmen, durch ihre Geburt, nicht gegeben ist.« Christina lief es kalt über die Schultern. Margaret verfügte über eine gute Beobachtungsgabe – wenn sie den König als Raubtier bezeichnete, dann war er sicher auch eins. Obwohl er zu ihnen stets freundlich gewesen war. Sie runzelte die Stirn und schmiegte sich lieber an die zärtliche Erinnerung ihres Vaters – Edward, Sohn des großen Edmund Eisenseite. Feinstes angelsächsisches Königsblut. Ein vornehmer, ruhiger Mann, dem das Schicksal der Vertreibung weder Mut noch Würde genommen hatte. Als Kind war er vor einem Mordkomplott gerettet und nach Ungarn gebracht worden. Niemals hatte sie ein böses Wort über die Vernichter seiner Familie gehört. Der Vater liebte Ungarn und hatte es geschafft, seine Kinder dort in angelsächsischem Geiste zu erziehen, ohne einen Rachegedanken in ihre jungen Herzen zu säen. In ihrer kindlichen Vorstellung war England wie Ungarn gewesen, friedlich, sonnig, gottesfürchtig…

Vor mehr als zehn Jahren war dann dieser angelsächsische Bischof in Meksnedad aufgetaucht, Walcher hatte er geheißen. Und sie erinnerte sich noch an seinen unglaublichen Mundgeruch und an seine langen, schweißigen Finger, mit denen er ihr durch das Haar gefahren war. Als dieser Mann kam, um ihren Vater Edward auf den angelsächsischen Thron zu führen, weil der amtierende König kinderlos und siech war, war der Vater ganz ruhig geblieben. Er hatte seine Dinge in Meksnedad geordnet und seine Familie so souverän auf die große Reise nach England geführt, dass Christina niemals Angst gehabt hatte, obwohl man ihnen gesagt hatte, dass sie ihre ungarische Heimat nicht wiedersehen würden. Sie erinnerte sich noch an die endlose Reise durch die deutschen Wälder, an Übernachtungen auf düsteren Burgen und in schmutzigen Herbergen, an Pferdewechsel, Diebstahl und auseinanderbrechende Sänften. An die tapfere Mutter, die ihren Jüngsten, Christinas Bruder Edgar, stets selbst auf dem Pferd getragen hatte, statt ihn der Amme zu überlassen. Die niemals geklagt hatte, wie beschwerlich der Ritt auch gewesen war. Selbst an die Namen von untreuen Dienern konnte sie sich erinnern und an die Lieder, mit denen Katalin sie Abend für Abend in den Schlaf gesungen hatte. Und immer wieder an den Vater, der alles mit Ruhe und Übersicht arrangiert und immer noch Zeit für einen Scherz gehabt hatte …

Er war an einem Fieber gestorben, kaum dass sie London erreicht hatten. Als ob seine unerschöpfliche Kraft auf einmal aufgebraucht gewesen wäre. In nur einer Nacht war er krank geworden und gestorben. Sie hatten bleiben dürfen, Agatha und seine drei Kinder. Man hatte sie auf Geheiß des siechen Königs standesgemäß untergebracht, es hatte ihnen in all den Jahren an nichts gefehlt.

Nach dem Tod des alten Königs hatte der neue Herrscher Harold Godwinsson seine Hände über die ungarischen Æthlings gehalten und weder versucht, die beiden Mädchen zu verheiraten, noch Edgar nach dem Leben getrachtet, wie Katalin prophezeit hatte. »In Ungarn würde man den Jungen töten«, hatte sie immer gemurmelt. »Hier wird man ihn auch töten, was seid ihr so leichtsinnig, ihr müsst ihn wegschicken, in Sicherheit bringen, man wird ihn töten …« Doch nichts dergleichen geschah, der Junge wurde seinem Rang gemäß erzogen, und Christina und Margaret durften die Klosterschule von Wiltham besuchen.

Dann kam Wilhelm aus der Normandie, und Katalins Prophezeiungen wurden immer düsterer. »Edgar ist von angelsächsischem Königsblut«, hatte sie immer geraunt. »Er wird deshalb sterben!« Wieder irrte die Amme sich. Wilhelm gab dem Jungen Schwert und Pferd und ließ sich von ihm sogar in die Normandie begleiten. Vielleicht hatte das Edgars Ehrgeiz genährt, sich doch noch die Krone zu holen, die sich der Vater nicht mehr hatte aufsetzen können. Christina spielte mit ihrem Zopf – jedes Haar war eine Erinnerung, ihr Kopf war so voll davon, und sie wünschte sich an einen Ort, wo sie ihre Erinnerungen in Ruhe zählen und ordnen konnte.

Doch den gab es hier noch weniger als anderswo, denn Margaret holte sie in die Realität zurück: »Wenn Vater den Thron bestiegen hätte, wärst du jetzt die Frau eines zerknitterten alten Earls und hättest einen dicken Bauch vom Kinderkriegen.« Die Schwester hielt inne. »Und ich vermutlich auch«, flüsterte sie zaghaft.

Christina streichelte ihr das Haar und zog sie dichter an sich. Seit Kindertagen war es Margarets Wunsch gewesen, den Schleier zu nehmen und in ein Kloster zu gehen. Sie hatte die Ordnung und den Frieden in dem Konvent geliebt, wo sie beide erzogen worden waren. Die Überschaubarkeit des Tages. Den Frieden, den Sprachen, Arithmetik und das Niederschreiben heiliger Texte vor dem Schüler ausbreiteten. Die Reinheit der kostbaren Leintücher, in die sie heilige Muster stachen, damit sie Altäre schmückten.

Christina hatte sich oft gelangweilt und Gebetsstunden geschwänzt und war dafür bestraft worden – sie kannte auch die andere Seite des Konventlebens. Unerbittliche Benediktinerinnen, Strafpredigten, den Rohrstock. Das Hungern für die Disziplin, die ihr so schwerfiel. Doch sie schwieg, weil sie wusste, dass Margaret davon nichts hören wollte. Disziplin war für die Schwester nie so ein Feind gewesen wie für sie.

»Was wohl jetzt wird, Magga?«, wisperte sie stattdessen.

Margarets Finger stahlen sich in ihr lockiges Haar und begannen damit zu spielen. »Mutter will so gerne nach Ungarn zurück«, kam es sehr leise. »Edgar ist unschlüssig, was er tun soll. Ich hörte, wie Edwin von Mercia ihm Mut machte, als ich die Halle verließ. Aber, Stina – an dem Tag, als er sich entschied, London zu verlassen und Wilhelm als Gegner zu betrachten, hat er uns heimatlos gemacht. Das war ein Fehler.«

»Edgar sagt, wenn er nur genug Männer findet, um ein Heer zu bilden, kann er noch König werden. Und dann wird alles wieder gut.« Christina bewunderte insgeheim den Dickkopf des Bruders. Auch wenn er viel zu jung war, mit seiner Sturheit brachte er so manches Unmögliche zuwege …

»Das ist doch Unsinn.« Margarets Stimme klang eine Spur ärgerlich. »Edgar ist ein Kindskopf. Er hat nicht richtig nachgedacht, und nun sitzt er da in dieser Halle und weiß weder vor noch zurück. Wir können nicht mehr nach London zurück, wir haben überhaupt kein Zuhause mehr. Wir sind heimatlos, Stina. Ehrlich – ich weiß nicht, was aus uns noch werden soll. Ich weiß es nicht …« Ihre Tränen netzten Christinas Gesicht. Eng umschlungen lagen die Schwestern im Bett. In Notsituationen hatte Christina schon immer Halt in den Armen ihrer Schwester gefunden. Darauf hoffte sie auch dieses Mal.

»Wir haben uns, Magga«, flüsterte sie daher und fühlte ihr stummes Nicken an ihrem Hals. Warum überzeugte es diesmal nicht?

Noch etwas brannte Christina auf der Seele, und sie wagte erst nach langem Nachdenken, es in Worte zu fassen, weil es ihr so kostbar vorkam. Es war die ganze Zeit in ihrem Kopf gewesen … Aber vielleicht schlief die Schwester auch schon, sie war auf den Rücken gesunken. Überall waren gleichmäßige Atemzüge zu hören, auch die Geräusche aus der Halle waren verstummt. Nein, niemand war hier mehr wach … Sie zog die Knie an und schlang die Arme um die Beine, als würde das helfen, mit der Verlegenheit fertigzuwerden und dem, was ihr Herz so seltsam peinigte.

»Magga, wusstest du, dass es wehtut, wenn ein Mann einen umarmt?«, flüsterte sie in die Nacht.

Gleichgültig betrachtete die Stille diese Frage, strich sanft über Gesichter, vermischte die Frage mit der Atemluft, machte sie ungesagt, ungehört, ließ die Erinnerung an sie in der Dunkelheit verwehen. Sicher schlief die Schwester, wie alle anderen, und hatte nichts gehört. Und es war am Ende gut, dass niemand ihre Frage mitbekommen hatte, denn dann blieb die Erinnerung an Nial und diesen merkwürdigen, wundersamen Schmerz, den seine Nähe hinterlassen hatte, ganz bei ihr… Sie lächelte hilflos vor sich hin. Nial. Gänsehaut kroch ihr den Nacken hoch. Nial…

»Was?«

Margaret schlief noch nicht.

»Was hast du gesagt? Wer hat dir wehgetan? Stina?« Sie hatte sich vor ihr auf den Ellbogen gestützt, ihr langes Haar fiel Christina ins Gesicht und verstärkte die Gänsehaut.

»Er hat mich… er… er«, stotterte Christina und schob das Haar zur Seite. Margarets Gesicht war nur ein Schatten über ihr. »Er… er hat mich aus dem Schlamm gezogen…«

»Und dann? Dann hat er dir wehgetan? Gütige Gottesmutter, was ist dann passiert? Warum hast du nichts davon erzählt?« Erregt rüttelte sie an Christinas Schulter. »Nun rede schon – was ist passiert?«

»Nichts, Magga. Er hat nur meine Ohren ruhig gemacht. Und mich dann zum Schiff getragen.«

»Er hat deine Ohren ruhig gemacht. Ach, Stina…« Jeder in der Familie wusste um den Ton, der Christina seit Kindertagen begleitete – der sie mal zum Weinen brachte und mal in eine merkwürdige Abwesenheit wiegte. »Aber wieso hat er dir dann wehgetan?« Margarets Hand auf ihrer Wange war so liebevoll, dass Christina fast die Tränen kamen.

»Mein Herz tat weh, Magga. Weiter nichts.« Und dann rollten ihr doch Tränen über die Wangen. Maggas Finger fingen sie auf, und sie beugte sich über Christinas Gesicht, um sie wegzuküssen.

»Wer war der Mann?«

»Sie nannten ihn einen *culdee*. Ein … ein Mönch, Magga. So nennen sie die Mönche hier. Ich hab ihn auf den Mund geküsst, und nun tut mir das Herz weh. Warum ist das so?«

Die Schwester schwieg, so sanft und verständnisvoll, wie nur sie es konnte. Kein Vorwurf kam ihr über die Lippen, sie hielt nicht einmal die Luft an, als das Wort »geküsst« vor ihrem Gesicht zitterte.

»Den Schmerz hat Gott dir geschickt, Stina. Damit du dich daran erinnerst. Du beichtest es morgen, und dann wird alles gut.«

»Ja«, flüsterte Christina erleichtert. Es tat nicht mehr ganz so weh, wenn sie sich zwang, nicht an die braunen Augen zu denken. Nein, es war besser, Späße zu machen. Ihr fiel da nämlich einer ein. »Und du – du beichtest, dass du den König so angelächelt hast, dass er nur noch stottern konnte?«

Sie spürte, dass die Schwester nun auch lachen musste, obwohl kein Laut zu hören war.

»Du meinst, das muss ich beichten?«

»Ja, unbedingt. Ich möchte doch zu gerne wissen, was er dir eigentlich sagen wollte …«

»Meinst du, er wollte mir etwas sagen? Er hat nicht den Eindruck gemacht …«

»Ja, weil du ihn zu viel angelächelt hast.«

Sie kicherten über die Erinnerung in die Felle hinein.

Drüben in der Halle wurde es laut. Offenbar schlief man dort doch noch nicht. Sie setzten sich auf, hielten einander bei den Händen. Durch die Holzwände hörte man, dass Männer erbittert aufeinander einsprachen, stritten, sich schließlich anbrüllten. Dann klirrte Metall, jemand schrie. Der Tumult nahm an Lautstärke zu, man hörte Fußgetrappel, Rufe. Ein markerschütternder Schrei. Dann wurde es leiser, die Schreie gingen in Geheule über.

»Was geht dort vor?«, wisperte Christina. Jegliches Lachen war ihnen vergangen, der Zauber zweier Mädchen beim Geheimnisaustausch war verflogen. *Heimatlos, schutzlos,* donnerte es in Christinas Ohren. *Heimatlos, schutzlos.* Und der schrille Ton war wieder da.

Margaret lag erstarrt in ihrer Decke.

»Christina. Was auch geschieht – bleib bei mir. Versprichst du mir das?« Ihre Stimme zitterte, Gott allein wusste, welche düstere Ahnung er ihr mit dem Lärm da unten geschickt haben mochte. Christina küsste sie sanft, obwohl sie selbst vor Furcht zitterte.

»Ich verspreche es dir. Ich will immer bei dir sein. So lange du willst, Magga.«

»Danke«, hauchte Margaret. »Gott steh uns bei…«

ZWEITES KAPITEL

Denn wo viel Weisheit ist,
da ist viel Grämens;
und wer viel lernt, der muss viel leiden.
(Prediger Salomo 1,18)

Wieder floh sie der Schlaf.

Wieder lag Christina wach, umgeben von den ruhigen Atemzügen der anderen. Unten in der Halle war es still, nachdem sie noch lange gesprochen hatten. Lag der Tote einfach bei ihnen? Oder hatten sie ihn hinausgeschafft? Wie sah es da unten überhaupt aus? Man hatte die Frauen nach der Ankunft mit trockenen Kleidern versorgt und ihnen ein warmes Essen neben die Feuerschale in der Kammer gestellt, damit sie sich unbelästigt von den Strapazen ausruhen konnten. Aber was war in der Halle geschehen?

Unruhe und Neugier wurden allmählich übermächtig, und so kroch sie ganz leise und vorsichtig aus den Fellen, zog sich ihr Leinenhemd über den Kopf und schlich zur Tür. Niemand erwachte, niemand folgte ihr. Selbst die Stiege war ihr gewogen und knarrte kaum, als sie dicht am Holzgeländer entlangkletterte, die Feuerstelle unten im Blick, wo in Decken gewickelt Männer lagen und schliefen. Auf einer der untersten Stufen machte sie Halt und ließ den Blick durch die Halle schweifen. Weitergehen war zu gefährlich. Aber wo war der Tote? Sie wollte doch nur wissen, ob sie mit einem Toten unter einem Dach …

Der Mann stöhnte. Er war also nicht tot. Sie kauerte sich

an das Geländer. Und schaute sich neugierig in der Halle um, wo sie schon mal da war.

Die Feuerstelle rauchte, man benutzte hier Torf und nicht Holz, wie sie es von London gewöhnt war. Der Torfrauch reizte zum Husten und färbte die Wände dunkel, daran konnten nicht einmal die Fackeln etwas ändern. Düster war diese Halle – so düster wie die Männer, die auf dem Boden lagen und schliefen. Und überall schimmerte Metall – Waffen, wohin man auch schaute. An den Wänden, auf dem Boden, niemand trennte sich von seinem Schwert. Vielleicht waren selbst ihre Kreuze aus Metall. Wenn sie überhaupt Kreuze hatten. Katalin hatte gesagt, Barbaren hätten keine Kreuze. Sie kniff die Augen zusammen, um mehr von den bärtigen Gesichtern zu erkennen. Kreuze – danach sahen diese Männer wirklich nicht aus. Was für ein grässlicher Ort…

Christina umschlang ihre Knie mit beiden Armen. Hier wollte sie nicht bleiben. Edgar musste einen anderen Platz für sie finden, das konnte doch nicht so schwer sein. Gleich morgen früh würde sie ihm sagen, dass er für Margaret und sie einen sauberen, anständigen Ort finden musste – ein Kloster würde es in diesem Lothian doch wohl geben.

»*Ave Maria, gratia plena, Dominus tecum; benedicta tu in mulieribus…*«, hörte sie da den Verletzten an der Wand wispern. Sie hatten ihn einfach so liegen gelassen.

»*Sancta Maria, Mater Dei*«, flüsterte Christina für ihn, es konnte ja nicht schaden, unabhängig davon, wer er war und warum er leiden musste. »*Ora pro nobis peccatoribus, nunc et in hora mortis nostrae…*« Sie konnte sein Gesicht nicht erkennen, aber die Fackel an der Wand verriet, dass seine Kleider rot vom Blut waren. Sicher litt er Schmerzen. Sie wagte sich die Treppe nicht weiter hinunter, und helfen konnte sie ihm auch nicht. »*Ora pro nobis peccatoribus, nunc et in hora mortis nostrae…*«

Etwas konnte sie doch für ihn tun. Vorsichtig hob sie die

Hand. Der Mann wirkte ganz klein gegen ihre Hand, und als sie sie über ihn deckte, verschwand er sogar dahinter. Sie spielte weiter mit ihrer Hand, krümmte die Finger und umfasste ihn damit über die Entfernung. Wärme durchdrang sie, entfloss ihr schließlich und flog wie ein kleiner dunkler Vogel zu dem Mann. Sie lächelte ihm hinterher. Wenn niemand sie dabei erwischte, half das immer.

»Bist du denn närrisch, Kind?«, raunte da hinter ihr Katalin. »Du wirst dir hier draußen den Tod holen, vor allem, wenn diese Barbaren dich entdecken! Komm sofort zurück in die Kammer …« In drei Decken gehüllt, deren Enden schwer über die Stufen schleiften, schlich die Amme zu Christina herab und packte sie am Arm. »Komm, Kind, bevor einer von denen erwacht, komm …«

»Wo ist der König?«, flüsterte Christina, die mit dem Betrachten der Männer noch lange nicht fertig war. Katalin hatte auch nicht gemerkt, was sie gerade getan hatte. »Welcher von denen ist es? Und warum haben sie sich gestritten? Hast du den Krach gehört, Katalin?«

»Der König vergnügt sich mit einer Magd in seiner Kammer. Nachdem er deiner Schwester schöne Augen gemacht hat.« Katalins Stimme klang ärgerlich. Sie hatten nur über den stotternden König und Margarets Lächeln gelacht …

»Er ist ein Barbar. Und ich weiß nicht, warum die anderen Barbaren sich gestritten haben, von mir aus können sie sich die Köpfe einschlagen, solange sie uns Frauen nur in Ruhe lassen. Komm jetzt, rasch weg von hier, bevor einer von ihnen wach wird und dich bemerkt …« Ungeduldig rüttelte sie sie an der Schulter. »Komm jetzt.«

Christina warf einen letzten Blick über die Krieger in der Halle. Dann steckte sie die Hand, die den kleinen Vogel ausgesandt hatte, unter den Arm, wo es warm und geborgen war und niemand dumm fragen würde.

Das Stöhnen des Mannes an der Wand war verklungen.

Am nächsten Morgen lebte der Verwundete aus der Nacht noch.

Er jammerte zwischen den Fellen, und Männer standen dicht gedrängt um ihn herum, während eine Dienstmagd blutige Lumpen gegen etwas trockenere Lumpen austauschte. Christina schlich näher und erkannte einen jungen Ritter, den sie in Edgars Kreisen schon einmal gesehen hatte. Er wirkte nicht mehr so ruhig wie in der Nacht, aber er war auch nicht tot, stellte sie befriedigt fest. Und sicher hätte man auch einen Heilkundigen oder den Priester geholt, wenn er lebensbedrohlich verletzt gewesen wäre. So wäre es zumindest in London gewesen. Hier gab es wohl keinen Priester …

»Der hätte halt die Klappe nicht so weit aufreißen sollen«, bemerkte ein Bärtiger mit Glatze und belästigte die Dienstmagd mit seinem Fuß am Gesäß.

»Eurer hatte die Waffe auf sein Herz gerichtet.« Einer der Angelsachsen hob gestikulierend den Zeigefinger. »Das gehört sich nicht, kein angelsächsischer Ritter würde je wagen, seinen Gastgeber anzugreifen und …«

»Ruaidrí wollte ihn nicht töten!«, fuhr der Bärtige hoch. Sein Fuß zuckte aus den Röcken hervor, die Magd kippte japsend um. »Ihr wollt wohl nicht behaupten, dass unser Mann einen Gast hat töten wollen, Ihr wollt wohl …«

»Nein, nein, gewiss nicht«, beeilte Edwin von Mercia sich zu versichern und schob sich zwischen die Kontrahenten, indem er das Mädchen mit dem Fuß beiseitetrat. »Gewiss war alles ein Missverständnis, der junge Robert weiß sich zu benehmen, er kommt aus gutem Haus …«

»Man sagt eben besser nicht so laut, dass der schottische König ein Schlappschwanz ist, meine Herren«, dröhnte da eine Stimme. Christina drückte sich gegen eine Steinsäule. Der König war unbemerkt dazugetreten – um zu vermitteln oder um zu strafen? Hatte der junge Ritter es tatsächlich gewagt, ihn einen Schlappschwanz zu nennen? Diesen grauhaarigen Riesen? Was für einen König würde sie hier erleben?

Malcolm schien die Beleidigung nicht so ernst zu nehmen wie den nächtlichen Kampf, der seine Burgruhe gestört hatte. Seinen Schlaf hatte der Kampf offenbar weniger gestört, dafür hatte schon die Magd gesorgt. In seiner Ansprache ging es auch um etwas anderes.

»An meinem Hof kann jeder frei sprechen, so wie auch jeder Zuflucht suchen kann. Jedermann weiß, dass ich Flüchtlingen einen sicheren Ort biete. Wir sind hier in Schottland, im freien, unabhängigen Schottland. Und nicht in London, wo selbst die Tischordnung beim Frühmahl festgelegt ist. Mein Schottland ist frei und gewährt jedem einen Platz am Feuer – das sei allen versprochen. Aber Schlappschwänze, meine Herren, Schlappschwänze gibt es in meinem Schottland nicht. Weder von schottischem noch von angelsächsischem Blut.«

Ernst schaute er in die Runde, betrachtete die Wirkung seiner gewaltigen Rede. Sein graues Haar zauste sich kreuz und quer über den runden Schädel, vom Kämmen schien er nicht viel zu halten. Auch der Bart war eine Spur zu ungepflegt, wie es vorkam, wenn Männer vom Schlachtfeld zurückkehrten, wo ihnen niemand die Haare wusch und sich um ihren Bart kümmerte. Oder wenn sie auf zugigen Burgen hausten, wo es den Weibern gleichgültig war, wie die Männer aussahen …

»Hört meine Entscheidung. Beide wird meine Strafe treffen. Unser Mann Ruaidrí sitzt für drei Tage nackt auf dem Turm, um uns mit seinem roten Schwanz vor normannischen Reitern zu warnen. Und Euer junger Freund schwitzt ein bisschen im Fieber. Beide können uns nun beweisen, dass es in Schottland keine Schlappschwänze gibt.« Die Männer scharrten mit den Füßen und murmelten Zustimmung oder etwas, was danach klang. In Christinas Ohren klang es vor allem nach Beschwichtigung.

Ganz sicher aber war es in der Nacht um noch viel mehr gegangen, die Stimmung in der Halle fühlte sich immer noch gereizt an. Doch Christina verstand nichts von Politik und weshalb es für Edgar so überaus wichtig gewesen war, ausgerechnet am Hof des Schotten aufgenommen zu werden, nachdem er Wilhelm so deutlich den Rücken gekehrt hatte. Die Mutter hatte sich noch gestern Abend in der Kammer vor allen anderen für eine Abreise nach Flandern ausgesprochen, das Wetter dort sei besser, ebenso die Manieren, das Essen und vieles andere auch, und vielleicht würde man von dort aus in die ungarische Heimat zurückkehren können …

Geduckt schlich sie um die Säule herum und wollte den Rückzug antreten, dorthin, woher sie kam: in die miefenden, düsteren Frauenkammern, wo sich keifende Dienstbotinnen gegenseitig beschimpften, ohne dass man sie verstand, und wo es nach fettiger Spinnwolle roch. Sie kam nicht weit. Der König stand im Weg.

»*Hlæfdige*, diese Halle ist wohl nicht der rechte Platz für Euch. Lasst Euch den Weg zu den Frauengemächern zeigen …«

»Da war ich, *a rìgh*.« Christina wunderte sich über den Mut, mit dem sie antwortete und Malcolms breite, mit einem üppigen Wolltuch verhängte Brust betrachtete. Die befand sich genau vor ihrer Nase und stank nach Schweiß, ungelüfteten Kleidern und nach Pferd – dieser Mann war sehr groß und übelriechend …

»So, so«, schmunzelte Malcolm. »Gefällt es Euch dort nicht? Oder sucht Ihr vielleicht einen Mann für Euer Lager, dass Ihr Euch hierher wagt?« Nun wogte der Brustkorb in amüsiertem Lachen. »Das Metfass ist zwar noch nicht fortgeräumt, und auch der niedergestochene Frevler von gestern Abend lebt noch. Aber dort, wo schon wieder Ordnung herrscht, findet Ihr sicher einen Mann, der Euch in jeder Lage zufriedenstellt.« Er verschränkte die Arme vor seiner Brust und versperrte ihr den Weg. »Ihr seid ja recht klein, aber damit können meine Männer wohl umgehen. Wenn Ihr Euch aus der Türe beugt, könnt Ihr den nackten Turmwächter sehen und wie gut er ausgestattet ist, *hlæfdige* – oder seid Ihr Besseres gewöhnt vom vornehmen Erobererhof in London?«

»Wir suchen die Kapelle, *a rìgh.*« Margarets Stimme war ihre Rettung in der zunehmend unbehaglichen Situation. Mit untrüglichem Spürsinn hatte die Schwester sie gefunden. Christina atmete erleichtert auf. Der Mann mit seinem vulgären Humor war ihr immer unheimlicher geworden; beinahe wäre sie weggelaufen und hätte riskiert, dass sich ihr lachende Ritter an die Fersen hefteten. Die Festung von Edinburgh hatte mehr Ähnlichkeit mit der Behausung für eine wilde, bunte Jagdgesellschaft als mit dem Sitz eines Königs, und nichts erinnerte an die Räume, von denen aus Wilhelm in London das Land regierte. Wohl aus dem Grund hielten sich keine Frauen hier unten auf, und Margaret war genauso mutig wie sie gewesen, dennoch den Weg hierher zu wagen, um sie zu finden. Gottlob! Nun musste sie nicht einmal erklären, dass sie auch die Dienerinnen nicht verstand. Keine der Sprachen, die sie gelernt hatte, glich nämlich dem, was hier zwischen den ungepflegten Zähnen hervorquoll!

»Wir haben uns verlaufen auf dem Weg in die Kapelle.« Christina fühlte Margarets Arm tröstlich um ihre Hüfte gleiten. »Die Zunge Eurer Diener ist uns fremd.«

»Die Zunge… die Kapelle… ähm. Wir haben… wir werden… unsere Zunge…« Malcolm verstummte. Christina wagte einen Blick in sein Gesicht – es war rötlich angelaufen, und er verschlang Margaret förmlich mit Blicken. Sie dagegen schien er völlig vergessen zu haben. »Wir haben… wir… wir, wir werden…«

»Es genügt, wenn Ihr uns die Richtung zeigt, *a rìgh*«, lächelte sie freundlich. Er starrte sie an. Dann nickte er. Erst ganz leicht, dann immer heftiger. Und zum größten Erstaunen der Männer, die sich offenbar auf mehr Späße mit den beiden Damen gefasst gemacht hatten, verließ er die Gruppe und geleitete die beiden Damen zum Hallentor, von dort aus über den Hof, wo gerade unter Getöse ein sich wehrendes Pferd beschlagen wurde, an den Wachen vorbei und hinunter zur hölzernen Palisade, die die Festung Edinburgh umgab.

»*A rìgh*, ich bat Euch um den Weg zur Kapelle.« Margaret blieb kopfschüttelnd stehen.

»Vielleicht hat er uns nicht verstanden?«, flüsterte Christina. Ihr war kalt, sie trug ja keinen Mantel – musste man hier etwa durch den Regen laufen für das tägliche Gebet?

»Capella?«, versuchte Margaret es auf Lateinisch. »Chapelle?«

Malcolm drehte sich um. Betroffenheit breitete sich auf seinen bärtigen Zügen aus, dann schüttelte er den Kopf. »*Hlæfdige*… ich… wir… die Burg hat keine Kapelle.« Er hielt inne, offenbar froh, einen ganzen Satz vollendet zu haben, und das, obwohl er Margaret angeschaut hatte. Vorsichtshalber fasste er nach dem Schwert. Das schien auch diesmal zu helfen. »*Hlæfdige*… es gibt eine Kapelle am Fuß des Berges, wo ich Euch… Euch… Euch hinbegleiten werde. Wenn Ihr erlaubt. Wenn Ihr… wenn Ihr gestattet…«

»Am Fuß des Berges! Wo soll das sein? Magga – Katalin muss mitkommen«, raunte Christina hastig. »Nachher ist das eine Falle!«

»Unsinn. Er ist der König, das ist doch keine Falle«, flüsterte Margaret zurück. »Was soll schon passieren?« Und zu Christinas größtem Entsetzen neigte sie den Kopf und trat an Malcolms Seite. Das war auch gut so, denn der Weg aus der Festung heraus stellte sich als schlammig und rutschig heraus, und sie brauchte seinen Arm, als sie beinah in einem Schlammloch versank. Malcolm murmelte irgendetwas, hob sie dann mühelos aus dem Loch heraus und führte sie an der Palisade entlang, wo ein Trampelpfad matschfreies Gehen ermöglichte. Christina huschte hinter ihnen her, fassungslos über ihre friedliche Schwester und den handzahmen König. Was war in sie gefahren?

Immer wieder musste sie Entgegenkommenden ausweichen, die dem König zwar Platz gemacht hatten, ihr jedoch nicht. Sie drückte sich gegen die Holzpalisade und nutzte die Momente, den Blick schweifen zu lassen. Edinburgh schien in der Tat nur ein kleiner Marktflecken zu sein, verglichen mit Orten wie London oder auch York, wo sie die letzten Monate verbracht hatten und wo in weitläufigen Gebäuden vornehm gekleidete Männer von Reichtum und Macht gekündet hatten. Hier war das anders. Zwar war hier ebenfalls die Macht zu Hause, aber hier gingen ausschließlich Krieger ein und aus. Die wenigsten wirkten vertrauenerweckend. Keiner von ihnen legte jemals seine Waffen ab. An den Anblick von Waffen konnte sie sich nicht gewöhnen. Sie rieb sich fröstelnd die Hände.

Der graue schottische Himmel goss unermüdlich Regen über den Burghügel, am Horizont erahnte man schemenhaft Berge, und davor lag dieses düstere, hungrige Wasser, über das schneidend kalter Meereswind heranfegte, um nach Opfern zu suchen … Sie mussten den Trampelpfad verlassen, hinaus aus dem Schutz der Palisade in diesen Wind. Holztritte führten den Berg hinab, die so glattgetreten waren, dass ein falscher Schritt einen Sturz in den Schlamm bedeuten konnte. Christina kämpfte um ihr Gleichgewicht, während Margaret den Arm des Königs nutzte und sich dabei vielleicht ein wenig zu sehr auf ihn stützte. Das sah ihr gar nicht ähnlich. Noch nie hatte Magga sich von Galanterie ködern lassen! Warum stimmte sie das missmutig? Zunehmend verärgert folgte sie den beiden.

Die Kapelle war so klein und unscheinbar, dass Christina auf der Suche nach einem Dach über dem Kopf beinahe daran vorbeigelaufen wäre. Ihr wollener Schal und das Kleid darunter waren längst durchnässt, wenn sie an das Gebet dachte, bekam sie Magendrücken, und ihre Laune wurde mit jedem Schritt schlechter. Inzwischen schämte sie sich nicht einmal mehr dafür, und sie würde deswegen ganz sicher nicht zur Beichte gehen. Hier sollte man nicht übellaunig werden? Wer war überhaupt auf die Idee mit dem Gebet gekommen? Das düstere, miefige Lager in der Frauenkammer erschien ihr nun als verlockende Zuflucht …

»Hier entlang, *hlæfdige*«, riss Malcolm sie aus ihren Gedanken. Er hielt eine schmale Tür auf. »Die Mönche von St. Andrews haben uns dieses Haus errichtet. Ich … ähm. Ja. Die Mönche … Tretet ein.«

Die Mönche von St. Andrews, wer auch immer sie sein mochten, schienen über keine großen Mittel zu verfügen, denn es war stockfinster in ihrem Gotteshaus. Malcolm lief als Erstes gegen eine Wand, wohl weil er nicht wusste, dass der Altar stets im Osten einer Kirche steht. Vielleicht war er noch nie hier gewesen, dachte Christina boshaft. Margaret fand den Altar mühelos, denn dort stand zumindest ein winziges Talglicht. Offensichtlich erleichtert, endlich an dem friedlichen Ort angekommen zu sein, schaffte sie es sogar, den königlichen Fluch zu ignorieren.

»Er ist ein Barbar«, zischte Christina ihr ins Ohr.

»Ja«, flüsterte Margaret zurück. »Möge der Allmächtige uns bald von ihm erlösen …« Trotzdem spürte Christina, wie die Schwester ihn belächelte. Und den Gefallen, sie von ihm zu erlösen, tat Gott ihnen auch nicht, denn Malcolm fand zu ihnen. Wie von einem unsichtbaren Faden gezogen, stand er kurz darauf neben Margaret, die nicht zögerte, ihren ersten Psalm vorzutragen – viel zu lange hatten sie unter freiem Himmel beten müssen!

»*Verba mea auribus percipe, Domine; intellege gemitum meum. Intende voci clamoris mei, rex meus et Deus meus. Quoniam ad te orabo, Domine, mane exaudies vocem meam ...*«

»Benötigt Ihr mehr Kerzen für Euer Gebet?«, fragte der König in eine Pause hinein.

»Nein.«

»Soll der Priester ein Kraut räuchern?«

»Nein, *a rìgh*.«

»Ein ... ein Kissen für Eure Knie vielleicht?«

»*A rìgh*.« Margaret hob den Kopf, so viel gab das Talglicht preis. »*A rìgh*, unser Gebet findet Wohlgefallen in der Stille, und Gott der Allmächtige möchte nichts weiter als Andacht. Es genügt, wenn Ihr das respektiert.« Das Licht verriet noch mehr. Christina hielt den Atem an. Es scharrte auf dem Lehmfußboden, dann ein hartes Geräusch – und Malcolm kniete neben Margaret, ohne den Blick von ihr zu lassen. Das Altarlicht gab sich nun geschwätzig. Von einem Luftzug genährt, vergrößerte sich die Flamme und offenbarte, dass Margaret den König ansah. Für einen langen Moment versanken ihre Blicke ineinander wie ein parallel gesprochenes Gebet, was an diesem Ort gewiss nicht statthaft war, weil es die eisige Luft auf höchst unziemliche Art zum Knistern brachte. Das Licht flackerte unruhig.

»*Amen*«, flüsterte Margaret. Dann faltete sie erneut die Hände und wandte den Blick zurück zum Altar. Malcolm tat es ihr gleich, doch gleichzeitig hielt er das Knistern aufrecht, schürte es gar ... Er begehrte Margaret. Er verschlang sie mit seinen Sinnen, ohne sie zu berühren, und Christina musste hilflos danebenhocken, ohne die Schwester davor beschützen zu können. Spürte sie es? Störte es sie überhaupt? Der klaren Stimme, mit der sie die lateinischen Worte des Morgengebets rezitierte, war nichts anzumerken. Christina rückte ein wenig ab, um die beiden besser beobachten zu können. Sie knieten nebeneinander, beide aufrecht, schlank, stark, als hätte Gott selbst sie hierherbefohlen – als hätte Er einen Plan mit ihnen ...

Was für Ideen. Wo kamen die nur wieder her? Sie verbot sich die Gedanken. Malcolm war ein Wilder und wollte nur unter Maggas Röcke, hier in der Kirche – was für ein ungehobelter Barbar. Als sie wieder hinschaute, hatte er den Kopf in Andacht gesenkt und lauschte ihrer Stimme, aber er kniete so dicht neben ihr, dass seine Schulter die ihre berührte. Und Margaret ließ es geschehen.

Das Bild ihrer Schwester so dicht neben dem König ließ Christina lange nicht los. Danach war nichts weiter mehr vorgefallen, ohne Zwischenfälle hatte Malcolm sie zur Burg zurückgebracht und in den Frauenkammern abgeliefert. Er hatte sich höflich verabschiedet, und seine gekonnte Verbeugung verriet, dass er tatsächlich ein paar Jahre am angelsächsischen Königshof verbracht haben musste, wie man sich erzählte. Wenn sie sich danach begegneten, war er stets zuvorkommend; an der Tafel ließ er den beiden Frauen Plätze in der Nähe des Feuers zuweisen, damit sie nicht froren.

Doch was sie in der Kirche beobachtet hatte, blieb wie ein Schaudern in ihr zurück. Zum ersten Mal, seit sie denken konnte, gab es etwas, was sie der Schwester nicht sagen konnte. Sie hatte das Begehren des Mannes gespürt, obwohl es gar nicht ihr galt – war es Magga etwa verborgen geblieben? Das mochte sie nicht glauben.

Margaret war nichts anzumerken. Sie verhielt sich wie immer, war oft in sich gekehrt und verbrachte ihre festen Zeiten in der Kontemplation. Innerlich setzte sie wohl das klösterliche Leben von Wiltham fort. Nachdem ein weiterer Gang in die Kapelle damit geendet hatte, dass sie von einem berittenen Boten in den Schlamm gestoßen worden war, verrichtete sie ihre Gebete meist in einem Winkel der Frauenkammer.

Wenn in der Halle das Wort an sie gerichtet wurde, reagierte sie aufmerksam und bisweilen so scharfsinnig, dass mancher Schotte, der sie nur necken wollte, schnell verstummte. Edwin von Mercia bewunderte sie zutiefst und ließ ihr als Zeichen seiner Bewunderung nicht nur sein reich verziertes Messer, sondern auch die besten Fleischstücke von seinem Platz bringen.

»Ihr solltet das lieber den Armen geben, daran würde Gott mehr Wohlgefallen finden«, lächelte sie ihn an, als er ihr das gebratene Herz eines Rehs offerierte. Der Earl von Mercia wurde rot, weil die anderen am Tisch loslachten. Malcolm musterte sie scharf aus seinem breiten Sessel.

»Ihr würdet eine solche Köstlichkeit den Armen geben, *hlæfdige*? Habt Ihr je ein Reh gejagt? Habt Ihr je ein Wildschwein erlegt und Euch dabei in Gefahr gebracht? Gar einen Eurer Männer dabei verloren?«

»Nein, *a rìgh*«, antwortete sie mit klarer Stimme und sah ihn über den Tisch an. »Ich habe niemals ein Wildschwein gejagt. Aber ich würde sein köstlich zubereitetes Herz immer wieder den Armen geben, denn Jesus Christus hat gesagt, wenn du Almosen gibst, soll deine rechte Hand nicht wissen, was deine linke Hand tut.«

Edgars Gesicht verzog sich vor Unbehagen. Verzweifelt versuchte er die Aufmerksamkeit seiner Schwester auf sich zu lenken, um sie zum Schweigen zu bringen, doch es war schon zu spät. Die Stille an der Tafel glich einem tiefen schwarzen Abgrund. Nicht einmal Amlaíb von Scone, der wegen seiner Tapferkeit höchstes Ansehen beim König genoss und selten um einen Spruch verlegen war, fand auf die dreiste Bemerkung eine Antwort. Malcolm rieb sich das bärtige Kinn, wieder und immer wieder. Seine Lippen waren gespitzt, die Augen schmal. Dann rief er einen Diener herbei und wies ihn an, alles Fleisch vom Tisch zu nehmen und den Armen zu geben.

»Welchen Armen, *a rìgh*?«, fragte der Mann verdutzt.

»Den Armen!«, blaffte Malcolm ihn ungehalten an.

»Den Armen, natürlich«, beeilte der Mann sich zu versichern.

Christina rettete sich in heftiges Husten, um nicht loszulachen. Margarets Gesicht blieb ungerührt. Nicht ganz. Ein leises Zucken ging um ihren Mund, und auch ihre Braue bewegte sich ungewöhnlich. Dann spießte sie das gebratene Herz mit Edwins Messer auf und schob es in die Schüssel, die ihr der Diener mit so fassungsloser Miene hinhielt, als könnte er nicht glauben, was mit dem kostbaren Inhalt nun geschehen sollte.

Niemand wagte sich darüber zu beschweren, dass das restliche Mahl nun nur noch aus zähem Mus und zerkochten Mohrrüben bestand. Malcolm schaufelte es sich in den Mund und verließ dann die Tafel, allerdings nicht ohne vorher einen langen, nachdenklichen Blick auf seinen unbequemen Gast geworfen zu haben. Und nur Christina nahm wahr, dass ihre Schwester wie zum Dank ganz leicht den Kopf neigte.

Aber vielleicht hatte sie sich diese stumme Zwiesprache auch nur eingebildet... Christina ordnete die Wollfäden, aus denen sie mit Brettchen ein Band weben wollte. Die Wollfäden gerieten immer wieder durcheinander, genau wie ihre Gedanken, nur dass man die Fäden mit dem Messer abschneiden konnte – die Gedanken nicht. Die verwirrten sich weiter, verfilzten, wurden zu hässlichen Knoten... Als ihr das eine Brettchen zwischen den Fingern zerbrach, warf sie alles in die Ecke und knackte missmutig mit den Fingerknöcheln.

»Christina«, mahnte die Mutter und sah von ihrer Stickarbeit hoch. »Benimm dich gefälligst wie eine Dame. Wenn Mathilda dich so sähe!« Mathilda, die Gattin des neuen Königs von England, wäre in der Tat entsetzt, und nicht nur wegen der knackenden Finger. Mathilda liebte seidene Wandteppiche und Kleider mit goldbestickten Borten genauso wie sauber gefegte Tonfliesen auf dem Fußboden, damit keine schmuddeligen Binsen an ihren Kleidern hängen blieben. Mathilda benutzte auch ein maurisches Duftöl und wusch ihre Haare mit Eselsmilch. Dank einer Paste aus Olivenöl und Ringelblume waren ihre Hände stets weiß und grasten wie zwei zarte Einhörner auf ihren wunderbaren Altarstickereien. Die englische Königin war Christina immer vorgekommen wie aus einem Märchen entsprungen, und ihre gepflegte Handschrift hatte den eben erst etablierten Herrscherhof von London in kürzester Zeit in einen angenehmen Ort verwandelt.

»Mathilda kann sich vermutlich gar nicht vorstellen, dass man auch so leben kann«, murmelte Christina und deutete mit dem Kinn auf ihr Umfeld. Verzottelte Felle. Graue Lumpen. Kleine Kinder, die Essensreste vom Boden pickten. Der Geruch nach altem Urin und Blut und herabhängende Spinnweben, die sich jedes Mal in den Haaren verfingen, wenn man der Wand zu nahe kam, weil niemand daran dachte, sie mit einem Besen abzufegen.

»Das war aber nicht immer so, erzählt die Köchin«, sagte Katalin, die mit einigen Dienerinnen allen Sprachproblemen und aller Verachtung der Barbaren zum Trotz regelmäßigen Plausch pflegte. Sie fand, nichts konnte lebensrettender sein, als »sich auszukennen«, wie sie es nannte. Agatha schimpfte es Neugier, lauschte ihren Berichten aber trotzdem begierig.

»Als Königin Ingibjörg noch lebte, sah es hier ordentlich aus. Es gab sogar Musikanten aus dem Süden, und sie hatte einen Juden, der sich mit feinen Ölen auskannte. Ingibjörg starb am Fieber, und nach ihrem Tod zog der Lotter in die Burg.« Christina spähte in die Ecken. Der Lotter lag überall herum, unübersehbar – und alt. Älter als die Königin. Viel konnte die norwegische Königstochter, die für einige Jahre das Bett des Schotten geteilt hatte, nicht gegen den Lotter ausgerichtet haben. Ein derart armseliges Frauengemach zeugte von ähnlicher Gleichgültigkeit wie die Einrichtung der königlichen Kapelle, die Malcolm offenbar vollkommen kalt ließ – sonst hätte er doch gewusst, wo der Altar stand.

Sie verzog verächtlich den Mund. »Es heißt ja auch der Lotter.« Katalin kicherte.

»Hört sofort mit dem Getratsche auf«, zischte Agatha, »das gehört sich nicht! Immerhin sind wir hier zu Gast!« Christina verdrehte die Augen. Manchmal war die Mutter strenger als die Schwestern in der Klosterschule.

Die anderen Frauen ließen sich von dem Gerede nicht stören, wenn sie überhaupt etwas verstanden. Oder vielleicht tratschten sie genauso, und man bekam es nur nicht mit, weil ihre Sprache so unverständlich klang. Sie saßen einfach immer hier oben am Feuer, spannen, nähten, nährten Säuglinge und plapperten. Wenn sie damit fertig waren, legten sie sich hin und schliefen. Eine leerte am Morgen die stinkenden Eimer – und der Tag begann von neuem. Keine Gebete, keine Vespern, kein Gott. Gott wohnte in der kleinen Kapelle, zusammen mit dem Priester, der sich jedoch nie auf der Burg sehen ließ. Malcolms Burg war kein Ort für Priester …

Die Lieder, die die Weiber mit kehliger Stimme sangen, klangen so wehmütig und eintönig wie das schlechte Wetter, das hier tagein, tagaus den Himmel grau färbte, und wie der Regen, der an den Mauern herablief, alles durchnässte und nur von einem heftigen Wind abgelöst wurde. Der trocknete kaum, hinterließ auf der Haut eine eisige Klammheit und fraß sich durch bis auf die Knochen. Der Wind von Edinburgh sorgte dafür, dass man jeden Ausflug innerlich an der Tür bereits beendete. Kein Wunder, dass die Weiber ihre Kammer so selten wie möglich verließen.

Trotzdem wanderte Christina umher; sie litt unter der drangvollen Enge. Vielleicht auch, weil eine Sehnsucht in ihr schmerzte, die sie nicht recht benennen konnte. Vielleicht hatte es mit einem Mann am Meer zu tun, der sie auf seinen Armen getragen und ihr Herz gehalten hatte. Der ihr auf so merkwürdige Weise vertraut gewesen war … Sie verbot sich jeden weiteren Gedanken an den Mann und das Meer und schlang das wollene Tuch enger um die Schultern. Dass es sein Mantel war, in dem sie die Nächte unter den Fellen verbrachte, und dass er trotz Ausbürsten und Lüften immer noch ein wenig nach ihm roch, das brauchte niemand zu wissen …

»Ich hab ein Geschenk für dich.« Edgar strahlte sie an. In seinen Händen hielt er einen dicht gewebten Schal, wie ihn hier am Hof alle über den Schultern trugen, was die Männer zu breitschultrigen Kriegern machte und so manche Frau zu etwas Ähnlichem.

»Du schenkst mir etwas?«, kicherte Christina. Sie saß auf einem Mauersims und genoss die spärliche Herbstsonne. Eine Katze strich um ihre Beine und drückte sich gegen ihre Hand, um gestreichelt zu werden.

»Nein, natürlich nicht … Ich meine …« Verwirrt hielt er inne. Galanterie war noch nie Edgars Stärke gewesen, vielleicht war er auch einfach nur zu jung dafür. Aber sie erinnerte sich auch nicht daran, ihn jemals in der Nähe eines Mädchens gesehen zu haben. Seine Liebe hing an seiner Hüfte: das doppelseitige Schwert seines Vaters in der reich verzierten Hülle.

»Zeig doch mal«, ermunterte sie ihn. Er kramte den Wollberg auseinander und erklärte ihr, dass ein gewisser Máel … – den Rest verstand sie nicht – ihr den Hof machen wolle und ihr dieses kostbare Geschenk überreichen ließ.

»Das ist Wolle, wie man sie für Männer webt«, erklärte sie und knautschte den steifen Stoff mit ihren schlanken Fingern, »erwartet er, dass eine Dame so etwas trägt?«

Edgar verzog das Gesicht und fasste nach dem Schal. »Meinst du? Er kommt aus dem Norden, dort tragen die Damen so etwas vielleicht. Soll ich ihn fragen?«

»Lass das lieber«, lachte sie. »Und stell dir nur vor – da bekomme ich ein Geschenk von einem, den ich gar nicht kenne. Hat der König Margaret etwas geschenkt?«

»Er… hm.« Edgar starrte vor sich hin. »Glaubst du, er mag sie? Glaubst du, er findet sie schön?«

»Das ist wohl unübersehbar«, meinte sie amüsiert.

»Aber er müsste doch mit mir reden. Er müsste mir doch…«

»Edgar, was tun wir hier?«, unterbrach sie ihn. Mit der Rechten umschlang sie seine noch jugendlich schmale Hüfte und zog ihn neben sich auf den Sims. »Es ist… Edgar, es ist so furchtbar hier. Hören wir auf mit dem närrischen Geschwätz. Es ist furchtbar kalt, dieser Schal ist furchtbar, und die Männer, die uns hinterhergaffen, sind auch furchtbar. Wie lange müssen wir hierbleiben? Denkst du manchmal an Zuhause?« Zuhause. Sein ratloses Gesicht verriet ihr, dass das eine törichte Frage war, weil er sich nicht mehr erinnerte, welches Paradies sie als Kinder verlassen hatten. »Edgar, das hier ist kein Ort für Margaret und mich.«

»Nein, das ist es nicht«, gab er zu ihrer größten Überraschung zu. »Wir werden bald nach Dunfermline gehen, Stina. Dort wirst du alles haben, was einer Dame zusteht. Dunfermline ist die große Burg des Schottenkönigs, dort soll es euch beiden an nichts fehlen. Das verspreche ich dir.« Er lächelte sein unwiderstehliches Jungmännerlächeln, und sie glaubte ihm diesmal gerne alles, weil gerade die Sonne so friedlich und warm auf ihr Gesicht schien und hellgrüne Fäden in dem ansonsten hässlichen Schal aufleuchten ließ, weil für einen Moment alte, nach süßer Pfefferminze duftende Vertrautheit bei ihnen saß – und weil dieser Moment des Friedens nichts kostete.

Froh, den gestrengen Blicken ihrer Mutter wieder einmal entronnen zu sein, kletterte sie aus der Nebenpforte in den Hof, wo es immer etwas zu sehen gab – und wenn man sich geschickt verbarg, auch zu hören.

Der Schmied betrieb dort im Schutz eines Verschlages seine Esse. Hier versammelten sich häufig die Männer, um Nachrichten auszutauschen – die Schmiede war der einzige Ort, wo man außerhalb von Malcolms Reichweite die Entwicklungen im Reich des Eroberers besprechen konnte, ohne bis auf die Haut nass zu werden. Vor allem die angelsächsischen Gäste warteten hier auf Boten, denen sie Neuigkeiten abschwatzten, bevor diese den Saal erreichten und zerredet wurden.

Die kriegerischen Auseinandersetzungen zwischen Normannen und Angelsachsen in Yorkshire wollten kein Ende nehmen. Der dänische König Sveyn Estridsen, den die angelsächsischen Rebellen zu Hilfe gerufen hatten und der sich nun ebenfalls Hoffnungen auf die englische Krone machte, hatte sich südlich von York verschanzt. Wilhelm habe ihm Geld angeboten, damit er England verlässt, erzählten sich die Männer. Wilhelm selbst zog mit einem riesigen Heer umher und schlug alles kurz und klein, was sich ihm in den Weg stellte, hieß es. Angeblich hatte er Felder verbrannt und die Ernte vernichtet. Geschichten von erhängten Bauern machten die Runde, von ermordeten Kindern und dass kein Stück Vieh mehr südlich des Tees herumlaufen würde. Bis an den Tyne seien seine Truppen marschiert. Alles nur dumme Gerüchte, sagten andere. Er sorge für Ordnung, wie ein König dies eben tue. Er müsse seine Herrschaft festigen, dann würde in Northumbria schon Ruhe einkehren. Christina hörte die Namen von Rebellen, Eadric und Hereward, die dem Normannen das Leben schwer machten und seine Truppen aus Hinterhalten immer wieder angriffen. Niemand wusste so recht, auf wessen Seite sie wirklich kämpften. Niemand wusste, wohin das alles führen würde. Die Sorge wuchs, denn niemand wusste, wie König Malcolm sich angesichts der Bedrohung verhalten würde. Ob er wieder in den Krieg ziehen würde, ein weiteres Mal versuchen würde, Northumbria zu erobern? Gierte er gar nach Englands Krone, wie jemand geflüstert hatte?

Heute Morgen hockten nur zwei Männer unter dem Verschlag, und das war auch gut so, denn ihre Reden hätten für Aufruhr gesorgt.

»Meinst du, es hat überhaupt noch Sinn, für einen angelsächsischen Thronfolger zu kämpfen?«, fragte Morcar und rutschte an der hölzernen Säule des Schmiedeverschlags herunter in die Knie. Sein Bruder Edwin hackte mit dem Messer in das Holz.

»Für irgendwen musst du kämpfen. Willst du etwa für diesen Normannen kämpfen? Der dir dein Land weggenommen hat und dafür sorgt, dass du vor einem verfluchten Schotten buckeln musst?«

Die Earls von Mercia und Northumbria waren stets kriegerisch gestimmt gewesen, erst recht, nachdem der Normanne ihnen ihr Land weggenommen hatte. Als der Kronrat Witan nach dem Fall von Hastings und dem Tod König Harolds Christinas Bruder Edgar die Krone angetragen hatte, waren sie zu Verteidigern des Reiches auserkoren worden, und sie hatten sich beide in der Rolle des Heerführers durchaus am rechten Platz gewähnt.

»Wilhelm würde uns vielleicht vergeben, Edwin«, sagte Morcar da zu ihrem größten Erstaunen. »Das hat er doch schon einmal getan.« Christina traute ihren Ohren nicht. Dachte dieser feige Ritter etwa daran, ihren Bruder zu verlassen? Dem er Treue geschworen hatte? Ihr aufkommender Ärger schien durch die Ritzen des Verschlags zu wehen, denn unvermittelt drehte Edwin sich um und runzelte die Stirn.

»Man sollte sich für Euch schämen, *hlæfdige* Christina. Ihr treibt Euch an unziemlichen Orten herum, wo eine Dame nichts verloren hat. Mischt Euch in Dinge, die eine Dame nichts angehen. Ihr lauscht, *hlæfdige.*« Seine Stimme klang scharf. »Euer Bruder wird nicht erfreut sein, dass Ihr dabei ertappt worden seid.«

Christina ballte die Faust unter ihrem Schal und verließ

den Schatten. »Mein Bruder wird nicht erfreut sein zu hören, dass man im Verborgenen hinter seinem Rücken über den Sinn von Gefolgschaft nachdenkt.« Der schlanke Earl ohne Land blitzte sie böse an, und die Lust, sie für ihre Worte zu schlagen, stand deutlich in seinen Augen. Allein ihre hohe Geburt schützte sie jetzt noch und dass jeden Moment weitere Zeugen hinzukommen konnten. Sie reckte den Hals noch ein wenig mehr.

»Ich denke, jeder von uns sollte für sich behalten, was gesprochen wurde. Gott wird darüber richten, wenn es an der Zeit ist«, warf sie über die Schulter zurück und wandte sich zum Gehen, bevor die Situation gefährlich werden konnte.

»Malcolm hat völlig recht, wenn er Euch als vorwitzige Närrin bezeichnet!«, rief Edwin ihr hasserfüllt hinterher. Der Kraftausdruck, der noch folgte, trieb ihr das Blut ins Gesicht, aber nein, sie würde sich nicht umdrehen!

»Sie wird den Mund halten, Edwin«, kam es da müde von Morcar, der sich nicht einmal vom Boden erhoben hatte. »Die Zwergin hat gar nicht den Mut, ihrem Bruder zu erzählen, was sie erlauscht hat. Sie versteht es ja nicht einmal. Und er wird ihr auch nichts glauben.« Christina blieb stehen, um tief durchzuatmen. Wie ein grobes Tuch legte sich die raue Umgebung über die Gemüter der Menschen und ließ sie offenbar jegliche Erziehung vergessen.

Langsam drehte sie sich zu den Männern um. »Ich mag zwar eine Frau sein – aber ich kann durchaus zwischen treu und untreu unterscheiden, edler Herr von Northumbria. Seid gewiss – wenn es notwendig ist, werde ich mich erinnern, was ich verstanden habe.«

Ihr erster Impuls war, es Edgar zu sagen und voller Genugtuung mitzuerleben, wie seine beiden Getreuen verstoßen wurden. Doch Edgar war mit Malcolm auf die Jagd geritten, niemand wusste, wann sie zurückkehren würden. Margaret lag im Gebet vertieft in der Kapelle und würde mit Unverständnis auf die Störung reagieren. Wem sollte sie sich anvertrauen? Wer außer Margaret würde ihre Befürchtungen verstehen? Eine Weile lief sie wütend, ratlos, mit sich hadernd herum, verfluchte die Burg und ihr Dasein als Gast ohne Freiheit, verfluchte ihre Einsamkeit unter so vielen Menschen. Der Tag verging, nichts geschah. Der nächste Tag brachte Frieden, ein wenig Sonne, einen Ausflug an den Fluss, weil sie ausnahmsweise einmal kein Sturm ans Haus fesselte – brachte Zerstreuung und Vergessen.

Dankbar nahm Christina es an und behielt ihr Wissen für sich.

In der Frauenkammer würde solches Wissen sowieso kein Gehör finden. Dort versuchte man, sich im neuen Umfeld zurechtzufinden, sich einzurichten, einen Lebensrhythmus zu finden, und zu einem Großteil war das Margarets ruhiger Anwesenheit zu verdanken. Das undamenhaft erworbene Wissen um mögliche Untreue würde da nur für Unruhe sorgen. Vielleicht besannen sich die beiden Earls ja auch, und alles würde gut werden. Stumm beobachtete sie Edgars Anhänger, die beiden Earls, den schmierigen Northumbrier Cospatric, den fetten Merlewein und all die ungestümen Krieger, die mit ihnen nach Schottland geflüchtet waren und denen bisher so wenig geglückt war. Nichts würde gut werden …

Eine Weile hatte sie den Eindruck, dass der König Margarets Gegenwart regelrecht suchte. Und das, obwohl er weitaus wichtigere Geschäfte zu erledigen hatte. Boten kamen aus dem Norden, brachten Kunde von säumigen Zahlern, der Jarl von Orkney reiste an und stritt sich lautstark mit Malcolm über einen Wegezoll und dass sich die Söhne aus Malcolms erster Ehe, die bei ihm erzogen wurden, ungebührlich benahmen, den Weibern nachstellten, wilderten … und immer wieder gab es düstere Nachrichten aus dem Süden, von jenem

Normannen, den niemand hier König nannte, weil Malcolm das auch nicht tat.

Er wusste dennoch genau, wann und wo er Christinas Schwester finden konnte, und die Sonne schaute genau zum richtigen Zeitpunkt hinter den ewig grauen Wolken hervor, damit er Margaret auf die Burgmauer bringen konnte, um ihr sein Land zu zeigen oder um sie in dem hohen Gras herumzuführen, das er seinen »Garten« nannte und wo angeblich einmal Blumen geblüht hatten, wie Margaret abends kichernd berichtete.

»Akelei und Rosen«, nickte eins der Weiber. »Die hat noch die Königin gesetzt.« Für die Dienstweiber war »die Königin« immer noch Ingibjörg, die schon seit einem Jahr im Grab lag. Von ihren Rosen indes war nichts mehr zu sehen – vermutlich fanden die Blumen die Festung von Edinburgh genauso unwirtlich und düster wie die weiblichen Gäste des Königs. Dennoch ließ Malcolm in seinem »Garten« einen Platz mit Bärenfellen auslegen und Margaret dort aromatischen Honigwein servieren. Und da ihm sogar das Wetter zu gehorchen schien, saßen sie an einem warmen Plätzchen, und er fragte sie, ob sie glücklich sei.

Margaret hob die zierlichen Brauen. »Da ich nicht unglücklich bin, muss ich wohl glücklich sein«, sagte sie und ließ ihre Stickarbeit sinken. Christina unterdrückte ein Lachen, als sie den Gesichtsausdruck des Schotten sah.

»Ich nehme an… nehme an, es… ähm, es, es gibt etwas dazwischen?«, versuchte er hilflos ein Gespräch anzuknüpfen. »Zwischen unglücklich und… ähm…«

Nun lächelte sie ihn an. Christina weidete sich an seiner Verlegenheit und der tiefen Röte, die sein Gesicht überzog. »Augustinus stellte fest, dass es zwischen Glück und Unglück ebenso wenig ein Mittleres gibt wie zwischen Leben und Tod. Also muss man sich entscheiden – man kann nur leben oder tot sein.« Der Wind spielte mit einer Strähne, die sich aus ihrem Zopf herausgearbeitet hatte, und wehte sie neckisch in Malcolms Richtung. Der hätte nur die Hand ausstrecken müssen, um sie zu ergreifen. Doch das tat er nicht, er starrte sie nur verzaubert an.

»Ihr seid also glücklich, *hlæfdige*«, sagte er stattdessen und ohne zu stottern.

»Ich lebe, *a rìgh*«, erwiderte sie leise.

Margaret wusste es stets einzurichten, dass jemand zugegen war, damit sie niemals mit dem Schotten alleine war, der ihr immer deutlicher den Hof zu machen schien. Doch sie wich ihm auch nicht aus. Fast hatte Christina das Gefühl, dass hier Katze und Maus miteinander spielten. Sie erkannte ihre Schwester kaum wieder, und sie konnte auch nicht sagen, wer die Katze und wer die Maus in diesem Spiel war.

Christinas Unruhe wuchs. Sie hasste Edinburgh und alles, was damit zusammenhing.

»Ich finde, du bist undankbar«, wies Agatha sie zurecht. »Reiß dich endlich zusammen, immerhin hast du ein Dach über dem Kopf und kein schlechtes. Der schottische König war sehr großherzig, uns aufzunehmen.« Christina seufzte so leise, dass die Mutter es nicht hörte, und zwang sich, nicht noch weitere Webplättchen im Zorn zu zerdrücken. Die Weberei, die sie in der Klosterschule einst so geliebt hatte, zerrte nun an ihren Nerven. Was sollte nur aus ihnen werden? Nach London konnten sie nicht – weil Edgar sich nach Jahren des Friedens gegen Wilhelm gestellt hatte und kein Æthling bei ihm mehr willkommen war. Auch die Tatsache, dass der Normanne ihnen mit seinen kriegerischen Aktionen in Northumbria jeden Weg versperrte, verursachte ihr Angst.

Die beschworene »Großherzigkeit« des schottischen Barbaren erschien ihr, je länger sie darüber nachgrübelte, desto deutlicher berechnend, falsch und alles andere als sicher. Niemand hatte sich bisher dazu geäußert, welche Pläne für sie und Margaret bestanden. Es konnte doch nicht Edgars Ernst sein, sie beide in diesem Umfeld zu lassen! Er hatte versprochen, dass sie an den Hof von Dunfermline gehen würden – doch davon redete inzwischen keiner mehr. Vielleicht gab es dieses Dunfermline überhaupt nicht? Die beiden Earls waren wieder in Edgars Nähe gerückt: Nichts in ihrem Verhalten ließ vermuten, dass sie mit dem Gedanken spielten, ihrem Bruder die Gefolgschaft zu kündigen. Auch das Benehmen ihr gegenüber ließ nicht zu wünschen übrig, niemand wagte es, sie eine Zwergin zu nennen. Christina fragte sich ernsthaft, ob sie das hässliche Gespräch in der Schmiede nur geträumt hatte.

Die begehrlichen Blicke anderer unbeweibter Adeliger unterschieden sich hingegen nicht von denen in London, wo Königin Mathilda immer wieder dafür gesorgt hatte, dass man die heiratsfähigen Æthling-Schwestern nicht vergaß. Hier im Norden fehlte ihr Rückzugsort, die Klosterschule, wo Gebet und Arbeit den Tag unter sich aufgeteilt hatten. Ohne diese Sicherheit im Rücken fühlte Christina sich unbehaglich – geradezu ausgeliefert. Und dann stahl sich zwischen die bewundernden Blicke auch noch das braune Augenpaar eines Mannes, der gar nicht bei ihnen stand und der sie auch gar nicht so hätte anschauen dürfen, weil er ein Mönch war. Ein Mönch am Ufer des Forth. Doch sein warmer Blick umfing sie über alle Grenzen hinweg schützend und tröstend…

Bei den Männern ging es an diesem Abend hoch her: Gaukler waren in die Festung gekommen. Mit tumben Späßen und schrillen Instrumenten stachelten sie die biertrunkenen Männer zu Gelächter und Gejohle an. Earl Morcar tanzte schließlich auf dem Tisch, und Edgar stopfte sich zwei Äpfel in die Weste, um neben seinem Freund das mannstolle Weib zu geben.

»Gott sei ihm gnädig, was macht er sich lächerlich«, spuckte

Agatha verächtlich, als ein angelsächsischer Ritter aufsprang, ihm mit beiden Händen an den Hintern griff und eindeutige Beckenbewegungen vollführte. Edgar warf die Arme in die Höhe, verdrehte die Augen und stöhnte so lustvoll, dass ein anderer Ritter vor Lachen vom Hocker kippte. Kichernd blieb er liegen, und Edgar hockte sich über ihn und trieb seine Posse unter Gestöhne weiter. »Bei allen Heiligen, was ist in ihn gefahren!« Entsetzt bekreuzigte Agatha sich, als Malcolm vor Lachen prustete und schrie, er habe endlich verstanden, warum der junge Æthling nie nach den Weibern schaue und dass sich für solche Fälle sicher etwas im Sklavenlager finden ließe, man wisse ja, wie hübsch die Jungs des Erobererreichs seien.

»Ja sicher! Zarte walisische Knaben«, hechelte der Glatzköpfige und klopfte sich wiehernd auf die Schenkel, schließlich wusste jedermann, dass die Waliser breitgebaute Burschen waren, deren Schwänze ausreichten, es drei Weibern auf einmal zu besorgen. An dem schmalen Æthling würden sie bestimmt ihr Vergnügen finden! »Gleich morgen gehen wir auf die Jagd, *a rìgh*!« Die Idee fanden noch mehr Kerle reizvoll, immerhin gab es im Sklavenlager auch hübsche Angelsächsinnen, die vom König noch nicht verteilt worden waren. Edgar schien so betrunken zu sein, dass ihm entging, welche Späße auf seine Kosten getrieben wurden. Seine angelsächsischen Freunde hielten sich spürbar zurück. Edgar Æthling war trotz allem immer noch ein Thronerbe, da konnte es von Nachteil sein, wenn er sich eines Tages erinnerte, wer sich zu welcher Gelegenheit über ihn lustig gemacht hatte.

Christina sah das Glitzern in ihren Augen und wie es sie reizte, sich zu beteiligen, sie waren schließlich auch nur Männer, deren Bruche viel zu lange zugebunden gewesen waren. Angewidert rief sie sich jenes Gespräch in der Schmiede ins Gedächtnis zurück.

»Was meinst du, wie lange sie Edgar noch die Treue halten?«, flüsterte Margaret. Die Schwester konnte offenbar Gedanken lesen. Christina biss sich auf die Lippen. Vielleicht war es an der Zeit, über Earl Edwins untreue Äußerungen zu sprechen.

»Man überlegt, ob es sich noch lohnt«, flüsterte sie zurück. »Man rechnet zwischen ihm und Wilhelm und welche Gefolgschaft einträglicher sein könnte …«

Zu ihrer größten Überraschung nickte Margaret. »Ich habe auch so etwas gehört. Edgar sollte sich in Acht nehmen. Seine engsten Freunde könnten seine ersten Feinde werden. Wir müssen sehr wachsam sein, Stina.« Und ihre schmale Hand stahl sich zwischen Christinas Röcke und drückte ihr Handgelenk so fest, wie sie es von Margaret gar nicht kannte.

»Und wenn sie ihn fallen lassen?«

»Wenn sie ihn fallen lassen, sind wir wieder auf der Flucht, Stina.«

Noch lange klang dieser Satz in Christinas Ohren nach.

»Wohin willst du?« Die alte Amme zog sie am Ärmel. »Stina, bleib doch stehen – wohin gehst du?«

Christina drehte sich um. Die tiefe Sorge in Katalins Gesicht griff an ihr Herz, und sie zog die Amme in die Arme. »Ich will hinunter zum Meer. Ich suche den Mann, der mich aus dem Wasser gezogen hat, Katalin. Komm doch mit.«

»Mann? Welcher Mann?« Entsetzen breitete sich über das ganze runde Gesicht bis an den Rand der adretten Leinenhaube aus, von der niemand wusste, wie Katalin es anstellte, sie selbst im schmutzigsten Umfeld so sauber zu halten. Christina beschloss, der Amme nicht alles zu erzählen. So lange hatte sie ausgehalten, hatte diesen Plan wie einen kostbaren Schatz mit sich herumgetragen, hatte das unerträgliche Sehnen in ihrer Brust sogar vor ihrer Schwester geheim gehalten – besser, das blieb auch so. Niemand brauchte zu erfahren, wie sich ihr Herz beim Gedanken an Nial zusammenzog. Ohnehin war es höchst skandalös, sich nach einem Mönch zu sehnen. Auch wenn er nicht wie einer aussah. Sie zog sich den Umhang enger um die Schultern, nestelte an der Kapuze. Treffen wollte sie ihn. Ihn sehen. Nur … sehen. Und ihm seinen Mantel zurückgeben, damit er nicht fror. Und damit sie wieder schlafen konnte. Und nicht dauernd an ihn denken musste.

»Sie nannten ihn *culdee*, so heißen hier in Schottland die Mönche. Aber er trug keine Mönchstracht, und er wohnt nicht im Kloster. Er hat mich aus dem Wasser gezogen, und ich … ich möchte ihm noch einmal dafür danken.« Sie bemühte sich, ihre Stimme sicher klingen zu lassen – und nicht so zittrig, wie es sich von innen anfühlte. »Weiter nichts.«

»Du suchst einen …?« Katalins Misstrauen wuchs ganz offensichtlich mit jedem Wort – keinen Moment würde sie Christina aus den Augen lassen, Mönch hin oder her, dazu kannte sie sie viel zu gut. Aber umso besser. Kein schlammverschmierter Schotte würde sich auch nur einen Schritt an der grimmigen Amme vorbeiwagen. Inzwischen hatte sie nämlich richtig Angst vor den Schotten, nicht nur, weil sie ihre Sprache kaum verstand. Die letzten Prügeleien in der Halle hatten die englischen Flüchtlinge gelehrt, dass man hier im Norden anders zählte, dass Nase gegen Nase aufgerechnet wurde – fast wie in der Bibel. Nur dass die Bibel dabei kaum eine Rolle spielte. »Heidnisches Pack«, murmelte Christina. Katalin hatte es gehört.

»Genau«, gab sie zurück, »Barbaren sind das, nichts als Barbaren.« Und sie hakte Christina unter, wie es sonst niemand wagte. Aber Katalin war nicht nur die Amme der Mädchen, sondern auch ihre Vertraute und beste Freundin, seit sie die ungarische Heimat von Meksnedad vor vielen Jahren verlassen hatten. Und eigentlich hatte Christina vor ihr noch nie ein Geheimnis gehabt …

Der Torwächter hob seine buschigen Brauen, als er die zwei angelsächsischen Frauen unter den braunen Mänteln erkannte. Die Weiber von Edinburgh sahen anders aus, und jeder bewunderte die beiden schönen Prinzessinnen, die der König sich da aus dem Forth gezogen hatte.

»Glotz nicht so«, fuhr Katalin den Mann an, was vollkommen überflüssig sein mochte, aber Wirkung zeigte, denn statt eine dumme Bemerkung zu verlieren, hielt er einfach den Mund. Leise kichernd schob die alte Amme Christina durch das Tor und ordnete dabei die Mantelfalten auf ihrer Schulter, wie um zu betonen, dass ihr junger Schützling etwas Besonderes war.

Vorsichtig stiegen sie den matschigen Pfad hinab, der noch genauso unwegsam war wie beim letzten Mal. Zwar gab es ein Seil, an dem man sich festhalten konnte, doch der Mantelsaum war jedes Mal bis zum Knie lehmverschmiert, und wenn ein eiliger Schotte vorbeiritt, traf der aufspritzende Schmutz bisweilen auch den Kopf. Christina hatte in ihrem Leben noch nicht in solchem Schlamm gelebt. Bevor sie einmal mehr darüber sinnieren konnte, wie das möglich war, zog Katalin sie weiter, an der kleinen Kapelle vorbei und zwischen den ärmlichen Marktständen hindurch, die an diesem Morgen den kleinen Platz bevölkerten. Hier roch es unangenehm nach Fisch und Hühnermist. Der ewige Wind zerrte an auf Leinen hängenden Trockenfischlappen. Manche konnte er stehlen, und war der Händler nicht schnell genug, zankten sich wilde Hunde um die Beute. Trotzdem stank der Fisch aus jeder Ecke.

Viel gab es sowieso nicht, was feilgeboten wurde – die schottische Erde geizte offenbar mit Fruchtbarkeit. Auch auf der Burg bestand das Essen fast ausschließlich aus Bohnenmus und ein wenig erjagtem Fleisch oder Fisch, und Christina hatte jeden Abend Bauchgrimmen von den ungewohnten Speisen.

Hinter dem Wall erwartete sie nicht nur Regen, sondern auch graue, ernste Einsamkeit, die den Menschen stumm verschluckte, sobald er ihr zu nahe kam. Heute schien niemand die Festung verlassen zu wollen, und so war Christina schon ein wenig beklommen zumute, als sie den steinigen Hügel zur unruhig lauernden See hinunterstieg. Die northumbrische Küchensklavin hatte von Meeresungeheuern erzählt, die man hier an nebeligen Tagen sehen konnte. Das Meer grinste gönnerhaft. *Ich zeige sie nicht jedem,* raunte es und ließ die Wellen gierig über den Strand lecken. Aber die Neugierigen sahen die Ungeheuer ...

Magga würde jetzt beten, dachte sie. Das Meer würde sich davon besänftigen lassen, seine Farbe verändern und die Drohgebärden aufgeben. Und Gott würde für Magga die Wolken auseinanderschieben, damit sie ihr Ziel im Trockenen erreichte. Für sie würde Gott das nicht tun, weil Er ihren Gebeten nicht recht Glauben schenkte. Weil Er wusste, dass sie den kleinen Vogel aussenden und manchen Menschen damit helfen konnte, obwohl sich das nicht gehörte ...

»Wo finden wir den Mann, Kind? Du willst doch nicht einfach in die Wildnis?« Die Stimme der Amme klang zutiefst beunruhigt, als sich das graue Wintereinerlei immer aufdringlicher vor ihnen ausbreitete, ohne einen Anhaltspunkt für das Auge zu geben. Eine nasse, menschenleere – eine feindliche Welt. Feindlich. Das war das Wort, wonach Christina die ganze Zeit gesucht hatte.

»Am Meer werden wir ihn finden«, murmelte sie und presste den zusammengerollten Mantel des *culdee* dichter an sich.

»Wir sind am Meer, Mädchen«, entgegnete Katalin verständnislos. »Wohin jetzt?« Ihre Ungeduld trat immer deutlicher zutage. Als Nächstes würde sie die sofortige Rückkehr in die Burg durchsetzen, um diesen närrischen Ausflug zu beenden. Christina schlang die Hände um den Mantel. Nial würde dort sein. Er war dort und wartete, das wusste sie.

»Erlaubt Ihr Begleitung?«

Die beiden Frauen fuhren herum. Hinter ihnen stand einer dieser Schotten in merkwürdiger Wollkleidung. Sein tiefrotes Haar hing ihm nass und traurig bis auf die breiten Schultern herab. Die Augen glänzten fiebrig, auch Nase und Wangen schimmerten ungesund rot, und man sah, wie er im scharfen Nordwind zitterte.

»Wer hat Euch erlaubt, uns zu folgen?«, blaffte Katalin ihn an, und der Schotte wich erschrocken zurück.

Christina schob die Amme beiseite, um den Mann näher zu betrachten. »Gehört Ihr nicht eher auf Euren Strohsack?«, fragte sie stirnrunzelnd. »Ihr seid doch krank!«

Er schüttelte den Kopf. »Es ist nichts, *hlæfdige*. Ich habe ein paar Tage auf dem Wachturm ... zugebracht. Es ist nichts. Ich geleite Euch gerne zu dem Mann, den Ihr sucht.«

»Wer seid Ihr, woher wisst Ihr ...?«

Der Fiebernde bemühte sich um Haltung. »Mein Name ist Ruaidrí, Sohn des Fergus aus St. Andrews, ich bin ein Mann des Mórmaer von Moray. Und ich weiß, wen Ihr hier unten sucht – ich hab ihn gesehen, als wir nach dem Sturm die schiffbrüchigen Angelsachsen retteten und Euch zur Festung hochbrachten.«

»Führt uns zu ihm«, unterbrach Christina ihn und packte Katalin aufgeregt am Arm. »Genau den suchen wir – und Ihr kennt ihn! Seid so gut, bringt uns hin!«

Ruaidrí führte sie aus dem Sand wieder die Böschung hinauf und auf einen schmalen Saumpfad entlang der Felsen. Der Bodennebel kroch ihnen von unten an die Füße und unter die Röcke, und er fingerte ihnen so aufdringlich an den Beinen, dass Christina wie ein Storch durch das nasse, hohe Gras stakste. Trotzdem waren ihre dicken Lederschuhe nach kurzer Zeit durchgeweicht, der nasse Rocksaum klatschte ihr um die Beine, und der verdammte Weg wollte einfach kein Ende nehmen.

»Du holst dir hier noch den Tod, Mädchen. Was für ein Gedanke«, keuchte Katalin hinter ihr. »Und am Ende ist dieser Mann überhaupt nicht da oder schon totgeschlagen, wie es bei den Schotten ja öfter passiert … Barbarenvolk …«

»Er ist *culdee*«, wandte sich ihr Führer an sie. »*Culdees* sind friedlich und kämpfen nicht. Wenn sie es doch tun und totgeschlagen werden, ist es nicht schade um sie, denn sie sind lausige Krieger.« Es war gut, dass er das ungarische Gemurmel der Amme nicht verstehen konnte, in dem es um Barbaren und Männer im Allgemeinen ging, gespickt mit wenig statthaften Flüchen.

»Dort vorne findet Ihr ihn, *blæfdige*. Ihr müsst nur noch um den Felsen herum, da ist das Lager, da findet Ihr ihn.«

»Ruaidrí.« Christina hielt ihn an seinem Umhang fest. »Bleibt bei uns, seid so gut.« Seine Nähe hatte das Meer anscheinend im Zaum gehalten, es lag wartend am Ufer und trommelte nur mit seinen Wellenfingern, statt sie nach ihnen auszustrecken. Dennoch wollte sie ihm nicht alleine begegnen. Ihm – dem *culdee*. Oder dem Meer …

Zwischen den Felsen am Strand flatterte ein merkwürdiges Lumpen- und Barackendorf im Wind. Aus Treibholz hatten Menschen Hütten errichtet, die mit groben Leintüchern und Binsenmatten verhängt waren. Offenbar hatte der Sturm vor einigen Tagen erhebliche Schäden angerichtet, denn Fetzen flatterten traurig in den grauen Himmel, und überall lagen Binsenreste im Sand verstreut. Es roch nach dem Unrat, den die Armut hervorbringt, es roch nach jener Hoffnungslosigkeit, in der die Armut einen zurücklässt und die unter dem Unrat verborgen schlummert. Greinende Kinder, magere Hunde und vor allem Frauen in armseligen Kleidern, die geschäftig um die Hütten herumliefen und zu halten versuchten, was kurz vor dem Auseinanderfallen war. Der Wind war ihr täglicher Gegner gegen die Obdachlosigkeit. Mit von der

Kälte roten Händen mühten sie sich ab, Seile zu knüpfen und Tücher zu spannen – armselige Versuche, die der Wind ihnen tückisch erst dann aus den Händen riss, wenn sie fast damit fertig waren. Sie kämpften dagegen mit Heiligenlitaneien und knüpften die gütigen Namen in die Knoten hinein – und manche hielten dem Wind dadurch sogar stand.

Ein Mann löste sich aus der Gruppe. Auch an ihm zerrte der Wind herum, zupfte an seiner kurzen Tunika und wirbelte das schwarze Haar um seinen Kopf. Dreist versuchte er die rasierte Stirn mit dem Haar zu bedecken, doch das gelang ihm nicht. Die Stirn dieses Mannes war für Gott vorgesehen, daran änderte nicht einmal der eigensinnige Nordwind etwas.

Christina erkannte ihn sofort. Nicht sein Gesicht. Es war etwas, was ihn umgab und von den anderen Menschen unterschied. Etwas Warmes, Umfangendes, das ihr Herz erreichte, noch bevor er sie sah. Er drehte sich um und legte seinen Arm um die schmalen Schultern eines Jungen. Der Wind riss von vorne an seiner Tunika und offenbarte ein breites Kreuz mit mächtigen Armen. Ein Kriegerkreuz. Der Wind narrte sie. Das konnte nicht sein. Kein Mönch hatte solch ein Kreuz, solche Schultern. Ihr stockte der Atem. Sie riss sich zusammen, um sich nicht zu verraten.

»Er ist dort«, sagte sie leise zu Ruaidrí.

Der nickte. »Das ist Nial, der *culdee* von Edinburgh. Doch nehmt Euch in Acht, er hat immer wieder Ärger mit dem König, es ist nicht gut, in seiner Nähe gesehen zu werden.«

»Er hatte Ärger? Welchen Ärger? Nun sagt schon!«

»Nial war nicht immer *culdee*«, erklärte der Rothaarige, ganz offensichtlich stolz, sich durch sein Wissen hervortun zu können. »Nial entstammt einer vornehmen Familie und wollte sich dem König nicht unterwerfen, wie sein Bruder es tat. Malcolm zwang ihn daraufhin, in die Kleider des *cul-*

dees zu steigen und in Armut zu leben, und nun provoziert der Mann ihn, wo er nur kann. Er hat Malcolm die Stirn geboten …«

»Warum hat er Ärger?«, wiederholte Christina ungeduldig. Da runzelte Ruaidrí die Stirn und nickte hinüber zum Lager.

»König Malcolm sind diese Leute hier ein Dorn im Auge. Sie betteln, und er hasst Bettler. Nial speist sie.«

»Aber das tun Christen«, sagte sie langsam. »Gott segnet einen, wenn man Bettler speist.«

»Ich dachte, er segnet einen, wenn wir die Armen speisen?«, fragte der Schotte verwirrt.

»Er segnet einen, weil …« Dann sah sie ihn fassungslos an – machte er sich über sie lustig? Nein, seine Verwirrung schien echt zu sein. Katalin seufzte laut hörbar.

»Was tun diese Leute hier?« Vielleicht war es besser, den Schotten von Gott abzulenken, von dem er offenkundig nichts verstand. Es gelang nur bedingt. Sie konnte ihre Gedanken kaum sammeln …

Ruaidrí war geduldig. »Diese Leute wollen zum Kloster St. Andrews jenseits des Forth pilgern, sie können sich aber den Fährmann nicht leisten. Der setzt hier über den Forth. Vom anderen Ufer aus ist es noch mal eine Tagesreise, wenn man bei guter Gesundheit ist. Sie bleiben hier am Ufer und hoffen auf mitleidige Seelen, die ihnen eine Fährfahrt bezahlen oder ein wenig Geld schenken. König Malcolm findet, wenn man kein Geld hat oder gar zu krank zum Reisen ist, soll man zuhause bleiben und nicht betteln«, sagte der Rothaarige schulterzuckend.

»Aber das sind dann Pilger und keine Bettler!«

»Unsinn – es sind Bettler, und der König ist im Recht. Wir haben hier im Norden schon genug Probleme, uns durchzubringen, das ist ein hartes Land, das schlechte Ernten und viel Hunger schenkt. Sollen wir dann auch noch Bettler durchfüttern, die meinen, auf Reisen gehen zu müssen?« Christina verschränkte die Arme vor der Brust, das half, den aufkommenden Ärger über so viel Grobheit und Dummheit einzudämmen und ihre Fäuste zu verbergen. Worte fielen ihr darauf keine ein. Aber Ruaidrí war auch nur ein treuer Gefolgsmann des Königs, nicht mehr und nicht weniger …

»Barbaren«, murmelte Katalin für sie. »Der Herr stehe uns bei, wenn dein Bruder Edgar hierbleiben will …«

»Will er ganz sicher nicht. Niemals. Nein. Wir können gar nicht hierbleiben, und das weiß er auch.« Damit marschierte Christina los, weil sie es keinen Moment länger aushielt, dem gottlosen Geschwätz des Schotten zu lauschen, sich die Widerworte zu verkneifen und dabei den *culdee* nur von ferne anschauen zu können, Mönch hin oder her. Ihr Herz hüpfte unziemlich. Sie hatte ihn endlich gefunden und floh vor jedem weiteren Gedanken.

Wie sie den Weg zu ihm schaffte, wusste sie nicht mehr. Geröll, Sandlöcher, Pfützen. Erinnerungen. Kälte. Regen auf der Haut. Wie lange? Sie stand vor ihm, schaute ihn an und fragte sich, wie sie es bisher ausgehalten hatte … Die Sehnsucht aus den Nächten bekam Gesichtszüge, einen Blick, wurde endlich Wirklichkeit. Scham wallte in ihr hoch für diese Gedanken, er war doch ein Mönch, ein Mann Gottes in Lumpen …

»Bist du endlich gekommen, Christina von England«, sagte er langsam und sehr leise, und ein glückliches Lächeln huschte über sein Gesicht, wie wenn sich die Morgensonne durch Ritzen in der Wand hindurchstiehlt. Und es machte überhaupt nichts, dass er die förmliche Anrede irgendwie hinter sich gelassen hatte. »Ich habe dafür gebetet und mich mit Gott in der Einsamkeit gestritten, ob ich das darf.«

»Du durftest nicht«, flüsterte sie atemlos.

Sein Blick übergoss sie mit Wärme und ließ sie den kalten Wind und die Nässe vergessen. »Ich durfte. Wärst du sonst hier?« Ihr Herz klopfte, durstig trank sie seinen Blick. Durfte ein Mönch sie so anschauen?

»Nein«, flüsterte sie. »Doch … ich … ich wäre trotzdem gekommen …« Der Boden zitterte unter ihren Füßen. Sein Lächeln bewahrte sie davor, das Gleichgewicht zu verlieren.

»Jetzt schäme ich mich auch nicht mehr«, raunte er.

»Du kannst es beichten«, flüsterte sie schelmisch, und es war ihr gleichgültig, wie lästerlich das klingen mochte, und er tadelte sie auch nicht dafür.

»Ich schäme mich nicht mehr«, wiederholte er mit einem zärtlichen Lächeln in den Augen. »Und würde ich es beichten wollen, müsste ich einen weiten Weg gehen, denn das Mutterhaus der *culdees* steht in St. Andrews, und auf dem Weg dorthin würde ich es mir anders überlegen und zurückkommen …«

Sie betrachtete sein Gesicht mit den markanten Wangenknochen, den Barthärchen, die sich bis fast unter die Augen stahlen, sie ergötzte sich an dem kleinen Höcker auf seiner Nase, der vielleicht Erinnerung an eine Prügelei war, und sie weidete sich an seinen vollen Lippen, die der Bart auf geradezu unverschämte Weise freiließ, statt sie wie bei anderen Männern halb zu überwuchern.

»Du musst mich für schamlos halten, Christina von England«, brach es nach kurzem Schweigen aus ihm heraus.

Sie lächelte ihn an. Eine Mischung aus kindhaft verschwörerischer Kameradschaft und Leidenschaft stieg in ihr hoch. Das fühlte sich wundervoll an, und sie entschied sich keck gegen Gewissensbisse.

»Weißt du«, sagte sie leise und trat einen Schritt auf ihn zu, was eigentlich schon nicht mehr ging, »weißt du … ich hab im Kloster gelebt, Nial.« Sie nahm seine Hand, betrachtete die dicken Adern, die sie wie ein starkes Netz überzogen. Man sah der Hand an, dass sie mehr als ein Kreuz halten konnte. »Ich weiß nichts über Mönche.«

Erst sagte er nichts darauf. Und er entzog ihr auch nicht seine Hand. Dann glitt der Schimmer eines erkennenden

Lächelns über seine Züge. Er blieb jedoch ernst, nur seine linke Braue tanzte, als er sagte: »Das ist gut, Christina von England. Nun fürchte ich nichts mehr.«

Dann hatte Katalin sie erreicht und nörgelte los: »Und? Hast du ihm gedankt? Mir ist kalt, lass uns umkehren. All dieser Schmutz hier, das ist kein Ort für dich. Und dieser feuerhaarige Mensch dort sieht so aus, als ob er gleich stirbt, wollen wir uns das auch noch antun? Er jammert. Männer sollten nicht jammern. Und jammernde Barbaren sind das Letzte. Daheim in Ungarn hätte man jammernde Männer an den Füßen aufgehängt, damit sie einen Grund haben. Daheim… ach, daheim. Christina, ich finde wirklich…« Erschrocken hielt sie inne, weil keiner der beiden ihr Beachtung schenkte – tatsächlich waren ihre Worte wie Wassertropfen an Christinas Ohr abgeperlt.

»Heilige Jungfrau«, murmelte die Amme. »Heilige Jungfrau, Mädchen, was muss ich hier erleben? Du versündigst dich ja…« Nicht einmal diese bedrohlichen Worte fanden Gehör. Sie stand da und starrte ihn an. Wie ein Blatt im Wind schwankte sie leise, und der *culdee* hielt sie mit seinem Blick fest. Ein Mönch durfte so etwas nicht. Doch so, wie diese Macht sie hielt, würde nur eine höhere Macht sie aus dem Bann dieses Mannes lösen können. Die tat Katalin den Gefallen.

Ruaidrí war auf einen Stein gesunken. Ein kleines Mädchen wagte sich näher und zupfte ihn am Arm, doch er reagierte nicht. Dann kippte er einfach um, der nasse Sand fing ihn mit einem dumpfen Geräusch auf. Das Mädchen fing an zu schreien, heulte was von »tot« und »Strafe« und duckte sich, als zwei Weiber lamentierend aus den Lumpenzelten angerannt kamen. Der *culdee* fasste Christinas Hand, und sie erwachte endlich wieder zum Leben. Und weil niemand sie daran hinderte, rückte sie noch näher an seine Seite.

»Ach. Nun kann er uns nicht mehr zurückbringen«, bemerkte die Amme trocken und mitleidslos. »Entweder sie hauen sich gegenseitig tot, oder sie fallen einfach um. Was für ein Land, Mädchen, was für ein furchtbares Land, dein Bruder muss uns von hier fortbringen …«

Nial ließ sie los, als wüsste er genau, dass sie gehen musste. Sie hastete durch den tiefen nassen Sand auf den Schotten zu, der stöhnend auf dem Rücken lag. Weil ihre Kleidung vornehm war, machten die Weiber ihr widerwillig Platz. Ihr Geschnatter verstand sie zum Glück nicht, aber es klang wenig schmeichelhaft. So nahe war sie Lumpenpack noch nie gewesen, die zähe Gegenwart war bedrohlich.

»Herr Ruaidrí, lieber Himmel …« Der Schotte hörte sie nicht, er hatte die Augen verdreht, und seinem Zähneklappern war nicht zu entnehmen, ob er zu sprechen versuchte. Fieberschweiß lief ihm in Strömen über Stirn und Wangen, die Nase, vorhin noch so rot, hatte sich weißlich verfärbt, und sein Mund wirkte so eingesunken und schmal … Er würde sterben. Der Tod hatte seine Hand nach ihm ausgestreckt, er würde sterben. Sie sank neben ihn in den Sand. Sie kannte ihn nicht, nur von diesem kleinen Gang am Meer entlang, trotzdem gehörte er in der nassen Einsamkeit bereits zu ihnen.

Sein Fieber war so heftig, dass er sie nicht mehr erkannte. Flennend fuchtelte er mit beiden Händen in der Luft herum, kämpfte gegen Geister, die nur ihn belästigten, die nur nach seinem Leben trachteten und gegen die ihm niemand zu Hilfe eilen konnte. Nial stand dicht hinter ihr. Mit ruhiger, weicher Stimme stimmte er ein Gebet an, dessen Melodie ihr wie warmer Honig über den Rücken rann und ihr Halt gab. Die Weiber fielen ein in den gälischen Singsang, der damit den Schmelz verlor und eher wie eine Totenklage anmutete. Es war eine Totenklage – sie wollten ihn tatsächlich einfach gehen lassen?

Tiefe Ruhe überkam Christina. Vielleicht gerade weil der

culdee so dicht hinter ihr war und alles abschirmte, was stören konnte. Sie betrachtete ihre Hände. Schon lange hatte sie sie nicht mehr um Hilfe gebeten, es hatte keinen Bedarf gegeben, und ein bisschen unheimlich war es ihr auch, weil es hier um mehr ging, als Schmerzen zu lindern. Der Vogel, mit dem sie so oft herumgespielt hatte, würde hier nicht ausreichen. Aber wenn sie sich im Schutz des Mönchs auf die Hände konzentrierte, wenn sie ihren Geist ganz in die Hände versenkte, wenn sie es schaffte, so wie früher …

»Mädchen – tu's nicht«, warnte Katalin von hinten. »Lass es – lass uns gehen, der Mann wird sterben. Lass ihn zu Gott gehen, wenn das sein vorherbestimmter Weg ist. Hörst du mich, Mädchen? Hörst du mich, Stina?« Sie wechselte in die ungarische Sprache, ihre Worte wurden eindringlicher, doch Christina war schon auf dem Weg …

Nial spürte sofort die Hitze, welche die Angelsächsin erfasste und die durch alle Kleiderschichten bis an seine Haut drang. Christina war anders als alle Frauen, die ihm jemals begegnet waren. Sie war gesegnet. Gott liebte diese Frau. Er kannte sich damit aus, hatte viel gesehen in den Jahren der geistlichen Armut. Auch als sie zu schwanken begann und ihre Amme damit ängstigte, blieb er ruhig. Das, was da Besitz von ihr ergriff, war gut, er fühlte weder Furcht noch Besorgnis, weil er dort, wo sie nun hinging, auch schon gewesen war, damals, als er bei Gott die Heilung seiner Seele gesucht hatte. Er war nicht aus Berufung zu den *culdees* gegangen, doch nachdem er die Kutte übergestreift hatte, war ihm ein wenig von Gottes Gnade zuteilgeworden, und er hatte Gefallen an der Kontemplation gefunden. Diese Frau wusste von alldem nichts – sie wusste nicht, wie sehr man den Weg in die Versenkung suchen musste und wie viele Tränen das kostete, weil man ihn nicht immer fand. Sie war gesegnet. Sie ging ihn einfach.

Sie versank immer tiefer in der Ekstase, ihr Gesicht veränderte sich, wurde bleich, schmal, durchscheinend, ihre Augen verschwanden unter seidigen Schatten. Die Frauen, die bis eben noch für das Seelenheil des Sterbenden gebetet hatten, wichen zurück. »Teufel«, flüsterte die eine, die andere bedeckte ihr Gesicht mit beiden Händen. Immer mehr Pilger kamen angeschlichen, um zu sehen, was sich da zutrug, und das Geraune wurde lauter.

Nial schützte die Angelsächsin nun mit seinem Körper. Sie hockte gegen seine Knie gelehnt, und er schüttelte abwehrend den Kopf. »Lasst sie«, sagte er. Was mit ihr passierte, war gut, doch, das fühlte er. Gott war mit ihr, dieser wunderbaren, wunderschönen Frau …

»*Táltos*«, murmelte die Alte, die Christina begleitete. Ihre Hände fingerten in dem schmalen Gesicht herum, als könnten sie die junge Frau zurückholen. Nial wusste, dass das unmöglich war. Sie flog, und Gott war bei ihr und gab auf sie acht. Sanft zog er die Hände der Alten von ihr weg und drängte sie fort. »Lasst sie gewähren«, flüsterte er.

Christina kauerte dicht am Boden. Wie ein Grashalm im Wind wehte sie hin und her, und nur die Wärme, die von ihr ausging, schien sie am Boden zu halten. Er spürte die Wärme und den Zustand der Auflösung, in dem sie sich befand. Sie streckte die Hand aus und legte sie auf den Kopf des Sterbenden. Dann bewegte sich lange Zeit nichts. Der Schotte lag regungslos. Christinas Körper hatte seinen Ruhepunkt gefunden. Sie saß – und saß ganz still, mit der Hand auf seinem Kopf. Nur der Wind zauste ihr Haar und zupfte fragend an ihren Kleidern …

Niemand wagte ein Wort. Alle starrten sie die Frau an, die eine fremde Macht so verändert hatte, dass man sie kaum wiedererkannte.

Ihre Wärme wich. Nials Herz begann zu klopfen. Er spürte, wie sie kalt wurde, wie ihre Kraft schwand und vielleicht nicht mehr für sie selber reichen würde. Als sie fiel, war er da und fing sie auf, und er hielt sie fester, als es eigentlich nötig gewesen wäre. Einzig der Alten fiel das auf, sie zischte Böses, doch das kümmerte ihn nicht. Für ihn zählte nur Christina, weiter nichts. Sie rührte sich nicht, doch sie atmete.

»Seht doch – da!«, schrie eine der Frauen auf. Mit erhobenen Händen sank sie in den Sand und stammelte: »Halleluja! Gepriesen sei der Herr!« – der Fiebernde hatte die Augen aufgeschlagen und blickte verwundert um sich.

»Ist sie eine Heilige?«, fragte das kleine Mädchen und deutete auf Christina. Nial schüttelte den Kopf. »Nein. Wir haben alle zu Gott für ihn gebetet. Du auch.« Instinktiv drückte er Christina an sich, um sie vor Verdacht und dummem Gerede zu schützen – die Augen der Pilgerinnen verrieten, dass das Gesehene nicht lange am Strand bleiben würde. Es würde hinauf in die Festung wandern und auch an die Ohren derer dringen, die davon besser nichts erfahren hätten… Nial kannte sich aus mit dummem Gerede. Der König hielt nicht viel von den *culdees*, von den Pilgern noch viel weniger. Von ihm, Nial, hielt er gar nichts. Wenn nun sein Name in der Tratschgeschichte auftauchte, konnte das üble Folgen für sie haben. Nein, es ging jetzt nur noch um ihr Leben…

»Lass sie sofort los!«, zeterte das alte Weib, das ständig um sie herum war. Ihr Gesicht verzog sich zu einer faltigen Fratze; mit langen Fingern zerrte sie an Christina herum. »Lass sie los, in Christi Namen, sie ist ehrbar, lass deine Finger von ihr, Kerl!«

»Willst du sie hochtragen?«, fragte er rau.

»Nein«, meckerte sie sofort. »Das musst schon du tun.«

»Was soll ich denn nun – sie loslassen oder sie hochtragen?«, gab er grob zurück.

»Na hochtragen, du Narr!«, keifte sie, »siehst du denn nicht, wie schlecht es ihr geht?«

»Mit deiner Erlaubnis werde ich sie also hochtragen«, wiederholte er vorsichtshalber, die Alte würde richtig Ärger machen können.

Mit jedem Schritt, den er sie trug, wuchs ihm Christina mehr ans Herz, und je näher sie zur Festung kamen, desto unerreichbarer wurde sie auch. Er war ein Mönch, beim König in Ungnade gefallen, und sie von hohem Geblüt. Als das alte Weib hinter ihm laufen musste, hob er Christina an und nahm sich ganz sachte einen Kuss von ihren Lippen. Dann machte sein Herz einen Satz, und er verlor beinah das Gleichgewicht. Es war abwegig – völlig unmöglich, sie hing ja ohnmächtig in seinen Armen. Doch ihre Lippen hatten sich unter seinem Kuss bewegt. Sie hatten ihn erwidert.

Als Christina erwachte, lag sie zwischen den Fellen der Frauenkammer auf ein Kissen gebettet, und es roch nach Weihrauch. Eine tiefe Stimme sprach wohlbekannte lateinische Worte, an denen ihr zum Sterben müder Geist sich emporzog. »*Exaudi, Deus, deprecationem meam, intende orationi meae.*« Sie kannte die Stimme nicht, doch ihr Klang tat gut. »*A finibus terrae ad te clamavi, dum anxiaretur cor meum.*« Ihre Lippen formten die Worte, für die ihre Stimme noch zu schwach war: »*In petram inaccessam mihi deduc me!*«

Rette dich selbst, hatte Er zu ihr gesagt, als sie am Strand davonflog. *Du weißt, dass ich nicht gutheiße, was du vorhast.* Ja, sie hatte es gewusst und es trotzdem getan, um dem Sterbenden zu helfen …

»Stina, Stina«, flüsterte Margaret und streichelte ihr Gesicht. »Was machst du nur für Sachen? Warum gehst du hinaus, wenn du doch krank bist?«

»Sie ist nicht krank, Margaret. Sie ist ein *táltos*. Und das weißt du«, raunte Katalin da.

»Unfug«, fuhr Margaret der Amme böse über den Mund. »Heidnisches Geschwätz! Meine Schwester ist Christin …«

»Sie ist ein *táltos*, genau wie ihr Großvater Vaszoly. Verschließt nicht die Augen vor der Wahrheit, vor eurer magyarischen Herkunft. Ihr habt immer gewusst, dass ihr durch eure Mutter, so vornehm sie auch sein mag, magyarisches Blut in den Adern führt. Euer Großvater war ein *táltos*. Und deine Schwester trägt ebenfalls das Heilererbe in sich.« Christina versuchte die Augen zu öffnen. Sie wusste, wie sehr ihre Schwester diese Geschichten hasste, aber sie wusste auch, dass sie wahr waren.

»... sie hat einen Mann vom Tod zurückgeholt, ich habe es selbst gesehen«, raunte die Amme mit dunkler Stimme.

»Lass das gotteslästerliche Geschwätz, Katalin!«, zischte Margaret. »Ich will das nicht hören! Kein Mensch kann einen anderen vom Tod zurückholen!«

Katalin ließ sich nicht abhalten. »Ich habe wieder gesehen, wozu deine Schwester fähig ist, Mädchen. Das kann man nicht wegbeten. Sie kann es. Sie ist ein *táltos*, akzeptier das doch.«

Weihrauch zog durch den Raum. Seine zarten Finger haschten nach Katalins Worten und versuchten sie auszulöschen. Doch die Worte waren zu stark. Die Augen des Priesters wurden immer größer, als er begriff, was die Amme gesagt hatte.

»Kein Wort mehr davon, hörst du«, sagte Margaret sichtlich beunruhigt. »Das geht niemanden hier etwas an.« Christina spürte ihre Sorge wie eine Last... eine schwere Last auf der Brust. Was die Leute denken würden. Was über sie, die hier alle nur respektlos die Zwergin nannten, geredet werden würde. Getratsche, Gelächter. Sie war zu schwach, um sich zu wehren oder zu widersprechen, und sie war immer noch zu aufgewühlt vom Erlebten, um einen klaren Gedanken zu fassen. Eines aber wusste sie: Katalin hatte recht. Sie trug das Erbe. Sie hatte ein Feuer gesehen, dann Wärme, Hitze, hatte großen Druck gespürt. Dann hatte sich alles aufgelöst, und sie war geflogen, wie damals in Meksnedad... als Kind hatte sie davor solche Angst gehabt. Den kleinen Vogel mit der Hand für jemanden aussenden war einfach und ein Spiel.

Doch das, was sie am Strand erlebt hatte, war kein Spiel, es hatte sie an den Rand ihrer Kräfte gebracht. Sie grub in ihrem Gedächtnis. Katalin … Katalin, die immer schon da gewesen war, seit sie sich erinnern konnte – Katalin hatte gesagt, dass nur wenige Menschen aus dem Volk der Magyaren die Kraft zur heilenden Versenkung besaßen. *Táltos* waren die Heiler der Magyaren, man wurde dazu geboren, man erbte es von den Vorvätern, und sie hatte es von ihrem Großvater geerbt. Die *táltos* lebten unter ihren Mitmenschen, ohne dass man sie kennzeichnete – man wusste es einfach, so hatte Katalin es immer erklärt. Sie, Christina, trug das Heilererbe, das war *táltos*. So nannte Katalin das. Katalin, die alles wusste … Und sie hatte stets versucht, ihr die Angst davor zu nehmen. Hatte vielmehr versucht, ihr ihre Kraft zu erklären und dass es nichts Sündhaftes war. Gott liebte diese Menschen …

Als Kind hatte Christina diesen Zustand jenseits des spielerischen Vogels geliebt und gleichzeitig gefürchtet. Überall da, wo noch ein Funke Leben war, hatte sie ihn nähren können, bis er zur Flamme wurde. In London war er dann in Vergessenheit geraten, sie selbst hatte den *táltos* in sich vergessen, weil es in der friedlichen Abgeschiedenheit der Klosterschule keine Notwendigkeit gegeben hatte, ihn zu suchen. Selbst mit dem Vogel hatte sie nur selten gespielt, im Kloster herrschte tagein, tagaus Friede, und man hielt die hochgeborenen Mädchen aus königlichem Hause von den Kranken fern. Und nun war es wieder passiert, und es war so einfach gewesen, dorthin zu gelangen. Und niemand hatte es verstanden, außer …

»Nial«, flüsterte sie mühsam. »Wo ist Nial?« Sie vermisste seine Arme – daran erinnerte sie sich wie beim ersten Mal. Er hatte bei ihr gestanden, als sie flog. Sie erinnerte sich an seine Arme, die sie liebevoll und wie ein starker Schutzwall umfingen. Nial schien alles zu wissen, alles zu begreifen, was mit ihr geschehen war …

»Er ist nicht hier, Kind. Mach die Augen zu«, sagte Katalin mit sanfter Stimme.

»Nial …«, jammerte sie, zu schwach, um tapfer zu sein, wie man es von ihr erwartete. Sie streichelten sie und gaben ihr warmes Honigwasser zu trinken, und langsam kehrten ihre Lebensgeister zurück. Katalin vertrieb die neugierig gaffenden Weiber und setzte sich wie ein grimmiger Wachturm neben Christina, während die Schwester ihr in ein sauberes Leinenhemd half. »Wo ist Nial?«, fragte sie wieder.

»Er hat dich am Tor abgeliefert, Stina. Dann musste er gehen«, sagte Margaret und legte sich neben sie. »Er durfte nicht in die Festung, die Wachen verwehrten ihm den Zutritt, verjagten ihn schließlich. Jemand sagte, dass der König nicht wünscht, ihn hier zu sehen.« Zärtlich streichelte sie ihr über das Haar und schob die schweren blonden Flechten vom Hals weg, als könnte das der Schwester das Atmen erleichtern. »Er hat dich den ganzen Weg hierher getragen, Stina.« Christina drückte das Gesicht in die Felle. »Er ist ein Mönch, sagen die Frauen«, fuhr Margaret fort. Es tat gut, sie so dicht bei sich zu spüren. »Er sieht nicht aus wie ein Mönch. Ist er denn wirklich ein Mönch?« Und dann steckte sie ihre Nase an Christinas Ohr, damit niemand außer ihr hörte, was sie noch gesehen hatte. »Soll ich dir mal was sagen? Er trug dich nicht wie ein Mönch, Stina. Er trug dich wie ein Liebender.«

Sie fühlte, wie ihr die Röte ins Gesicht kroch, und hörte Margaret leise lachen. »Hat er dir gefallen? Ein wirklich schöner Mann hat dich da nach Hause getragen. Ich sag dir noch was. Eines Tages wirst du einen Mann wie ihn bezaubern und in dich verliebt machen …«

»Das will ich nicht!«, widersprach Christina heftig. »Ich will bei dir sein, für immer, wie ich dir versprochen habe. Was auch kommt …«

»Ich werde nicht hierbleiben, Stina.« Der Satz rollte auf sie nieder wie ein Gewitter. Der Friede, der ihr gerade noch das Lager so weich gemacht hatte, stahl sich davon und ließ sie schutzlos zurück. Margaret schien das gleichgültig zu sein, denn sie sprach einfach weiter. Anscheinend war für sie der rechte Moment dafür gekommen.

»Ich habe beschlossen, Edgar zu bitten, mich gehen zu lassen, solange er noch in der Lage ist, irgendetwas frei entscheiden zu können.«

Stina drehte sich aus den Kissen zu ihr um. »Aber ... du willst fort? Weg von hier? Wohin? Nimm mich mit, Magga!«

Die Ältere studierte aufmerksam ihr Gesicht. »Stina, Gott hat mich gerufen, und ich möchte endlich ins Kloster. Ganz. Für immer.« Sie seufzte tief. »Mich macht dieses Leben auch so hoffnungslos ... Das ewige Flüchten, ohne Heimat sein, nichts tun können ... Nicht einmal beten kann man hier einfach so. Denk nur an diese furchtbare Kapelle! Ich halte das nicht mehr aus. Edgar weiß, dass es mich ins Kloster zieht, schon lange weiß er das. Mutter weiß es auch.«

»Ich weiß es auch«, flüsterte Christina und nickte traurig. Und irgendwie war sie sehr erleichtert, dass die Tändelei mit dem König nichts Ernstes war, dass die Schwester nur gespielt hatte, wie es unter jungen Frauen üblich war. Sie war die Katze gewesen, und sie hatte trotz der Maus nicht vergessen, wo ihr Milchnapf stand.

»Durch seine Unbedachtheit hat Edgar uns den Weg nach London verbaut, und nun steht sogar hier sein Ruf auf dem Spiel«, sprach die Schwester weiter. »Fällt er, weil niemand ihn weiter unterstützt, fallen wir alle, Stina. Ich würde so gerne in den Konvent von Wiltham zurück ...«

Christina schloss die Augen und beschwor die stillen Gänge der Klosterschule herauf. Den Kreuzgang, den Garten, die helle Kirche. Mutter Ælfgifu. Den Frieden, den Margaret dort gefunden hatte. »Er wird dich gehen lassen, Magga. Wir alle werden für dich bitten.« Sie öffnete die Augen und drehte sich zu der Schwester um. »Edgar liebt dich doch.«

An diese Worte musste Christina denken, als der Bruder am nächsten Tag mit blassem Gesicht in die Frauenecke der Halle kam, wo man ihnen bequeme Bänke ans Feuer gerückt hatte, damit sie nicht immer in der Kammer hocken mussten. Im Waffenrock wirkte Edgar immer noch wie ein zu klein geratener Erwachsener, einer, dem man nicht erlaubt hatte, seine Kindheit zu Ende zu bringen, weil Wichtigeres auf dem Schicksalspergament stand. Doch Christina wusste, wie verbissen er seit Jahren mit seinem Schwert übte, dass er immer noch Felsbrocken hob und wie ein Besessener wilde Pferde ritt, um sich für Kämpfe zu stählen, die dann nie gekommen waren, weil er vor dem Eroberer hatte flüchten müssen. Und hier, in Schottland? Würde ihr schöner, tapferer Bruder hier zeigen können, was in ihm steckte?

Agatha wollte ihren Sohn umarmen. Er schob sie zur Seite und marschierte zielstrebig auf Margaret zu, die für Christina eine verdrehte Spindel in die Luft hielt, während diese auf den Knien nach einem verloren gegangenen Wollbausch suchte. Mit energischen Handbewegungen scheuchte er auch die Mägde fort und packte Christina am Arm, damit sie mit zur Bank kam. Die Art, wie er sie anfasste, machte ihr Angst. Das tat er sonst nie so, irgendetwas war vorgefallen. Er brachte große Unruhe, das spürte sie sofort. Und lugte über seine Schulter hinunter in die Halle, wo die Männer beim Feuer saßen und würfelten. Ihr Blick begegnete dem des Königs. Christina erschrak.

Etwas war vorgefallen.

»Magga, ich muss mit dir reden«, kam Edgar ohne Umschweife zur Sache. »Der König bat mich vorhin zu sich.«

»Der König«, raunte Agatha und machte große Augen. »Was wollte er von dir?« Die Ohren der Frauen wurden länger. Wieder versuchte er, sie wegzuscheuchen, doch niemand störte sich an dem Gefuchtel. Neugierig rutschten die auf Knien heran, die des Angelsächsischen mächtig waren. Nichts blieb vor den Ohren dieses Haushaltes verborgen…

»Magga, der König begehrt dich zur Frau.«

Christina blieb für einen Moment das Herz stehen, als müsste es erst in diese Worte hineintauchen, um ihre Bedeutung zu erfassen. Und das schien nicht nur ihr so zu gehen, denn um sie herum war es still geworden. Agatha starrte ihren Sohn an.

Margaret legte die Hände in den Schoß. Sehr aufrecht saß sie dort auf der Bank, viel zu weit von Christina entfernt, als dass diese sie hätte unterstützen können. Und sie brauchte diese Unterstützung auch nicht. Ihr Blick war abwesend.

»Hast du mich gehört, Margaret?« Edgar beugte sich zu ihr herunter und legte seine Hand auf ihren Kopf. »Magga? Malcolm…«

»Ich habe dich gehört, Edgar.« Sie hob den Kopf und schaute ihm in die Augen. »Und ich kann dir sofort eine Antwort geben. Ich werde ihn nicht heiraten.«

In der folgenden Stille hätte jedes fallende Steinchen mehr Lärm als ein Donner verursacht. Doch nichts fiel, im Raum schien alles den Atem anzuhalten, selbst das Feuer hielt sein Knacken im Zaum. Dann endlich ein Laut, er kam von Agatha. Ein Schluchzer entrang sich ihrer Kehle, dann warf sie sich vor ihrer Tochter auf die Knie und umfasste ihr Bein. »Mädchen«, flüsterte sie, »bist du des Wahnsinns?«

»Du musst dich nicht jetzt gleich entscheiden, Magga.« Edgar hatte sich neben Margaret hingehockt. »Dafür sorge ich. Vertrau mir.« Obwohl ein gutes Stück jünger als sie, wirkte er auf einmal sehr väterlich und souverän, und die ungewohnte Anteilnahme in seiner sonst so fordernden Jungmännerstimme tat gut. Christina stahl sich auf die Bank neben ihre Schwester und fasste nach Agathas Hand. Sie war froh, mit ihnen allen beisammen zu sein, in solchen Momenten half es gegen das Gefühl der Verlorenheit, das seit der Flucht aus London an ihrer Seele fraß.

»Ich heirate ihn nicht, Edgar.« Margarets Stimme hatte alles Mädchenhafte eingebüßt. Die Zeit von Spiel und Tändelei lag hinter ihnen, das spürte Christina deutlich. Edgars abendlicher Besuch hatte eine Wende in ihrem Leben eingeläutet, sie konnte nur noch nicht erkennen, was genau sich ändern würde.

»Ich werde den Schleier nehmen, wie ich es immer vorgehabt habe.« Darauf sagte niemand mehr etwas; die Worte duldeten keine Erwiderung. Selbst bei den Männern am Feuer war Ruhe eingekehrt, dabei konnten sie doch gar nichts gehört haben. Sie hatte der König mit seiner Haltung zum Schweigen gebracht: Aufrecht saß er auf seinem Stuhl und fixierte Margaret quer durch die Halle, als könnte sie das zu einer anderen Antwort bewegen.

Edgar gab nicht auf. »Magga, ich bin erst einmal nur der Überbringer seines Wunsches. Und ich werde als dein Vormund deine Hand übergeben – wenn du dich entschieden hast. Wenn du klug bist, zögerst du nicht…«

»Ich möchte nicht mehr darüber reden, Bruder. Respektiere meinen Wunsch – du weißt, wie lange ich ihn schon hege. Meine Seele gehört Gott.« Sie faltete die Hände im Schoß. Die Unterredung war zu Ende, gegen Gott hatte nicht einmal König Malcolm von Schottland genügend Gewicht. Das spürte auch Edgar, trotz seiner Jugend. Und so erhob er sich, küsste Margaret auf die Stirn und verließ die stumme Frauenrunde.

Als er fort war, rückte Christina neben ihre Schwester. Ihr fiel nichts ein, was sie hätte sagen können. Das Ansinnen des Königs war zu unglaublich, Margarets Reaktion darauf allerdings auch – wie konnte man das Angebot eines Königs ausschlagen? Durfte man das überhaupt? Die Weiber begannen nun doch zu tuscheln. Zwei von ihnen trösteten Agatha.

Christina legte den Kopf auf die Schulter ihrer Schwester, um dicht an deren Ohr sprechen zu können.

»Wir sind nichts als mittellose Flüchtlinge, Magga, wir haben nur das, was wir am Leib tragen. Wie kommt er nur auf den Gedanken, so jemanden heiraten zu wollen?«, flüsterte sie. Dass er ihre Schwester begehrte, war niemandem verborgen geblieben, aber dass er ihr mit diesem klaren Ziel den Hof machte, konnte doch nicht wahr sein!

»Wir sind keine mittellosen Flüchtlinge.« Endlich rührte Margaret sich, endlich sprach sie und löste damit den Bann des betroffenen Schweigens – endlich. Und sie tat es laut, damit jede in der Runde am Frauenfeuer es hören konnte. Vielleicht war es dieser ruhige Stolz, den Christina an ihrer Schwester immer am meisten bewundert hatte.

»Solange Edgar lebt, wird er Anspruch auf den Thron seiner Väter erheben«, sagte sie und hob Christinas zierliche Hand hoch. »In unseren Adern – in deinen wie in meinen – fließt feinstes angelsächsisches Blut, wir stammen von den großen Königen Æthelred und Edmund Eisenseite ab. Wir sind keine normalen Flüchtlinge, Stina. Der schottische König wusste das – von dem Moment an, als er uns aus dem Wasser fischte und erkannte. Er mag ein Barbar und skrupellos und alt sein – aber er ist nicht dumm. Wenn er mich zu seiner Frau macht, weiß er ganz genau, welchen Schatz er da gehoben hat.«

»Die englische Krone«, wisperte Christina erschaudernd.

»Zumindest rückt sie in Reichweite«, flüsterte Margaret zurück.

»Wirst du wirklich ablehnen können?«, fragte Christina nach einer Weile. Darauf sagte Margaret nichts, und das beunruhigte Christina zutiefst.

DRITTES KAPITEL

Mein Freund antwortet und spricht zu mir:
Stehe auf, meine Freundin,
meine Schöne, und komm her!
Denn siehe, der Winter ist vergangen,
der Regen ist weg und dahin.
(Hoheslied Salomonis 2,10-11)

An diesem besonders düsteren Tag saßen sie mit der ganzen Familie in der Kapelle unterhalb der Festung. Agatha hatte sich kräftig genug gefühlt mitzukommen, und gestützt auf Edgars Arm, war sie den Pfad hinuntergestiegen. Vor einiger Zeit hatte sich ein heftiger Husten auf ihre Brust gelegt. War er anfangs noch trocken und heiser gewesen, rasselte er nun und raubte ihr zunehmend die Luft. Ihre Lippen färbten sich blau, und abends massierten die Mädchen ihre angeschwollenen Füße. Edgar hatte ihr aus Eichenholz einen Stock geschnitzt, mit dem ihr das Laufen leichter fiel, und das Kräuterweib räucherte wilden Thymian in der Schlafkammer und zwang sie, einen Hustensirup aus Terpentin, Butter und zerstoßenem Meerrettich zu löffeln. Agatha nannte die Alte ein Zauberweib und sprach vor jedem Löffel ein Ave-Maria, aber zumindest ihr Husten besserte sich.

Obwohl es seit Tagen ohne Unterlass regnete und sich erster Schnee unter die Tropfen mischte, hielt sich hier niemand dafür verantwortlich, die Wege zur Festung passierbarer zu machen. Die Pferde stapften unermüdlich durch den Schlamm, und alle, die zu Fuß gehen mussten, fanden sich damit ab, dass ihre Kleider bis zum Bauchnabel vor Lehm starrten. Christina war stolz auf ihre Mutter, dass sie den Weg zur Kirche dennoch gewagt hatte. Das nasskalte Wetter machte ja selbst den jüngeren Frauen zu schaffen. Nur Edgar hielt sein Gesicht trotzig dem Regen entgegen und hatte offenbar beschlossen, nicht zu frieren, um sich Schottlands würdig zu erweisen. Darüber musste Christina grinsen.

Der Mönch, der das Gotteshaus betreute, war herbeigeeilt, kaum dass die Tür ins Schloss fiel, und hatte ein weiteres Talglicht auf den Altar gestellt, damit man nicht auf die Nase fiel, wenn man sich einen Platz zum Beten suchte. Gottes Nähe schien jedoch immer noch nicht viele Besucher anzulocken, dachte Christina angesichts der leeren Kirche. Sie vermisste den warmen Duft von Bienenwachs, wie sie es von den wohlhabenden Kirchen in London gewohnt war, wo die Altarräume hell erleuchtet waren und wo die Luft nicht nach gekochtem Tierfett stank.

»Aber eine Kirche ist ja doch etwas anderes«, flüsterte auch Agatha, als sie mit ihren Gebeten fertig war. »Gütige Jungfrau, euer Vater wäre entsetzt, wenn er uns hier so sehen würde…« Traurig blickte sie zu Boden und versank in Erinnerungen an bessere Zeiten, die sie an der Seite ihres wunderbaren, viel zu früh verstorbenen Mannes hatte erleben dürfen.

»Sie sagen, dass es in Dunfermline eine richtige Kirche gibt«, gab Christina zu bedenken. »Es gibt auch mehrere Priester dort, sagt die Küchenmagd. Und das Haus soll größer sein und eine richtige Latrine haben. Eine, wo man alleine sitzen kann, sagte die Magd. Habt ihr so etwas schon einmal gesehen?«

Edgar kicherte. Obwohl er dem Kindesalter entwachsen und nun ein Mann war, führten sie ihre Frauengespräche ungerührt in seinem Beisein, und das schien ihn zu amüsieren. Manchmal war es noch wie früher. Christina wusste, dass er das mochte. »Hast du schon mal so eine Latrine gesehen? Erzähl doch mal«, neckte sie ihn.

Katalin zog ihren Schal gerade und schickte einen vernehmlichen Seufzer die feuchten Wände hoch. Die Amme hasste dieses düstere Gemäuer und war gewiss der Ansicht, dass Margaret ihr Gebet zu sehr ausdehnte. Und dass Christina in der Kapelle über Latrinen sprach, stieß ihr vermutlich erst recht auf, doch vor Agatha wagte sie nie, die Mädchen zurechtzuweisen.

»Ich frage mich aber wirklich, warum er uns dieses Dunfermline vorenthält und uns hier aufbewahrt«, maulte Christina. »Ich sag's euch, es macht ihm Spaß, uns in diesem Dreck sitzen zu lassen.«

»Das stimmt nicht!«, protestierte der Bruder. »Und ein Dreck ist es auch nicht…«

»Du bist ungezogen, Christina«, mahnte Agatha und rüttelte an ihrer Schulter. »Wie kannst du nur solch gottlos dummes Zeug reden, halt sofort deinen vorlauten Mund! Was hat dieses Land nur aus uns gemacht…«

»Genau – was hat das Land aus uns gemacht – was müssen wir überhaupt hier sein?«, zischte Christina jetzt ärgerlich zurück. »Mutter, schau dich doch um! So viel Dreck überall! Und die Sache mit dem Heiratsbegehr war doch auch nur ein barbarischer Spaß, der seinen Männern die Hosen dick machen und Magga einen gehörigen Schrecken einjagen sollte…«

»Ihr habt wahrlich eine kecke Zunge, angelsächsisches Fräulein«, dröhnte es da so laut durch die Dunkelheit, dass sich selbst die Talglichter erschreckten und vor dem Luftzug in die Neige gingen. »Ein richtiger Mann sollte sie Euch einmal zähmen, dann wüsstet Ihr, wozu sie sich besser gebrauchen ließe, als närrische Reden in einer Kirche zu schwingen.« Wie die mächtige Schwinge eines Adlers rauschte die Stimme an den Wänden entlang und streifte eisig die ungeschützten Nacken der Frauen.

»*A rìgh*, vergebt das närrische Geplapper meiner Schwestern.« Edgar stand auf und verneigte sich tief, doch der König würdigte ihn keines Blickes.

»*A rìgh!*« Auch Agatha sank auf die Knie, denn der König wanderte mit langsamen Schritten um sie herum und blieb vor Christina stehen, ohne sich darum zu kümmern, ob er in einer Kirche stand, Gott den Rücken zuwandte oder gar ein Gebet störte. Und wie um seinen Ärger zu untermalen, klapperte sein Schwert in der Metallhülle leise vor sich hin. Christina fror auf ihrem Schemel fest. Sie vermochte sich nicht zu bewegen, und Worte kamen ihr auch keine in den Sinn. Außer »Ich finde Euch grässlich« – doch das wäre wohl kaum geeignet, den König zu besänftigen. Und es war untertrieben. Er war der schlimmste Mann, dem sie je begegnet war. Und er wollte immer noch ihre schöne Schwester heiraten, und ihr Bruder war damit einverstanden …

»Habt Ihr nichts zu sagen? Nicht einmal einen Funken Respekt vor einem König, indem Ihr niederkniet?«

Irgendwo tropfte Wasser in eine Pfütze. Das Geräusch zerriss die Stille, schmerzte beinahe in den Ohren. Die stummen Bitten der anderen Frauen, sie solle sich doch schleunigst hinknien, umflatterten ihren Kopf. Christina starrte beharrlich zu Boden. Sie entspannte sich ein wenig, als er urplötzlich anfing zu lachen. »Kleines Weib, Ihr könntet glatt von dänischem Blute sein! So dreist wie Ihr ist ja kein Angelsachse, den ich kenne! Und ich kenne eine Menge feinrasierter Angelsachsen! Der Sohn des Jarls von Orkney wird an Euch echten Gefallen finden …«

»*A rìgh*, bitte!« Margaret hatte sich umgedreht. »Dies ist kein Ort für närrisches Gerede!«

Fassungslos starrte Christina die Schwester an. Woher nahm sie den Mut, sich einzumischen, so mit ihm zu sprechen? Was war in sie gefahren? Aber sie konnte ja selber nicht knien vor diesem wilden Mann. Agatha schluchzte auf. Edgar war sprachlos. Die Amme flehte Gott auf Ungarisch um Gnade an, weil Malcolm stehen geblieben war, als ob er überlegte, was er nun tun sollte. Margaret sagte nichts mehr. Sie drehte sich einfach wieder zum Altar um. Und zum Erstaunen aller setzte der König sich in Bewegung, ging gemessenen Schrittes an den Frauen vorbei nach vorne und kniete neben Margaret nieder. Vielleicht eine Spur zu dicht und das ein wenig zu bewusst. Es hatte etwas Besitzergreifendes, obwohl er sie weder berührte noch anschaute, er kniete einfach neben ihr. Das neugierige Talglicht ließ sein Gesicht schimmern und wartete gespannt.

Er hörte ihr eine Weile zu, ohne die Hände zu falten. Er war nicht zum Beten gekommen. Dann legte sich seine tiefe Stimme mit ungewohnter Innigkeit auf die Ohren der Zuhörer.

»Margaret.« Er hielt inne. Holte tief Luft und begann von neuem. »*Hlæfdige* Margaret, ich bitte Euch hier in dieser Kirche und vor Gott, mein Weib zu werden.« Die Stimme verklang, die Erinnerung daran blieb. Wo zauberte der polternde Barbar eine solche Stimme her? Und wie konnte er es wagen, sie in diesem unziemlichen Rahmen und ohne rechte Zeugen um ihre Hand zu bitten? War am Ende doch sie die Maus gewesen …?

»Nein«, kam es leise, aber deutlich von Margaret. »Ich kann Euch nicht heiraten, *a rìgh*.« Ihre Worte tropften in die Stille. Christina empfand unsäglichen Stolz auf ihre Schwester. Neben ihr knirschte jemand vor Ärger mit den Zähnen – Edgar, und seine Finger gruben sich in ihren Arm, als müsste er sich so zurückhalten, Margaret zu packen und durchzuschütteln. Doch Malcolm war noch nicht fertig.

»Margaret, lebt mit mir. Werdet meine Königin.« Seine Stimme wurde bittend, fast flehend. »Lebt an meiner Seite, jeden Tag und jede Nacht. Jeden Moment unseres Lebens. Ich bin ein alter Narr, Gott sei mir gnädig. Ich begehre Euch,

Margaret. Ich begehre Euren Liebreiz, Euer Lachen, Euren Körper. Ich verehre Euch – ich lege Euch alles zu Füßen, was ich habe, was ich bin. Mein Reich, mein Leben – wenn Ihr es wollt, Margaret. Werdet mein Weib.«

Und dann drehte er sich zu ihr und nahm ihre gefalteten Hände in die seinen. Er zögerte einen winzigen Moment, bevor er die Hände küsste. »Heiratet mich. Bitte.«

Das Talglicht warf weichen Schmelz über Margarets Gesicht. Eine schimmernde Perle löste sich von ihrem Lid, noch eine und noch eine. Der König fing eine der Tränen mit dem Finger auf. »Niemals sollt Ihr wegen mir weinen, das verspreche ich Euch«, flüsterte er.

»Ich weine nicht wegen Euch, *a rìgh*«, flüsterte Margaret zurück. »Ich weine um mich.« Eine Träne fiel auf die Steinstufe, wölbte sich als glänzender Tropfen. Christina starrte ihn an und begriff.

Das war Margarets Entscheidung.

Woher auch immer ihr Sinneswandel kam – sie hatte sich entschieden. Sie würde Malcolm heiraten. Auch Agatha hatte es verstanden und lag weinend auf den Knien. Ihr Schluchzen störte, und Christina bedeutete Katalin und Edgar, die Mutter hinauszuführen. Eilig folgten beide der Aufforderung, die keine Widerrede duldete, dann war es wieder still in der Kapelle.

Margaret und Malcolm knieten weiterhin nebeneinander vor dem Altar. Er hatte ihre Hände losgelassen und schaute sie auch nicht mehr an, als wären ihm ihre Tränen unangenehm. Das Talglicht hatte sich wieder beruhigt. Und dann sah Christina, wie die Hand ihrer Schwester nach dem König tastete. Erst nur mit den Fingerspitzen. Dann hatte sie die herabhängende Pranke des Schotten erreicht. Die öffnete sich langsam und behutsam. Das Letzte, was Christina sah, bevor sie sich hinausschlich, war, wie Margarets Hand darin verschwand und wie die Kerze einen Schal aus Licht um die beiden Hände wand...

Der König verschwendete keine Zeit auf Galanterie oder Tändelei.

Noch am selben Abend verkündete er in der Halle von Edinburgh die Neuigkeit von seiner geplanten Vermählung. Er tat es selbst, und es war auch seinen engsten Vertrauten anzumerken, wie überraschend die Nachricht kam.

»… und sie willigte ein, die neue Königin von Schottland und mein geliebtes Weib zu werden.«

Einladend streckte er die Hand nach Margaret aus. Wie selbstverständlich erhob sie sich von ihrem Platz und wanderte an den Tafelnden vorbei zu Malcolm. Sie wartete nicht darauf, dass ihr Bruder sie geleitete. Der stolperte eilig hinterher, denn natürlich war es als Familienoberhaupt seine Aufgabe, die Schwester in das Verlöbnis zu geben, und sein Strahlen war unübersehbar. Dass sie sich so schnell an des Königs Seite aufmachte, damit hatte niemand gerechnet – außer dem König.

Der hatte nur Augen für Margaret.

»Sie wird unserem Hof zu neuem Glanz und neuer Gastlichkeit verhelfen – und Schottland hoffentlich zu vielen neuen Kriegern.« Seine Augen funkelten begierig. Christina erlebte fassungslos, wie ihre Schwester zu lächeln begann – Magga, die immer ins Kloster gewollt hatte, die vor Malcolm niemals einem Mann in die Augen geschaut hatte, um sich für den Herrn rein zu halten – Magga lächelte über eine so derbe, anzügliche Bemerkung!

»Er hat sie verhext«, brummte Katalin neben ihr finster. »Er hat ihr was in den Wein getan. Einen Zauber. Einen verdammten Zauber. Das ist nicht Margaret. Das ist nicht deine Schwester. Er hat ihr einen Zauber übergeworfen, der Verfluchte, Gott sei ihr gnädig …«

Christina kniff die Augen zusammen. Katalins ungehöriger Wortschwall zog an ihrem Ohr vorüber. Aufmerksam sah sie die Schwester an, ob tatsächlich ein Dämon in sie gefahren war. Doch nein, sie bewegte sich normal, und sie zitterte auch nicht, als sie in aller Öffentlichkeit des Königs Hand ergriff und sich neben ihn stellte, um zu demonstrieren, dass sie sein Werben angenommen hatte. Margarets Augen schimmerten, und es war nicht zu sagen, ob Tränen den Schimmer verursachten – oder Freude.

Nein, verhext war sie nicht – verzaubert vielleicht schon… Christina lief es seltsam den Rücken hinunter. Ihre Brust drohte zu bersten vor Schmerz, der gleichzeitig schön und schrecklich war…

»Was hat Edgar da nur angerichtet?«, flüsterte Agatha neben ihr. »Wird das einen guten Ausgang nehmen?«

»Verkauft hat er Eure mittellose Tochter, wenn Ihr mich fragt«, murmelte Katalin böse, »verkauft für eine Krone, die er niemals tragen wird…«

»Halt den Mund, altes Weib!«, zischte die Mutter da, »was nimmst du dir heraus? Mein Sohn verkauft seine Schwestern nicht! Nie wieder will ich solche Worte hören!« Und Katalin verstummte, doch der Gedanke schwebte über ihnen wie ein lautloser Raubvogel…

Margaret ging ihr aus dem Weg.

Der König hatte den Aufbruch aus Edinburgh befohlen – schon am nächsten Tag würde man über den Forth setzen und dann weiter nach Dunfermline reiten, jener Festung im Norden, von der Ingibjörgs alte Kammerfrau so schwärmte, weil sie eine echte Burg und eines Königs und erst recht einer strahlenden Königin würdig sei. Dort sollte die Hochzeit stattfinden, Boten waren bereits in alle Himmelsrichtungen ausgeschickt worden, um die Verbündeten des Schottenreiches zur Zeremonie einzuladen. Eine Gesandtschaft war noch gestern Abend nach St. Andrews aufgebrochen. Dort gebe es einen Bischof, erzählten die Frauen. Weil Malcolm keinen Wert darauf legte, verbrachte dieser Bischof offenbar nur wenig Zeit an seinem Hof.

»Das wird sich hoffentlich jetzt ändern«, hatte Agatha laut gesagt und sich bekreuzigt.

Margaret hatte die Nacht in der Kapelle verbracht – alleine. Christina hatte gesehen, wie sie in Begleitung zweier bewaffneter Knappen, die Malcolm ihr wohl an die Seite gestellt hatte, die Burg verließ, und zum ersten Mal in ihrem Leben hatte sie keinen Mut gehabt, der Schwester zu folgen. Wie seltsam … Sie würde eine Ehefrau sein. So nah waren sie sich immer gewesen, hatten alle Geheimnisse, Tränen und Freuden geteilt, kein Gefühl verheimlicht. Doch mit ihrer Entscheidung zu heiraten war Margaret durch eine Tür getreten, die für Christina verschlossen schien.

Das Weibergemach befand sich in hellem Aufruhr. Kleider und Habseligkeiten in drangvoller Enge zusammenzupacken führt unweigerlich zu Streit. Margaret stand mittendrin und versuchte Ordnung in das Durcheinander zu bringen – eine Aufgabe, die sonst Agatha erledigte. Doch die überließ es diesmal gerne ihrer Ältesten, während sie auf einem Schemel thronte, den Stock wie ein Zepter vor sich aufgebaut, und zusah, wie das Gepäck an ihr vorbei und hinaus zu den wartenden Pferden getragen wurde. Von unten trieb ein Diener die Träger zur Eile an, Regen zog auf, und man wollte den Forth noch im Trockenen überqueren. Margaret ließ sich in den fellgefütterten Umhang kleiden, den Malcolm ihr überreicht hatte.

»Sie sieht doch aus wie eine Königin, findest du nicht?« In Agathas Stimme schwang Stolz, und ihr Blick glitt bewundernd an der schlanken Gestalt herab. »Gut hat Edgar das gemacht. Ich bin stolz auf ihn. Und euer Vater wäre erst stolz auf ihn …«

»Eure Schwester hat es gut getroffen, *hlæfdige*«, fand auch Edwin von Mercia und zog im Wind die Nase hoch. Als das nicht genügte, nahm er den Ärmel zu Hilfe und zierte ihn mit grünlichem Schleim, den er am Waffenrock abwischte. »Seid Ihr stolz auf sie? Neidet ihr das gar?«, fragte er Christina. Er lachte verächtlich. »Euer Bruder tat einen guten Schachzug. Das hätte ich ihm nach all den Ereignissen nicht zugetraut…«

»Und ich hätte Euch solche Reden nicht zugetraut, *hlæfweard*«, unterbrach Christina den Earl von Mercia und hob ihre Röcke, damit sie nicht durch die Pfütze schleiften. »Eure Treue zu meinem Bruder ist offenbar doch so groß wie Euer…«

Katalin hustete, und es war nicht zu sagen, ob sie sich wirklich verschluckt hatte oder ob sie nur verhindern wollte, dass die Schwester der zukünftigen Königin sich das Mundwerk verbrannte.

»Bei meinen Hosen«, lachte der Earl auf und klopfte sich so heftig auf den Schenkel, dass sein Pferd einen Satz nach vorne machte, »bei meinen verdammten Hosen, Euch möchte ich Mores lehren, *hlæfdige*! Dann wüsstet Ihr, dass mein Schwanz… meine Treue…«

Christina packte den Zügel und zwang das Pferd mit einem Ruck, stehen zu bleiben. »Euer Schwanz möge sich besser zwischen Euren Beinen verbergen, damit sich niemand schämen muss«, zischte sie. »Doch vergesst nicht, edler Herr, dass ab jetzt auch der schottische König an Eurer Treue interessiert sein dürfte. Es könnte sein, dass sein Interesse an Edgars Gefolgsmännern wächst und dass er sie, wenn sie sein Missfallen erregen, genauso nackt auf seinem Turm ausstellt wie seinen eigenen Mann!«

»Ihr vorlaute, dreiste Zwergin! Euch muss man streng im Auge behalten«, spuckte der Earl böse, »im Auge behalten und schnellstmöglich verheiraten!«

Sie lachte nur und schleuderte ihren Mantel so heftig herum, dass das Pferd scheute und den Earl beinahe abwarf.

»Mutig bist du, Mädchen«, brummte Katalin da neben ihr. »Bis es dir eines Tages zum Verhängnis wird…«

Christina lachte verächtlich. »Wem – ihm oder mir? Hast du vergessen, wer meinen Bruder in London sitzen ließ, als der Eroberer vor den Toren stand? Wer von einem Tag auf den anderen im Staub vor dem Normannen kroch, in der Hoffnung auf Reichtümer? Wer in …«

»Es reicht!«, zischte es hinter ihr. »Ich verbiete dir solches Geschwätz! Ich verbiete dir fortan, dich in Edgars Angelegenheiten einzumischen, hast du mich verstanden?« Agatha hatte sie von hinten am Arm gepackt und zu sich herumgedreht. Ihr Gesicht war rot vor Ärger und hob sich bedrohlich von ihrem dunkelgrauen Mantel ab. Funkensprühend wanderte ihr Blick über Christinas Gesicht. »Hast du mich verstanden, Tochter? Kein Wort mehr von diesem Unfug!«

»Das war mal nötig«, brummte Katalin und ging einfach an Christina vorbei. Margaret schaute sich nicht einmal um, obwohl sie mitbekommen haben musste, dass Agatha die Schwester zurechtgewiesen hatte.

Im Fährboot straften die Frauen sie damit, dass sie sie neben den Dienerinnen sitzen ließen. Die plapperten und gackerten auf Gälisch; sie waren es ja gewohnt, über den Forth gerudert zu werden, und hatten keine Angst vor dem Wasser. Christinas Ärger verrauchte. In der drangvollen Enge musste man schauen, dass man nicht über Bord ging, wo von unten das Wasser bereits gierig leckte. Die Dienerinnen rochen streng, zwei von ihnen hatten mit ihrem Körpergeruch auch nachts die Schlafkammer verpestet. Zwei Bänke weiter hatte man Pferde angebunden, eins davon scharrte mit dem Huf auf dem Schiffsboden herum, ohne dass es jemand daran hinderte. Was, wenn es ein Loch in den Boden scharrte? Es gab niemanden, mit dem sie ihre Besorgnis teilen konnte. Sie machte sich ganz klein und kauerte sich auf ihrem Platz zusammen.

Das Land entfernte sich, der Wind frischte auf. Nicht einmal an diesem Reisetag brach die Sonne hervor, im Gegenteil, am Horizont zogen sogar schwarze Wolken auf. Niemand hier zeigte Furcht oder betete gar um besseres Wetter oder Gottes Gnade. Diese Schotten schienen das Wetter durch Gleichgültigkeit zu beherrschen – oder sie tranken genug, um es einfach zu vergessen. Christina zog fröstelnd die Schultern hoch. Ihr Herz tat weh über dem Namen, an den zu denken sie sich verboten hatte und den sie jeden Abend vor dem Einschlafen stumm aussprach, wie eine Formel, um dann von ihm zu träumen. Ob er am Strand stand und dem Fährboot hinterherschaute? Ob er wusste, dass sie Edinburgh verlassen hatte? Doch woher sollte er das wissen?

»Er hat sich nach Eurem Befinden erkundigt, *hlæfdige*«, raunte da jemand hinter ihr. Ruaidrí hockte an der Reling, stets in ihrer Nähe und so dezent, dass sie ihn meist kaum bemerkte. Er lächelte verstohlen. »Ich traf ihn bei den Fischern, er erkannte mich sofort. Er war besorgt um Euch, *hlæfdige*. Ich sagte ihm, dass Ihr Euch erholt hättet, mehr … wagte ich nicht.« Unsicher sah er sie an und neigte den Kopf. Christina errötete. Sie nickte stumm und faltete die Hände wie zum Gebet, um in Ruhe gelassen zu werden, obwohl ihr innerlich nach allem anderen als Beten war. Doch das brauchte dieser Schotte nicht zu wissen.

Wie sehr ihr Margaret jetzt fehlte! Um der Schwester ihr Herz auszuschütten, Tränen zu vergießen, zusammen zu schweigen und zu wissen, dass ihre Sehnsucht, ihr Schmerz, ach, einfach alles, verstanden wurde …

Doch die saß vorne neben dem König der Schotten, ihr Schleier flatterte im Wind, und sie sah sich nicht nach der Schwester um, als sie auf ihr neues Leben am anderen Ufer des Forth zusteuerte. Genauso wenig wie die Mutter, die mit Katalin die Köpfe zusammensteckte, selbstvergessen über ihren langen Zopf strich und immer wieder nickte. Christina biss sich auf die Lippen. Dass Einsamkeit so schmerzen konnte!

Noch einer beachtete sie auf diesem Schiff – und das mehr, als ihr lieb war.

»Habt Ihr Euch etwa zum Nachdenken zurückgezogen, *hlæfdige?*«, fragte Earl Morcar, der sie wohl schon eine ganze Weile beobachtete. »Das steht Euch nicht. Ihr solltet Euch bei Euren Frauen aufhalten. Darf ich Euch nach vorn begleiten?« Er streckte die Hand nach ihr aus. »Die Schwester der zukünftigen Königin sollte nicht bei den Dienern sitzen, und Gott möge Eurer Mutter ihre Ungezogenheit vergeben.« Wo er recht hatte, musste man ihm recht geben.

»Danke«, flüsterte Christina, nun völlig verwirrt über den plötzlichen Sinneswandel Morcars, der genau wie sein Bruder Edwin bisher nicht durch Höflichkeit aufgefallen war. Schon gar nicht seit jenem Nachmittag im Burghof. Doch hier in dieser Situation tat er das einzig Richtige und brachte Christina dorthin, wo sie von Geburts wegen sitzen sollte. Er hielt sie auf dem schwankenden Schiff fest, als sie beinah das Gleichgewicht verlor, und führte sie sicher an Ruderern und an den unruhigen Pferden in der Mitte des Bootes vorbei, die den Transport sichtlich verabscheuten und von den Pferdeburschen nur schwer zu halten waren. Er polsterte sogar ihren Sitz mit seinem Mantel und veranlasste Katalin durch eine Handbewegung dazu aufzurücken, damit Christina mehr Platz hatte.

»Na, hast du dir mit deiner frechen Zunge doch noch einen Gönner geschaffen?«, fragte die Amme spöttisch. »Und nicht den schlechtesten, würde ich meinen.« Dann legte sie Christina sanft die Hand auf den Arm. »Alles nicht leicht für dich, Mädchen. Halte dich gerade, nur das wird dir ab jetzt unter den Barbaren noch helfen können.«

Mit diesen rätselhaften Worten verstummte die Ungarin und ließ Christina mit der Sorge zurück, welche Ränke sich wohl hinter ihrem Rücken abspielen mochten. Und je weiter sich das Südufer des Forth entfernte, desto stärker wurde das Ziehen in ihrer Brust, weil sie jemanden vermisste …

Der, um den sich ihre Gedanken webten wie ein zarter Hopfentrieb, stand am Ufer vor den Pilgerhütten und schaute in das graue Einerlei. Sein Glaube brachte ihm keine Hoffnung, das Gebet keine Zuversicht. Düsternis umflorte sein Gemüt, der morgige Tag würde noch grauer sein als dieser, denn einer der Jungen hatte die Kunde gebracht, dass der König mit seinem gesamten Gefolge aus Edinburgh aufgebrochen war. Auf Schiffen seiner Flotte war man über den Forth gesetzt, um in Dunfermline Hochzeit zu feiern, hatte der Junge erzählt.

Sie war fort.

Nial ließ sich in den nassen Sand fallen. Mit beiden Händen fuhr er sich durch das schwarze Haar und kratzte sich mit den Fingernägeln über die rasierte Stirn. Das vermochte die Gedanken an sie nicht zu tilgen. Sie, die er vermisste wie keine andere Frau in seinem Leben, obwohl er sie nur zweimal getroffen hatte. Sie war wohlauf, hatte ihm dieser Rothaarige gesagt. Es war ihre Schwester, die man verheiraten, zur Königin machen würde. Sie aber, Christina, sie blieb das Mädchen, zart und klein und schutzbedürftig, und nur er wusste, wie sehr dieser Schein trog.

Er hatte ihre Stärke gespürt, das unbändige Leben, das sie in sich trug, und ihre lächelnde Hingabe hatte sich auf seine Lippen gebrannt wie ein Mal, das selbst Kasteiung nicht würde tilgen können. Nial hatte viele Frauen gehabt, hatte im Vaterhaus zusammen mit seinem Bruder jedem Weiberrock nachgestellt und dem Bruder so manche schöne Frau abspenstig gemacht, was ihm dessen tiefen Hass eingetragen hatte. Doch keine hatte solche Spuren hinterlassen wie Christina, obwohl er sie nur kurz in seinen Armen gehalten hatte …

Nial stöhnte und fragte sich, ob es für diese Leidenschaft Absolution geben konnte.

Über der Aufregung, nach Dunfermline zu kommen, vergaß Christina einstweilen ihre Sorgen. In der Tat befand sich hier eine kleine Stadt, und die Burg, die man auf dem Hügel erbaut hatte, bot ausreichend Platz für alle Gäste, Pferde und das Dienstvolk. Sie war ausgelegt auf einen königlichen Haushalt, wie Christina es vom Hof König Wilhelms in London gewohnt war. Eine große Halle mit mehreren Feuerstellen und einer langen Tafel, die nicht wie in Edinburgh abgebaut werden musste, sondern immer stehen blieb, weil sich stets genug Gäste in Dunfermline befanden. Dazu gab es Schlafkammern und ein separates Küchenhaus, wo ein dicker, schweigsamer Franke über blank polierte Kupferkessel herrschte. Den habe Malcolm von einem seiner Kriegszüge aus Yorkshire mitgebracht, hieß es an den Feuern. Kein Schotte könne ja solches Essen zubereiten. Und nun, da es eine neue Königin geben würde, würde man wieder öfter bei gutem Essen zusammensitzen.

Morcar wich nicht von ihrer Seite.

»Was wollt Ihr eigentlich von mir?«, fragte sie angriffslustig.

»Euch meine Treue beweisen – vielleicht?«, antwortete er ironisch. »Ihr warft uns mangelnde Treue vor, erinnert Ihr Euch? In jedem Fall benötigt Ihr einen Begleiter, *hlæfdige*.«

»Eure Treue.« Mit Macht verkniff sie sich jede weitere Bemerkung, die nur Ärger bringen würde. »Bemüht Euch nicht. Ich werde mich nicht in die Angelegenheiten meines Bruders einmischen.«

»Dafür zeigtet Ihr eine erstaunliche Wehrhaftigkeit, als Ihr uns Untreue vorwarft«, grinste er anzüglich. »Das gefiel mir sehr.« Wie zufällig glitt seine Hand über ihren Arm. »Ich könnte mir vorstellen, mir von Euch zeigen zu lassen, was Treue bedeutet, *hlæfdige* … Das würde sicher auch Eurem Bruder gefallen.«

Sie entriss ihm ihren Arm. »Mein Bruder ist zu beschäftigt.«

»Euer Bruder wird nicht ruhen, bis er auch seine zweite Schwester in seinem Sinne verheiratet hat, meine Liebe«, lachte er da. »Ihr könntet es weitaus schlechter treffen. In Orkney ist es kälter als in London, und der Jarl würde sich Euren Zwergenleib schon passend für sich und seinen wilden Samen rammeln.«

Seine Drohung machte ihr solche Angst, dass sie keinen Mut fand, Edgar überhaupt nach dessen Plänen zu fragen.

Malcolm ließ keine unnötige Zeit verstreichen. Täglich erreichten neue Gäste die Burg, bevölkerten sie mit Dienstleuten und Gepäck, und das Schnauben und Wiehern der Pferde im Burghof hallte an den hohen Mauern wider. Kleine, zottelige Tiere mit dicken Hälsen und rollenden Augen ritten die Schotten, und weil diese Pferdchen so widerspenstig waren, trugen die Reiter lange Peitschen, die sie ausgiebig einsetzten. Christina fand, dass es albern aussah, wie ihre Füße fast über den Boden schleiften, während die Pferde mit hochgerissenem Hals vorwärtspreschten. In England ritten so die Bauern – jeder Edelmann sorgte dafür, dass er ein Pferd mit feinem Fell und langem Hals reiten konnte. König Wilhelm schätzte die Pferde der Mauren. Auch der Vater hatte daheim in Ungarn nur feine Rösser gehabt. Kleine Pferde und Esel hatte man den Dienern überlassen.

Sie erinnerte sich an feurige Sanftheit und das Vibrieren von Temperament … die schottischen Gäule mit ihrem buschigen Pelz flößten ihr vor allem Furcht ein. Dennoch verbrachte sie auch hier in Dunfermline viele Stunden in der Nähe der Pforte, um das Treiben im Hof zu beobachten. Ein bisschen vielleicht auch, um Edgar zu beobachten. Ihr Bruder hielt sich neuerdings auffallend fern von ihr. Sie war es ja gewohnt, dass er seine eigenen Interessen verfolgte und seine Familie darüber wie ein Anhängsel hinter sich herzog. Eigentlich war er noch ein halbes Kind, doch seit Wilhelm England erobert hatte und die Krone für den Æthling in weite Ferne gerückt war, hatte er sich verändert. Aus dem freundlichen Knaben, den jedermann am Hof von London geschätzt hatte, war ein misstrauischer, hochfahrender Jungkrieger geworden, dessen zunehmende Aufsässigkeit offenbar nur von seinen Freunden zu lenken war. Jene Freunde, denen Christina zutiefst misstraute, weil sie an ihrer Treue zweifelte …

Nun trachteten sie gar nach ihrer Hand, doch Edgar war nicht anzumerken, ob auch er derartige Pläne für sie hegte oder ob Morcar sich nur einen bösen Spaß erlaubt hatte.

Als Letzter traf der Bischof ein.

Er reiste bescheiden. Cennrígmonaid, wo er einem großen Kloster vorstand, wie Katalin herausgefunden hatte, lag zwei Tagesreisen von Dunfermline entfernt, dennoch kam Fothad nur in Begleitung einer Handvoll Mönche.

»Das ist der Bischof?« Christina schüttelte ungläubig den Kopf, als sie sah, welch einfach gewebten Mantel der alte Mann von den Schultern zog. Er lächelte dem jungen Mönch dankend zu, der seinen Mantel übernahm, und klopfte den Hals seines Pferdes. »Ist er Mönch? Ist er wirklich Bischof?«

»*Hlæfdige*, hier in Schottland pflegen wir nicht solche Prachtentfaltung, wie Ihr das aus dem Reich der Angelsachsen kennen mögt«, erklärte Ruaidrí, der sich wieder einmal in ihrer Nähe befand. »Die Mönche sind sehr fromm …«

»Wollt Ihr damit sagen, die angelsächsischen Mönche seien nicht fromm?«, fuhr sie auf.

»Nein, nein – natürlich nicht. Aber …« Der Schotte zögerte. Offenbar sprach man hier nicht oft über Gott und wie man im Einklang mit Ihm leben konnte. Sie betrachtete sein blasses Gesicht. Viel zu selten gab es jemanden, der ihr dieses seltsame Land erklärte – Ruaidrí schien an einer Rede zu feilen. Und dann war er tatsächlich fertig mit Nachdenken und holte Luft.

»Die Mönche hier leben noch nach dem Geist des heiligen Columban.«

»Nach dem Geist des heiligen Columban. Wer ist das?«

»Er hat die Kirche des Nordens begründet. Ein Ire, *hlæfdige*. Man erzählt sich, dass er in Gottes Dienste getreten ist, weil die irischen Frauen so schön sind.« Ruaidrí grinste. »Nun, das wäre für mich kein Grund gewesen. Aber für Columban war es ein Grund, er mochte nicht von Gott abgelenkt werden. Er missionierte die Heiden und führte ein demütiges Leben, und das tun die Mönche in Cennrígmonaid immer noch...«

»Und der Bischof?«, fragte sie vorsichtig.

»Nun...« Er schien nicht weiter zu wissen. »Sie beten viel, unsere Mönche, *hlæfdige*. Und sie sind bescheiden.« Christina nickte nachdenklich, ohne zu verstehen, was er eigentlich meinte. Sie ahnte auch, dass sie ihn jetzt besser nicht nach den *culdees* fragen sollte, jenen Mönchen ohne Kloster, über die die Leute so schlecht dachten.

»Aber der Bischof ist ja kein Mönch und muss daher doch nicht bescheiden sein, oder was meint Ihr? Ich finde...«

»Wahre Religion lebt in der Demut, nicht der Kleidung, sondern des Herzens. Wo sonst lebt der Herr, wenn nicht im Herzen des wahrhaft Demütigen? So spricht der Prophet Jesaja, *hlæfdige*.« Die warme Stimme hob sich über den Trubel in der Halle und ließ Wort für Wort in ihren Geist tropfen. Fothad hatte offenbar das Gespräch mit angehört und sich ihnen genähert, ohne dass sie es bemerkt hatten. »*Ad hunc autem respiciam, ad pauperculum et contritum spiritu et trementem sermones meos,* spricht der Herr durch den Propheten. Ich fühle mich daher in meinem Gewand angemessen gekleidet.« Er lächelte sie heiter an, und eine Vielzahl von Falten ließ seine Züge tanzen. »Seid Ihr die Braut, wertes Fräulein?«

»Nein. Nein, meine Schwester ist die Braut.« Sie beeilte

sich, sich vor ihm zu verneigen, vollkommen verwirrt von seinen Worten und dass er einfach so zu ihr getreten war.

Seine Hände lagen segnend auf ihrem Kopf. »Nun, dann segne ich die Schwester der Braut, *in nomine patris et filii et spiritu sancti*, für ihre Schönheit, ihre Neugier – und ihre Demut – hoffentlich.« Zwinkernd half er ihr auf. »Verratet mir Euren Namen, schönes Kind.«

»Christina«, flüsterte sie.

»Christina«, wiederholte er. »Das bedeutet ›die Gesalbte‹.« Er lächelte. »Gott ist mit Euch, Christina von England.«

Sein Segen umgab sie wie ein schützender Mantel. Das Genörgel der Mutter perlte ebenso an ihr ab wie Katalins Ermahnungen, sich nicht so viel herumzutreiben, sondern stattdessen mit den Dienerinnen die Kleider durchzusehen und fleißiger an der Fertigstellung von Margarets Brautkleid mitzuwirken. Die Näherinnen hatten Tag und Nacht daran gearbeitet, nun war es fast fertig. Wie ein Sommermorgen schimmerte die hellblaue Seide im Kerzenlicht, während draußen der Sturm um die Mauern heulte und ersten Schnee nach Dunfermline brachte …

»Wo hat der König das nur her?«, fragte Christina leise und nickte zu dem herrlichen Stoff. Das Nähmädchen sah von der Arbeit auf. Christinas Magen knurrte vernehmlich – der Tag neigte sich dem Ende zu, ebenso wie die Säume, an denen sie seit dem Mittag gearbeitet hatten.

»Es lag in der Truhe der alten Königin.« Sie kam von den Dänen, und ihr Angelsächsisch klang schwerfällig. »Königin Ingibjörg liebte die Seide. Ketil Storhand brachte ihr Seide aus Byzanz mit, wenn er den König der Schotten besuchte.«

Boshaft dachte Christina, dass der schottische König hier ja billig wegkam – eine Königin Mathilda hätte sich mit der Seide ihrer Vorgängerin sicher nicht zufriedengegeben, und sie hätte auf einem Spitzentuch aus Brügge bestanden, nur damit es zu den Bändern an den Ärmeln passte, die sie aus Marseille kommen ließ. Die Mantelschließen hätten vermutlich aus italienischer Bronze sein müssen, besetzt mit Edelsteinen aus Samarkand, und bei all diesen Wünschen hätte Malcolm seine Hochzeitspläne kaum vor Ostern durchsetzen können. Margarets Bescheidenheit verbot solche Extravaganzen, sie schämte sich sogar, das Kleid vor dem Tag anzuprobieren, und betete jedes Mal danach einen Bußpsalm, um sich von der Putzsucht zu reinigen.

»Also bitte – wenn du putzsüchtig bist, bin ich groß«, lachte Christina sie aus.

Margaret schenkte ihr einen ernsten Blick. »Du bist groß, kleine Schwester. Eines Tages wirst du über dich hinauswachsen.« Dann lächelte sie schelmisch. »Und für den Tag ist es besser, wenn ich jetzt schon mal bete, weil ich dann ja putzsüchtig sein werde.« Ihre Augen glitzerten. Jedermann in dem kleinen Raum ahnte, warum Malcolm kaum den Blick von ihr lassen konnte.

Die Kirche von Dunfermline verdiente ihren Namen. Kluge Baumeister hatten sie aus Stein errichtet, und ihr Turm war höher als der Burgturm. Blütenweiße Leintücher wallten an den Wänden herab und schenkten dem düsteren Gemäuer mithilfe einer einzigen Fackel die Reinheit, die Christina in der Kapelle von Edinburgh so schmerzlich vermisst hatte. Es duftete nach gutem Weihrauch und nach Bienenwachs, und der Fußboden war mit frischen Tannenzweigen bestreut, dessen Duft von unten in die Nase zog. Welch friedlicher Ort! Christina atmete ihn tief ein und beschloss hierzubleiben. Leise schloss sie die Tür hinter sich.

»*A rìgh* – auch wenn ich nun bald Eure Frau sein werde, würde ich es begrüßen, wenn Ihr die Heiligkeit und Stille dieses Ortes respektieren würdet – und meine Andacht, wenn ich mich zum Gebet hierherbegebe.« Margarets klare Stimme rieselte zu Boden und verklang.

Der dunkle Schatten weiter vorne an der Mauer bewegte sich. Tannenzweige knackten unter dem Gewicht eines Mannes, dann raschelte ein langer Wollmantel über die Nadeln.

»Ich wollte mich nur nach Eurem Wohlbefinden erkundigen. Es ist kalt hier, Ihr werdet Euch den Tod holen, nehmt meinen Mantel. Weiter wollte ich nichts.«

»Dank für Eure Sorge, *a rìgh*. Gottes Liebe hält mich warm…«

»Das allein wäre ja schon ein Grund für brennende Eifersucht«, lachte der König leise und verstummte sofort, als Margaret sich erhob und zu ihm umdrehte. »Vergebt, liebste Verlobte – vergebt meinen Übermut. Ich…« Er sank vor ihr auf die Knie. »Ich hatte nur Sehnsucht nach Euch. Versteht Ihr das, Margaret? Mein Herz sehnt sich nach Euch…«

Sie tat einen Schritt auf ihn zu und legte ihm die Hand auf die Schulter. »Ich vergebe Euch, mein König.«

Ohne ein weiteres Wort erhob er sich, küsste ihre Hand und verließ die Kirche. Christina würdigte er keines Blickes. Wenn Margaret ihn hier beleidigt hatte, so hatte er sich bewundernswert zurückgehalten. Christina zog die Nase hoch.

»Wer will mir denn nun schon wieder eine Decke aufschwatzen?«, rief Margaret verärgert aus und fuhr herum. »Bei der Heiligen Jungfrau – ist es in diesem kalten Land denn nicht möglich, in Ruhe und ungestört zu beten?«

»Ich bin's nur, Magga«, flüsterte Christina, auf einmal voll Schüchternheit, weil die Stimme der Schwester so anders klang – mächtig, königlich…

»Du…« Sie trat aus dem Licht und kam den Gang herunter. »Stina…« Und dann nahm sie die jüngere Schwester in die Arme und drückte ihren Kopf an ihre Schulter, wie sie es früher so oft getan hatte – früher. Als es noch keinen Krieg, keine Hochzeit und keinen Malcolm gegeben hatte. Als sie

Angst und Verlorenheit hinter der Klosterpforte zurücklassen konnten. Früher, als sie sich noch alles erzählt und keine Geheimnisse voneinander gehabt hatten. Früher … Christina schluchzte auf.

»Ich hab dich so vermisst«, flüsterte sie.

»Ich dich auch, Stina.« Ein tiefer Seufzer drückte sich gegen Christinas Brust. »Es ist nicht leicht … das mit Malcolm. Nichts ist leicht.«

»Warum … Magga, warum tust du es dann?« Die Frage lastete schwer auf ihrer Seele – und endlich hatte sie sie aussprechen können, endlich … Margarets Augen wurden groß und dunkel.

»Ich … ach, Stina. Ob du mich verstehst?«

»Ich will's versuchen.«

»Ich …« Die Augen füllten sich mit Wehmut. »Vater hätte es so gewollt. Diese Ehe ist meine Pflicht und unser aller Absicherung … Als seine Tochter hätte ich doch gar nicht anders handeln können.« Das musste ihr schon klar gewesen sein, als sie Malcolms Antrag ablehnte. Christina, die die Jahre mit ihr im Kloster geteilt hatte, wusste, was das für sie bedeutete.

»Liebst du ihn denn ein bisschen?«, fragte sie schüchtern und im Bewusstsein, dass man diese Frage nicht stellte, weil sie keine Rolle spielte. Margaret nahm sie noch fester in die Arme.

»Das hat es mir leicht gemacht«, flüsterte sie ihr ins Ohr, damit es nur bei ihr aufgehoben war. Und ein wenig von ihrem bräutlichen Herzklopfen sprang auf Christina über …

Sie schob sie ein Stück von sich, betrachtete aufmerksam ihr Gesicht. »Bleib bei mir in dieser Nacht, Schwester. Bete mit mir. Alles wird so anders, als wie ich es mir immer ausgemalt hatte. Ich fürchte mich vor dem, was da kommt – bleib bei mir …«

Die Fackel an der Wand knackte. Nachdenklich zog sie die Schatten der beiden Frauen so lang, dass sie beinahe bis zur anderen Seite des Gemäuers reichten. Als hielte sie es für ein gutes Zeichen, die beiden wenigstens heute Nacht gleich groß erscheinen zu lassen – bevor die eine morgen in eine neue Welt übertrat und die andere sich davor fürchtete, noch kleiner zu werden, als sie ohnehin schon war.

Eng umschlungen blieben die Schwestern lange stehen. Christina hatte das sichere Gefühl, dass nach dieser Nacht nichts mehr wie vorher sein würde. Es war mehr als ein Abschied vom Mädchentum, ein Abschied von der Jungfrauenschaft – viel mehr als ein Abschied von der gemeinsamen Kindheit und den Erinnerungen. Gott gebe uns die Kraft dafür, dachte sie und atmete den vertrauten Geruch der Schwester ein.

»*Verumtamen ipse Deus meus et salutare meum, praesidium meum; non movebor. In Deo salutare meum et gloria mea; Deus fortitudinis meae, et refugium meum in Deo est. Sperate in eo, omnis congregatio populi, effundite coram illo corda vestra; Deus refugium nobis …*«

Margarets klare Stimme verzauberte die stille Kirche. Niemand verirrte sich hierher, und als sich die Nacht über Dunfermline senkte, legte Gott einen Gürtel aus Frieden um Sein Haus und barg die beiden Frauen schützend in Seiner Hand.

»*Nolite sperare in violentia et in rapina nolite decipi; divitiae si affluant, nolite cor apponere. Semel locutus est Deus, duo haec audivi: quia potestas Deo est, et tibi, Domine, misericordia; quia tu reddes unicuique iuxta opera sua.*«

Als eine scheppernde Glocke die wenigen christlichen Brüder von Dunfermline zur Laudes rief, seufzte Margaret tief und beendete ihr langes Schweigen. Sie beugte sich nieder, küsste den Boden vor dem Altar und drehte sich zu Christina um, die auf ihren Knien zusammengesunken war, weil ihr die Beine eingeschlafen waren und sie solche langen Gebetsnächte nicht mehr gewohnt war. Das weiche, entspannte

Gesicht der Schwester weckte ihre Geister. Margaret war der Allmächtige wie immer zu Hilfe geeilt, hatte sie getröstet, gesegnet und mit seiner Gnade erfrischt. Gestärkt und beglückt ging sie aus dieser Nacht hervor.

Ein Stein saß in Christinas Herzen. Sie hatte Gott wie so oft nicht gefunden, war während der stillen Andacht zwischendurch sogar immer wieder eingenickt, wofür sie sich nun schämte.

»Das macht nichts«, lächelte Margaret, als Christina sich die Augen rieb. »Gott ist an unserer Seite, Stina. Alles wird gut werden, das weiß ich jetzt.«

»Ja, das wünsche ich uns. Dir vor allem.«

Langsam wanderten die Schwestern zum Ausgang. Draußen heulte der Sturm um die Mauern, gestern Abend hatte er Schnee gebracht. Zum Glück waren alle Gäste bereits eingetroffen, die Burg war voll bis auf den letzten Schlafplatz. Jemand hatte gescherzt, nun fehle nur noch König Wilhelm, um sich zu vergewissern, dass sich der Schotte tatsächlich mit der englischen Prinzessin und Schwester seines Konkurrenten vermählte.

»Den bringen wir auch noch unter!«, hatte Malcolm mit hochrotem Kopf gebrüllt und sein Horn auf den verdammten Normannen erhoben, der gerade dabei war, den Norden seines eroberten Landes in Schutt und Asche zu legen und seinem eigenen Volk nichts als Hunger brachte. »Im Stall werde ich ihm ein Plätzchen einräumen, von den Schweinen kann er die Reste fressen und seine eigene Pisse trinken …«

»Vom Boden auflecken kann er sie!«, schrie ein Schotte hasserfüllt. »Wenn die Schweine ihm was übrig lassen!« Seit erste Nachrichten von seinem grausamen Vergeltungszug durch Yorkshire an den Hof gekommen waren, genoss der Normanne kein Ansehen mehr.

»Die Eier schneide ich dem Bastard ab, wenn ich ihn je zu fassen bekomme!«, hatte der König gebrüllt und das Metfass erneut für alle an der Tafel öffnen lassen. Und so, wie er grimassenschneidend über der Tischplatte hing, schenkte man dieser Ankündigung ohne weiteres Glauben. Daran musste Christina denken, als sich der zarte Körper ihrer Schwester an sie schmiegte.

»Wird er gut zu dir sein? Kann er das?« Sie verkniff sich im letzten Moment das Wort »Barbar«.

Margaret lächelte. »Er wird gut zu mir sein. Gott wird unsere Verbindung segnen – so wie er die deine segnen wird. Mit Seinem Segen ist jede Angst vorbei. Auch für dich.«

Christina blieb stehen. »Meine…?«

Wie eine schimmernde Wolke flog Margarets goldblondes Haar zu ihr herum, welches sie zur Nacht nur locker zusammengebunden trug. Der Schleier segelte zu Boden, als wollte er sich aus allem heraushalten. »Ja, weißt du denn nicht?«, fragte sie erstaunt.

»Was weiß ich nicht…? Magga… Magga?« Ihr Herz klopfte plötzlich wie wild.

Margaret fasste sie an den Händen. »Alles wird gut, Liebes. Earl Morcar hat bei Edgar um deine Hand angehalten. Uns kann nichts mehr passieren! Welche Dummheiten unser Bruder auch begehen wird, wir beide sind nun in Sicherheit. Wir werden…«

»Earl was? Magga!« Ihr wurde schwarz vor Augen, und sie setzte sich auf den Kirchenboden – egal, was Gott oder der heilige Boden dazu sagen würden. »Earl…« Um sie drehte sich alles, und dann war der Ton in ihren Ohren wieder da, betäubend laut und seltsam wohltuend, löste er sie von der Wirklichkeit, die sich wie ein schwarzer Schleier über sie zu legen und sie zu ersticken drohte.

»Aber Stina – hat Edgar dir denn nichts gesagt?« Margarets Bestürzung war echt. Sie hockte sich zur Schwester auf den Boden, packte sie an den Schultern und schüttelte sie leicht. »Earl Morcar hat bei Edgar um deine Hand angehalten – und unser Bruder ist einverstanden. Du bist in Sicherheit! Niemand kann uns mehr vertreiben!«

Ihre Verzweiflung kannte keine Grenzen.

Jedermann auf der Burg war schon auf den Beinen, Malcolm hatte die Hochzeit zur Mittagszeit angesetzt, und es gab noch viel zu erledigen. Christina irrte durch die Halle, ohne zu wissen, wen sie eigentlich suchte – die Mutter vielleicht oder Katalin –, irgendjemanden, der ihr sagte, dass sie nur schlecht geträumt hatte, der sie in den Arm nahm und beruhigen konnte. Doch kein bekanntes Gesicht lief ihr über den Weg. Als hätte die Ankündigung einen bösen Zauber über die Burg geworfen, schienen alle Mitglieder des Æthling-Haushaltes wie vom Erdboden verschluckt! Christina drückte sich an die Hallenwand neben dem großen Kamin und schaute furchtsam umher. Dienstboten rannten mit Schemeln und Tischplatten an ihr vorbei, drängten sie noch weiter in die Ecke, blafften sich an, überall diese unfreundliche, breite schottische Zunge und kein verständliches Wort, dazu wehten Gerüche von ungewaschenen, verschwitzten Leibern an ihr vorbei, vermischt mit dem Dunstschwall von den Kochfeuern, und jedes Mal, wenn das Tor zum Hof aufschwang, stank es nach Pferdepisse …

»Sollen wir uns dem freudigen Getümmel anschließen und mit König Malcolm zusammen in die Kathedrale einziehen?« Jemand legte schwer seine Hand auf ihre Schulter und drehte sie um. Morcar schien all seine angelsächsische Erziehung über Bord geworfen zu haben, um seine ehrgeizigen Pläne verwirklichen zu können. »Einen großartigeren Rahmen für eine Hochzeit werdet Ihr nicht mehr bekommen – und für Malcolm wird es eine Ehre sein, gleich zwei Schwestern von hohem Blut an seinen verdammten Hof zu binden.«

»Ich wüsste nicht, was ich mit Euch zu besprechen hätte«,

fauchte Christina und versuchte seine Hand abzuschütteln. Die Amme kam ihr zu Hilfe.

»Lasst die junge Dame in Ruhe, *hlæfweard*, das hat doch Zeit bis nach der Hochzeit, meint Ihr nicht?« Noch niemals hatte Katalin so offen das Wort an einen Edelmann gerichtet, und diesmal schob sie sich sogar schützend vor Christina, als könnte sie damit das Begehren des Earls von ihr fernhalten – wenigstens noch ein Weilchen. Morcar betrachtete die Amme mit finsterem Gesichtsausdruck, ganz offensichtlich kam sie ihm hier in die Quere.

»Findest du wirklich, dass deine Herrin solchen Schutz benötigt?«, fragte er ironisch. »Ein zu klein geratenes, alt gewordenes Mädchen, das sich allein an Stränden herumtreibt und von geilen Mönchen nach Hause tragen lässt?« Seine Stimme troff vor Gehässigkeit. »Solch ein Mädchen kann froh sein, wenn jemand von vornehmer Geburt seine Hand nimmt und es vom Weiberfeuer wegholt, bevor es dort in Vergessenheit gerät. Und der nicht danach fragt, was der geile Mönch …«

»Ich bin sicher, dass Ihr Euren Antrag zur gegebenen Zeit mit mehr Anstand vorzubringen wisst, *hlæfweard*«, unterbrach Katalin ihn böse. »Und ich bin sicher, dass Ihr Euch dann auch daran erinnert, von welcher Geburt die Schwester Edgar Æthlings ist. Und dass niemand sie von einem Feuer wegholen muss.« Damit legte sie Christina den Arm um die Schultern und lotste sie hinein in das emsige Gewühl der Diener, das zum ersten Mal seit ihrer Anwesenheit in Dunfermline beschützend wirkte. Die Frechheit des Earls tropfte wie eine ätzende Flüssigkeit über ihr Gemüt.

»Ich hasse ihn«, flüsterte Christina erstickt, »mein Gott, ich hasse ihn …«

»Was für ein unglaublich anmaßender Mensch!«, schimpfte die Amme. Mit der Linken boxte sie sich den Weg frei, mit der Rechten zog sie ihre Schutzbefohlene hinter sich her. »Das hast du nicht verdient, Christina. Dem Mann muss man Einhalt gebieten! Ich werde deinen Bruder …«

»Du wirst schon noch merken, dass für großmäulige Dienstweiber wie dich hier kein Platz ist!«, übertönte die Stimme des Earls den Lärm. Für einen kurzen Moment trat in diesem Teil der Halle Stille ein. Verwundert sahen sie von einem zum anderen, musterten Christina, gafften die Amme an. Der Drohung rieselte Asche von den Schwingen, bevor sie durch das geöffnete Hallentor entwich. Murmelnd kehrte der Lärm zurück und blies die Asche in alle Richtungen davon.

Katalin gab sich große Mühe, Christina abzulenken. In der Kammer, wo man die Æthling-Schwestern untergebracht hatte, herrschte ein duftiges Durcheinander aus Seidenbahnen, Kleidern, Umhängen, Bändern und Schleiern, und Agatha versuchte ihrer Tochter klarzumachen, dass sie jetzt wirklich genug in der Kirche gekniet hatte und es nun ernst wurde. Ihre jüngere Tochter bedachte sie nur mit einem kurzen Nicken. Sie steckt mit Edgar unter einer Decke, schoss es Christina durch den Kopf, und ihr Entsetzen über das, was da gegen ihren Willen beschlossen worden war, wuchs weiter.

»Halt das, aber pass auf, dass es nicht knittert.« Die sauber gefalteten Kopfbedeckungen beinahe aller weiblichen Burgbewohnerinnen landeten auf ihren Armen. Stirnrunzelnd lauschte sie, wie Agatha und Margaret darüber stritten, ob es sich gehöre, unter dem Hochzeitskleid ein Büßerhemd zu tragen. Ein Büßerhemd! Das sah Magga ähnlich …

Eine der Dienerinnen befummelte das härene Kleidungsstück, welches seit Tagen Margarets Haut rau und schuppig kratzte. »Das wird dem Herrn keine Freude bereiten«, meinte sie in breitestem Gälisch und zog die dichten Brauen hoch. »Der Herr hat doch selber so raue Hände vom Kämpfen, da müsst Ihr ihm ein weiches Bettchen bieten, *hlæfdige.*«

Agatha betrachtete das Hemd kopfschüttelnd. »Kind, er

betet dich an – wie kannst du ihn nur so vor den Kopf stoßen wollen!«

»Gott soll sehen, dass mein Körper für Ihn…«

»Unfug, dein Körper gehört ab heute deinem Ehemann und niemandem sonst!«

»Dann ist es nur recht und billig, wenn ich bis dahin noch mein Büßerhemd trage!« Margarets klare Stimme ließ keinen Zweifel daran, dass man ihr das Hemd schon mit Gewalt würde ausziehen müssen, worauf Agatha mit zum Himmel erhobenen Armen hin und her rannte und über den Hochmut ihrer ältesten Tochter klagte.

Aus dem Hof erklang ein Choral.

»Laudate, pueri Domini, laudate nomen Domini. Sit nomen Domini benedictum ex hoc nunc et usque in saeculum!«

Das Getrappel von Pferdehufen kletterte die Mauern empor, klopfte gegen die hölzernen Laden, die die Mauerschlitze gegen den scharfen Ostwind schützten, und fragte nach, wo die Braut blieb. Die Zeit drängte. Margarets eiserner Wille setzte sich durch. Sie behielt das härene Hemd an, und die Dienerinnen rissen Christina die Schleier vom Arm, um sich damit zu schmücken, während Katalin der Braut in ihr blassblaues Kleid half. »Rasch! Der König mag nicht warten!«, trieb von draußen einer der Diener die Frauen zur Eile an.

»Quis sicut Dominus Deus noster, qui in altis habitat et se inclinat, ut respiciat in caelum et in terram?«, sang der Mönchschor unten im Hof.

»So segne ich nun eure Hände – auf dass sie Gutes schaffen. Ich segne eure Köpfe, auf dass sie Gutes erdenken. Und ich segne eure Verbindung, auf dass sie Fruchtbares hervorbringe.«

Damit legte Fothad die Hände der beiden ineinander und wand seinen bestickten Schal darum. »Stehet auf, Mann und Frau, und tut Gutes in eurer Verbindung.«

Malcolm erhob sich als Erster. Hinter ihm drängten die Edelleute zurück – es war entsetzlich eng geworden vor dem Portal der Kathedrale, jeder hatte so dicht wie möglich dabei sein wollen. Als Jubel aufbrandete, hob der König die Hand. Mit der anderen fasste er Margaret unter dem Arm und hob sie zu sich hoch.

»Begrüßt und ehrt eure neue Königin!«, rief er. »Margaret von Schottland – beugt eure Knie vor ihr!« Und aus der Hand seines Schatzmeisters nahm er einen goldenen Reif entgegen und drückte ihn Margaret auf das schleierverhängte Haupt. Sie schwankte ein wenig, und blass war sie auch, aber sie hielt sich tapfer während dieser kurzen Krönungszeremonie, die von grenzenlosem Jubel rund um die Kirche beendet wurde. Der Choral der Mönche hinter der Tür war kaum noch zu hören und verlor sich zwischen Rufen, Schreien und Pfiffen und unter dem Fußgetrappel der zur wilden Kriegermeute mutierten Kirchenbesucher.

Christina liefen kalte Schauder über den Rücken, während das Hurrageschrei unvorbereitet über sie hereinbrach. Tränen schossen ihr in die Augen, vor Stolz, vor Liebe und vor Ehrfurcht vor dem Mut ihrer schönen, wunderbaren Schwester, die nun nicht nur Ehefrau eines wilden Kriegers, sondern auch Königin dieses rauen Landes war … »Gott schütze dich, Magga, Gott schütze dich allezeit, halte dich in Seiner Hand, Er halte dich fest, Magga …«, schluchzte sie lautlos.

Und dann taten die Leute, wie der König ihnen geheißen hatte: Sie sanken auf die Knie und beugten das Haupt … Schottland hatte eine neue Königin.

»Mein Kind«, weinte Agatha in ihr Tuch, »meine Tochter, meine schöne Tochter … ach, wenn mein geliebter Edward das doch sehen könnte, mein Kind … Allmächtige Jungfrau …«

Christina sah sich vorsichtig um. Nicht jeder hatte den Kopf gebeugt. Edgar kniete aufrecht und starrte die Schwester unverhohlen an. Sie erschrak. War er stolz? Zufrieden mit seinem Werk? Oder gierte er bereits nach den nächsten Schritten? Sie war immer noch Teil seiner Pläne, und es schmerzte, dass ihr Bruder ihr endgültig entglitten war.

Earl Morcar tuschelte ohne Scham mit seinem Bruder Edwin. Beide knieten zwar, jedoch im Schatten eines knorrigen Baumes, wo sie vor neugierigen Blicken geschützt waren. Edwin machte ein missmutiges Gesicht, Morcar gestikulierte, deutete hierhin und dorthin – und schamlos auch auf Christina. Als er gewahr wurde, dass sie ihn beobachtete, verzog sich sein Gesicht zu einem breiten, triumphierenden Grinsen. *Du entkommst mir nicht* hieß das möglicherweise. Die Stricke um ihre Brust wurden wieder eng, die Luft wurde ihr knapp bei der Erkenntnis, dass sie ihre Ängste niemandem anvertrauen konnte, weil niemand mehr Verständnis dafür haben würde. Und vielleicht hatte Magga ja recht – vielleicht war der Schutz, den die Ehe gewährte, wichtiger als alles andere. Sie betrachtete verstohlen Morcars Gesicht. Bedeutete es wirklich Schutz für sie? Sie fürchtete sich immer mehr vor ihm …

Der Lärm vor der Kathedrale hatte sich etwas gelegt, nachdem Malcolm wieder die Hand gehoben hatte. Sein Schatzmeister bot ihm ein Kissen dar, auf welchem sorgfältig ein schimmerndes Buch gebettet lag.

»Mein Hochzeitsgeschenk für Euch, Liebste.« Er nahm das Buch von dem Kissen herunter und reichte es ihr. »Ich weiß, dass Ihr das Wort des Herrn überaus schätzt. Daran soll auch in Eurem zukünftigen Leben kein Mangel sein. Nehmt dieses Stundenbuch von mir entgegen als erstes Zeichen meiner großen Liebe und Wertschätzung.«

Bischof Fothad versuchte, gegen die Schenkungszeremonie vor Gottes Haus zu protestieren. Seinem Gesicht war deutlich anzusehen, dass die eitle Weltlichkeit, vertreten durch klirrende Waffen und kostbare Geschenke, in seinem Beisein nichts zu suchen hatte und für seinen Geschmack gegen Bescheidenheit und Anstand verstieß. Leider drang er weder mit seiner Stimme noch mit seinen Händen bis zum König vor, und so musste er hilflos zusehen, wie das Geschenk des barbarischen Schotten auch noch bejubelt wurde.

Der goldene, juwelenbesetzte Bucheinband wog nicht wenig, und die Braut sank merklich unter dem Gewicht zusammen, als er es in ihre ausgestreckten Hände legte. Das Kerzenlicht lockte kleine züngelnde Flammen aus den Edelsteinen hervor, ihr Schimmer spiegelte sich wie ein kaltes Echo in Margarets Gesicht wider. Ein Raunen ging durch die Menge – welch erlesenes Geschenk! Begeistert umringten die Edelleute das frisch vermählte Paar, jeder wollte einen Blick auf die Kostbarkeit erhaschen, und Christina musste sich mit beiden Händen dagegen wehren, von ihrer Schwester abgedrängt zu werden.

»Habt Dank, *a rìgh*, für dieses großzügige Geschenk«, hörte sie die Stimme der neuen Königin. »Ja, mein Herz fühlt große Freude, wenn es das Wort Gottes geschrieben sieht – und in solch köstlicher Umhüllung ist dem Wort wohlgetan.«

Malcolm strahlte. »Ich freue mich, dass ich Euch lächeln sehen darf. Möge mein Geschenk Euch Stunden voller … ähm … Andacht schenken.« Kaum merklich war er ins Straucheln geraten und offenbarte damit, dass er mit großer Wahrscheinlichkeit kein geübter Betrachter von Stundenbüchern war. Margaret neigte den Kopf, und wieder brandete Jubel vor der Kirche auf. Allein durch ihre Anmut hatte sie die Herzen der schottischen Edelleute im Sturm erobert. Sie folgten dem Hochzeitspaar drängelnd in die Kathedrale, um Fothads Gottesdienst zu lauschen, vor allem aber, um die Braut anzuschauen und Gott zu danken, dass Er Schottland so eine schöne Königin geschenkt hatte.

Der Truchsess von Dunfermline stieß vernehmlich seinen Stab auf den Boden.

»Den Worten sei nun Genüge getan«, rief er aus, »lassen wir den Worten Taten folgen… ähm… und die Hochzeit unseres Königs gebührend… ähm… feiern! In der Halle ist das Festmahl angerichtet!«

Die Ersten hatten zu Beginn seiner Verkündung bereits das Kirchenportal erreicht und drängten durch die schmale Tür. Niemand hier war es gewohnt, endlose Messen in Stille und Andacht auszuhalten. Seit dem Tod von Königin Ingibjörg, so erzählten sich die Dienstleute, war die Kirche ziemlich verwaist. Selbst im Altarraum wartete man ungeduldig darauf, dass der König sich in Bewegung setzte und den Auszug der Vornehmen anführte. Der jedoch betrachtete gespannt seine neue Frau, die ihre weibliche Neugier kaum im Zaum zu halten wusste. Margaret hatte nämlich das goldene Buch aufgeschlagen, obwohl sie es kaum auf den Händen balancieren konnte, und schlug gerade eine Seite um. Christina lächelte belustigt – das sah ihrer Schwester mal wieder ähnlich: Ein Stundenbuch voll Gottesworte war ihr wichtiger als alle Köstlichkeiten, die auf den Tischen in der Halle dufteten, lockten und warteten…

Margaret strauchelte, stolperte.

Malcolm griff im Gedränge nach ihrem Ellbogen, fing sie auf, schaute sogleich auf den Boden, worüber sie gestolpert sein mochte. Doch da war nichts. Margarets Gesicht war schneeweiß. Hastig schlug sie das Buch zu. Und versuchte ein Lächeln, als wäre tatsächlich nichts gewesen. Aber Christina hatte es gesehen, vielleicht war sie die Einzige. Die Wangen der Schwester waren immer noch bleich. Gerade nahm der Schatzmeister das Buch entgegen, und Christina nutzte die Bewegung um das Paar herum, um dichter an Margaret heranzukommen.

»Was war?«, flüsterte sie aufgeregt. »Was war, Magga?«

Der Blick, der sie traf, trug die Düsternis eines Trauergewandes. Furcht und Schrecken saßen beieinander, überdeckten sich gegenseitig. Dann reckte Margaret den Kopf.

»Nichts. Es ist nichts.«

Doch ihre Hand, die auf Malcolms Arm lag, zitterte.

VIERTES KAPITEL

Meine Seele sie stille zu Gott,
der mir hilft.
Denn er ist mein Hort,
meine Hilfe, mein Schutz.
(Psalm 62,2-3)

Der Vorbeimarsch der Hochzeitsgäste nahm kein Ende. Bärtige Männer in bauschigen, sehr bunten Wollmänteln, deren mit Bändern verzierte Bärte bis auf die Brust herabhingen, gingen an dem Hochzeitspaar vorüber, neben sich ihre Weiber in ähnlichen Mänteln, von denen manches so aussah, als hinge ihm ein unsichtbarer Bart aus dem Gesicht. Dicke, fleischige Frauen mit harten Augen und unaussprechlichen Namen, die ein Zeremonienmeister gleichgültig herunterbetete. Ihre Sprache war ein unverständliches Gemisch aus breiten Lauten und spuckenden Lispeltönen, und sie gaben sich keine Mühe, sich verständlich zu machen. Sie verneigten sich nur knapp, und fast hatte es den Anschein, je röter das Haar der Frauen, desto geringer die Ehrerbietung für die neue Königin.

Margaret blieb freundlich, nahm jede noch so unfreundliche Begrüßung mit einem Lächeln entgegen und ließ sich nicht anmerken, dass sie die Geringschätzung dieser wilden Menschen durchaus erfasste. Den König schien das nicht zu stören, er unterhielt sich angeregt, und als Margaret stürzte, war nicht er es, der sie auffing, sondern ein schwarzhaariger, großer Mann in einem farbenfrohen, üppig drapierten Umhang. Mit einer Stimme, die es gewohnt war zu befehlen, dirigierte er einen Sessel herbei, und Malcolm musste mit ansehen, wie ein anderer schneller war und sein Weib auf das bequeme Lager bettete.

»Ich danke Euch«, sagte Margaret und schenkte ihrem Retter ein bezauberndes Lächeln.

»Euer Diener, *hlæfdige.*« Der Schwarzhaarige neigte das Haupt. Dann erst machte er dem besorgten König Platz und schob sich durch die Menge davon. Christina verlor ihn aus den Augen.

Das Gedränge wurde dichter. Man hatte das gebratene Rind auf dem Spieß angeschnitten, und es roch durchdringend nach Fett und wildem Majoran, mit dem der Koch das Tier gewürzt hatte. Kessel voll speckglänzendem Mus und herzhaften Fleischsuppen wurden ans Feuer gerückt, dazu riesige Holzplatten, auf denen sich Eierspeisen und honigsüße Kuchen türmten, und die Menschen drängten sich an die Tische, um keinen Bissen zu verpassen. Christinas vornehmes Kleid aus zartem Leinen veranlasste die Männer, sich vor ihr zu verneigen, und als sie sich einen Weg zu den Tischen bahnte, glitten bewundernde Blicke über ihre Gestalt. Einer der beiden Earls wollte ihren Arm nehmen – war es Morcar oder Edwin? Sie entkam ihm, schlüpfte an zwei schottischen Riesen vorbei und brachte sich bei den Frauen aus dem Tiefland in Sicherheit, deren Zunge sie zumindest ein wenig verstand.

Katalin schob rülpsend ihren Napf von sich. »Eine Hochzeitssuppe wie daheim hätte sie stark gemacht. Dieses zähe Fleisch ist doch nichts für junge Mädchen.« Kopfschüttelnd hatte sie Christinas Bericht gelauscht, wie Margaret schon zum zweiten Mal beinah in Ohnmacht gesunken war. »Eine Hochzeitssuppe bringt Glück und segnet den Leib und …«

»Es war nicht das Fleisch, Katalin. Sie hat nichts gegessen.«

»Ja, sie hätte eben nicht so lange fasten sollen. Das Fasten ist nichts für junge Ehefrauen, wie soll sie denn ihren König zufriedenstellen, wenn sie bei jeder Gelegenheit umfällt? Er ist ein so großer, schwerer Mann, das arme Mädchen, wenn er auf ihr liegt, hört sie ja auf zu atmen, da hat er noch nicht mal angefangen. Das arme, arme Mädchen.«

Die alte Amme trank glucksend ihren Becher leer. So ganz nüchtern war sie nicht mehr.

Das Wasser lief ihr an den Mundwinkeln wieder heraus, tropfte auf ihr Kleid und hinterließ dort dunkle Flecken. »Gleich morgen früh, wenn alles vorbei ist und sie ihre Pflicht erfüllt hat, werden wir ihr ein Ei in Wein schlagen, wie wir es früher immer getan haben. Und dann wird alles gut, wirst schon sehen, Mädchen. Wirst schon sehen…«

Sie stellte den Becher mit einem Knall auf den Tisch und griff sich an die Kehle. Ihr Gesicht hatte sich rot verfärbt, und ihr Atem ging stoßweise. Vielleicht hatte sie sich beim hastigen Trinken verschluckt. Oder zu viel gegessen, wie die meisten hier am Tisch. Oder die Aufregung war ihr zu Kopf gestiegen, immerhin war es ein ereignisreicher Tag gewesen. Sie hustete.

»Nehmt noch einen Schluck, danach wird Euch besser sein.« Der Diener hinter ihr stellte ihr einen neuen Becher hin. Erleichtert packte Katalin den Becher und trank ein paar Schlucke. Röchelnd sank sie gegen die Hallenwand.

»Ist dir nicht gut?« Christina strich über die schweißige Wange ihrer Amme und nahm ihr den Becher aus der Hand. »Katalin…« Suchend glitt ihr Blick über das rote Gesicht, die zittrigen Hände – so kannte sie die Amme gar nicht. Doch Katalin schnarchte schon, und so ließ sie sie gegen die Hallenwand gelehnt sitzen, sie störte ja nicht so wie jene Gäste, die man hinaustragen musste, weil sie zu viel gegessen hatten oder randalierten. Malcolms Diener hatten einiges zu tun. Christina bedeckte Katalin mit ihrem Umhang und verließ den Platz, um ihre Mutter zu suchen.

Der Schwarzhaarige trat ihr in den Weg.

»Ich habe Euch vorhin gesehen, in der Nähe der Königin, *hlæfdige.*« Unverhohlen graste sein Blick sie ab, dann wusste er sie mit geschickten Schritten aus der Menge herauszulösen und wie ein Schaf vor sich herzutreiben. »Man hätte die Begrüßung etwas geordneter veranstalten können …«

»Ihr seid sehr freundlich zu meiner Schwester gewesen«, sagte Christina, obwohl sie sich in Gesellschaft dieses Mannes unbehaglich fühlte, aber hier standen sie nun mal nebeneinander – inzwischen ganz allein. Sie sah sich um. Der einzige Ausweg war hinter ihr die Tür in den Burghof. Der Diener, der von draußen hereinhastete, brachte eine Schneewolke mit. Dicker Schnee klebte an seinen Stiefeln, und der Wind rüttelte von der anderen Seite ärgerlich heulend an der Tür. Sie war umzingelt. Gab es irgendjemanden auf dieser Hochzeitsgesellschaft, bei dem sie nicht das Gefühl hatte, vor den Klauen eines Raubtieres zu sitzen? Dabei erinnerte er sie an jemanden. Die braunen Augen und die charakteristischen Brauen, an wen erinnerte sie das nur …

Der Schwarzhaarige zupfte an seinem Bart herum. Es war ein langer, schmaler Bart, wie er offenbar im Norden Mode war. Sorgfältig gekämmt und geölt, stand er nicht in alle Richtungen ab wie bei den wilden Kriegern, sondern hing ordentlich herunter, und die Spitzen lockten sich leicht. Vielleicht war der Mann auch eitel und verwendete seine Zeit auf sein Aussehen und nicht nur auf die Waffen. Die Finger, die an dem Bart herumspielten, waren breit und fleischig; die bis ans Nagelbett abgekauten Nägel wollten allerdings nicht zum Rest passen. Während er sie betrachtete, verengten sich seine Augen. »Sie ist Eure Schwester?« Eine Braue zuckte begreifend. »Ihr seid also eines der Æthling-Mädchen.«

Nein, völlig unwahrscheinlich, dass er das nicht längst wusste. Schamlos ließ er seinen Blick nun auch über ihr Gesicht, ihren Hals und ihre Brüste wandern.

»Es geht die Rede davon, dass die Æthling-Mädchen an Schönheit kaum übertroffen werden können.« Das Kompliment hatte die Plumpheit eines Baumstamms. Christina betrachtete den Fußboden hinter ihm. Er hatte sie gezielt hierhergebracht, und sie war auf der Hut, weil es für sein Begehren keine Zeugen geben würde. Vielleicht bemerkte er ihre Abwehrhaltung, denn er verzog die Lippen abschätzend. »Nun, die Rede stimmt. Zumindest so weit ich sehen kann. Bislang sah ich Euch nur aus der Ferne, und mir gefiel, was ich sah. Auch wenn Ihr klein wie ein Kind seid, der rechte Mann wird Euch schon lang ziehen, dass es ihm auch Spaß macht.«

»Spart Euch Eure Komplimente, *hlæfweard* …«

Sie bewegten sich beinah gleichzeitig – sie wollte an ihm vorbei, er vertrat ihr den Weg. »Ich mache keine Komplimente, Æthling-Mädchen. Für so etwas habe ich keine Zeit.« Er umfasste ihr Kinn, wie man den Kopf eines Pferdes packte. Sie schüttelte ihn unwillig ab, bekämpfte den aufsteigenden Zorn. Er war gefährlich, und jetzt lachte er triumphierend, als gefiele ihm ihr Zorn. »Ich wurde nicht geboren für Galanterie, Æthling-Mädchen.«

»Nun, bei meiner Schwester ist es Euch gelungen, Euch galant zu zeigen«, sagte Christina schnell und wandte sich ab, um das unangenehme Gespräch zu beenden und seinem durchdringenden Blick zu entkommen. Doch der Schotte hatte anderes im Sinn und hielt damit auch nicht lange hinter dem Berg.

»Sie ist sehr schön, Eure Schwester«, rief er. Mit dem Ellbogen gegen die Hallenwand gelehnt, mit dem anderen Arm aufreizend an seinem Wolltuch herumspielend, hatte er sie mit der Breite seines Körpers in der Ecke festgesetzt. »Schön wie Ihr. Sie ist sehr schön. Es war mir eine Ehre, ihr behilflich zu sein.«

Ihr Herz pochte aufgeregt. Was wollte er von ihr? »Ja, das ist sie. Und vor allem ist sie Eure Königin.« Seine Bemerkung war zu dreist, um sie hinzunehmen, sie hatte sich kaum noch unter Kontrolle. Sein gieriger Blick wurde unerträglich.

Doch er lachte nur spöttisch laut auf. »Jaha! In der Tat! Sie ist meine … Königin. Sehr lustig, das. Wirklich sehr lustig …« Dann sah er sie scharf an. »Ihr wisst wirklich nicht, wer ich bin«, stellte er fest. »Dabei habt Ihr bereits ein Geschenk von mir angenommen.«

Ein Geschenk? Tatsächlich? Fieberhaft überlegte sie, was er meinen konnte.

»Der grüne Schal?«, half er ihr weiter. Sie erstarrte. Jener hässliche grüne Schal von einem Bewunderer mit unaussprechlichem Namen, jener Schal, über den sie mit Edgar so gelacht hatte und den sie noch in Edinburgh einer Dienerin geschenkt hatte? So lange hatte der Mann sie also schon im Blick! Christina drückte sich in die Ecke. Wie eine unsichtbare Wand baute sich die Gefahr vor ihr auf, forderte sie zur Flucht auf. Doch wohin, er stand ihr ja im Weg. Sie entschloss sich, sein Spiel mitzuspielen.

»Ihr … Ihr wurdet als der Mórmaer von Moray vorgestellt. Moray – das liegt im Norden. Ihr knietet vor dem König nieder, also …«

»Ja, das tat ich. Ich kniete vor ihm nieder. Er verlangte es von mir. Das habt Ihr sicher auch gesehen. Er zwang mich erneut.« Er grinste böse, und die Löckchen im Bart zitterten darüber. Seine Zähne waren schneeweiß wie ein Raubtiergebiss. So, wie sie sich ins Nagelbett gruben, um den kaum mehr vorhandenen Fingernagel abzubeißen, so würden sie sich auch in ihren Hals graben … Sie überwand ihren Impuls, um Hilfe zu rufen. Malcolm hatte ihn in der Tat dazu genötigt niederzuknien, und nun erfuhr sie auch, warum. Kalter Schauder lief ihr über den Rücken, als er zu sprechen anhub.

»Mein Vater, müsst Ihr wissen, war König Lulach aus dem Haus der Mac Alpins. Malcolm hat ihn getötet, so wie er zuvor dessen Vater Macbeth getötet hat. Er hat meinem Vater das Schwert in die Brust gesteckt und ihn noch in der Schlacht von seinem Pferd zu Tode schleifen lassen, an all den tapferen Kriegern von Moray vorbei. Mein Vater starb wie ein gemeiner Verbrecher.«

Er machte eine wirkungsvolle Pause. »Und ich musste vor seinem Mörder das Knie beugen und Treue schwören. Damals. Heute – hier. Vor den Augen Schottlands.« Seine Augen waren unter den buschigen Brauen kaum noch zu erkennen, und doch blitzten sie wie feine Dolche aus dem Dunkel. »Ihr könnt Euch vorstellen, *hlæfdige*, dass so etwas die Galanterie im Keim erstickt.« Und dann kam er auf sie zu, so nah, dass sie seinen Atem im Gesicht spürte.

»Man lernt daraus, *hlæfdige*. Man nimmt, was man kriegen kann. Man nimmt, was einem zusteht.« Und dann fasste er wieder nach ihrem Kinn. »Werdet mein Weib. Ihr seid die Schwester der Königin, Ihr seid ein Schatz, den zu heben es sich lohnt. Folgt mir als Frau des Mórmaer nach Moray, Ihr werdet es nicht bereuen.«

Sie starrte ihn entsetzt an. Im flackernden Licht der Fackel schienen kleine schwarze Kobolde über sein Gesicht zu tanzen. Sie trugen Schwerter, und als er den Kopf drehte, verbargen sie sich im Dickicht seines Bartes, um dort zu warten. Er war der Erste, der es laut ausgesprochen hatte, was andere nur dachten: Sie war ein Schatz und als Schwester der Königin von Schottland äußerst wertvoll. Dieser Mann wurde nicht nur von leiblicher Begierde getrieben, sondern auch Rachsucht. Er machte ihr damit noch mehr Angst als der Earl von Mercia.

Als am Kopf der Tafel Jubelgeschrei ausbrach und man den König und seine neue Frau hochleben ließ, drehte er sich von ihr weg, und sie nutzte die Gelegenheit, die Ecke hinter seinem Rücken schnell zu verlassen.

Doch niemand war mehr da, mit dem sie ihre Sorgen hätte teilen können, denn Katalin hatte man aus der Halle fortgebracht, weil sie, wie eine Magd mit großen Augen berichtete, erst ihr Essen erbrochen und dann zu schreien begonnen hatte. Christina langte nach einem halb vollen Becher und trank ihn durstig leer. Ein zweiter stand daneben, auch hier waren noch ein paar Schlucke drin. Sie hob ihn an den Mund.

»Weiber sollten nicht so viel saufen«, befand da die Magd und fegte das Erbrochene vom Tisch in die Binsen, wo sich sogleich die Hunde darauf stürzten. »Egal ob alt oder jung, *hlæfdige.*« Über so viel Frechheit verging Christina der Durst, und sie nahm den Becher mit sich.

Der Atem der Amme ging flach. Man hatte sie in die Kammer gebracht und dort aufs Lager gebettet. Weil in der Halle die Feier lustig weiterging und der Koch das gebratene Schwein hatte auftragen lassen, war niemand bereit gewesen, bei dem alten Weib zu bleiben – Christina hatte Katalin alleine vorgefunden.

Ihr Gesicht fiel zusammen wie ein dahinwelkendes Blatt. Während der Stunden, die sie so dagelegen hatte, war es bläulich angelaufen. Zunächst war Katalin noch wach gewesen und hatte zusammenhangloses Zeug gefaselt, von Gift gestammelt und wie irre gelacht, dann war sie in einen tiefen Schlaf gefallen, aus dem sie immer nur kurz hochschreckte.

Christina tupfte ihr über die Stirn. Sie wird gehen, dachte sie. Ich kann sie nicht halten. Gott, warum quälst Du uns so? Seit Stunden hockte sie am Lager der Alten und sah hilflos ihrem langsamen Sterben zu. Sie hatte versucht, ihr zur Stärkung den Wein einzuflößen, den sie sich aus der Halle mitgebracht hatte, doch Katalin konnte nicht schlucken.

Margaret oder Agatha hatte sie nichts gesagt. Die Hochzeit sollte durch nichts gestört werden, morgen wäre immer noch Zeit, an das Lager der alten Dienerin zu kommen. Morgen.

Sie stützte den Kopf auf die Arme. Morgen allerdings war Katalin vielleicht nicht mehr da …

Viele Male hatte sie versucht, die Kraft in sich zu suchen, um Katalin zu helfen. Hatte immer wieder ihre Hände betrachtet, nach dem Feuer in sich gesucht, aber den Weg nicht gefunden. Sie konnte ihre Gedanken einfach nicht sammeln. Es war fort. Warum hatte sie Ruaidrí helfen können – warum ihm und der geliebten Amme nicht? Seufzend rieb sie sich das Gesicht. War es etwa Nial gewesen, der sie gestützt hatte? Seine Gegenwart, daran erinnerte sie sich, war so besonders gewesen, er hatte genau gewusst, was sie tat, wohin sie ging und dass sie flog – und er war die ganze Zeit bei ihr gewesen, daran erinnerte sie sich auch noch.

Entsetzliche Sehnsucht zog ihr Herz zusammen. Nial … würde sie ihn je wiedersehen? Sie wiegte sich in der Erinnerung, wie sie es lange Zeit vor dem Einschlafen getan hatte – und dann nicht mehr, weil es sie so sehr gepeinigt hatte, dass sie nicht mehr schlafen konnte.

Katalin bewegte sich unruhig. Ihr Gesicht verzog sich, als hätte sie Schmerzen, und sie stammelte vor sich hin. Christina zog sie vorsichtig vom Lager auf ihren Schoß und streichelte ihre schweißfeuchten Haare. »Liebe Katalin, liebe alte Freundin, komm zurück zu mir …«

Die Tür knarrte. Christina sah hoch. Eins der alten Dienstweiber schlurfte herein und brachte den Nachttopf. Statt ihn einfach nur auf den Boden zu setzen und wieder zu verschwinden, hockte sie sich neben Christina und schaute die Sterbende an. Ihr Kopf wackelte ein wenig, und auch die Hand auf ihrem Knie zitterte. Sie musste sehr alt sein.

»Unsere Krieger starben so«, sagte sie urplötzlich und mit starkem dänischem Akzent. »Sie fielen um, mit roten Gesichtern, dann wurden sie blau, und dann gingen sie zu Hel, ohne einen Schwertstreich getan zu haben.«

»Was meinst du?«, flüsterte Christina verwirrt und versuchte der Alten ins Gesicht zu schauen.

»Ich war damals so jung wie Ihr, Mädchen«, sagte sie. »Mein Vater hatte mich auf den Heerzug nach England mitgenommen, weil ich heilkundig war und Wunden schließen konnte. Wir lagerten vor Perth, und es war schwierig, die Stadt zu stürmen, sie war zu gut bewacht. Wir hatten keinen Proviant und hungerten bald. In der zweiten Woche unserer Belagerung öffneten sich auf einmal die Tore, und Knechte trieben mit Säcken beladene Maultiere vor sich her. ›Essen‹, riefen sie, ›hier habt ihr Essen!‹ Unsere hungrigen Krieger fingen die Maultiere ein. Eine Botschaft des schottischen Königs Duncan soll auch dabei gewesen sein, erzählte mein Vater.« Sie schwieg einen Moment. Dann strich sie mit ihrer zitternden Hand über Katalins Arm. »Wir hatten solchen Hunger, Mädchen... In den Säcken befanden sich Trockenfleisch und Brot. Es reichte nicht für alle. Das war meine Rettung.«

Sie befeuchtete sich die trockenen, faltigen Lippen mit der Zunge, das strähnige Haar verdeckte ihr Gesicht. Die Haube hatte sie wohl verloren. »Mein Vater war ein guter Christ und ließ erst seine Krieger essen. Sie starben. Alle nacheinander. Erst wurden ihre Gesichter rot, dann fingen sie an zu zucken und fielen um. Ihre Gesichter wurden blau – und Hel holte sie zu sich.« Sie wandte sich Christina zu.

»Jemand will Euch schaden, Mädchen. König Duncan tötete meinen Vater und nahm mich gefangen – seitdem bin ich am Hof der Schottenkönige. Und ich hörte damals, welches Kraut sie benutzten, um das dänische Heer zu vergiften.«

»Vergiften...?« Christina traute ihren Ohren nicht.

»*Völvuauga* wird das Leben Eurer Dienerin hinwegraffen. Der Saft der schwarzen Beere tötet jeden, der davon trinkt. *Völvuauga* hat das Heer meines Vaters dahingerafft, der schottische König war sich nicht zu schade gewesen, das gemeine Gift dem ehrlichen Kampf vorzuziehen. Achtet auf Euch, Mädchen … jemand will Euch schaden …«

Das alte Weib war längst wieder zur Tür hinausgewackelt, da starrte Christina noch fassungslos vor sich hin. *Jemand will Euch schaden.* War das Gift etwa für sie bestimmt gewesen? Sie versuchte sich zu erinnern, welches Essen ihnen gereicht worden war und ob Katalin etwas anderes gegessen hatte als sie.

Die regelmäßigen Atemzüge Katalins wirkten einschläfernd. Christina schüttelte den Kopf. Sie wollte wach bleiben, vielleicht ein paar Schritte vor der Kammertür tun, frische Luft schnappen. Sie nahm ihren Schal und den Weinbecher und verließ leise die Kammer. Doch Ruhe fand sie draußen keine – die Hochzeitsgesellschaft hatte sich in Malcolms Kammer begeben, wo nun offenbar die Ehe vollzogen werden sollte. Wie auf einem Jahrmarkt drängten sich die Schotten an der Tür, lachend, flüsternd, sich gegenseitig knuffend, die Königin soll so schön sein, sagt man, habt ihr ihre Brüste gesehen? Während draußen Margarets Brüste besprochen wurden, drangen von innen Fothads heilige Gesänge bruchstückhaft nach draußen.

Es gab kein Halten mehr. Wie hatte sie die Schwester allein lassen können! Christina stellte ihren Becher auf einem Sims ab und schob sich zwischen die Schaulustigen – zum ersten Mal dankbar, dass Gott der Allmächtige sie mit diesem zu klein geratenen Körper gestraft hatte, der es ihr nun erlaubte, an allen vorbeizuschlüpfen.

»Amen!«, hörte man vorne. Christina drängelte sich durch nach Pferd stinkende Mäntel und an haarigen Armen vorbei. Sie erreichte den vorderen Rand der Menge, als die Segnungszeremonie zu Ende ging. Für einen Moment war es ganz still in der königlichen Schlafkammer. Fothad spritzte Weihwasser auf das Lager, und das hauchfeine, klopfende Geräusch der Wassertropfen auf den Laken grub sich ins Bewusstsein.

Er tauchte die Kelle ein drittes Mal in das Gefäß. Diesmal regnete das Weihwasser auf die Köpfe des Brautpaares. Die duftenden Kerzen hinter ihnen verwandelten das Tropfengespinst auf ihrem Haar in eine Flut von winzigen Edelsteinen.

»... Gesegnet sei diese Kammer, auf dass sie Leben hervorbringe«, sprach der Bischof seinen unterbrochenen Segen weiter, »gesegnet sei euer Lager, auf dass es Leben hervorbringe. Gesegnet seien eure Hände, auf dass sie Leben schenken – gesegnet sei euer Geist, auf dass er Leben denke. Gesegnet sei dieses Land – gesegnet sei sein König, gesegnet sei seine Königin und die Frucht ihres Leibes, *in nomine patri et filii et spiritu sancti. Amen.*«

Margaret hing an den Lippen des Bischofs. Etwas, das wie Enttäuschung wirkte, machte sich auf ihrem Gesicht breit, als er endete und stumm das Kreuz über dem Bett schlug, in welchem das Brautpaar nach dieser Zeremonie sein Lager beziehen würde.

»Gut gemacht – habt Dank, und jetzt ...« Malcolm hob den Arm. Seine Geste glich einem Hinauswurf, der Segen des Bischofs schien ihm ohnehin schon viel zu lange gedauert zu haben. »Jetzt habt die Güte, mich nicht weiter an der Ausübung meiner ehelichen ...«

»*A rìgh*, vergesst nicht, dass die heute empfangene heilige Kommunion Euch wenigstens einen Tag Keuschheit ...«

»Papperlapapp«, unterbrach Malcolm den Geistlichen lachend. »Keuschheit gilt für das einfache Volk. Je eher ein König das Reich mit Erben versorgt, umso besser. Gott wird dafür jedes Verständnis aufbringen.« Das amüsierte Brummen seiner Gefolgsleute verhieß Unterstützung für das Vorhaben. Der Bischof zog die Brauen hoch. Ohne ein weiteres Wort drehte er sich um und verließ den Raum, vermutlich war er aus Erfahrung klug geworden. Malcolm war niemand, mit dem man sich über Glaubensfragen stritt.

Margaret war blass geworden. Christina drängelte sich an den letzten Männern vorbei, doch die Schwester war schon von Frauen umgeben, die an ihr herumzupften und ihr geflochtenes Haar auseinanderzogen. »Schön machen«, hörte man und: »Der König wird staunen«, dann gackerten sie und kicherten und streiften ihr den nerzbesetzten Mantel von den Schultern. Christina schoben sie einfach weg.

»Das ist nichts für Jungfrauen, Mädchen. Geht in Eure Kammer«, sagte eine Dienstmagd in holperigem Angelsächsisch. »Für Euch wird der Tag auch noch kommen, seid nicht so ungeduldig. Dies hier ist die Stunde Eurer Schwester. Fort mit Euch!«, und um ihre Worte zu unterstreichen, gab sie ihr lachend einen Klaps auf den Rücken. Das Letzte, was Christina sah, waren die unnatürlich großen Augen ihrer Schwester, die auf irgendeinen Punkt an der Tür gerichtet waren. Sie sah nichts. Sie versuchte ganz offensichtlich, sich zu versenken, während die Frauen sie auf ihre eheliche Pflicht vorbereiteten. Und Christina konnte ihr nicht beistehen.

Vor den Kammern stellte Bischof Fothad sein Weihrauchgefäß auf den Boden und faltete aufatmend die Hände vor der Brust. Die Luft drinnen war zum Schneiden dick, und er schien ein bisschen froh, ihr entronnen zu sein. Ihn schien es auch nicht zu ärgern, dass der König ihn einfach hinausgeworfen hatte, für den Ehevollzug würde es genug Zeugen geben.

»Ein wenig Spaß soll es den beiden ja auch machen«, zwinkerte er. »So würde Gott das haben wollen.« Er lehnte sich gegen die Wand. Christina war verlegen, dass er bei ihr stehen geblieben war, und wusste nicht recht, was sie sagen sollte. Dieser ganze Tag verwirrte sie so sehr!

»Es ist gut, dass Malcolm sich eine neue Frau genommen hat«, fuhr der Bischof fort, und ein verschmitztes Lächeln glitt über sein faltiges Gesicht. »Schottland braucht eine christliche

Königin, in diesen Zeiten dringender denn je. Eure Schwester Margaret wird ihm ein gutes Weib sein – und eine gottesfürchtige Königin für dieses gottlose Land, das einer gottesfürchtigen Königin bedarf wie kaum ein anderes … ach!« Er seufzte tief auf. »Habt Ihr etwas zu trinken für mich?«

Sie wollte schon verneinen, da fiel ihr der Weinbecher auf dem Sims ein. Ohne weiter nachzudenken, reichte sie ihn ihm und hoffte, dass er weitersprechen würde. Durstig trank der Geistliche den letzten kleinen Schluck, der sich darin befand.

»Habt Dank. Ich werde, nachdem das Paar mit Gottes Segen nun vereint ist, ein wenig beten.« Seine Wangen färbten sich rot, und ein paar Mal leckte er sich mit der Zunge über die trockenen Lippen. »Ich … nun. Ich …« Er tastete nach seinem Ministranten. »Ich will … seid so gut …« Er schwankte. Christina dachte, dass er bei Tisch so gut wie nichts gegessen hatte – noch einer, dem das Fasten nicht bekam.

Doch viel schlimmer, er fiel um, einfach so. Wie aufgeregte schwarze Vögel flatterten seine Ministranten um ihn herum, fächelten ihm Luft zu und tätschelten ihm die Wangen. Zwei von ihnen sanken auf die Knie und beteten laut um Gottes Erbarmen, jemand holte Wasser, zwang ihn zu trinken, und das rettete ihm möglicherweise das Leben. So richtig hatte auch niemand Augen für einen altersschwachen Priester, ob er nun Bischof war oder nicht, denn die Schaulustigen waren von Malcolm zwar hinausgeworfen worden, doch drängten sie nun tuschelnd und brummend vor der Tür auf dem Flur. Bis zur Wendeltreppe standen sie, es musste ja nun doch losgehen. Endlich würde Schottland eine neue Königin haben!

Christina flüchtete vor der Neugier, der Betriebsamkeit und der Sensationslust, als Fothad die Augen aufschlug und von Dämonen sprach, die er gesehen haben wollte. Sie flüchtete auch vor dem Ton, der ihr Ohr peinigte – diesmal nicht als Melodie, sondern als schriller Pfeifton. Wie ein bissiger

Wurm durchdrang er ihren Kopf. Sie schlug beide Hände auf die Ohren. Der Ton wurde nur schriller.

»Dämonen vor der Königskammer!«, ging es flüsternd durch die Menge. »Blut!«, raunte jemand. Eine Frau begann zu schluchzen, die Ministranten beteten ein *Kyrie*. Der Dämon blieb verschwunden. Christina schlug die Tür zur Weiberkammer zu und presste sich gegen das raue Holz. Die stickige Luft der Kranken erschien ihr wie ein Frühlingsmorgen im Vergleich zu dem Gedränge da draußen, und das Pfeifen im Ohr ließ etwas nach. Doch noch konnte sie sich nicht entschließen, auch nur einen Fuß vor den anderen zu setzen …

Ein dumpfer Knall erschütterte die Wände des Geschosses. Rufe ertönten, helle Aufregung drang durch alle hölzernen Ritzen. Jemand rief laut um Hilfe – im Gemach des Königs. Eine Männerstimme rief um Hilfe.

»Rasch, zu Hilfe! Wo ist die Schwester? Bringt mir die verdammte Schwester her!«, brüllte der König durch den Lärm. Eilige Schritte rannten über die hölzernen Planken hinauf und hinab, die Schwester, wo war die Schwester – die Wände zitterten, als immer mehr Menschen sich auf den Planken in Bewegung setzten und Rufe ertönten: »Bringt die Schwester!«

Christina starrte auf Katalin, die sich nicht bewegt hatte. Ihr Herz schlug dumpf … irgendetwas war da draußen geschehen. Margaret war irgendetwas geschehen. Ihr zitterten die Knie. Also doch ein Dämon. Und Fothad hatte ihn gesehen. Diese Burg war verwünscht, von Anfang an hatte sie das doch gewusst! Katalin würde sie jetzt stützen, sie begleiten, an ihrer Seite sein, wenn sie das Zimmer verließ … doch Katalin lag dort ohne Bewusstsein und würde ihr vielleicht nie wieder helfen können. Furcht fiel über sie wie ein nasser Mantel in eisigem Wind. Das Gefühl der Einsamkeit biss sich in ihrem Nacken fest. Immer noch konnte sie ihren Platz an der Tür nicht verlassen, lehnte dort wie erstarrt. »Oh … Gott!«, stöhnte sie, und wie von selbst falteten sich ihre Hände, und sie stammelte: »Gott, steh uns bei … steh uns bei, was auch immer geschieht … steh uns bei! Hab Erbarmen, steh uns bei …«

Und diesmal erhörte Er sie, denn er legte ein wenig Zuversicht in ihr Herz. Es war nicht genug, um die Furcht zu übertönen, aber es schenkte ihr die Kraft, sich umzudrehen, die Tür zu öffnen und sich ein weiteres Mal durch die Menge da draußen zu schieben.

Ein Diener stand bereits vor der Kammertür, drängte die Neugierigen beiseite. »Rasch«, stieß er in schlechtem Angelsächsisch hervor, »rasch, kommt!« Und er packte sie ohne Umstände am Arm und zog sie hinter sich her und in die Kammer, wo Leute herumstanden und das Entsetzen wie eine regungslos wartende Spinne über ihren Köpfen hing.

Margaret lag auf dem Boden des Gemachs. Ihr Brautkleid umhüllte sie wie eine blaue Wolke und hob die Blässe ihres Gesichts noch hervor. Niemand hatte gewagt, ihre Beine zu bedecken, niemand hatte daran gedacht, eine Decke über die Bewusstlose zu breiten – der König und sein engster Diener rannten kopflos in der Kammer auf und ab, und keiner der Umstehenden wusste Rat. Malcolm war nur in ein halb offenes Hemd gekleidet, was ihn nicht daran hinderte, Christina mit beiden Händen in Empfang zu nehmen. »Helft ihr!«

»Was habt Ihr mit ihr gemacht?«, stieß sie hervor und sank neben Margaret auf die Knie.

»Nichts!«, erwiderte er böse und wanderte erregt um die beiden herum. »Sie fiel um, bevor ich irgendetwas tun konnte, *hlæfdige* Christina. Und vergesst nicht – sie ist seit heute mein Weib. Ich kann tun, was ich will – aber wieso fällt sie um, bevor ich überhaupt angefangen habe?«

Das Antlitz der Schwester fühlte sich kalt und schweißig an, der Puls am Hals ging flach und hastig. Margaret stöhnte leise. Christina schlang die Arme um sie und zog sie an sich. Tränen liefen ihr aus den Augen, netzten das Gesicht der Schwester, rannen an ihrer feinen, blassen Haut herab. »Liebste, wach auf«, flüsterte Christina, »was immer er getan hat …«

»Nichts hat er getan«, hauchte Margaret. Ganz sachte spürte sie eine kalte Hand an ihrem Gesicht. Dann rührte Margaret sich nicht mehr. Vielleicht hatte sie Angst, kam es Christina in den Sinn. So, wie der König hier auf und ab lief, wie ein hungriges Raubtier, bereit, seine Beute zu verschlingen – sie musste schreckliche Angst vor ihm gehabt haben!

»Was soll ich tun, sagt es mir, *blæfdige* Christina.« Er hatte sein rastloses Umherrennen aufgegeben und war vor ihnen stehen geblieben. Endlich wagte er es, sich neben seiner Frau auf den Boden zu hocken. Sein Gesicht zeigte Tränenspuren und tiefe Betroffenheit. Und dann hob er die Hand und berührte unendlich zart Margarets Wange.

»Niemals könnte ich dir etwas zuleide tun. Niemals, meine Königin.«

Ihre Wimpern flatterten, sie schien seine Stimme erkannt zu haben. Doch die Ohnmacht gab Margaret nicht her.

Sie legten sie auf das Lager, das eigentlich für die Brautnacht vorbereitet worden war, mit frischem Linnen und fürstlich weichen Fellen, und jemand hatte ein paar Birkenzweige zwischen die Kissen gelegt, wohl gegen böse Geister. Offenbar hatten die Zweige nicht genug Kraft gehabt gegen das, was hier im Gemach geschehen war … Christina fühlte tiefe Ratlosigkeit. Die Kraft des *táltos* schien endgültig erloschen, sie wusste gar nicht, wo sie danach suchen sollte. Graue Leere breitete sich in ihr aus wie ein Geschwür und säte nichts als Kälte. Sie starrte auf die Schwester und fühlte nicht einmal ihre eigenen Hände. Selbst die Augen waren leer, alle Tränen lange verbrannt.

Katalin würde jetzt zu helfen wissen. Sie wischte den Gedanken an die Kranke im Nebengemach fort, hier lag die Schwester – war sie am Ende auch vergiftet worden? Ihr Blick wanderte über Malcolms Vertraute im Raum, und tatsächlich war auch Morcar unter ihnen. Dessen betroffener Gesichtsausdruck unterschied sich in keiner Weise von dem der Schotten. Wer von den hier Anwesenden kannte sich wohl mit *völvuauga* aus? Sie ließ nach einer Zwiebel schicken. Der König stand neben ihr, unruhig zuckten seine großen Hände über das Nachthemd.

»Hat meine Schwester einen Nachttrunk bekommen?«, wagte Christina endlich zu fragen. Er schüttelte den Kopf. »Dazu kam es nicht. Sie fiel einfach um, *hlæfdige*. Sie betete und fiel um.« Seine Stimme verriet, wie sehr ihn das erschüttert hatte.

Auf den Geruch der Zwiebel rührte Margaret sich, und Christina wusste zumindest, dass sie sich nicht in Lebensgefahr befand. Doch war sie sogar zu schwach, um die Hand zu heben, und so blieb ihnen nichts anderes übrig, als an ihrem Lager zu wachen und zu warten, bis sie wieder bei Kräften war. Das bestätigte auch der eilends herbeigerufene heilkundige Mönch, der sich in Fothads Gefolgschaft befunden hatte.

»Lasst mich das tun, *hlæfdige* Christina«, sagte Malcolm da zu ihrer größten Überraschung. »Lasst mich über sie wachen.« Er hatte sich in seinen Mantel gehüllt und setzte sich vorsichtig auf die Kante der Lagerstätte, um Margaret nicht zu bedrängen. Ein wenig ungelenk streckte er die Hand aus. Als sie unter Margarets Kopf lag, glitt ein Schimmer über sein Gesicht.

Im Hinausgehen hob Christina das goldene Stundenbuch auf, welches neben dem Schemel auf dem Boden lag. Margaret hatte wohl darin gelesen. Es wog schwer und glitt ihr fast aus den Händen. Rasch legte sie es auf die Truhe. Im Schein der Kerzen glänzte das Gold feurig, und in der Mitte schien es sich aufzuwölben … doch da saßen ja nur die Edelsteine, die den Blick narrten. Sie fühlte sich so müde.

Niemand schien in dieser Nacht zu schlafen. In der Halle an den Feuern wurden die Gespräche auch nach Weggang des Königs fortgeführt, das konnte Christina deutlich hören, wenn sie die Kammertür anlehnte. Bessere Luft von draußen gab es nicht, höchstens im Austausch gegen Unruhe und Essensgerüche, doch zumindest gaukelte der Türspalt vor, er könnte Neuigkeiten hindurchlassen. Außerdem war sie auch ein wenig froh über die Stimmen, die zu ihr hereindrangen.

Die Kunde von der Ohnmacht der neuen Königin hatte sich durch geschwätzige Diener bis in den letzten Winkel der Burg verbreitet, und jedermann fragte sich, was im Gemach wohl geschehen war. Des Königs Autorität konnte aber offensichtlich verhindern, dass die Geschichten ins Kraut schossen – für Christina wirkte Malcolm von Schottland wie jemand, der spöttische Bemerkungen mit abgeschnittenen Zungen bezahlen ließ, wenn ihm danach war. Und dann saß er wiederum an Margarets Lager wie ein verliebter Jüngling... Sie schüttelte den Kopf. Irgendetwas stimmte hier nicht. Wovor hatte Margaret nur solche Angst gehabt?

In der Kammer war es widerlich stickig geworden, was daran liegen konnte, dass Katalins ungesunder Schweiß zu stinken begann. Vielleicht lag es auch an den zwei tumben Bedienweibern, die sich torkelnd auf ihre Lager geworfen hatten, ohne sich darum zu kümmern, dass dort eine Fremde, deren Gemurmel man sowieso nicht verstand, mit dem Tode rang. Christina beglotzten sie nur kichernd, bevor sie sich zwischen ihre lumpigen Decken kuschelten und alsbald zu schnarchen begannen. Ihr speicheltrunkenes Röcheln verriet, dass sie während der Arbeit ausgiebig dem Inhalt des Metfasses zugesprochen hatten.

Und so war Christina die einzige Zeugin, als Katalin noch einmal erwachte, sich umschaute und die Hand hob, um ihr über das Gesicht zu streichen. Im Schein der Wandfackel waren ihre Augen für einen Moment so klar wie zwei schwarze Sterne, und ihre Züge schien der Friede geglättet zu haben.

»Liebes Kind«, flüsterte sie, »mein liebes, liebes Kind. Nimm dich vor den Männern in Acht. Gott schütze dich, wo immer du auch hingehst. Gott schütze dich ...«

Dann brach ihr Blick, und Katalin, Tochter einer alten Magyarenfamilie, atmete nicht mehr. Ihr Geist indes flatterte unruhig durch die Kammer. Christina saß starr. Wenn sie sich nicht bewegte, würde die Einsamkeit sie nicht so schnell finden. Sie fürchtete ihre Bisse, denn nun war sie gänzlich ungeschützt, hatte alle verloren, die ihr sonst Sicherheit gegeben hatten, blieb alleine zurück, alleine ... alleine ...

Katalins Seele umwehte sie. *Gott schütze dich,* wisperte das Echo durch die Ecken. *Gott schütze dich ...*

»In Deo tantum quiesce, anima mea, ab ipso enim salutare meum«, flüsterte Christina und stockte, zutiefst erschrocken, dass ihr als Erstes ein Gebet für sie selbst in den Sinn kam statt einer Totenklage für die treue Amme! Doch schienen ihr die Worte des Psalms der Hoffnung immer passender zu sein. *»Semel locutus est Deus, duo haec audivi: quia potestas Deo est, et tibi, Domine, misericordia; quia tu reddes unicuique iuxta opera sua.«*

Passend waren sie, ja ... doch Hoffnung gaben sie nicht. Ihr war entsetzlich kalt. Das Schnarchen der betrunkenen Weiber schmerzte sie in den Ohren, und der Ton in ihrem Kopf wurde wieder schriller. Sie presste die Hände gegen den Kopf.

Katalins lebloser Körper machte ihr Angst. Noch mehr Angst jedoch hatte sie vor den Weibern, und so zog sie ihren Umhang aus der Ecke, schlang ihn sich um die Schultern und verließ leise die Kammer, um niemanden zu wecken, obwohl Rausch und Tod heute Nacht gleich stark schienen und nichts hergaben, was sie in ihren Klauen hielten ...

An den Feuern in der Halle gab es immer noch etwas zu trinken, und die Kessel mit Kaldaunensuppe und Wurzelmus waren auch noch nicht leer. Von den Rindern glänzten nur noch die Gerippe, der verkohlte Spieß lag im Feuer. Die großen Knochen hatte der Koch sich geholt, Hunde knurrten sich über den unappetitlichen Resten an. Zwei Mägde schleppten Kessel herum, bedienen mussten die Edelleute sich selber. Niemand hatte Hemmungen, seine Schüssel zum wiederholten Mal zu füllen, der König galt als freizügig, wenn er etwas zu feiern hatte. Diese Suppe jedoch schmeckte… schal. Der fränkische Koch war ein Meister, daran lag es nicht.

Nein, es war dieses Gerücht. Das Gerücht verdarb ihnen den Geschmack. Es lag über der Suppe wie ein Salzkorn zu viel oder wie eine einzige faulige Zutat – man weiß nicht genau, was den Geschmack verdirbt, aber es schmeckt nicht mehr. Natürlich starrten sie alle die Zwergin an. Die zu klein geratene Angelsächsin. Sie kam von den Weiberkammern, sie war die Schwester. Sie musste doch alles wissen…

Christina spürte die brennende Neugier der Männer, die nicht nur den Nachrichten galt, sondern auch ihrer Person, und sie steuerte auf das Feuer der Angelsachsen zu, beseelt von einem Mut, der neu war. In dieser Nacht schien sie gewachsen zu sein. Vielleicht sogar körperlich, denn niemand ließ laut dumme Bemerkungen fallen, wie es bisher immer der Fall gewesen war. Man saß ruhig beieinander, nicht einmal zotige Lieder erklangen, obwohl ein junger Kerl verträumt auf der Drehleier spielte. Morcar und Edwin hatten die Köpfe zusammengesteckt, Earl Cospatric starrte in die heruntergebrannten Flammen. Die Nachricht, dass König Wilhelm in York eingetroffen war, hob die Laune der Northumbrier auch nicht gerade. Der Mórmaer war in der Halle nirgends zu sehen, stellte sie erleichtert fest.

»Christina!«, zischte Edgar, als er sie im Dämmerlicht der nur noch glühenden Pechfackeln erkannte. Und statt ihr Vorwürfe zu machen, was sie denn um diese Zeit ohne Begleiterin an den Feuern zu suchen hatte, sprang er auf, packte sie am Ärmel und zog sie auf einen Schemel.

»Christina. Spann mich nicht auf die Folter! Hat er ihr beigewohnt? Hat er? Hat er die Ehe vollzogen? Ihr Frauen wisst doch alles!«, drängte er. »Was sind das für Gerüchte, was ist mit Margaret? Hat Malcolm die Ehe vollzogen?« Christina wusste nicht, was sie zuerst sagen sollte, ihr Herz war so schwer und voll von den dicht gedrängten Ereignissen, und gleichzeitig machte er sie zornig. Er rüttelte weiter an ihrem Arm, als könnte er aus ihr herausschütteln, was er so dringend zu wissen begehrte. »Verflucht, Stina, sag schon, hat er …«

Sie riss sich zusammen. Das Traurigste war das Naheliegendste.

»Edgar – Katalin ist tot. Unsere Katalin ist tot.« Sie suchte seinen Blick, begriff zu spät, dass ihn der Tod der alten Amme nicht sonderlich rührte, weil sein Herz von Machtgelüsten und der Sehnsucht nach einer verlorenen Krone erfüllt war. Ihre Augen füllten sich mit Tränen.

Edgar starrte sie an. »Und was ist mit Margaret?«, fragte er kopfschüttelnd nach einer kurzen Pause, die vielleicht dem Andenken an Katalin gegolten hatte. Von hinten näherte sich Morcar, schlendernd, fast beiläufig, aber doch mit dem klaren Ziel, ihnen zuzuhören. Seine Gier legte sich wie ein nasser Lappen auf ihren Nacken und tropfte ihr kalt den Rücken herunter. Das weckte endgültig Christinas Widerstand.

»Und was ist mit dem Earl?«, zischte sie. »Was hast du mit dem Earl ausgemacht? Du verhökerst mich hinter meinem Rücken wie eine Kuh, Edgar …«

»Unsinn«, blaffte er zurück. »Wenn jemand um deine Hand anhält, muss ich ihm eine Antwort geben …«

»Du musst mich fragen!«

»Nichts dergleichen muss ich, liebe Schwester! Du vergisst, wer du bist!«

»Das weiß ich sehr wohl, Edgar. Ich bin die Schwester der Königin …« Morcar stand hinter ihr, und sie verfluchte sich, dass ausgerechnet er ihre Worte mithören konnte – genau das hatte ja seine Begehrlichkeit geweckt. Und die des Mórmaer. Mit Macht verbot sie sich, einen Blick durch die nächtliche Halle zu schicken. Gott allein wusste, wer sich seit der Zeremonie in der Kathedrale noch nach ihrer vornehmen Hand reckte …

Sie war keine Kuh. Und schon gar nicht die Kuh ihres kleinen Bruders. Und als sie bei diesen lästerlichen Gedanken nicht etwa Gottes rächende Faust traf, sondern alles so blieb, wie es war, durchströmte nie gekannter Mut ihre erschöpften Adern. Es war, als hätte jemand ihren Gürtel gelockert und ihr einen schweren Mantel von den Schultern genommen. Obwohl sie im Gespinst der Heiratsgelüste festhing, begann sie eine seltsame Freiheit zu fühlen, die von ihrem Kopf ausging und sich als warmer Hauch in ihrer Brust ausbreitete. Wie von selbst löste sich ihr geflochtener Zopf. Die Locken fielen ihr um die Schultern, hielten sie, schützten sie – stärkten sie. Der Rücken befreite sich, das Atmen fiel ihr auf einmal leicht.

»Du *musst* mich zuerst fragen, Edgar.« Damit stand sie auf.

Cospatric betrachtete sie schon eine ganze Weile mit stierem Blick – nun fing er an zu lachen. »Edgar, Ihr habt Eure Frauen nicht im Griff, wie ich sehe«, lallte er, offenbar gehörig angetrunken. »Die eine lässt des Königs Schwanz nicht rein, die zweite spielt die zickige Braut, und Eure alte Amme säuft sich tot. Sollen wir Euch beim Zähmen helfen? Ich glaube, Ihr wisst gar nicht, wie man das macht, mein Junge!«

Edgar erhob sich wutschnaubend und zog sein Schwert. »Narr, schlagt Euch mit mir!«

Cospatric lachte dröhnend. »Schlagt lieber Eure Schwester, prügelt ihr Benimm in den Leib, damit der Bräutigam es nicht so schwer hat! Ich habe das mit all meinen Schwestern gemacht, und jede war mir dankbar für den Mann, den sie bekam.« Seine hüpfende wulstige Braue ließ keinen Zweifel daran, wie er den Vorschlag gemeint hatte.

Im Lauf der Auseinandersetzung wurde es munter am Feuer – natürlich würde jeder Kampf unter Waffen sofort von Malcolms Männern niedergeschlagen werden, aber eine saftige Prügelei nach all dem Essen, nach zu wenig Tanz und zu wenig Weibern, die der Verdauung Beine machen konnten – da sagte keiner der Männer nein, selbst die, die im Tiefschlaf am Feuer lagen, erwachten und sprangen randalierend auf die Füße. Näpfe, Spielsteine, Würfel flogen durch die Gegend, getretene Hunde jaulten, als die Ersten aneinandergerieten …

Christina nutzte das Durcheinander, das eigentlich ihr gegolten hatte, um sich an der Hallenwand entlang zum Ausgang zu drücken.

Am nächsten Tag schien die Welt in Dunfermline in Ordnung zu sein.

Es schneite, eine dicke weiße Schicht bedeckte den Burghof, und da es in der Halle gemütlich war und das Unwohlsein nach den vielen Bechern Kräuterbier bei manchen groß, gab es für kaum jemanden Veranlassung, in den Schnee hinauszugehen – außer vielleicht, um seine Notdurft zu verrichten. Der Weg zur Latrine oder zum Misthaufen in der Ecke war vielen zu weit, wie die unzähligen gelben Flecken im zertretenen Schnee erzählten.

Und an Abreisen dachte sowieso niemand bei dem Wetter, man konnte vor lauter Schnee ja kaum die tiefe Schlucht erkennen, welche die Burg an drei Seiten umschloss und sie für gierige Feinde uneinnehmbar machte, wie Ruaidrí stolz erzählt hatte. Der König trug es mit lächelnder Fassung und bewirtete seine Gäste weiterhin. In Gedanken war er ohnehin bei seiner schönen jungen Frau, die freundlich lächelnd und mit rosigen Wangen und strahlenden Augen auf ihrem Stuhl saß und nicht den kleinsten Hinweis darauf gab, was vergangene Nacht geschehen war… oder eben gerade nicht. Jetzt streckte sie beide Hände nach Christina aus.

»Wie geht es dir, Magga?«, flüsterte sie und musterte aufmerksam das Gesicht der Schwester. Die legte nur die Arme um sie und drückte sie fest.

»Gut«, flüsterte sie zurück. »Alles ist sehr ungewohnt, aber mir geht es gut. Gott meint es gut mit mir.«

»Was war mit dir?«, fragte Christina beunruhigt und kuschelte sich neben Margarets Beine.

»Mir ist übel geworden. Nichts Schlimmes. Glaube ich.« Ihre Stimme verriet, dass das nicht der Wahrheit entsprach. »Malcolm ist bei mir geblieben und hat über mich gewacht. Er ist ein guter Mann, Stina.« Ein leichtes Zittern in der Stimme ließ Christina aufblicken. Margarets Blick war in die Ferne gerichtet und nicht mehr so strahlend. Doch in ihrem Antlitz schimmerte Friede. Malcolm konnte es nicht gewesen sein, vor dem sie sich so ängstigte.

»Bist du glücklich?«, wisperte Christina, ratlos, wie sie herausbekommen sollte, was in der Schwester vorging.

Zu ihrer großen Überraschung beugte Margaret sich zu ihr hinunter, bis sich ihre Gesichter auf gleicher Höhe befanden. »Was ist das Glück, Stina? Das Glück liegt allein in Gott – den Weg zur Glückseligkeit hätte ich beschritten, wenn ich den Schleier genommen hätte.« Sie holte tief Luft. »Ich habe es nicht getan, und es war nicht mein Unglück, das weiß ich. Wir haben kein Recht, nach dem Glück zu fragen, wenn wir nicht zu Gott gehen.« Sie hob Christinas Kinn an und sah ihr in die Augen. »Aber wir haben das Recht, den Weg der Zufriedenheit zu beschreiten. Überlege dir also gut, was – und wen – du hier zurückweist, Stina. Wenn du den Weg verlässt, wird dir vielleicht kein zweiter Weg geboten werden.«

Da der Boden gefroren war, bedeckte man Katalin mit Steinen, damit sich die Hunde nicht an ihrem Leichnam gütlich taten. Sie war nicht die Einzige in diesem Teil des Gräberfeldes, der harte Winter schien seine Opfer schon vor dem Christfest gefordert zu haben. Und weil ihnen eisiger Ostwind den Schnee waagrecht ins Gesicht schleuderte, beeilte der Geistliche sich mit den Gebeten, sprach einen Segen, schlenkerte das Weihrauchgefäß und schickte seinen zitternden Ministranten gleich darauf zurück auf die Burg. Es gab niemanden, mit dem Christina über *völvuauga* sprechen konnte und darüber, dass jemand auf der Burg mit Gift hantierte... Vielleicht war es auch Einbildung gewesen? Und Katalins Herz hatte nach zu reichhaltiger Speise ausgesetzt? Man ließ Christina nicht die Zeit, darüber nachzudenken. Agatha stützte sich auf ihren Arm.

»Was für eine ärmliche Trauergesellschaft für deine alte, weise Freundin aus Kindertagen. Daheim in Ungarn hätte man ihr wohl ein anderes Begräbnis bereitet«, meinte sie bedrückt.

Christina wischte sich den Schnee aus dem Gesicht. Oder waren es doch Tränen? Trotz des schweren Fellmantels fror sie erbärmlich, und die Kälte kam direkt aus ihrer Seele. Sie hatte sich auf dem weiten Weg von der Kammer zum Gräberfeld in ihr ausgebreitet und saß nun wie ein Eisklotz in der Brust. Mit Katalins Tod war auf brutale Weise die Tür zur Vergangenheit, zu den sonnigen Tagen in Meksnedad und zur kindlichen Unbeschwertheit in der Klosterschule von Wiltham zugeschlagen und mit der düsteren kalten Mauer ihres neuen Lebens verschmolzen. Agatha schien Ähnliches durch den Kopf zu gehen.

»Wir werden zehn Kerzen für sie stiften«, sagte sie tröstend. »Gleich morgen werde ich mit dem Priester sprechen. Sie war all die Jahre so ein freundliches Licht für uns. Bitten wir Gott den Allmächtigen, gnädig zu ihrer Seele zu sein.« Das hatte vermutlich der Geistliche schon getan, doch verstand man seine Zunge ja nicht, und ob des Wetters hatte er sich auch sehr beeilt, das Feld zu verlassen. Sie sahen gerade noch seine Kutte um die Ecke der Burgmauer flattern.

»Er wird auch gnädig zu Margaret sein.« Agatha gähnte verstohlen. Sie hatte die vergangene Nacht in der Kirche zugebracht, um für eine gute Ehe ihrer ältesten Tochter zu beten; man hatte ihr erst am Morgen erzählt, was in der königlichen Kammer geschehen war. Daraufhin war sie zu Margaret geeilt und hatte ihr erklärt, dass die ehelichen Pflichten beim ersten Mal nicht so schlimm seien, wenn man ein Ave-Maria dazu bete. Margaret hatte furchtbar geweint, die Dienerinnen hatten gelacht, und Agatha war in die Kirche zurückgeeilt, um eine weitere Kerze für ihre ängstliche Tochter anzuzünden.

»Aber Edgar hätte durchaus kommen können«, murmelte Christina. Der Schwester hatten sie nichts von Katalins Tod gesagt, nichts sollte den Ehevollzug jetzt noch stören. Edgar hatte das verfügt und von den Frauen am Mittag unbedingten Gehorsam gefordert. Solche Geheimniskrämerei in der Familie war Christina nicht gewöhnt. Wieder waren sie im Streit auseinandergegangen, doch er hatte sich durchgesetzt. Und zum Grab seiner Amme kam er nicht. Sie schickte ihm einen bösen Gedanken in die Halle, wo Malcolm für den Nachmittag allerlei Lustbarkeiten angesetzt hatte, um seine Gäste zu unterhalten. Vielleicht wollte er auch seine junge Frau zerstreuen, damit sie am Abend endlich bei guter Gesundheit und froher Laune sein Weib werden konnte. Die ganze Burg schien an nichts anderes mehr denken zu können als an den Ehevollzug!

Eine gute Ausrede daher, das Begräbnis eilig und in aller Stille durchzuführen… hatte Edgar gefunden. Und dennoch gefehlt.

»Nicht mal für ein Paternoster lang lässt er seine Earls alleine sitzen…«

»Edgar hat Wichtigeres zu tun, als am Grab einer alten Dienerin zu frieren! Was ist nur mit dir los, Stina? Sind denn alle meine Töchter närrisch geworden?«

Es war gut, dass Christina ihrer Mutter noch einmal ins Gesicht sah, bevor diese verärgert davonstrebte – es bewahrte sie nämlich davor, sich weiter über die Earls und den Mórmaer zu beschweren und darüber, dass Edgar über sie verfügte wie über eine Kuh … Immer noch erregt über seine Eigenmächtigkeit und seinen Hochmut, starrte sie auf die Schneeschicht, die sich wie eine kalte weiße Decke über die Steine legte. Darunter lag ihre einzige Verbündete.

Jetzt gab es niemanden mehr, der über sie wachte. Niemanden, der sie beruhigen konnte – niemanden, dessen Weisheit ihr selbst dort noch das Leben erklären konnte, wo es Gott gefiel, Verwirrung zu stiften. Katalin hätte ihr vielleicht nahebringen können, warum es wichtig war, dass sie einen der Krieger heiratete, und dass es vielleicht sogar Annehmlichkeiten bedeuten konnte. Niemand sonst.

Christina sah der Mutter hinterher. Seit Margarets Vermählung hielt sie sich wieder aufrecht und wirkte nicht mehr wie ein altes, verhärmtes Weib. Sie war die Mutter der Königin und hätte einmal selbst auf einem Thron gesessen, wenn das Schicksal es nicht anders gewollt hätte. Ihr feiner Adel wusste die Verlorenheit seit Edwards Tod zu überspielen. Selbst ihr Husten hatte sich gebessert, und sie zeigte wieder Appetit. Neben Edgar und auf seinen Arm gestützt, zeigten ihre Züge sogar wieder jugendliche Frische, jedermann sah ihr an, wie stolz sie auf ihre beiden Kinder war – auf den tapferen Sohn und die wunderschöne Tochter. Nach Christina drehte sie sich nicht um. Vielleicht würde sie das erst wieder tun, wenn sie einem Earl die Hand gereicht hatte.

Agatha würde ihr die Angst nicht nehmen – im Gegenteil.

An diesem Abend überließ der König nichts dem Zufall. Bischof Fothad war durch seinen Medikus so weit wiederhergestellt, dass er seine Kutte überstreifen und mit zwei Mönchen die Kammer des Königspaares betreten konnte, um sie unter dem Gesang von Psalmen und von Weihrauchschwaden so auszuräuchern, dass auch der letzte böse Geist, der Malcolm vielleicht hätte schaden können, verschwinden musste. Als Fothad seine Gebete beendet hatte, nötigte Malcolm ihn ein weiteres Mal, das Rauchgefäß zu befüllen.

»*A rìgh*, Ihr könnt nur zu Gott beten oder nicht. Das haben wir getan«, versuchte Fothad sein Tun zu erklären. »Der Allmächtige hat Euer Gemach nun gesegnet …«

»Aber wenn sich noch irgendwo ein Dämon verbirgt, könnt Ihr ihn gleich mitnehmen«, unterbrach Malcolm ihn unwirsch. »Und wenn nicht, dann schadet es niemandem, wenn Ihr ein leeres Gemach ausgeräuchert habt, oder?«

»Nein, *a rìgh*«, seufzte der Bischof und beließ es dabei. Christina zog sich von der Tür zurück. Die weißen Nebel drangen bis zur Wendeltreppe und wallten herab in die Halle, und es schien zwecklos anzumerken, dass die zarte Königin heute Abend vielleicht dem Weihrauchdunst zum Opfer fallen würde …

Katalins Lager hatte man unterdessen geräumt und gelüftet. Schlafplätze waren rar, und so hatte sich eine dicke Frau aus dem Hochland mit ihren Fellen dort eingerichtet. Der Inhalt von Katalins Bündel war unter den Dienstfrauen aufgeteilt worden, mit denen sie sich oft unterhalten hatte. Christina hatte nur ein Elfenbeinkreuz behalten, welches Agatha der Amme einst für treue Dienste geschenkt hatte. Auf dem Platz, wo Katalin gestorben war, lag nun die dicke Hochlandschottin und schnarchte vor sich hin. Vermutlich wusste sie nicht, welche Vorgeschichte ihr Lager hatte. Christina streifte sich das Kleid über den Kopf. Das Essen war ihr wieder einmal nicht bekommen, saß ihr wie ein rauer Klotz im Magen und mochte weder vor noch zurück. In ihren Ohren summte es lauter als sonst, und anders als sonst wollte der Ton ihre Ohren überhaupt nicht mehr verlassen. Vielleicht strafte Gott sie damit für die Völlerei der Hochzeitstage, vielleicht war es Zeit, an Buße und das ungeliebte Fasten zu denken … beides würde den Kopf klären und das Herz reinigen, das wusste sie wohl.

Sie sank auf die Knie.

»*In Deo tantum quiesce, anima mea, ab ipso enim salutare meum. Verumtamen ipse refugium meum et salutare meum* …« Die Stimme versagte ihr über dem Lieblingspsalm.

Es stimmte nicht. »*Refugium meum et salutare meum*«, wiederholte sie flüsternd. Es stimmte nicht, da war niemand, und *refugium* war nur ein Wort, eine Aneinanderreihung von Lauten.

Katalins Kreuz fiel ihr aus der Hand und zwischen die Ritzen des Kammerbodens. Hektisch kratzte Christina den Unrat zur Seite, die Spitze des Kreuzes lächelte sie schon aus dem Loch an, doch ihr Finger war nicht lang genug, um es herauszuziehen. Stattdessen rammte sie sich einen dicken Holzsplitter unter den Fingernagel. Resigniert blieb sie neben dem Loch hocken und starrte auf ihren Finger.

Nichts stimmte mehr, seit Margaret fort war.

Das Essen schmeckte nicht, sie fror selbst am Feuer, die Ohren schmerzten, und die lieb gewonnenen Psalmen, an denen sie all die Jahre so viel Freude gehabt hatte – sie stimmten einfach nicht. Es gab kein *refugium* und kein *quiesce*, Gott hatte sich anderen Dingen zugewandt, sonst würde er sie ja erhören.

Nichts stimmte mehr, seit Margaret sie verlassen hatte.

Nun ja – vielleicht nicht direkt verlassen, sie schlief ja in der Nachbarkammer. Aber genau das war das Problem. Nie zuvor waren sie getrennt gewesen, hatten nie zuvor ohne die andere einschlafen müssen. Nun waren sie getrennt, und Margaret schlief in den Armen eines Mannes. Christina starrte in das Loch, wo Katalins Kreuz nicht mehr zu sehen war – vielleicht hatte eine Ratte sich des Schatzes bemächtigt und ihn weggeschleppt. Ein Schwall aus Wut und Trauer stieg in ihr hoch. Sie hasste Ratten und diese hässliche, schmutzige Burg und ihren grässlichen Herrn und seine unzivilisierten Untertanen. Kindlich-trotzige Unzufriedenheit überschwemmte ihren Geist und spülte sie hinab in das warme Meer des Selbstmitleids …

Ein Schrei zerriss die raschelnde, geräuschvolle Stille der Kammer.

Er begann spitz und schrill und fiel dann wie aufgeregter Blätterregen zu Boden.

FÜNFTES KAPITEL

Es ist besser, du gelobst nichts,
denn dass du nicht hältst, was du gelobst.
Lass deinem Mund nicht zu,
dass er dein Fleisch verführe;
und sprich vor dem Engel nicht:
Es ist ein Versehen.

(Prediger Salomo 5,4-5)

Margaret lag zusammengekrümmt am Boden. Ihr ganzer Körper schüttelte sich unter Schluchzern, ihre Hand krallte sich hilfesuchend in das mit Heidekraut bestreute Binsenbett, mit dem die Königskammer ausgelegt war. Flöhe sprangen wie kleine schwarze Punkte erschreckt davon, die Katze saß mit gesträubtem Nackenfell in der Ecke und fauchte, als wäre der Teufel persönlich zugegen.

»*Salva me, salva, salva me …*« Sie zerfloss in Tränen und Furcht – die Frauen, die ihr zu Hilfe hatten eilen wollen, wagten den letzten Schritt nicht mehr, zu furchterregend war ihr Zustand. Malcolm stand auch dieses Mal hilflos neben ihr. Nichts an seiner Gestalt erinnerte an den stolzen Anführer aus der Halle, seine massige Nacktheit erfüllte den Raum sogar mit unheiliger Düsternis. Das haarige Geschlechtsteil hing herab wie ein knorriger Ast, bebend vor Enttäuschung, ein weiteres Mal nicht zum Zuge gekommen zu sein.

Die Zeugen des Ehevollzugs drängten sich tuschelnd an die Wand. »Merkwürdig ..«, hörte man und: »Verdächtig …« und: »Angelsächsin«. Da fuhr er herum.

»Hinaus! Alle! Marsch!« Und wie eine Herde Schafe gehorchten sie ihrem König, der Letzte schloss sogar die Tür. Malcolms Diener war geblieben – und Christina, die den Schrei ihrer Schwester nur von draußen gehört hatte, weil sie der Brautnacht nicht hatte beiwohnen wollen. Nun war sie mit den Überresten des Aktes alleine. Mit einem nackten, furchteinflößenden König und seiner schreienden Frau. Immerhin warf er sich erst mal ein Hemd über den Körper – nicht wegen ihr, sondern weil der Sturm von draußen durch alle Ritzen der Holzwände fuhr und es elend kalt in der Kammer war. Die Dämonen, die hier wohl ihr unheimliches Werk verrichteten, hatten das Feuer ausgepustet und nichts als harzigen Rauch zurückgelassen, der sich nun anschickte, allen Übriggebliebenen das Atmen schwer zu machen. Zutiefst beunruhigend fand Christina, dass sich die Dämonen in keiner Weise von des Bischofs Weihrauchsegnungen hatten abhalten lassen!

Hustend schlich sie über das duftende frische Heidekraut, das den Boden der Kammer bedeckte, duckte sich vor dem König, der sie offenbar noch gar nicht entdeckt hatte. Auch dieses Mal schüttelte er fassungslos den Kopf: »Ich habe nichts getan! Bei Gott – nichts!«, als Christina sich neben die Schwester auf den Boden warf und versuchte, sie in die Arme zu nehmen – weg von dem Mann, der ihr hatte schaden wollen, ihrer geliebten, schönen, sanftmütigen Schwester …

Doch davon war bei Margaret nichts mehr zu sehen. Mit beiden Händen kämpfte sie gegen die Umarmung, sie weinte, schrie immer wieder auf, und der Dämon, der sich ihrer offenbar bemächtigt hatte, mochte auch nicht von ihr ablassen, als Christina sie mit Gewalt festzuhalten suchte. Margaret riss an ihren Haaren und schlug nach ihr, traf sie ins Gesicht, ihre Nägel schrammten ihr über die Haut, so wie sie wohl über ihre eigene Gesichtshaut gefahren waren und dort tiefe Kratzer hinterlassen hatten. Und überall war Blut, hellrotes

Blut, das ihr in kleinen Rinnsalen aus der Nase quoll, über Mund und Kinn auf ihr Kleid tropfte, es tränkte, den Boden nässte … Blut, so viel Blut, und ihre Hände zogen eine eiskalte Spur durch Christinas Gesicht …

»In Deo tantum quiesce«, stammelte Christina, in der Hoffnung, der Psalm könne die aufgebrachte Seele ihrer Schwester irgendwie beruhigen. *»In Deo tantum quiesce, anima mea, ab ipso enim salutare meum* … Magga, liebste Magga … *In Deo tantum quiesce* …«

»Reiter! Grausame Reiter! Herr, zu Hilfe … Reiter …!«, war zwischen den Schreien zu verstehen, dann brach die Stimme wieder in haltloses Weinen aus, und Margarets Hände fuhren wie irre durch das Heidekraut.

»Sie ist ja besessen!«, rief Malcolm mit aufgerissenen Augen und wich zurück. Beide Hände hatte er abwehrend erhoben, sah sich gar nach seinem Schwert um. »Gütiger Himmel – ich habe eine Besessene geheiratet …!«

»Meine Schwester ist nicht besessen!«, schrie Christina ihn an, erschüttert über das Blut und die Schreie, die nun wieder in ihren Ohren gellten – und erschüttert darüber, wie sich das strahlende Brautpaar in ein paar wenigen Augenblicken hatte verwandeln können.

»Was habt Ihr mit ihr gemacht! Ihr! Ihr habt sie geschlagen! Schämt Euch!« Außer sich vor Wut stand sie auf und zeigte mit ihrer von Margarets Blut besudelten Hand auf ihn. »Ihr habt sie geschlagen! Ihr habt Eure Frau geschlagen …«

Sein Fausthieb traf sie mitten ins Gesicht. Benommen taumelte sie rückwärts, fing sich erst an der Wand wieder und ging von der Wucht trotzdem in die Knie.

Er war ihr gefolgt. »Ich schlage meine Frau nicht, Weib. Verlass meinen Hof. Sofort.« Seine Augen schleuderten Steine nach ihr, und dann machte er einen weiteren Schritt, und der nächste Schlag hätte möglicherweise ihren Kopf an der Wand zerschmettert …

Margarets spitzer Schrei zerriss die Luft. »Nein! … *salva me* … Stina!« Seine Hand sank, er fuhr herum, hin- und hergerissen – welch große Macht sie über ihn hatte!

»Mitleid, *a rìgh* …!« Christina bebte am ganzen Körper – der Mann war doch wahnsinnig! Nur die Tatsache, dass ihre Schwester da blutend am Boden lag, hielt sie noch in der Kammer und davon ab wegzulaufen, bevor der Irre sie genauso zurichtete wie seine Frau!

»*A rìgh*, schlagt mich tot, wenn Ihr wollt, aber habt Erbarmen mit ihr – sie fürchtet sich! Holt den Bischof und schafft sie in die Kirche, in Gottes Nähe wird sie sich beruhigen! Bitte bringt sie in die Kirche, *a rìgh*, ich flehe Euch an! Bringt Magga in die Kirche, seid barmherzig!«

Damit ließ sie sich auf die Knie sinken, um zu ihrer Schwester zurückzukriechen, die immer noch schluchzend im blutdurchtränkten Heidekraut lag.

Malcolm starrte sie an. Die Mordlust in seinem Blick vermischte sich mit aufkeimender Unsicherheit, er presste die Lippen so hart aufeinander, dass sie sich in kleine Falten legten. Und dann warf er sich den Umhang über die Schultern und riss seine Frau vom Boden. Christina fiel darüber auf den Rücken. Mit Margaret auf den Armen stapfte er ohne ein weiteres Wort zur Tür hinaus und mit Riesenschritten auf die Wendeltreppe zu. Ihr zartblaues Seidenkleid umwehte ihn wie ein Wölkchen. Ihr Weinen wurde an seiner breiten Schulter erstickt, Christina sah gerade noch, wie er mit seiner Pranke ihren Kopf an sich drückte. Dabei brüllte er: »Bischof! In die Kirche – sofort!« und stürzte die Treppe hinunter. Feixend warfen die Wände das Echo seiner Schritte durch den Aufgang und klopften daraus ein Spottlied. »*Ceann Mór* … er ist der *Ceann Mór* … er ist der *Ceann Mór* und sein Weib verrückt geworden …«

Das Heidekraut stach durch den dünnen Stoff ihres Hemdes. Es erinnerte Christina daran, wo sie sich befand: auf dem Boden der Königskammer, wo bis gerade noch ihre Schwester blutend und schreiend gelegen hatte. Fassungslos befühlte sie die brennenden Schrammen, die Margarets Nägel in ihrem Gesicht hinterlassen hatten. Die waren echt, und das Feuer, welches sich langsam dort ausbreitete, brachte sie zur Besinnung. Sie sah hoch. Das Poltern auf der Treppe war verhallt, die Rufe verstummt. Nur ihr Herz schlug immer noch wie eine Trommel. Furchtsam deckte sie ihre Hand darüber, doch es wollte sich nicht beruhigen. Von draußen zog Weihrauchduft herein, ständiger, freundlicher Begleiter des Bischofs. Wie kleine Engelsfinger griffen die Schwaden auch nach ihr. *Komm mit,* riefen sie, *folge uns, rasch!* Sie zögerte. Etwas hielt sie am Boden fest.

Es war das Stundenbuch.

Wieder lag es so da, wie es Margaret aus den Händen gefallen war – zugeschlagen. Wieder hatte sie wohl darin gelesen, bevor der König zu ihr gekommen war. Hatte gebetet. Hatte Gott gesucht? Wieder das Stundenbuch… Christina starrte den schweren Einband an. Die kunstvoll in Gold eingelegten Edelsteine wirkten wie Augen, in deren unendlichen Tiefen eine Botschaft für sie lag, eine stumme Aufforderung, ein Ruf… Oder eine Warnung…?

Das Buch wollte nicht hier liegen bleiben. Keinesfalls. Es wollte in die Kirche gebracht werden. Das begriff sie. Und so hob sie es vom Boden auf, wickelte es in ein Leintuch vom Bett und stürzte aus der Kammer, dem König und ihrer Schwester hinterher.

Margaret lag vor dem Altar, noch halb in Malcolms Armen, und schluchzte. Von der anderen Seite bemühte sich Fothad um sie, einer der Mönche stand ratlos daneben und schwenkte sein Weihrauchgefäß, wohl um irgendwas zu tun.

Wie ein grauer Helm stülpte sich der Weihrauch über ihren Kopf – dass er sich anschickte, ihr die Besinnung zu rauben, bemerkte niemand von den Männern.

Selbst die Kerzen, die man entzündet hatte, schienen mit dem Zustand der jungen Königin nichts anfangen zu können. Sie flackerten ungehalten, zwei von ihnen verloschen gleich wieder, als die Kirchentür hinter Christina ins Schloss fiel. Malcolm drehte den Kopf. Als er Christina erkannte, stand er auf und marschierte auf sie zu. Instinktiv wich sie zurück, tastete nach der Tür …

»Kommt her, Zwergin!«, befahl er barsch. »Beruhigt sie – macht, dass sie aufhört! Ich kann das nicht mit ansehen! Tut irgendwas!« Die Wände warfen seine Stimme empört zurück. In der Kirche schreit man nicht. Ungeduldig wedelte er mit dem Arm, vermutlich genauso ungeduldig wie die Wache, die draußen vor der Tür auf seine Weisung hin die Neugierigen davontrieb.

Sie nickte stumm. Schob sich an ihm vorbei, außerhalb der Reichweite seiner Faust, denn ihr Gesicht schmerzte immer noch von dem Schlag, und sie wusste jetzt, dass dieser Barbar sie auch töten würde, wenn ihm danach war. Neben Margaret sank sie auf den Boden. Das Stundenbuch schob sie unter ihren Rock, um die Schwester nicht zu erschrecken, die jetzt von sich aus beide Arme um ihre Taille legte und sich an sie klammerte.

»Stina«, stammelte sie, »Stina, die Bilder, ich kann sie nicht vertreiben, sie sind in meinem Kopf, sie sind überall, in meinen Ohren, im Mund, in meinem Bauch – Stina – mach sie weg …« Ihre Zunge war schwer vom Weihrauch, und auch die tränenverklebten Lider hoben sich kaum. Doch die Angst konnte ihr der Weihrauch offenbar nicht nehmen. Christina zog sie auf den Schoß und streichelte mit beiden Händen ihren Kopf und das lange blutverschmierte Haar, und sie war ratlos, so ratlos …

»Welche Bilder, Magga? Welche Bilder? Sag es mir. Liebste Magga … welche Bilder …?«, murmelte sie unablässig. Es hatte keinen Sinn, das Blut aus Margarets Gesicht zu wischen, immer neues Blut quoll aus den Nasenlöchern hervor und lief ihr über das Kinn den Hals hinunter. Doch Christina hatte keine Angst mehr vor dem Blut, Margaret hatte schon früher geblutet, wenn sie sich aufgeregt hatte. Nichts an der Schwester machte ihr Angst. Sie war nicht besessen, das wusste sie jetzt, da sie, flankiert von Gottes Güte, dicht bei ihr hockte und niemand mehr herumschrie und mit Totschlag drohte. Sie war nicht besessen, nur verängstigt. Alles würde gut werden – alles. *»In Deo tantum quiesce …«* Alles würde gut werden.

Die Männer waren still geworden, sie fühlte ihre Blicke, ihre Fragen, ihre immer noch große Furcht. Wegbleiben sollten sie, sich keinen Schritt näher wagen! Ihr Wille war offenbar stark genug, sie auf Abstand zu halten; nicht einmal der König traute sich näher heran. Befriedigt wiegte sie ihre Schwester wie ein Kind in den Armen, umfing sie mit ihrer ganzen Kraft und Liebe, um sie vor den bösen Geistern zu schützen, die so urplötzlich nach ihr gegriffen hatten.

Dann lag Margaret ruhig da. Sie drehte ihren Kopf zwischen Christinas Schenkeln, und ihr Blick war für einen Moment so klar und schön, wie er immer gewesen war.

»Das Buch«, sagte sie mit rauer Stimme. »Die Bilder sind in dem Buch.«

»In dem Stundenbuch?«, flüsterte Christina.

»Ja«, flüsterte Margaret. »Es ist verflucht. Jedes Mal, wenn ich es aufschlage, kommen die Bilder und fallen über mich her – jedes Mal. So furchtbare Bilder, Stina – laute Bilder, so laut, dass meine Ohren davon schmerzen. Und so grausam … das Buch ist verflucht, Stina. Malcolm … er … er hat mir ein verfluchtes Gebetbuch geschenkt …« Ihre Brauen zogen sich in Verzweiflung zusammen.

»Was sagt sie?« Malcolm schoss auf sie zu. »Was hat sie gesagt? Sprecht!«

»*A rìgh*, lasst sie doch zur Ruhe kommen…« Fothad wurde beiseitegestoßen, das Weihrauchgefäß des Ministranten schepperte zu Boden. Mit leisem Klickern verteilte sich die glühende Kohle auf den Fliesen, der beißende Geruch des Weihrauchs ließ Fothad nach Luft ringen. In gebührendem Abstand hatte Malcolm sich auf die Knie begeben, und weil sein Arm nicht bis Margaret reichte, griff er nach Christinas Bein.

»Mein Lieb – sprecht doch auch mit mir«, flehte er. »Was kann ich tun, was soll ich tun, sagt mir, was ich tun soll, ich ertrage es nicht, Euch so zu sehen…«

Die Kirchentür quietschte erneut, diesmal, weil sie von Männerhand aufgerissen wurde.

»Ist meine Schwester hier? Wo ist sie«, lallte eine jugendliche Stimme, dann schlurften torkelnde Schritte näher, andere Stimmen flüsterten – er war nicht alleine gekommen, hatte die Wache überwältigt, vielleicht sogar getötet. »Sie will nicht mit dem König schlafen, sagte man mir, das glaube ich ja nicht, wo ist sie, wo ist sie… wo…« Der Sprecher rülpste vernehmlich, dann kippte ein Stuhl um. Stiefel klapperten auf den Fliesen, Metall schlug gegen Wände. Niemand legte hier seine Waffen in der Kirche ab. Christina zog ihre Schwester dichter an sich. »Bleib ruhig – niemand wird uns etwas tun…«, flüsterte sie, »ich beschütze dich…« Das würde sie tun. Gegen alle, gegen Malcolm und all die anderen Barbaren, die ihnen zu Leibe rückten, und wenn es sein musste, würde sie sie auch gegen ihren eigenen Bruder verteidigen. Ihr Herz schwoll an.

Immer mehr Männer quollen hinter ihm in die Kirche, offenbar neugierig, was hinter dem Lärm steckte, der sich vom Königsgemach aus bis hinunter in die Halle verbreitet hatte.

Nicht jeder hatte dem Ehevollzug beiwohnen wollen, für manche hatten die Bierfässer offenbar mehr Anziehungskraft gehabt als königlicher Beischlaf in einem engen Gemach.

»*Hlæfweard*, bitte ... dies ist kein Ort ...« Der Priester hastete auf den Mann zu – Edgar Æthling. Mit zerzaustem Haar, knallroten Wangen und offensichtlich stark angetrunken wollte der junge Angelsachse sich dem Altarraum nähern, wo seine Schwestern auf dem Boden lagen.

»*Hlæfweard*, bitte, dies ist eine Kirche – zeigt Demut vor dem Herrn, kniet nieder ...« Er wurde einfach überrannt, Earl Morcar schob ihn zur Seite wie einen lästigen Lakaien, als er Edgar in den Altarraum folgte. Der Æthling schwankte gefährlich, aber er hielt sich auf den Füßen, und als er Margaret auf dem Boden entdeckte, stieß er einen Schrei aus, dessen Stimmhöhe verriet, wie jung an Jahren er noch war.

»Hier treibt sie sich rum – in der Kirche! Wie immer in der Kirche statt unter ihrem Mann, wie es sich gehört!«, pöbelte er los. »Ich befehle dir, sofort mit ihm ssssuu schlafen – Margaret! Du bist sssein Weib, du hast ihm ssssu gehorchen – mach mich nicht lächerlich vor allen Leuten! Schlaf mit ihm – sssofort!«

Malcolm drehte sich um. Christina sah gerade noch, wie sich seine Miene zu einer entnervten Grimasse verzog, dann schoss seine Faust vor und traf den Heißsporn mitten ins Gesicht. Er fiel um, ohnehin schon geschwächt, und stöhnte protestierend, als Morcar ihn geistesgegenwärtig von hinten auffing und ein paar Schritte wegzog.

»Schafft ihn hinaus«, befahl der König knapp. »So etwas brauche ich nicht auch noch.«

Das Füßescharren nahm zu, als sie Edgar hinausschleiften. Margaret stöhnte. »Schsch ...« Zärtlich strich Christina ihr über den Kopf. Niemand würde ihr etwas tun. Niemand.

Und in der Tat – niemand wagte sich an Christina vorbei. Nicht einmal der König.

Es war still geworden in der Kirche.

Margaret lag ruhig in Christinas Armen. Sie starrte auf einen Fleck am Altar. Hin und wieder entrang sich ihrer Kehle ein leises Schluchzen, doch ihre Tränen waren getrocknet, und auch der Blutstrom aus ihrer Nase war versiegt. Christina hatte notdürftig ihr Gesicht von den Blutspuren gereinigt – alles schien sich der Normalität zu nähern. Vielleicht war doch alles nicht so schlimm? Selbst der Sturm draußen flaute ab. Durch eine undichte Stelle im Kirchendach segelten Schneeflocken wie flaumige, weiße Federn herunter…

Auch die Kerzen hatten sich beruhigt. Sie waren zu kleinen, wohlgeformten Lichtkegeln geworden und scheuchten keine Schatten mehr über die Wände. Der Klang von Schritten und Kleiderrascheln hatte sich in die Ecke verdrückt, wo er darauf wartete, dass sich jemand bewegte. Dann würde er hervorschießen, sich der Bewegung anschließen und für Unruhe sorgen. Doch er wartete vergebens. Selbst der Weihrauch stieg kerzengerade in die Höhe. Unter der Decke kräuselte er sich und betrachtete nachdenklich die Menschen am Boden.

Malcolm stand breitbeinig und mit verschränkten Armen gegen die Wand gelehnt. Ein Krieger, den es mitten im Kampf in ein Gotteshaus verschlagen hatte und der nicht verstand, warum es draußen nicht weiterging. Erwartungsvoll starrten die Männer, die in der Kirche verblieben waren, ihren König an. Er musste doch etwas unternehmen. Er wollte doch wohl hier nicht auf den Jüngsten Tag warten!

Christina spürte ihre Spannung, die wie ein eingesperrtes Tier an den Käfigstäben vorbeilief und mit jedem Schritt fordernder, angriffslustiger wurde. Er war der König. Er forderte – er nahm sich. Er war ihr Anführer. Niemals zeigte er Schwäche. Nicht einmal hier.

Malcolm stieß sich von der Wand ab. »Bringt sie zurück in die Burg.«

»Nein«, flüsterte Margaret, »nein, nein … Erbarmen … ich kann nicht …«

»*A rìgh*, lasst sie in der Kirche. Sie braucht die Abgeschiedenheit und die Nähe Gottes, um mit ihren Gesichtern fertigzuwerden.« Fothad wollte weitersprechen, doch Malcolm unterbrach ihn, indem er mit der Faust an seine Kukulle ging und ihn ohne Umstände einfach vom Boden hob.

»In der Kirche lassen? Ist das Euer Ernst, Mönch? Wollt Ihr mich auf den Arm nehmen? Ich habe gerade ein junges Weib geheiratet und ihr noch nicht ein einziges Mal beigewohnt, ich weiß nicht einmal, wie sie unter ihrem Brautkleid aussieht – und schon soll ich sie in der Kirche lassen, damit sie mit Gott trauliche Zwiesprache halten kann? Das kann nicht Euer Ernst sein – reizt mich nicht, sonst könnt Ihr Euren Hintern packen und auf ihm zu Fuß in Euer Kloster zurücklaufen, von dem Ihr herkommt!«

Die Kirchenwände erbebten vor der Größe seines plötzlichen Zorns. Wie ein riesiger Bär richtete er sich vor ihnen auf, griff mit den Tatzen nach dem Dachstuhl, um ihn als Ganzes in den Forth zu schleudern. Fothad wimmerte, so habe er das nicht gemeint, keinesfalls. »Habt Erbarmen, *a rìgh* …«, niemals würde er wagen, den König derart zu reizen, »… beruhigt Euch, *a rìgh*, beruhigt Euch.« Wie ein nasser Sack hing er an Malcolms Faust – ohne sich zu wehren. Malcolm setzte den Bischof schließlich so derb auf die Füße, dass der Boden zitterte. Er spie verächtlich vor dem Schwächling auf den Boden.

»Stellt sie mir wieder her. Ich will ihr beiwohnen. Der trunkene Æthling hat vollkommen recht: Sie ist mein Weib, sie soll meine Söhne austragen – dafür habe ich sie geheiratet. Ich will ihr beiwohnen, jetzt, sofort. Meine Männer denken sonst, ich könnte das nicht mehr. Wollt Ihr, dass ich aussehe wie ein Schlappschwanz? Wollt Ihr das etwa?« Wie um sein

Anliegen noch einmal zu betonen, schüttelte er den Alten an beiden Schultern. »Zur Hölle – ich habe keine junge Frau geheiratet, um sie in der Kirche zu besuchen!«

Die Ministranten sanken jammernd zu Boden, als er den Teufel heraufbeschwor. Er trat mit den Füßen nach ihnen, dass sie sich hinter den Altar flüchteten.

»Das sagt doch keiner, *a rìgh*, habt Mitleid«, jammerte nun auch Fothad, ohne zu merken, dass er damit genau den falschen Ton getroffen hatte. Malcolm konnte Jammerei und Schwächlinge genauso wenig ausstehen wie Bettler, so hochgeboren sie auch sein mochten. Wieder griff er nach der Kukulle des Bischofs.

»Mitleid soll ich haben. Ich frage mich, mit wem ich Mitleid haben soll. Vielleicht mit mir selber? Weil ich ein Weib habe, das heulend auf den Altarstufen liegt statt in meinem Bett? Vielleicht kann mir ja jemand sagen, was hier eigentlich los ist. Solltet Ihr versuchen, einen König zum Narren zu halten, lasst Euch sagen, dass ich Köpfe rollen lasse, wenn ich es bemerke!«

Christina atmete tief durch. Noch gestern hatte sie gedacht, dass sie all ihre Kraft verloren hatte. Das war ein Irrtum. Sie hatte Katalin zwar nicht zurückholen können – aber nun war in ihr etwas erwachsen, was fast noch wertvoller war als die Kraft in ihren Händen: Sie verspürte genug Mut, um König Malcolm entgegenzutreten, und sie wusste, dass sie seinen Zorn würde bannen können.

»*A rìgh*. Euer Weib verweigert sich Euch nicht«, sagte sie mit klarer Stimme, und alle anderen in der Kathedrale verstummten. »Hört mich an, *a rìgh*. Euer Weib wird gepeinigt durch etwas, was aus diesem Stundenbuch kommt. Es hat nichts mit Euch zu tun – es ist in diesem Buch. Und sie fürchtet sich davor. Nicht vor Euch, *a rìgh*. Ich liebe meine Schwester, und ich spreche die Wahrheit. Lasst ab von Margaret, *a rìgh*.« Und statt ihr Haupt zu beugen, wie es sich vor einem

König geziemt hätte, reckte sie sich noch ein wenig mehr und schaute ihm geradewegs in die Augen.

Er war sprachlos. Kam einen Schritt auf sie zu und noch einen … Wenn er sie schlagen, töten, vertreiben wollte, dann wäre nun der Zeitpunkt gekommen. Er hätte nicht einmal so unrecht gehabt, weil ihr Benehmen mehr als dreist war. Doch er kam nur auf sie zu, sah auf sie nieder, studierte ihr Gesicht. Lange. Ohne ein Wort wandte er sich dann ab und kniete neben Margaret nieder. Die legte ganz langsam ihre Hand auf seinen Arm. Seine Stimme klang aufgeregt, als er endlich zu sprechen anhub – unter Stottern wie jedes Mal, wenn sie ihn völlig durcheinanderbrachte.

»Ich … Liebste. Das Buch? Margaret. Diese … diese Frau behauptet, das … das … das Buch stört dich? Diese Frau … ich … diese … ich zerreiße es … ich verbrenne es … ich lasse es von wilden Hunden in Stücke reißen und die Reste auf einem Scheiterhaufen verbrennen, wenn du das willst, Liebste!« Er redete sich in Fahrt. »Ich zerreiße es, bekämpfe es wie einen Löwen für dich! Wenn es nur das Buch ist, sollst du alles haben … ein neues Buch, so viele du willst! Zum Teufel mit den Büchern, ich schenke dir eine eigene Kirche, mit hundert Priestern, die dir aus hundert Büchern vorlesen …«

Da lächelte sie gerührt, strich ihm mit der Hand über die hochrote Wange – schwieg aber.

»*A rìgh.*« Fothad war von Christinas Mut angesteckt worden und kam näher. »*A rìgh*, man kann einen Fluch nicht verbrennen – er ist dann immer noch da, *a rìgh*«, gab er zu bedenken.

»Unsinn, wenn das Buch weg ist, ist alles weg. Der Fluch – alles. Ich schenke ihr einfach ein neues Buch.« Malcolm richtete sich auf, begeistert von seiner Idee. »Ein wirklich prächtiges. Nicht so eines. Eines, das so groß ist, dass es auf dem Tisch liegen muss. Liebste …« Ratlos schaute er auf seine Frau, die sich wieder in Christinas Schoß drückte.

»Es ist in ihrem Kopf, *a rìgh*«, erklärte Christina. »Ihr könnt es dort nicht wegbrennen. Ihr könnt es nur dorthin zurückbringen, wo Ihr es hergeholt habt. Und dort um Rat fragen.«

Sie erschrak selbst vor ihren Worten – aber genau das war der Weg.

Er starrte sie an. »Was? Zurückbringen? Mädchen, Ihr seid närrisch. Woher soll ich denn noch wissen, wo das Buch herkommt? Zum Teufel, wir sind doch in mehr als einer Kirche gewesen …«

Der Bischof lachte spöttisch auf, was ihn zu einem anderen Zeitpunkt den Kopf hätte kosten können. Doch Malcolm achtete dieses Mal nicht auf ihn, denn er marschierte wieder im Kreis, grübelte vielleicht doch darüber nach, wo sie das Buch geraubt haben konnten.

»Ich weiß, wo das Buch herkommt«, meldete sich da eine Stimme aus der dunklen Ecke. »*A rìgh* – ich weiß es.«

Malcolm sah sich wild um. Er hasste Widerspruch, dummes Geschwätz und wenn ihn jemand an Dinge erinnerte, das war ihm deutlich anzumerken. Noch mehr jedoch hasste er Besserwisserei. »Wer hat hier mal wieder ein besseres Gedächtnis als ich? Tritt hervor! Was? Wo? Du! Schwachkopf, hast du nicht lange genug auf dem Turm gesessen?«

Sein leuchtend roter Bart verriet Ruaidrí Mac Fergus, den jungen Schotten, der im Turm von Edinburgh drei Tage lang nackt gefroren hatte und dem sie am Strand das Leben gerettet hatte. Immer noch folgte er ihr wie ein Schatten.

»Ich wollte nur sagen«, stotterte er und trat einen weiteren Schritt vor. »Ich … das … das Buch ist aus Jarrow, *a rìgh*. Ihr nahmt es aus jener zerfallenen Abtei am Tyne, als wir … als wir …«

»Als Ihr Northumbria vor zwei Wintern verwüstet habt, *a rìgh*.« Fothad wurde wieder mutiger, nun, da der kleine Schotte die Kohlen aus dem Feuer geholt hatte. »Euer Heer zog nach Süden, und auf dem Rückweg nahmt Ihr den Küstenweg und fielt über die Abtei her.« Besorgt betrachteten beide das Gesicht des Königs. Doch der dachte nur nach, statt sich weiter aufzuregen.

»Ich muss pinkeln«, sagte er schließlich und beendete die Auseinandersetzung auf sehr profane Weise. Christina war froh, dass er das nicht in der Kirche erledigte.

Es war gut, dass der König gegangen war. Alle Anwesenden atmeten auf, die unerträgliche Spannung wich aus dem düsteren Raum. Margaret hatte sich vor den Altar gekniet und war in Andacht versunken. Niemand wagte sie anzusprechen.

Christina hockte neben dem Stundenbuch. Das Kribbeln zwischen ihren Fingern verstärkte sich, je länger sie es anschaute. Es wollte geöffnet werden. Es fragte danach. Es drängte. Sie kniete sich gerade hin, ordnete das zerknautschte Kleid zwischen ihren Beinen. Warum war sie so nervös? Mit beiden Händen fuhr sie sich über das Haar, zog eine Strähne lang. Rieb sich die Nase. Das große Edelsteinauge blinkte sie an. Der Verschluss hatte sich geöffnet – von selbst? Oder war er offen gewesen? Nein, sie hatte die Schließe noch in der Königskammer zugedrückt, da war sie sich ganz sicher, die eine Kante war so scharf gewesen, dass sie sich ihr in die Fingerkuppe gesenkt hatte. Jetzt lag die Schließe aufgeklappt über den Goldornamenten, und es gab keinen Grund mehr, den Buchdeckel nicht in die Hand zu nehmen und hochzuheben …

»Tut es nicht, Kind«, raunte der Bischof hinter ihr. Sie fuhr herum. Seine alten, grauen Augen blickten voller Sorge. »Lasst das Buch geschlossen«, beschwor er sie. Ihr Herz klopfte. Und dann wusste sie mit einem Mal ganz sicher, dass sie Margaret nur würde helfen können, wenn sie das Gleiche wie die Schwester gesehen hatte.

»Gott schütze Euch, Kind…«, hörte sie noch, als sie mit beiden Händen den Buchdeckel nahm und aufklappte. Die schweren Pergamentseiten darunter blieben liegen. Christina meinte, Ruß zu riechen… Sie zögerte. Dann nahm sie allen Mut zusammen und schlug das Buch in der Mitte auf. Mit einem Mal stieg kalter Nebel hoch, und die Schreie Sterbender gellten an ihr Ohr.

Geruch von Moder – verwesendem Fleisch – Tod. Ein fahles Pferd mit aufgerissenem Maul, auf den fauligen, spitzen Zähnen ein düster glänzender Eisenzaum. Ein Speer, der in den Flammen aufblinkte, abgrundtief schwarze Augenhöhlen unter einer zerfetzten Kapuze. Ein Hauch von Tod und Verderbnis – Tod…

Eine eisige Mähne wallte durch die Luft, mit Haaren so scharf wie Messer – sie peitschten umher, trafen sie an der Wange. Gleich darauf loderte Feuer aus den Seiten, und ein rotes Pferd sprang heraus, mit einem Schweif aus Flammen, der ihr die Härchen auf der Hand versengte…

Und mir ward Macht gegeben, zu töten das vierte Teil auf der Erde mit dem Schwert und Hunger und mit dem Tod und durch die Tiere auf Erden…, hallte es furchtbar in ihrem Kopf wieder. *»Mir ward Macht gegeben… Macht…*

Sie spürte, wie ihr das Blut aus dem Kopf wich. Christina nahm alle Kraft zusammen und schlug den Buchdeckel wieder zu. Ihre Wange brannte.

»Was habt Ihr gesehen, Kind?«, flüsterte Fothad.

»Habt Ihr sie nicht gesehen?«, fragte sie aufgeregt.

»Nein.« Er schüttelte den Kopf.

»Die Reiter der Offenbarung«, flüsterte sie zurück. »Heilige Jungfrau, wache über uns…«

Der Bischof zog ihre Hände vom Buchdeckel. »Haltet Euch fern davon, Mädchen. Jemand muss sie mit einem Fluch entfesselt haben… Schlagt nie wieder dieses Buch auf, hört Ihr!«

»Nein«, flüsterte sie, »nein… nein… Es bringt Verderben – Es bringt den Tod, hat er gesagt …« Fothads stummes Entsetzen verstärkte ihre Angst, und als er zu beten begann, fasste sie nach seinen gefalteten Händen.

»*Ave Maria, gratia plena, dominus tecum, benedicta tu …*«

Die Kirchentür knallte ins Schloss. Der König war zurückgekehrt. Hart und entschlossen klangen seine Schritte auf den Fliesen, als er auf das schimmernde Buch zustrebte, die Hände ausstreckte und es aufnehmen wollte. Fothad hob abwehrend die Arme.

»*A rìgh*, lasst ab von dem Buch …«

»Was wollt Ihr mir verbieten, Priester? Es gehört mir!«, blaffte Malcolm und wollte sich an ihm vorbei nach dem Buch bücken.

»Das Buch ist verflucht, *a rìgh* …«

Der König stutzte. »Es ist ein ganz normales Buch!« Dann bekam er es zu fassen, doch Fothad stieß ihn, und das Buch fiel zu Boden … öffnete sich …

»Ein Fluch ruht auf ihm, *a rìgh*!«

»Ich sehe keinen Fluch. Ich sehe nur ein Buch, alter Mann!«

»*A rìgh*, nur die, die reinen Herzens sind, werden seiner gewahr und in den Abgrund der Verzweiflung gestoßen. Eure Königin. Ihre Schwester. Ich habe Sünden auf mich geladen, ich sehe nichts …«

»Das ist der größte Unsinn, den ich in meinem ganzen Leben gehört habe!«, donnerte Malcolm. »Dieses verfluchte Buch soll mich wirklich daran hindern, meiner Frau beizuwohnen? Das habt ihr euch so gedacht, ihr verdammten Angelsachsen!« Und damit zog er sein Schwert und schwang es über dem Kopf. Ein vielstimmiger Schrei ließ die Kirche erzittern, Schemel stürzten um, Menschen rannten panisch umher. »*A rìgh!*« Kerzen verloschen.

Christina konnte der Klinge so gerade eben noch ausweichen, weil sie sich geistesgegenwärtig zur Seite fallen ließ – da sauste das Schwert auch schon nieder und hinein in die sanfte mittige Wölbung der braun schimmernden Seiten …

Dort blieb sie stecken. Knurrend hob der König das aufgespießte Buch, schüttelte es von der Klinge ab. »Ich zeige euch, was man mit so einem Buch macht!« Es fiel zu Boden, breitete seine Seiten aus – vollkommen unversehrt. Fassungslos blieb das Schwert in der Luft hängen. Eisig wehte ein modriger Atem an ihr vorbei. Der Fahle war hier – er wartete.

Christinas Herz klopfte wie wild. Das Buch wehrte sich, das spürte sie deutlich. Es fauchte leise: *Rühr mich nicht an*, es zog sich zusammen wie ein böses Insekt, um den Respektlosen anzuspringen und ihm die höhnischen Züge zu zerkratzen, um ihm zu zeigen, was er war … ein Nichts.

Malcolm schlug erneut zu, er war kein Mann von Furcht, für ihn war ein Gebetbuch nur ein verdammtes Buch. Er warf seinen Zorn dem Altar entgegen, schmetterte ihn durch das Kirchenschiff, dass das Echo in den Ohren schmerzte. Diesmal nahm er zwei Schritte Anlauf und schwang die Waffe zu einem furchtbaren Schlag, der jedem Menschen den Kopf von den Schultern gehauen hätte. Wieder drang die Klinge tief in das Buch – wieder blieb sie dort stecken. Jedermann hatte sich in Sicherheit gebracht – vor seiner Wut, vor seiner Waffe. Selbst das Geschrei war verstummt.

Christina sah, wie sich Rauchwolken zu kräuseln begannen – oder versuchte der Weihrauch gar zu helfen? Sie brauchte jetzt alle Kraft, sich gegen das Böse zu wehren, das an den Seiten der Klinge hochstieg und nach ihnen allen fingerte – merkten sie das denn nicht? Margaret fiel als Erste um. Sie sank lautlos auf den Boden, und niemand kam ihr zu Hilfe. Alle Blicke waren auf den König gerichtet, wie er das Schwert wutschnaubend mitsamt dem Buch gegen die Wand schleuderte. Das Buch riss ein Leintuch mit herab und fiel zu Boden – unversehrt. Christina hörte, wie beide Kontrahenten schnauften – nein, das träumte sie doch, ein Buch war ein Buch und kein Gegner!

»Dann soll es brennen, wie man alles Böse verbrennt!«, schrie er. »Gleich morgen früh soll es brennen, lasst Holz aufhäufen, ich verbrenne es im Hof, dass alle es sehen können, und verstreue seine Asche in die Schlucht!«

»Ihr könnt kein Gebetbuch verbrennen, *a rìgh*.« Margaret war aufgestanden. »Ihr habt es geraubt und mir geschenkt. Hört mich an, *a rìgh*.« Sie trat auf ihn zu, und er ließ die Arme sinken, weil er hilflos war, wenn sie ihn nur ansah. »Ich werde Euch erst beiwohnen, wenn der Fluch von Eurem Geschenk genommen wurde«, sagte sie mit fester Stimme. Bei diesen Worten schien sie zu wachsen, zu leuchten – Gott war mit ihr, beschützte sie vor dem Zorn des Barbaren. Christina war sich dennoch nicht mehr sicher, was in dieser Kirche noch wirklich geschah und was ihrer Einbildung entstammte …

Malcolm stand vor seiner Frau, das Schwert von sich gespreizt. Er hatte sich schnell wieder gefangen, ihre Macht über ihn wich erneut dem Zorn. Ungeduldig schüttelte er die Waffe.

»Es wird brennen, Margaret«, sagte er mit leiser, drohender Stimme. »Und ich schwöre beim Schwert meines Vaters – Ihr sollt auch brennen, wenn Ihr Euch mir weiter verweigert. Ihr macht mich vor meinem ganzen Hof lächerlich, am Tag meiner Hochzeit – das lasse ich mir nicht bieten.«

»Ich kann Euch nicht daran hindern, solche Sünde auf Euch zu laden, *a rìgh*.« Margaret war noch weiter auf ihn zugegangen. Vielleicht wollte sie verhindern, dass die Männer seines Hofstaates mitbekamen, worüber der König sich hier stritt. Vielleicht wusste sie auch, welche Wirkung sie auf ihn ausübte, denn er ließ das Schwert nun endgültig sinken, und sein Atem ging rascher. Er begehrt sie, und das kann sie retten, schoss es Christina durch den Kopf. Sie kauerte sich neben den Hocker, atemlos und voller Angst um ihre mutige Schwester, die nun ganz dicht vor dem König stand.

»*A rìgh*, mir steht nicht der Sinn danach, Euch zu demütigen. Ich habe Euch vor Gott dem Allmächtigen meine Treue und Liebe geschworen, und damit ist es mir ernst. Malcolm, ich will Euch lieben und ehren mit aller Kraft, die Gott mir gibt – und der Allmächtige weiß um meine Liebe zu Euch. Doch ich flehe Euch an: Prüft meine Liebe nicht an diesem Geschenk.« Sie fiel vor ihm auf die Knie und hob seinen Hemdsaum an die Lippen.

Für einen langen Moment war es so still in der Kirche, dass man eine Maus hätte niesen hören können. Malcolm starrte sie fassungslos an. Das Schwert fiel ihm aus der Hand. In seinen Augen glitzerten Tränen, als er sie aufhob und wie einen kostbaren Schatz an seine Brust drückte. Ihr Schluchzen war das Einzige, was man hören konnte. Dann befreite sie sich aus seiner Umarmung. »Malcolm.« Sie holte tief Luft. »Ich will Euer Weib sein und Euch mit Freuden beiwohnen – wenn das Geschenk, das Ihr mir gabt, gereinigt ist.« Ihre klare Stimme klang durch das Gotteshaus. »Solange will ich hierbleiben und beten.«

Wieder starrte er sie an. Christina durchfuhr heiße Angst um ihre Schwester. Sie sah, wie seine Finger zuckten, nur ein Atemzug trennte sie von Margarets Hals und ihrem Tod. Ihr Leben hing an einem seidenen Faden. Nur ein falsches Wort, und er würde reißen.

Nichts geschah. Dann hob er sein Schwert auf und schob es mit viel Nachdruck in die Scheide. Er drehte sich um und verließ mit mächtigen Schritten die Kathedrale. Es dauerte lange, bis seine Schritte endlich verklungen waren.

Margarets Mund zuckte. Sie schlug die Augen nieder, als überlegte sie, ob es ein Sieg war, den sie errungen hatte, oder nur eine Atempause. Hinter ihnen begannen die Männer zu tuscheln. Sie wagten sich aus den Ecken hervor, man hörte den betrunkenen Edgar von der Züchtigung der Weiber lallen und dass sie schon noch sehen werde. Andere lachten, die meisten waren unsicher, was sie von der Sache halten sollten. Wenn sie die Geschichte an die Feuer trugen, wäre der Ruf des Schottenkönigs ruiniert.

Fothad reagierte blitzschnell. Er fuhr herum und hob die Arme, dass die bischöfliche Kukulle emporflog.

»Kniet nieder!«, rief er, »kniet nieder und betet mit mir um Gnade und Erleuchtung. Zeigt euch demütig vor dem Herrn!« Zögernd leisteten sie seiner Aufforderung Folge. Und dann verschloss er ihre Münder: »Ich erlege euch Schweigen auf über das, was ihr hier erlebt habt. Schweigt demütig und betet für euren König!« Wie gebannt hingen sie an seiner Stimme, während der Weihrauch über ihre Häupter strich und sie im Gebet vereinigte …

Christina kniete neben ihrer Schwester. »Und jetzt?«, fragte sie aufgeregt. »Was jetzt?«

Ihr ruhiger Blick streifte sie. Margaret hatte ihren Frieden mit Malcolm und der ganzen Angelegenheit gemacht. »Gott wird mir helfen, Stina. Er wird dem König sagen …«

»Ich tu's!«, rief Christina. »Ich tu's! Ich bring das Buch nach Jarrow – ich tu's!« Und sie kroch auf den Knien vorwärts zu der Stelle, wo das Stundenbuch lag, nahm allen Mut zusammen und wickelte es in das Leintuch, das Malcolms Schwert mit von der Wand gerissen hatte.

»Ich bring es nach Jarrow, und alles wird gut, Magga, hab keine Angst!« Sie sprang auf die Füße, und bevor jemand sie noch aufhalten konnte, lief sie los, das schwere Buch unter den Arm geklemmt, vorbei an Fothad, an Edgar, an seinen gaffenden Anhängern und allen Neugierigen, die sich noch in der Kathedrale aufhielten, vorbei zum Ausgang.

»Christina!«, gellte ihr Name durch die Kirche, dann fiel die Tür hinter ihr zu.

Einer verfolgte sie. Einer hatte es gewagt, sich dem heiligen Bann des Bischofs zu entziehen, hatte das Gebet verlassen und war ihr gefolgt. Das Stimmengewirr in der Kirche wurde wieder laut, als jemand das Portal öffnete. »Christina! Seid vernünftig!« Die Stimme überschlug sich. »Christina! Haltet an! Ich sehe Euch! Wartet auf mich!« Die farbenfrohen Kleider des Mórmaer von Moray strahlten in der Dunkelheit, und seine Schritte klangen schwer auf den Stufen der Kirche.

Sie verfluchte ihr helles Kleid, welches in der Dunkelheit sicher wie eine Laterne leuchtete, und schlug einen Haken um die Kirche herum. Mit einem Krachen fiel das Portal erneut ins Schloss, die aufgeregten Stimmen wurden endgültig weggeschlossen.

»Bleibt stehen, Christina!« Máelsnechtai war immer noch da. Er musste sie trotz der Dunkelheit gesehen haben! Sie wusste, dass man die Kirche umrunden konnte – wenn sie ihm hier entkam, würde er vielleicht umdrehen und aufgeben. Mit der Hand fuhr sie an der Mauer entlang, folgte eilig vorwärtshastend einfach ihrer Hand, die ihr den Weg an dem Gemäuer entlangwies, fort vom Mórmaer, dessen Zudringlichkeit ihr gerade noch gefehlt hatte, immer weiter an der Mauer, ganz gleich, wie eisig der Stein in ihre bloße Haut biss. Wenn der Schotte sie einholte, würde sie sich keinen Schritt mehr bewegen können, dafür würde er sorgen … Der Wind übertönte das Geräusch, das ihre Schritte im Schnee verursachten – der Wind war auf ihrer Seite, für dieses Mal.

Christina drückte das eingeschlagene Buch an sich. Es wog schwer – schwerer als auf dem Weg zur Kirche. Als wollte es sie daran hindern, es fortzutragen. Böse und rachsüchtig verlangte es danach, in die Kirche zurückgebracht zu werden, um dort weiter für Unfrieden zu sorgen. Doch sie konnte an nichts anderes als an ihre Schwester denken, deren Leben das Buch so unerwartet in Gefahr gebracht hatte. Das gab ihr die Kraft, ihre zunehmende Furcht unter Kontrolle zu halten, sich an der sich sanft rundenden Apsis von der Kirchenmauer zu lösen und an den Gräbern vorbei den Weg zum Burghof zu suchen. Máelsnechtais Stimme schien verklungen.

Christina rannte.

Niemand sonst war in dieser Nacht unterwegs, nicht einmal die sonst allgegenwärtigen Pferdeburschen hörte man. Niemand wusste von den dramatischen Vorkommnissen in der Kirche, niemand ahnte, dass der König beinah sein Gesicht verloren hatte. Niemand ahnte, dass der Böse einen Weg in die Burg gefunden hatte ... diese Bürde wog so schwer auf ihren Schultern!

Nur der Wind klatschte gelangweilt nassen Schnee an die dicken Mauern. Christina verfehlte er, und er gab sich auch keine Mühe, weiter nach ihr zu zielen. Sie huschte vorwärts, grübelte dabei fieberhaft über ihre nächsten Schritte nach. Jarrow, hatte der Bischof gesagt. Aus Jarrow stammte das Buch. In Jarrow war der Fluch ausgesprochen worden. Also musste das Buch nach Jarrow zurückgebracht werden. Sie blieb stehen.

Nach Jarrow. Sie musste nach Northumbria. In jenes unwirtliche Land, aus dem sie nach Schottland geflüchtet waren, weil der Eroberer auf dem Weg nach Norden gewesen war ... Und ihr würde nicht viel Zeit bleiben. Solange sich Margaret in der Kirche aufhielt, würde Malcolm ihr nichts antun. Doch wie lange würde die Schwester das Beten durchhalten?

»*Hlæfdige*, verfügt über mich«, keuchte da jemand hinter ihr. Sie vernahm hastige Schritte im harschen Schnee, das Rascheln eines offenen Mantels, wo keine Zeit mehr gewesen war, ihn zuzubinden. »*Hlæfdige!* Was auch immer Ihr vorhabt mit diesem Buch – verfügt über mich, ich will bei Euch bleiben und Euch Schutz geben und ...«

»Ruaidrí!« Jetzt hatte sie ihn erkannt! Der Wind drückte sie gegen die Mauer, und Ruaidrí gab ihr Schutz, indem er sich mit ausgebreiteten Mantelenden vor ihr aufbaute. Kurz überlegte sie, wie sinnvoll es war, diesen Schotten, von dem sie nichts wusste, als dass er ihr Treue geschworen hatte, in ihre Pläne einzuweihen, von denen sie selbst erst das Ziel kannte: Jarrow in Northumbria.

»*Hlæfdige*, tut nichts Unüberlegtes. Ihr werdet …«

»Ruaidrí – ich will nach Jarrow«, unterbrach sie ihn, alles Zögern über Bord werfend. »Ich muss nach Jarrow – kennt Ihr den Weg dorthin?«

Er trat noch einen Schritt näher, und sie roch, dass er Bier getrunken hatte. Sie drückte das Buch gegen ihre Brust. »Kennt Ihr den Weg?«

»Nach Jarrow.« Er nahm die Arme runter. »Das dachte ich mir schon, als Ihr das Buch nahmt, *hlæfdige*. Gibt es keinen anderen Ausweg? Muss es Jarrow sein?« Ohne seinen Mantel traf sie der Wind wie eine Peitsche, doch das spielte jetzt keine Rolle. Schnee klebte auf ihren Schultern, lag wie eine Decke über ihrem Haar, versprach sie in den ewigen Schlaf zu wiegen, wenn sie unvorsichtig war, wenn sie Gott versuchte …

»Es gibt keinen anderen Weg, Ruaidrí. Wollt Ihr mit mir nach Jarrow kommen?« Gespannt betrachtete sie seinen Schatten, lauschte auf seinen Atem. Für einen Moment war ihr Gegenüber ganz still; vermutlich dachte er über die Folgen nach, die eine unerlaubte Reise für ihn haben würde. Vielleicht schlimmere als drei Tage auf dem kalten Turm. Und weil es so still war, vernahm sie die Schritte von links. War denn heute Nacht jedermann auf den Beinen? Angestrengt versuchte sie im Dunkeln zu erkennen, wer sich da näherte, war es Máelsnechtai? Diesem lauten Mann sah es nicht ähnlich, sich anzuschleichen …

»Ich kann …« Ruaidrí verstummte, und sie war sicher, dass er vor Verlegenheit rot anlief. »Ihr braucht einen warmen Mantel, *hlæfdige*. Ich besorge Euch einen Mantel. Sicher …«, er zögerte, »sicher wollt Ihr nicht, dass jemand von Eurer Reise erfährt?« Diese Bemerkung war ungeheuerlich. Wie vom

Donner gerührt blieb sie stehen. Wollte er etwa Geld für sein Schweigen? Nichts weiter kam. Sie drückte das Buch an sich und entschloss sich zu frechem Hochmut. Wenn er sie schon nicht begleiten wollte, so ließ er sich vielleicht einschüchtern. Für den Moment verdrängte sie, dass jemand lauschte.

»Ich bin sicher, Ihr wisst, warum niemand davon erfahren darf. Ich zähle auf Eure … Treue.«

Es raschelte im Schnee. Der Schotte war einen Schritt zurückgetreten. »*Hlæfdige* Christina, ich … Euer Mantel. Wartet am kleinen Tor auf mich. Ich … Euer Mantel …« Dann war er im Dunkel verschwunden, und sie wusste nicht, ob sie ihm würde trauen können.

Aber sie wartete im Schutz des Torbogens, wie er gesagt hatte. Der Lauscher atmete in der Dunkelheit, kam nicht näher. Und irgendwo hinter der Mauer stand ein Wachposten, dessen Schnarchen sie bis hier hören konnte. Trotzdem bewegte sie sich nicht, verschmolz mit der Mauer, hielt die Luft an. Ruaidrí würde ihr hier heraushelfen, das hatte er versprochen.

Doch Ruaidrí kam nicht. Ob ihn jemand aufgehalten hatte? Ob er es sich doch noch anders überlegt hatte? Inzwischen fror sie erbärmlich in ihrem dünnen Kleidchen und dem Wollschal. Verführerisch drängte sich der Gedanke in ihren Kopf, ihr Vorhaben abzubrechen. Das Buch wieder in die Kirche zu bringen. Irgendwie würde sich vielleicht alles von selbst regeln. Es zuckte unter ihrem Arm. *Ja! Zurück in die Kirche! Zurück …!* Es fühlte sich knorrig und hässlich an. Nichts würde sich regeln. Das Buch würde Margarets Leben ruinieren.

»Nein … ich werde nach Jarrow gehen und den Fluch von dir abstreifen«, flüsterte sie. »Du wirst mich nicht daran hindern – nicht einmal der Teufel selbst!« Da fauchte sogar der Wind und übertönte das leise Knurren unter ihrem Arm. Ich werde närrisch, dachte sie. Ich spreche mit einem Buch – Allmächtiger, hilf mir …

»*Hlæfdige* Christina – seid Ihr hier? Ich weiß, dass Ihr hier seid, gebt Euch zu erkennen …«

Sie fuhr zusammen. Diese Stimme gehörte dem Earl von Northumbria – Morcar. Hatte auch er sie verfolgt? Aber wo war Máelsnechtai? Hatte sie den nicht bei den Gräbern abgehängt? Wo kam Morcar nun her? Sie wusste nicht mehr, vor welchem der beiden Männer sie mehr Angst haben sollte, und drückte sich gegen den Torbogen.

»Christina. Ich weiß, dass Ihr hier seid.«

Seine Schritte waren verklungen; anscheinend war er stehen geblieben und lauschte. Ganz leise nur knirschte der Schnee, wie wenn sich jemand um die eigene Achse drehte. Er würde sie fangen. Er hatte Katalin getötet. Er würde sie fangen, fesseln und nehmen, wie er es die ganze Zeit vorgehabt hatte. Sie war die Schwester der Königin, er wollte nach ganz oben. Er hatte Katalin getötet. Wie dicke, eisige Hagelkörner prasselten diese Gedanken in ihrem Kopf. Sie musste ihn loswerden, bevor er alles verdarb. In ihrer Brust verhärtete sich etwas, was sie vorher noch nie gespürt hatte. *Loswerden*, höhnte das Buch unter ihrem Arm. Der Wind heulte um den Torbogen. *Loswerden*, lachte jemand höhnisch und blies ihr eisig fauligen Atem ins Gesicht. Erschrocken sah sie sich um, doch da war niemand. Da war nur ein fahler Schatten in der Nacht.

Morcars Schritte knirschten von der anderen Seite. Sie riss sich los von dem Schatten, Morcar war hinter ihr her. Sie wusste von ihren Wanderungen, wo die kleine Pforte war. Der Wachposten dort schlief immer noch. Sie wusste auch, dass die kleine Zugbrücke über die Schlucht nicht hochgezogen worden war – der fürchterliche Lärm der überalterten Konstruktion war an diesem Abend ausgeblieben, weil den ganzen Tag über Gäste in der Burg ein- und ausgegangen waren. Das Buch in ihren Armen verhielt sich still. Nur der Gestank …

»Christina?« Er tat einen Schritt.

Die Fackel flackerte. Die Fackel würde sie verraten. Und

dann gab es kein Zögern mehr – Christina sprang aus der Deckung. Mit der einen Hand drückte sie das Buch an sich, mit der anderen angelte sie im Sprung nach der Fackel, riss sie aus der Halterung und schleuderte sie aus dem Torbogen heraus, dorthin, wo sie die Schlucht um die Burg vermutete. Wie ein glühendes Irrlicht segelte die Fackel durch die Luft und fiel an der Zugbrücke vorbei in die Tiefe. Dann war es dunkel im Torbogen.

Ein amüsiertes Lachen ertönte. »Ihr seid kindisch, Christina. Glaubt Ihr denn wirklich, Ihr könnt mir so entkommen?«

Im nächsten Augenblick stolperte der Earl, rutschte, stürzte schreiend in die Tiefe. Christina blieb wie angewurzelt stehen.

»Allmächtiger, steh mir bei – was hab ich getan?« Der Schrecken schien ihre Gliedmaßen zu versteinern, keinen Schritt konnte sie mehr tun – er war vor ihren Augen abgestürzt, musste am Geländer ausgeglitten sein …!

Sein Stöhnen drang aus der Schlucht zu ihr empor. Zu Tode gestürzt hatte er sich nicht oder vielleicht doch? Das hatte sie nicht gewollt – sie hatte ihn doch nur loswerden wollen … Zitternd wich sie von der maroden Brüstung zurück und versuchte rückwärts den Torbogen zu erreichen, der inzwischen vollkommen im Dunkeln lag. Der fahle Schatten glitt durch die Nacht an ihr vorbei. *Loswerden, was?*, höhnte er und umrundete sie ein weiteres Mal.

»Wer steht hier rum? Wieso ist es so dunkel hier? Hallo! Wer da?« Die trunkene Stimme veränderte sich, Metall schabte – der Wachposten war hellwach, und dann hatte sie seine Waffe auch schon im Rücken. Er stieß nicht zu, aber die Spitze bohrte sich schmerzhaft in ihr Fleisch. Sie verschluckte den Schrei, Schreien war schlecht, brachte Männer auf den Gedanken, es ersticken zu wollen.

»Ich … hab mich verlaufen«, flüsterte sie, am ganzen Körper zitternd. Einzig ihre Arme hatten noch Kraft – Kraft, das

Buch zu halten, das verfluchte Buch, weswegen das hier alles geschah …

»Verlaufen – wer verläuft sich denn aus der Burg heraus? Das kostet Wegezoll«, lachte der Posten. »Warte, ich guck dir ins Gesicht, dann sag ich dir, wie viel es kostet.«

»Davis, alles in Ordnung, sie gehört zu mir!« Zwei starke Hände zerrten sie aus der Umklammerung des Postens, das Kleid hielt dem nicht stand und riss entzwei. Triumphierend fuhr der Wind in das entstandene Loch, um nackte Haut zu suchen. »Sie gehört zu mir, Davis, alles in Ordnung«, wiederholte Ruaidrí. Schemenhaft sah sie, wie er sich vor dem Wachposten breitmachte, damit sie hinter seinem Rücken verschwinden konnte.

»Ruaidrí, du? Das ist doch eine von den Angelsachsenprinzessinnen, jetzt erkenn ich ihr vornehmes Kleid – was hast du denn mit der zu schaffen?«, argwöhnte Davis, dem sein nächtlicher Fang zu gefallen schien. »Tust du was mit ihr? Darf ich auch? Wo wirst du es tun? Gleich hier? Ich kann überall und jederzeit …«

»Ich eskortiere sie …«

»Hehehe«, grölte der Posten da los, »hehehe, so würde ich das auch nennen, erstkontieren, das ist bestimmt genauso gut, erstkontieren, lass uns das zusammen tun, das Erstkontieren – hehehe, machst du das von vorn oder von hinten …«

»Halt dein dämliches Maul, ich eskortiere sie, sie ist eine Dame, und deine Tölpelzunge beleidigt sie! Lass uns vorbei und in Frieden, sie hat sich nur verlaufen im Dunkeln …«

»Sie hat die Fackel in die Schlucht geworfen, Ruaidrí. Das hab ich gesehen«, gackerte der Posten. »Sie wollte sich vielleicht verlaufen – damit ich sie finde. Wie findest du das, Ruaidrí? Damit *ich* sie finde – und nicht du? Ich kann sie auch erstkontieren …«

Da holte Ruaidrí unvermittelt aus, Christina konnte gerade noch ausweichen, und dann versetzte er dem Wachposten einen Schlag. Da es gewaltig krachte, hatte er wohl den Kiefer getroffen, und Davis heulte vor Wut auf wie ein Wolf. »Na warte!« Ein weiterer Fausthieb, von wem, war in der Dunkelheit nicht zu erkennen. Hinter ihr knarrte die Brüstung der Zugbrücke, unter der Brücke lag der Earl, von dem man nun nichts mehr hörte. Das Buch schien immer schwerer zu werden. Es wollte nicht getragen werden, es wollte die Burg nicht verlassen.

Die Prügelei indes nahm kein Ende. Christinas Unruhe wuchs – als Nächstes würde vielleicht Edgar hier auftauchen und sie an ihrem Vorhaben hindern! Der Gedanke an ihren kleinen betrunkenen Bruder wirkte wie ein Tritt, und sie lief los, über die Zugbrücke und hinaus aus der Burg, weg von Ruaidrí, dem sie schon die ganze Zeit misstraute, und von allen anderen, die in der Dunkelheit nur darauf warteten, sich eine Angelsachsenprinzessin zu greifen …

Auf der anderen Seite der Schlucht waren die Lasttiere in engen Ställen untergebracht. Einmal war sie dort gewesen, vor den rauen Burschen aber schnell wieder geflüchtet. Jetzt würde sie mit einer Münze aus dem Almosenbeutel hoffentlich einen verlässlichen Führer finden. Es gab kein Halten mehr. Mit einem Stoßgebet auf den Lippen lief sie los, über die wackelige Brücke und auf die Laterne zu, die den Lasttierstall beleuchtete. Gott musste ihren Plänen sehr gewogen sein, denn Er ebnete ihr den Weg, führte sie ohne Straucheln zu den Stallungen und schenkte ihr einen jungen Führer, der sie auf zuverlässigem Maultier und ohne dumme Fragen durch die Schneenacht zum Forth geleitete.

Alles verlief, als wachte ein Engel über Christina, und sie begann sich sicher zu fühlen, als sie an der Anlegestelle tatsächlich einen Fährmann vorfanden. Sie entlohnte ihren jungen Führer mit dem spärlichen Inhalt ihres Almosenbeutels und sah ihm hinterher, wie er beide Tiere am Waldrand zur Burg zurückscheuchte, um seinen schmalen Hintern wieder zwischen die Felle schieben zu können. Niemand sonst war dort zu sehen – niemand war ihr gefolgt. Ihre Erleichterung, auch Máelsnechtai abgehängt zu haben, war grenzenlos.

Über ihr Ansinnen, sie über den Forth zu rudern und als Bezahlung ein Gebet für ihn zu akzeptieren, lachte der Fährmann sich allerdings halb tot. Aber sie hatte ja alles Geld dem Knappen gegeben ...

»Glaubt Ihr etwa, Ihr kämt umsonst über den Forth? Und ich würde Luft essen? Mein Weib und ihre vier kleinen Bälger mit Erde füttern? Ja? Glaubt Ihr das? Das glaubt Ihr wohl, das glauben alle Hochwohlgeborenen. Träumt weiter, holde Dame, wenn Ihr satt seid vom fetten Bankett.« Damit kauerte er sich weiter in seinem Boot zusammen, um auf zahlende Fahrgäste zu warten, was mitten in der Nacht natürlich Unfug war.

Christina grub fieberhaft in den verborgenen Beuteln ihres Umhangs, ob sich nicht doch noch eine Münze darin fände – und tatsächlich klimperte es in der rechten Tasche, und sie erinnerte sich, dass sie nach Margarets Trauung vor der Kirche Münzen an die Armen verteilt hatten ...

»Hier – ich habe noch was gefunden!«, schrie sie fast auf, obwohl der Fährmann sich ja nur im Geiste entfernt hatte. »Hier, nimm – nimm alles, aber bring mich über den Forth!« Und sie hielt ihm die Münzen hin.

Mit erstaunlicher Flinkheit war der Dicke aus seinen Netzen und Leinwänden gesprungen. Er stand so unschicklich dicht bei ihr, dass ihr von der Geruchsmischung aus Salz, gammeligem Fisch und altem Männerschweiß übel wurde, doch sie ertrug es tapfer – er musste sie hinüberrudern! Seine fetten Finger gruben in ihrer Handfläche, maßen die Größe der Münzen ab, lasen mit schlafwandlerischer Sicherheit die größten aus dem Haufen heraus, vielleicht erwischte er sogar eine Silbermünze, doch das war nun gleichgültig, solange er sie nur über den Forth brachte. Auf der anderen Seite des

Wassers würde Gott ihr weiterhelfen, wie Er es bisher getan hatte. Zuversicht polsterte ihren Mut.

Bei dichtem Schneegestöber legten sie ab. Die kleine Laterne am Bug des Bootes schwankte unter den Ruderbewegungen hin und her. Christina kämpfte gegen den Schwindel an. Es wurde immer schwieriger, die Wasseroberfläche von der Nacht zu unterscheiden, denn die Schneeflocken, die von der Laterne angeleuchtet wurden, verglommen wie kleine Irrlichter in der Dunkelheit. Das Plätschern der Wellen verschluckte andere Geräusche, und wenn die Ruder auf das Wasser klatschten, zuckte Christina jedes Mal zusammen. Sie hätte sich gerne an der Reling festgehalten, doch dann hätte sie die Arme ausbreiten und noch mehr frieren müssen. So klammerte sie sich an die Bank und bemühte sich, der Bewegung des Wassers zu folgen. Das ging einigermaßen, trotzdem wurde ihr davon speiübel.

»Habt Ihr Angst?«, grinste der Fährmann. »Ich rudere hier schon, seit ich ein Junge bin. Noch nie ist mein Boot untergegangen. Obwohl es Ungeheuer in diesem Wasser gibt. Ich habe sie selber schon gesehen und einmal mit ihnen gekämpft. Sie speien Feuer und haben so große Schwanzflossen, dass sie ein Schiff umhauen können.« Er nickte bedeutsam und sah im Licht der Laterne jetzt richtig gespenstisch aus. Die Wellen applaudierten.

»Wirklich«, murmelte Christina. Der Würgereiz wurde stärker.

»Bindet Euch mit dem Seil fest. Das dort. Das ist lang genug. Dann fühlt Ihr Euch sicherer. Mein Boot geht niemals unter.« Er deutete auf den Netzberg direkt hinter ihr, auf dem ein kurzes Seil lag. Das Seilende war um die Laternenstange geschlungen. Der Fährmann bedeutete ihr, sich das Seil um den Leib zu schlingen. Sie schüttelte den Kopf. Sich selbst fesseln? Niemals. Da lachte er nur und ruderte weiter.

Christina drehte sich der Magen um, sie schwitzte und ihr war gleichzeitig eiskalt. Sie hatte vergessen, wie weit es von einem Ufer zum anderen war. Wie viele Paternoster hatte sie seinerzeit gebetet? Hatte sie? Oder hatte Margaret für sie gebetet? Nein, sie hatte ganz alleine da gesessen… Worauf hatte sie sich hier nur eingelassen? Und ihre Schwester allein in der Kathedrale, nur mit diesem… König, der ihr an Leib und Leben wollte… das Buch, Margarets Ohnmacht… Magensaft stieg ihr die Speiseröhre hinauf. Mühsam schluckte sie das eklige Zeug wieder hinunter und kauerte sich zusammen. Ihre Hände suchten Beschäftigung, sie waren es so müde, das Bündel festzuhalten. Und sie würden noch lange festhalten müssen. Christina hatte keine Ahnung, wie weit es bis Jarrow war.

Mit der Rechten fuhr sie über die Netze, fand das Seil. Es fühlte sich vertrauenerweckend an, wenn man es umfasste. Vorsichtig zog sie es unter ihr Bündel, um es einfach zu berühren. Es schmiegte sich in ihre Hand. Sie schob sich das Bündel halb unter den Arm, nahm die andere Hand zu Hilfe, formte eine Schlinge aus dem Seil, löste sie wieder auf. Formte eine neue Schlinge, drehte sie hin und her. Das half tatsächlich ein bisschen gegen den Brechreiz und vertrieb die Angst. Hin und her. Auflösen. Neu knüpfen. Hin und her…

»Dort habe ich das Seeungeheuer besiegt. Dort bei dem Felsen – seht Ihr ihn?«, hub der Fährmann an zu sprechen. Sie fuhr zusammen. Seine tiefe Stimme durchbrach das leise Plätschern der Wellen und störte das Netz ihrer Gedanken, in welches sie sich mühsam hineingewoben hatte. Statt nach dem Felsen zu suchen, schob sie sich die Schlinge um das Handgelenk und hielt beides fest. Das war, als ob jemand sie festhielt, ihr Halt gab. Es fühlte sich gut an. Bebend atmete sie tief durch. Wo lag nur das Ufer…?

Der Wind frischte auf, je weiter sie in den Forth hineinruderten. Woher wusste so ein Fährmann im Dunkel den Weg?

Er wusste ihn einfach. Ein Feuer am anderen Ufer zeigte ihm den Weg selbst durch das Schneegestöber, das erkannte sie. Hin und wieder drehte er sich nach dem Feuer um, hielt den Kurs bei, ließ die Ruder gleichmäßig und ohne Pause auf das Wasser klatschen.

Der Schnee wehte jetzt von vorn, direkt in ihr Gesicht. Sie hätte sich gerne in die Leinwandstapel gekauert, doch wagte sie nicht einmal, auf der Bank zu rutschen, aus Angst, sich vor lauter Schwanken erbrechen zu müssen. Das Seil gab Halt. Und so zog sie nur den Mantel dichter um sich herum. Dabei rutschte das schwere Bündel mit dem Stundenbuch zwischen ihre Beine und öffnete sich. Vorwitzig warf der schmale Mond sein Licht auf das Gold…

»Was habt Ihr da?« Die Ruder lagen still. »Was habt Ihr denn da Feines unter Euren Röcken, Mädchen? Ihr wolltet mich mit kleiner Münze abspeisen? Und verbergt das Gold?« Er lachte so laut, dass der Kahn wie eine Kinderwiege hin und her schwang, aber mit seinem breiten Hinterteil saß der Fährmann sicher auf den Netzen. »Ihr wolltet mich ernsthaft mit kleiner Münze abspeisen. Ihr entzückende Närrin. Nun gebt mir den Rest Eurer goldenen Münzen – hier ist Zahlstation.« Erwartungsvoll streckte er beide Hände aus, in die sie ihm wohl das Buch legen sollte. Sie presste die Knie zusammen. Das Buch verschwand zwischen den Röcken und machte sich klein, um nicht entdeckt zu werden.

»Du hast genug bekommen!«

»Mädchen – ich versteh mich nicht auf schöne Worte. Gib mir das goldene Ding, dann rudere ich dich ans Ufer«, sagte der Mann und hörte auf zu lachen. Für kurze Zeit war es ganz still. Selbst der Wind wartete gespannt, was als Nächstes geschah. Die Wellen flüsterten von Gefahr. Leise klopften sie an die Bootswand – Gefahr! Schrill gellte der Ton in ihren Ohren, bohrte sich durch den Kiefer.

»Ich hab dich bezahlt«, flüsterte Christina eingeschüchtert, »ich hab dich bezahlt, warum willst du noch mehr?« Ihr Herz klopfte, furchtsam schaute sie sich um, das Ufer schien noch so weit entfernt …

»Es gibt neue Preise. Wegen der Seeungeheuer.« Damit stand er auf und riss an ihrem Mantel. Das Boot schwankte. Sie kämpfte um ihr Gleichgewicht, klammerte sich an die Bank. Das Buch rutschte tiefer zwischen ihre Beine. Der Fährmann zerrte an ihr. »Gib her. Mach keine Zicken, gib es her, Sachsendirne …«

»Bist du närrisch geworden?«, schrie Christina auf, als das Boot sich gefährlich zur Seite neigte, und schlug nach ihm, empört, entsetzt, atemlos. »Hör auf, wie kannst du es wagen! Ich bin die Schwester deiner Königin!«

»Und ich bin der Heilige Vater«, lachte der Fährmann spöttisch auf. Dann verlor er offenbar die Lust an Späßen, denn er packte sie am Mantel, zerrte sie von der Bank und schüttelte sie. »Gib's her – Dirne!«

Sie wehrte sich mit beiden Händen, riss an seinen Armen, fuhr ihm mit den Nägeln durch das Gesicht, dass er aufbrüllte – dann polterte das Buch endgültig auf den Boden des Kahns. Triumphierend deutete die Laterne auf ihren goldenen Fund – und der Fährmann lachte wieder.

»Da ist es ja.«

Dann ging alles ganz schnell. Christina fühlte seinen Griff im Nacken, und die Reling bohrte sich hart in ihre Seite. Das Wasser griff nach ihr, mit schwarzen, eiskalten Händen zog es sie an ihrem Mantel in die Tiefe. Sanft betäubte es sie mit seiner unergründlichen Kälte und umfing sie, dass kein Seeungeheuer in ihre Nähe kam. Christina wollte schreien, doch das Wasser verschloss ihr den Mund – nicht schreien, ruhig bleiben, ruhig bleiben …

Aber das kannte sie schon. Genauso war es gewesen, als der Sturm damals ihr Schiff zerschmettert hatte. Sie kannte es, alles war leicht und sanft. Es gab keine Gedanken mehr.

Selbst das Pfeifen in ihren Ohren war verklungen. Nichts als Stille …

Dann gab es einen schmerzhaften Ruck, ihr wurde fast der Arm aus der Schulter gerissen, und die Leichtigkeit um sie herum war verloren. Sie kämpfte gegen Angst, Wassermassen und Luftnot – Luft – Luft – Luft!

Das Seil um ihr Handgelenk zog sich unerbittlich fest. Es weigerte sich, sie dem Wasser zu überlassen, erwies sich als ebenbürtiger Gegner gegen das eisige Element. Es hielt sie fest – und weckte sie durch den Schmerz aus der Lethargie der Todesnähe. Leben kam über sie, weil ihre Brust unter der Luftnot beinah zerbarst, sie strampelte gegen die Panik an, die sie zu lähmen drohte.

Es gelang ihr, mit der anderen Hand nach dem Seil zu greifen. Von unten zog der Mantel und würgte sie – sie riss das Band am Hals entzwei, und er glitt mit einem sanften Adieu an ihr vorbei und fort. Ihre Schulter brannte wie Feuer, weil in einem merkwürdigen Rhythmus an ihr gezerrt wurde. Der Schmerz gab ihr schließlich die Kraft, das Seil erneut zu packen und sich daran hochzuziehen, Stück für Stück, erst gegen den Rhythmus, dann mit ihm zusammen, ohne zu wissen, wo die Wasseroberfläche war, nur voller Hoffnung, irgendwo da oben Luft holen zu können. Dass das Seil nicht lang war, rettete ihr das Leben. Unerwartet brach ihr Kopf durch die Wasseroberfläche, sie rang ein paar Mal nach Luft, bevor ihr eine Welle ins Gesicht schlug. Der Mann am Ruder zog das Boot mit kraftvollen Zügen vorwärts, und mit jedem Ruderschlag straffte sich das Seil und zerrte sie mit. Der Mann, der sie über Bord geworfen hatte. Das konnte sie noch denken, bevor sie im Kielwasser des Bootes wieder untertauchte und erneut gegen die Strömung ankämpfte. Beim nächsten Auftauchen hatte sie begriffen, worum es ging: das Seil mit beiden Händen packen, den Abstand zum Bootskiel verringern – mit dem Kopf über der Wasseroberfläche bleiben. Atmen. Atmen. Atmen …

SECHSTES KAPITEL

Fällt ihrer einer so hilft ihm sein Gesell auf.
Weh dem, der allein ist!
Wenn er fällt, so ist keiner da, der ihm aufhelfe.
Auch wenn zwei beieinander liegen, wärmen sie sich;
wie kann ein einzelner warm werden?
(Prediger Salomo 4,10-11)

»Wer da? Ach, du bist es …«

Nial erkannte das Boot des Fährmanns von Dunfermline. Er lief darauf zu und ins Wasser hinein und griff nach der Spitze des Bootes, um es auf den Sand zu ziehen. Dafür, dass nur ein Mann darin saß, war das Boot ganz schön schwer, fand er und fragte sich, was der Kerl wohl geladen hatte. Vor allem um diese ungewöhnliche Zeit. Niemand überquerte den Forth mitten in der Nacht, das war viel zu gefährlich. Für die Überfahrt musste es einen wirklich triftigen Grund geben. Nial hatte wie so oft nicht schlafen können und war nun neugierig auf die Geschichte des Ankömmlings.

»Was tust du um diese Zeit auf dem Forth?«, fragte er. »Dermot? Das bist doch du? Ich habe dich noch nie so spät ohne Fahrgast hier gesehen … ist in Dunfermline etwas vorgefallen …?« Merkwürdig. Der Bootsmann war so still. Nial blieb stehen und drehte sich um. »Dermot?«

Jetzt bewegte sich der dunkle Schatten im Boot und stieg endlich aus. »Ich muss was erledigen«, murmelte der Fährmann, ohne Miene zu machen, das Boot hochzuziehen. »Ich muss was …«

»Was musst du? Hilf mir doch, Dermot, das Boot ist so schwer …« Verflucht schwer – viel schwerer als sonst, hatte er etwa Felsbrocken geladen?

»Ich muss was erledigen, Mönch, ich muss …« Das Boot knirschte auf Sand, zumindest den letzten Ruck hatte Dermot selbst gezogen. So faul kannte Nial ihn gar nicht. Irgendetwas stimmte da nicht. Sein Herz begann zu klopfen, als Vorahnungen von ihm Besitz ergriffen. Nichts Konkretes. Nur eine vage, dumpfe Ahnung …

»Dermot?« Er ließ nicht locker. »Was redest du da? Du hattest noch nie was in der Nacht zu erledigen.«

»Haltet Euch da raus«, blaffte Dermot. Eilig lief er um das Boot herum, zurück zum Wasser, und Nial fragte sich, ob der Fährmann am Ende den Verstand verloren hatte. Doch der Mond verriet ihm geschwätzig, dass Dermot nur ein Bündel aus dem Boot holte – ein Bündel, dessen Ecke verräterisch golden unter dem Leinen hervorschimmerte – golden?

»Haltet ihn fest! Er ist ein Dieb – haltet ihn!«, schrie da eine Stimme aus dem Wasser – und ihn traf fast der Schlag! Eine Frauenstimme! Noch bevor er sich bewegen konnte, hatte Dermot bereits den hölzernen Riemen aus der Halterung gerissen und drosch damit auf die Wasseroberfläche ein, von wo die Stimme hergekommen war. Man hörte Keuchen und das Klatschen nasser Kleider im Schlick – Geräusche von einem Menschen, der verzweifelt zu fliehen versucht.

»Was tust du da?«, brüllte Nial jetzt voll Entsetzen, als der Fährmann wie von Sinnen mit dem Riemen auf die Wasseroberfläche einhackte und das Schreien nach einem dumpfen Schlag erstarb.

Die Faust in ihrem Nacken packte hart zu. Die Schlinge riss am Handgelenk, jemand brüllte, dann flog sie in hohem Bogen aus dem Wasser und über die Reling, wo sie keuchend liegen blieb, während hinter ihr im Wasser zwei Männer miteinander rangen. Ihre Gestalten ragten gespenstisch in den Nachthimmel, eine Fackel war ins Boot gefallen und fand Gefallen an den zusammengefalteten Leinwänden. Genüsslich fraß sie sich durch den Stoff, schwarzer Rauch blakte in Christinas Gesicht, Haare brannten ja so gut…

Wimmernd versuchte sie sich von dem Feuer zu entfernen, was schwierig war, weil sie wie ein Sack über der Reling hing. Die Stimmen der Männer hinter ihr drangen ganz langsam durch das Rauschen in ihren Ohren.

»Christina…« Er nannte ihren Namen nur ein Mal, mit bebender, heiserer Stimme.

Dann fühlte sie seine Arme, seinen Körper, verschwunden war der Schmerz an den Rippen. Sie hörte ein leises, hobelndes Geräusch. Er durchtrennte das Seil, welches sie immer noch ans Boot gefesselt hielt, und endlich war sie frei. Seine Kutte roch nach Holzkohle. Sie steckte ihre Nase tief in die Falten, um mehr davon einzuatmen, dahinter würde sie ihn finden… Der Husten war vergangen. Das eiskalte Wasser umspielte ihre Hüften – er hielt sie einfach nur fest, mit Armen, die sie so umschlangen, dass sie meinte, zwischen seinen Schultern in ihn einzutauchen.

Hinter ihnen fing das Boot endgültig Feuer. Die Fackel hatte wohl Werg unter den Leinwänden gefunden und konnte ihren Hunger nun daran stillen. Hoch schoss die Flamme aus dem Segelhaufen und ließ die Schneeflocken, die der Nachthimmel zur Erde schickte, aufblitzen wie kleine Irrlichter.

»Komm weg hier«, flüsterte Nial und trug sie die letzten Schritte ans Ufer hoch. Und sowie ihre Füße den Boden berührten, kam auch die Erinnerung zurück.

»Das Buch, das Buch…«, keuchte sie, »er hat das Buch gestohlen, das Buch…«, sie krallte sich an seinen Schultern fest, »das Buch!«

»Schsch…«, machte er. Der Sand unter ihren nackten Füßen war eiskalt, dann fühlte sie Stoff unter der Fußsohle. »Er liegt hier, mitsamt seinem Bündel. Schsch…« Seine Arme waren so groß und rund und vollkommen, dass sie aufhörte zu atmen – alles war gut, sie war zu Hause. Angekommen.

Lange standen sie so, eng umschlungen, stumm, still. Selbst der Wind schwieg und sorgte dafür, dass der Schnee sie nicht durchnässte, wob stattdessen ein zartes Netz aus schimmernden Flocken über ihre Köpfe.

»Was machst du in diesem Boot?«, fragte er irgendwann leise, ohne sie loszulassen oder irgendetwas an seiner besitzergreifenden Haltung zu ändern. Davor hatte sie plötzlich Angst, alles war doch gut so, gut so, perfekt…

»Was machst du in diesem Boot…?« Sie konnte nicht reden, sie wollte nicht…

»Komm«, sagte er, als würde er verstehen, was sie so stumm machte. Und wie schon einmal hob er sie auf die Arme, presste sie fest an sich und trug sie fort von dem hungrigen Wasser. Sie drückte ihr Gesicht an seinen Hals und bemerkte die Menschen und das Gemurmel erst, als sie sich dem Feuer näherten. Als Hände nach ihr griffen, wehrte sie sich und schlug um sich, und Nial ließ sie an seinem Körper entlang zu Boden gleiten. Auf eine Handbewegung von ihm wichen die anderen zurück.

Ohne ihn entfernte sich die Welt von ihr. Es dauerte eine Weile, bis sie begriff, dass es die Kälte war, die ihr das Bewusstsein zu rauben versuchte, ihre Haut gefühllos machte und ihr eine Haube aus unsichtbarer Watte über den Kopf stülpte. Nial schien das zu wissen, so wie er auch damals am Strand ihren Zustand erkannt hatte. Ohne zu zögern, streifte er ihr die klatschnassen Gewänder über den Kopf und hüllte ihren nackten Leib in Leintücher, die die Frauen ihm reichten.

»Bleib wach, hörst du?«, drang seine Stimme an ihr Ohr, »bleib wach und rede mit mir. Hörst du? Bleib bei mir, alles wird gut. Allmächtiger, großer Gott – strafe uns jetzt nicht, sondern hilf…« Nachdrücklich rubbelte er den rauen Stoff über ihre Haut und hielt sie dabei gleichzeitig so fest, dass sie nicht in die Knie sank. Er rieb ihr psalmenmurmelnd Wärme in die kalten Glieder, bis sie wieder stehen konnte, dann gab es neue wollene Tücher und die Nähe eines Feuers.

Die Frauen hockten in gebührendem Abstand auf der anderen Seite des kleinen Feuers unter behelfsmäßigen Zelten, die den Schnee nur mangelhaft abhielten. Ein Junge war damit beschäftigt, die Schneeschicht von den Planen herunterzukehren. Das tat er mit großer Ernsthaftigkeit und mit bloßen Händen, weil es kein Hilfsmittel gab. Jemand reichte ihr ein dampfendes Gefäß. Nial, der sich hinter sie gesetzt hatte, um sie mit seinem Körper vor dem Wind zu schützen, nahm es für sie entgegen und schob es zwischen ihre klammen Hände. So wärmte der Becher ihre Hände von innen, von außen taten es seine Hände. Erschöpft legte sie den Kopf zurück an seine Schulter.

»Wo bin ich?«, fragte sie leise. Die Erinnerung kam auf ganz leisen Sohlen zu ihr zurück.

»Das ist das Pilgerlager«, drang seine Stimme an ihr Ohr. »Sie warten auf einen Fährmann, der sie für wenig Geld über den Forth nimmt. Dann sind es noch zwei Tagesreisen nach St. Andrews, wohin sie für die Vergebung ihrer Sünden wandern. Manche hier haben gar kein Geld und müssen sich die Überfahrt erbetteln. Ich bringe ihnen Essen, wenn ich welches finde. Manchmal kann ich die Fährleute überreden, einen Pilger ohne Entgelt mitzunehmen. Und manchmal finde ich Pilger …«

Seine Arme umgaben sie wie ein Mantel, die Stimme tropfte warm an ihr herab, rann über ihre Haut, und es spielte keine Rolle mehr, was sie sagte, nur dass sie etwas sagte. Die Pilger interessierten sie nicht, sie war viel zu müde, sich mit den neugierigen Blicken zu befassen. Der Inhalt des heißen Bechers entpuppte sich als erhitzter Met, nur ein paar Schlucke, weil das Getränk kostbarer als Gold war, aber sie durchdrangen ihre Glieder und weckten ihre Lebensgeister. Sie verdrängte, wo und bei wem sie sich befand und dass Nial ein *culdee* war, und kuschelte sich stattdessen ungeniert noch tiefer in seine Arme. Und er wich keinen Zoll von ihr.

»Was hat Gott mit uns vor, dass er dich mir zum zweiten Mal schickt, Christina?«, flüsterte er. »Will Er uns auf die Probe stellen – will Er mich auf die Probe …« Sie spürte, wie sein Herz vor Verlangen hart gegen ihren Rücken schlug – ihr Rücken war die Trommelhaut, sein Herz der Schlegel, und sie schob sich immer dichter an ihn heran, weil dieser Rhythmus so guttat … Niemand im Kloster hatte sie darauf vorbereitet, was ein Männerherz mit ihr anstellen würde!

»Bruder Nial – was tun wir mit dem Mann?« Die Stimme klang besorgt und jung, einer der wenigen jungen Männer im Lager kam näher. »Wir können ihn nicht hier liegen lassen, man wird uns verdächtigen.«

»Wir bereiten ihm ein Grab, John. Er war ein wackerer Mann, bis die Gier ihn auf den falschen Weg lockte. Er verdient ein Grab. Komm, ich zeige dir, wo du anfangen kannst.« Seine Stimme nutzte ihre Brust als Resonanzkörper; selig lächelte sie über das Gefühl, die Stimme in ihrer Brust zu spüren … doch nicht lange. Dann war er nämlich fort, hatte sich hastig aus der unziemlichen Zweisamkeit gelöst, um ein Grab zu schaufeln. Christinas Gedanken flogen ihm hinterher.

Sie umhüllten ihn in seiner Fassungslosigkeit, sie wiedergefunden zu haben, schon wieder an diesem Fluss, schon wieder aus größter Not gerettet – erlaubte Gott sich denn einen bösen Scherz mit ihm? All die langen Wochen hatte er sich verboten, an sie zu denken, hatte sich kasteit, gefastet und Buße getan und sie sich damit doch nicht aus dem Kopf reißen können. Bei Nacht war sie in seinen Träumen zu ihm gekommen, hatte ihn mit ihrer zarten Lieblichkeit so gepeinigt, dass er ins kalte Wasser hatte gehen müssen, um Ruhe zu finden …

Und nun lag sie auf seinem Lager! Er barg den Kopf zwischen seinen Händen, als er daran dachte, mit welchem Schmerz er sie vorhin ausgezogen und trocken gerieben hatte – und schaufelte dann das Grab für den Fährmann ganz alleine und tiefer als nötig in den Sand, um seine Sinne zum Schweigen zu bringen. Alles umsonst, wie er auf dem Rückweg zu den Feuern feststellte, wo sie lag und auf ihn wartete. Noch niemals hatte eine Frau so vollständig Besitz von seinem Herzen ergriffen!

Die Frauen hatten alles, was sie an Decken und Fellen finden konnten, zusammengerafft und um ihren schmalen Körper herumgestopft. Ein wenig schämte er sich, vor ihr seine nasse Kutte auszuziehen, doch dann ließ er es einfach zu, dass ihr Blick ihn erkundete – es war ohnehin nichts mehr so, wie es sich gehörte. Er wusste, dass sie über seinen sehnigen Körper staunte, der der eines Edelmannes war und nicht eines Mönchs. Vielleicht würde eines Tages die Stunde kommen, in der er ihr erzählte, warum er sich den *culdees* angeschlossen hatte …

Niemand sagte etwas, als er sich wieder zu ihr kauerte, weil er nicht ohne sie sein mochte. Die Pilger verkrochen sich in ihre Zelte, die nun natürlich Augen hatten aber bald ermüden würden. Ein Kind weinte sich irgendwo in den Schlaf, dann legten sich auch die mageren, stinkenden Hunde ab, denn nun würden keine Essensreste mehr zu Boden fallen. Und endlich herrschte Ruhe im Schutz der rauen Felsen. Sie gaben sich die Hände und verabredeten sich zu wachsen, stark zu werden, um wenigstens für diese Nacht alle Unbill und alle bösen Geister von den Erschöpften fernzuhalten und ihnen bis zum Morgengrauen Ruhe zu schenken. Ihre steinernen Hände überzeugten sogar den Wind, der jeden weiteren Versuch unterließ, zwischen ihnen hindurchzufahren. Als wüsste er, dass er damit das kleine Feuer zum Verlöschen brächte und Nial nur noch näher zu dieser Frau heranrücken würde, was sich nicht schickte, aber … Der Wind hielt inne, lauschte.

»Christina.« Nial kümmerte sich nicht um den Wind und die Felsen und um die Augen in den Zelten sowieso nicht. Er tat, wonach er sich die ganze Zeit schon sehnte: Er zog sie mitsamt ihren Decken vom Lager in die Arme, und er tat es so, dass die Decken Haut freigaben, die er berühren konnte.

Sein Herz setzte für einen Moment aus, als ihr Gesicht so nah war, dass er ihren Atem wie das Streicheln eines Birkenblattes auf seinem Gesicht spürte – hinauf zu den Brauen, hinab zum Mund –, er kämpfte dagegen an, sie zu küssen, er wusste doch, wie es sich anfühlte und was unweigerlich daraus entstehen würde. Sie hob den Kopf nur ein wenig, und sein Atem stockte. Das wilde Tier der Lust sprang triumphierend durch den schmalen Spalt, der sie voneinander trennte. Nial drängte es zurück. Sehr sanft strich er ihr mit dem Finger über den Mund, hin und her, dann schmiegte er seine Hand an ihr Gesicht, als sei sie genau dafür geschaffen worden. Das war sie, und sie suchte sich ihren Weg hinab an den schlanken Hals, überwand die unverhüllte Schulter, suchte nach mehr …

»Schsch …«, beruhigte er das Tier, eher noch sich selbst. Christina legte den Kopf in den Nacken und schloss die Augen. Sie gehörte ihm. Und er schämte sich dafür.

»Christina.« Er nahm seine Hand weg und versuchte, gegen die Flammen anzureden. Sein glühender Blick war ein Spiegel des niedergebrannten Feuers vor ihnen, doch die Flamme in ihm wurde von etwas anderem genährt. »Christina, du musst mir sagen, warum du hier bist. Ich …« Er zögerte. »Ich habe den Fährmann getötet, und ich muss wissen, warum.« Er würde jeden für sie töten, schließlich hatte er das gelernt. Doch er wollte die Geschichte aus ihrem Mund hören, das würde verstehen helfen – und das Tier im Zaum halten.

Sie hob den Kopf, und er erkannte, dass sie ihm den Totschlag nicht zugetraut hatte und nun entsetzt war, dass er einen begangen hatte. Dennoch … Langsam zog sie den nackten Arm aus den Decken und legte ihre Hand auf seine hohe rasierte Stirn. Er schluckte hart, kämpfte gegen das Beben an. Sie nahm die Hand wieder fort.

»Er …« Sie räusperte sich, holte Luft. »Er hat gestohlen, Nial. Er hat mir etwas gestohlen, und er hat mich … er hat mich aus dem Boot ins Wasser geworfen …«

»Gehört dir das Buch, Christina?«, fragte er kopfschüttelnd – war sie wirr im Kopf geworden? »Warum reist du mitten in der Nacht mit so einem Buch über den Forth?« Er umfasste ihr Kinn, vielleicht ein wenig zu hart. »Sag mir die Wahrheit, Mädchen. Ich kenne dich nicht, ich weiß nichts von dir. Sag mir die Wahrheit.«

Er erkannte die Furcht in ihren Augen, für eine Diebin gehalten zu werden. War sie eine? Hatte er sich etwa getäuscht? War sie nur eine weitere gestrandete Sünderin in diesem Lager voller merkwürdiger Lebensgeschichten, auf der Suche nach Vergebung, nach Vergessen oder auf der Flucht vor ihren Erinnerungen? Er war ja auch nur einer von ihnen, und dabei glaubten sie, dass er ihnen den Weg zu Gottes Vergebung weisen konnte – ach, was wussten sie schon von ihm und seiner Geschichte …

Aber es war ganz anders. »Hast du das Buch aufgeschlagen?«, fragte sie aufgeregt. »Hast du hineingeschaut, Nial?« Sie richtete sich auf, setzte sich hin und rückte von ihm ab, wohl weil sie seine Zweifel an ihr spürte und ihm jetzt offensichtlich nicht mehr nahe sein wollte. »Dieses Buch ist verflucht, Nial …«

Er betrachtete sie mit gerunzelter Stirn. Sie redete tatsächlich wirres Zeug, Allmächtiger … »Es ist ein Stundenbuch, Christina. Nur ein Stundenbuch.«

»Es ist verflucht«, wiederholte sie. »Meine Schwester hat hineingesehen und ist fast gestorben! Ich hab den Fluch auch gesehen! Nun will der König sie töten, weil sie ihm nicht beiwohnen kann…«

Das klang so unglaublich, und ihre Aufregung war so echt, dass sein Herz nun aus Angst um sie zu klopfen begann. Er schüttelte sie sanft. »Mädchen, was redest du da? Das Wasser hat dich krank gemacht, du brauchst Ruhe. Schlaf dich aus…«

»Nein, ich muss aufbrechen, ich muss weiter, Margarets Leben ist in Gefahr!« Mit einem Ruck versuchte sie sich aus den Decken zu befreien, weil die Unruhe und das Entsetzen offenbar unerträglich wurden. Sie zappelte wild herum, und Nial nahm sie einfach in die Arme und hielt sie fest – es spielte keine Rolle mehr, was die Pilgerinnen glaubten und worüber jetzt hinter den Zeltplanen getuschelt wurde.

»Gott hat dich mir zum dritten Mal geschickt«, flüsterte er, »das kann kein Zufall sein. Er hat dich mir anvertraut, und so soll es sein. Erzähl mir alles, vertrau mir und lass dir helfen, Christina. Gott hat das so für uns bestimmt – er hätte dich mir doch sonst nicht geschickt…« Dass es auch eine Prüfung für ihn sein könnte, wies er von sich. Er würde diese Prüfung nicht bestehen, das wusste er jetzt schon. Er war viel zu schwach.

Nial hatte es tatsächlich geschafft, dass sie ruhig liegen blieb, nachdem er die Geschichte von dem Stundenbuch nun kannte. Zusammen mit einem Jungen hatte er sich aufgemacht, die Leiche vom Wasser wegzuziehen und in das geschaufelte Grab zu legen. Damit der Fluss den Toten aus seinem Sandbett nicht freiwusch, häuften sie Steine auf das Grab. Sie hörte die beiden irgendwo reden, hörte Steine klackern, den Jungen unter deren Last stöhnen. Die Wellen des Forth plätscherten fade Neuigkeiten an Land. Bis zum Morgen war es noch so lang – und Christina hellwach, wie sollte sie das aushalten? Er hatte ihr befohlen, am Feuer zu bleiben, obwohl alles in ihr danach rief, jetzt aufzuspringen, das Buch zu nehmen und loszulaufen – um Margaret aus ihrer Kirchenfalle zu befreien.

Margaret … Sie stützte sich auf den Ellbogen und starrte in die Flammen. Margaret …

Die Flammen teilten sich. Sie bildeten zwei schlanke Säulen aus gelber Hitze, in deren Mitte sich ein Bild manifestierte … Christina rieb sich die Augen. Ganz deutlich sprach das Bild zu ihr. Im Licht einer Tranlampe sah sie Margaret vor einem Altar knien. Ihr langes Haar floss wie ein Wasserfall über ihren Rücken, das Tuch, welches ihr Haar normalerweise bedeckte, lag auf dem Boden. Neben ihr kniete eine große Gestalt mit breiten Schultern. Malcolm.

Ein Reisigstück erlag den Flammen. Es brach und zerstob zu Asche, und die Feuersäulen vereinigten sich wieder zu einer goldenen Einheit. Das Bild war verschwunden. Sie starrte in die grellen Flammen, bis ihr die Augen wehtaten. Malcolm würde sie nicht töten. Dazu liebte er sie viel zu sehr. Das hatte sie gerade gesehen – er teilte sogar das Strafexil mit ihr. Aber wenn doch? Was, wenn seine Ankündigungen ihn banden, wenn er sein Wort halten musste, weil er es vor Zeugen gegeben hatte?

Hilflos rieb sie sich den Kopf, um besser denken zu können. Nein, es gab kein Zurück – was auch immer in der Kathedrale zu Dunfermline gerade geschah und wie friedlich sie auch beieinanderknien mochten, es konnte ja nicht von Dauer sein. Margaret hatte ihren Schwur getan: Sie würde Malcolm erst beiwohnen, wenn sein Geschenk gereinigt war. Und sie würde diesen Schwur halten, Christina kannte die Schwester gut genug. Das verfluchte Buch musste nach Jarrow gelangen. Deswegen war sie aufgebrochen. Es gab kein Zurück, und es gab kein Zögern mehr.

Eine der Frauen hatte Kleider neben ihr Lager gelegt. Einfaches Leinenzeug, rau und ärmlich, was Pilger eben so mit sich führten, wenn sie nicht einmal Geld für die Überfahrt hatten. Christina zog die Sachen näher und kleidete sich unter der Decke an. Sie wusste noch nicht genau, was sie tun würde, aber durch das Bild war das ganze Drama von Dunfermline zu ihr zurückgekehrt, und sie verspürte immer größere Unruhe.

Als sie die Kleider übergestreift hatte – eine zu große Bruch, einen groben Kittel, der ihr bis zu den Knien reichte und sicher einem Mann gehört hatte, und ein fellbesetztes Kleid, welches noch nach frischgegerbter Tierhaut roch –, fühlte sie sich besser – gut gerüstet für die Reise. Auch wenn es Kleider waren, die sie unter normalen Umständen niemals angerührt hätte. Das spielte nun keine Rolle. Angestrengt starrte sie in den Nachthimmel. Wollte es denn gar nicht Tag werden? Feine Schneeflöckchen tanzten auf sie herab, drückten sie mit sanften Händen auf ihr Lager zurück – *ruh dich noch aus, nutze die Stunden, ruh dich aus*. Die Erschöpfung kam kassieren und drückte ihr sanft die Lider herunter. Christina dämmerte unter ihren Decken dahin …

»Nun macht schon, wozu habe ich Euch mitgenommen – rudert, rudert endlich an Land! Da liegt ein Boot, seht Ihr das denn nicht?«

Christina fuhr hoch. War sie doch eingeschlafen? Die Pilgerinnen hinter ihr waren schon wach und tuschelten leise. Mit lautem Scharren wurde ein Boot ans Ufer gezogen, ein Mann sprang in den Schlamm, dann hörte sie, wie eine Klinge aus einer Metallscheide gezogen wurde. Schwere Schritte stapften über den Ufersand.

»Ich weiß, dass Ihr hier seid, *hlæfdige* Christina!«, rief der Ankömmling. Sie duckte sich in ihren Decken. Warum lag sie nur so exponiert am Feuer statt irgendwo in den Schatten einer Zeltplane? »Zeigt Euch, ich weiß, dass Ihr hier seid. Wir zwei spielen ein Versteckspiel, und nun hab ich Euch gefunden, und jetzt ist es auch gut. Der Junge hat mir alles gesagt, und hier liegt das Boot des Fährmanns! Seid nicht so töricht, kommt heraus – ich will großzügig mit Euch sein!«

»Vielleicht ist sie gar nicht hier«, raunte der andere Mann, »vielleicht haben wir uns geirrt und die Dame ist wohlbehalten in Dunfermline, *hlæfweard* …« Ruaidrí. Sie erkannte die Stimme sofort. Ruaidrí hatte das Boot gerudert – aber welchen Gast?

Der Fährgast hob seine Laterne in die Höhe. Ihrem neugierigen Licht entkam man nicht – kein Pilgerzelt, kein Feuer, kein Bewohner. Er stieß provozierend die Waffe in den Sand. »Ich finde Euch, Christina. Ihr seid selbst Schuld daran, törichtes Weib, was dann mit Euch geschehen wird.« Die Laterne protzte mit ihrem breitschultrigen Träger: Máelsnechtai. Der Mórmaer aus dem Norden, dem sie an der Kathedrale irgendwie entkommen war. Nicht weit genug offenbar, denn er hatte sie gefunden.

Und dann fegte seine Klinge das Dach des ersten Zeltes hinweg. Stöcke brachen, Frauen schrien, ein Hund sprang wild kläffend umher, bis der furchtbare Tritt des Mannes ihn verstummen ließ. Leinwände fingen Feuer, weil eine Fackel umgestürzt war. Ein alter Mann kroch aus den Flammen in den Sand, seine Kleider brannten, jemand warf eine Decke über ihn. Die Klinge wütete weiter, nahm sich das nächste Zelt vor, hackte es im Laternenlicht entzwei, gespenstisch stumm, während alles um sie herum vor Angst schrie und weinte … Christina war auf allen vieren aus ihrem Deckenlager herausgerobbt – wohin? Und wo war Nial?

»Er ist wegen Euch hier, nicht wahr? Ihr seid die Dame, die er sucht, nicht wahr? Soll ich Euch fortbringen, *hlæfdige*? Ich würde diesem Mann nicht in die Hände fallen wollen …«, flüsterte da eine Stimme hinter ihr, und eine harte Hand packte sie an der Schulter. »Kommt, folgt mir, kriecht auf den Knien, kommt …«

Christina konnte sich gar nicht gegen die Frauenhand zur

Wehr setzen. Sie schaffte es gerade noch, ihr Bündel mit dem Buch an sich zu reißen und es im Sand hinter sich herzuziehen, während verängstigte Menschen über sie sprangen und schreiend vor der wütenden Hochlandklinge und dem mitgebrachten Feuer flüchteten.

»Ich finde Euch, versucht gar nicht erst, mir zu entkommen – ich finde Euch!«, schrie Máelsnechtai immer aufgebrachter, weil er sie offenbar doch nicht fand. Ruaidrís Stimme ging in dem Lärm unter. Ob er ihn im Gemetzel gegen die Unschuldigen unterstützte, war nicht auszumachen. Aber er hatte ihn hierher gerudert – und er hatte sie tatsächlich an den Mórmaer verraten!

»Welche Geschäfte haben dich hierher gebracht?«, donnerte da eine Stimme von den Felsen herab. »Welche wichtigen Geschäfte lassen dich die Zelte von unschuldigen Pilgern zerstören und ihr Leben in Gefahr bringen? Welche Geschäfte können so wichtig sein …?«

»Der Nial.« Ein Lachen – dann hielt die Klinge inne. »Der gute Nial. Beschützer der Armen, Speichellecker des Herrn, Almosensammler, Weiberverschlinger – erbärmlicher Nial. Nett, dass wir uns mal wiedertreffen, Brüderchen!«

Die Frau zog Christina zwischen zwei Felsen. »Wir müssen weg von hier, jetzt ist die Gelegenheit gut, *hlæfdige* …« Dennoch hielten sie inne, weil die beiden Laternenträger ebenfalls schwiegen.

»Du wagst es, mit einer Waffe zu mir zu kommen, Bruder. Du wagst es, vor meinen Augen unschuldige Menschen anzugreifen. Du schämst dich nicht, einen Mann Gottes herauszufordern!«

Der Mórmaer lachte wild. »Ach, Nial, du kleiner Mann Gottes, du dickhosiger Lügenmönch. Du versteckst ein Weib, das ich haben will. Ich habe es bis hierher verfolgt – es gehört mir. Es ist, wie es immer zwischen uns war: Du hast dir einfach genommen, was ich begehre – gib's her.«

Nial sprang von den Felsen herunter. Seine Laterne fiel in den Sand, das Letzte, was sie noch zeigte, war, dass er in der Rechten einen langen Stab trug.

»Ich verstecke niemanden. Wer sich vor dir verbergen muss, wird seine Gründe haben und bekommt meine Unterstützung.«

»Gib sie einfach heraus, dann kannst du dich deinen Weibern wieder widmen. Jeder weiß, dass du ihre Lager wärmst, mach doch, was du willst – ich will ja nur das eine Weib. Die anderen kannst du alle für dich behalten.« Wieder lachte er.

Nial griff ihn an, ohne ein weiteres Wort. Es gab keinen Mönch mehr am Ufer des Forth. Mit der langen Stange drosch er auf ihn ein, hieb von rechts und links gegen das Schwert und seinen Träger, dass dieser kaum zur Besinnung kam, und die Wucht seiner Schläge trieb ihn rückwärts auf das Wasser zu.

»Habe ich den Nagel auf den Kopf getroffen, Brüderchen?«, lachte Máelsnechtai keuchend und fasste das Schwert mit beiden Händen, um die Stange besser abwehren zu können. »Du vögelst dich durch die Pilgerbetten und spielst den heiligen Mann, und nun versteckst du sogar eine hochgeborene Frau – was dein Abt wohl dazu sagen wird? Und der große Bischof in Rom – was der dazu wohl sagen wird, Brüderchen?«

»Bruder?«, flüsterte Christina und hielt die Frau zurück, die sie weiter zwischen die Felsen ziehen wollte. »Das sind Brüder? Der Mórmaer und… Nial?«

»Ich wusste, dass Bruder Nial aus vornehmem Haus kommt – aber ich wusste nicht, aus welchem«, raunte die Frau. »Und nun kämpft er hier gegen seinen Bruder… wegen Euch, *hlæfdige*? Wegen Euch oder wegen etwas anderem?« Ihre Augen blitzten in der Dunkelheit auf. Christina wusste nicht, was sie sagen sollte. Und eigentlich ging es dieses zerlumpte Weib ja auch nichts an. Der Kampf der beiden Brüder nahm an Heftigkeit zu. Sie hatten den gefährlichen Bereich um die Zelte verlassen und hieben nun an dem immer noch brennenden Boot aufeinander ein, einer riesigen Fackel in der Nacht, deren Glut die beiden geheimnisvoll in Szene setzte – zwei riesige Krieger mit ungleichen Waffen, die versuchten, den Gegner zu treffen, und immer wieder an der Verteidigung des anderen abprallten. Gott hatte die Stange des Mönchs wohl mit einem heiligen Schutz umgeben, dass sie nicht splitterte, wenn sie auf die Klinge traf. Wie gebannt starrte Christina auf die Waffen. Ein Mönch kämpfte da … für ihre Sicherheit. Allmächtiger! »Nial«, flüsterte sie und streckte die Hand nach ihm aus.

Die Frau packte sie. »Folgt mir! Rasch! Bruder Nial kann Euch jetzt sowieso nicht helfen! Ihr müsst Euch selbst helfen, *hlæfdige* – kommt!« Und sie riss an Christinas Hand und führte sie im Laufschritt noch weiter vom Kampfplatz weg, bis ihnen Büsche in die Gesichter peitschten, zum Zeichen, dass sie die pflanzenlose Uferregion verlassen hatten. Immer wieder versuchte sie sich umzudrehen, Ruaidrí musste doch auch irgendwo sein, auf wessen Seite stand er eigentlich, würde er Nial nicht helfen können?

»Warte doch, warte, wir können nicht weglaufen, wir müssen bleiben – Nial …«

Die Frau drehte sich abrupt um. »Wollt Ihr diesem Kerl entkommen? Oder nicht? Wenn Ihr ihm entkommen wollt, bringe ich Euch fort von hier.« Sie studierte Christinas Gesicht. »Ich hätte Verständnis dafür. Aber Ihr müsstet tun, was ich Euch sage. Und Ihr müsstet mit einer Sünderin vorliebnehmen.«

Sie standen dicht beieinander, erahnten die andere nur an den Umrissen – in Schottland schien es auch im Morgengrauen niemals hell zu werden. Ihre Retterin roch nach Fisch und nicht so miefig wie die Weiber in der Burgkammer. Irgendwie machte ihr das Mut.

Christina runzelte die Stirn. »Ach … sind wir nicht alle Sünder vor Gott? So schwer können deine Sünden nicht sein, und immerhin hast du mich gerade vor einem Unglück bewahrt.«

Es war zwar eigentlich keine Zeit, aber offenbar doch der Zeitpunkt für Geständnisse. Die Frau nahm ihre Hand. »Ich habe meinen Mann getötet, *hlæfdige*.« Sie rückte ihr Kopftuch gerade. »Ich bin Beth, die Mörderin. So nennen sie mich hier. Ihr wisst es jetzt auch. Ich war auf dem Weg nach St. Andrews, wollte um Vergebung … na ja. Ihr wisst selber, wie man mich eigentlich bestrafen müsste. Ich denke, dass sie mich in St. Andrews nach Jerusalem schicken werden, damit ich meine Schuld mit dem Leben bezahle, weil kaum jemand die Reise ins Heilige Land überlebt …« Sie zuckte mit den Schultern. »Was soll's. Gott wird mir das ohnehin nicht vergeben. Da kann ich genauso gut Euch helfen, diesem Kerl zu entkommen.« Ein unweibliches Grinsen machte sich auf ihrem Gesicht breit. »Ich bin sicher, damit werden wir mehr Zerstreuung haben als mit einer Reise ins Heilige Land.«

Sie war ganz sicher keine passende Begleitung. Christina dachte fieberhaft nach, was ihr von dieser Frau alles drohen konnte. Mit einer Mörderin reisen – vollkommen unmöglich!

»Ich tu Euch nix«, sagte Beth da, als hätte sie geahnt, was in Christinas Kopf vorging. Mit dem Finger malte sie Kreise in den Sand. »Wisst Ihr … ich hab seine Prügel nicht mehr ausgehalten. Jeden Tag Prügel, jeden verdammten Tag Prügel. Das kann Gott nicht wollen für eine Frau.« Dann schwieg sie, und das Rauschen der Ginsterbüsche strich über ihre verletzte Seele und erzählte von Absolution.

Christina starrte sie eine Weile betroffen an. Als sie sich bequemer hinhockte, stieß sie mit der Hand an das Buch. Und erinnerte sich daran, dass sie sich auf eine lebensgefährliche Reise begeben hatte, deren Ziel sie nicht kannte – und den Weg dahin auch nicht. Vielleicht war Beth die beste Begleitung, die sie sich wünschen konnte. Sie entschloss sich, mit der Wahrheit herauszurücken.

»Ich bin auf dem Weg zum Kloster Jarrow. Weißt du, wie man da hinkommt?«

»Jarrow.« Die Mörderin sah sie scharf an. »Das weiß ich wohl. Aber da ist kein Kloster mehr. Das hat der Schottenkönig dem Erdboden gleichgemacht.«

»Ich muss trotzdem dorthin.« Ihr Herz begann zu klopfen. Ein zerstörtes Kloster – wie sollte das Buch dort gereinigt werden, wenn niemand mehr dort war? Furcht griff nach ihr. Furcht vor dem falschen Weg, vor dem Scheitern, auf Kosten ihrer Schwester…

Beth betrachtete ihr Gesicht im frühen Morgenlicht. »Wenn eine Frau wie Ihr sich vornimmt, den weiten Weg in ein zerstörtes Kloster zu gehen, dann hat sie ihren Grund. Und Ihr seid sehr klein – vergebt, aber das wird es nicht leichter machen für Euch.« Und dann stand das einfache Weib auf und verneigte sich vor Christina. »Vielleicht ist es eine Gnade Gottes, dass Er Euch geschickt hat. Ich will Euch begleiten und alles mit Euch teilen, damit Ihr Euer Ziel erreicht, liebe Dame. Habt keine Angst vor mir.« Ein Lächeln verschönerte ihre groben Züge. »Jerusalem ist vielleicht gar nicht so weit weg, wie ich immer gedacht habe.«

SIEBTES KAPITEL

Und ich sah, und siehe, ein weißes Pferd.
Und der daraufsaß, hatte einen Bogen;
und ihm ward gegeben eine Krone,
und er zog aus sieghaft, und dass er siegte.
(Offenbarung des Johannes 6,2)

Beth war unerbittlich.

Sie lief auf riesigen Füßen durchs Leben, und ihre starken Schenkel schienen mit dem Laufen keine Mühe zu haben – weder durch tiefen Schnee noch über gefrorenen Boden. Niemals stolperte sie, niemals knickte sie ein. Mit eisernem Griff hielt sie Christinas Handgelenk umklammert, damit diese ihr nicht abhandenkam oder sich gar fallen lassen konnte, wie sie es im Morgengrauen versucht hatte, weil sie für jeden weiteren Schritt zu müde war.

»Ihr wollt nach Jarrow? Dann müsst Ihr laufen, *hlæfdige* – so, wie es die einfachen Leute auch tun. Die, die kein Geld für ein Pferd haben, und die, die um Vergebung bitten wollen.«

»Nur ein wenig ausruhen«, wimmerte Christina. Vorsichtig tastete sie nach ihren Füßen, aus denen jedes Gefühl verschwunden war. Und bald würde auch die Sohle der Lederlappen durchgelaufen sein. Zum ersten Mal in ihrem Leben trug sie keine richtigen Schuhe. Das grobe Leintuch, welches sie sich zum Schutz vor dem harschen Wind um den Kopf geschlungen hatte, war vom Schnee durchnässt und lastete schwer auf ihrem Haar. In ihrer Lunge brannte es, nachdem sie diesen steilen Hügel hinaufgehastet waren – ein Hügel von vielen, die noch vor ihnen lagen, wie das Morgenlicht schüchtern preisgab. Sie hatte keine Idee, wo sie war, und wenn Beth sie in die falsche Richtung gelockt hätte, wäre ihr das nicht aufgefallen, weil sich die Sonne nicht zeigte.

»Nur eine kleine Pause machen, dann kann ich wieder weiter.«

»Ihr könntet mir auch Euren schweren Sack geben«, schlug Beth vor. »Aber das wollt Ihr ja nicht.« Und sie lachte spöttisch auf, als Christina das Leinenbündel instinktiv eng an sich raffte, als würde der Dieb bereits vor ihr stehen.

»*Hlæfdige.*« Sie stellte sich aufrecht vor Christina hin. »Ich bin nur ein einfaches Weib, und sicher habe ich aufgrund meiner schweren Schuld und weil ich eine Frau bin kein Recht, einen Schwur zu leisten.« Sie zog die Nase trotzig hoch. »Ich tu's trotzdem, verdammt. Ich schwöre beim Grab meiner Mutter, dass ich Euch nach Jarrow bringen werde – lebend und mit Eurem verdammten Bündel, das Euch so wichtig ist, dass Ihr es nicht mal zum Scheißen aus der Hand geben mögt. Ich bring Euch hin, und wenn es mich mein Leben kosten sollte. Beim Grab meiner Mutter schwöre ich das. Ja.« Mit beiden Händen strich sie sich das nasse Haar aus dem Gesicht und nickte noch einmal zur Bekräftigung.

»Und jetzt solltet Ihr tapfer sein und aufstehen und mitkommen – weil ich nämlich meinen Schwur sonst nicht erfüllen kann, *hlæfdige.*« Sie grinste. »Und meine Mutter würde sich im Grab umdrehen – die war eine strenge Frau und würde niemals zulassen, dass ich meine Aufgabe nicht erfülle. Ihr würdet ihr nicht begegnen wollen.« Und sie hielt Christina ihre schwielige, frostrote Hand hin, ein herbes, aber ehrliches Versprechen, sie von nun an zu halten und ihr über steinige Wege und sturmumtoste Höhen zu helfen.

»Lass uns noch ein wenig hier ausruhen, Beth.«

»Nein. Ihr habt schon zweimal ausgeruht, und wir sind

noch nicht mal außer Sichtweite des Forth. Wie viele Monate wollt Ihr bis Jarrow wandern?«

»Ich weiß nicht…? Wie viele Monate sind es denn?«

Christina war viel zu müde, um sich über den unverschämten Tonfall der Frau aufzuregen. Sie zog das Bündel an die Brust, wo es sich mit seinen Kanten bösartig in ihren Busen grub. Der Schmerz weckte ihre Lebensgeister. Wie würde es erst Margaret ergehen? Als Geisel in der Kathedrale, einen zornigen Malcolm neben sich? Sie hatte doch kein Recht, hier herumzujammern! Margarets liebevolles Lächeln streifte durch ihren Geist… das war es. Für ihr Lachen lohnte sich jede Strapaze.

Als sie sich aufrichtete, protestierte der Rücken nur noch ein bisschen. Die Hand der Frau brachte ihn vollends zum Schweigen.

»Vielleicht können wir irgendwo ein Maultier leihen«, sagte sie tröstend. »Habt Ihr Münzen, *hlæfdige*?« Christina schüttelte den Kopf.

Beth zog die eisverkrusteten Brauen hoch. »Ich hatte gedacht, jede vornehme Dame hat Münzen in ihrem Beutel. Sie werfen sie doch immer…«

»Ich hab keine«, unterbrach Christina sie. Ihr Almosenbeutel war leer, ihr Geld befand sich in den Taschen des Knappen und im Grab des Fährmanns am Flussufer.

»Gut«, sagte Beth. »Dann werden wir eben laufen.« Christina hatte dem nichts entgegenzusetzen, und – laufen! – sie dachte darüber auch lieber gar nicht erst nach, was es bedeutete, den ganzen Weg zu laufen. Zum Glück wusste sie nicht, wie weit es bis zum Kloster war. Und wenn sie ehrlich war – sie wollte es auch gar nicht wissen. Schweigend marschierten die beiden Frauen los, stiegen von dem Hügel herunter ins Tal und vermieden es fortan, nach oben zu schauen, weil sich dort nur ein neuer Hügel vor ihnen auftürmte und noch einer und noch einer: der Weg in den Süden.

»Glaubst du, er wird uns finden, Beth?«

Das Gehöft lag wie eine saubere Verheißung vor ihnen, schneeumweht und in dicke weiße Decken eingewickelt, damit niemand frieren musste. Vom Fuß des Berges aus betrachtet, hätte es auch ein Märchen von Frieden und Glück sein können. Ein Märchen von Ankommen und Ausruhen, von Geborgenheit, von Sicherheit. Christina holte tief Luft und kämpfte ihre Erwartungen nieder. Vielleicht zumindest eine Feuerstelle. Dünnes Abendlicht lag über dem geduckten Dach, Eiszapfen zwinkerten vom First, und eine schmale Rauchsäule wand sich in den Wolkenhimmel. Es gab ein Feuer dort. Vielleicht sogar etwas zu essen. Zitternd wickelte sie sich den Mantel enger um die Hüften. Das grob gewebte, dicke Material hatte den Schnee zu Beginn ganz gut abgewehrt, doch nun war es durch und durch feucht geworden und lastete schwer auf ihrem ausgehungerten Körper. Sie verbot sich auch das Klagen und drängte mannhaft die Kälte von sich. Wenn sie erst darüber nachdenken würde, wie sie hierhergekommen war, wie viele hundert – ach, abertausend Schritte es gewesen waren, wie oft der Schnee ihr in dicken, nassen Flocken ins Gesicht geklatscht war und wie sehr sie gegen die zunehmende Schwäche in ihren Beinen hatte ankämpfen müssen, würde sie keinen Steinwurf mehr weiterschaffen …

»Glaubst du, er wird uns hier suchen und finden …?« Der Gedanke an Nial gab ihr auch jetzt Kraft, so wie in all jenen Wochen in der Festung von Edinburgh, wo sie heimlich an ihn gedacht hatte, wenn Furcht und Einsamkeit sie zu überwältigen drohten.

»Wer – Nial?« Beth lächelte verschmitzt unter ihrer eisgesäumten Kapuze hervor. »*Hlæfdige*, wenn Bruder Nial Euch finden will, dann findet er Euch. Ich habe noch niemals einen Mönch getroffen, der eine Frau derart anschaut. Er wird Euch finden, und wenn Gott ihn dafür in die Hölle schickt.«

»Und ich habe noch niemals einen Mönch gesehen, der so mit der Waffe umgehen kann«, murmelte Christina mehr zu sich selbst. Die andere lachte laut. »Da kennt Ihr die Schotten wohl schlecht, *hlæfdige.*«

»Aber er ist ein Mönch, Beth.« Christina runzelte die Stirn. »Wie kann ein Mönch so … so …«

Beth nahm ihren Arm. »Ich bin nur eine einfache Frau, *hlæfdige.* Aber auch ich weiß, dass Männer aus den unterschiedlichsten Gründen ins Kloster gehen. Längst nicht alle landen dort, weil sie Heilige sind. Und wenn Euer Nial der Bruder des Besuchers ist, dann könnt Ihr Euch ausrechnen, aus welchem Stall er kommt und was er getrieben hat, bevor er sich das Hirn rasierte. Er wird die Waffe zu schwingen wissen, Mädchen.«

Das meinte Christina nicht. Dass er aus einem Hause stammte, wo man mit Waffen umgehen lernte, hatte sie ja nun erfahren. Aber die heftige Brutalität, mit der diese beiden Brüder aneinandergeraten waren, dieser Kampf, der ganz klar auf den Tod des anderen zielte, der hatte sie erschreckt. Was hatten die Brüder einander nur angetan, das solchen Hass rechtfertigte? Wie konnte man den eigenen Bruder ernsthaft töten wollen?

Beth drückte ihren Arm und zog sie vorwärts. »Kommt. Denkt jetzt nicht an ihn. Wenn Gott es für euch beide so vorgesehen hat, wird Bruder Nial Euch finden. Und dann wird er Euch seine Geschichte schon erzählen.«

Ziegen hatten über viele Jahre hinweg mit ihren flinken Hufen kleine Terrassen in den Berg getrampelt. Jetzt bedeckte eine dicke Schicht Schnee diese Terrassen, doch fanden die Füße der beiden Frauen immer noch Halt. Keine von ihnen rutschte an dem steilen Hang herunter. Das Abendlicht zeigte ihnen noch einmal, wie gefährlich das werden konnte: Aus einem herabfallenden Schneeklumpen wurde eine kleine Lawine, die Teile des Hanges unter ihnen mit sich riss. Fluchend änderte Beth die Richtung, zog Christina mit sich in ein niedriges Gehölz. Dichtes Geäst zerrte an ihren Kleidern, senkte sich in ihre Haare und riss ganze Strähnen aus der Kopfhaut, es peitschte auf die Gesichter und hinterließ Striemen, die in der Kälte mit spitzen Zähnen zubissen und die in der Wärme des Hauses wie Feuer brennen würden… Der Umweg kostete sie viel Zeit, und als sie endlich am Fuß des Hanges angekommen waren, hatte die müde Sonne längst aufgegeben und das Tal in eisigem Dämmerlicht zurückgelassen.

Beth konnte es kaum fassen, dass sie bis zu dem Gehöft insgesamt fast einen ganzen Tag gebraucht hatten. Sie kannte zumindest die Gegend und wusste, dass man es viel weiter hätte schaffen können, wenn man zügiger gegangen wäre. Damit sie sich das hinter die Ohren schrieben, wiederholte sie es immer wieder. Christina begann, unter Beths Nörgelei zu leiden. Hunger und Kälte hatten sie kleingemacht, ihre letzte Energie war im Dornengestrüpp hängen geblieben. Hatte sie mal Kraft für andere gehabt? Kleine Vögel in ihren Händen, die Wärme bringen konnten? Katalins Geschichten von *táltos* und ihrer besonderen Bestimmung schienen ein Menschenleben her zu sein, vielleicht waren es auch nur Geschichten. Sie hatte es verloren, so, wie sie Katalin verloren hatte, und noch viel mehr…

Selbstmitleid bindet Bleiklumpen an die Füße und macht jeden Schritt so schwer wie zehn. Und Beth traf den Nagel auf den Kopf. »Wenn Ihr Eure Gedanken nach vorne werfen würdet, statt sie in Eure Füße zu stecken, würden wir schneller vorankommen, *hlæfdige*. Denken hat beim Laufen noch nie geholfen. Händler und Krämer würden nämlich niemals ankommen, wenn sie so viel denken würden, wie Ihr das tut.«

Verletzt starrte Christina den breiten Rücken ihrer Begleiterin an. Sie hasste es, mal wieder als Störenfried abgestempelt zu werden, und schleppte sich schwach und den Tränen nahe hinter dieser Frau her, die immerhin ihren Mann umgebracht hatte… man wusste bei solchen Gedanken doch nicht, wozu die noch alles fähig war.

Der Hunger gaukelte ihr irgendwann auch böse Fantasien über Beths Hilfsangebot vor. Vielleicht wollte sie doch das vergoldete Buch. Ihre Kleider. Oder ihr Haar – die Frauen auf der Burg hatten von herumziehenden Weibern erzählt, die andere Frauen erschlugen, um an deren Haar zu gelangen und es an reiche Damen zu verkaufen…

»Sicher hat der Bauer was zu essen für uns.« Beth drehte sich um. »Seht nur, da steigt Rauch auf.« Das Lächeln zauberte ein Netz aus Fältchen über ihre verbrauchten Züge und kräuselte die grobe Nase, und es war so ehrlich, dass ihm nicht einmal die bizarren, in alle Richtungen stehenden Zahnstummel etwas anhaben konnten. Christina schämte sich für ihre bösen Gedanken.

»Sicher«, nickte sie und beeilte sich, sie einzuholen. Beth wehrte mit ihrem Stock schon zwei struppige Hunde ab, die böse knurrend und kläffend an ihr hochsprangen und mit ihren vereisten Tatzen deutliche Spuren auf ihrem Rock hinterließen.

»Haut ab, verdammte Köter!«, schrie sie und drehte sich mitsamt ihrem Stock im Kreis, dass die Röcke flogen – und ein Hund ebenfalls. Als er reglos im Schnee lag, zog der andere den Schwanz ein und trollte sich.

Eine Tür klapperte. »Wer da?«, schnarrte es. In der aufkommenden Dämmerung war kaum zu erkennen, wer dort in der Tür stand… Christina zog die Schultern ein. Die Tür wirkte alles andere als einladend. Oder woher kam plötzlich das dumme Gefühl? Sie wollte das Haus nicht betreten, doch es war schon zu spät.

»Reisende, von der Nacht überrascht!«, rief Beth zurück. »Hast du ein Lager für uns? Gott soll es dir lohnen, guter Mann.«

»Gott soll's mir lohnen – so, so. Ihr könnt also nichts zahlen.«

»Ich kann dir Warzen wegmachen. Und Pickel ausdrücken. Ich kann dir sogar Zähne ziehen und deine Füße so salben, dass sie dir nicht mehr schmerzen.«

»Das hört sich gut an!« Nun öffnete die Tür sich noch ein Stück, und eine Unschlittkerze flackerte im Nachtwind. »Kommt herbei, ich will euch ein Nachtlager geben, und aus meinem Kessel sollt ihr wohl auch etwas haben.« Er lachte gackernd.

»Aus *seinem* Kessel – nehmt Euch in acht, *blæfdige*«, raunte Beth hastig, »vielleicht steht diesem Haushalt keine Herrin vor – haltet Ihr lieber den Mund, haltet bloß Euren Mund!« Dann hatten sie schon den Eingang erreicht, und das Licht winkte sie näher. Christina drückte ihr Buch bebend an sich. Der Hofherr war immer noch nicht zu erkennen. Irgendwo wimmerte der verletzte Köter, ein Kauz schrie grell in der Dämmerung. Der garstige Schneewind beeilte sich, den halben Mond mit finsteren Wolken zu verdecken, damit sie nicht sehen konnte, dass sie das Haus eines Pelzhändlers betrat.

Drinnen roch es nach einem Feuer aus Tannenholz; zischendes Harz verbreitete seinen Duft in jeden Winkel. Christina hatte schon fast vergessen, wie tröstlich sich das Knacken und Flüstern einer Feuerstelle anhören konnte! Über dem Feuer in der Mitte des kleinen Hauses, in welchem sich außer dem Bewohner noch ein paar Ziegen und eine Kuh hinter halbhoher Wand im raschelnden Laub drängten, hing ein verbeulter Kessel. Feine Kochwölkchen stiegen empor, pusteten verspielt Essensgerüche in alle Richtungen – Rüben, Hafer, fettiges Fleisch. Freundlich fingerten die Wölkchen nach Christinas Nase und verabredeten sich, den durchdringenden Viehgeruch zu überdecken, als ahnten sie, dass vornehme Damen es nicht gewohnt waren, ihre Mahlzeit mit dem Vieh einzunehmen.

»Setzt euch, setzt euch, Reisende«, schnarrte der Mann und hängte sein Licht an einen Haken, wo es aufgeregt schaukelte und kaum zur Ruhe kam.

»Hat dein Weib Decken für uns?«, fragte Beth. »Die Kleider sollten bis zum Morgengrauen am Feuer wohl trocknen – sie könnte uns behilflich sein.«

»Auf Berwins Holt gibt es keine Herrin«, keckerte der Mann. »Ihr müsst mit meiner Hilfe vorliebnehmen.«

Beth betrachtete ihn von oben bis unten. Warnend grub sich ihre Linke in Christinas Arm – schweigt bloß, hieß das. »Dafür, dass es keine Herrin auf deinem Hof gibt, riecht der Inhalt deines Kessels aber verlockend. Gib uns trockene Decken und eine Schale aus dem Kessel, und ich will dir deine Füße salben und nach deinen Warzen sehen.«

Berwin erwiderte dreist ihren prüfenden Blick, ließ seine Augen über ihre weiblichen Formen wandern, herab zu den großen Füßen und wieder hinauf zu den Brüsten, die sich unter dem durchnässten Kleid abzeichneten. Den nassen Mantel hatte Beth sich schon von den Schultern gezogen, und als er endlich auf die mit ziemlich kostbaren Fellen bedeckte Schlafbank wies, nickte sie heftig und hängte den Mantel über den verwaisten Webrahmen. Berwin schlurfte zur Truhe und kramte zwei irdene Näpfe aus dem hausfrauenlosen Durcheinander aus Scherben, halb zertrümmerten Schüsseln und benutzbarem Essgeschirr.

»Sie starb im letzten Winter«, brummte er, »und hinterließ mir nichts als Unordnung, die alte Hexe. Und ihre verdammten Söhne haben die Kerle aufgeknüpft, weil sie ihr Maul nicht halten konnten, als der König vorüberzog. Sie beschwerten sich, dass die Felder zertrampelt würden – hat man je schon mal so was Dummes gehört? Keine zwei Ave-Marias später baumelten sie am Ast und konnten sich gegenseitig Gute Nacht sagen. Narren, verdammte…« Berwin hegte offenbar keine großen Gefühle für die Söhne seiner Verblichenen.

»Wohl dem, der in diesen Zeiten sein Maul zu halten weiß«, wagte Beth daher auch zu sagen und nahm dankend den Suppennapf an. In Windeseile hatte sie sich ihrer nassen Kleider entledigt und ihren massigen Körper in die Decken gewickelt, die auf dem Bett herumlagen. Christina verzog sich auf einen Fingerzeig von ihr in die dunkle Ecke des Lagers, wo sie sich hastig aus Röcken und Hemden schälte und unter die Felle kuschelte. Ihre Füße brannten, obwohl sie immer noch eiskalt waren, und auch die Dornenkratzer im Gesicht bissen nun richtig zu, doch sie wagte nicht, näher an die Feuerstelle zu rücken, aus Angst, Berwins Aufmerksamkeit zu erregen. Wenn Beth sie warnte, still zu sein, dann hatte das sicher seine Gründe …

Doch es war schon zu spät. Berwin hatte ihr blondes Haar entdeckt, das ihr nun, von der Kapuze befreit und vom Feuer neugierig illuminiert, über die Schultern floss. Am Ufer des Forth hatte sie nicht mehr daran gedacht, einen Zopf zu flechten. Für einen kurzen Moment fühlte sie Nials Hände darin, als sie so dicht beieinandergehockt hatten – ja, er hatte seine Finger tief darin vergraben … Ihr lief ein Schauder über Kopf und Rücken, und errötend drehte sie das Haar rasch zu einem Knoten zusammen.

»Du da. Komm näher. Nimm dir Felle, da liegen genug, aber komm näher. Du hast mir gar nicht gesagt, dass du eine so hübsche Begleitung mitgebracht hast, Frau. Lass dich doch mal anschauen.« Berwin zog eine Knolle aus der Tasche, in die ein langer Stiel gesteckt war. In der Knolle befand sich eine schwarze Höhlung. Einem Beutel entnahm er trockene Blätter und stopfte sie in das Loch. Dann entzündete er die Blätter mit einem Kienspan am Feuer. Christina machte große Augen, als seinem Mund dicke Rauchwolken entquollen. Sie sahen zwar unheimlich aus, aber sie rochen gar nicht mal so schlecht.

»Das ist meine Tochter«, beeilte sich Beth zu versichern. »Sie ist taubstumm und hat nur wenig Verstand – wenn du weißt, was ich meine. Ich bringe sie zu ihrer neuen Herrschaft, runter in den Süden. Bei mir ist sie zu nichts nutze.«

Berwins Augen begannen zu glitzern, vielleicht hatte Beth das übersehen und vielleicht hatte sie gerade einen großen Fehler gemacht. Christinas Unbehagen stieg, und das nicht wegen der haarsträubenden Lügengeschichte, die da über sie erzählt worden war.

»Du kannst sie auch hierlassen. Für dumme Weiber gibt es hier immer Arbeit, und wenn sie nicht schwätzen, umso besser. Und diese … die schwätzt gar nicht? Überhaupt nicht? Ja – lass sie mir doch hier! Lass sie mir hier, ich will ihr zu essen geben und einen warmen Platz am Feuer. Schau dich um – einen besseren Hof für deine Tochter wirst du kaum finden, ohne dir die Füße wundzulaufen.« Er hob seine rauchende Knolle, stützte die Ellbogen auf die weit gespreizten Knie und lachte vergnügt über seinen hervorragenden Einfall. »Komm her, lass dich anschauen.«

»Sie ist bereits versprochen, guter Mann«, wehrte Beth sein Ansinnen ab und raffte flink die Decke, um seine Aufmerksamkeit von Christinas Haar auf ihre kräftigen Beine zu lenken und um sich nicht zu verheddern, während sie auf ihn zurutschte. »Lass du dir nun Gutes tun, zum Dank für die Suppe und das Nachtlager.«

»Das hört sich nach einem guten Geschäft an«, grunzte er. Schneller, als die Frauen gucken konnten, war die Bruch zu Boden geglitten, damit er Beth die Füße entgegenstrecken konnte. Die kümmerte sich zunächst nicht darum, was sich ihr sonst noch entgegenreckte. Sie hatte aus ihrer Gürteltasche einen hölzernen Tiegel herausgekramt und pulte mit dem Finger eine dicke Portion fettiger, übelriechender Creme heraus.

»Du willst mich fetten, Weib …«, kicherte er albern, »das brauchst du doch nicht …«

»Guter Mann, mein Geschäft geht so: Wenn du mich anfasst, reiße ich dir die Eier ab.« Beth hielt inne. Das Feuer tauchte ihr Gesicht in eine grimmig düstere Farbe. »Bist du einverstanden?«

»Nee, nee – das Geschäft geht so: Ich hab euch Hungerleiderinnen von meiner Suppe gegeben, und du…« Berwin ballte die Faust, doch sie lächelte ihn nur an und ergänzte: »Und ich massiere dir dafür die Füße. Gott segne deinen hellen Verstand.« Sie entblößte ihre schlechten Zähne, doch ihr Lachen wirkte so nur noch gefährlicher. Dennoch streute sie Honig auf seine Erwartung.

»Hundefett«, säuselte sie nämlich. »Mein Liebster wusste, was gut ist, und kochte mir regelmäßig einen Topf voll, damit ich es mit Eisenkraut stärke. Eisenkraut macht dich stark, wo auch immer es dich berührt.« Er stöhnte schnell und wohlig unter ihren Händen, die ziemlich gut wussten, wo sie drücken mussten. Christina rückte von den beiden ab. Sie fand es abstoßend und hätte das Haus am liebsten verlassen. Das Hundefett stank erbärmlich, und was Beth da tat, konnte Gott definitiv nicht gutheißen, denn Berwin lag inzwischen mit verdrehten Augen auf dem Rücken und zuckte wie ein krankes Rind… dann lag er still.

Beth wartete einen Moment. Vorsichtig nahm sie die Hände von seinen Füßen. Er rührte sich nicht.

»Was hast du getan?«, flüsterte Christina entsetzt. »Ist er tot?«

Die andere lachte. »Wenn ich alles richtig gemacht habe, schläft er nur. Tief und lang.« Ihr Lachen wurde heiser. »Mein Mann brachte mal einen maurischen Sklaven mit nach Hause. Der hatte die schönste Haut, die Ihr Euch nur vorstellen könnt… Leider hatten sie ihn wie einen Hund kastriert, den Ärmsten.« Sie fuhr sich durchs Haar. »Dafür wusste er andere Dinge. Verbotene Dinge. Wundervolle Dinge, *hlæfdige*.« Ihre dichten Brauen tanzten auf und nieder. »Er lehrte mich das hier. Mein Mann hat ihn letztes Jahr erschlagen.«

Christina riss die Augen auf. Was für unglaublich widerliche Geschichten diese Frau zu erzählen wusste! »Erschlagen«, flüsterte sie. »Und er lehrte dich … so etwas? An den Füßen, mit … Fett?«

Beth lachte ein wenig verächtlich. »Ja, erschlagen. Oder entsetzt Euch das andere? Ihr seid eine feine Dame, *hlæfdige*, aber lasst Euch sagen – die Freuden sind die gleichen. Das werdet Ihr schon noch sehen. Und nun legt Euch hin und schlaft, so viel Ihr könnt – wir sollten verschwinden, bevor dieser … Kerl aus seinen Träumen erwacht.« Sie betrachtete ihn prüfend. Dann nahm sie ihm die rauchende Knolle und den Kräuterbeutel aus den Händen und steckte beides grinsend in ihre Tasche.

Es war zwecklos, sie eine Diebin oder ein lüsternes Weib zu nennen. Sie war … Christina fiel kein Wort ein, das schlimm genug war, um Beth, die Mörderin, zu beschreiben. Im Kloster hatte es Menschen wie sie nicht gegeben, man hatte nur für sie gebetet, manchmal, weil sie den Nonnen Geld dafür gaben. Für die Sünder zu beten war eine heilige Pflicht gewesen – aber einen wirklichen Todsünder hatte Christina noch nie getroffen. Als sie nach Edgars unüberlegtem Handeln in London auf die Flucht gehen mussten, hatte die Mutter es übernommen, sie vor hässlichen Dingen zu beschützen.

Zum ersten Mal in ihrem Leben war Christina hier nun einem Menschen ausgeliefert, mit dem nach Berichten der Nonnen der Boden der Hölle gepflastert war. Wie konnte so jemand gleichzeitig warm und freundlich sein? War das Teil der Falschheit, die den Todsünder auszeichnete? Aber sie war ja auf Beth angewiesen, und sie fürchtete sich davor, dass ihr Unmut irgendwann sie selbst treffen würde. Stumm wickelte sie sich in die Leinendecke und türmte Berwins erlesene Felle wie eine kleine Festung um sich herum auf. Offenbar liebte der Pelzkrämer es, sein eigenes Heim mit den feinsten Fellen auszustatten, denn sie erkannte unter den Fellmassen auch Hermelinschwänze, die Königen vorbehalten waren.

Welche Lust, sich in die weichen Berge zu schmiegen und sich nur einen Moment lang der Vorstellung hinzugeben, alles sei in rechter Ordnung und sie in Sicherheit. Mit dem knisternden Feuer im Hintergrund war dieser Traum ganz einfach. Das Buch lag neben ihr, verborgen unter dem Leinenbeutel, ein Psalmbuch wie hundert andere. Nichts deutete darauf hin, wie gefährlich es zu sein vorgab …

Dennoch, obwohl sie vom Laufen so erschöpft war, dass sie ihre Beine kaum noch spürte, floh Christina der Schlaf. Ihr Geist kam einfach nicht zur Ruhe, trudelte wie ein Irrlicht umher. Ihre Augen konnten sich nicht schließen, grasten jeden Winkel im dämmerigen Haus ab, wanderten an den Wänden entlang, herunter auf den Boden, hinüber zum Feuer … Christina drehte sich auf die Seite und starrte in die Flammen.

»*Quia factus es spes mea*«, flüsterte sie. »*Quia factus es spes mea …*« Weiter kam sie nicht, denn wie am Ufer des Forth teilten sich die Flammen nur für ihre Augen. Eine unsichtbare Hand zog sie wie Vorhänge auseinander und sorgte dafür, dass nichts den Blick verstellte – auf den erleuchteten Altarraum einer Kirche, wo eine Frau zuckend am Boden lag, während jemand mit wütenden Schritten um sie herumwanderte und mit einem Stock auf dem Boden herumklopfte. Sie hörte Geschrei, aber keine Worte. Nur Geschrei … »Nein«, flüsterte Christina. Ihre Hand erreichte die Flammen. Erst als das Feuer ihre Haut verbrannte, spürte sie den Schmerz bis in den Knochen und zog die Hand zurück. Das Bild im Feuer war verschwunden, doch hatte es sich in ihr Gedächtnis eingebrannt. In stummem Schmerz rollte sie sich zusammen, versenkte sich in den säuselnden Ton, der sich in ihren Ohren kringelte und sie tröstend davontrug, vorbei an Beths Schnarchen, dem Rascheln des Viehs und dem Knistern der Flammen …

Sie musste wohl eingeschlafen sein. Wohltuende Wärme streichelte ihre Haut, nichts plagte ihre Gedanken in jenen verzauberten Momenten zwischen Schlummer und dem Aufwachen… nichts – bis der Geruch in ihre Nase stieg. Träge bewegte sich das Bewusstsein, nahm den Geruch, betrachtete ihn von allen Seiten, überlegte, wie er wohl hierherkam und wie man ihn wieder loswurde…

»Wusste ich doch, dass sich hier ein weißes Täubchen versteckt«, grunzte Berwin und raubte ihr die Behaglichkeit. Seine Faust grapschte nach dem obersten Fell, riss es von ihr weg und warf es hinter sich. »Oh, das Täubchen weiß, was gut ist«, lachte er über ihren stummen Versuch, ihn daran zu hindern, auch die aneinandergesäumten Schneefuchsfelle von ihr herunterzuziehen. »Ich weiß noch was Besseres, Täubchen, bleib du mal hier bei Berwin und lass dir zeigen, was man unter Fellen tut, lass es dir zeigen – verdammte Hure, lass es dir zeigen, halt doch still! Verflucht, halt still!«

Er war jetzt über ihr wie eine riesige schwarze Welle. Kein Fell schützte sie mehr vor seiner Zudringlichkeit, kein Schlummer vor dem Gestank seines ungewaschenen Körpers. Nicht einmal ein Schrei passte mehr dazwischen. Seine Pranken hielten ihre Schultern umfasst und nagelten sie auf dem Lager fest. Sie konnte sich weder bewegen noch ihn abwehren, und sie musste das einatmen, was seinem Körper entwich, musste die Ausdünstungen von Gier kosten, einen Vorgeschmack seiner feuchten Lust auf ihrer Haut ertragen.

Dann fiel die Welle über ihr zusammen. Drückte ihren Brustkorb ein, nahm ihr den letzten Rest Atem. Sah so das Ende aus? Ein froststarrender, beschlagener Pferdehuf grub sich tief in ihre Eingeweide, schrilles Wiehern, ein sich aufbäumender Schatten an der Decke – der Teufel griff nach ihrem Geist… Um sie wurde es schwarz, ihr Schrei gellte ungehört an die Decke und wieder zurück, als Berwin ihr in zunehmender Raserei Schmerzen zufügte. Er betropfte ihr

Gesicht mit faulig riechendem Speichel und rutschte auf der Suche nach der Pforte, die sich bei anderen willig öffnete, unbeholfen und entfesselt zugleich über ihren Körper. »Verdammt, verfluchtes Ding, zier dich nicht, lass mich doch, du Dirne…« Mit der Linken zerrte und wühlte er an ihrem Oberschenkel, um mit dem harten, bereits nassen Knüppel, der sich auf ihrem Leib nicht biegen wollte, zwischen ihre Beine zu gelangen. Sie kämpfte, kämpfte mit aller Kraft, besessen von dem einen Gedanken, genau das zu verhindern. Da stülpte sich sein riesiger Mund über ihre Lippen, und eine Zunge drang gierig und breit in ihren Rachen. Christina starb.

Gott hatte ihr erst die Stimme genommen – nun nahm er ihr auch noch die Kraft zur Gegenwehr. Ein grausames Lehrstück für ihre in Klöstern gehegte Unschuld…

»Verrecken sollst du!«, brüllte es da über ihnen, »verreck, wie sie alle verreckt sind, die ihre Schwänze nicht an der Leine hatten, verreck in drei Teufels Namen und nimm alles mit dir in die Hölle – du Sohn einer räudigen Hündin!«

Dann brachte ein entsetzlicher Schrei ihr Ohr fast zum Platzen, und er lag schwer wie Blei auf ihr, röchelnd, hustend, und als die Zunge aus ihrem Mund rutschte, auch fluchend. »Verrecken sollst du selber, Dirne, ich bring dich um, ich bring dich um, ich reiß dir das Herz aus dem Leib, verfluchte Hure…« Blut und Speichel spuckend, wälzte er sich von ihr herunter, und Christina erkannte, dass Beth neben ihnen auf dem Lager kniete, das blutige Messer mit beiden Fäusten gepackt. Hoch über Berwin sauste es erneut nieder, traf ihn in die Seite des Brustkorbs, wo es stecken blieb, weil er ihre Arme mit den Händen wegschlug. Sie hieb mit beiden Fäusten auf ihn ein und traf auch das Messer. Sein Geschrei wurde immer undeutlicher, seine Kraft indes nicht weniger, und nur Christinas schlanker, wendiger Gestalt war es zu verdanken, dass sie sich von seinem breiten Körper zu befreien wusste, um dann Felle und Kleider an sich zu raffen und auf allen vieren vom Lager zu kriechen, wo sie das Gleichgewicht verlor, weil sie sich erbrechen musste. Polternd fiel der Webrahmen mit der Oberkante in die Feuerstelle. Flammen schlugen empor.

»Ihr Huren, verlasst mein Haus, ich reiß euch das Leben heraus, ich zerschmetter eure Schädel, ich schieß euch an den Mösen zum Teufel, ich bring euch …« Er robbte auf die andere Seite. Das Messer war damit zwar außerhalb von Beths Reichweite, doch die Frau wusste sich zu wehren, denn ihre harten Faustschläge trafen nun seinen Kopf, während sie Christina durch die Flammen anschrie: »Nehmt Eure Kleider und flieht! Flieht, lauft weg, so schnell Ihr könnt!«

Christina raffte die immer noch feuchten Kleider und die Schneefuchsfelle an sich, konnte ihren zitternden Körper jedoch nicht bewegen, keinen Zoll weit. Mit schreckgeweiteten Augen sah sie die beiden nun auf Knien miteinander ringen. Berwins Hände lagen an Beths Hals, ihre Daumen bohrten sich in seine Augen, während das Lager unter ihnen warnend ächzte, dass das Feuer sich vom Webrahmen weiter ausbreitete …

»Lauft! Lauft, so schnell Ihr könnt!«, schrie Beth erneut, dann schlug er sie nieder und hieb mit beiden Fäusten auf sie ein. »Lauft!«, gurgelte es, »lauft …«

Je tiefer der Schnee wurde, desto schwerer fiel ihr das Laufen, und irgendwann stürzte sie einfach vornüber, landete mit dem Gesicht im Schnee und stopfte sich weinend von dem kalten Zeug in den Mund, ohne jedoch den widerwärtigen Geschmack von Galle und fremdem Speichel loszuwerden. Erste Flammen schlugen bereits aus den Fensterluken, als Christina sich keuchend umdrehte. Dicke schwarze Rauchwolken drangen aus der Tür und dem windschiefen Kamin, das ohrenbetäubende Geschrei des Viehs spielte die makabre

Obermelodie dieses alles verzehrenden Dramas, dessen einzige Überlebende sie zu sein drohte. »Nein!«, gellte ihr Schrei durch die Nacht, doch das Entsetzen fand keinen Bruder, und so blieb sie mit ihm in der Dunkelheit allein.

Allein? Sie war nicht allein. Der fahle Schatten drehte sich tänzelnd zu ihr um. Eisig weißer Geifer rann aus seiner Maulspalte, der Geruch von Verwesung nahm ihr fast den Atem. Wie ein unheimlicher Schleier floss eine graue Rüstung über den Reiter, der Helm umschloss eng seinen Kopf. Tiefschwarze Augen blickten durch alle Schleier hindurch, stachen in ihre Seele, gierig nach dem Lebensfunken, der in ihr flackerte, Ausschau haltend … Vor ihren Augen wuchs das Pferd, schon überragte es sie, und der Reiter senkte seinen Speer. Ein Mantel aus Kälte legte sich um ihre Gestalt. Es war keine Eiseskälte, sondern die muffig klamme Kälte des Todes. Der Tod war dem Stundenbuch entkommen. Schweigend stand er vor ihr, ließ sie kosten, ließ sie fühlen, wie es sein würde, wenn er kam und sich nahm, was ihm zustand – bald.

Christina kämpfte sich auf die Knie. »*Exaudi, Deus, deprecationem meam*«, stammelte sie.

Da lachte der Tod, dass der Speer zitterte. Er gab ein hässliches Lachen von sich, eines, das jede Menschlichkeit hinter sich gelassen hatte, eines, das es nicht mehr nötig hatte zu erheitern. Ein Lachen wie eine vernichtende Geröllawine, deren Echo sich durch das ganze Tal schwang und verkündete, dass Seelenfang ein einträgliches Geschäft war. Hohn grub sich wie eine giftige Krankheit in ihr Herz, goss Verzagtheit darüber und ließ es zu einer kleinen, bedeutungslosen Kugel schrumpfen, die nicht ausreichen würde, sie am Leben zu erhalten. »*Exaudi, Deus*«, weinte sie. »Hör mich an, hör mich an, Allmächtiger …«

Und Gott hatte Erbarmen.

In dieser unerbittlich tiefen Nacht fraß die Dunkelheit alles Helle, das sich außerhalb des Feuerscheins befand. Selbst den

Schnee versuchte sie zu verschlucken. Vor dem weißen Pferd, das sich mutig den Hügel herabstürzte, war die Dunkelheit jedoch machtlos. Wie eine Traumgestalt hob es sich vom schwarzen Berg ab, unscharf umrissen und klar zugleich, und Kaskaden von Schnee stoben in die Luft, als es sich in hohem Tempo näherte. Wo die beiden Frauen sich am Abend noch mühsam hinabgekämpft hatten, trug der Schneewind das weiße Pferd sicher über versteckte Gräben und Erdlöcher, kein falscher Tritt ließ es straucheln, und nur sein langer Bogen wippte im Takt der Galoppsprünge.

Gott schickte ihr einen Engel.

ACHTES KAPITEL

Und ob ich schon wanderte im finstern Tal,
fürchte ich kein Unglück;
denn du bist bei mir.

(Psalm 23,4)

Die Schwertspitze zeigte auf Nials Brust.

Das ist das Ende, dachte er. Kann das wirklich sein? Sterbe ich von seiner Hand, hier im Schmutz? Máelsnechtais Lachen war verklungen. Vielleicht hatte er ähnliche Gedanken, denn er schien zu zögern, dabei wäre es doch so einfach, ihn jetzt abzuschlachten: einmal zustechen, das Schwert in den Brustkorb bohren, wieder herausziehen. Dann ließ man den Gegner entweder liegen, oder man fügte ihm einen zweiten tödlichen Hieb zu. Er hätte den Hals gewählt, das ging schnell, und die Augen brachen, ohne einen lange zu verfolgen.

So aber wackelte die Spitze nur. Und weil Nial mit seinem Leben noch nicht abgeschlossen hatte, konnte er an den nächsten Augenblick denken und daran, welche Möglichkeiten es für ihn gab.

»Ich nehme dich als Geisel, dann wird sie schon herauskriechen«, durchbrach Máelsnechtais Stimme die Stille am Strand. »Sie schaut uns zu, Bruder. Sie ist ja hier irgendwo.« Seine Stimme wurde lauter, damit ihn auch im letzten Versteck jeder hören konnte. »Sie wird alles sehen können. Ich werde dich langsam töten, wie du es verdient hast. Die Zwergin ist zu feige, das mit anzusehen. Die Zwergin ist kein mutiges schottisches Weib so wie das, das du mir zuletzt weggenommen hast. Sie ist eine feige angelsächsische Hure. Aber ich will sie trotzdem haben.«

Niemand rührte sich auf das lächerliche Gerede hin, warum auch, hier wusste doch keiner, um welche Frau es eigentlich ging. Nial überlegte fieberhaft, was geschehen sein konnte, wo sein Ausweg war.

Dann schrie eine Frau – so spitz und schrill, dass der nächtliche Tau vom müden Winterlaub aufflog und in tausend Tropfen zerstob. Máelsnechtai fuhr herum, das Schwert folgte ihm willig, sie zu suchen, ihrem Schrei nachzugehen, die Rechnung war ja aufgegangen. Blitzschnell rollte Nial sich unter der Waffe durch den Sand, kroch vorwärts, warf sich in die Arme der Dunkelheit, während sein Bruder hinter ihm vor Wut aufbrüllte.

Die starre Nacht bewegte sich, wurde lebendig. Schritte, Atemzüge, Hasten war um ihn herum, er wurde weitergereicht, von Hand zu Hand gegeben, hierhin, dorthin, ein Mantel über seine Schulter geworfen, ein Tuch über seinen Kopf, damit die weiße Gesichtshaut ihn nicht verriet. »Gott schütze Euch, Bruder Nial«, und sie schoben ihn hinter die Lumpen und durch ein Zelt hindurch, während hinter ihm stummes Füßescharren einsetzte, über das Máelsnechtais Stimme wie ein Fürst zu herrschen versuchte – doch hatte sie ja keine Untertanen. Das Scharren mündete in Murmeln, in Klang, in die Antwort von Sündern auf dem Weg zu Vergebung, die keine weitere Sünde in ihrer Nähe dulden würden.

Der Klang formte sich zu kraftvollen Worten. »*Nam et si ambulavero in valle umbrae mortis*«, sang es aus unzähligen Kehlen, »*non timebo mala, quoniam tu mecum es*«, und die Pilgerinnen umzingelten singend den Angreifer, schlossen ihn mit ihrer heiligen Empörung und ihrem Willen ein, sie trieben ihn trotz seiner todsuchenden Waffe zurück, denn ihre

Waffe hieß Entschlossenheit, und Gott war mit ihnen. »*Non timebo mala …*«

»*Non timebo mala*«, flüsterte Nial, während Máelsnechtai hinter ihm brüllte, dass der Tag ihrer Abrechnung schon noch kommen würde.

»Rasch – lauft«, flüsterte der alte Mann, der ihn zuletzt in Empfang genommen hatte. Die Pilger, die hier seit Wochen auf eine Überfahrt warteten, kannten ihr verwinkeltes Lager wie kein anderer, und trotz Flammen und Verwüstung, die der Schotte gesät hatte, gab es noch Schlupfwinkel, aus denen man Nial nun heraushalf. »Lauft, Bruder Nial, bringt Euch in Sicherheit!«

Er rannte wie vielleicht nie zuvor in seinem Leben. Es war nichts wert, sein Leben, er hatte es vor langer Zeit verwirkt, als er den Pfad von Wollust und Sünde beschritten hatte, aber es konnte noch zu etwas dienen. Er würde alles tun, um Christina vor dem Griff seines Bruders zu bewahren. Er würde sie mit seinem verdammten Leben verteidigen, würde es für sie geben, wenn es sein musste. Und diesmal würde er alles richtig machen. Diesmal würde er sich die Frau nicht nehmen, um sich an ihr zu ergötzen, diesmal würde er nicht die Schuld einer Todsünde auf sich laden, weil die Schmach der Entehrung zu viel Gewicht auf Frauenschultern legte – diesmal nicht.

Japsend sank er in die Knie.

»Gott, du bist mein Zeuge«, keuchte er. »Ich schwöre … ich schwöre bei meinem Leben … ich werde sie schützen … vor Máelsnechtais Gier und vor meiner eigenen! Nimm meinen Schwur – und wenn ich ihn nicht halten kann, dann nimm mein Leben!«, schrie er dem Nachthimmel entgegen.

Gott gewährte ihm diesen Versuch.

In den Ställen von Edinburgh kannte er Männer, die ihm weiterhalfen, die ihm ein Pferd gaben und Waffen, damit er nicht noch einmal wehrlos Máelsnechtais Vergeltung erdulden musste. Das Pferd war edel und schnell, eines Königs würdig.

»Zum Henker, Nial von Moray«, lachte der Stallbursche und ließ den Zügel fahren, »Ihr seid und bleibt ein Draufgänger, was wollt Ihr nur bei den Mönchen!« Nial ließ ihn ohne Antwort, stattdessen drückte er die Beine ans Pferd, und der Schimmel schoss los, in den grauen Morgen hinein – nach Süden, wo Christina irgendwo ihren Weg suchte. Es war so unwahrscheinlich wie Schnee im Sommer und Gottes Vergebung für einen Sünder wie ihn, aber er wusste, dass er sie finden würde – vor seinem Bruder.

Niemand hatte sie gesehen, niemand hatte ihre Spuren aufgenommen, der Erdboden hatte sie verschluckt und gab keinen Hinweis auf ihre Existenz, doch er wusste, dass sie unterwegs war, dass sie auf wundersame Weise die Richtung einhielt und sich Schritt für Schritt ihrem selbst gewählten Ziel näherte. Er spürte ihre Müdigkeit, ihren Schmerz in Beinen und Füßen, und er spürte ihren eisernen Willen, nicht aufzugeben – weiterzulaufen. Und als er unzählige Stunden später die Flammen am nächtlichen Horizont auflodern sah, wusste er, dass er sie gefunden hatte.

Nial sprang aus dem Sattel, noch während sein Schimmel mit den Vorderbeinen in die Luft schlug und wild schnaubend den Feind am Boden taxierte, um ihn zu zertrampeln – mit einem Schritt war er bei ihr, warf sich über sie und riss sie mit seinem Körper aus der Gefahr. Die Hufe seines Pferdes erreichten den Boden, just an jener Stelle, wo Christina bewegungslos gekauert hatte. Schier endlos blieb sein Wiehern am Nachthimmel kleben.

All seine Gebete waren erhört worden. Das Gebet um Schnelligkeit, um die richtige Richtung und um Gottes Arm, der ihn vor Máelsnechtai bewahren würde. Ihm war klar, dass der Bruder ihn verfolgen würde – die Stallburschen würden schon dafür sorgen, dass er erfuhr, wie Nial unterwegs war, der neuerliche Bruderzwist bot Stoff für Geschichten. Es würde ein Wettrennen gegen den Mórmaer werden, doch Gott hatte ihn noch nicht aufgegeben, denn auch das Gebet um Christina war erhört worden – er hatte ihre Spuren im Schnee gesehen – hatte sie gefunden.

Nial rappelte sich auf. »*Anima mea*«, flüsterte er stammelnd, »*anima mea*, Allmächtiger…« Verzweiflung drückte sie aneinander, zog ihre Arme um ihre Leiber, bis kein Gedanke, kein Zweifel, nichts mehr dazwischenpasste, bis zwei menschliche Körper beinahe eins waren und Gottes Missfallen stumm an ihnen abglitt… Er hatte nicht gewusst, dass ihre Lippen solch ein Feuer entzünden konnten – er hatte ja nicht geahnt, dass sie so voller Verlangen steckte, hatte nichts geahnt, nichts…

Nial entzog sich mit aller Macht ihrem plötzlich erwachten Hunger. Keuchend bohrte er sein Gesicht an ihren Hals und umschlang sie besitzergreifend. Sie lag still in seinen Armen, vielleicht, damit er nicht auf die Idee kam, sie loszulassen. Aber das wollte er gar nicht. Er wollte seinen Schwur erfüllen und sie trotzdem nicht loslassen.

Und Schnee deckte sich über sie.

»Beth!«

Christina fuhr hoch, befreite sich aus seinen Armen. Der Todesbote war verschwunden, nur sein eisiger Dunst war noch da, verpestete die Luft – und hatte Tod zurückgelassen: Das Bauernhaus brannte inzwischen lichterloh! Wie lange hatten sie hier draußen gehockt, die Welt zusammen vergessen? Wie lange hatte sie sich nicht darum gekümmert, was sie zurückgelassen hatte? Ohne nachzudenken, löste sie sich von Nial und rannte los, auf das Feuer zu, wo Beth war – Beth und ihr Buch! Ihr Buch – das Buch, der Grund, weshalb sie sich überhaupt in diese Gefahr begeben hatte! Beth und das Buch lagen im Feuer! Mit zwei Schritten war Nial bei ihr, riss sie zurück, »Bist du wahnsinnig, du kannst da nicht reingehen!«

»Beth!«, heulte sie, »Beth und das Buch! Mein Buch, mein Buch verbrennt, Margaret… Magga… lieber Gott…« Und sie hastete weiter, ohne dass sie ihn loswurde, denn er redete auf sie ein, flehte sie an, doch zurückzubleiben, fasste ihre Arme, ihr Hemd, griff nach ihrer Schulter, doch sie war schneller, entkam ihm immer wieder wie ein Fisch im wild treibenden Wasser. Das Feuer wartete auf sie, zeigte ihr Bilder. In den Flammen, die jetzt im Haus wilde Tänze vollführten, sah sie Margaret weinen, sah sie den König anflehen, sich vor ihm auf die Knie werfen, hörte ihre Gebete, ihr Weinen…

»Ich tu's!«, schrie er. »Ich geh für dich hinein!«

Sie starrte ihn an. Atemlos schüttelte sie den Kopf. »Nein – nein, nein – nein!« Da nahm er ihr Gesicht zwischen seine Hände, und die Flammen zauberten geheimnisvolle Funken auf seine braunen Augen.

»Ich liebe dich, Christina.« Seine Stimme war so leise. »Gott wird mich dafür strafen…« Sie küsste die restlichen Worte von seinen Lippen weg, sie wusste jetzt, wie das ging und wie man einen Mund mit dieser besonderen Sprache zum Schweigen brachte. Und weil er fassungslos stehen blieb, konnte sie entwischen, in das Feuer hinein, wo ihr Buch – und Beth! – hoffentlich verschont geblieben waren.

Ihr letzter Gedanke galt Margaret. Liebste Schwester!

Dann tauchte sie ein in das Flammenmeer, das sich anschickte, Berwins Haus von innen heraus zu verzehren, indem es genüsslich Holzbalken um Holzbalken anfraß, schwächte und schließlich zu Boden warf, wo sie zusammen mit Truheninhalten, Stoffen und Fellen eine vortreffliche Feuerspeise ergaben. Unerbittlich blies es Christina Hitze ins Gesicht – niemand würde es an seinem Werk hindern! Niemand.

Angestrengt schaute sie in das böse gleißende Licht, nun doch voller Angst, tiefer in das Haus einzudringen. Wie weit würde sie da kommen? Beth war nicht zu sehen. Nials Stimme perlte an ihr ab, so wie ihr Arm ihm entglitt, weil sie den letzten Schritt dann doch wagte, einen Zipfel der Decke, die sie sich um die Schultern geworfen hatte, vor Mund und Nase, um vor lauter Husten nicht zu stolpern. Das unbarmherzige Schmatzen des Feuers wich einem düsteren Raunen, je tiefer sie ins Haus vordrang – da vorne musste doch die Feuerstelle gelegen haben, dann konnte das Lager nicht weit weg sein – wo war sie nur …

»Beth!«

Das Vieh war längst erstickt in seinem Verschlag, nichts rührte sich dort mehr. Im Stroh knisternde Flammen fingerten nach ihren Beinen, die raunende Stille des Feuers war überwältigend. Sie hastete vorwärts. »Beth!«

Nichts als lärmender, alles verzehrender Flammenhunger … Ihr Fuß stieß gegen etwas Hartes – Weiches. Aufgeregt ließ sie den Deckenzipfel fallen, jemand lag vor ihr, regungslos und schwer – tot? Sie fiel auf die Knie und in die Flammen, ohne den Schmerz zu spüren, rüttelte hustend an der Person, als Nial hinter ihr ins Haus stolperte und dabei laut ihren Namen schrie. »Christina!« Ein schneesteifer Mantel drückte sich auf ihren Kopf, zwei Hände pressten ihn an ihren Körper, sie hörte, wie Nial erleichtert etwas stammelte, dann war er auch schon neben ihr.

»Ist sie das?«, rief er gegen die gierenden Flammen. Christina erkannte einen Zopf in der Asche und packte seinen Arm.

»Ja! Ja, das ist sie!« Er fasste die Ohnmächtige an beiden Armen, wälzte sie herum und schleifte sie so, wie sie war, in Richtung Haustür. Und hatte immer noch Augen für Christina, die sich trotz der Hitze noch einmal umdrehte …

»Du folgst mir!«, donnerte er. »Du folgst mir – jetzt! Hörst du?«

Ihr Herz klopfte. Das Buch. Wo war das Buch? Das Buch – sie durfte nicht zulassen, dass das Buch hier verbrannte! Verzweifelt sah sie sich um – überall nur noch Flammen. Kein Buch, keine Spur davon. Flammen… Das Lager war verschwunden, die Truhe, der Viehverschlag. Feuer fraß das Haus wie ein Parasit von innen auf, würde keine Reste lassen.

»Margaret…«, flüsterte sie weinend und stolperte rückwärts.

Margaret. Mitten durch das Feuer wehte ihr erneut eisiger Atem entgegen. Kühl und hart streiften Mähnenhaare ihre Wange, hinterließen einen dumpfen Schmerz, wie wenn man Eiszapfen zu lange anfasst. Lautlos stieg das fahle Pferd neben ihr, lautlos tropfte Schaum aus dem Maul auf ihren Arm, brannte sich kalt in ihre Haut, brannte düstere Male auf ihre Seele. *Und mir ward Macht gegeben, zu töten das vierte Teil auf der Erde mit dem Schwert und Hunger und mit dem Tod*, drang es wie ein Messer durch ihren Kopf, und wie in der Kathedrale senkte der fahle Reiter sein Schwert gegen sie und lachte voller Hohn…

Christina drehte sich um, schrie auf, fast hätte die Schwertspitze sie berührt – tödlich berührt. Wo war der Ausgang?

Mit einem Satz war Nial bei ihr, die Frau hatte er dafür auf den Boden sinken lassen. Er fasste Christinas Arme, schrie: »Sei nicht närrisch, Mädchen!«, und schleuderte sie förmlich in Richtung Tür. Mit Tritten trieb er sie vor sich her, dann drehte er um, fasste erneut Beths Arme und schaffte es gerade noch, sie mit einem kräftigen Ruck aus der Tür herauszuziehen, ehe der erste Dachbalken wie ein gleißendes Beil herabstürzte und die Stelle, wo Beth gelegen hatte, mit Flammen überdeckte.

Hustend stürzten sie in den Schnee. Christina spürte seine Faust im Rücken, er stieß sie weiter vorwärts, noch weiter von dem Haus weg, und durch das Dröhnen hörte sie Beth röcheln. Nial schleifte sie noch ein paar Meter tiefer in den

Schnee, dann ließ er sie fallen und sank auf die Knie. »Sie lebt, ich hab es gehört – sie lebt!«

Christina warf sich neben ihn, fühlte jeden einzelnen seiner Finger hart an ihrer Hüfte, seine Lippen in ihrem Haar und seine ganze Erleichterung – doch er näherte sich ihr nicht weiter, und sie war ihm fast dankbar dafür, obwohl sie sich so sehr danach sehnte, sich an ihn zu pressen ... War das der Stachel der Sünde?

Von irgendwoher kam ein hohles Lachen. *Ja, Mädchen. So sticht die Sünde. So sticht sie im Kopf, so sticht sie im Leib.* Sie fuhr herum, suchte den fahlen Reiter, doch die Stimme hatte sie wohl nur genarrt. Nials weißes Pferd war das Einzige, was sich außerhalb des brennenden Hauses bewegte, und der am Sattel befestigte Bogen wippte im Nachtwind.

Beth nahm ihr jeden weiteren Gedanken ab, sie rührte sich nämlich nicht mehr, und Nial rüttelte sie am Arm. Im Feuerschein wirkte das Gesicht der Frau blass und zunehmend gräulich. Der Rauch, den sie eingeatmet hatte, schien sich in ihrem massigen Körper auszubreiten und ihn von innen auszuhöhlen. Er fiel zusehends in sich zusammen, wurde klein ... starb einen leisen, grauen Tod.

»Beth! Beth, bleib bei mir – Beth!« Entsetzen kroch aus ihren Eingeweiden hoch, umschlang ihre Kehle. »Beth!« Bevor es ihr die Luft nehmen konnte, hatte sie sich aufgerichtet und ihre Hände über der Frau ausgebreitet: »Bleib bei mir, Beth. Bleib.«

Diesmal gelang der Schritt in die andere Welt, gottlob, sie schaffte ihn, ohne zu stolpern, und sie fühlte, wie die Kraft in ihre Hände wanderte. Sie fühlte, wie sie von sich selbst abgab, aus sich herausschälte, von sich selbst abschnitt, um die andere zu retten, wie sie es damals für Ruaidrí getan hatte und wofür ihr an Katalins Sterbelager vielleicht der Wille gefehlt hatte ...

Es schmerzte entsetzlich, als Leben von ihrem Körper auf

den der Frau überging, fast verbrannten ihr die Finger dabei. Aber sie konnte spüren, wie es den letzten Funken in der Frau zu einem Flämmchen entzündete – und dass es ausreichte, um sie dem Tod zu entreißen.

Nials Stimme war weit weg. Irgendetwas rief er, dann wusste sie nur noch, dass er sie beschützte, weil sie jetzt so verwundbar war und weil das fahle Pferd immer noch nah genug war, um sich ihre Seele zu holen …

Er hatte sie von hinten aufgefangen und an sein klopfendes Herz gebettet, scheinbar ruhig und stumm, als wüsste er, dass jedes Wort das, was sie für Beth gegeben hatte, hätte zerbrechen können. Auch als sie die Augen aufschlug, blieb er still und gab sie einfach frei. Sie drehte den Kopf, und für einen ganz kurzen Moment sahen sie sich in die Augen. Die Wärme in seinem Blick reichte als Umarmung, als Kuss, als Versprechen. Sie blieb bei ihr, ohne mehr zu fordern, umfing sie wie ein Schutzwall vor dem, was noch kommen würde. Voller Dankbarkeit erwiderte sie den Blick und erlaubte sich, über den Rücken seiner Hand zu streicheln, die sich nun doch an ihren Leib geschlichen hatte.

Und vielleicht war es seine unbändige Energie, die ihr diesmal half, sich aufzurichten und ins richtige Leben zurückzufinden – und nicht, wie beim letzten Mal, zusammenzubrechen. Vielleicht war es auch das Ziel, das sie vor Augen hatte, das ihr beim Aufstehen half. Wenn auch auf allen vieren, aber doch aus eigener Kraft kroch sie durch den tiefen Schnee auf Beth zu und faltete die Hände.

»*In Deo tantum quiesce, anima mea, quoniam ab ipso patientia mea. Verumtamen ipse Deus meus et salutare meum, praesidium meum; non movebor. In Deo salutare meum et gloria mea; Deus fortitudinis meae, et refugium meum in Deo est* … Beth, sag doch was …«

»*Hlæfdige*. Das Buch, *hlæfdige*. Euer Buch.« Die Lippen

bewegten sich kaum. Erst nach ein paar Momenten konnte Beth die Augen aufschlagen, und sie hatte nichts vergessen aus dem Feuer, nein, sie hatte etwas loszuwerden, falls der Teufel sie doch noch holen kam: »Euer Buch.«

»Bleib ruhig, Beth. Du lebst – das ist das Wichtigste.« Christina schämte sich für diese Lüge, und die Frau schaffte es sogar zu grinsen, weil sie auch ganz genau wusste, was für diese feine Dame das Wichtigste war.

»Euer Buch, *blæfdige*.« Mühsam schluckte sie. »Ich hab es aus dem Fenster geschleudert. Es ist nicht verbrannt, *blæfdige*. Er lag auf dem Buch. Der Berwin lag auf dem Buch. Es ist nicht verbrannt, *blæfdige*, hört Ihr …« Erschöpft hielt sie inne, und ihre trüben Augen suchten Christina. Der liefen Tränen über das Gesicht, am liebsten hätte sie vor Erleichterung geschrien, doch sie beugte sich nur über Beth und bedeckte ihr blasses Gesicht mit tränennassen Küssen. Ein Glücksschimmer glitt über die verbrauchten Züge der Mörderin.

»Ob Gott mir das anrechnet? Wo Euch das Buch doch so wichtig war?«

»Ganz gewiss, Beth, ganz gewiss, ich werde für dich beten, Er wird dir vergeben, ganz gewiss …«, stammelte Christina. Dann raffte sie sich auf und taumelte los, auf das Haus zu, wo das Stundenbuch wohl irgendwo im Schnee verborgen lag.

Es sorgte dafür, dass es gefunden wurde. Es hatte um sich herum einen Kreis in den Schnee geschmolzen, als käme es geradewegs aus dem Feuer, doch als sie nach dem Buch griff, war es eiskalt. Das Leintuch war verloren gegangen, das Buch lag ungeschützt und hatte sich als harmloses Gebetbuch getarnt: Sein Gold war verblasst, die Edelsteine stumpf wie bei alten, verbrauchten Messbüchern, deren einzige Gesellschaft die schmutzigen Finger des Priesters waren.

Christina klaubte das Buch aus dem Schnee und wickelte

es in ihren Mantel. Keinen Moment länger wollte sie das Trugbild anschauen, wo sie doch wusste, wie es sich verwandeln konnte und was es verbarg.

Eine eigenartige Stille umgab sie trotz des Prasselns im Hintergrund, als Nial ihr beim Ankleiden half. Das Hemd verbarg zum Glück, wonach er sich sehnte, trotzdem litt er köstlich verbotene Pein, als sie mit kindlichen Bewegungen die immer noch feuchte Tunika überstreifte und das Fellkleid folgen ließ. Er wollte sie in den Mantel hüllen, doch sie ließ nicht zu, dass er das Bündel auspackte, und so gab er seinen eigenen Mantel her – zum zweiten Mal. Und als sie ihn hochzog und ihre Nase mit einem Seufzer in die Wolle steckte, musste er lachen, und der Bann war endlich gebrochen.

»Du bist immer da«, flüsterte sie glücklich. Darauf wusste er nichts zu sagen. Wie sollte man beschreiben, dass das Herz in der Brust hüpft?

Sie klemmte sich ihr Bündel unter den Arm.

»Wir müssen jetzt weiter, Nial.«

»Wenn du Beth mitnehmen willst, braucht sie noch etwas Ruhe.« Mit zwei Fingern umfasste er ihr Kinn und hob es an, um ihre Züge zu studieren, woher sie ihre Zähigkeit nahm, klein und zart, wie sie gebaut war. »Bis zum Morgengrauen solltet ihr schlafen. Lasst uns schauen, ob wir in der Scheune einen Platz finden.«

Die Frau hatte sich hochgerappelt. Er erinnerte sich an sie – sie war erst vor wenigen Tagen zu den Pilgern am Forth gestoßen und hatte auf merkwürdige Art genossen, dass die Frauen sie fürchteten, weil sie getötet hatte, wie man sich erzählte. Nial hatte sich nicht aufgedrängt, er sah sich nicht als geistigen Beistand dieser Pilger, schließlich hatte er genauso Sünde auf sich geladen wie sie alle. Doch Unbehagen hatte auch er vor ihrem grimmigen Ausdruck empfunden und daher ihre Nähe nicht gesucht. Umso mehr erstaunte es ihn, sie an Christinas Seite vorzufinden.

»Gut so, Mönch«, sagte sie. »Alle Eile nutzt nichts, wenn man darüber kaputtgeht, hat meine Mutter immer gesagt. Schlafen muss die Dame, sonst ist sie tot, bevor sie ihr Kloster erreicht. Ich weiß nicht, wie es Euch ergeht – aber ich sehe heute Nacht sowieso nichts, da kann ich genauso gut ausruhen.« Und sie setzte sich in Bewegung; marschierte vielleicht ein wenig schwankend und unsicher, aber entschlossen auf die Scheune zu, um Christina mit gutem Beispiel voranzugehen.

Sie keuchte vernehmlich. Ob sie die nächsten Berge hochkommen würde? Ihr Weg war noch so weit... Christina beeilte sich beschämt, sie einzuholen. Ihre Kraft hatte nicht ausgereicht, Beth mehr davon abzugeben, und auch dafür schämte sie sich. Das Einzige, was sie noch tun konnte, war, nun ihre eigene Ungeduld im Zaum zu halten und Rücksicht auf die Mörderin zu nehmen, so schwer ihr das auch fiel. Und Beth hatte ja vollkommen recht – in der Dunkelheit würden sie sich ohnehin verirren und kostbare Zeit verlieren.

Vorsichtig öffnete Nial die Tür der niedrigen Scheune. Drinnen war es natürlich stockfinster. Christina schärfte ihre Sinne. Es roch auch hier nach Tieren – und nach Heu. Nach den Ereignissen dieser Nacht fürchtete Beth sich vermutlich nicht einmal mehr vor dem Teufel selber – sie schob sich, ohne zu zögern, an den beiden vorbei, schlurfte über den gefrorenen Boden, und dann hörte man sie wohlig seufzend ins Heu sinken. »Hier sollte uns niemand stören, *blæfdige*«, kam es leise. »Hier können wir ausruhen...« Keinen Moment später drang leises Schnarchen aus ihrer Richtung.

»Hier sind Pferde!« Eins davon schnaubte warnend, vielleicht weil der Brandgeruch in die Scheune drang. Christina drückte sich an dem Mönch vorbei in das Dunkel. Es roch gut hier – es roch sicher. Und vielleicht waren es sogar Reitpferde! In Gedanken sah sie sich schon über die Hügel nach Süden preschen – wie in den glücklichen Kindertagen, damals im heimatlichen Meksnedad, als sie zusammen mit Margaret und einem Pferdeburschen über duftende Thymianfelder und an glitzernden Bachläufen entlanggaloppiert war, pfeilschnellen Füchsen hinterher, und dann mit erhitzten Wangen und wirrem Haar dem Vater glücklich in die Arme gefallen … Sie schluckte die Erinnerung rasch hinunter, bevor ihr die Tränen das Denken verschleierten. Weg mit der Vergangenheit – diese Pferde würden helfen, ihr Ziel schneller zu erreichen, weiter nichts.

»Christina.« Seine warme Stimme erreichte sie gerade noch rechtzeitig. Hastig wischte sie sich die Tränen ab. »Christina, ich werde für euch wachen, damit keine Funken auf den Stall überspringen. Leg du dich auch hin und schlaf. Schlaft beide, so tief ihr könnt.« Er verließ die Tür und kam zu ihr ins Dunkel. Ihr schwoll das Herz. Niemand würde es sehen, niemand würde es bemerken, nicht einmal Gott würde in dieser nächtlichen Scheune sehen, wenn er sie küsste – nur einmal so wie vorhin, wo sie sich fast aufgelöst hatte vor Glück.

Er stand dicht vor ihr. Feine Fäden spannen sich zwischen ihnen, zogen sich immer enger, fast berührte er sie mit seiner Brust, und ihr Sehnen wurde unerträglich. Doch er fasste sie nicht mehr an. Sein Atem indes verriet ihn.

»Wie hast du mich gefunden?«, fragte sie leise, um sich selbst zu überlisten. »Wir haben keine Spuren hinterlassen.«

»Das habt ihr wirklich nicht.« Er schien erleichtert, dass sie diesen Weg wählte, statt ihn weiter anzustarren. »Niemand hat euch gesehen – aber wenn ich euch gefunden habe, wird Máelsnechtai das auch können.«

»Er ist dein Bruder«, unterbrach sie ihn.

»Ja«, sagte er ruhig, und es schien nichts Schlimmes dabei zu sein.

»Er wollte dich töten«, versuchte sie es weiter.

»Ja«, sagte er wieder, und seine schöne Männerstimme klang in der Scheune nach. Eine Erklärung aber bot er nicht. Er würde sie an dieser Geschichte nicht teilhaben lassen, das spürte sie.

»Hat er dich verletzt?«, fragte sie.

Da lächelte er sie an, in einer Mischung aus zärtlicher Nachsicht und Wehmut. »Wir… wir haben uns gegenseitig verletzt.« Sie erschrak, schwieg aber. »Gegenseitig. Vor langer Zeit schon. Eine Fehde endet mit dem Tod eines Kontrahenten.« Er tauchte in ihre Augen, wusch sich in den Tränen, die sie um ihn geweint hatte. »Ich habe nicht vor, die Fehde jetzt enden zu lassen. Und nicht deinetwegen.«

Sie war nicht sicher, ob sie ihn richtig verstand. Der Schnee hatte ihr einen anderen Mann gebracht, hatte den *culdee* am Ufer des Forth zurückgelassen und einen Krieger zu ihrem Schutz gesandt. Vielleicht war das die Antwort: Obwohl Máelsnechtai ihm so offen nach dem Leben getrachtet hatte, würde er die Fehde ruhen lassen, damit sie – Christina – ihr Ziel erreichte. Sie war tief in diese Brudersache verstrickt, doch er würde keine Entscheidung herbeiführen – um ihretwillen.

Langsam zog er sich auch den Wollschal von den Schultern. Stoff rieb über Stoff, raschelte leise und verheißungsvoll. Sein Geruch umwehte ihre Nase. Ein Schritt auf knirschendem Eis. Dann war er an ihr vorbeigegangen, und sie hörte, wie er das Heu mit seinem Schal polsterte. »Leg dich hin, Christina«, flüsterte er, als wäre auch ihm klar, dass eine laute Stimme den Zauber zerstören würde, der sich wie ein Traum aus Silberfäden zwischen ihnen gewoben hatte und gegen den er machtlos war. Widerstrebend legte sie sich auf das bereitete Lager, sah ihm nach, wie er mit langsamen Schritten die Scheune verließ, ein Schutzengel mit brechendem oder längst gebrochenem Herzen.

Unruhe irrte durch ihre Glieder. Da war noch etwas ... neben Nial. Es hatte auch nichts mit Berwin oder dessen grässlichem Tod zu tun. Etwas anderes nahm ihr die Ruhe – etwas Größeres. Durch das Tor fiel kegelförmig der Lichtschein des Feuers in die Scheune und ließ den Grund für ihre Unruhe böse funkeln: Das Stundenbuch blähte sich auf, vielleicht um ihr Angst zu machen und seine Macht über sie zu demonstrieren. Oder würde es sich öffnen und seinen unheilvollen Inhalt ein weiteres Mal preisgeben?

Doch der Unheilsbote brauchte keine Buchdeckel, um zwischen den Welten von Tod und Verderben zu künden. *Macht wurde uns gegeben ...,* hallte es mit dem Wind durch die Scheune. Erschrocken fuhr sie von ihrem Lager hoch. Wie eine neunschwänzige Katze peitschte der Schweif des fahlen Pferdes durch die Scheune. Was er mit seinen stählernen Spitzen traf, erstarrte unter eisig glitzerndem, grauem Reif. Christina duckte sich ins Heu. Hufe blitzten auf, hinterließen tiefe Spuren im gefrorenen Boden. Verzehrend weiß zog sein Atem an ihr vorüber – würde Er sie treffen, würde Er sie töten ...

Nial musste ihren verzweifelten Laut gehört haben, denn er betrat just in diesem Moment die Scheune, sein Pferd am Zügel hinter sich herziehend. »Christina?« Der Schimmel schnaubte, warf den Kopf unwillig herum, dann stieg er und ließ seine Vorderhufe sprechen. Nial konnte gerade noch zur Seite springen und das Pferd herumreißen. Gleichwohl schlitzte der rechte Huf mit Wucht die Schulter des Fahlen auf, und der Gestank von schwarzem Blut verpestete die Luft. Mit weit aufgerissenen Augen kauerte sie zitternd im Heu, sah, wie Nial sein aufgebrachtes Pferd beruhigte und dabei nichts roch, nichts von allem bemerkte ... Der grässliche Schrei des Fahlen verhallte irgendwo unter dem Scheunendach, sein Gestank blieb allein für ihre Nase zurück ...

Sie konnte ihm auch nichts davon erzählen, als er zurückkam, um nach dem Grund für ihren Schrei zu forschen. Vermutlich schob er es auf die Ereignisse der Nacht, küsste sie zärtlich auf die Wange und ließ sie im Heu zurück.

»Ich wach über dich. Hab keine Angst...«

Und Nial begann zu singen. Leise durchdrang seine tiefe, melodische Männerstimme die Dunkelheit der Scheune, drang durch Gestank und Angst und Einsamkeit zu ihr und legte sich wie Samt über ihr aufgewühltes Gemüt...

»Dominus illuminatio mea et salus mea; quem timebo? Dominus protector vitae meae; a quo trepidabo? Dum appropiant super me nocentes, ut edant carnes meas; qui tribulant me et inimici mei, ipsi infirmati sunt et ceciderunt.«

Die auf Klang gebetteten Psalmworte halfen nicht allein durch ihre heilige Bedeutung, sondern auch, weil der Schmelz in seiner Stimme verriet, dass er nur für sie sang. *»Unum petii a Domino, hoc requiram: ut inhabitem in domo Domini omnibus diebus vitae meae, ut videam voluptatem Domini et visitem templum eius.«*

Das Scheunentor stand weit offen. Sie konnte das Feuer immer noch hoch in den Nachthimmel brennen sehen – hinter dem Schatten von Nial, der mit seinem weißen Pferd den Eingang versperrte, damit niemand die Scheune betrat und ihren Schlaf störte. Er hatte aufgehört zu singen, doch leises Summen erfüllte die Luft. Wie ein Speer ragte sein Bogen in den Himmel, und der Wind kam in die Scheune gucken und spielte verliebt mit den weißen Schweifhaaren des Pferdes.

NEUNTES KAPITEL

Man stößt mich, dass ich fallen soll;
aber der HERR hilft mir.
Der HERR ist meine Macht
und mein Psalm und ist mein Heil.
(Psalm 118,13-14)

Das Biest ist verrückt. Niemals setze ich mich auf so ein Ungeheuer, *blæfdige.*«

Beths Gesicht war immer noch grau und eingefallen, aber sie hatte schon wieder genug Kraft, um sich gegen Christinas Plan zu wehren, Berwins vom Feuer verschonte Pferde zu besteigen, um rascher voranzukommen. Selbst die Morgendämmerung rümpfte über diese Gäule ihre Nase und zog sich kopfschüttelnd eine Wolke vors Gesicht.

»Mein Mann hatte so ein Vieh, und das sah ganz anders aus. Dieses hier ist vom Teufel, glaubt mir, ich sehe so etwas. Es wird uns umbringen. Außerdem ist es sicher blind.« Zur Bekräftigung wich sie einen Schritt zurück und streckte abwehrend die Hände aus. Christina hob die Laterne und schaute sich genauer an, was sie da vorhin aus dem Stall gezogen hatten.

Lange Zottelhaare hingen den Tieren von den mageren Leibern, die Mähne des einen Pferdes reichte bis fast auf den Boden und sein Schopf noch über die Nase – es war sicher blind. Blinde Pferde konnte man nicht reiten, da musste Christina ihr recht geben. Die pechschwarze Mähne war mit Heu und Kletten verfilzt. Das Tier warf den Kopf zur Seite, als sie nach ihm greifen wollte. Durch das Schopfhaar blitzten sie schwarze, ärgerliche Augen an. Die Nüstern weiteten sich, dann roch das Pferd kurz an ihrer Hand und schnaubte leise.

Dieses Tier war weder blind noch dumm und schon gar keine Kreatur des Teufels. Christina wusste instinktiv, dass sie der Stute ihr Leben würde anvertrauen können.

»Sie sind zahm, sie werden euch schon tragen«, meinte auch Nial, der mit Zaumzeug aus der Scheune kam. »Der Mórmaer wird keine Zeit verlieren.«

»Er ist hinter mir her«, unterbrach sie ihn.

»Er ist hinter dir her«, nickte er, und sein Blick wurde ganz still. »Ich kann ihn nur aufhalten, Christina.« All seine Sehnsucht lag in diesem Satz und auch die Hoffnungslosigkeit darüber, dass es keine Zukunft gab für einen Mönch und eine angelsächsische Prinzessin, deren Schwester gerade Königin geworden war. Ihre Hände berührten sich, als sie ihm einen Zaum abnahm.

»Halt ihn für mich auf, Nial«, flüsterte sie. Und wünschte sich sehnlichst, in diesen Satz ein Versprechen legen zu können – aber welches? Das Pferd nahm ihr jeden weiteren Gedanken ab, es versuchte nämlich zu entkommen, weg von dem Brandplatz, der, nachdem das Feuer heruntergebrannt war, vor allem noch knackte und unheilvoll glomm. Christina konnte die Stute gerade noch einfangen und beeilte sich, ihr den Zaum über die Ohren zu ziehen, bevor sie sich auf ihren Rücken schwang. Auch Nial verlor keine Zeit. Er reichte ihr noch ein Fell, das sie in der Scheune gefunden hatten, und verließ sie mit einem langen, weichen Blick, den sie in ihrem Gedächtnis bewahrte wic eine kostbare Perle, die zu schade war, um sie von goldenem Draht umgreifen zu lassen. Man behielt sie im Schatzkästchen der Erinnerungen, einzig um sich an ihrer Schönheit zu weiden …

»Reitet vorwärts und lasst euch durch nichts stören.« Nial

half Beth beim Zäumen und zog den Gurt, der das Sitzfell halten sollte, ordentlich fest. »Gott sei mit euch. So der Allmächtige es will, werden wir uns wiedersehen. Ich werde zurückreiten und Máelsnechtai suchen. Ich will alles tun, damit er euch nicht findet.« Er vermied es, Christina anzuschauen.

Am Fuß des Hügels drehte sie sich noch einmal um. Berwins Haus hatte sich in einen schimmernden Gluthaufen verwandelt. Wie Irrlichter flogen die Funken herum, hielten nach neuer Nahrung Ausschau. Vielleicht würde auch die Scheune noch in Flammen aufgehen. Sie schüttelte den Kopf. Die Scheune lag hinter ihr. Sie rückte den Leinensack zurecht, den Beth ihr kunstvoll auf den Rücken gebunden hatte, damit das Buch beim Reiten nicht störte. Und erlaubte sich – ganz kurz nur –, daran zu denken, wie sein Mund beim Abschied ihre Lippen verbrannt hatte, als er sie gegen alle Vorsätze dann doch noch einmal vom Pferd gezogen, kurz und heftig an sich gerissen und umarmt hatte. Dann beugte sie sich vor, bis ihre Nase die zerzauste Mähne berührte, und drückte die Beine ans Pferd. Die Stute zögerte keinen Moment. Sie preschte los und nahm den Hügel in Angriff, als wäre er ein Gegner, den es zu überwältigen galt, noch bevor die Morgensonne ihn überwunden hatte.

»*Hlæfdige!* Wartet auf mich! Dieses Tier … dieser Teufel will mich loswerden! Ihr werdet uns alle ins Grab bringen …«

Beths Lamento begleitete sie den ganzen Berg hinauf, über den Gipfel und die verschneite Ebene hinein in den Wald, wo die aufziehende Morgensonne sie zwischen den Baumwipfeln suchte und doch nicht fand. Schenkte man Beth Glauben, saß sie auf einer Ausgeburt der Hölle, deren einziger Plan es war, ihren Tod zu verursachen, und zwar durch bockende Galoppsprünge, als ihr der Pass mit einer wackelnden Last im Rücken zu lästig wurde.

Doch auch wenn die beiden Pferde alles andere als freundliche Reittiere waren, so erleichterten sie die Reise doch ungemein. Berge verloren ihren Schrecken, denn die Pferde fanden instinktiv den einfachsten Weg hinauf, und selbst Menschen zu begegnen konnte Christina entspannt hinnehmen, statt sich wie bisher ängstlich zu verbergen. Als Reiter war man schnell an allem vorbeigeprescht, was einem nicht geheuer schien. Am Ende des zweiten Tages fühlte sie sich fast wie eine Königin und zweifelte trotz Beths endloser Jammerei nicht mehr daran, das Kloster im Süden wohlbehalten zu erreichen. Vielleicht auch, weil sie Nials schützende Gegenwart in ihrem Rücken spürte, obwohl er gar nicht bei ihnen war.

»Wir sind nun quitt, *hlæfdige*«, seufzte die Frau, als Christina ihr erlaubte, vom Pferderücken herunterzurutschen. »Gestern habt Ihr mir mit Eurer Heulerei den Verstand geraubt – heute war ich dran.« Und das hilflose Grinsen, mit dem sie ihre wund gerittene Kehrseite untersuchte, entschädigte Christina.

»Wenn du mir deine Hundesalbe gibst, will ich dir wohl den Hintern damit salben.«

»Meinen Hintern! Oh, das kann ich Euch wohl zeigen«, lachte Beth, »und ich hab ja noch mehr Salben in meinem Beutel. Was glaubt Ihr, was wir mit dem Pelzkrämer alles hätten anstellen können, *hlæfdige*, wenn er nur lange genug gelebt hätte …« Ihre Handbewegungen ließen keinen Zweifel darüber, dass der Maure ihr noch ganz andere Dinge beigebracht hatte. Die Skrupellosigkeit, mit der sie über Berwins Tod hinwegging, war entsetzlich. Errötend vor Scham über ihre Begleiterin wandte Christina sich ab. Vielleicht würde Beth doch nach Jerusalem pilgern müssen, um all die Sünden von ihrer Seele zu waschen. Doch diesen Gedanken behielt sie wohlweislich für sich. Erst einmal galt es, in der Hütte unter den Birken ein Nachtlager zu finden, ohne sich in Lebensgefahr zu begeben. Die Erfahrung der letzten Nacht ließ sie beide vorsichtig werden.

»Frauen im Haus«, murmelte Beth und streichelte den Hund, der schwanzwedelnd auf sie zugelaufen kam. »Und Kinder – seht!« Im Schein der Laterne erkannten sie vor dem Haus hölzernes Spielzeug im Schnee, eine Kinderleiter, eine vergessene Kuh aus Stroh und Ästen, die sich traurig der Nässe ergeben hatte. Wo Kinder waren, drohte keine Gefahr.

Auch wenn die Frau im Türrahmen alles andere als freundlich aussah.

»Wenn ihr keinen Ärger macht, könnt ihr bleiben – für eine Nacht. Aber ich hab nichts zu essen für euch. Sie haben uns alles genommen. Erst gestern kamen ein paar von diesen Normannen vorbei und fraßen meine ganzen Vorräte weg, und ich wusste abends nicht, was ich meinen hungrigen Kindern vorsetzen soll.«

Sie verschränkte die Arme vor der mageren Brust. »Meinen Mann haben sie im Sommer erschlagen, als er auf dem Feld arbeitete. Haben ihm einfach den Schädel eingeschlagen und dann seinen Brotbeutel und das alte Pferd mitgenommen. Der Sohn hat alles mit angesehen, er konnte sich gerade noch rechtzeitig verstecken. So läuft das hier mit uns Angelsachsen. An einem Tag kommen die Schotten und werfen uns Frauen in die Büsche, am nächsten Tag kommen die Normannen und schlagen unsere Männer tot. Dabei haben wir niemandem etwas zuleide getan, wir arbeiten hart und kommen gerade so über die Runden.« Sie hielt inne mit ihrem Klageschwall.

»Wo kommt ihr überhaupt her? Na, egal – Frauen lass ich in mein Haus. Kerle müssen draußen bleiben, so hab ich's gehalten, seit sie meinen Mann erschlagen haben. Immer herein mit euch.« Und endlich trat sie zur Seite und schob die verwitterte Pforte ihres kleinen Hauses auf. Drinnen flackerte ein niedriges Torffeuer, um das sich fünf Kinder in allen Altersstufen scharten. Bleiche, hohlwangige Gesichter drehten sich zu den Gästen um, eine Katze drückte sich schnurrend um Christinas Beine. Einer der älteren Jungen sprang auf und rannte auf einen gebellten Befehl seiner Mutter aus dem Haus, um die beiden Pferde zu versorgen.

»Und dass du ja nicht zu viel Futter gibst!«, brüllte sie ihm hinterher. Dann drehte sie sich um und grinste. »Wenigstens spuren meine Jungs. Wenn ich die nicht hätte…« Sie seufzte schwer und betrachtete ihre Gäste genauer im Licht. »Und ihr seid also auf dem Weg nach Süden, ja? Dort werdet ihr nicht viel finden, im Süden, dort hat der Normanne alles verheert und, wie man sich erzählt, kaum was übrig gelassen. Die Angelsachsen haben ihre Normannen – wir haben unseren König Malcolm, der uns alle Jahre besuchen und töten kommt.« Sie lachte hart. »Ich sag meinen Kindern immer, dass sie schneller in den Himmel kommen, wenn sie von dem Schotten getötet werden, weil er ein verdammter Barbar ist und der Allmächtige Mitleid mit den Kindern hat. Der Normanne ist ein verdammter Heuchler und…«

»Ich kann deinen Kindern Warzen wegmachen, wenn du möchtest«, unterbrach Beth sie. »Ich versteh mich auf so allerlei.«

»Kommt herein, Warzen haben wir genug. Wir haben sonst nicht viel, aber Warzen, meine Liebe, an Warzen mangelt es mir nicht.«

Sie war närrisch. Ihr Blick irrte unruhig umher, ohne ihre Gäste zu mustern, wie man es vielleicht erwartet hätte, wenn Armut die Schöpfkelle unter Verschluss hält. Die Kinder rückten brav zusammen. Weil durch die geöffnete Tür kalte Luft hereingekommen war, nahm einer der Jungen ein Stück Torf vom Stapel und wollte es ins Feuer legen. Die Mutter schlug es ihm aus der Hand.

»Nichts da! Das muss für heute reichen – der Winter ist noch lang! Wäre euer Vater nicht so leichtsinnig gewesen, würde er noch leben und könnte euch Feuerholz schlagen!« Sie zog die Nase hoch und wischte sich mit dem Ärmel den Rotz weg, während sie mit der anderen Hand den beiden Ankömmlingen einen Platz in der Runde zuwies. »Setzt euch, setzt euch, wer weiß, wann ihr wieder Gelegenheit zum Sitzen bekommt, der Normanne verbrennt ja selbst seine eigenen Schemel, setzt euch …« Und mit fahrigen Händen zupfte sie an ihrer Haube, deren Saum man ansah, dass sie einmal bessere Zeiten gesehen hatte. Jetzt war sie nur noch ein Echo des verhärmten, hohlwangigen Frauenantlitzes, das sie umrahmte.

Wie schon an Berwins Feuerstelle bestritt Beth auch hier die Unterhaltung – Christina hätte man sofort ihre vornehme Herkunft angemerkt. Sie kauerte daher zwischen den Kindern, ohne Mantel und Rückenbündel abzulegen. Immerhin war ihr behaglich warm, Beth hatte ihr aus den beiden Schneefuchsfellen und ein paar Riemchen eine Weste zusammengeknotet, die sie über ihrem Hemd und unter dem Kleid trug, damit sie sie wärmte und bei Neugierigen keine Begehrlichkeiten hervorrief.

Die Mädchen hatten wackelnde Zähne und dicke Bäuche, das kleinste von ihnen konnte zwar laufen, hatte aber kein Haar auf dem Kopf. »Sie war mal blond«, meinte die Mutter kopfschüttelnd. »Na ja, hier findet sie sowieso keinen Mann, die sind ja alle tot. Tote schauen sich nicht nach Blondhaar um.« Ihr Blick glitt neidisch über Christinas dicken Zopf, der aus der Kapuze hervorlugte. »Und essen kann man's auch nicht«, fügte sie bitter hinzu. Mit einer unwirschen Bewegung stopfte sie sich ihre eigenen fettigen Haarsträhnen unter die Haube, die so ausgeleiert war, dass sie die Haare nur ungenügend hielt. Beim nächsten Kopfschütteln rutschten sie wieder heraus und fielen ihr schwer auf die mageren Schultern.

Ihre Berichte, wie übel man den Menschen in der Gegend mitgespielt hatte, verdarben Christina den Appetit, sie musste die dünne Wassersuppe förmlich hinunterzwingen und gab den Rest schließlich einem der Jungen, der sie gierig schlürfte. Das Fladenbrot roch modrig. Woher das Mehl dafür kam, wollte sie lieber gar nicht wissen. Alte Eicheln? Wenn man zu viele Eicheln in das Mehl rieb, rebellierten die Gedärme, das wusste sie von den Nonnen, die immer versucht hatten, die Almosenbrote damit zu strecken, um mehr Bettler speisen zu können.

Das kleine Kind greinte vor sich hin. Nicht nur sein lumpiges Hemdchen stank ungewaschen. Sein Bäuchlein war grotesk aufgeblasen, und am Hals kratzte sich die Kleine einen schuppigen Grind so heftig auf, dass er nässte und sie nur noch mehr heulen ließ. Beth nahm sie auf die Knie und rieb ihr aus einem Tiegel nach Lavendel riechendes Fett auf den Hals.

»Schau her, schau her, damit duftest du so schön, so schön, dass der König vom Weißen Land, vom Weißen Land vorbeischauen wird«, sang sie ihr vor, »du wirst schon sehen, wirst schon sehen…« Die Kleine starrte sie erschrocken an und heulte dann noch mehr, weil Beths Stimme so rau klang. Die Mutter lachte und reichte Beth eine dampfende Schale.

»Hier, iss lieber, Anna weint immer, mach dir nichts draus. Sie muss meine Tränen weinen, ich hab nämlich keine Zeit dafür.«

Christina nahm das Kind auf ihren Schoß. Immerhin roch es nun besser, und es hörte auch auf zu weinen, als es ihren Zopf zu fassen bekam. Es war schwächlich, würde vermutlich niemals das Alter seiner Geschwister erreichen. Sanft ließ sie ihre Hände über die dürren Ärmchen gleiten und schickte den Vogel aus. Er musste ja nicht weit flattern, und die Kleine lachte übers ganze Gesicht, als sie ihn auf sich zuflattern und über ihren Arm wandern sah… Christina lächelte. Sie strich über den kahlen, blau gefrorenen Kinderkopf, den niemand mit einer Haube vor der Kälte schützte. Der Vogel blieb dort sitzen und breitete seine Flügel behutsam über das kleine Mädchen aus…

»Mach die Tür auf – hier sind Reisende, die ein Nachtlager brauchen!« Um seinem Wunsch Nachdruck zu verleihen, bollerte der Rufer mit der Faust gegen die Tür. Man hörte Stimmen, Pferdegetrappel. Männer saßen ab, ihre Schritte knirschten im Schnee. Ungeduldig wanderten sie vor der Tür auf und ab. »Ist denn hier niemand? Zum Teufel – öffnet!«

Die Frau war in sich zusammengesunken. Mit großen, furchtsamen Augen fixierte sie die Tür, an jeder Seite umschlangen ihre Arme ein Kind und drückten es an sich.

»Die Normannen haben wohl mehr als nur ihren Mann erschlagen«, raunte Beth. »Macht Euch bereit, schnell zu verschwinden, das hier riecht nicht gut…« Beiläufig zog sie sich den Mantel über die Schultern, damit sie ihn nicht auch noch verlor.

Die ärmliche Hütte war schon überfüllt, als der erste Reiter sie ungebeten betrat. Seine breiten Schultern schienen bis an die Deckenbalken zu reichen, sein Kopf verschwand zwischen Büscheln aus zusammengebundenen Zwiebeln, getrockneter Minze und langen, stacheligen Gagelstängeln. Mit einer wilden Bewegung wischte er all das zur Seite. Christina traute ihren Augen kaum. Máelsnechtai, der Mórmaer von Moray, stand in der Tür.

Noch hatte er nicht alle Anwesenden in Augenschein genommen, war zu beschäftigt mit den Büscheln und was ihm in den Haaren hing und zwischen die Lippen geraten war und was er erst einmal ausgiebig und lautstark auf den Boden spucken musste.

»Pfui Teufel, Weib, was hast du hier für widerlichen Spinnenkram, was ist das für eine Art, Gäste zu empfangen, hängen sollte man dich für dieses Zauberzeug, wer weiß, was du damit alles anstellst…« Christina nutzte die wenigen Augenblicke, um aus dem Kreis der Kinder am Feuer auf dem Hintern rückwärts zu rutschen und so unauffällig wie möglich auf das Lager mit den zerrupften Fellen zu kriechen. Mit denen konnte sie verschmelzen, ohne dass man sie entdeckte.

Die Hausfrau – vorhin noch so laut und polternd – beeilte sich, den neuen Gästen Platz zu machen. Ihre Kinder flogen förmlich durch das kleine Haus, die Mädchen versteckten sich, die Jungen verharrten regungslos vor dem Verschlag, wo früher einmal das Vieh gelebt hatte. Beth war einfach auf ihrem Platz sitzen geblieben. Christinas Herz klopfte – war sie denn närrisch? Jetzt nahm sie sogar den Becher vom Boden auf und trank daraus!

»Setzt euch, edle Herren, setzt euch – ich kann euch nicht viel anbieten, edle Herren, nur eine Wassersuppe mit alten Zwiebeln – alles andere wurde uns genommen, aber esst euch nur satt, edle Herren«, stammelte die Frau. Mit fahrigen Händen brachte sie Näpfe herbei, obwohl Máelsnechtai sich noch gar nicht entschieden hatte, ob er bleiben würde oder nicht. Auch die Haustür stand immer noch offen, von draußen wehte Schnee nach drinnen, und man hörte, wie die erhitzten Pferde schnauften. Leder knarzte, die Ketten der Gebisse rasselten, vielleicht sattelten sie ab. Eins der Pferde hatte das Haus betreten, sie roch seine böse Anwesenheit. Noch verbarg es sich, sandte Kälte als Vorboten …

Das Torffeuer zog Christinas Blicke auf sich. Die Armut in diesem Haus diktierte seine Größe, es war nur ein kleiner Haufen in der Grube, der kaum Licht verbreitete. Wie düstere kleine Ungeheuer saßen die Torfplatten aufeinander und bedeckten die Flämmchen, die nur hier und da an ihnen vorbeiflackerten. Unter der Rauchwolke lag ruhig hellrote Glut und verbreitete die typische Wärme. Gegen ihren Willen musste sie hinstarren, ihren Blick in die Glut hineinversenken, und sie fühlte, wie sie mit flammenden Händen nach ihr griff. Doch diesmal war es nicht Margaret, die aus der Glut zu ihr kam. Auch kein Malcolm. Keine Bilder, keine Menschen, keine angsteinflößenden Ereignisse, bei denen sie ungewollt und hilflos Zeugin wurde … Die verhaltene Glut aus dem Haus einer tapferen Frau schenkte ihr vielmehr etwas. Wie eine große, warme Hand kroch sie auf sie zu, erreichte ihre Finger, kroch unter den Mantel und an ihren Armen entlang, über die Schultern, ohne dass sie sich auch nur einen Zoll bewegen konnte! Ruhig wanderte sie über ihren ganzen Körper, erkundete ihn und erfüllte ihn mit etwas Neuem, was heiß und kalt zugleich war. Ein Wille ging daraus hervor, eine nie gekannte tiefe Unbändigkeit … und die Angst verschwand, obwohl sich ihr Leben gerade in höchster Gefahr befand, denn Máelsnechtai ließ seinen Blick durch die Hütte wandern, und auch der Eiswind suchte sie. Die Glut des Torffeuers nahm die Furcht mit sich zwischen die düsteren Platten aus dem Erdreich, als sie Christina verließ, langsam über das Lager davonwich und in ihr niedriges Bett zurückkehrte.

Christina spannte sich an. Verschmolz mit dem düsteren Leinenzeug auf dem Lager. Sein Blick blieb an ihrer Gestalt hängen, wanderte an ihr auf und ab, suchte ein Gesicht unter der Kapuze. Er tat einen Schritt auf sie zu. Runzelte die Stirn. Kam noch einen Schritt näher. Sie schloss die Augen und spürte, wie ihr Körper rund wurde. Etwas ging von ihr aus, womit sie nicht gerechnet hatte und was sie zuletzt als Kind erlebt hatte … Wie ein Ring umschloss ihr Wille sie und wies den Mórmaer ab. Er runzelte die Stirn. Kratzte sich am Kopf – und machte kehrt.

Das eisige Auge des Fahlen erkannte sofort die Veränderung. Ein fahler Huf scharrte dicht neben ihrem Kopf, wollte sie provozieren, ihr Angst einflößen, wie es die letzten Male geschehen war. Unwillig fuhren die messerscharfen Mähnenhaare über das Lager, als er seinen mageren Kopf schüttelte. Sie berührten sie und trafen sie doch nicht. Nicht mehr. Sie würden sie nie mehr treffen. Der Schweif peitschte gegen die Wand, von wo alter Sand aus den Grassoden rieselte und das verdreckte Lager bedeckte.

Du wagst es, flüsterte der Fahle, *uns wurde Macht gegeben über den vierten Teil der Erde …*

Er füllte das ganze niedrige Haus aus, erdrückte Leben, verhinderte das Atmen. Alles gefror. Sie steckte ihren Kopf in die Decken, wo es nach Schmutz und altem Erbrochenem roch, nach ungewaschener Haut, nach Blut und menschlichen Dramen. Auch hierhin verfolgte Er sie, schnaubend, geifernd, und der eisgraue Speer suchte durch die Decken nach ihren Augen. Da sah sie hoch, und der Fahle wich zurück. *Du wagst es, mich zu versuchen …*

»Ja«, flüsterte sie. »Geh dorthin, wo du herkommst. Lass mich in Frieden!«

Die Hausfrau schöpfte aus dem Kessel und gab Máelsnechtai die Schale. Der setzte sie an seine bartumwucherten Lippen und schlürfte sie in einem Zug leer, nur um sie der Frau sofort wieder hinzuhalten. »Deine Wassersuppe löscht ja nicht einmal den Durst, Weib. Hast du kein Bier?« Sie schüttelte stumm den Kopf … wo war nur ihre Stimme geblieben? Und wo der schlecht gelaunte, polternde Mut von vorhin?

Máelsnechtai sah sich wieder um. »Wir suchen jemanden. Vielleicht hast du sie gesehen. Eine Frau. Klein, helles Haar – hm. Ja. Klein, sehr klein. Eine Zwergin. Helles Haar … ähm … Angelsächsin.« Er kratzte sich hinterm Ohr. Christina unterdrückte in ihre Lumpen ein Lachen. Mehr fiel dem Schotten also nicht ein zu ihr.

»Vielleicht reitet sie einen Gaul. Hast du sie gesehen? Es gäbe da eine Belohnung«, fragte er lauernd, während sein Begleiter, der sich gar nicht erst hingesetzt hatte, mit finsterer Miene und der Peitsche in der Hand ein weiteres Mal das Haus nach seinen Bewohnern absuchte. Christina verstärkte ihre Abwehr, und sein Blick glitt desinteressiert über ihren zusammengekauerten Körper. Doch es war nur eine Frage der Zeit, bis er die beiden Schlaflager handgreiflich absuchen würde.

Beths Augen waren überall, das erkannte sie aus ihrem Versteck. Die ganze Zeit hatte sie sich geräuspert und gehustet, hatte Schleim hervorgewürgt und ausgespuckt, aber nicht auf den Boden, sondern in eines ihrer Tücher, von denen sie Unmengen in den Falten ihres Kleides aufzubewahren schien. Und dann sah Christina, wie sie beiläufig eine Handvoll Asche vom Boden aufhob und mit dem Zeigefinger die Asche mit dem Schleim vermischte, bis eine widerlich zähe Masse daraus entstand. Zwischen den Knien klappte sie das Tuch ein paar Mal auf und zu und rieb die Flächen gegeneinander. Christina schüttelte innerlich den Kopf. Sie musste wirklich den Verstand verloren haben.

Doch dann erhob sich die schwere Frau und reichte dem Mórmaer ihren vollen Becher. »Trinkt, *hlæfweard*, das wird Euch aufwärmen!« Dann schob sie sich Schritt für Schritt auf Christinas Lager zu. Christina hielt den Atem an – hatte die Gier sie überwältigt? Gier nach der Belohnung?

»Ei, ei, ei, mein Täubchen, was machst du nur«, summte Beth und machte sich an den Lumpen zu schaffen, »ei, ei, ei, so heiß, mein Täubchen – du brennst ja im Fieber, mein Täubchen! Heilige Jungfrau … was seh ich da … all die roten Flecken!« Sie schlug die Hände über dem Kopf zusammen. »Die roten Flecken und diese blauen Flecken … ei, ei, ei, Täubchen, die hatten wir doch heute Morgen noch nicht …«

Die Männer drehten sich zu ihr um. Der mit der Peitsche tuschelte Máelsnechtai ins Ohr, es klang nach »Dreckslumpen« und »sicher 'n Aussatz, *hlæfweard*«.

»Hast du etwa Kranke hier?« Der Mórmaer beugte sich stirnrunzelnd vor. »Hier im Haus? Warum sagst du mir das nicht, bevor du mich hereinbittest?« Dass er das Haus einfach betreten hatte, spielte jetzt keine Rolle mehr, und die Frau wusste auf den Vorwurf erst auch nichts zu sagen. Ein kleines Mädchen begann zu schluchzen. Durch den Schmutz kroch sie unter die Röcke ihrer Mutter.

Christina erkannte ihre Chance. Sie zog sich die Kapuze noch weiter über den Kopf und fing leise an zu stöhnen, wie Leute es tun, die im Fieberdelirium wild träumen.

»Allmächtige Jungfrau, ich wusste es!«, lamentierte Beth sogleich los, und Christina erkannte glücklich, dass sie denselben Gedanken gehabt hatten. Keine Gier, kein Wahnsinn, sondern Vorbereitung ihrer Flucht. Was auch immer sie mit dem widerlichen Tuch plante …

Und Beth zögerte nicht. »Allmächtige Jungfrau, ihre Pusteln laufen aus – liebste Freundin, wir haben nicht genug gebetet für das arme Kind … ach, habt Ihr ein wenig Leinen für mich, dass ich den Eiter aufwischen kann und er nicht Euer Bett tränkt, seht her, mein Tuch ist ja schon feucht – und seht, wie schwarz der Eiter ist, Jesus Christus, habt Ihr so etwas Schwarzes schon einmal gesehen …« Theatralisch schwenkte sie den von schwarzem Schleim tropfenden Lappen in der Luft und beugte sich dann über Christina.

»Gut macht Ihr das, *hlæfdige*, nun noch ein wenig mehr«, flüsterte sie. »Ich weiß, dass Ihr todsterbenskrank seid, Gott steh Euch bei, Ihr jammert ja, als hätte Euch der Leibhaftige beim Wickel.« Der lachte aus einer Ecke, sein Huf schlug nach ihr, verfehlte sie.

Christina stöhnte, ihr Husten indes war echt, ursprünglich zwar ein Mitbringsel aus der eisigen Bergluft, jetzt aber aus echtem Ekel geboren, denn das schmierige Tuch wedelte vor ihrer Nase herum. »Ach Gott, ach, im Himmel, liebste Freundin …« Beth drehte sich um. Die Hausfrau hockte mit starrem Blick am Feuer. Nackte Angst hatte ihr Gesicht in eine Maske verwandelt, nichts war mehr von der mutigen, tapferen Hausherrin übriggeblieben, die sie an der Tür so beeindruckt hatte.

»Schaff dieses Weib hinaus«, bellte der Mórmaer, »ich hab keine Lust, mir Eiterpusteln zu holen, bloß weil sie mich anschaut. Sie hat mich angeschaut – vielleicht sogar verhext mit ihren verdammten Eiterpusteln…« Mit böse verzerrtem Gesicht versuchte er einen Blick auf ihre Züge zu erhaschen, doch Beth war schneller und wischte mit dem Tuch darin herum. Christina würgte, wollte sich wehren. Der eine Bewaffnete kam näher, da hielt sie still, den Tränen nahe vor Ekel.

»Ich werf sie raus, *hlæfweard*«, sagte der Mann gleichmütig. Beth kam ihm zuvor – sie lud Christina auf ihre Arme und wedelte mit ihrem schwarzen Tuch vor sich her.

»Fort, macht mir Platz – aus dem Weg, ihr Herren…« Der Schotte wich vor dem Tuch und vielleicht auch vor ihrer Erscheinung, stolperte über das kahlköpfige kleine Mädchen, riss eine glimmende Torfplatte vom Stapel. Ein weiteres Kind heulte auf, als die Torfplatte seine Beine berührte. Máelsnechtai schleuderte seinen Napf nach den greinenden Kindern. Er traf das Mädchen am Kopf, der Napfinhalt verzischte in der Glut.

»Schafft sie hinaus, allesamt!«, brüllte er. »Schafft mir euer stinkendes Gesindel aus den Augen, ich bin müde – worauf wartet ihr?« Und sein Begleiter riss für Beth die Tür auf und gab ihr, als sie über die Schwelle schritt, noch einen ordentlichen Tritt in den breiten Hintern, dass sie vornüber in den Schnee kippte und Christina unter ihrer Last begrub. Die Schotten lachten, dass das windschiefe Haus wackelte. Dann schlug die Tür hinter ihnen zu.

»Heilige Jungfrau«, brummte Beth, »was für ein Unhold.« Sie wälzte sich von Christina herunter und in den Schnee. »Ich verstehe jetzt, warum wir vor ihm das Weite suchen, *hlæfdige.*«

Christina war froh, ihr Gewicht loszuwerden, und atmete tief durch. Die klare Nacht füllte ihre Lungen mit frischer Luft. Sie fuhr sich mit einer schneenassen Hand durchs Gesicht, tastete nach dem Stundenbuch auf ihrem Rücken. Dank Beths Riemenbefestigung steckte es sicher und fest unter ihrem Kleid. Der Fahle war im Haus geblieben, vielleicht um die Kinder zu erschrecken. Gottlob war er ihr und dem Buch nicht gefolgt, und sie wähnte sich sicher… er war ihr nicht gefolgt…

Der dritte Schotte machte sich immer noch an den Pferden zu schaffen, sattelte ab, raschelte mit einem Hafersack. Es roch nach frischen Pferdeäpfeln, Schweiß und feuchtem Leder. Die Rösser hatten sich nach dem scharfen Ritt beruhigt. Ihr Malmen und Schnauben legte einen Frieden nahe, der so falsch war wie ein Lied auf dem Schlachtfeld.

Keine der beiden Frauen wagte sich zu bewegen. Die Gefahr war nicht vorbei – nicht, solange der Pferdeknecht sie noch entdecken konnte. Der Mann drehte sich um. Die Atemwolke des Fahlen vernebelte sein Gesicht, wütend blähten sich die Nüstern, als er an ihm vorbeisprang. Der modrige Geruch nach Tod kroch unaufhaltsam auf Christina zu.

Von drinnen erklang ein spitzer Schrei, dann flogen harte Gegenstände umher, zu Tode erschrockenes Kindergebrüll erfüllte die Nachtluft – der Fahle schlug aus. Máelsnechtais Stimme überdröhnte alles, und seine Flüche waren furchtbar. Das Schreien der Frau ging in entsetzte Schluchzer über, wieder flog Mobiliar gegen die Wände. »Mama!«, weinte ein Kind, man hörte das Klatschen, wenn Hände auf Menschen treffen.

»Lasst sie, nehmt mich!«, gellte ihr Schrei durch die Nacht.

»Erst sie, dann dich…«, lachte der Mórmaer.

Der Mann bei den Pferden hatte sich umgedreht. Langsam kam er näher, wohl unschlüssig, ob er sich dazugesellen sollte. Beth umschlang Christina mit beiden Armen »Bleibt ganz ruhig, in Jesu Namen…«, flüsterte sie. Schnee knirschte, eine eigenartige Untermalung des Dramas im Hause, wo man nun Menschen herumlaufen hörte. Dann gab es einen harten Fall und bitterliches Weinen, welches in schmerzerfülltes, abgehacktes Schluchzen überging, in jenem eigenen Rhythmus, den ein Mann vorgab, wenn er sich mit Gewalt nahm, was er nicht freiwillig bekommen konnte.

Der Mórmaer von Moray gestattete seiner Lust lautstark freien Lauf. Sie fand den Weg durch alle Ritzen und durch den Rauchabzug und ließ alle auch außerhalb des Hauses wissen, dass ein Frauenleib nicht genug sein würde und dass er, nun aufs äußerste erregt, nach mehr gierte.

Christina hielt das nicht aus. Wo war Nial, warum verhinderte er das hier nicht? Er hatte versprochen, hinter ihnen zu bleiben – wo steckte er? Warum kam er nicht zu Hilfe? Waren sie etwa schon wieder aufeinandergetroffen, der Mórmaer und er? Hatten sich geschlagen, gekämpft? Jeder weitere Gedanke an das, was noch passiert sein könnte, schmerzte wie ein Messerstich. Und doch musste sie auf Gott den Allmächtigen vertrauen und vorwärts denken. Und nicht daran, was sie möglicherweise verlieren würde. Das hatte Nial beim Abschied auch noch gesagt.

Verlieren. Verlieren … Sie befreite sich aus Beths Armen und rappelte sich ungeschickt aus dem Schnee hoch. Beth griff in stummem Entsetzen nach ihrem Mantel, nach einer Falte, um sie aufzuhalten, nach irgendeinem Fetzen, doch er verrutschte nur auf ihren schmalen Schultern. Beim Aufstehen glitt die Kapuze von Christinas Haar. Verräterisch wallte die helle Pracht über ihren Rücken.

»*Hlæfdige* Christina!«

Der Mann stürzte auf sie zu, fasste sie bei den Armen, drehte sie ins Licht der Hoflaterne. »*Hlæfdige* … Ihr …« Ruaidrís Stimme überschlug sich fast. Er ließ sie los, packte sie erneut und wusste offenbar weder was er tun, noch was er sagen sollte hier draußen im Schnee, während drinnen die Frau jetzt jammernd um das Leben ihrer kleinen weinenden Mädchen bettelte.

»Ich muss hinein, lasst mich durch«, giftete Christina den Schotten an, der sich ihr zumindest in den Weg stellte, »lasst mich vorbei, im Namen der Jungfrau …«

»Ihr könnt nichts tun, *hlæfdige*! Bringt Euch selbst in Sicherheit!« Ruaidrís Griff wurde fester. Spitze, angsterfüllte Schreie gellten jetzt durch die Nacht, und ersticktes Weinen war zu hören, immerzu Weinen, zunehmend überlagert von des Mórmaers Stimme. Immer lauter wurde es im Haus, man konnte kaum noch einzelne Stimmen voneinander unterscheiden.

Nur die grenzenlose Qual, die drang an allen vorbei nach draußen.

Ruaidrí riss Christina von der Tür weg und nach kurzem Zögern an sich. »*Hlæfdige* – flieht! Er will Euch! Er zwingt mich, ihm zu helfen – das müsst Ihr mir glauben! Flieht!« Sie sahen sich in die Augen. Christinas Misstrauen war unüberbrückbar – er hatte sie an den Mórmaer verraten. Angewidert stieß sie ihn von sich.

»*Hlæfdige*, vergebt mir«, flüsterte er und sank vor ihr auf die Knie, packte ihr Kleid, ihre Hände, »vergebt mir, wie vergelte ich Euch Eure Hilfe …«

»Helft uns hier raus«, sagte sie heiser.

»Eure Pferde stehen hinter dem Haus angebunden, *hlæfdige*«, flüsterte er zurück. »Ich …«

»Die Dicke!«, brüllte es da von drinnen, »her mit der Dicken – ich will die Dicke!«

»Mehr kann ich Euch nicht helfen, *hlæfdige*«. Seine Stimme nahm einen gehetzten Tonfall an. »Rasch, fort mit euch hinters Haus, dort stehen eure Pferde. Fort mit euch …« Hastig stürzte er zu Beth und riss sie vom Boden hoch. »Fort mit euch, fort, alle beide, und reitet, so schnell ihr könnt! Gott schütze euch – der Schnee verrät ja eure Spuren, *hlæfdige*, reitet schnell …«

Ächzend hielt Beth sich den schmerzenden Hintern. »Wer seid Ihr, dass Ihr ein doppeltes Spiel treibt? Wenn Ihr der Dame helfen wollt, dann helft der armen Frau da drinnen, Feigling!«, zischte sie böse.

»Ich kann nicht …«

»Feigling!« Beth spuckte vor ihm aus. »Kommt, *hlæfdige*.«

Sie fasste Christina am Arm und zog sie von Ruaidrí weg. Dann drehte sie sich noch einmal um und hob die Faust. Mit einem Schlag beförderte sie den schmalbrüstigen Schotten in den Schnee. »So. Feigling, verdammter. Nehmt das zum Andenken an mich.« Und noch einmal spuckte sie auf den stöhnenden Ruaidrí. »Und das ist für die da drinnen.«

Zusammen liefen sie an die Hausecke, wo ein Stück weiter hoffentlich die kleinen Pferde warteten. Keinen Moment zu früh verschwanden sie von der Haustür, Christina sah noch, wie sie aufflog und der Mórmaer mit halb offenem Hemd und schlabbernder Bruch aus dem Haus stolperte und sich wild umschaute, während haltloses Weinen nach draußen drang – Schluchzen, Wehklagen, Schmerzenslaute. Die Frau drinnen begann hysterisch zu schreien, kaum dass der Besucher das Haus verlassen hatte: »Beweg dich, Æthel … sag was, tu was, beweg dich – Allmächtiger, habt Erbarmen, ihr Engel, mein unschuldiges Kind, mein schönes Mädchen, mein Augapfel, meine Æthel, Allmächtiger, gütige Jungfrau, steh mir bei – lieber Gott …« Man hörte einen Schlag ins Gesicht, ein Stöhnen, dann war sie still.

Christina fuhr herum, wollte zurücklaufen, doch nun zog Beth sie unnachgiebig weiter. »Nein, *hlæfdige* – wir können nichts mehr tun! Wir können nichts mehr tun, wir können diesen Leuten nicht mehr helfen, niemandem hier – sie müssen sich selber helfen, *hlæfdige*, niemand kann ihnen helfen, niemand …« Beth weinte, das hörte man ihrer Stimme an. Trotzdem hatte sie die Kraft, Christina um die nächste Hausecke zu schieben – und da standen die beiden Pferde tatsächlich einträchtig nebeneinander im Mondlicht, so, wie sie sie dem Jungen überlassen hatten.

Mit zitternden Händen band sie die Pferde los.

»Wohin?«, murmelte Christina völlig verwirrt und schaute sich um. Überall nur Dunkelheit, schwarze Bäume, der Himmel war voller Wolken, die sich daranmachten, den vorwitzigen Mond wieder zu verdecken. Jähe Sehnsucht nach Nials Zuversicht gebenden Armen drohte sie zu überwältigen. »Wohin, Beth … wir haben uns verirrt …«

»Nein, *hlæfdige*. Haben wir nicht.« Mit ihrem starken Arm hob die Frau Christina auf den Pferderücken, und als das Pferd erschrocken auf die Hinterbeine stieg, riss sie es an einem Ohr wieder zu Boden. »Und du schwarzer Teufel, dir werd ich helfen, deine Herrin abzuwerfen«, knurrte sie böse. »Wir werden dich aufessen, wirst schon sehen – besser, du gehorchst …«

Woher Beth auch wusste, welchen Weg sie nehmen mussten – es war ein sanfter Weg ohne Steigungen und ohne jede Bedrohung. Sie ritten über schneebedeckte Heide, und nach und nach gaben die Wolken den Himmel frei. Der Mond war noch nicht ganz voll, aber stark genug, um ihnen als Laterne zu dienen. Die Pferde wirkten frisch. Sie eilten im flotten Pass über die Heide, sodass nicht einmal Beth meckern konnte.

An einem Bach machten sie Rast. Beth hatte etwas von dem modrigen Brot eingesteckt – sie teilten es sich, weil der Hunger biss. Auf einem kleinen Findling kauerten sie nebeneinander, und die Arme der Frau waren lang genug, um Christina zu umfangen und ihr von ihrer Wärme abzugeben.

»Schaut nur, *hlæfdige*«, flüsterte sie auf einmal. »Schaut – so langsam glaube ich an Vergebung, schaut bloß! Gott existiert! Allmächtiger …!« Und sie sank von dem Stein herunter in den Schnee und auf die Knie und faltete die Hände, um laut ein Paternoster anzustimmen, denn über ihren Köpfen entfaltete Gott für sie ein Bild aus Hoffnung und Schönheit.

Etwas Grünes stieg über den Wäldern empor. Wie ein feiner Stoff, den jemand in die Luft geworfen hatte. Er bewegte sich. Breitete sich aus, quer über den Himmel, wurde feiner und schmaler … bis er zu einem Schal gefaltet genau über ihnen lag. Ein hellgrüner Regenbogen, mitten in der Nacht.

Christina musste blinzeln, weil er so grell war, und dehnte ihren Hals nach vorne, als der Nacken steif wurde.

Als sie wieder hochschaute, war da ein Engel am Himmel. Er flog über ihnen und hatte seine Schwingen über das Firmament gebreitet. Riesige Schwingen, die an beiden Seiten bis fast zur Erde reichten, und sie flogen – sie flogen dahin!

Christina hörte ihr Rauschen und ein leises Klingeln, als ob tausend Glöckchen an jeder einzelnen Feder hingen, um der Welt von Gottes Allmacht zu künden. Wie kleine Vorhänge wehten die Federn im Wind, nach hier und nach dort, sie teilten sich und fanden wieder zusammen. Schließlich begannen sie sich zu kringeln, und der Engel flog davon. Hinter ihm wallte ein hellgrüner Vorhang, der immer dünner wurde und schließlich in feinste Spitze zerfiel. Dann war der Himmel dunkel.

Schweigend warf der Mond sein Licht zur Erde.

ZEHNTES KAPITEL

Und es ging heraus ein anderes Pferd, das war rot.
Und dem, der daraufsaß, ward gegeben,
den Frieden zu nehmen von der Erde
und dass sie sich untereinander erwürgten;
und ward ihm ein großes Schwert gegeben.
(Offenbarung des Johannes 6,4)

Beths Jammern war verklungen.

Im beißenden Wind, in der Müdigkeit, vielleicht hatte sie tatsächlich auch aufgehört, sich zu beschweren – über die Eile, über die Unbequemlichkeit,und über das verfluchte Reittier, das nicht aufhören wollte zu bocken, weswegen sie unterwegs Halt gemacht und sie mit ihrem Mantel am Pferd festgebunden hatten. Die dicken Knoten fand das Pferd noch unbehaglicher als die große Frau, aber sie rutschte nun nicht mehr auf seinem Rücken herum. Irgendwann gab das Tier das Bocken auf und lief stattdessen mit Katzenbuckel, was ihm neue Flüche eintrug, die schließlich in der Klage gipfelten: »Ich bin nur eine einfache Frau, was reite ich hier eigentlich in der Gegend herum!«

Christina fühlte sich auf ihrem Pferd wie zuhause. Es gab da eine stumme Verbindung zwischen ihr und dem Tier, und sie erinnerte sich an eine Bemerkung Katalins, wonach der *táltos* in den alten Zeiten stets mit einem Pferd gesehen worden war. Katalin hätte ihr noch mehr erzählen können. Doch sie hatte all die Geschichten um den *táltos* und die Fähigkeiten, die in Christina wohnten, mit ins Grab genommen. Nun würde Christina nie erfahren, was genau es mit dem Pferd auf sich hatte und warum Margaret nicht die gleichen Kräfte hatte wie sie. Sie lächelte traurig vor sich hin, während sie die üppige Mähne um ihre Hände wand. Dieses Tier war etwas Besonderes und ihr ähnlich verbunden wie der kleine Vogel, den sie aussenden konnte…

Je weiter sie nach Süden kamen, desto milder wurde das Wetter. Beth führte sie in die Nähe des Meeres. Sie versicherte immer wieder, dass sie den Weg nach Jarrow kannte – doch niemand hatte je erwähnt, dass das Kloster am Meer lag! Trotz allem, was sie miteinander erlebt hatten, musste Christina doch immer wieder gegen das alte Misstrauen ankämpfen, dass Beth sie möglicherweise nur ausrauben wollte. Sie in irgendeiner düsteren Schlucht vom Pferd zerren, ihr die Kleider vom Leib reißen, das kostbare Buch an sich nehmen und sie hilflos im Schnee liegen lassen würde…

Unsicher sah sie sich nach der Frau um, die sie nun seit Tagen begleitete, ohne sie zu kennen, auf einer Reise, deren Ziel sie ebenfalls nicht kannte – und deren Ausgang durchaus ungewiss war. Alles nur, um ihre furchtbaren Sünden mit guten Taten aufzuwiegen und ihre Buße abzumildern – um sich freizukaufen. Gott ließ sich doch auf solch einen Handel gar nicht ein. War Beth das denn nicht klar? Wild schüttelte sie den Kopf, um diese Gedanken aus ihrem Kopf zu vertreiben.

Das viele Reiten hatte nicht nur ihre Beine wund werden lassen, auch die Riemen, die das schwere Stundenbuch auf ihrem Rücken hielten, hatten tiefe Striemen in ihre Schultern gefressen. Als sie die Riemen vorsichtig verschob, brannten diese Striemen wie Feuer. »Schsch…« Sie sog Luft durch die Zähne ein, um Beth nicht zu wecken. Links neben dem Felsdach, wo sie vor der Dunkelheit Unterschlupf gesucht hatten, gurgelte ein kleiner Bach. Im Schein des Feuers blitzten winzige Wellen auf und versteckten sich wieder unter den schimmernden

Nachfolgern. Sicher war der Bach im Sommer voller silbrig blinkender Forellen. Beim Gedanken an gesottenen Fisch und wie man ihn in London zubereitet hatte, lief ihr das Wasser im Mund zusammen. Ein aromatisch gekochtes Wurzelgemüse hatte es gegeben, und in den Fisch hatte man getrocknete süße Früchte und kleine salzige Fische gestopft. Sie versuchte, die Gedanken zu vertreiben und sich an das karge Essen im Kloster zu erinnern. An den dünnen Haferbrei, den die Nonnen gekocht hatten. Manchmal hatte es einen Löffel Honig dazu gegeben, meist war der Brei jedoch nur etwas gesalzen gewesen. Mutter Eadburh hatte Stolz empfunden, dass in ihrem Kloster die Regeln des Benedikt weitaus konsequenter eingehalten wurden als in den Mönchsklöstern, bei denen man von wilden Schlemmereien selbst an Wochentagen und allgemein sündhaftem Tun erzählte. Damals war ihr das fromme Fasten leichtgefallen. Damals. Als ihre Welt noch eine Ordnung gehabt hatte. Das schien so endlos lange her zu sein…

Leise verließ Christina die Feuerstelle und trat zu den Pferden. Beth hatte an jedem Ross eines ihrer Bündel befestigt – Christinas Pferd trug, wonach sie suchte: die merkwürdigen Tiegel mit den stinkenden Pasten, die sie bei Berwin ausgepackt hatte. Den Holztiegel, der noch am besten roch, schob sie in ihre Rocktasche. Bis zum Bach würde der Feuerschein reichen, sie wusste ja, woher der Schmerz kam und wo sie die Paste auftragen musste. Am Wasser angekommen, zwang sie sich trotz der eisigen Kälte, das Hemd ganz zu öffnen und von den Schultern zu ziehen. Der Wind fegte vorbei und drückte ihr seinen kalten Kuss auf die Haut, versprach, noch mehr Schmerz zu lindern, wenn sie ihm nur zeigte, wo. Spielerisch hob er ihren Rock, fingerte an den Beinen und suchte im gebauschten Oberteil. Sie drückte zitternd die Kleidung an sich. Ein dummer Einfall, sich hier allein und mitten in der Nacht halb auszuziehen. Aber nun hatte sie einmal damit angefangen. Und Beth hatte ihr nicht gesagt, wie lange sie noch würden reiten müssen. Mit dem Finger tastete sie über die vom Eiter nässende Schulter. Der Gedanke, sich den schweren Beutel wieder auf den Rücken zu hängen, wurde unerträglich.

Wie wohltuend wäre jetzt Katalins sanfte Hand, mit welcher Hingabe würde sie die zarte Haut pflegen, wie sie das all die Jahre getan hatte, stets im Bewusstsein, eine Dame von hoher Geburt vor sich zu haben … In diesen turbulenten Tagen war nicht einmal Zeit gewesen, ihrer Seele zu gedenken.

»Ach, Katalin«, flüsterte sie traurig. Selbst der Klang des Namens schuf schon ein Gefühl von Geborgenheit, und so wisperte sie ihn wie eine Gebetszeile vor sich hin: »Katalin. Katalin. Liebe Katalin. Liebste Katalin …«, während sie allen Mut zusammennahm und erst Wasser über die schmerzenden Stellen laufen ließ und dann von dem übelriechenden Fett auf die Wunden schmierte. Der Wind rümpfte die Nase. Er tanzte um sie herum, zupfte hier, zog da am Kleid, er hatte doch versprochen zu lindern, sie musste ihm einfach nur mehr zeigen … Sie wurde immer unruhiger.

Es war, als hätte der Wind Augen. Ja, vielleicht hatte er Augen. So wie der düstere Wald gegenüber. Und nicht nur dieser. Jedes Mal, wenn Beth sie auf einen dieser endlosen Waldwege geführt hatte, von denen aus man den Himmel nicht erkennen konnte und deren Böden niemals das Tageslicht sahen, hatte sie sich beobachtet gefühlt. Hinter den Büschen steckten vielleicht Feen, Waldwesen oder wilde Männer, die ihre behaarten Körper von keiner Kleidung wärmen ließen und doch niemals froren … Furchtsam schaute sie sich um. Wirklich gesehen hatte noch niemand einen wilden Mann. Aber davon erzählen konnten sie alle.

Doch es brauchte keinen wilden Mann, um die eisige Luft aufzuladen. Das andere Bachufer lebte. Es bewegte sich … und begaffte sie neugierig. Der Wald war mehr als nur neugierig. Er war aufdringlich. Er kam näher. Davon hatte ihr nie jemand erzählt – und niemals in ihrem Leben war sie nachts alleine draußen gewesen. Sie kannte keine flüsternde Dunkelheit und keine glotzende Finsternis. Es war besser, zu Beth zurückzukehren, so schnell wie möglich.

Christina nahm allen Mut zusammen und schmierte sich eine noch dickere Schicht Fett aus dem Tiegel auf die Schultern. Dann zog sie rasch das Hemd hoch und knotete die Bänder zu einer festen Schleife, damit auch der Wind nicht hineinfassen konnte. Schließlich hob sie noch die Röcke, um ihre Beine und das schmerzende Gesäß zu salben. Es fühlte sich gar nicht gut an, mit hochgehobenen Kleidern dazustehen. Das hier war schlimmer als im Badehaus, wo die alten Nonnen immer gegafft hatten, wenn sie in den Zuber stieg. Die Nonnen hatten ja vor ihr gestanden. Ihr klopfte das Herz. Es knackte im Gebüsch. Da atmete doch etwas… da war doch jemand. Sie ließ die Röcke fallen, kauerte sich in die Hocke und schaute sich um. Ein wildes Tier, bereit zum Sprung? Beth hatte ihr von Katzen erzählt, die von Bäumen heruntersprangen und Menschen anfielen. Da: In der Ferne heulten Wölfe. Einer hub an, drei weitere fielen ein, begleiteten sein schauerliches Lied, erhoben sich über seine Stimme, übertönten sie, dann kroch die erste Stimme unter den Chor der anderen und begann von neuem… sie konnten überall sein. Hinter den Bäumen. Hinter dem Bach. Hinter dem Horizont.

Welches Glück, Beth bei sich zu haben… die große Frau konnte mit ihrem Mut und ihrer Zuversicht alle Gefahren vertreiben. Christinas Herz trommelte wie wild, während sie sich umsah. Das Geheul ließ nicht nach. Bloß zurück zum Feuer, dorthin würden ihr all diese Geister nicht folgen! Sie lud sich das Stundenbuch auf den Rücken und biss die Zähne zusammen, als sich die Riemen wie Klauen in die Schultern gruben. Tonnenschwer hing das Buch an ihr herab – bisher war ihr das nicht so aufgefallen. Sie schnürte sich den unteren Riemen um die Taille, streifte Kleid und Mantel über und bückte sich, um den Salbentiegel aufzuheben. Das Buch hockte ihr im Rücken wie ein klammernder Alp. Sie griff sich an den Hals, doch da waren keine Arme. Trotzdem bekam sie kaum noch Luft. Der Hunger narrte sie ja schon. Hoffentlich würden sie am Morgen etwas zu essen finden. Und einen warmen, sicheren Platz zum Ausruhen – und hoffentlich bald in Jarrow ankommen.

Die wenigen Schritte zum Feuer hinüber kamen ihr vor wie eine lange Reise.

»Beth«, flüsterte sie. »Beth, wach auf.«

Gleichmäßiges Schnarchen drang aus dem riesigen Mantel, in den Beth sich so gewickelt hatte, dass sie eher aussah wie eine fette Made. Ihr Gesicht war nicht zu sehen, nur die Geräusche wiesen die Richtung. Christina hatte sich bereit erklärt, die erste Wache zu übernehmen, aber nun beneidete sie ihre Begleiterin um den gesegneten Schlaf, den nicht einmal die wilden Tiere stören konnten.

»Ach, Beth...«

Der Felsvorsprung bot nicht viel Schutz. Das Feuer spendete nur wenig Wärme, jeder Windstoß blies ihr Rauch ins Gesicht, und er schien sich einen Spaß daraus zu machen, sie zu finden, wohin sie unter dem Felsen auch rutschte. Sie erinnerte sich nicht mehr daran, wessen Einfall es gewesen war, ausgerechnet hier Rast zu machen – und gleich die ganze Nacht. Warum man nicht ein Gehöft aufgesucht hatte. Sie wusste noch, dass Beth irgendwann ratlos angehalten hatte, vom Pferd gestiegen war und zugegeben hatte, den Weg in der Dämmerung verloren zu haben. Aber das sei nicht schlimm, bei Tagesanbruch würde man sich schon wieder zurechtfinden. Das Brot hatten sie am Abend aufgegessen, danach hatte es nur noch eine im Feuer geröstete Zwiebel gegeben, gegen die ihr Gedärm nun aufbegehrte.

Stille trug die Nacht auf ihren Händen. Die Wölfe waren verstummt. Christinas Mund war wie ausgedörrt, ihr Herz wollte zum Hals hinaus, und sie kratzte nervös an ihrem Unterarm herum. »Beth, wach doch auf. Ich glaube, wir sind nicht alleine …«

Das Gefühl wurde unerträglich. Irgendwer beobachtete sie. Saß in den düsteren Büschen, hinter den anderen Felsen, ganz nah – fast konnte sie es ja riechen. Da war jemand. Merkte man den Pferden nichts an? Sie standen ruhig angebunden – und waren wach. Die schwarzen Augen blitzten im Feuerschein. Die Stute war hellwach und hatte ihre Ohren gespitzt. Leise warnend schnaubte sie.

»Beth …« Vorsichtig rutschte Christina um das rauchende Feuer herum und rüttelte an ihrer Begleiterin. Dann roch sie es. Die Kanne, die Beth sich an der Herberge erbettelt hatte, lag geleert und mit offenem Deckel neben dem Feuer. Ein dünnes Rinnsal sickerte durch den platt getrampelten Schnee. Ein absonderliches Biergebräu, dessen Geruch Christina abgeschreckt hatte. Die Wirtin in der Herberge hatte so ausgesehen, als ob sie sich mit Rauschkräutern auskannte. Christina hatte nichts von dem Zeug getrunken. Beths Rausch aber schillerte in den Farben des Bierfasses, und alles, was sie hervorbrachte, war ein undeutliches Grunzen.

Dann riss die Stute den Kopf hoch. Ihre Mähne flog im Schein des Feuers, ihre Augen blitzten. Im Gebüsch raschelte es, jemand lachte mit tiefer Stimme, Schritte waren zu hören, Knacken, ein blinkendes Schwert köpfte übermütig hohes Gras. »Schön, dass Ihr uns mit einem warmen Feuerchen begrüßt, *hlæfdige*, ich hatte schon befürchtet, Ihr wärt auf Eurer Reise auch aller Manieren verlustig gegangen«, erklang Máelsnechtais Stimme aus den Schatten. Nur die breite Brosche, die seinen Mantel zusammenhielt, schimmerte im Licht. Christina rüttelte wie wild an Beths Arm, doch die Frau rührte sich nicht, offenbar war sie sturzbetrunken.

Dann stand er vor ihr, breit und unüberwindlich wie ein

Berg, und fasste sie am Arm. Sein Griff war eisenhart. Mit der anderen Hand riss er ihr die Kleider von der Schulter.

»Am besten, ich mache Euch gleich hier an Ort und Stelle zu meinem Weib und beende diese lächerliche Flucht. Ich bin es wirklich müde, Euch durch halb England zu folgen, *hlæfdige* Christina.«

Sie versuchte sich zu befreien, wenigstens an ihm vorbeizuschauen, denn aus dem Dickicht tauchte ein weiterer Mann auf – Ruaidrí. Warum half er ihr nicht?

»*Hlæfweard*, ich fliehe nicht, ich habe eine Aufgabe zu erfüllen – Ihr hindert mich daran, das zu tun!«, zischte sie.

»Eine Aufgabe«, höhnte er, »so, so, was Ihr nicht sagt. Eine züchtige Ehefrau hat nur eine Aufgabe – ihren Gatten zufrieden zu stellen. Wusstet Ihr das nicht? Wir fangen am besten gleich hier an …«

Das Stundenbuch presste sich wie eine Felswand gegen ihren Rücken und zwang sie, sich zu straffen. Kraft sickerte in ihren Körper, ließ sie alle Muskeln anspannen. Máelsnechtai lachte. »Ihr entkommt mir nicht mehr, *hlæfdige*.« Glühend heißer Atem wehte ihr ins Gesicht, doch er kam nicht vom Mórmaer … der Atem stob aus einer breiten, bebenden Nüster. Wenn sie nicht floh, würde er ihr Haar in Brand setzen! Der Fahle stand wartend am Waldrand, und er war nicht alleine gekommen! Sein feuerroter Gefährte tanzte funkensprühend um sie herum, das lange, brennende Mähnenhaar wie einen Vorhang hinter sich herziehend, ohne dass ein Huf es berührte. Wo es entlangglitt, schmolz der Schnee dahin und verbrannte das darunterliegende alte Wintergras.

Ein Schwert ward mir gegeben …

Der Feuerrote setzte zum Sprung an. Seine Mähne würde sie hinwegfegen. Sie spannte sich, duckte sich, als er losflog, und riss sich aus dem eisernen Griff des Mórmaer los. Der brüllte auf und stürzte ihr hinterher, ohne dass der Rote ihn daran hinderte – die apokalyptischen Reiter begleiteten nur Christina, das hatte sie bereits begriffen. Es machte ihre Furcht vor ihnen zu einer sehr einsamen Sache… Mit einem flinken Haken um die Feuerstelle herum konnte sie ihm gerade noch entwischen. Máelsnechtais wütender Schrei ließ den Wald erzittern. Sein Schwert zerteilte das Feuer – oder war es die Klinge des Roten? Glut sprang in tausend kleinen Irrlichtern durch die Luft, die Pferde scheuten, die Stute versuchte zu steigen und sich vom Seil zu befreien.

»Beth! Weg hier!«, schrie Christina und stolperte vorwärts, den Mórmaer im Nacken. So heftig sie konnte, trat sie Beth mit dem Fuß, um dann über sie hinwegzuspringen, wie es das feuerrote Pferd an ihrer Seite tat. Die Mähne loderte wie ein Feuervorhang über Beth hinweg, ohne sie zu verbrennen. Christina war ihm ein paar Schritte voraus, was ihr Zeit gab, das Seil aus dem Baum zu nesteln und sich auf den Rücken der tänzelnden Stute zu ziehen. »Komm, Beth!«, schrie sie verzweifelt. Die Gestalt des Mórmaer verdunkelte das kleine Feuer. Doch der Rote erhob sich fauchend auf die Hinterhufe und warf sein gleißendes Licht auf die hungrige Klinge. Seine Glut tropfte in das Feuer, nährte es und ließ es in Wellen so hochschäumen, dass der Platz unter dem Felsvorsprung fast taghell erleuchtet war.

Beth erwachte lallend. Sie stützte sich auf den Ellbogen, hob den anderen Arm wie eine Waffe. Doch das half ihr nicht, ihr Weg war hier zu Ende. Das Schwert des Mórmaer durchbohrte ihre Brust – dort, wo der Tod suchen geht, wenn er es besonders eilig hat. Beths Schrei endete in einem Gurgeln, welches durch ihren gesamten Körper zu wandern schien, quälend langsam, quälend lang. Ebenso langsam sank sie auf den Rücken. Das Schwert stak so fest in ihrer Brust, dass es den Händen des Mórmaer entglitt; er musste tatsächlich einen Schritt auf sie zuspringen, um seine Waffe aus dem Körper herauszuziehen. Das tat er mit wütendem Gebrüll, und weil es ihn solche Mühe kostete, trat er die Sterbende zusätzlich gegen den Kopf. Ihr Gurgeln verebbte, dann lag sie still am Feuer.

Christina erstarrte. Für den Moment erstarb jedes Geräusch um sie herum. Ihr Kopf befand sich in einer Blase, durch deren Haut nichts dringen konnte, vor allem kein Schmerz. Dann schrillte der Ton im Ohr, so laut wie niemals zuvor, und in ihrer Pein bohrte sie das Gesicht in die Mähne der kleinen Stute und fasste mit beiden Händen in die dicken Haarbüschel, als könnten diese ihr Halt geben. Auf diesen Moment schien das Pferd gewartet zu haben: Während Máelsnechtai sein Opfer in einer Mischung aus Abscheu und Erstaunen betrachtete, drehte sich das Pferd vorsichtig, trat mit ein paar kurzen Schritten um den Schotten herum und sprang dann aus dem Stand mit einem Riesensatz über das Feuer hinweg! Christina klammerte sich an seinem Hals fest, beide Hände tief in der Mähne vergraben. Nun galt es nur noch festhalten – festhalten – oben bleiben, nur nicht fallen, denn hinter dem Feuer wartete keuchend der Rote. Die Stute flog mit spitzem Wiehern einfach durch ihn hindurch. Bevor sein glühender Schweif sie erwischen konnte, hatte sie hinter ihm auf dem Boden aufgesetzt und stob nach einem Galoppsprung im Pass los, stets darauf bedacht, ihre Reiterin nicht zu verlieren. Der Mórmaer setzte zur Verfolgung an, doch in der Dunkelheit kam er nicht weit, und so brüllte er ihnen voll Wut hinterher: »Bleib stehen, verfluchte Dirne! Ich krieg dich noch!«

Ein heftiger Windstoß fuhr durch den Tannenwald und ließ die Bäume ächzen, damit wenigstens einer den Tod der treuen Begleiterin beklagte. Der Wind half ihnen bei der Flucht, indem er herabfallende Äste querlegte und hinter ihnen einen morschen Baum fällte. Er blies sich immer mehr auf und zeigte seine Macht, während Christina sich wie erstarrt auf dem Rücken der kleinen Stute festklammerte.

Sie ahnte, dass es jetzt nur noch um ihr eigenes, kleines, nacktes Leben ging.

Mit traumwandlerischer Sicherheit fegte das schwarze Pferd durch den nächtlichen Wald, ohne auch nur einmal einen Baum zu berühren oder seine Reiterin an tiefhängenden Ästen abzustreifen. Es schien jeden Abhang rechtzeitig zu wittern, verlangsamte seinen Lauf und trippelte die Böschung im Schritt hinunter. Unten angekommen, rannte es ohne Verschnaufpause sofort weiter. Christina umschlang den Pferdeleib mit ihren Beinen. »Lauf, Mädchen, lauf«, flüsterte sie blind in die fliegenden Mähnenhaare und hoffte nur noch, dieses Rennen gegen den Tod zu gewinnen... Das kleine schwarze Pferd schien genau zu wissen, wie es laufen musste. Die Nacht wurde lichter – der Wald lag hinter ihnen. Voller Neugier schob sich der Mond aus der Deckung. Wärme hatte tiefe Löcher in die Schneedecke gefressen – die Stute schien diese Löcher zu suchen, als ahnte sie, dass das Laufen dort leichter fallen würde als im Schnee, der niemals verriet, welche Gräben er verbarg. Die Galoppsprünge wurden ruhiger. Sie hatten ihre Verfolger abgehängt.

Die Stute schnaubte dennoch unwillig und schüttelte ihre schwere Mähne. Ein Windstoß von der Seite ließ sie in Trab fallen, dann stand sie still wie eine Statue, lauschte und witterte in die Nacht hinein. »Komm, lauf weiter«, ermunterte Christina das Pferd. Sie fühlte doch, dass Máelsnechtai immer noch in der Nähe war, auch wenn sie ihn nicht hörte – wie konnte das Pferd jetzt innehalten! Der Schotte war ein hartnäckiger Verfolger; vor wenigen Augenblicken hatte er auf brutale Weise bewiesen, dass er sie um keinen Preis aufgeben würde. Die Furcht kehrte in ihr Herz zurück. Sie schlug auf die Kruppe des Pferdes, um es zum Weiterlaufen zu animieren. Doch die Stute hatte guten Grund zu lauschen.

Und Christina hörte es nun auch. Das Heulen der Wölfe

kam nun von überall, vereinigte sich in der Nachtluft zu einem Chor und zog einen gefährlichen Ring um sie. Aus allen Richtungen segelte auf den Schwingen der Nacht vielstimmiges Gejaule an ihr Ohr, ein Lied von Hunger und Tod, eine grässliche Klage aus der Vorzeit, die nun Gestalt annahm – blinkende Augen tauchten auf, Knurren in einem der Schneefelder, Hecheln, Trappeln von vielen Pfoten im nassen Schnee. Immer mehr schwarze Schatten flitzten aus dem Wald herbei, geeint durch den Gedanken an Beute.

Die Stute spannte sich an. Wie ein Berg ragte ihre buschige Mähne vor Christina in die Höhe, das Pferd schien zu wachsen und in die Breite zu gehen, während es Kraft sammelte. Und dann rannte die Stute los. Doch nicht schnell genug, denn die Schatten hatten sie bereits umkreist und jagten nun wie fliegende Dämonen neben ihnen her – lautlos, gefährlich und rücksichtslos vorwärtsgescheucht von dem fahlen Pferd.

Niemals zuvor hatte Christina Wölfe gesehen, nur von ihnen gehört und ihre blutigen Spuren auf Allmenden und in Ställen gefunden. Sie kannte die Geschichten der vierbeinigen Mörder, die Berichte über ihre Grausamkeit und ihren immerwährenden Hunger, der auch nicht vor großen Tieren Halt machte. Und dass sie aussahen wie treue Hunde und die Ahnungslosen damit narrten, wenn sie sich anschlichen.

Die Stute versuchte ihr Glück in der Flucht. Immer flacher wurden ihre Bewegungen, und Christina duckte sich tief in die Mähne, um nicht das Gleichgewicht zu verlieren, wenn sie sich nach den Wölfen umschaute. Nur so erkannte sie, dass die Schatten nicht ihre einzigen Verfolger waren. Drei weitere Pferde jagten im gestreckten Galopp durch die mondbeleuchtete Ebene hinter ihnen her. Die Schreie des Mórmaer wurden vom Wind zu ihr getragen, und das Dröhnen der Pferdehufe lenkte die hinteren Wölfe ab. Sie machten kehrt und wendeten sich dem Verfolger zu.

Man kann nicht an zwei Orten zugleich sein. Das schoss ihr durch den Kopf, als sie das Gleichgewicht verlor und vom Pferd rutschte, weil sie sich nach Máelsnechtai umgeschaut hatte. Gott kann einen nur an einem Ort beschützen – ihre aufgeregte Neugier wurde ihr zum Verhängnis.

Das Stundenbuch fing ihren Fall auf – zwar bohrten sich seine Kanten scharf in ihr Fleisch, doch schützte es ihr Rückgrat, als sie durch die Luft flog und auf dem Boden aufprallte. Auf perverse Art sorgte das Buch immer wieder dafür, dass ihr nichts zustieß, um sie im nächsten Moment anders zu quälen … Zwei Wölfe kamen hechelnd auf sie zu, offenbar ratlos, ob sie sich mit den anderen auf das Pferd stürzen oder das leichtere Opfer am Boden wählen sollten. Hinter ihnen trieb der Fahle sie erbarmungslos zum Angriff an.

Die Stute zögerte keinen Moment. Wie ein haariges Ungeheuer wuchs sie aus dem Boden, tänzelte auf der Stelle und schien mit allen vier Beinen nach den Angreifern zu treten. Ihre Schreie kamen aus tiefer Kehle und durchtrennten die Nacht mit scharfen Schnitten. Wild flog die Mähne umher. Sie beugte sich vor und packte mit einem gezielten Biss einen der Wölfe am Kopf, schleuderte ihn in die Luft, dass sein Körper gegen ihren Hals klatschte und zurück auf den Boden, als wöge er nichts, als wäre er nur ein Grasbüschel, an dem ein lästiger Erdklumpen hing … Der Wolf jaulte auf, dann prallte sein schmaler Körper erneut auf den Boden, und er erschlaffte. Die Stute ließ ihn sofort fallen, holte mit dem Vorderhuf aus und zertrümmerte den Schädel eines anderen Wolfes.

Sie ließen von ihr ab, wendeten sich stattdessen Christina zu, doch schienen sie unentschlossen, ob sie angreifen sollten. Ihre geduckten Körper verschmolzen mit dem schneelosen Erdreich. Die Gruppe schien sich geteilt zu haben. Ein Schmerzensschrei gellte über die Ebene – Máelsnechtais Pferd war von einem anderen Teil des Rudels offenbar zu Fall gebracht worden, auch der zweite Schotte war gestürzt, wälzte sich brüllend irgendwo im Schnee. Sie hörte die furchtbaren Schreie eines Pferdes im Todeskampf. Dann umringten die Wölfe sie von allen Seiten. Heißer Atem umgab ihren Kopf wie eine lüsterne Wolke. Zungen speichelten Geifer auf ihren Rock, Zähne blitzten im Mondlicht, Schatten umtanzten sie. Böse schwarze Knopfaugen musterten sie aus zerrupftem Winterfell, es stank nach Aas und Kot und Grausamkeit. Warum sie zögerten, war nicht ersichtlich. Der Fahle, der hochaufgerichtet hinter ihnen stand und sich nicht rührte, konnte nicht der Grund sein. Sie waren so eisgrau wie er und aus demselben Holz geschnitzt. *Und Ihnen ward Macht gegeben, zu töten das vierte Teil auf der Erde mit dem Schwert und Hunger und mit dem Tod und durch die Tiere auf Erden ...*

Die Wölfe krochen geduckt auf Christina zu, schlossen den Kreis. Einer hub an zu heulen, ein zweiter fiel winselnd ein, ein dritter stützte den furchterregend wimmernden und zugleich lachenden Chor mit tieferer Stimme, und alle schienen sie einander zu lauschen – um den rechten Moment zu verabreden? Der Schweif des Fahlen wischte Schnee auf und ließ ihn auf die gesträubten Pelze herabrieseln.

Ihr Zögern gab Christina den entscheidenden Impuls. Sie hatte aufgehört zu denken, die Furcht war verschwunden. Verschwunden hinter jener Kraft, die wie eine unheimliche Welle in ihr aufstieg und den Ton erzeugte, der sich in jede Zelle ihres Körpers drängte.

Während von hinten die Stute erregt und mit fliegenden Hufen auf sie zugetrabt kam, um sich das nächste Opfer zu greifen, richtete Christina sich aus der gekauerten Haltung auf und erhob sich vor den Wölfen. Der größte von ihnen bleckte die Zähne. Ein einziges, heiseres Bellen entwich seinem Rachen. Er durchbrach den Kreis, setzte zum Sprung an. Eine gewaltige Hitze schoss in Christinas Arme. Sie riss sie empor, und es war, als würde sie aus ihrem Körper in die Luft gezogen, weg vom Boden, obwohl sie noch dort kniete.

Der Wolf flog geradewegs in ihre ausgebreiteten Arme und wäre dort vielleicht verglüht, doch ein furchtbarer Schlag traf ihn noch im Flug. Er krümmte sich und fiel wie ein Stein zu Boden, tödlich durchbohrt von einem Pfeil, der, hätte er den Wolf verfehlt, in Christinas Brust gelandet wäre. Die anderen Wölfe sprangen auf, winselten und stoben davon, als das weiße Pferd aus den Schneefeldern angaloppiert kam und sein Reiter weitere Pfeile durch die Luft sandte, die gnadenlos Leiber durchbohrten und den Rest des Rudels in die Flucht schlugen.

»Ist es mein Schicksal, immer zu spät zu kommen?«, rief Nial und riss sie verzweifelt in die Arme. »Finde ich dich im letzten Moment ...«

Sie klammerte sich stumm an ihn, schmiegte sich an seine heftig atmende Brust, kroch fast in ihn hinein, ging in ihm auf, ein Körper, eine Seele, für immer, wenn doch nur ihr Schluchzen aufhören würde ...

»Ich verlor ihn, im Wald«, murmelte er und wiegte sie, in der Hoffnung, sie – und sich selbst – beruhigen zu können. »Die ganze Zeit war ich in seiner Nähe, wie ein Schatten, und einmal gelang es mir sogar, ihn von deiner Fährte abzulenken. Doch dann verlor ich ihn und fand nur diese Frau mit den halb verhungerten Kindern ...«

»Beth ist tot«, unterbrach sie ihn so leise, dass er es kaum verstand. Gnädig verbarg die Nacht, dass er kaum Trauer für die Mörderin zeigen konnte.

»Und ich bin fast zu spät gekommen ...«

»Nein«, flüsterte sie, »du bist da, alles ist gut. Du bist da.« Und obwohl es nicht erlaubt war, küsste sie ihn auf den Hals, und er fühlte ihre Nase an seinem Nacken und umschlang Christina fester, damit sie nicht auf die Idee kam, sie von dort wegzunehmen.

War es Nacht, war es Tag? Schien die Sonne? Oder fiel still

der Schnee zur Erde? Spielte das eine Rolle? In seinem Herzen war es heller Tag, die Sonne schien und goss mit Sommerwärme Unbeschwertheit über sie beide aus, und vor seinem inneren Auge erschien das Bild eines immergrünen Paradieses, wo niemand sie nach dem Namen fragen würde … er lächelte und neigte den Kopf, um sie noch dichter bei sich zu haben.

»Ich werde bei dir bleiben. Wir gehen den Weg zusammen«, sagte er leise.

Sie antwortete erst nicht. Dann fühlte er, wie sich ihre Lippen zu einem Lächeln verzogen und sie ein »Ja« an seinen Hals hauchte. Glück schwappte über ihn. Alles würde gut werden. Er hatte seinen Instinkten und denen des Pferdes vertraut und sie gefunden, zwar wieder im letzten Moment, aber noch zur rechten Zeit. Alles würde gut werden. Endlich wich die furchtbare Anspannung aus seinen Gliedern. Und die Erleichterung ließ ihn den nächsten Fehler begehen, denn weil sich seine Sinne nur auf sie konzentrierten, bemerkte er den herannahenden Reiter zu spät.

»Für einen Betbruder hast du immer erstaunlich viele Frauen am Hals, weißt du das?«, ertönte die Stimme seines Bruders giftig hinter ihm. »Und was noch viel schlimmer ist – die Bettelweiber am Fluss sind dir offenbar nicht genug. Ich werde dem ein Ende bereiten und dir diese Frau, die letzte in deinem verdammten Leben, jetzt entreißen.« Und die Klinge bohrte sich wie eine Ankündigung in seinen Rücken. »Aber spiel noch ein wenig mit mir, Bruder.«

Nial stieß Christina von sich, damit sie sich in Sicherheit bringen konnte. »Lass den Unfug, es geht um weitaus mehr als eine Frau!«

»Es geht um genau diese Frau. Und Unfug ist, was du hier tust – mir schon wieder eine Frau wegzunehmen!«, knurrte er grimmig. »Du bist nicht der rechte Mann, mir zu sagen, was Unfug ist!« Fluchend gestand Nial sich ein, dass er diese

Geschichte wohl nicht loswerden würde, solange sie beide lebten.

»Ich nehme sie dir nicht weg, sie hat niemals zu dir gehört!« Beschämt musste er sich eingestehen, dass sie stritten wie in Kindertagen. Manche Dinge hörten nie auf. Und so entschloss er sich, einfach die Wahrheit zu sagen, was immer es auch kosten würde. »So wahr mir Gott helfe, Bruder – ich liebe sie.«

»Oh, schon wieder mal. Deine Liebesschwüre sind herzerweichend. Stirb einfach diesmal dafür, Bruder«, lachte Máelsnechtai voller Hohn, »stirb herzerweichend und hör dir an, was Gott zur Fleischeslust eines Betbruders zu sagen hat!« Und die Klinge des Mórmaer schwang ohne Vorwarnung durch die Luft und hätte Nials Kopf von den Schultern getrennt, wenn Christina sich nicht auf ihn gestürzt und ihn mit der Wucht von zwei Sprüngen rückwärts zu Fall gebracht hätte. Noch im Flug dehnte die Klinge sich hungrig nach ihrem Opfer, wurde länger, giftiger, züngelte wie eine böse Schlange nach Blut – und erwischte ihn triumphierend immerhin noch an der Brust. Aufstöhnend fiel Nial in den Schnee. Er wollte sich aufrappeln, doch der Schmerz kniete auf seiner Brust und nagelte ihn am Boden fest.

Máelsnechtai lachte. »Du bist leicht zu bezwingen, Bruder. Ich hätte das schon viel früher tun sollen – schon damals, als du deinen Schwanz in jedes Weib stecken musstest, das mir gefiel, und nicht mal vor meiner Verlobten zurückschrecktest! Heut nun sei der Zahltag, bevor du mir das nächste Weib stiehlst! Aus dem Weg, Frau!« Der Mórmaer holte erneut aus, diesmal lachend und gewiss, seinem Schwert das verdiente Mahl zu bereiten.

Mit der gleichen Gewissheit, mit der sie dem Wolf begegnet war, trat sie nun dem Schotten entgegen. Reglos hing die Waffe in der Luft, sie hatte genauso wenig Macht über

Christina wie die Wolfszähne. Sie machte noch einen Schritt auf ihn zu. Nein, sie würde nicht noch jemanden verlieren. Dass ihr Beth genommen worden war, saß wie ein Stachel im Fleisch – Nial würde sie nicht auch noch hergeben. Kühle Kraft geleitete sie, schützte sie vor der Wut des Mannes.

»Ihr werdet mich in Ruhe lassen, bis ich meine Aufgabe erfüllt habe«, sagte sie mit ruhiger Stimme und streckte den Arm aus, um auf sein Gesicht zu deuten. Sie fühlte deutlich, wie der Boden sie trug, stark machte, wie er ihr Halt gab in dieser lebensgefährlichen Situation. In ihrem Körper vibrierte etwas. Um sie herum schmolz der Schnee. Das Wasser netzte ihre Füße und leckte an ihrem Rock.

Die Waffe fiel aus dem Himmel zu Boden. Der Mórmaer schien sie einfach losgelassen zu haben, denn beide Hände hingen schlaff herab. Fassungslos starrte er sie an.

»Ihr werdet mich in Ruhe lassen«, wiederholte Christina, »bis meine Aufgabe beendet ist, *hlæfweard*. Ihr werdet Eure Waffe nicht gegen mich erheben, oder Gott soll Euch dafür strafen.« Dann trat sie noch einen Schritt näher. Sie war hellwach, sie spürte nichts von Schwindel und Ohnmacht – nur noch unbändigen Willen, den Schotten zurückzuweisen.

»Und Ihr werdet diesen Mann in Frieden lassen.« Ihr Arm sank herab, dann straffte sie sich, hob nun beide Arme und wehrte ihn mit den Handflächen ab, obwohl er gar nicht in der Lage war, auch nur einen Schritt auf sie zuzugehen oder sich gar nach seinem Schwert zu bücken.

»Ihr werdet diesen Mann in Frieden ziehen lassen. Ihr werdet Euer Schwert niemals wieder gegen Euren Bruder erheben.«

Er erstarrte. Er versuchte sich zu bewegen, doch ihre Hände schienen auch das zu verhindern. Christina kniff die Augen zusammen. Er bewegte sich tatsächlich nicht. Was hatte sie da gerade gesagt? Er bewegte sich nicht, lachte nicht, fuhr ihr nicht verächtlich über den Mund. Starrte sie nur an. Selbst der Mond schien sich zu wundern und leuchtete prüfend in das Gesicht des Schotten. Ihr war jetzt heiß… unerträglich heiß… Schweißströme rannen unter den Kleidern an ihrem Körper herab, kitzelten sie zwischen den Brüsten, tropften in den Gürtel. Mit der Linken riss sie sich das Schneefuchsfell vom Leib. Katalin hätte helfen können, hätte ihr sagen können, was hier passierte – Katalin hatte sich ausgekannt mit dem, was *táltos* ihr ins Blut gelegt hatte und was sie von ihren Geschwistern unterschied… Doch Katalin würde ihr nie wieder raten können, denn der Mann, der vor ihr stand, hatte sie getötet. Er war es gewesen, das wurde Christina hier schlagartig klar. Er hatte sie vergiftet, beiseitegeräumt, um sich die begehrte Frau zu greifen, die von der Amme beschützt worden war. Sie, Christina. Das Geständnis dröhnte in ihrem Kopf, ohne dass ein Wort davon ausgesprochen worden war. Máelsnechtai wollte sie, und er war dafür über Leichen gegangen. Er würde es wieder tun, um sie zu bekommen.

Dem Mórmaer hatte es immer noch die Sprache verschlagen. Er starrte sie an, als hätte er ein Ungeheuer vor sich, das ihm an den Kragen wollte, und er hatte trotz seiner unglaublichen Kraft offenbar keine Möglichkeit, sich gegen dieses Ungeheuer zur Wehr zu setzen. Noch nicht. Doch wenn seine Kraft zurückkehrte, war Nial ein toter Mann, sie konnte die Mordlust des Schotten wie scharfe Zähne an ihrem eigenen Körper fühlen.

Christina ließ die Arme sinken. Nial hinter ihr war es gelungen, sich auf die Seite zu drehen. Geistesgegenwärtig griff er nach dem herrenlosen Schwert und kroch aus der Gefahrenzone. Dann brach er mit einem Stöhnen zusammen. Sie ging langsam rückwärts. Der Mórmaer bewegte sich nicht.

Aus der Ferne drang das schauerliche Heulen der Wölfe, die sich im Wald zusammengefunden hatten, um ihre toten Gefährten zu betrauern. Ihre Stimmen krochen winselnd durch Schnee und Schneematsch und erhoben sich dann kühn über die Baumwipfel. Ein Schatten kam langsam näher, mit hängendem Kopf folgte ihm ein Pferd. Ruaidrí, der rothaarige Gefolgsmann, der so schnell die Seiten gewechselt hatte. Christina kämpfte ihren Ärger nieder, Ärger half hier nicht, würde alles nur noch schlimmer machen. Und Ruaidrí würde ihr nicht beistehen, dazu fürchtete er den Mórmaer viel zu sehr. Sie überlegte fieberhaft, welchen Ausweg es für Nial und sie geben konnte. Um sie herum stand die Welt still, schien auf ihren Entschluss zu warten.

Ein Schnauben durchbrach die Stille. Die Erregung der schwarzen Stute hatte sich gelegt, und sie kam nun näher, Schritt für Schritt, bis sie hinter Christina stand. Ein wenig müde war sie wohl vom Kampf gegen die Wölfe, ihre Hufe schlurften durch den matschigen Schnee. Doch ihr zotteliger Kopf ragte stolz in die Luft, damit der Nachtwind sein Lied auf den Saiten ihrer Mähne spielen konnte. Er blies die langen Haare in die Luft und suchte sich die schönsten aus, auf denen das Lied von Rettung am eindringlichsten klingen würde. Die Stute scharrte mit dem Huf. Dann trippelte sie auf der Stelle, legte sich vorsichtig ab, und ihre Gegenwart wurde überwältigend.

Sie schlüpfte in Christinas Seele, flog in ihren Geist. *Erhebe dich*, sagte sie, *du kannst es*. Sie nahm den Geist und breitete ein Netz aus Frieden über den Mórmaer, der vor ihr auf die Knie sank, mit hängenden Armen und wie ein sterbender Krieger. Doch er starb nicht, er wurde gehalten, und ihr Friede lag wie ein beruhigender Balsam auf seinem wilden Herzen. Und so würde es bleiben.

Christina fühlte sich leicht. Vielleicht weil ihr Geist dahingaloppierte und den Körper hinter sich gelassen hatte. Das Stundenbuch hing wie eine Feder auf ihren Schultern, die Wunden unter den Riemen schmerzten nicht mehr. »Die Pferde«, hatte Katalin immer gesagt, »die Pferde gehören zum *táltos*.« Wie ein Windhauch kam die Erinnerung an früher vorbei, an das, was in den Pferdeställen von Meksnedad passiert war, wie sie dort die Zeit vergessen hatte, geflogen war, davongeflogen war. Wie sie die Mutter geängstigt hatte. Es war immer noch in ihr. »Ja«, hörte sie in ihrem Kopf, »es wird immer da sein, nimm es an.«

Máelsnechtai kniete und schien Gott zu sehen, auch dann noch, als sie sich zu Nial kauerte und ihn in die Arme nahm.

»Flieh, Christina«, flüsterte der *culdee* mühsam, »er hat mich heftig erwischt. Nimm mein Pferd und flieh – vielleicht kann ich ihn hier noch aufhalten …« Sein Atem ging stoßweise, und erst jetzt spürte sie, dass seine zerfetzte Kutte auf der Brust von Blut durchnässt war. Die Klinge seines Bruders hatte ihm nicht den Tod gebracht, aber vielleicht ein grausam langsames Sterben, weil das Leben unaufhaltsam wie ein Rinnsal aus seinem Körper sickerte und der Schmerz ihn niederdrückte.

Christina bettete seinen Kopf an ihre Brust. Ihn für immer dort haben! Sehnsucht marterte ihr Herz. »Nein«, flüsterte sie, »nein, nein, ich lass dich nicht zurück …«

»Gott straft mich zu Recht«, flüsterte er, »ich hab den Tod verdient, Mädchen – lass mich das hier noch für dich tun, bevor …«

»Nial …« Sie vergrub ihre Hand in seinen Locken hinter dem rasierten Haaransatz, bedeckte die hohe Stirn mit Küssen, hielt ihn ganz fest und wiegte ihn in den Armen. Und wenn sich ihrer beider Schicksal jetzt wenden würde, wenn des Mórmaers Klinge erneut sprechen, sie beide zusammen hinwegfegen würde – dann sollte das so sein. Sie war untrennbar mit ihm verbunden und würde mit ihm gehen, auch in den Tod.

Erhebe dich, hörte sie es in sich tönen, *tu es jetzt.*

»A finibus terrae ad te clamavi, dum anxiaretur cor meum.« Heiser klang die Stimme des Mórmaer. Für seinen Mund schienen die Psalmenverse ungewohnt zu sein, und viel mehr schien

er auch nicht zu kennen, denn er wiederholte diese Worte immer wieder. Er kniete immer noch an jener Stelle, gefangen in jenem Netz aus Frieden, er war keine Gefahr. Vielleicht betete er für seinen Bruder, vielleicht auch für sein eigenes Seelenheil – die Mordlust war von ihm gewichen, hatte sich zusammen mit der Gefahr davongemacht.

Christina bettete Nial in den Schnee zurück. *Erhebe dich.* Atem füllte ihren Brustkorb, mehr Atem als sonst. Nial suchte ihren Blick, und in seinen Augen las sie von der Furcht vor einem langsamen, unaufhaltsamen Tod. Und da war es gleichgültig, ob sein Mörder bei ihnen kniete, ob sich hinter ihnen die Wölfe heulend zum nächsten Angriff formierten, was der Fahle, den sie nirgends entdecken konnte, als Nächstes plante und wie sehr die Zeit für sie selber drängte, Jarrow zu erreichen und das Leben ihrer Schwester zu retten. Es spielte auch keine Rolle mehr, ob ihr eigenes Leben in Gefahr war. Sie versank in seinem Blick.

Das Leben dieses Mannes zählte. Sie liebte ihn, und sie würde sterben, wenn er starb.

»*A finibus terrae ad te clamavi, dum anxiaretur cor meum*«, nahm sie murmelnd die Worte des Mórmaer auf. »*In petram inaccessam mihi deduc me! Quia factus es spes mea, turris fortitudinis a facie inimici. In petram inaccessam mihi deduc me …*«

»*In petram inaccessam mihi deduc me*«, flüsterte Nial. »Allmächtiger, vergib mir …« Sanft verschloss sie ihm mit der Hand den Mund. Es gab nichts zu vergeben, nichts zu bereuen. Nicht in diesem Dasein. Gott hatte sie einander vor die Füße gelegt, Er würde sie nicht verurteilen. Ihre Finger verabschiedeten sich ganz sachte von seinen Lippen, als sie die Hand wegzog, um sich zu sammeln.

Die Wärme kam, als sie nach ihr rief. Diesmal war es ganz leicht, so dicht, wie die Stute bei ihr lag. Und Angst, wie vorhin bei den Wölfen, verspürte sie auch nicht mehr. Die Wärme kam aus ihrem Innersten, und sie flog auf den Schwingen des Pferdes durch ihren Körper, bis sie die Fingerspitzen erreicht hatte und ausgesendet werden konnte. Christina rief nach mehr und ließ es fließen, und dann war es stark genug, um Nial zu erreichen und aus ihren gespreizten Fingern durch das blutige Leinen zu dringen. Sie spürte, wie sie losflog, wie die Wärme in ihm ein Echo fand, wie sie dankbar angenommen wurde und wie sie die tiefe Wunde heilend umfing.

Nial starrte sie an. Sie hatte den Kontakt zum Boden verloren, vielleicht saß sie auch noch da, aber sie konnte Schneematsch und Kälte nicht mehr fühlen. Sie war nur noch, flog mit dem Pferd dahin und sandte alles, was in ihr war, in ihre Hände – für ihn. Furcht stieg in seine Augen, diesmal nicht vor dem Tod, sondern vor ihr. Sie sah seine Furcht und wollte ihm zurufen, dass er ihr vertrauen müsse und wie sehr sie ihn liebe, doch das Fliegen war einsam und stumm und sie konnte ihn nur mit Blicken begleiten. Er stammelte ihren Namen, immer wieder, packte ihre Hände, um sie von seiner Brust wegzuziehen. Er musste sie loslassen, weil sie ihn fast verbrannten …

Der Blutstrom versiegte. Das Pferd flog davon.

Christina brach erschöpft auf seiner Brust zusammen. Sein pochendes Herz an ihrem Ohr hielt sie bei den Lebenden, seine Arme ließen sie mit seinem Leib, der Wunde, dem Schmerz, seinem Atem verschmelzen, um alles mit ihr zu teilen und sie nie wieder herzugeben.

»*In petram inaccessam mihi deduc me! Quia factus es spes mea, turris fortitudinis a facie inimici. Inhabitabo in tabernaculo tuo in saecula, protegar in velamento alarum tuarum.*«

Vielleicht hatte Gott selbst Máelsnechtai den ganzen Psalm geschenkt, den er vorher nicht gekannt hatte, denn er ertönte nun aus seinem Mund, ruhig, beschwörend und ungewohnt weich. Der Schotte kniete immer noch reglos auf jener Stelle –

und betete. Gott war mit ihnen, das spürte Christina deutlich, als sie wieder klar denken konnte. Und vielleicht hätte sie sich einen Moment früher aus Nials Armen befreien können, doch sie waren der beste Platz, das wusste sie schon lange. Sie stahl sich den Augenblick, goss ihr volles Herz über ihm aus, wusch Tropfen der Sehnsucht über seine Haut.

Die Stute beendete diese traurige Lust, indem sie aufsprang. Sie schüttelte sich am ganzen Körper, fing vorne am Kopf an und schüttelte sich, bis der ganze schmale Pferdekörper vibrierte. Schweiß flog in tausend glänzenden, salzigen Perlen durch die Luft – jetzt nicht stehen bleiben, weiterlaufen, weiter, weiter…

Christina verstand. Ihr Geist war auf der Erde angekommen, hier würde ihre weitere Reise nun stattfinden. Sie schob ihren Arm unter Nials Schultern und versuchte ihn aufzurichten.

»Lass mich liegen«, sagte er mühsam, »lass mich, nimm mein Pferd und sieh zu, dass du…«

»Du wirst jetzt aufstehen«, unterbrach sie ihn sanft. »Ich will, dass du aufstehst. Du kannst aufstehen. Wir gehen zusammen.« Sie beugte sich über sein Gesicht. »Wir gehen zusammen, Nial.« Er schwieg. Mit der Rechten strich sie ihm zart über die Wange, dann küsste sie ihn auf den Mund. Gott musste Nachsicht haben. Und wenn nicht… Ihr Mund verzog sich lächelnd auf seinen Lippen, dann küsste sie ihn mit Nachdruck und nahm mit klopfendem Herzen seine heftige Erwiderung entgegen. Gott würde Nachsicht mit ihnen beiden haben müssen…

»Ich wollte nur wissen, wie viel Leben in dir ist«, wisperte sie so dicht bei ihm, dass ihre Lippen die seinen beim Formen der Worte berührten. Und es tat gut, ihn dabei anzulächeln, auch wenn er es nicht sehen konnte. Flüchtig verdunkelte sich sein Blick, mit seiner suchenden Hand rieselte ein Schauer über ihre Haut, und sie hätte glatt vergessen können, wo sie war und was sie vorhatte, hätte sich nicht das Stundenbuch mit Wucht auf ihre Schultern gesenkt und sie an Margaret erinnert.

In dir ist genug Leben, um mich zur Sünderin zu machen, schoss ihr durch den Kopf, doch sie konnte nicht anders – sie musste sich einen letzten Kuss von seinen Lippen stehlen, bevor sie sich von ihm löste, aufrichtete und ihren Ellenbogen unter seinen Arm hakte.

»Christina«, protestierte er, doch sie ließ nicht locker und schaffte es, ihn unter Máelsnechtais unaufhörlichen Gebetsworten hinzusetzen. Ihre Kraft hatte nicht ausgereicht, seine Wunde zu schließen, doch hatte sie aufgehört zu bluten. Er konnte wieder atmen und die Arme bewegen. Er würde auch aufstehen und mit ihr gehen können, bis sie genug Kraft für einen weiteren Versuch gesammelt hatte.

»*Inhabitabo in tabernaculo tuo in saecula, protegar in velamento alarum tuarum, quoniam tu, Deus meus, exaudisti vota mea, dedisti hereditatem.*«

Vielleicht war es die Stimme seines Bruders, die Nial auf die Füße half. Vielleicht auch Christinas Hingabe und Anstrengung, ihn zu unterstützen, obwohl sie kaum halb so groß war wie er. Vielleicht reichte Gott selbst ihm die Hand, und wenn, dann tat Er das, ohne sich um die unkeuschen Sehnsüchte zu scheren, welche die Luft zwischen Christina und dem schottischen *culdee* zum Schwingen brachten.

»Ich bin kein Krieger mehr«, flüsterte Nial voller Scham, als es ihm kaum gelang, sich gerade hinzustellen. »Verdammt, ich bin kein Krieger mehr, verlache mich nicht …«

Sie drehte ihn ins Mondlicht, um das Ausmaß der Verletzung in Augenschein zu nehmen. Máelsnechtais Klinge hatte ihm die Brust aufgeschlitzt, die blutige Kutte hing ihm bis zur Hüfte herunter. Das Einzige, was sie tun konnte, war, ihm das Schneefuchsfell umzubinden, damit seine Brust vor Stößen und Wind geschützt war – und ihn an einen Ort zu bringen, wo man seine Verletzung versorgen konnte.

»Ich verlache dich nicht, Nial«, raunte sie ihm ins Ohr. Und weil offensichtlich war, dass es ihm nicht gelingen würde, das weiße Pferd zu besteigen, weil es zu groß war, führte sie ihn zu der struppigen, schwarzen Stute, die sich bereit erklärte, ihn zu tragen, obwohl sie sich Christina ergeben hatte.

Der Mond begleitete sie aus der Ebene hinauf in die Berge, und noch lange hörten sie die Stimme des Mórmaer hinter sich, gefangen im Bann Gottes.

»*Quia factus es spes mea, turris fortitudinis a facie inimici. Inhabitabo in tabernaculo tuo in saecula, protegar in velamento alarum tuarum …*«

ELFTES KAPITEL

Libera me, Domine, de morte aeterna, in die illa tremenda,
Quando caeli movendi sunt et terra.
Dum veneris iudiocare saeculum per ignem.
(Responsorium der Exequien)

Es sei nicht mehr weit bis zum Tyne, hatte die Frau gesagt. Schon wieder ein Fluss. Christina war die Flüsse so leid. Seit sie vom Forth aufgebrochen war, hatte sie unzählige Flüsse durchquert, war bis auf die Haut nass geworden oder hatte sich die Überfahrt erbetteln müssen. Letzteres hatte Beth so gut gekonnt. Sie vermisste die wackere Gefährtin sehr …

Nun hatte sie einen Mann bei sich, dessen Verletzung ihre Reise weiter erschwerte. Er hatte sie beschützen wollen – nun war es umgekehrt, und sie musste für ihn sorgen. Sie lernte ihre Eile zu zügeln und ein Tempo zu bestimmen, das sie beide einhalten konnten. Sie zwang sich, nicht so oft zu ihm aufzuschauen. Selbst wenn sie nicht hinsah, wusste sie doch, dass er nach einem längeren Ritt gekrümmt über dem Mähnenkamm der schwarzen Stute hing, weil er sich vor Schmerzen kaum aufrecht halten konnte. Dann war es Zeit für eine Pause.

Sie hörte, wie er flüsternd um Kraft und Durchhaltevermögen betete und um Gottes Erbarmen mit einem Sünder. Noch lange hatte das schauerliche Wolfsgeheul sie begleitet, und sie hatten zugesehen, dass sie die Ebene hinter sich ließen – ohne sich noch einmal nach Máelsnechtai und Ruaidrí umzudrehen. Christina hatte sich bemüht, nicht an die grenzenlose Enttäuschung über Ruaidrís Untreue zu denken und sich gar nicht erst zu fragen, was ihn dazu bewogen hatte, sich so offen gegen sie zu stellen. Und ob der Mórmaer ihm diese Treue besser gelohnt hatte, als sie es damals mit ihren Händen gekonnt hatte.

Je weiter sie nach Süden kamen, desto nasser wurde es. Der Schnee hatte sich in Regen verwandelt und das Land mit einer Decke aus Schlamm überzogen. Ihr Kleid hing schwer an ihr herab, der Matsch hatte sich fast bis zu den Knien hochgearbeitet und fingerte nach ihren Hüften, nachdem sie ein paar Mal gestrauchelt war und sich nur mit Mühe an der Mähne des schwarzen Pferdes festhalten konnte. Wenn sie nicht mehr laufen konnte, ritt sie ein Stück auf dem weißen Pferd des *culdee*, das brav neben ihnen hertrabte. Doch fühlte es sich besser an, neben Nial herzugehen, so war sie dichter bei ihm, konnte dann und wann ihre Hand um seine Hüfte wandern lassen, und manchmal hatte er ihre Hand genommen und einfach nur festgehalten. Sie hatten sich gegenseitig Mut gemacht, so gut es ging, wenn einer dem anderen nicht helfen konnte. Nial hatte ihr versichert, dass er keine Schmerzen hatte – was natürlich eine Lüge war – und dass sie wegen ihm nicht schon vor dem Abend ein Lager suchen musste. Sie hatte ihm nicht geglaubt, war ihrerseits aber tapfer weitergewandert, obwohl bleierne Müdigkeit ihre Beine umfing und jeden Schritt in den ausgetretenen Schuhen zur Qual machte. Der Ton in ihrem Ohr war zu einem feinen Brummen geschrumpft, nichts Bedrohliches, nur ein Ton.

Die Pausen verbrachten sie meist schweigsam, auch wenn ihnen viel unter den Nägeln brannte, was sie hätten bereden sollen, was es zu erzählen gab. Mal wachte er über ihren Schlummer, mal schickte sie ihn schlafen, das erbettelte Essen teilten sie im Bewusstsein, dass jeder von ihnen seinen Anteil unbedingt essen musste, um bei Kräften zu bleiben.

Er kam vom Strand der Pilger und war für sie nun selbst zu einem geworden.

Einzig das Stundenbuch blieb ruhig und tat so, als hätte es den Fahlen und den unheimlichen Schrecken, den er verbreitete, niemals gegeben. Es gab ihn ja auch nicht – nicht für die anderen, nicht einmal für Nial. Sie litt darunter, dass der Fahle sich ausschließlich ihr zeigte und dass sie ihre Furcht mit niemandem teilen konnte. Manchmal befühlte sie das harmlose Paket auf ihrem Rücken und musste die Angst davor unterdrücken, dass es wie ein Dämon jederzeit zubeißen und sie peinigen konnte. Doch die Erinnerung an die weinende Margaret stärkte ihren Willen, die Beklommenheit im Zaum zu halten und ihr Ziel – das Kloster von Jarrow – nicht aus den Augen zu verlieren. Gott würde sie nach Jarrow führen. Mit jedem Hügel, den sie hinter sich brachten, wuchs ihre Zuversicht in Seine Hilfe. Er hielt ihre Schwester in Seinen gütigen Händen – Er würde auch sie beschützen …

Das Meer lag wie eine düstere Wand vor ihnen. Sie hatten sich entschlossen, am Meer entlang nach Süden zu wandern, um nicht die Richtung zu verlieren, denn die Sonne zog es vor, hinter dichten Wolken zu bleiben und gerade so viel Licht zu spenden, dass das Land durch einen hellgrauen Schleier zu erkennen war. Bäume und Hügel verschmolzen im Winterdunst miteinander, und so mancher Pfad verschwand einfach im Nirgendwo. Das Meer stemmte den Dunst mit starken Armen empor, blies ihnen Salz ins Gesicht und war ihnen Wegweiser durch das Grau.

Diesen Rat hatte ihnen ein Viehhirte gegeben, den sie am Mittag um eine Schale Milch gebeten hatten. »Der Weg wird euch narren«, hatte er gesagt. »Da ist es gut, das Meer zur Linken zu haben – das Meer ist immer da, auf jeden Fall hörst du es immer, und es wird dich nach Jarrow begleiten.« Seine Augen waren so grau wie die Umgebung gewesen – vielleicht war er auch ein Wesen aus dem Meer mit seinen tropfnassen langen Haaren und dem zerfetzten Mantel. Wenn er sprach, legte sich ein feiner Nebel auf ihr Gesicht, und es war schwer zu sagen, ob der vom Regen kam oder aus seinem Mund. Doch sie hatte keine Angst vor ihm verspürt, und auch die Stute war ruhig geblieben. Christina entdeckte, wie ähnlich ihr Gespür dem des Tieres war und dass sie sich selbst durchaus vertrauen konnte.

Das Meer spülte sie vorwärts, es begleitete jeden ihrer Schritte und betäubte mit seinem ewigen Rauschen ihre Ohren. Sein Salz ließ ihre Augen tränen, wenn sie an ausgebrannten Ruinen vorbeizogen, wo der Wind durch die Überreste von Dachstühlen heulte und sich Stück für Stück seine Mahlzeiten aus den ärmlichen Lehmmauern brach. Menschen, die sie erbaut hatten, trafen sie nicht.

»Der Schotte ist doch hier entlanggezogen«, hatte der Viehhirte noch erzählt. »Gott vergebe mir – aber der Teufel soll ihn holen! Vergangenen Winter ist der verdammte Schotte wiedergekommen, doch es gab nichts mehr zu räubern, er hatte schon alles mitgenommen. Vor lauter Wut darüber zündete er an, was noch nicht verbrannt war. Die Normannen, die den Süden verwüstet haben, fanden nur noch Trümmer vor.«

»Den Süden verwüstet?« Entsetzen machte sich in Nials Brust breit. Hatten sie nicht genug erlebt? »Was weißt du?«

»Nur das, was die Fahrenden sich erzählen.« Der Viehhirte hatte versucht, ihm unter die Kapuze zu schauen, doch Nial verharrte in seiner gebückten Haltung auf dem Pferd. Es war in diesen Zeiten besser, ein Schatten in der Erinnerung zu bleiben. »Sie erzählen sich, dass es einen Aufstand in York gegeben hat. Wilhelm hatte dort einen seiner vornehmen Männer auf den Stuhl der Macht gesetzt, den er zuvor dem Northumbrier, diesem Cospatric, weggenommen hatte. Dieser vornehme Wilhelm-Getreue ist ermordet worden, worauf der Eroberer Rache geschworen und ganz Yorkshire verwüstet hat. Seine Leute kamen bis zum Ufer des breiten Tees, da wurde es ihnen wohl zu nass, oder sie waren zu einfältig, die Furt zu suchen. Hm – vermutlich hatten sie auch schon alle getötet, die ihnen die Furt hätten zeigen können.« Er hatte verächtlich auf den Boden gespuckt.

»Nun ja – nördlich des Tees war ja schon König Malcolm gewesen und hatte nichts als verbrannte Erde übrig gelassen. Da sind sie wohl am Ufer wieder umgedreht, erzählt man sich, und haben halt den verbrannten Erdboden noch umgepflügt, damit die Toten auch im übernächsten Jahr nichts zu beißen haben. Tja ... wenn sie ein drittes Mal kommen, nehmen sie vermutlich das Erdreich mit und lassen uns den nackten Fels zurück. Ich hab mich jedenfalls mit meinem Vieh in einer Höhle unten am Meer verborgen und halte es mit Algen am Leben. Meinen ältesten Jungen haben sie beim Wildern erwischt.« Er hatte Christina scharf gemustert, ihr hübsches Gesicht lange betrachtet. Nial hatte sich gezwungen wegzuschauen; nur so nahm der Wind jene besitzergreifenden Gedanken mit sich, welche die Eifersucht ihm ins Herz pflanzte – selbst hier, wo keine Gefahr drohte. Der Viehhirte hatte davon natürlich nichts bemerkt und stattdessen in seinem Umhang genestelt.

»Normannen ziehen immer noch umher, mit hungrigen Waffen und Hass im Herzen. Vor Pilgern hat hier niemand mehr Respekt. Vor Pilgern mit solchen Tieren ...«, er zog die Brauen hoch, »... erst recht nicht. Seht euch also vor, wenn ihr nicht zu Fuß weiterziehen wollt. Hunger macht blind, und eure Tiere werden in diesem leergeräumten Land Begehrlichkeit wecken.« Und er hatte ein Stück trockenen Fisch hervorgezogen.

»Gott segne euch zwei Pilger. Möge Er dafür sorgen, dass ihr wohlbehalten in Jarrow ankommt. Und sagt Ihm ein Gebet für den Viehhirten aus der Höhle. Für meine toten Jungs kommt jedes Gebet zu spät.« Damit hatte er den Fisch in Christinas Hände gelegt – vermutlich war das sein ganzer Schatz und vielleicht die Ration der nächsten zwei Tage. Nial hatte ihn murmelnd gesegnet, und sie waren rasch weitergezogen, beide nun in merkwürdiger Eile. Er hasste sich dafür, dass seine Beweggründe zum Teil auch nur beschämend sündiger Herkunft waren …

Der ewige Regen hatte nachgelassen. Das Licht ging allmählich zur Neige, doch man hätte durchaus noch ein wenig weiterziehen können. Nial bestand auf einer Pause. Er hielt das Pferd an und stieg einfach ab. Der Schimmel blieb sofort stehen, nur noch die Ketten seines Zaumzeugs klingelten leise im Wind.

»Lass uns weitergehen«, sagte Christina müde.

»Ich mach dir ein Feuer.« Verständnislos schaute sie ihn an. »Du musst ausruhen«, ergänzte er.

»Nein«, protestierte sie. Er ließ sich nicht davon abhalten, trockenes Holz zu suchen, und labte sich an dem stechenden Schmerz, den er jedes Mal, wenn er sich bückte, in der Brust verspürte. Der Schmerz würde ihn davon abhalten, etwas Unüberlegtes zu tun, alles zu gefährden … Das Bücken gab ihm einen Rhythmus, und er schaffte es, diesen Rhythmus in ein Gebet zu verwandeln, bei dem er Christinas Gegenwart verdrängen konnte … »*Adhaesit anima mea post te, me suscepit dextera tua. Ipsi vero in ruinam quaesierunt animam meam, introibunt in inferiora terrae …*« Er sprach die Verse in Gedanken, was ihn zu noch mehr Konzentration und Sammlung zwang. »*Adhaesit anima mea post te, me suscepit dextera tua …*«

Eine lange Weile hörte man nur das Rascheln ihrer Schritte auf dem dicken Bett von Tannennadeln und das Rauschen in den freundlich ausgebreiteten Armen der Bäume. Endlos und voller Ruhe senkte es sich auf die beiden Reisenden und hieß sie als Gäste der Nacht willkommen. Dies war auch nur eine Pause, eine unter vielen, die sie schweigend miteinander verbracht hatten. Und doch… die Nacht war mehr als eine Pause.

Etwas hatte sich verändert seit der Nacht der Wölfe. Beinahe mit Scham erinnerte Christina sich daran, wie sie ihn einfach geküsst hatte und was seine Erwiderung in ihr ausgelöst hatte. Scheu sah sie ihn von der Seite an. Er fühlte ihren Blick sofort, drehte den Kopf weg. Wellen brachen sich an Felsen, erschütterten den Boden unter ihnen. Das hier konnte Gott nicht gutheißen.

Sie schluckte. War es nicht egal? Sie taten doch nichts! Wie viel zählte die in Gedanken ausgeübte Sünde? Die im Traum durchlebte Lust? Die sie auf breiten Schwingen davontrug wie ein Nachtvogel und sie erst am Boden absetzte, wenn der Morgen graute? Träume wie diese hatte sie in Dunfermline schon nicht mehr gewagt, dem Priester zu beichten, weil sie zur Nacht gehörten wie das warme Gefühl unter dem Fell und die erwartungsvoll geschlossenen Augen. Und nun würde Nial, von dem ihre Träume stets gehandelt hatten, neben ihr liegen.

Christina fürchtete sich davor einzuschlafen.

Sie schlichen umeinander herum, ohne den anderen zu berühren. Geschah es doch aus Versehen, zuckten sie zusammen, brachten sich sofort wieder in Sicherheit, traten einen Schritt zurück. Es stand außer Frage, dass Nial sie nach seiner Verletzung sehen lassen würde, das las sie in seinem Blick. Er fürchtete sich genauso, vor ihrer Nähe, vor der Arbeit ihrer Hände, vor dem, was vielleicht passieren könnte. Und so kam zu der Furcht vor der Nacht noch die Furcht hinzu, ihn am Ende doch noch an diese Verletzung zu verlieren.

Sie zog den Pferden Decken und Sattel vom Rücken. Die beiden müden Tiere band sie an zwei Fichten fest, wo sie zumindest von den Nadelspitzen naschen konnten – mehr gab es in der Einöde nicht. Der Sattel des Schimmels würde eine gute Rückenlehne für Nial ergeben; sie vermutete, dass er sich nicht würde hinlegen wollen, um nicht zu tief zu schlafen. Hier draußen hatte er alles eingebüßt, was an einen Mönch erinnerte. Und sie erkannte auch äußerlich immer deutlicher den Bruder des Mórmaer von Moray, der hervorragend mit Schwert und Bogen umzugehen wusste und sich in der Mönchskutte für seine Schwächen erniedrigte.

Wie tief sie in diesen Mann eintauchen konnte. Dabei wusste sie kaum etwas von ihm. Katalin hätte das erklären können… liebste Katalin. »Nimm dich ihrer Seele an«, flüsterte sie ein kurzes Gebet, im Zweifel, ob es ausreichen würde, dass Gott sich Katalins Seele annahm. Aber es tat gut, diese Worte über die Erinnerung an Katalin zu breiten. Dann schob sie sich zwischen die stacheligen Äste der mächtigen Tannen und sammelte noch mehr Feuerholz – stumm und sich jeder seiner Bewegungen bewusst, obwohl er hinter ihr war. Dafür schämte sie sich auch, doch ihr fiel kein Gebet ein, mit dem sie sich von dem Mann hätte ablenken können, kein Gebet, das Gott für ihre Wünsche hätte versöhnen können.

Nial war es längst gelungen, ein paar Zweige in Brand zu setzen. Die Jahre in Armut hatten ihn daran gewöhnt, wie ein Bettler unter freiem Himmel zu leben und zurechtzukommen. Der Feuerstein war sein Freund, er handhabte ihn mit Geschick und Augenmaß, und es war gut, sich auf ihn zu besinnen. Er würde sich ohnehin nur die Finger verbrennen, wenn er Christina im Blick behielt. Sie legte ihm einen Armvoll Äste hin, so dicht neben seine Beine, dass er vom Holz nehmen konnte, ohne sich drehen zu müssen. Schweigend versorgte er das aufflackernde Feuer mit Nahrung, legte die Äste so übereinander, dass es nicht zu hoch loderte und ihren Rastplatz verriet oder in die vertrockneten Tannenäste übersprang. Auch als sie ihm nachdrücklich den Sattel in den Rücken schob, schwieg er. Jedes Wort hätte den Zauber dieser scheuen Fürsorge unwiderruflich zerstört…

Christina ging davon aus, dass er zumindest ruhen wollte, und war dankbar für seine Schweigsamkeit, die ihr alle Möglichkeiten ließ: schlafen. Nachdenken. Beten.

Der Psalm des Mórmaer war ein ständiges Echo in ihrem Kopf, seit sie die Schotten verlassen hatten. *In petram inaccessam mihi deduc me! Quia factus es spes mea, turris fortitudinis a facie inimici.* Sie klammerte sich an die Worte und ließ sich von ihnen hochziehen, auf jenen Felsen…

Die Nacht kroch unter den Tannen hervor und brachte Kälteschauer mit, die nicht nur über den Rücken rannen. Ekligkalte Nässe hatte sich unaufhaltsam durch alle Kleiderschichten hindurchgearbeitet. Christina schlang sich die Arme um den Leib. Hatte sie sich vorhin noch gewünscht, wach zu bleiben, floh sie nun der Schlaf, obwohl sie zu Tode erschöpft war und die Furcht vor sündigen Träumen in ein bloßes Bild erstarrt war. Sie saß gegen einen Baum gelehnt, fühlte die stachelige Rinde am Hinterkopf. Ihr Rücken war weiterhin durch das Buch geschützt, es war ihr also nicht möglich, den Kopf anzulehnen. Aber vielleicht konnte sie ihn nach vorne hängen lassen. Sie musste schlafen, sie musste morgen ausgeruht sein, um weiterlaufen zu können, laufen, laufen… ihr Geist kam vor Zittern nicht mehr zur Ruhe, kämpfte wie ein trotziges Kind gegen die Hand der Mutter, die es beruhigen will.

Auf leisen Sohlen schlich die Nacht heran. Sie warf ein Tuch aus Kälte über jeden, der keinen Schutz unter einem Dach oder am Feuer gesucht hatte. Sie breitete das Tuch sorgfältig aus, damit es jede Gliedmaße und jeden Zoll Haut bedeckte und nichts aussparte. Danach sandte sie Kälte aus dem Boden und befahl ihr, durch die Füße in den Körper zu kriechen und das, was sie von oben vorbereitet hatte, zu vollenden. Christinas Zähne klapperten leise, dann fand sie etwas, was ihr ein wenig Ruhe schenkte: Der Gedanke an Margaret war wie ein zusätzliches, trockenes Kleidungsstück.

Das klare, schöne Gesicht der Schwester, ihr langes, seidiges Haar und ihre ruhige Stimme, ihr helles Lachen. Die schmale, vornehme Hand, die so wundervolle Stickarbeiten anzufertigen wusste. Der schlanke Leib, dem kein Fasten etwas anhaben konnte. Und ihre Zuversicht auch in den düstersten Zeiten, der sich nicht einmal die Mutter hatte entziehen können.

Diesmal brauchte es kein Feuer, um Margaret zu sehen. Sie fand sie in ihren Gedanken, ganz nah bei sich und vor dem Altar der Kathedrale. Und König Malcolm kniete dicht neben ihr, ins Gebet vertieft. Ungläubig schüttelte sie den Kopf. Ein Krug Wasser stand auf dem Boden, zwei irdene Becher daneben. Der Priester tauschte eine heruntergebrannte Kerze aus. Draußen trieb unerbittlich ein Sturm Schneemassen um das Gemäuer, drinnen wärmte Gott die Luft und ließ die Flocken, die es durch das undichte Dach schafften, sanft vergehen. Keine von ihnen erreichte den Boden … Christina rieb sich die Augen. Etwas störte hier. Sie suchte das unerwartet friedliche Bild mit ihrem inneren Auge ab, suchte nach Qual und Angst … doch da war keine Qual. Der König hielt Margarets Hand, während er betete, und sie fühlte das starke Band, das die beiden Menschen vor dem Altar von Dunfermline so dicht beieinander hielt …

Christina schreckte hoch. Das Bild war aus ihren Gedanken verschwunden. Ein Trugbild? Sie starrte vor sich hin. Ein Krug mit zwei Bechern, und der König hielt Margarets Hand. »*In petram inaccessam mihi deduc me! Quia factus es spes mea, turris fortitudinis a facie inimici*«, flüsterte sie. War ihre Reise, waren all die Anstrengungen etwa überflüssig, umsonst? Das Bild von Margaret blieb verschwunden. Leise grub sich Hoffnungslosigkeit in ihr Herz.

Sie hatte gedacht, Nial schlafe. Seine regelmäßigen Atemzüge und die Tatsache, dass er sich nicht bewegte, hatten sie sicher gemacht – und das Gefühl der tiefen Einsamkeit nur verstärkt. Aber er beugte sich langsam vor und legte zwei Äste auf das kleine Feuer. Flammen leckten an der frischen Nahrung und eroberten sie. Er lehnte sich zurück. Im Feuerschein sah sie, dass er hellwach war. Und dann breitete er seinen linken Arm aus, sah sie lange an und flüsterte nur ein Wort: »Komm.«

Wie von einem unsichtbaren Faden gezogen, kroch sie auf ihn zu, ohne darauf zu achten, dass sie ihr Kleid durch aufgeweichten Boden zog und dass vertrocknete Tannennadeln an ihren Handflächen kleben blieben. Als sie bei ihm angekommen war, hockte sie sich auf die Fersen und schaute ihn an. Das Feuer zauberte kleine, tanzende Schatten auf sein Gesicht und überzog seinen Blick mit glänzendem Samt. Noch einmal sagte er: »Komm.«

Es gab nur diesen Platz, an seiner Seite, auf seiner Schulter, an die Achsel geschmiegt. Sie fügte sich in diesen Platz, weil er vom Schöpfer für sie gemacht worden war. Ein nie gekanntes Gefühl von Friede und Sicherheit deckte sie zu und wärmte ihre frierende Seele, und der Schlag seines Herzens gab den Takt für ihren Atem, der sich von alleine kaum beruhigen wollte. Nials Hand strich sanft über ihre Schulter. Sonst tat er nichts, und er sprach auch nicht.

Der Wind rauschte in den Bäumen und tat kund, niemandem etwas von dem zu verraten, was er gesehen hatte. Die Nacht setzte sich zu ihnen, betrachtete sie beide – und lächelte still.

Etwas lag noch zwischen ihr und dem Schlaf, der so dicht bei ihnen mit friedlichen Händen auf sie wartete. Eine Frage, die sie seit gestern mitschleppte und für die sie sich schämte… Sie brannte ihr auf der Zunge, und vielleicht war dies der rechte Ort, um sie loszuwerden.

»Hatte… Nial, hat dein Bruder recht? Stimmt es, dass du ihm alles weggenommen hast?« Sie hob den Kopf, so weit es an seiner Schulter ging. »Sein Weib? Stimmt es, was er gesagt hat? Dass du ihm sein Weib weggenommen hast?«

Nial legte auch den anderen Arm um sie, obwohl es ihn sichtlich an der Brust schmerzte, und seine Hand stahl sich mit einer intimen Berührung in ihren Nacken, als er sie dichter an sich zog.

»Máelsnechtai ist ein Großmaul, aber er hat die Wahrheit gesprochen. Ich hab ihm einst sein Weib genommen.« Er tauchte ein in ihren fragenden Blick und wurde in stummer Erwartung empfangen. Doch er machte keine Anstalten, sie zu küssen. Er liebkoste nur ihren Nacken, schob mit Daumen und Zeigefinger die feinen Härchen am Halswirbel zusammen…

»Und ich werde es wieder tun«, flüsterte er.

»Nanu?« Fauliger Atem wehte in ihr Gesicht.

Christina schlug die Augen auf. Jemand hielt eine Laterne so dicht vor ihren Kopf, dass ihre Wange fast versengt wurde. Sie kniff die Augen wieder zu und schüttelte sich unwillig, schlang noch im Halbschlaf den Arm um Nial.

»Hat euch niemand gesagt, dass es ein ordentliches Wegegeld kostet, in meinem Wald zu schlafen?«, fragte es rau hinter dem grellen Licht.

Der Atem roch übelkeiterregend. Angewidert drehte sie den Kopf in Nials Achsel, immer noch unsicher, ob sie träumte.

»Sicher machst du eine Ausnahme, Lazarus«, hörte sie da Nials ruhige Stimme. Das war kein Traum. Seine Stimme indes legte nahe, dass alles in Ordnung war, und so wagte Christina sich vertrauensvoll aus ihrem Versteck… und musste in das Antlitz eines Dämons schauen!

Dicke, wulstige Knoten bedeckten ein mondartiges Gesicht voller tiefer Hautkrater, in denen gelbe Krusten Eiter überdeckten. Jetzt öffnete sich die Stelle, wo bei Menschen der

Mund sitzt. Ein schwarzer Stummelzahn glänzte speichelbedeckt im Kerzenschein, und der Atem sandte Pestilenz …

Sie schrie auf. Nial packte sie unsanft und drückte sie an sich. »Wir sind auf dem Weg nach Jarrow, Mann. Wir sind Pilger. Vielleicht kannst du uns weiterhelfen.«

Der Dämon lachte lautlos und aus der Tiefe seines Kehlkopfs. Dann verstummte er und hockte sich neben das Feuer, um sie schamlos zu begaffen. Weil Nial weiterhin so ruhig blieb, bekämpfte sie ihre Furcht. Vielleicht war es kein Dämon. Er bewegte sich wie ein Mensch, er trug Kleider wie ein Mensch. Auch die Stimme hatte fast menschlich geklungen. Vorsichtig spähte sie durch die langen Haare des Schneefuchsfells, krallte ihre Hand in Nials Seite, falls es doch gefährlich werden sollte … Der Dämon saß nur da, und jetzt verdeckte auch eine riesige Kapuze, was sie vorhin so erschreckt hatte.

Die Laterne behielt er in der Hand – nach einem weiteren verstohlenen Blick erkannte Christina auch, warum: Das, was aus dem Ärmel seiner braunen Kutte hervorlugte, war keine Hand, sondern ein narbiger Fleischklumpen mit Resten von Fingergliedern, an den die Laterne mit einem Lederriemen festgebunden war. Die andere Hand mit immerhin vier Fingern hielt unmissverständlich einen Knüppel in die Höhe. Doch dann legte der Dämon den Knüppel auf den Boden und schob sich die Kapuze vom Kopf.

»Helfen? Ich euch helfen? Ihr – ihr habt keine Angst vor mir? Keine?«, fragte er ungläubig. Seine Augen wurden mit jedem Wort größer. Selbst das Feuer züngelte vor lauter Neugier empor, um Licht auf das entstellte Gesicht zu werfen. Über den wimpernlosen Augen gab es auch keine Brauen mehr. Die Lippen waren von Knoten umwuchert und bewegten sich schwerfällig, wenn er sprach. Doch war es nicht nur sein Mund, der fauligen Geruch verströmte. Aus ihrem sicheren Versteck an Nials Brust ließ Christina den Blick weiterwandern. Der Mann, den Nial »Lazarus« genannt hatte, stank aus allen Löchern seiner ärmlichen Kleidung nach Verwesung. Und er war nicht allein gekommen.

Nach und nach traten sie unter den Bäumen hervor, düstere, mit langen Stöcken bewaffnete Schatten, gekleidet wie Mönche und doch eine Armee von Sündern und deshalb weit entfernt von Gottes Nähe… Manche humpelten, einige brauchten einen Stock, um laufen zu können, doch alle trugen sie eine grimmig-schweigende Aura wie Kriegsschilde vor sich her. Selbst das kleine Feuer schien sich zurückzuziehen, um die Ankömmlinge nicht zu reizen, als hätte ihm jemand gesagt, dass diese Schatten das Licht scheuten.

»Das sind Aussätzige«, flüsterte Nial. Er ließ sie los und setzte sich gerade hin, um irgendwie reagieren zu können. Was eine törichte Idee war, denn alle Kapuzenmänner kamen bewaffnet und würden vielleicht nicht zögern, sie auch zu benutzen. Und der verfluchte Wundschmerz ließ ihn sowieso nicht weit kommen. »Gütige Jungfrau. So etwas hab ich noch nie gesehen.« Mühsam atmete er aus.

»Was, Nial?«, wisperte Christina. Panik lag in ihrer Stimme, und er spürte, wie sie zitterte, als ein weiterer Ankömmling seine Kapuze fallen ließ und ein grausig geschwollenes Gesicht entblößte. »Was… was tun wir… was?« Sie tastete nach seiner Hand. Er ergriff sie, das gab ihm selber Halt.

»Nichts«, flüsterte er zurück. »Schweig, Mädchen. Schweig einfach.«

»Hmm, wer hat uns denn hier ein zweibeiniges Almosen in den Wald gelegt?« Eine Stange stocherte neugierig in den Flammen, dann näherten sich Schritte. Nial versuchte ruhig zu bleiben. Sie würden ihnen nichts tun, das würden sie nicht wagen.

»Wir wären aber auch mit euren Pferden als Wegezoll einverstanden«, dröhnte der, der zuerst bei ihnen gesessen und sich inzwischen erhoben hatte, um den düsteren Kreis der anderen zu vergrößern. »Ihr könnt es euch aussuchen.«

»Als Erstes würden wir natürlich das Mädchen nehmen«, grinste der mit der Stange und warf die Waffe zu Boden. »Weißt du was, wir nehmen sie gleich mit. Wenn du erlaubst…« Mit erstaunlich festem Griff packte er Christina und zog sie hinter Nial hervor. Als der dem Mann an die Kehle ging, traf ihn ein gezielter Schlag mit der Faust, und er fiel hintenüber.

Christina riss sich von der Hand des Aussätzigen los. Darüber stolperte sie rückwärts und fast in das Feuer hinein; ein beherzter Satz zur Seite bewahrte sie vor den Flammen. Vielleicht war das der stärkende Schluck, den sie gebraucht hatte. Ihre Brust schwoll vor Zorn, der die Angst wohltuend überspielte. Die Hitze so dicht neben ihr half, den Zorn zu schüren. Sie war Máelsnechtai und den Wölfen entgegengetreten, sie konnte auch diesen Elenden die Stirn bieten!

»Seid ihr närrisch?«, schrie sie den Kapuzenmann an. »Wie könnt ihr ihn niederschlagen?« Der Mann stutzte. Sie hob beide Hände, atmete durch…

»He, er ist ja nicht tot.« Rau klang die Stimme und trotzdem beschwichtigend und freundlich. Der Besonnene unter den Aussätzigen kam näher und blieb respektvoll vor ihr stehen. »Vergib die unüberlegte Handlung meines Freundes, Frau. Wenn du dich nicht scheust, das Haus eines Aussätzigen zu betreten, bist du eingeladen, uns zu folgen.« Er machte eine entsprechende Handbewegung. »Es ist nicht weit, und du sollst ein weiches Nachtlager bei uns bekommen.« Sein Blick glitt bewundernd über ihre schmale Gestalt und blieb an ihrem blonden Haar hängen, das sich durch den kleinen Kampf gelöst hatte und schwer von ihrem Kopf herabhing. Kichernd machte das Feuer sich zum Komplizen und warf Lichtreflexe in die helle Pracht. Lazarus konnte nicht anders, er musste die Hand danach ausstrecken. Behände wich sie ihm aus. Ihr Herz klopfte wild –

wenn sie ohnehin verloren waren, dann würde sie Nial nicht kampflos aufgeben.

»Ich geh nicht ohne ihn«, sagte sie fest. »Nirgendwohin. Ihr müsst ihn tragen.« Da lachten sie alle laut und heiser. Ein Dritter kam aus der Gruppe langsam auf sie zu.

»Uns trägt auch keiner, kleines Mädchen«, sagte er mit rauer Stimme. »Wenn er aufwacht, wird er uns schon folgen. Oder … dir.« Er trat näher und versuchte sogar ihr Gesicht zu berühren. Erschrocken fuhr sie zurück, seine Hand roch nach alten Wunden. Ein Baum bremste ihren Weg ab. Der Kapuzenmann bewegte sich. Nun standen sie zu zweit bei ihr. Das scheinheilige Feuer beleuchtete die Fratzen von der Seite und spielte so geschickt mit ihnen herum, dass die Knoten lebendig schienen und aus den Gesichtern auf sie zuwuchsen. Ihr stockte der Atem. So dicht war sie dem Gesicht der Sünde noch niemals gewesen, hatte den Geruch des Todes noch nie so nah wahrgenommen! Zum Glück blieben sie nun stehen, zum Glück …

»Keine Angst, er wird dir folgen, Frau. Ich würde dir folgen …« Mit unerwarteter Zartheit strich Lazarus ihr mit seinem verstümmelten Daumen über die Wange. Und ohne sie noch einmal anzufassen, lud er sie ein, mit ihnen zu kommen. Es hatte etwas Anrührendes, diese formelle Geste – ein kurzes Drehen des Körpers, ein einladend ausgestreckter Arm – an diesem düsteren Ort zu erleben. Die Geste offenbarte, dass auch Lazarus ein Pilger aus einer anderen Welt war, den ein sündhafter Weg in die Arme der furchtbaren Krankheit geworfen hatte … Dennoch. Sein Geruch. Der Atem des Todes. Sie traute ihm nicht. Er war böse, hinter seiner höflich-falschen Maskerade mussten doch schlechte Absichten stecken, Sünde wuchs ja an ihm empor. Sie klammerte sich an dem Baum fest und schüttelte den Kopf. »N-nein … bitte. Habt Mitleid, bitte …«

»Mitleid?« Der Mann drehte sich erstaunt zu ihr um. »Ist er am Ende dein Schatz?«, flüsterte er. »Ja?«

Das Herz schlug ihr bis zum Hals. Sein Blick fand den Weg

zwischen den Knoten hervor, machte sich das schadenfrohe Feuer zum Freund und glitzerte gierig. »Ist er dein Schatz?«, flüsterte er erneut. »Ich war einst der Schatz einer schönen Frau. Einst…« Die Gier verschwand aus seinem Blick. Stattdessen war seine düstere Gestalt nun von trauriger Ehrlichkeit umgeben. Es war, als könnte sie ihn auf einmal verstehen – unter seiner Kapuze lugten Spuren eines anderen Lebens hervor. Ihre Furcht vor ihm versickerte. Sie spürte, wie er sie anlächelte, obwohl er nun zu verhindern wusste, dass sie in sein entstelltes Gesicht schaute. Er tat das aus höflicher Rücksicht, sie wehte ihr wie ein leiser Hauch entgegen. Auf der Lichtung war es still geworden. Nur das Feuer knackte vor sich hin, es kannte die Antwort ja schon, seit es zwei eng umschlungene Menschen bewacht hatte…

Durfte man vor einem Wildfremden zugeben, dass man jemanden liebte? Noch einmal fragte er: »Ist er dein Schatz, für den du alles geben würdest, Mädchen?«

»Ja«, flüsterte sie ohne Zögern. »Wir sind einen langen Weg miteinander gegangen.«

Da nickte er, und seine grob gewebte Kapuze wackelte im Licht des erlöschenden Feuers, wie um ihn zu unterstützen. »Mein Mädchen und ich auch«, flüsterte er. Seine Schultern schienen zusammenzufallen. »Sie starb am Tag des ersten Schneesturms. Ihre Schmerzen waren zu groß, das Fieber hat sie dahingerafft, einfach so. Gott hat ihr das Fieber geschickt, bevor die Krankheit ihr Gesicht verstümmeln konnte. Vielleicht um sie zu schonen – vielleicht um meine Qual zu vergrößern, wenn ich an sie denke.«

Christina wusste nicht, was sie dazu sagen sollte, der Kerl verwirrte sie, und sie mochte auch den Baum nicht loslassen. Die anderen wurden allmählich unruhig, sie hatten die beiden Pferde schon losgeknotet und standen aufbruchsbereit. Zu ihrer Überraschung bückte der Aussätzige sich da und wollte den *culdee* vom Boden hochhieven.

Der erholte sich gerade von dem Schlag und packte den Aussätzigen wild am Mantel, auch wenn es dafür eigentlich keinen Grund mehr gab. Sie schüttelten einander und schrien sich an, dass die Äste über ihnen wackelten.

Lazarus ließ ihn fallen und lachte dröhnend los.

»Du bist mir ja ein scheinheiliger Kranker! Übrigens, mir fügt niemand mehr Schmerzen zu. Das ist das Gute an dieser verfluchten Pestilenz.« Er zog seine Kapuze wieder gerade. »Weißt du was – du kannst zu Fuß gehen, Mann. Wer so schreien kann, der kann auch laufen. Dein Mädchen hat darauf bestanden, dass ich dich mitschleppe, aber ich hätte dich eh nicht tragen können. Bedank dich also bei deinem Mädchen.« Der Kuttenärmel flog durch die Luft, als er auf Christina zeigte. Einen Moment später zog er sie ganz selbstverständlich vom Baum. Er drehte sich noch einmal um.

»Nichts für ungut, Mönch, wir tun keiner Fliege was zuleide. Wir sind nur manchmal etwas empfindlich.« Er zog die Nase hoch. »Wir … wir waren es leid, als ewige Sünder gebrandmarkt zu sein, wir haben begonnen, unser eigenes Leben mit eigenen Regeln zu leben …«

»Fühl dich nicht angegriffen«, unterbrach Nial ihn hastig. »Und nehmt mich mit – ihr sollt es nicht bereuen. Das verspreche ich euch.« Bei seinen Worten malte sich Erstaunen auf Christinas Zügen. Vermutlich fragte sie sich, was er diesen Menschen geben konnte. Das wusste er selbst nicht, aber ihm würde schon etwas einfallen, wenn er nur nicht von ihr getrennt würde. Nötigenfalls würde er ihnen auch das Himmelreich herbeireden, Hauptsache, er konnte in Christinas Nähe bleiben. Doch alles blieb ruhig, gleich zwei kamen, halfen ihm auf und hakten ihn unter. Stumm schleppten sie ihn von der Lichtung, wo der Letzte das Feuer austrat und den Ort der Dunkelheit überließ.

Lazarus drehte sich noch einmal kurz um und musterte ihn. Und er schien zu verstehen, dass Christina zu ihm gehörte.

Der Weg durch den Wald war nass. Es schien, als legten es die Bäume darauf an, das Wasser von ihren Ästen auf die Menschen zu werfen und ihre Kleidung so zu tränken, dass am Ende des langen Weges nur noch der Wunsch nach einem trockenen Platz übrig blieb. Trotz Fellweste rann Nial der Regen am Hals hinab und über die Schultern den Rücken hinunter, dass die Kutte ihm an der ungewaschenen Haut klebte, als hätte sie jemand mit Sirup bestrichen. Und so war selbst er froh, als sich im Licht der Laterne endlich das Ende des Waldes abzeichnete – und ein düsterer Wall am Waldrand. Es war ein Langhaus, wie es die Bauern zu bewohnen pflegten, und das durchhängende Dach und die eingedrückten Mauern verrieten, dass freiwillig hier niemand mehr hauste. Eigentlich war es eine Ruine, durch eine morsche Holztür gegen Eindringlinge geschützt.

»Ich weiß noch nicht genau, was ich eigentlich von dir brauchen könnte. Deine Kutte hat auch schon bessere Zeiten gesehen.« Der Kapuzenmann blieb neben der Mauer stehen. »Immerhin bist du trotz der Lumpen ein richtiger Mann Gottes – wir dürfen nur Seine Kleider tragen und büßen, bis die Knie blutig sind. Und wir wissen jetzt schon, dass uns keine Vergebung zuteil werden wird.« Sein Lachen klang bitter und passte zu dem Haus.

»Das ist nicht an Euch, das zu entscheiden«, wandte Nial ein.

»Ach, Schnickschnack. Seid einfach meine Gäste.« Lazarus hob einladend die Stummelhand. »Habt keine Sorge, mein Heim zu betreten, euch soll kein Leid geschehen. Und habt keine Angst, Pilger. Ihr seid in Gottes Hand. Und wir wissen, was sich gehört.« Mit diesen Worten schob er das zerfressene Bärenfell beiseite, das den Eingang zusätzlich verhängte. Die anderen Kapuzenmänner warteten schweigend, dass Nial als Erster die Ruine betreten würde.

»Kann ich dir trauen?«, fragte er mit einem Rest an Argwohn.

»Tu’s doch einfach. Ich geb dir mein Ehrenwort, dass euch nichts passiert«, erwiderte der Entstellte mit fester Stimme. Nial begriff, dass er jemandem gegenüberstand, der seinesgleichen gewesen war, bevor Gott ihn an eine Stelle gesetzt hatte, von der es kein Zurück in den Kreis der Menschen mehr gab. Und so nickte er nur. Christina würde das Haus im Übrigen auch ohne ihn betreten, das sah er ihrem entschlossenen Gesicht an.

Sie hausten zu vielen in der Ruine, eigentlich gab es keinen Platz für weitere Schutzsuchende. Doch sie drängten ins Haus, denn es begann zu regnen – jener aufdringliche Winterregen, der es schaffte, auch die untersten Kleiderschichten zu durchdringen, dass sie nie mehr trocknen würden. Erst recht nicht an kraftlosen, kleinen Feuern.

Lazarus hob die Laterne hoch. Vermutlich war sie die einzige Lichtquelle an diesem Ort. Notdürftig beleuchtete sie die am Boden liegenden Menschen, unförmig unter Lumpen und Decken und Fellen begraben und gegen die feuchte Kälte dicht aneinandergedrückt, kaum voneinander zu unterscheiden. Manche drehten sich neugierig um, andere blieben reglos liegen. Woher der Gestank kam, verbarg die Lampe gnädig. Es war nicht nur die drangvolle Enge und der Kot der umherstreunenden Ziege oder der Schimmel aus den Brotvorräten. Christina ahnte, dass genau so der Tod auf Raten roch. Er vermischte sich mit dem stockig klammen Geruch nasser Kleider und legte sich klebrig auf die Lunge.

Doch gewöhnte man sich schnell daran. Der Mief der vielen Menschen suggerierte Wärme, wo keine war, und das schiere Glück, von oben nicht nass zu werden, versöhnte sie mit dem grausigen Geruchskanon. In beinah allen Schlafkammern, in denen sie seit London zu Gast gewesen war, war es ihr so ergangen. Trotzdem dachte sie mit Wehmut und Dankbarkeit an ihren sauberen, gut gelüfteten Klosterschlafsaal zurück. Er schien ein ganzes Zeitalter hinter ihr zu liegen, genau wie das friedliche Leben, das sie einst geführt hatte …

Die Ankunft der Kapuzenträger sorgte für Unruhe. Nicht jeder Kommentar klang nett, die Aussätzigen schienen ein ungehobeltes Volk zu sein. Christina hörte Flüche, aber auch Weinen, und irgendwo hechelte jemand beim Beischlaf. In der fast dunklen Hütte konnte sie jedoch nicht einmal unterscheiden, woher die einzelnen Geräusche kamen.

Der Aussätzige mit den sanften Fingern hatte sie losgelassen und war in der Menge verschwunden, die sich umständlich aus den nassen Kutten befreite und durch die Schlafenden drängte, um freie Plätze zu ergattern – wo Kerzen kostbar waren, wusste man mit der Dunkelheit umzugehen. Nervös schaute sie sich nach Nial um, den doch zwei der Kapuzenmänner zwischen sich gehabt hatten, das hatte sie gesehen, aber er war im Gedränge am Eingang nicht zu erkennen. War er hier? Angst griff nach ihr – Angst um ihn, vor dieser unheimlichen Höhle voller Geräusche und unflätiger Worte …

»Verfluchte Knotenfresse, pass doch auf!«, fluchte jemand.

»Pass selber auf, der Teufel soll deinen Gestank holen! Neben dir kann doch kein normaler Mensch schlafen!«

»Was legst du dich auch jede Nacht neben mich? Willst mir wohl an die Wäsche, jetzt, wo die Weiber dich nicht mehr wollen?« Ein heiseres Lachen erklang. »So geht es denen, die ihre Wollust nicht im Zaum halten …«

»He, habt ihr Essen mitgebracht?«

»Da draußen steht ein Pferd«, flüsterte ein Mann gleich neben ihr. »Ich hab es gesehen. Wir können es schlachten und hätten endlich mal was Richtiges zu beißen …«

»Das Pferd gehört mir! Niemand schlachtet mein Pferd.« Unglaublicher Ärger drohte ihre Brust zu sprengen, niemals sonst hätte sie den Mut gehabt, ihre Stimme gegen die Stimmen der Dunkelheit zu erheben. Und als die Menschen um sie herum schwiegen, hielt sie erschrocken inne. Dann lachte einer amüsiert.

»Wenn ich dir ein Stück von meinem verschimmelten Brot gebe, das eine mitleidige Seele vorgestern in die Almosentonne gelegt hat, denkst du vielleicht anders, Mädchen. Dann sehnst du dich auch nach was Ordentlichem, nach richtig gutem Essen, wie du es mal gekannt hast, nach triefendem Fett und Fleisch und …«

»Schluss jetzt! Sie ist unser Gast für diese Nacht, wir werden etwas für sie finden«, blaffte der Anführer der Aussätzigen ihn an. »Der Allmächtige hört jedes deiner Worte – hat Er dich noch nicht genug gestraft für deine Völlerei? Du hättest in St. Julian bleiben und nicht dreihundert, sondern fünfhundert Paternoster am Tag sprechen sollen. Selbst das wäre zu wenig für dein loses, verfressenes Maul! Ich …«

»Ist ja schon gut«, versuchte der Hungrige ihn zu beschwichtigen, »hätte ja sein können, dass sie uns das Pferd überlässt, immerhin stehen da zwei, und zum Reisen reicht ja wohl eines …«

»Wir sind zwei Reisende, und wir brauchen zwei Pferde«, drang Nials Stimme aus der Dunkelheit. Erleichtert stellte sie fest, dass die Kapuzenkerle ihn am anderen Ende der Hütte abgeladen hatten, und anscheinend hatte er genau gehört, worum es ging. Seine Stimme war laut genug, das ganze Haus zu durchdringen. »Niemand wird unsere Pferde anrühren!«, donnerte er.

Es war ein verdammter Fehler, diese Hütte betreten zu haben, diesem Lazarus zu trauen. Sollte er sich wirklich so getäuscht haben? Ob es Christina ähnlich ging? Ihre schmale Gestalt mit dem hellen Mantel hob sich von der Düsternis ab und half ihm, ihren Weg durch die Hütte und in seine Ecke zu verfolgen.

Ihre Augen leuchteten, als sie ihn auf dem Boden erkannte

und sich dicht neben ihm niederließ. Sogar den Beutel mit dem Stundenbuch zog sie von ihrem Rücken. Die Ruine der Aussätzigen war alles andere als ein sicherer Ort, aber sie schien begriffen zu haben, dass sie schlafen musste. So lag das Buch nun neben ihr, und er wusste, dass sie es wie eine Löwin gegen jeden Dieb verteidigen würde. Obwohl es sie so ängstigte und sie es mit einem Strick zusammengebunden hatte, als dürfte es sich nicht öffnen. Er wagte nicht, sie darauf anzusprechen. Seit sie am Strand des Forth getrennt worden waren, hatte sie sich verändert. Sie war größer geworden.

Die Frau, die ihnen den äußersten Winkel zugewiesen hatte, kam nun tatsächlich mit einer Schale brennenden Torfs angeschlurft.

»John sagt, ihr sollt nicht frieren. Viel kann ich euch nicht geben, der Winter ist noch lang. Aber daran könnt ihr euch wenigstens die Hände wärmen. Den Rest müsst ihr halt aneinander wärmen.« Sie lachte albern. »Tut das ruhig. Hier verurteilt euch niemand dafür. John hat das Spital in St. Julian wegen mir verlassen. Ich hab es nicht ausgehalten ohne ihn.«

»Gott segne dich für deine Hilfe«, sagte Christina und rückte ein wenig, damit sie sich zu ihnen setzen konnte.

Nial ließ seine Hand um ihre Hüfte wandern. Sie war zu knochig für ein junges Mädchen und erzählte von entbehrungsreichem Leben und dass sie in den letzten Tagen viel zu wenig gegessen hatte. Er sehnte sich danach, für sie zu sorgen, und bemerkte gleichzeitig beschämt, wonach sich sein Körper so dicht neben ihr noch mehr sehnte. Trotzdem grub er seine Hand tiefer in ihre Kleidung, weil es dort warm war. Verstohlen zog sie sie ganz um sich herum, und sein Herz klopfte wild über dieses stumme Einverständnis. Es gehörte sich nicht, aber verdammt – es fühlte sich gut an. In der Dunkelheit sah es ja niemand. Und Gott schaute weg. Gott war vermutlich überhaupt nicht an diesem von Hoffnung verlassenen Ort.

Die Frau schichtete ihr Torfhäufchen in ein Loch und blies

vorsichtig in die Glut. Dann schlurfte sie davon. Der Torf war widerwillig wie immer. Er wollte nicht recht anbrennen, stattdessen gab er so viel Qualm ab, dass Nial zu husten begann. Seine Hand blieb jedoch, wo sie war, und zog Christina mit sanftem Druck noch näher, ohne dass sie sich wehrte …

Kurz darauf plätscherte Flüssigkeit, es roch nach Dünnbier, und zwei Becher standen vor ihnen. Die Frau lächelte schüchtern. »Das zumindest ist ganz frisch, wir haben es vor ein paar Tagen angesetzt. Labt euch daran, ich habe Rosmarin und Steinkraut hineingemischt.«

»Gott segne dich.« Christina entfernte sich von ihm und griff nach dem Becher. »Du … du bist nicht krank?«, fragte sie. Die Frau hatte ein normales Gesicht, war nicht durch Knoten entstellt wie die meisten anderen, deren Fratzen wie Geister im Dämmerlicht an ihr vorübergeschwebt waren.

»Nicht dass ich wüsste. Ich heiß Claire.« Und mit einem scheuen Lächeln deutete sie auf sich. »Sie haben gedacht, dass ich krank bin. Haben mich beobachtet, damals, als John fortgehen musste. Mir jeden Tag ins Gesicht gestarrt. Ob ich auch was bekomme. Pickel, Knoten. Schmerzen. Fieber. Sie haben in meinem Gesicht rumgefummelt, die Haut zusammengedrückt, nach Eiter gesucht. Aber ich hab immer viel gebetet und die Fastentage eingehalten, solange ich denken kann. Mir hat Gott die Geißel nicht geschickt.« Sie breitete die Hände über den Rauch. »Er schickt sie nur denen, die ihre Wollust nicht im Zaum halten können. Das haben sie jedenfalls John im Spital erzählt. Er musste all sein Hab und Gut dem Spital geben.«

Dann zog sie einen Kanten Brot aus ihrem Gürtel. »Hier. Ich hab's nicht ganz gegessen am Abend. Ich schenk es dir. Es ist noch gut, nur ein bisschen hart. Wenn du es ins Bier tunkst, wird es bald weich.«

Christina tat, wie ihr geheißen, drehte sich zu ihm um und

schob ihm fürsorglich ein Stück biergetränktes Brot in den Mund. Ihr Herz machte einen Satz. Ganz flüchtig hatte sie seine Lippen auf ihren nassen Fingern gespürt. Ob der Aussatz ihn wohl dafür strafen würde?

»Dein Freund ist fiebrig – ist er auch aussätzig?«, fragte Claire neugierig. »Pilgern hilft nicht, musst du wissen. John und ich waren in Canterbury, um für seine Heilung zu beten – damals sah sein Gesicht noch nicht so schrecklich aus ... Wir sind eine ganze Woche lang jeden Tag auf den Knien um die Kathedrale herumgerutscht, wie sie uns gesagt hatten. Aber Gott hat uns nicht gehört. Keinen hier hat Er erhört, nicht mal Herb, der nach Rom gepilgert ist und auf der Reise sein krankes Weib verlor. Gott ist unversöhnlich, weißt du – wenn man einmal gesündigt hat, vergisst Er das nicht.«

»Er ist nicht aussätzig«, unterbrach Christina den plötzlichen Redefluss. Sie hatten schweigend das Brot zusammen gegessen, und Claire hatte noch einen Rest Suppe für sie beide aus dem Kessel gekratzt. Sie hatten sich den Löffel geteilt und genossen das Gefühl, wenn sich warmes Essen über nagenden Hunger legt. Sie beugte sich nun über Nial, der weggenickt war und tatsächlich Schweißperlen auf der Stirn stehen hatte. Mit einem Zipfel ihres Mantels tupfte sie die Perlen weg, vorsichtig, damit er nicht aufwachte. Seine Stirn schimmerte in der dämmrigen Ecke. Sie ließ den Zipfel fallen und strich sanft über den lockigen Haaransatz. Selbst mit seiner eigenartig geschorenen Tonsur war Nial der schönste Mann, den sie je gesehen hatte. Welch kindischer Gedanke. Sie lächelte in sich hinein. Der schönste Mann, und er liebte sie, das hatte er gesagt. Welch wundervolles Geheimnis!

»Er wurde verwundet.«

»Verwundet? Und dann sitzt du hier so rum?«, wunderte sich Claire. »Bist du nicht heilkundig?«

»Ich ...« Christina starrte nun ratlos in das erschöpfte Gesicht. Nein, das war sie nicht ...

»Alle Frauen, die ich kenne, sind heilkundig. Zumindest wissen sie, welche Blätter man auf eine Wunde drückt.« Sie rutschte neugierig näher, um Nial anzuschauen. »Und dieser hier braucht Heilkunst, das seh ich doch…«

»Ich…« Christinas Entsetzen wuchs. »Im Kloster haben sie uns so etwas nicht beigebracht. Ich kann…«

»Im Kloster. Ach. Du kannst also Altartücher sticken«, beendete Claire den Satz kopfschüttelnd, doch mit großem Ernst und einer Spur Mitleid. »Wo immer ihr zwei herkommen mögt – ihr braucht nicht nur den Beistand von dem da oben. Ihr braucht richtige Hilfe. Die bekommt ihr von mir.« Damit stand sie auf und verschwand in der stickigen Dunkelheit.

Christina starrte in die ruhige Glut der Torfstückchen. Nein, mit Blättern hatte sie sich nie befasst, im Kloster hatte es dafür keine Veranlassung gegeben, und für Krankheiten war Mutter Ælfgifu und deren unermessliches Wissen dagewesen. Anders als Margaret hatten Blätter sie nie interessiert… Margaret würde wohl wissen, was zu tun war. Sie hingegen hatte immer nur ihre Hände gehabt. Aber sie scheute sich, sie noch einmal auf den *culdee* zu legen.

Es kostete Nial einige Anstrengung, doch er schaffte es, sich ohne Hilfe aus dem Fell und der zerfetzten Kutte zu befreien. Er konnte sich kaum daran erinnern, wann er das letzte Mal solche verdammten Schmerzen gehabt hatte. Als das faserige Leinen über die Brust glitt und die Wundränder aufklappte, entfuhr ihm tatsächlich ein klagender Laut. Die Glut offenbarte schonungslos, dass Máelsnechtai ihn beinahe dem Tod ausgeliefert hätte – der Schnitt seines Schwertes verlief quer über die Brust und war so tief, dass dort, wo das Blut getrocknet war, Knochen hervorschimmerte. Nur ein Zoll tiefer hätte wohl ausgereicht.

Sie war ein gutes Stück von ihm abgerückt, er sah das Entsetzen in ihrem Gesicht. Sie war ein Kind aus dem Kloster und hatte so etwas noch niemals zuvor gesehen. Keine derartige Verwundung, keine derartig schmutzigen Kleider, keine derartig schmierige Haut, und sein letztes Bad lag auch schon ziemlich lange zurück. Vermutlich hatte sie noch nicht einmal die behaarte Brust eines Mannes gesehen, dem sie das Fleisch nicht zerschnitten hatten, dachte er spöttisch. Der Spott half, die Enttäuschung über ihren entsetzten Blick und das Verlangen nach ihrer Berührung niederzukämpfen. Er war ein verdammter Narr.

Die Aussätzige rettete ihn.

Sie brachte nicht nur die Laterne, sondern auch eine Schüssel mit Wasser und einen Korb voll getrockneter Kräuter. Er kannte sich mit dem Zeug nicht aus, das war Frauensache. Claire sah aus, als wüsste sie, welche Blätter sie da aus dem Korb kramte und in einer kleinen Schale mit einem Stein zerstampfte. Dann roch es durchdringend nach Honig. Mit dem Finger angelte sie nach einer guten Portion aus einem Tiegel und verrührte die süße Masse mit den Blätterkrümeln. Schmatzend leckte sie sich den Finger ab und schob sich auf Knien näher an ihn heran.

»Da hat dich ja jemand böse erwischt«, brummte sie. Er lachte über die Doppeldeutigkeit ihrer Bemerkung, doch sein Blick hing an Christina. Wenn sie ihm doch nur ihre Hand geben würde … Er war so ein Narr.

»Du hast Glück. Gestern haben sie hier einen rausgetragen – dem hab ich vorher noch schnell die Verbände abgezogen, die braucht er ja nicht mehr. Ich kann …«

»Nein!«, stieß Christina da hervor. »Nicht den Verband eines Aussätzigen – nicht!«

»Du stickst Altartücher – ich mach Verbände, Mädchen«, sagte Claire ungerührt. Und dann drückte sie ihm ohne Vorwarnung dicke, honigduftende Breibrocken zwischen die Wundränder. Er bäumte sich auf, als der Schmerz ihn wie ein stumpfer Pflock durchbohrte, und dass sein Kopf dabei gegen die harte Lehmwand prallte, verspürte er kaum. Claire wich seiner Faust gerade noch rechtzeitig aus. Die Breibrocken fielen zu Boden. Wie von Sinnen griff er nach Christina, nicht um sie zu schlagen, nur um sie zu halten – festzuhalten. Doch sie entzog sich ihm, er spürte ihr Entsetzen, ihren Ekel, und die Enttäuschung darüber schwächte ihn nur noch mehr …

»Nial«, flüsterte sie, und die Welt hielt still. Selbst der Schmerz hielt inne. Aller Atem schwieg. Sie floh gar nicht vor ihm.

Sie hatte sich auf das Bündel mit dem Gebetbuch gekniet und sah ihn an – erst mit einem Blick voller Hingabe, dann fest und stark, und ihr veränderter Blick schien ihn zu halten wie zwei kräftige Hände. Anders als in der Nacht der Wölfe – ganz anders. Er hatte keine Worte dafür. Sie wuchs, sie breitete sich aus, bebte, er fühlte, wie ihre Kraft ihn durchströmte, über die Schultern, an den Armen, obwohl sie ihn nicht berührte, nicht einmal seine Hände, seine Finger! Und doch schoss dort neues Leben entlang und wanderte die Arme hoch, über die Schultern und hinunter zur Brust. Sie versenkte ihren Blick in den seinen. Er wusste, dass sie flog, dass sie ihn nicht mehr wahrnahm, als sie ihre Finger spreizte und mit der Kraft, die ihnen entfloss, die Wundränder netzte und ihnen befahl, sich zu schließen.

Der Schmerz verebbte. Wie ein Rinnsal schlängelte er sich aus der Wunde und verschwand, seine Stirn glättete sich, und er seufzte erleichtert auf. Die andere Pein indes vertiefte sich – die Pein der unerfüllten Sehnsucht, die nichts mit Gott zu tun hatte, sondern sehr irdisch und sehr leiblich war … Er war so ein sündiger Narr.

Der Moment verstrich. Sie hockte nur noch da, hatte die Augen niedergeschlagen und schien in sich hineinzuhorchen. Wusste sie eigentlich, was sie vermochte?

»Heiliger Peter und Paul«, flüsterte die Frau. Sie räumte hastig ihre Siebensachen zusammen und schien ratlos, was sie als Nächstes tun sollte. Offenbar hatte sie irgendetwas mitbekommen, denn sie wollte verschwinden. Nial zwang sie, die Verbandslumpen aus dem Korb zu ziehen. Sie ließ sich leicht einschüchtern, und er schämte sich dafür, die Frau so zu benutzen – was war nur mit ihm los, er hatte den rechten Weg verlassen, aus blanker Gier nach dieser blonden Angelsächsin! Gott helfe ihm.

Doch Christina starrte nur auf Claires flinke Hände, verfolgte, wie sie ihm die Verbandsstücke eines Toten auf die Brust legten und festwickelten. Dazu musste er sich vorbeugen, damit sie um ihn herumfassen konnte, so weit, bis sein Kopf fast auf Claires Schulter lag – und er hätte die Schmerzen mit Freuden in Kauf genommen, wenn Christina diese Arbeit übernommen hätte.

Sie hob den Kopf, strich sich das blonde Haar über die Schulter und nahm Claire wortlos die Lumpen aus der Hand. Wenn sie schon nichts von Blättern verstand, so aber doch von Leintüchern. Und es drängte sie, noch irgendetwas für ihn zu tun, obwohl sie so unglaublich müde war. Dankbar lächelnd nahm er es an, und als alles fest verknotet war, blieb sie verlegen vor ihm knien. Warum gab es keine Unbeschwertheit zwischen ihnen? Warum drückte sich in jedes Lachen die Sehnsucht hinein? Warum konnte sie an nichts anderes als an seine Arme denken? Das war falsch, das konnte so nicht richtig sein. Sie nahm den Becher und reichte ihm das Dünnbier.

»Es schmeckt scheußlich«, meinte sie.

Er lächelte wieder, und vielleicht hatte er gespürt, wie sie haderte, denn er brachte sie mit nichts in Verlegenheit, sondern trank einfach von dem Bier.

»Konntest du das schon immer?«, fragte er nach einer Weile.

»Ja. Ich glaube schon.« Sie betrachtete ihn. »Verrat mich nicht. Katalin, meine Amme, hat es gewusst. Katalin …«

»Nein«, sagte er schnell. »Ich verrate dich nicht. Du bist gesegnet, Christina.« Und er lächelte sie so warm an, dass alle Verlegenheit verflog und jener Unbeschwertheit Platz machte, nach der sie sich so gesehnt hatte. Sie teilten sich das Bier und lachten darüber, dass der Becher undicht war und ihnen das Bier an den Händen klebte.

Claire zog sie schließlich aus der Ecke weg. »Er sollte jetzt schlafen, Mädchen. Ich hab noch einen, der dich braucht, da hinten … ich verrate dich auch nicht.« Sie sah Christina von der Seite an. »Du musst mir helfen. Komm.«

Verraten? Verwirrt folgte sie der Frau, obwohl sie lieber bei Nial geblieben wäre. Müdigkeit hing wie ein nasser Sack auf ihrem Rücken, versuchte sie zu Boden zu ziehen, doch noch hatte sie dem genug entgegenzusetzen. Sie hatte vorhin den Fahlen vertrieben. Niemand hatte ihn gesehen, aber er war da gewesen, und sie hatte ihn vertreiben können. Die Haare seines Schweifs hatten wie Stacheln in Nials Wunde gesteckt und nach seinem Herz gefingert. Er hatte ihn ihr nehmen wollen, hatte das triumphierend angekündigt und seinen Speer auf die Brust des *culdee* gerichtet. Sie hatte ihn vertrieben. Sie war so müde. Irgendwo meckerte die Ziege. Der Fahle war fort. Nials Gedanken umfingen sie. Neben ihm ausruhen. Einschlafen …

Claire zog sie weiter, über die Liegenden hinweg, in die entgegengesetzte Ecke des Hauses. Dort packte sie sie am Arm und streifte die schüchterne Freundlichkeit von vorhin ab wie eine alte Haut.

»Hör mir zu. Ich weiß nicht, was du da vorhin gemacht hast. Aber ich will, dass du es noch mal machst. Ich will, dass mein Mann genauso geheilt wird wie deiner. Hörst du? Es geht ihm seit heute Mittag sehr schlecht, und ich will ihn nicht verlieren. Ist mir egal, wenn du Zauberkram mit ihm treibst, ist mir echt egal. Ich verrate dich nicht. Aber mach Godric genauso gesund, Mädchen.«

»Ich weiß nicht… ich kann nicht…«

»John duldet keine Zauberweiber unter seinem Dach, das kann ich dir versichern«, raunte Claire mit drohender Stimme. »Es kostet dich doch nicht viel, nach meinem Mann zu schauen…«

Die beiden Frauen sahen sich an. Christina begriff, was für sie auf dem Spiel stand. Eisiger Wind ließ sie erschaudern und einsam im Gedränge frieren. Sie hatte keine Wahl, die Drohung war überdeutlich. Und so nickte sie nur stumm. Claire grinste triumphierend. Sie nahm sie am Arm und zog sie zur Wand, wo sich ein Mann in feuchten Lumpen wälzte, weil durch ein Loch Wasser an der Lehmwand herabtropfte.

»Es fing heute Morgen an«, flüsterte sie. »Seitdem liegt er so da…«

»Claire, ich bin keine Heilkundige«, versuchte Christina sich zu retten. Hatte sie ihre Angst in diesem Haus bisher noch im Griff gehabt, war es damit nun vorbei, sie hatte sich über Christinas Schwäche zurückgemeldet und lauerte mit den Augen von hundert Dämonen im stickigen Dämmerlicht. Auch hinter dem Mann hockte einer, mit blutigroter Zunge und spitzen Krallen…

»Das is' mir egal. Du hast die Wahl«, knurrte die Frau.

»Allmächtiger, hast du mich nicht genug gestraft – musst du mir auch noch das Augenlicht nehmen?«, wimmerte der große Mann auf seinem Lager und krümmte sich vor Schmerzen. Christina kniete sich neben ihn. Vor ihr lag einer der Kapuzenmänner, die sie im Wald aufgegriffen hatten. Trotz seiner Krankheit hatte er noch so stark gewirkt, und nun lag er da wie ein Häuflein Elend. Claire strich ihm über die Stirn. Mit der anderen Hand schob sie das Talglicht ein wenig zur Seite. So quälte ihn das grelle Licht nicht, und auch die in narbiges Fleisch eingebetteten Schlitzaugen mit dem furchtbaren Ausdruck verschwanden stumm in den Schatten der Hoffnungslosigkeit. Das Gesicht bekam eine ebenmäßigere Form, weil das Dämmerlicht mit grauen Fingern alle Hässlichkeit glatt strich.

»Letzten Winter hat Gott schon einmal versucht, ihm das Augenlicht zu nehmen«, wisperte Claire. »Er tat Buße. Legte sich nackend in den Schnee, fastete. Ich dachte, er stirbt …«

»Schsch«, machte Christina. Es war, als ob die Augen des Aussätzigen in ihrem Innersten kramten und klopften. Nein, ihr Geist hatte noch nicht zurückgefunden, aber er würde sich erneut öffnen, und vielleicht zu weit … Ihr Herz bebte, und sie machte sich für einen weiteren der Schritte bereit, die sie so unglaublich viel Kraft kosteten …

»Und? Was kannst du tun? Mach schon«, drängte Claire und sah sich verstohlen um. Natürlich hatte sie Angst, dass jemand etwas bemerkte, denn dann wären sie beide verloren.

»Lasst mich alleine«, keuchte Godric. Er wand sich inzwischen auf seinem Lager und presste sich beide Fäuste auf die Augen, als wollten sie ihm aus den Höhlen fallen und könnten nur so daran gehindert werden. Bei jeder heftigen Bewegung entwich seinen Kleidern der Geruch des Todes. Perfide erinnerte er so daran, dass der Mann ohnehin dem Sterben geweiht war und eigentlich längst dem Tod gehörte. Er sandte ihm den Schmerz nur, um ihn vorher noch ein wenig zu erniedrigen und Demut zu fordern. Nackend im Schnee zu liegen und zu fasten bewies noch lange keine Demut.

»Bleib ruhig«, flüsterte sie, »bleib ruhig …«

»Libera me, libera me Domine«, stammelte Godric, *»libera me Domine, de morte aeterna … libera me … libera …«*

Wie von selbst legten sich ihre Hände auf das entstellte Gesicht, und ihre Daumen berührten mit großer Sanftheit die wulstigen Lippen, die zu Gott flehten und doch nur leere Worte hervorbrachten, weil das Herz des Mannes schon vor langer Zeit im Zorn über sein schreckliches Schicksal versteinert war …

ZWÖLFTES KAPITEL

Denn der HERR ist freundlich dem, der auf sie harrt,
und der Seele, die nach ihm fragt.
Es ist ein köstlich Ding, geduldig sein
und auf die Hilfe des HERRN hoffen.
(Klagelieder Jeremiä 3,25-26)

Es bollerte gegen die Tür, dann trat ein Fuß gezielt das klapprige Holzstück zu Boden.

»Hier draußen steht ein Pferd des Königs von Schottland«, dröhnte eine Männerstimme in die Dunkelheit. »Wo sind die Leute, die es reiten?«

Christinas Arme fielen herab. Ihre Kraft brach in sich zusammen und rieselte in die Binsen. Die bleierne Erschöpfung indes wagte sich noch nicht näher, weil Erregung durch ihre Adern fuhr und sie aufrecht hielt. Sie hatte die Stimme erkannt.

Godric packte ihre Hand. »Wer bist du? Ich sehe dein Gesicht – was hast du mit mir gemacht? Ich kann dich sehen, Mädchen!« Er rappelte sich auf den Ellbogen, versuchte aufzustehen, doch Claire wusste ihn daran zu hindern und drückte ihn flüsternd in die Lumpen zurück. Nur kein Aufruhr, nur kein Aufsehen, niemanden herlocken … Christina war das gleichgültig, für sie stand das nächste Hindernis ja schon in der Tür: Máelsnechtai hatte sie gefunden, der Himmel allein wusste, wie. Und sie ahnte, dass sie sich nun in noch größerer Gefahr befanden: Der Mórmaer hatte keineswegs aufgegeben, wie sie es in der Nacht der Wölfe hatte glauben wollen. Wenn er sie nicht aufgegeben hatte, dann war auch der Hass auf seinen Bruder noch lebendig, und sie wusste nicht, was sie mehr fürchten sollte.

Doch bevor ihr noch ein Weg einfiel, wie sie dem Mórmaer entkommen konnte, hatten sich die Aussätzigen schon formiert. Die, die beweglich genug waren, standen aufrecht und trugen Stöcke in den Händen – bereit, sie einzusetzen.

»Wer bricht hier ungefragt in mein Haus ein?«, hörte sie die raue Stimme des Anführers. »Wer stört unsere Gebete um Gottes Erbarmen, wer nimmt uns das bisschen Ruhe …?«

»Ich suche zwei Pilger, weiter nichts.«

»Und dafür tretet Ihr meine Tür ein?« Die Armee der Sünder bewegte sich auf den Eindringling zu. »Und erwartet auch noch, dass man Euch hilft?«

»Ich kann eure verdammte Hütte dem Erdboden gleichmachen, wenn mir danach ist!«, lachte der ungebetene Gast hässlich, »ich kann euch der Gerichtsbarkeit übergeben, auf dass ihr mitsamt eurer Geschwüre am Galgen baumelt – ich kann euch auch gleich am nächsten Baum aufhängen lassen …«

»*Hlæfweard*, lasst diese armen Menschen in Frieden. Ihr sucht mich – sonst niemanden. Hier bin ich.« Christina trat aus dem Schatten. Ihr Herz klopfte wie wild – so könnte durchaus auch das Ende ihrer Reise aussehen. Sie stand vor dem Abgrund und konnte jetzt nur einen Schritt vorwärts tun und springen. Der Weg zurück war ihr versperrt. Máelsnechtai würde sich kein zweites Mal narren lassen, diese Gewissheit hatte er in die stinkende Hütte mitgebracht und wie einen Kriegsschild vor ihr abgestellt. Er würde sie kein zweites Mal entwischen lassen – und er würde seinen Bruder nicht verschonen. Die Angst um Nial gab ihr Mut für den Sprung.

»Ich habe bereits auf Euch gewartet, *hlæfweard*.« Sie hob die Hände. Murmeln wurde um sie herum laut. Ihr war klar, dass sie das Vertrauen und die Gastfreundschaft der Aussätzigen verspielt hatte.

Doch wenn es ihr gelang, Máelsnechtai von seinem Bruder abzulenken, würde sie jedes Risiko eingehen – auch das wurde ihr klar, kaum dass ihre Worte verklungen waren. Margarets Schicksal war die eine Sache, an ihrer Mission für Margaret würde der Mórmaer sie nicht hindern können. Nial aber, und was er mit ihrem Herzen angefangen hatte, war eine ganz andere Sache. Um darüber gar nicht erst weiter nachzudenken, machte sie lieber noch einen Schritt auf den Schotten zu.

»Das Einzige, worum ich Euch bitte, ist, dass Ihr den Grund meiner Reise respektiert. Lasst mich nach Jarrow gehen – danach will ich Euch folgen.«

Máelsnechtai schaffte es auf diese schlichte Rede sogar, sich vor ihr zu verbeugen, auch wenn Johns Laterne verriet, dass sein Gesicht von Misstrauen zerfurcht war. Seine Augen nahmen einen lauernden Ausdruck an.

»*Hlæfdige* Christina – ich habe verstanden, dass Ihr Euch nicht abhalten lasst. So sei also Jarrow das Ziel unserer Reise, wenn es Euch so gefällt. Nehmt meine Begleitung an und glaubt mir, dass ich Euch beschützen will.«

»Ich brauche keinen Schutz. Ich bin beschützt, und Gott der Allmächtige hält Seine Hand ebenfalls über meine Reise.« Sie hob das Licht und sah ihm ins Gesicht. »*Hlæfweard* Máelsnechtai – ich brauche Euch nicht.«

Hinter ihr hielten Leute lautstark den Atem an. Es kannte sie ja niemand, ihnen musste es unglaublich dreist erscheinen, wie sie diesem Edelmann entgegentrat. Nein – es war auch für eine Edelfrau dreist, das musste sie selber zugeben. Doch den Schotten schien das nicht zu stören, dort, wo er herkam, herrschten sicher noch ganz andere Umgangsformen. Christina nutzte die Schrecksekunde der Aussätzigen – sie brauchte nicht länger zu überlegen.

»*Hlæfweard*, wenn Ihr mein schwarzes Pferd halten wollt – es ist brav und mir treu ergeben. Ich hole mein Reisebündel.«

Er schaute sie beinah verdutzt an, hatte wohl Gegenwehr erwartet oder Tränen, zumindest aber mehr scharfe Worte. Sie verbot sich alles davon, obwohl sie den Mórmaer am liebsten John und seinen Leuten überlassen hätte. Doch all ihre Gedanken kreisten um Nial, nach dem er tatsächlich nicht mehr gefragt hatte. Das sollte so bleiben!

Ohne zu stolpern, eilte sie durch das Dunkel an den Aussätzigen vorbei, die immer noch im Halbkreis um den ungebetenen Gast herumstanden und nicht recht wussten, ob sie ihn nun vertreiben sollten oder damit irgendwelche einflussreichen Edelleute gegen sich aufbringen würden.

John beriet sich flüsternd mit einem Dicken; murmelnde Unruhe erfüllte inzwischen das ganze Haus.

Sie huschte weiter, mit sicheren Schritten, als ob Gott selbst sie durch das Dunkel leitete. Das tat Er wohl, vielleicht rührte Ihn das Schicksal der beiden an – vielleicht waren in diesem Aussätzigenhaus auch alle Regeln außer Kraft gesetzt. Christina fühlte sich jedenfalls durch nichts mehr aufgehalten, als sie neben Nial niedersank. Ihn ansah. Lange ansah. Ihm beide Arme um den Hals schlang. Sich fest an ihn drückte, ihr Gesicht an seinem Hals vergrub, mit den Lippen die dünnen Falten, seinen Haaransatz, seinen Geruch begrüßte. »Ich liebe dich«, flüsterte sie.

Sie hörte seinen Atem, fühlte seine Hände auf ihrem Rücken, in ihrem Haar, leidenschaftlich, doch ratlos, was sie als Nächstes tun sollten, und bevor alles nur noch verwirrender wurde, riss sie sich los, packte das Bündel mit dem Stundenbuch und ihren Umhang und stolperte davon.

»Ich finde dich!«, rief er ihr leise hinterher.

Bitte tu das!, schrie sie stumm zurück und betete, dass er verstand, was sie vorhatte und dass er der Grund dafür war und nichts anderes.

Máelsnechtai hatte sich nicht von der Stelle bewegt. Die Mauer der Aussätzigen verhinderte, dass er Christina hinterherschauen konnte, und so war ihm entgangen, dass sie nicht nur ihr Bündel aus der Ecke geholt hatte, sondern ihr Herz in der Dunkelheit zurückließ.

Ruaidrí folgte dem Mórmaer immer noch, und immer noch tat er das stumm und mit dem Blick eines geprügelten Hundes, als er Christinas ansichtig wurde. Er schaffte es nicht einmal, sich zu verbeugen, hielt stattdessen die Pferde und kramte an deren Zaumzeug herum.

John hielt sie zurück. »Und du… du gehst jetzt mit diesem… diesem…« Ihm fiel kein Wort ein, als er sie mit der Laterne vor das Haus begleitete. Bevor er Nial durch ein unbedachtes Wort verraten konnte, unterbrach sie ihn hastig. »Ich danke dir für deine Gastfreundschaft und für den Platz an deinem Feuer. Möge Gott euch allen gnädig sein und eure Qualen verringern, möge Er euch Kraft für das Gebet geben und möge Er – lebt wohl! Ich will in Jarrow für alle beten, die in diesem Haus versammelt sind, hörst du…« Und sie legte ihm zusätzlich die Hand auf den Arm, obwohl sie sich vor dem Mann ekelte und fürchtete – ihre Angst um Nial verlieh ihr den Mut.

Und John schien ihre Botschaft zu verstehen. Jedenfalls schwieg er und erwähnte den zweiten Pilger mit keinem Wort, obwohl seine Verwunderung offenkundig war. Sie sah, wie er die Hand nach hinten spreizte – ein Zeichen an seine Leute, sich ebenfalls zurückzuhalten.

Die kleine schwarze Stute hatte sich losgerissen und stand mit hängendem Seil neben dem Eingang. Ruaidrí versuchte es zu fassen, doch sie wusste ihm mit einer einzigen Drehung ihres Kopfes auszuweichen. Ihre klugen Augen hatten Christina erspäht, und brummelnd rief sie sich in Erinnerung, bevor der Mórmaer auf die Idee kommen konnte, seine neue

Begleitung auf ein anderes Pferd zu setzen. Christina fasste das Seil. Das weiße Pferd war nirgends zu sehen. Wusste die Stute etwa, dass es seinen Reiter nur verraten würde?

»Ihr wollt ernsthaft auf diesem Gaul reisen? *Hlæfdige*, nehmt mein Pferd, ich bitte Euch. So ein Gaul steht einer Dame nicht an.« Máelsnechtai wollte sie schon herüberziehen. »Euer Begleiter hat Euch wohl verlassen? Kürzlich war immerhin noch sein Pferd zu sehen. Oder verbirgt er sich gar in dieser Dreckshütte? Sollen wir mal nachschauen?«, lachte er laut.

»Das könnte wohl einen Gedanken wert sein, *hlæfweard*, und Euer Gemüt ist sicher stärker als das meine, welches den eitrigen Gestank von Aussatz und Pestilenz leider kaum ausgehalten hat.« Noch während sie sprach, sortierte sie die Zügel, während sie mit wild klopfendem Herzen abwartete, ob sie ihn daran hatte hindern können, das Haus zu betreten… »Wie Ihr gesehen habt, konnte ich nur an der Tür sitzen, und Gott hätte mir wohl kaum geholfen, wäre ich weiter nach hinten gestiegen, denn Er hat diesen Ort schon vor langer Zeit verlassen.«

Die Stute schien alles zu kennen – den Grund für ihre Eile, für ihr Herzweh und auch den für ihre vermeintliche Kälte. Sie machte sich klein neben ihr, damit Christina mühelos aufsteigen konnte, und dann groß, damit sie stattlich aussah. Sie hob ihren prächtigen Kopf ins Licht der Laterne, schüttelte ihre Mähne und scharrte schnaubend mit dem Vorderhuf, denn Máelsnechtai war noch nicht ganz überzeugt, dass er das Haus nicht durchsuchen musste. Für Momente verdeckte ihre hochfliegende Mähne den Eingang und tilgte sein Vorhaben, im Haus nachsehen zu gehen. Der Mórmaer trat neben sie, fuhrwerkte an ihren Sitzfellen herum, ließ seine Hand grundlos an ihrem Hintern entlanggleiten, als könnte ihm das verraten, ob sie auch bequem genug saß. Das Pferd schnorchelte leise. Es war bereit.

Ich finde dich. Nials Worte umfingen sie wie eine schützende Rüstung gegen die begehrlichen Blicke seines Bruders. *Ich liebe dich.*

Rasch blickte sie noch einmal in die Runde. Die Aussätzigen versperrten den Eingang. Ruaidrí war mit dem Sattel beschäftigt, nur der Mórmaer stand gefährlich nahe bei ihr. Nicht gefährlich genug, ließ die kleine Stute sie wissen, nicht gefährlich genug. Und sie warf den Kopf in die Höhe, wieherte schrill und lang gezogen in die Dunkelheit, stieg mit den Vorderbeinen, drehte sich auf der Hinterhand herum – und stob davon, wie sie es schon einmal getan hatte, ohne Christina dabei zu verlieren.

Sie galoppierten durch die Dunkelheit über vor Nässe quatschende Wiesen, einen scharfen Ostwind im Gesicht. Schlamm spritzte auf und blieb schwer in ihren offenen Haaren hängen. Das Stundenbuch hockte stumm auf ihrem Rücken und ließ sich im Rhythmus der Galoppsprünge auf sie niederfallen, weil sie das Bündel in der Eile nicht fest genug geschnallt hatte.

Máelsnechtais lautstarkes Entsetzen verfolgte sie wie die Schreie einer wilden Krähe – und dann hoffte sie nur noch, dass ihre Stute auch dieses Mal wusste, wohin sie ihre Schritte lenkte. Weit weg vom Haus der Aussätzigen und nach Süden. Bis der Mórmaer sie eingeholt und seinen verhassten Bruder endgültig vergessen hatte. Alles war gut so. Sie saß sicher auf der Stute, ließ sich von den gleichmäßigen Wellen ihres Galopps mitnehmen – alles war gut.

»*Hlæfdige!* In Dreiteufelsnamen – seid Ihr noch am Leben? Ich schneide diesem Gaul die Kehle durch!«, brüllte es nicht lange danach durch den Wind. Das Keuchen eines Pferdes wurde lauter – und die kleine Stute flog nun im rasenden Pass dahin. So leicht ließ sich ein Pferd aus den Bergen nicht einholen! Trotz ihrer bedrohlichen Lage musste Christina über dieses nun wirklich närrische Wettrennen lachen. Máelsnechtai beendete es relativ schnell. Neben ihr hergaloppierend, griff er in den Zügel der Stute, riss ihren Kopf hoch und brachte sie mit äußerster Gewalt zum Stehen.

»Seid Ihr wohlauf, *hlæfdige*? Dieses Pferd ist gefährlich, steigt sofort ab, bevor es Euch tötet!«

»Sie hat sich nur erschrocken, *hlæfweard*. Mir ist nichts passiert. Aber wenn Ihr nun lieber neben mir reiten wollt…« Es war ganz leicht, sich wie eine zarte Dame zu benehmen, um seine Aufmerksamkeit zu halten. Sie staunte, wie gut der raubeinige Schotte dieses höfische Spiel beherrschte, und unter anderen Vorzeichen hätte sie seine Aufmerksamkeiten sogar genießen können. Doch so trachtete sie nur danach, ihn von dem Haus der Aussätzigen wegzulocken. Und Máelsnechtai war so begierig auf ihre Gesellschaft, dass ihre List gelang: Er nahm ihren Zügel und führte ihr Pferd, er lobte ihren Sitz und bot ihr sein eigenes Pferd an, und er erzählte, wo er das Tier herhatte und warum er die maurischen Pferde des Normannen so sehr schätzte, dass er sie von ihm stahl.

»Ihr habt es von ihm gestohlen?«, fragte Christina belustigt. Je weiter Johns Hütte sich von ihnen entfernte, desto gelöster konnte sie seinen amüsanten Geschichten folgen – was blieb ihr auch anderes übrig? Nial war in Sicherheit. Dafür nahm sie sogar die Begleitung des wilden Mórmaer in Kauf.

»Nun – ich habe es mitgenommen«, witzelte er. »Es stand gesattelt in einem Stall, und es folgte mir willig. Da gerade niemand anders darauf reiten wollte, war es wohl frei.« Seine Braue tanzte. Nicht nur die Geschichte von dem ausgeliehenen Pferd, sondern auch die tanzende Braue erinnerten sie stark an Nial, und zum wiederholten Male fragte sie sich, wie sich zwei so ähnliche Brüder so auf den Tod entzweien konnten.

»Selbstverständlich werde ich es bei nächster Gelegenheit zurückgeben.« Er grinste. »Ihr solltet wirklich einmal ausprobieren, wie es sich auf dem Pferd eines Königs reitet…«

Das Reich des Normannenkönigs lag vor ihnen.

Es gab kein Holzschild, das dieses Reich ankündigte, und keinen hölzernen Schlagbaum, wo ein normannisch gekleideter Söldner Münzen kassierte und den Durchgang erlaubte.

Stattdessen begrüßte sie der Geruch von verbranntem Holz, von nassgeregneter Asche und von darunter liegender Verwesung. Es war der Geruch der Apokalypse, die einem düsteren Heer lanzenschwingender Flüche gleich über das Land hergefallen war, vor sich eine Wand aus Feuer hergetragen hatte, den verbrannten Boden platt gewalzt und in den Aschefeldern nichts als Schleifspuren hinterlassen hatte.

Wie der Viehhirte es berichtet hatte: Die Normannen hatten Englands Norden verwüstet. Sie waren dabei fast bis zum Tyne gekommen und hatten kaum eine Wohnstatt ausgelassen. An den lehmigen Resten nagte nun ein eisstarrender, von Osten kommender Regen. Er fraß Löcher in Ruinen und unterhöhlte die Böden so tief, dass nicht einmal die wenigen Tiere, die dem Feuer entkommen waren, sicher waren und sich dort verstecken konnten. Der Fuchs lag schon länger in dem Loch und verbreitete bestialischen Gestank. Kratzspuren im Lehm erzählten davon, wie verzweifelt er versucht hatte, sich zu befreien. An menschlichen Leichen hatten sich Raubtiere gütlich getan – die einzigen Lebewesen, die dem Erobererheer entkommen waren, an den Toten aber rasch den Geschmack verloren hatten. Nur die Raben pickten und hackten weiter in aufweichenden Körpern, für sie spielte die Zeit keine Rolle.

Es war unmöglich, einen windgeschützten Rastplatz zu finden, wo einem nicht der Atem des Todes ins Gesicht wehte. Der Fahle war aus Christinas Bündel geschlüpft und heerte herum. Doch diesmal hielt Er Abstand. Knurrte sie von Weitem an, bedrohte sie mit dem Speer. Doch nicht einmal Sein Schweif erreichte sie. *Du bist mein, du entkommst mir nicht!*, brüllte Er ihr in die Ohren. Das Pfeifen im Ohr wurde lauter, übertönte Ihn. Sie machte sich stark gegen Ihn, hielt Ihn von sich, spürte seinen Zorn, weil Er immer weniger Macht über sie hatte. *Du entkommst mir nicht!*, brauste es über sie hinweg. *Niemals entkommst du mir!*

Und rachsüchtig schickte Er klebrigen Gestank, der sich einer Maske gleich auf ihr Gesicht legte und gegen den sie machtlos war... Christina schaffte es gerade noch, vom Pferd zu gleiten, bevor die Übelkeit sie schüttelte wie eine nasse Katze und sie sich ins müde Gras erbrach. Sie hatte ihre Notdurft verrichten wollen, und dem Wind hatte es gefallen, ihr eine ganze Brise von Verwesung ins Gesicht zu wehen. Der Fahle lachte hämisch über Seinen neuen Verbündeten.

Der Gestank hatte ihnen schon an den letzten beiden Gemäuern, die sie sich für eine Rast ausgeguckt hatten, das Halten unmöglich gemacht. Jetzt konnte sie die Tränen nicht mehr zurückhalten, die Erschöpfung forderte allmählich ihren Tribut. Wie weit lag die Schlafkammer von Dunfermline zurück, wie unerreichbar waren Margarets liebevolle Arme, in denen sie die Angst stets hatte vergessen können...

»*Hlæfdige...*« Der Mórmaer schaute angeekelt auf die grüne Galle an den Halmen, und sie wusste sofort, dass von ihm weder Mitleid noch Rücksicht zu erwarten war. Es galt nur noch, das Kloster zu erreichen, koste es, was es wolle. Er war ihr Führer dorthin – mehr nicht. Danach würde er den Preis eintreiben. Das wusste sie. Aber noch war es zu früh, an diese Stunde zu denken.

»Wir reiten weiter«, murmelte sie daher und stieg mit weichen Knien auf ihr Pferd.

»Aber die Pferde sind müde, wir sollten rasten«, wagte Ruaidrí einzuwenden. Sie wollte ihn nicht einmal anschauen, so groß war ihre Verachtung.

»Wenn die Dame weiterreiten will, dann reiten wir weiter«, unterbrach der Mórmaer seinen Stiefellecker. Durch den Nebel ihrer Übelkeit drang sein nächster Gedanke zu ihr vor.

Desto eher ist sie mein. Das verstärkte ihre Übelkeit nur noch mehr, Nials stille Fürsorge fehlte ihr so sehr … sie schluckte es hinunter. Sie hatte sich entschieden. Nials Leben war gerettet. Ihre Mission für Margaret ebenfalls, wenn Máelsnechtai es sich nicht überraschend anders überlegte. Alles andere durfte keine Rolle mehr spielen.

Doch hatte sie sich vor zwei Wochen noch verbieten können, an Nial zu denken, so ging das nun nicht mehr. Er war bei ihr, um sie herum, er umhüllte ihr Herz wie ein durchsichtiger Vorhang, in den sie sich verwickelt hatte und dessen Ausgang sie nicht mehr fand. Das Schicksal hatte ihn mit einem seidenen Faden zugenäht …

Als sie mit Máelsnechtai am Tyne angelangt war, hatten sie Schwierigkeiten gehabt, über den Fluss zu setzen. Es gab nicht mehr viele Menschen in dem ausgebluteten Land, und auch die alte Fährstelle an der Furt, zu der ein ausgetretener Pfad führte, schien verlassen. Zwischen brachliegenden Viehweiden lag ein vor nicht allzu langer Zeit gepflügtes Feld, ein Hinweis darauf, dass sie sich in bewohntem Gebiet befanden. Doch niemand zeigte sich den Reisenden. Offenbar erinnerte der Schotte mit seinem fettigen langen Haar und den in achtloser Arroganz übergeworfenen Fellen, die eines Königs würdig waren, an Zeiten, als von Norden her mehr von seiner Sorte durch das Land gezogen waren und nichts als Verwüstung hinterlassen hatten. Sein finsteres Gesicht und die tiefe, raue Stimme brachten die Menschen dazu, sich zu verbergen, obwohl der Fährverdienst sie doch hätte satt machen können.

»Es gibt hier eine Fähre – ich habe sie selber benutzt!«, brüllte er am Ufer entlang. Die Menschen waren hier irgendwo, Christina erahnte ihre Gegenwart. Eine reetgedeckte Hütte und zerbrochene Zäune deuteten darauf hin, dass sie hier sogar versuchten zu leben, vielleicht von Fischen und

Krebsen aus dem Fluss, oder von den Münzen, die ihnen eine Überfahrt einbrachte, obwohl man Münzen in diesem ausgebluteten Land nicht essen konnte. Niemand konnte Vorräte gegen Münzen tauschen, weil es keine Vorräte gab. Die Feuer der beiden Herrscher hatten selbst die Hoffnung darauf vernichtet.

In knietiefen Matsch eingesunkene Holzbohlen vor dem Eingang der Hütte bewiesen, dass er von vielen Menschen genutzt wurde. Doch sie trauten sich nicht aus der Deckung, vor lauter Angst, mit dem bisschen Mut gleich auch das Leben zu verlieren, dessen Wert mancherorts auf den Preis einer Brotkante gesunken war.

»Reitet flussaufwärts, Herr!«, rief schließlich einer. »Flussaufwärts findet Ihr eine Fähre. Wir sind keine Fährleute, wir sind nur arme Fischer!«

»Kehrt um! Sie töten euch auf der anderen Seite«, rief ein anderer. »Dort wartet ein ganzes Heer auf Leichtsinnige, die den Tyne überqueren. Erst rauben sie euch aus, dann schlagen sie euch die Köpfe ab und hängen die Reste an den Bäumen auf…«

»Damit kenn ich mich aus, Knilch«, lachte der Mórmaer, »sie dürfen gerne kommen, ich werde sie zu begrüßen wissen, verlass dich drauf. Und du solltest nun aus deinem Versteck kriechen, ich weiß nämlich auch noch, wie man ein Haus in Brand steckt.« Der Spaß war für ihn vorüber, er stieg vom Pferd und zog unmissverständlich sein Schwert, um mit geübten Streichen und ohne große Anstrengung den nächsten Busch einfach klein zu hacken. Dann fegte er den klapprigen Zaun hinweg und näherte sich mit schwingender Waffe der armseligen Hütte. Eine Frau schrie in heller Angst, kleine Kinder tauchten von irgendwoher auf und rannten weinend herum.

Der Mann verließ sein Versteck und hob um Gnade flehend beide Hände. »Habt Mitleid mit uns, Herr! Habt Mitleid, verschont meine Kinder, ich habe nur ein altes Floß, damit kann ich Euch ans andere Ufer bringen – doch verschont meine Kinder!«

Máelsnechtai lachte. »Du bist schnell zu überzeugen. Kluger Mann. Ich wusste doch, dass hier ein Boot ist. Spute dich, wir haben nicht den ganzen Tag Zeit!«

Zu zweit befreiten sie eine breite Holzkonstruktion aus seinem Versteck unter Schilf und dicken Tannenästen. Das Floß sah in der Tat aus, als läge es schon länger in diesem Versteck. Christina fand es nicht vertrauenerweckend. Die beiden zerlumpten Männer, die sich nun daran zu schaffen machten, allerdings noch viel weniger. Sie schalt sich selbst für ihren Hochmut und dass äußerste Not die Menschen einfach veränderte. Die Blicke, die sie ihnen zuwarfen, waren nicht gierig, sondern einfach nur hungrig.

Sie befestigten das Ruder, zogen lockere Stricke nach und rückten es so nah ans Ufer, dass es leicht zu besteigen war. Die schwarze Stute weigerte sich. Sie kam aus den Bergen; bisher war sie durch alle Furten bereitwillig gestapft – doch ein Floß zu besteigen kam für sie nicht in Frage! Der Fahle lachte und ärgerte sie mit Seinem Schweif noch ein bisschen mehr. Sie tänzelte hin und her, versuchte zu steigen, als der Mórmaer sie am Zügel auf das Floß ziehen wollte, widersetzte sich und wollte sich schließlich losreißen. Er prügelte sie vorwärts. Mit einem Riesensatz sprang sie auf das Floß und wäre um ein Haar im Wasser gelandet. Die Männer wagten kein Wort zu sagen, obwohl es sie fast ihr Floß gekostet hätte.

Das Floß schaukelte heftig auf den Wellen auf und ab, nicht zuletzt, weil die Stute nicht stillstehen wollte. Prustend und schnaubend warf sie ihren schönen Kopf hin und her, und das Tuch, das sie ihr darumgebunden hatten, flog wie ein düsterer Flügel durch die Luft.

»Herr, haltet das Pferd ruhig!«, schrie der eine Mann, »wir werden noch kentern!«

Doch der Mórmaer hatte alle Hände voll damit zu tun, die beiden anderen Pferde festzuhalten, die sich von der Aufregung der Schwarzen hatten anstecken lassen und zu trampeln begannen. Christina fasste ihr Pferd schließlich am Zügel, obwohl Máelsnechtai ihr das verboten hatte. Sie vergrub die Hand in der dicken Mähne, und gemeinsam konnten sie einander etwas Ruhe schenken. Die Strudel im Fluss verlangten ihre ganze Aufmerksamkeit, um das Gleichgewicht nicht zu verlieren. Wie ein Kreisel drehte das Floß sich um die eigene Achse, schwankte, Wasser schwappte über das Holz, durchnässte Kleider und Stiefel und zog sich nur widerwillig wieder zurück, um mit der nächsten Strömung den nächsten Versuch zu wagen, jemanden hinabzuziehen.

»Gleich ist es geschafft! Dort vorne – da ist die Anlegestelle«, rief endlich der Mann am Ruder. »Nehmt euch in Acht! Für das Südufer kann niemand garantieren, da herrscht der Normanne!«

Das Floß stieß gegen einen Stein. Ruaidrí sprang ins Wasser und watete mit dem Seil an Land, welches der Mann ihm zugeworfen hatte. »Bindet es fest, bis die Pferde weg sind«, rief er, »sie werden mir das Floß noch zerstören! Womit soll ich dann fischen gehen? Aber bindet es nicht zu fest, damit ich schnell hier weg kann!« Seine Furcht vor dem strauchbewachsenen, düsteren Südufer des Tyne war offensichtlich. Aufgeregt rannte er hin und her, und selbst Christina wurde darüber beklommen zumute. Nervös nestelte sie am Zaum ihres Pferdes herum, um nicht zu oft zum Ufer hinüberzuschauen, denn auch hier spürte sie die Anwesenheit von Menschen. Vielleicht war alles nicht so schlimm. Flussbewohner vielleicht. Fischer, Ziegenhirten. Harmlose, verarmte Menschen, die die Heerzüge überlebt hatten und genauso froh waren, dass man ihnen kein Leid antat, wie sie selbst… So würde es wohl sein. Sie atmete durch. Selbst das Pfeifen in ihren Ohren ließ nach. Den eisigen Wind ignorierte sie.

Máelsnechtai stieß böse Flüche hervor. Sein Diener stand ja am Ufer und konnte ihm bei den Pferden nicht helfen, die sich seiner Hand widersetzten. Das eine versuchte in seiner Angst vor dem Wasser sogar, ihn zu beißen. Seine Faust traf das Pferd am Kopf, da gab es klein bei und trippelte auf dem Floß hin und her, machte einen immer höheren Buckel und sprang schließlich mit allen vieren zugleich ins Wasser. Der nächste Satz beförderte es an Land, wo Ruaidrí es gerade noch einfangen konnte. Christina hatte ihr Pferd so weit beruhigt, dass sie es ohne Hilfe ins Wasser steigen lassen konnte. Niemand machte Miene, sie an Land zu tragen, und so knotete sie ihre Röcke und die Bruch um die Hüften und steckte die zerlöcherten Schuhe hinter den Sattelgurt. Mit nackten Beinen und Füßen kletterte sie ihrem Pferd hinterher und verkniff sich einen Aufschrei, als das kalte Wasser des Tyne bis zu den Oberschenkeln hochleckte. Niemand hier hatte Mitleid – alle froren und waren hungrig, und in Gesellschaft des Schotten half es ihr nun nicht mehr, dass sie eine Dame von Geblüt war. Der Schotte würde die Dame von Geblüt als Bettgenossin benutzen, aber ihr sicher nicht …

Es platschte, und dann stand er neben ihr im Wasser. Im nächsten Moment hing sie auf seinen Armen. »Ihr sollt nicht denken, dass nur Mönche schmeicheln können«, grunzte er schweratmend und schleppte sie an Land, wo er sie unerwartet sanft zu Boden gleiten ließ und am Schluss ihren Kopf in seine Pranken nahm. »Nehmt dies als Schmeichelei eines richtigen Mannes, *hlæfdige.*« Sein Gesicht war sehr ernst, als er weitersprach. »Ich trage Euch nach Moray, wenn Euch das gefällt. Auf meinen Händen.«

Die braunen Augen spielten mit ihrem Antlitz, tanzten suchend über ihren Mund, und er hatte sie immer noch nicht losgelassen. Christina wusste nicht, wohin sie schauen sollte, seine Augen nagelten sie förmlich fest und versuchten sich in Weichheit – ja, glaubte er denn wirklich, dass sie seinen Kampf mit Nial vergessen hatte? Die Verwüstung, die er im Haus der Kätnerin angerichtet hatte? Er erlöste sie schließlich aus seinem Griff, denn die Pferde waren noch auf dem Floß und die beiden Kerle dort brüllten sich gegenseitig unverständliche Befehle zu. Sie tauchte unter seinen Armen weg und lief zu ihrem Pferd.

Die Stute schnaubte. Ihre Nüstern blähten sich, und Christina dachte, dass sie noch von der Überfahrt aufgeregt war, doch sie hatte den Fahlen entdeckt, der ihnen über den Fluss gefolgt war und sich nun am Ufer präsentierte wie ein geiler Hengst. Das tat Er jedoch nur, um zu verbergen, was hinter Ihm lauerte. *Du entkommst mir nicht*, hörte sie Ihn noch …

Zu viert sprangen sie laut schreiend aus dem Dickicht hervor. Mit gezückten Waffen, Speeren, Schwertern, einer Mistgabel, rannten sie auf die Ankömmlinge am Ufer zu. Ihre Füße sanken tief in den Schlick, trotzdem bewegten sie sich mit großer Sicherheit – ganz so, als ob sie das hier nicht zum ersten Mal taten. Selbst ihre Schreie hatten etwas Rituelles, als hätte der Schrecken schon viele Male zuvor gewirkt. Der Mórmaer wusste in der Tat auch nicht, wohin er als Erstes schauen sollte, sein Schwert fuhr unentschlossen aus der Scheide und blieb in der Luft stehen. Ruaidrí kam gar nicht dazu, seine Waffe zu ziehen, das Pferd neben ihm stieg vor Schreck und riss ihn dabei fast von den Füßen.

Die wirkliche Gefahr aber hockte am Waldrand – ein Bogenschütze auf einem Stein, der mit großer Ruhe einen Pfeil anlegte, den Bogen langsam spannte, zielte …

Christina sah ihn, sah, wie der Pfeil hin und her schwenkte, als könnte der Schütze sich nicht entscheiden, auf wen er zuerst zielen sollte – den großen Schotten, die Frau, den schmalen Mann oder doch den großen Schotten …

»Vorsicht!«, schrie sie auf und ließ ihr Pferd ebenfalls los. Ruaidrí hatte den Schützen auch gesehen. Er rappelte sich auf, da sirrte der Pfeil schon los, flog wie ein aufgeregter Vogel durch die kalte Luft und machte immer noch ein schauerliches Geheimnis daraus, in welchen Körper er einschlagen würde.

Ruaidrí schrie. Wusste er es? Mit einem Riesensatz warf er sich zur Seite, vor Christina, just in dem Moment, als der Pfeil sie ausgewählt hatte. Tief bohrte sich das Eschenholz stattdessen in seine ungeschützte Brust. Der Schrei begleitete seinen Fall, sie fühlte seinen Körper auf sich zucken, im Schmerz sich aufbäumen, und er schrie, schrie furchtbar laut… Und dann fiel Ruaidrí und begrub sie unter sich, und das war zugleich ihre Rettung, weil noch mehr Pfeile über sie hinwegflogen, doch nun ohne Ziel.

Der Mórmaer stand zu weit abseits. Wutschnaubend hob er seine Waffe, als er sah, dass sein Getreuer gefallen war. Christina arbeitete sich voller Panik unter dem Sterbenden hervor und versuchte in Máelsnechtais Richtung zu kriechen – eine törichte Idee, denn die Angreifer hatten sie fast erreicht, und ihre Waffen versprachen, alles hinzuschlachten, was sich noch bewegte. Auch die Männer auf dem Floß bewegten sich – sie hatten ihre Chance zur Rache gewittert und zückten Holzstangen und sprangen von hinten auf den Mórmaer zu, und ihre ersten Streiche verfehlten ihn nur knapp.

»*Hlæfweard*, hinter Euch!«, brüllte Christina mit aller Kraft und duckte sich wieder, da hatte er die Angreifer schon erkannt und drehte sich mit fliegenden Haaren, das Schwert wie eine riesige Klinge von sich gespreizt – und es war hungrig, viel zu lange hatte es in der Scheide gesteckt, und es nahm die beiden einfach in der Mitte, schlitzte den Nichtsahnenden die Leiber auf und fuhr mit dem Schwung seiner Drehung weiter zum Ufer, wo es in der Brust des Nächsten stecken blieb.

Mit einem nicht enden wollenden Schrei stolperte der

Mann und fiel dadurch noch tiefer in die Waffe. Es kostete den Schotten einiges an Anstrengung, sie aus der Brust wieder herauszuziehen. Doch die Bewegung, mit der er es tat, verriet, dass er sein Handwerk meisterlich beherrschte. Der Mann fiel schließlich stumm zu Boden. Der Schotte benutzte ihn als Tritt, um den nächsten Angreifer weiter oben zu erwischen. Hoch flogen Máelsnechtais Felle und Haare, und hoch spritzte das Blut aus dem Hals, als der Kopf des Mannes von den Schultern kippte, und färbte den Uferschlamm rot.

Das Geschrei um sie herum wollte kein Ende nehmen. Sterbend lagen sie auf dem Strand, ihre Hände wühlten sich suchend in den Sand, doch dort gab es keine Hilfe… an diesem Ufer herrschte jetzt der Tod. Für den Mórmaer war er kein Unbekannter, der Schotte stürzte brüllend vorwärts, als suchte er nun nach Vergeltung, dabei lagen bis auf den Bogenschützen bereits alle dahingefällt. Máelsnechtai schlug sein Schwert auch in die Sterbenden und drehte sich wie ein Berserker um die eigene Achse, hieb wieder in die Leichen, schlug einen Kopf ab und brüllte – brüllte, dass die Bäume erzitterten und der Himmel sich verdunkelte. Selbst der Fahle, der erregt durch den Sand getrabt war und Sein Werk wohlgefällig betrachtet hatte, zog sich in den Schutz des Waldes zurück.

Krieger wie Máelsnechtai hatte das Land südlich des Tyne lange nicht mehr gesehen, solch blutige Ernte war lange nicht mehr gehalten worden. Und es war noch nicht vorüber. Als Christina sich erhob, viel zu früh, schlug von hinten ein Pfeil in ihren Rücken. Er traf nicht sie. Das Stundenbuch fing ihn ab und hinderte ihn mit der verbliebenen Kraft seiner Gebete daran, auch den zweiten Buchdeckel zu durchbohren. Doch der Stoß warf sie erneut zu Boden. Máelsnechtai schrie weiter, nun in ihre Richtung. Mit triefender Klinge kam er auf sie zugelaufen, obwohl ein weiterer Pfeil ihn beinah getroffen hätte. Er wischte ihn im Flug einfach hinweg.

»Seid Ihr verletzt?«, rief er und stützte die Klinge in den

Sand. Rubinrot rann das Blut am blinkenden Metall herab, sickerte gleich neben ihr in den Sand und würde dort vom Flusswasser abgeholt werden, genau wie die Toten oder das, was von ihnen übrig blieb – niemand würde von den Geschehnissen berichten können.

»Nein«, flüsterte sie, was er nicht gehört haben konnte, denn er vergewisserte sich selbst und zog den Pfeil einfach aus ihrem Rücken.

»Der Bogenschütze …«, keuchte sie, »am Waldrand …«

Ohne ein weiteres Wort stapfte er mit seiner tropfenden Waffe auf den Mann zu – breit wie ein Berg und entschlossen wie ein ganzes Heer, und dass ihm Pfeile entgegenflogen, schien ihn nicht zu stören, denn sie verfehlten ihn – alle.

Der Bogenschütze wähnte sich dennoch auf der stärkeren Seite. Ein Fehler, denn auch sein letzter Pfeil verfehlte den Schotten, und dann war es zu spät, um wegzulaufen, zu spät, ihm auszuweichen. Das Schwert sauste durch die Luft und sandte ihm den schnellen Tod. Ohne einen Laut sank der Mann rückwärts ins Gebüsch.

Es war still geworden am Ufer des Tyne.

Nur das Wasser rauschte unvermindert durch sein uraltes Bett. Es war eher da gewesen als die Menschen und der Tod, und seine Totenklage war von gleichgültiger Melodie.

Irgendwo wieherte ein Pferd.

Angst rann wie Feuer durch Christinas Adern. Wie ein Tier war sie gespannt und bereit zur Flucht, für die es keinen Grund mehr gab. Ein Stöhnen ließ sie herumfahren. Ruaidrís Hand stocherte in der Luft herum, stritt sich mit einem unsichtbaren Gegner, ob er den Pfeil umfassen sollte – oder nicht. Seine gespreizten Finger näherten sich dem Holz, zuckten wieder weg, versuchten es wieder, aber das Holz steckte ja fest und würde dort bleiben. Resigniert ließ er die Hand fallen, nur um sie gleich darauf wieder zu heben …

»Allmächtiger Gott …« Christina kroch auf allen vieren zu ihm. Sein Antlitz war so bleich wie der Nebel, der langsam den Fluss heraufzog, der leuchtend rote Bart schien das Gesicht zu überwuchern. Nur die Augen bewegten sich, irrten umher, suchten nach Leben, wo keines mehr war.

»*Hlæfdige* … Chris… tina …«, flüsterte er, dann rann Blut aus seinem Mund, und die Farbe wollte nicht zur Farbe seines Bartes passen. Da schickte der Tod noch mehr Blut aus der Lunge und färbte das schottische Rot einfach nach seinem Geschmack.

»*Hlæfdige* …«

»Ruaidrí, ich …« Unmöglich, die richtigen Worte zu finden. Er starb vor ihren Augen, und sie konnte nur noch eines für ihn tun.

»Ruaidrí, Ihr habt mir das Leben gerettet … Gott sei Eurer Seele gnädig. Er führe Euch auf sanftem Pfad zum ewigen Leben …« Das war es nicht. Seine Brauen zogen sich in größter Not zusammen, die Augen versanken in grauen Höhlen. Der Tod stand hinter ihm, blies stumm zum großen Marsch. Jeder Atemzug konnte der letzte sein. Dieser oder der nächste, kaum enden wollende. Luft war kostbar, ein Geschenk des Lebens, das er mitnehmen wollte in die ewige Verdammnis, die ihn erwartete … Sie spürte, was er von ihr wollte, was er sich sehnlichst wünschte und doch nicht aussprechen konnte, weil seine Schuld so groß war.

»*Hlæfdige*, bitte …«

»Ruaidrí – ich verzeihe Euch. Ich verzeihe Euch, nehmt meinen Frieden mit Euch …«, stammelte sie und umfasste sein immer grauer werdendes Gesicht mit beiden Händen, um seine brechenden Augen bis zum Schluss zu begleiten, mit ihm die letzten Schritte zu gehen – einen und noch einen, hinüber in den Nebel, dessen Farbe die Augen nun annahmen … Der Tod empfing ihn mit sanften Armen und ohne Schmerz, davor hatte er wohl Angst gehabt. Doch seine Züge glätteten sich, die Falten verschwanden, und der Mund entspannte sich, als er ging. Christinas geflüsterte Gebete nahm er wie einen kostbaren Talisman mit sich …

Sie konnte nicht weinen. Sie konnte nicht einmal beten. Er war gegangen, und ihre Vergebung war das Gebet für den Mann gewesen. Gott nickte und ließ sie alleine.

»Ist er tot?«, fragte Máelsnechtai.

Wieder stützte sich das bluttriefende Schwert neben ihr auf, und diesmal ertrug sie den Anblick nicht.

»Er ist tot, würdet Ihr bitte Eure Waffe fortnehmen«, murmelte sie. Er packte sie an den Ellbogen und richtete sie auf. Dann ließ er sie los, und das war gut so, denn seine Hände schienen vor Verlangen zu brennen.

»Wenn er tot ist, reiten wir jetzt weiter, *hlæfdige*«, sagte er.

»Eine kleine Rast, *hlæfweard*«, flüsterte sie. »Lasst ihn uns bestatten. Ich …«

»Ihr wollt nach Jarrow. Ich bringe Euch jetzt nach Jarrow. Danach gehört Ihr mir«, sagte er kalt. Immerhin steckte er das Schwert in die Scheide. Er war fertig hier, und dass auch dieser Begleiter nicht mehr bei ihm war, schien ihm vollkommen gleichgültig zu sein. Dem einen Sterbenden trat er mit der Stiefelspitze gegen den Kopf. Das Stöhnen verebbte, der Mann lag ruhig. In den Baumwipfeln krächzte der erste Rabe und kündigte seinen Genossen das neue Festmahl an – sobald die Menschen die Lichtung verlassen hatten, würden die schwarzen Schatten ihren Platz einnehmen und sich aufeinander einhackend um die besten Leckerbissen streiten. Ihr Geschrei würde man noch meilenweit hören können. Doch noch herrschte Stille am Ufer.

Das Grausen steckte in Christinas Brust, mit eisiger Faust hielt es ihren Hals umfasst und erlaubte keinen Atemzug zu viel. *Was sagst du nun*, höhnte der Fahle, *ich sagte dir, du entkommst mir nicht, erinnerst du dich?*

Sie entschloss sich, ihren Weg zu gehen. Mit beiden Händen ergriff sie den Pfeil in Ruaidrís Brust und riss ihn mit einem kräftigen Ruck heraus. Blut lief ihr über die Hände. Sie warf den Pfeil angewidert beiseite.

»Das ist nicht Euer Ernst«, höhnte der Mórmaer. Sie schwieg. Fasste den rothaarigen Schotten von hinten unter den Armen und schaffte es mit einer Kraft, die nur aus ihrem wachsenden Zorn erwuchs, ihn aus der Wasserlinie herauszuschleifen und in Richtung der Büsche zu ziehen.

»Wollt Ihr mich lächerlich machen?«, rief Máelsnechtai ihr hinterher.

Sie drehte sich um. »Dieser Mann war Euch treu ergeben und hat es verdient, dass etwas sein Gesicht bedeckt. Findet Ihr nicht auch?« Er schwieg. Der Ärger darüber verlieh ihr nun Riesenkräfte. Sie fand eine Kuhle unterhalb der Sträucher, wo Ruaidrí seine letzte Ruhestätte haben konnte, und dann begann sie, Steine zusammenzutragen, um ihn damit zu bedecken. Máelsnechtai sah ihr auch dabei schweigend zu. Die Spannung zwischen ihnen vertrieb den Nebel, der sich träge über das Ufer breiten wollte. Der Schotte verfolgte jede ihrer Bewegungen, ohne einen Schritt auf sie zuzugehen. Sie spürte, wie er jeden Stein mit dem Blick aufhob, in ihre Hand fallen ließ, herübertrug, doch es lag keine Unterstützung in seinem Blick. Nur Kälte …

»*Hlæfweard.*« Sie richtete sich auf. »Ihr könntet die Pferde suchen.« Es musste doch möglich sein, ihn loszuwerden.

»*Hlæfdige.*« Sein Gesicht verzerrte sich zu einer hässlichen Grimasse, und ihr klopfte das Herz bis zum Hals – nun war niemand mehr da, der sie vor ihm beschützen konnte. Ihr einziger Schutz war sie selber. Bei dieser Erkenntnis fiel die Angst wie ein altes Kleid von ihr ab, zerbröselte vor ihr am Boden, und der aufkommende Wind trug den Staub davon. Das neue Kleid umgab sie mit Zuversicht und Mut. Sie schüttelte ihr offenes Haar. Der Wind fuhr hinein und lachte. *Du machst das schon*, raunte er, *und mit jedem Schritt machst du es besser.* Sie atmete tief ein. Der Mann vor ihr war immer noch bedrohlich, doch er konnte ihr nicht mehr schaden. Und er kam auch nicht näher.

Sie blieb stur. Schleppte weiter Steine an das Grab und begann, den Toten damit zu bedecken, wie es die Krieger auf dem Schlachtfeld taten, wenn sie keine Löcher schaufeln und nicht alle Toten fortbringen konnten. Das jedenfalls hatten die Nonnen erzählt. Es war schwere Arbeit, und sie sprach in Gedanken die Totengebete für Ruaidrí – sie tat es nicht laut, weil sie Máelsnechtai nicht provozieren wollte. Sein Blick hatte sich verschärft, der Mund war im dichten Bart nicht mehr zu sehen.

Dann bewegte er sich plötzlich. Tat einen Schritt auf sie zu und nahm ihr den schweren Stein aus den Händen.

»Ihr betet. Ich mache das Grab«, sagte er. Dann sagte er nichts mehr, schaffte nur noch Steine herbei und schichtete sie zu einem Hügel auf, wie es sich für einen tapferen Krieger geziemte. Ob er dieses Werk für Ruaidrí verrichtete oder um sie zu beeindrucken, das konnte sie nicht sagen. Aber es war auch gleichgültig, denn ihre zarten Hände bluteten bereits vom Schleppen der rauen Granitbrocken, und Beten konnte sie eindeutig besser als er.

Sicher war das Begräbnis nach Ruaidrís Geschmack – eine feine Dame, die bei Gott um Gnade für ihn ersuchte, und ein mächtiger Mann, der ihn wie einen Krieger bestattete. Er erwies ihm sogar die Ehre, denn als die Steine in schöner Regelmäßigkeit aufgetürmt waren und mit der oberen Kante nach Osten wiesen, stellte Máelsnechtai sich neben das Grab und begann zu singen. Seine tiefe Stimme klang rau und ließ jedes Gefühl vermissen, doch der Rhythmus, den er dazu auf seiner Ledertasche schlug, hatte etwas Forderndes, Mitreißendes und ließ sie aufhorchen.

Sie verstand die Worte nicht, doch ahnte sie, dass er von einem tapferen Krieger sang, der im Kampf für seine Gefährten den Tod gefunden hatte und dessen Seele von Gott oder wem auch immer in Empfang genommen werden sollte. Wild und heidnisch klang das Lied, groß kamen die Laute aus seinem Mund, und weit trug die Luft den Rhythmus. Und Ruaidrí wäre vermutlich stolz gewesen, dass dieses Lied an seinem Grab gesungen wurde.

Als er endete, war es lange still. Unbewegt hielt Máelsnechtai sein Gesicht dem Wind entgegen. Sein tiefschwarzes Haar umspielte die breiten Schultern, und vielleicht nahm der Wind seine Gedanken zusammen mit dem Geist des Toten mit sich in die Heimat hoch im Norden.

»Seid Ihr nun zufrieden, *hlæfdige*? Können wir endlich weiterreiten?« Seine Stimme troff vor Ironie und verriet, dass er trotz der andächtigen Szene vorhin tatsächlich nur sie im Blick gehabt hatte und wohl ahnte, dass ihn Gewalt nicht weiterbringen würde. Sie fand seine Berechnung abstoßend. Allerdings würde sie die Weiterreise erleichtern, weil sie ihr die Sorge um ihr Wohlergehen nahm. Máelsnechtai würde sie wie zugesagt unversehrt und so schnell wie möglich nach Jarrow bringen. Den Gedanken an das, was danach geschehen würde, schob sie weit weg. Er fragte auch nicht weiter, sondern ließ sie einfach stehen, um die Pferde zu suchen.

Eine ganze Weile stand sie alleine am Grab des jungen Schotten. Trotz der Toten wirkte das Ufer des Tyne nun friedlich, und der Nebel kehrte zurück. Wie ein dicker Lindwurm kam er den Fluss heraufgezogen, füllte mit seinem Leib jedes Loch und jede Böschung aus und fraß stumm und gefräßig Bäume, Sträucher, Schilf und Gehölz, während seine Nase schon hinter die nächste Flussbiegung spähte.

Christina fürchtete sich nicht. Er würde ihr genauso wenig wie der Fahle anhaben können, auch wenn er seine Finger schon nach ihr ausstreckte und Nieselregen wie ein hauchfeines Netz aus Tropfen über ihr Haar legte, um sie, wenn alles bedeckt war, darin einzuwickeln und mit sich in die Stille des Vergessens zu ziehen …

Sie kniete sich hin und betete.

»*Subvenite sancti Dei occurrite angeli Domini, suscipientes animam eius, offerentes eam in conspectu altissimi. Requiem aeternam dona ei, Domine: et lux perpetua luceat ei.*«

Der Nebel wallte zurück. Er umfloss ihre schmale Gestalt, erkundete die Kraft, die sie umgab, und befand sie für ausreichend. Er sparte sie aus, und so fand sie sich allein im feuchten Weiß des späten Tages – allein mit sich, ihrem Glauben und der Zuversicht, diese Reise zu einem guten Ende bringen zu können.

»*Assiste parata votis poscentium et reporta nobis optatum effectum*«, murmelte sie in den Nebel. Und weil sich das gut anhörte, wiederholte sie es. Und noch einmal. Und wieder, immer leiser, schließlich flüsternd. Und zumindest die Heilige Jungfrau war an diesem grausigen Ort, um ihre Gebete zu erhören und an den Höchsten weiterzuleiten …

»Du hast sie einfach ziehen lassen«, stellte Lazarus fest und teilte das harte Brot in zwei Stücke. »Was bist du für ein Mann, dass du so eine Frau ziehen lässt?« Sein maskenhaftes Gesicht schimmerte bleich im Schein des Torffeuers, und Nial sah, wie scharf ihn die kleinen Augen des Aussätzigen belauerten. Er nahm das Brotstück entgegen, auch wenn es durch Lazarus' Hand verunreinigt war. Nichts spielte mehr eine Rolle.

»Er ist mein Bruder. Er wird ihr kein Leid zufügen.« Seine eigenen Worte versetzten ihm einen Stich. Aber genau so war es ja. Bis Jarrow würde Christina sicher vor ihm sein. Für den Gedanken an das, was danach geschehen würde, fühlte er sich zu schwach …

»Haha!«, lachte der Aussätzige. »So kann man das auch sehen. Und schließlich bist du ja auch ein Mönch. Als wir sie in deinen Armen gefunden haben, sah das allerdings etwas anders aus, und ich habe …«

»Halt's Maul!«, zischte Nial verärgert. »Siehst du das hier?« Er deutete auf den Verband, den Claire ihm angelegt hatte. »Das habe ich meinem Bruder zu verdanken.«

»Ach. Der böse Bruder. Und ihm überlässt du nun dein Mädchen?« Lazarus' Spott biss sich in der Wunde fest und rief den Schmerz zurück, den Christina mit ihren Händen vertrieben hatte. Nein – er saß viel tiefer, er verwüstete sein Herz.

Als der Aussätzige keine Antwort bekam, kroch er ungelenk näher. »Mein Freund – sie hat einem meiner Brüder geholfen, er kann wieder sehen. Claire nennt dein Mädchen ein Zauberweib. Ich nenne sie großartig – wer auch immer sie ist. Sie hat Licht in unsere armselige Hütte getragen und bewiesen, dass Gott uns doch noch nicht verlassen hat. Wenn du sie zurückholen willst, bin ich dabei.« Und er schaffte es tatsächlich, den Teil des Gesichtes, wo früher einmal Augenbrauen gewesen waren, verschwörerisch hochzuziehen. Nial nahm seine verkrüppelte Hand.

»Gott segne dich für deine Freundschaft, die ich nicht verdiene, Mann«, sagte er leise.

Lazarus lachte. »Du bist wirklich ein Jammerlappen, Mann. Erinnerst du dich noch, dass du mir etwas versprochen hattest? Dass wir es nicht bereuen werden, euch aufgenommen zu haben? Dein Mädchen hat das Versprechen für dich gehalten. Wenn das kein Grund ist, jetzt aufzubrechen, die Jammerlappen hinter uns zu lassen und sie zurückzuholen …«

DREIZEHNTES KAPITEL

Und die Sonne ward schwarz wie ein härener Sack,
und der Mond ward wie Blut;
und die Sterne des Himmels fielen auf die Erde,
gleichwie ein Feigenbaum seine Feigen abwirft,
wenn er von großem Wind bewegt wird.
(Offenbarung des Johannes 6,12-13)

Das ist Jarrow? Das ist nicht Euer Ernst.« Sie drehte sich um. »Ihr habt mich in die Irre geführt. Ihr habt mich absichtlich in die Irre geführt …« Gegen das Entsetzen, das ihr immer deutlicher den Rücken heraufkroch, war sie machtlos. Wie hatte sie ihm nur vertrauen können! Wie hatte sie ernsthaft glauben können, dass er sie zu einem Kloster führte, das ihn nicht im Geringsten interessierte, genauso wenig, wie ihn das Stundenbuch oder das Schicksal seiner Königin interessierte.

Das Einzige, was er wollte, war sie, und davon sprach sein Blick nun umso deutlicher.

»Das ist Jarrow, ich weiß das deshalb so genau, weil ich im letzten Winter selbst das Feuer gelegt habe, *hlæfdige*. Ihr könnt mir gerne glauben – oder nachfragen, die Mauern werden sich noch an mich erinnern.« Er lachte trocken. »Sonst ist vermutlich niemand mehr da. Es – nun, es würde mich wundern, wenn noch jemand da wäre.«

Die moosbewachsenen Ruinen schimmerten in der schüchternen Winterabendsonne und erzählten von einsamen Nächten, in denen der Wind die einzige Musik spielte, das Konzert menschlicher Stimmen hatte schon lange kein heiliges Echo mehr zwischen den Mauern verursacht. Zwei Raben kreisten über dem Gemäuer. Zwischen herauswuchernden Haselnussbüschen verschwand der dunkle Schatten eines dahinschleichenden Jägers. Ein Wolf? Der strenge Geruch von wilden Tieren stach ihr in die Nase – ihnen mochte die zerfallene Ruine vielleicht noch Schutz in brombeerbewachsenen Schlupfwinkeln und hinter Kaskaden von Efeu bieten. Menschen konnten hier keine Heimat mehr finden. Und Gott hatte den ehemals geweihten Ort sicher längst verlassen.

Die Stille, welche die Ruine von Jarrow umgab, war noch tiefer und noch näher am Herzen.

Das Stundenbuch auf ihrem Rücken begann sich bemerkbar zu machen. Das tat es auf eine widersetzliche, trotzige Art, als versuchte es zu verhindern, dass sie das Klostergelände betrat. Es machte sich schwer und rollte sich so zusammen, wie wenn ein Dutzend Fäuste gegen ihren Rücken stießen. Es rutschte hin und her und grub die Tragriemen noch tiefer in ihre wunden Schultern … sie griff nach den Riemen und dachte an Margaret, um derentwillen sie hier war. Friede kam über sie. Vielleicht dachte die Schwester gerade an sie, mit all der zärtlichen Hingabe, zu der Margaret fähig war. *Alles wird gut,* hörte sie, *alles wird gut, Liebes, hab keine Angst.* Und sie sah, wie die Schwester Malcolms Hand losließ, und spürte, wie sie ihr liebevoll über das Haar strich …

Die Stille von Jarrow drang in ihren Geist und lud sie ein, näher zu kommen.

Genau deshalb werden wir diesen Ort nicht betreten, raunte der Fahle und preschte aus dem Nichts an ihrer Stute vorbei, um ihr den Weg abzuschneiden. Das Tier verkroch sich wütend hinter dem Zügel und scharrte so heftig mit dem Vorderhuf, dass nasse Erdklumpen durch die Luft flogen. *Du wirst umdrehen. Hier gibt es nichts für dich …* Sein Lachen rann ihr kalt den Rücken hinab.

Christina schüttelte unwillig den Kopf. Er umkreiste sie, zielte mit dem Speer auf sie, und die aufwirbelnde Mähne des fahlen Totenpferdes nahm ihr fast die Sicht auf das Kloster. Sie würde sich von ihm nicht den Weg abschneiden lassen. Ihr Pferd war mutig genug, es mit dem Teufel aufzunehmen – warum zögerte sie nur?

»Wollt Ihr hier übernachten, *hlæfdige*? Ich gehe davon aus, dass Ihr hier Euer ersehntes Ziel erreicht habt.« Máelsnechtai trieb sein Pferd dicht neben die Stute und griff nach Christinas Kinn. Das höfische Geplänkel, das er bis zuletzt betrieben hatte, um ihr die Strapazen der Reise zu erleichtern, war beendet. »Wir hatten eine Abmachung, wenn Ihr Euch erinnert. Nun erfüllt Eure Aufgabe und haltet mich nicht zum Narren.« Seine Finger gruben sich bis an den Knochen, doch sie hielt ihm trotzig stand, obwohl der eisige Blick Gefahr verhieß.

»Ihr habt mir Unversehrtheit zugesagt. Ich hoffe auf Euer Wort«, sagte sie und blickte ihm geradewegs in die Augen. Damit hatte er wohl nicht gerechnet, denn er ließ ihr Kinn los. Dieser kleine Sieg gab ihr endlich die Kraft, ihr Pferd vorwärtszutreiben, an ihm und dem Fahlen vorbei und durch das Loch der zerfallenen Mauer in den Bezirk des Klosters hinein.

Máelsnechtai folgte ihr nicht.

Der ehemalige Klosterhof war von schlaffem Unkraut überwuchert. Es hatte einen üppigen Sommer gehabt und war nun mit der Kälte in sich zusammengesunken. Die Hufe wirbelten raschelndes Laub auf und platschten durch Pfützen, die sich dort gebildet hatten, wo fleißige Mönche einst einen Küchengarten mit guter Erde angelegt hatten. Verwelkte Pastinakenblätter und wild wuchernde Kräuterranken verrieten, dass es in Jarrow zu guten Zeiten keinen Hunger gegeben haben dürfte.

Obwohl der Überfall schon ein gutes Jahr her war, lag immer noch Brandgeruch über den Ruinen. Schwarz verfärbte Granitsteine, die ein zerstörerischer Geist von den Mauern in die Tiefe gestürzt hatte, nachdem der Dachstuhl abgebrannt war, lagen wie Tote nebeneinander und schwiegen sich aus über die grausamen Stunden. *Du wirst niemanden finden, der dir was erzählt,* flüsterte das geschwärzte Mauerwerk, *sie sind alle tot, verwest, verbrannt, von den Aasfressern vertilgt, ihre Knochen liegen stumm unter dem Grün der Wildnis, die sich diesen Ort nun gnadenlos zurückholt. Geh – bevor auch du den Rückweg nicht mehr findest. Ein undurchdringlich grüner Dornenring wird sich um Jarrow schließen …*

Entschlossen trieb sie ihr Pferd voran. Das Portal der Kathedrale war längst aus den Angeln gefallen. Verrottete Reste lagen rechts und links zwischen wuchernden Kastanien, Heerscharen von Pilzen hatten sich auf dem nassen Holz ausgebreitet, sodass es auch niemandem mehr als Feuerholz hätte dienen können. Die Stute marschierte mutig über die splitternden Planken und hinein in das Gemäuer der Kathedrale. Christina wagte nicht abzusteigen. Der ehemals heilige Ort war ohnehin kaum als solcher zu erkennen.

»Wer treibt sich hier rum?«, krächzte es da zu ihrer größten Überraschung aus den Schatten. »Wer treibt sich in meinem Haus herum, ohne zu fragen? Wer verschaffte sich Einlass, ohne zu klopfen? Wer überschritt die Schwelle?« Er hielt inne, doch da war nur Wind in den Blättern. Sie raschelten ihm wohl Kunde vom Besucher. Und jetzt schwiegen sie.

»Ich komme demütig.« Christina versuchte die Schatten zwischen den Mauerresten zu inspizieren, doch das Abendlicht war bereits zu schwach, und so stieg sie nun doch vom Pferd. Den Sprecher hatte sie nirgendwo entdecken können, die Stimme kam von rechts, wo sich neben einer Fensterhöhle eine Art Verschlag zu befinden schien. Oder sah das nur so aus? Sie duckte sich neben ihrem Pferd und wartete darauf, dass die Stute ihr eine nahende Gefahr signalisierte. Doch die blieb vollkommen ruhig.

»Wer treibt sich hier herum?« Schlurfende Schritte näherten sich. Der Tag blieb ohne Licht zurück, aber der Sprecher war auch nicht auf Licht angewiesen. Die letzten Strahlen der Abendsonne offenbarten, dass man ihm einst seine Augen genommen und ihn in ewiger Dunkelheit zurückgelassen hatte – alleine in dieser Ruine.

Zwei von feiner, heller Haut überwachsene leere Augenhöhlen schimmerten ihr entgegen. Der Mann hatte es nicht nötig, seinen Makel mit einer Binde zu verdecken, wie es Geblendete häufig taten, damit ihr Anblick keinen öffentlichen Ekel erregte. Niemand wusste von seiner Existenz, niemand würde ihn hier stören – niemand sich an ihm stören. Und Ekel erregte das Gesicht nicht. Es war gewaschen, und den Kopf bedeckte eine saubere Leinenkappe. Es wirkte viel freundlicher als das der Aussätzigen, obwohl es von vielen Falten und Furchen des Lebens durchzogen war und der Hunger seinen markanten Pinselstrich hinterlassen hatte. Bei alldem wirkte das Gesicht nicht anstößig – es war sanft und voller Anteilnahme.

Eine Milchziege strich um seine Beine, ihr volles Euter und das Zicklein, das ihr folgte, schimmerten unschuldig schneeweiß, ein hoffnungsvoll heller Fleck in der beginnenden Dunkelheit. Christina indes konnte kaum den Blick von dem Antlitz vor ihr losreißen.

»Ich komme in Frieden und mit einer Bitte – ehrwürdiger …« Sie wusste nicht, wie sie den verstümmelten Alten anreden sollte. War er Priester? Mönch? Oder nur ein Einsiedler? Seine Leinenkappe konnte jeden Kopf zieren. Dann entdeckte sie das Holzkreuz auf der eingefallenen Brust. »Ich komme mit einer Bitte an Euch, ehrwürdiger Vater.«

Ohne Umstände schlurfte er näher, streckte die Hände nach ihr aus. Da preschte von hinten ein Reiter heran. »Lass deine

Finger von der Dame, du stinkender Narr!«, und ein Fußtritt beförderte den Alten rückwärts in eine Pfütze. Mit einem einzigen Laut fiel er nieder, danach hörte man nichts mehr von ihm. Die Ziegen flüchteten meckernd. Máelsnechtai machte sich nicht einmal die Mühe, abzusteigen und nachzuschauen.

»Hier gibt es nichts für Euch, *hlæfdige*. Steigt auf, wir reiten los«, sagte er rau.

Wutschnaubend drehte sie sich um. Hatte sie jemals Angst vor ihm gehabt? Er war nichts als ein ungehobelter Barbar, er würde ihr nichts anhaben können, da war sie sich nun sicher. Der Zorn legte sich wie eine Wolke über sie, und vielleicht wich er tatsächlich davor zurück.

»Was gibt Euch das Recht, diesen alten Mann so zu behandeln?«, fuhr sie ihn an. »Er hat Euch nichts getan! Er lebt in dieser Ruine …«

»Der alte Mann kennt mich«, unterbrach Máelsnechtai sie grob. »Kümmert Euch um Eure eigenen Angelegenheiten – die des Mannes sind ganz sicher nicht die Euren.«

»Ihr irrt.« Sie drehte sich zu ihm um. »Ihr irrt gewaltig, *hlæfweard*. Bitte lasst mich nun alleine.«

Er starrte sie an. Und zu ihrem größten Erstaunen drehte er sein Pferd um und ritt langsam aus der Kirchenruine hinaus. Der Wind fegte den Pferdeschweif hoch, die langen Haare verfingen sich im Efeu und wurden den Ranken wieder entrissen, als das Pferd um die Biegung verschwand. Die Stille kam zurück in die Ruine. Sie fand Frieden vor und machte es sich bequem.

Christina hatte den Zügel sinken lassen. Sie stand da, und die Stille drang in sie ein, durchfloss sie wie ein erfrischender Strom und schenkte ihr Ruhe für das, was vor ihr lag. Auf einmal war es so einfach, ihre kleine Welt zu sortieren – der Schotte war gegangen, der Alte hatte sich aufgesetzt. Nial war weit weg. Es lag an ihr, den nächsten einfachen Schritt zu tun. Niemand würde sie noch hindern. Und so zog sie langsam das Bündel von ihrem Rücken, gestattete sich einen kurzen Moment der Erleichterung, als die wunden Schultern aufatmeten, und legte das Bündel dann auf den Boden. Sorgfältig schlug sie die Leinentücher auseinander.

Da lag es, trotz der Fesseln, die Beth ihm noch angelegt hatte, goldglänzend … unverschämt glänzend und stolz. Prahlerisch in seiner gleißenden Schönheit, den Schmutz der Ruine verhöhnend. Christina vermied es, das Buch anzufassen. Die ganzen Tage hatte sie es auf ihrem Rücken geschleppt – nun wollte sie es einfach nur noch loswerden.

»Aaaahhhh …«, seufzte der alte Mann und rappelte sich mühsam aus dem Schlamm hoch. Erst setzte er ein Bein auf, dann hievte er sich über den Ellbogen auf die Füße, und er tat dies mit solch einer Würde, dass es Christina nicht in den Sinn kam, ihm Hilfe anzubieten. Er hätte sie niemals angenommen. Mit langsamen Schritten schlich er auf das Buch zu, wischte sich die Hände an seinem Kittel sauber und streckte sie nach dem Buch aus – dabei konnte er doch gar nicht wissen, was sie gerade getan hatte! Ihr wurde immer unheimlicher zumute …

»Ich … ich …«, stotterte sie, »ich habe Euch etwas mitgebracht …«

»Ich weiß«, murmelte der Alte und kam noch einen Schritt näher.

»Es stammt aus diesem Kloster«, flüsterte sie. Kalter Schauer rieselte ihren Rücken herab. Die Augenhöhlen schienen immer heller zu werden, als ob dahinter eine geheime Lichtquelle saß. »Es wurde gestohlen …«

»Ich weiß«, kam es wieder. »Der goldene Schatz – unser Schatz, unser wundervoller … ich erkenne dich ja wieder, mein Schatz …« Mit lautem Stöhnen fiel er vor dem Buch auf die Knie, und seine gichtigen Finger wanderten mit großer Zärtlichkeit über den Einband, umfuhren jeden einzelnen Edelstein wie einen Freund, liebkosten die goldenen Ornamente, die ein Meister zwischen die Steine gesetzt hatte. Ganz offensichtlich kannten des Alten Hände jeden Schnörkel und jeden einzelnen Kringel.

Das Stundenbuch war bei seinem Schöpfer angekommen.

Ihre Furcht vor dem Alten verging. Stille streichelte sie stattdessen und schenkte ihr Ruhe, als sie ihm zusah, wie er über dem Buch versank. Christina holte tief Luft – alles war richtig. Er würde ihr helfen können, das fahle Pferd loszuwerden, und Frieden in Margarets Ehe säen.

Der Alte sah hoch und in ihre Richtung. Sie fühlte sich von den silbrig schimmernden Augenhöhlen beobachtet. Das Gefühl verstärkte sich, als sie sich zwang, länger hineinzuschauen. Da waren keine Augen. Wie konnte er all das wissen, wie konnte er sehen? Der Alte bewegte sich nicht. Sah sie nur an, studierte ihr Gesicht mit Blicken, die sie nicht verfolgen konnte. Dann verzogen sich die dünnen, blutleeren Lippen zu einem Lächeln. Tausend kleine Fältchen umspielten die weißen Höhlen, und das Gesicht sah fast freundlich aus. Sie umkrampfte ihre Finger. Wie konnte er sie sehen?

»Du fragst dich, wie man so aussehen kann, nicht wahr?« Er kam nähergewackelt. »Ich kann dir erzählen, wie es war, Mädchen. Ich kann dir erzählen, wie es sich anfühlte, als sie mir vor Jahr und Tag das Messer in die Augen stießen, einmal herumdrehten und wieder herauszogen. Wie ihre Finger in meinem Kopf bohrten, damit nichts von meinem Auge übrig blieb. Und wie es sich anfühlte, als Blut und Wasser über meine Wangen strömten. Wie mein Kopf zu platzen drohte und sie nur lachten und mir die Fesseln nicht lösten, damit ich meine Wunden mit den Händen bedecken konnte, weil das vielleicht den Schmerz gelindert hätte …«

»Nicht …«, unterbrach Christina ihn hastig. Ihr war übel von seinen Worten, doch das rührte ihn nicht, denn er sprach weiter, obwohl Máelsnechtais Pferd wieder in die Ruine trabte.

»Wie es sich anfühlte, als sie von allen Seiten auf mich eintraten und ich keinen von ihnen mehr sehen konnte, wie die Welt nur noch aus tretenden Füßen und aus Schmerzen zu bestehen schien, und wie Gott es mir nicht gestattete zu sterben – davon will ich dir auch erzählen, Mädchen …« Matsch spritzte unter den Hufen des Kriegspferdes auf, kurz vor ihnen kam es schnaufend zum Stehen. Diesmal brachte der Mórmaer seine gezückte Waffe und große Entschlossenheit mit, ihr Gespräch zu beenden.

»*Hlæfdige* Christina, ich bin es leid! Ihr werdet mir jetzt folgen, sonst werdet Ihr es bereuen …«

Der Alte trat ihm mit erhobenen Händen entgegen. »Komm nur, Höllenhund, komm und hole lieber mich – das hast du dich damals nicht getraut, hast mich grausam am Leben gelassen …«

»*Hlæfweard*, ich will, dass Ihr uns hier gewähren lasst«, unterbrach Christina ihn und stürzte an dem Alten vorbei. Da packte Máelsnechtai sie ohne Umschweife bei den langen Haaren, riss sie von den Füßen und versuchte sie rückwärts aus der Ruine zu schleifen. Sie schrie vor Schmerzen, doch trotz größter Anstrengung gelang es ihr nicht, sich aus dem eisernen Griff zu befreien. Die kleine Stute kam ihr schließlich zu Hilfe. Mit gebleckten Zähnen rannte sie auf das Pferd des Mórmaer zu – das stieg in Abwehr, Máelsnechtai musste Christinas Haar loslassen, um nicht das Gleichgewicht zu verlieren, und sie prallte mit dem Rücken auf den Boden. Sein Pferd drehte sich auf der Hinterhand und galoppierte einmal um sie herum, ohne sie mit den Hufen zu treffen. Christina blieb wie betäubt liegen.

»Ja, ja, das könnt Ihr wahrlich gut, werter Herr. Unschuldige Menschen quälen. Gott wird Euch dafür zur Rechenschaft ziehen«, hörte sie auf den Wellen der Pein die heisere Stimme des Alten.

Nichts geschah. Niemand sprach, nur das Sattelleder knarzte. Und eines der Pferde kaute geräuschvoll. Raben krächzten durch die Dunkelheit. Im Gebüsch raschelten Mäuse, und es roch nach Moder und Pilzen. Ein hauchfeiner Sprühregen netzte Christinas Gesicht.

Langsam kam sie zu sich, und sowie das Leben zurückkehrte, wuchs auch ihr Wille, Máelsnechtai endgültig aus dieser Kirche zu verbannen. Sie erhob sich mühsam. Sein Pferd schnaubte warnend. Mit schleppenden Schritten ging sie auf es zu. Ihr Kopf schmerzte wahnsinnig, doch das spielte keine Rolle, sie wusste, dass sie größer wurde. Jetzt war der Zeitpunkt, jetzt gab Gott ihr die Kraft – vielleicht nur jetzt und dann nicht wieder…

»*Hlæfdige…*« Des Mórmaers Stimme erstarb bei ihrem Anblick. Sein Pferd wich vor ihr zurück. Christina hob die Arme, worauf es rückwärts lief. Niemand fragte mehr nach des Mórmaers Meinung. Mit beiden Händen trieb sie das Tier durch den zerstörten Kircheneingang, wo es schäumend und scharrend stehen blieb.

»Das werdet Ihr mir büßen«, zischte der Schotte böse, unfähig, sich zu wehren oder auch nur irgendetwas zu unternehmen – ihr Bann wirkte. Christina zog den Dolch aus der Tasche, den sie seit Berwins Haus mit sich herumtrug und nicht ein einziges Mal angefasst hatte. Nun war der Moment gekommen, die Waffe einzusetzen. Der Schmerz am Kopf hatte ihr die Stimme genommen, den Willen jedoch nicht. Sie hob eine ihrer langen blonden Strähnen und durchtrennte sie auf Kinnhöhe. Dann ließ sie sie im Eingang der Kirche zu Boden fallen. Die nächste Strähne fiel daneben und noch eine und noch eine.

Máelsnechtai schnappte nach Luft. »Lasst ab! Närrisch seid Ihr, einsperren müsste man Euch…«, flüsterte er heiser.

Immer mehr Strähnen fielen, seine hungrigen Augen verfolgten jede ihrer Bewegungen, wie sie die hellen Locken umfasste, nach denen ihn so gelüstete, wie sie sie durchtrennte. Strähne für Strähne schnitt sie sich das Haar ab und baute daraus einen Schutzwall gegen ihn, so stark, wie kein Krieger ihn hätte bilden können. Jugendlich-frisch bedeckte er die alten Blätter und Kastanien ... Zum Schluss warf sie den Dolch auf die schimmernde Pracht. Nie wieder würde sie eine Waffe anfassen.

»Ich will nicht, dass Ihr diese Kirche betretet«, sagte sie leise.

»Das werdet Ihr bereuen ...«

»Betet. Betet, *hlæfweard.*« Sie sah ihm geradewegs in die Augen. »Betet.«

Er konnte sich ihrem Blick nicht entziehen. Alle Flüche, die ihm vielleicht hatten kommen wollen, erstarben ihm auf den Lippen. Sie drehte sich um und ließ mit leisen Schritten den versperrten Eingang hinter sich. Vor ihr lag die zerstörte Kathedrale, in der es kein Licht gab, weil der, der die Ruinen hütete, sich in den Tüchern der Dunkelheit mühelos zurechtfand. Er fand sie auch jetzt, kam von irgendwoher angeschlichen, tastete zielsicher nach ihrem Arm und führte sie zu einer Stelle, wo sie vorher nicht gewesen war, das verrieten ihre empfindsamen Füße.

»Nun höre auch den Rest, Mädchen«, sagte der alte Mann. »Ich sehe, du willst wirklich hierbleiben. Höre also, wie es weiterging. Lass dir erzählen, wie es war, hier zu liegen, am Altar meiner Kirche, neben meinen toten Brüdern. Jeden Einzelnen von ihnen sah ich sterben, und jeden anders. Dem einen schlitzten sie den Bauch auf, dem nächsten rissen sie die Arme ab, einer wurde geköpft, ein anderer von Lanzen durchbohrt. Einen nagelten sie auf ein Brett und hängten ihn kopfüber. Ich war der Letzte von ihnen, und meine Marter war, bei alldem zuzuschauen, bevor sie mir das Augenlicht nahmen …« Er schwankte stöhnend und wanderte ein paar Schritte umher. Christina ahnte, was er nun berichten würde und dass sie es anhören musste, weil es der Schlüssel zu allem war. Beinah tröstend rieb die Milchziege den Kopf an ihrem Bein. Ein Licht hätte ihr die Aufgabe erleichtert, doch Christina musste dem Alten im Dunkeln lauschen.

»Sie verwandelten unsere Kirche in ein Schlachtfeld. Blut strömte über den Boden, wie es nur Barbaren vergießen können …«

»Aber König Malcolm ist doch getauft«, flüsterte Christina, fassungslos darüber, welches Monstrum Margaret da geheiratet hatte!

Der Alte lachte hart auf. »Das Taufwasser ändert nichts an einer barbarischen Seele, Mädchen. Der Täufling, der Gott nicht wirklich sucht, bleibt ein Barbar, ganz gleich, wie oft man ihn untertaucht. Nun aber höre, wie es weiterging. Ihr Tun hatte sie so erschöpft, dass sie Hunger bekamen. Und loszogen, unser Küchenhaus zu plündern.« Der Alte wanderte umher, alle paar Schritte kam seine brüchige Stimme von woanders her. Flog er?

»Einige meiner Brüder stöhnten noch, die meisten waren tot. Meine Hände befreiten sich von ihren Fesseln – frag mich nicht wie. Ich konnte vorwärtsrobben, vorbei an Bruder Ælfwine, an Bruder Michael, an dem jungen Knut aus dem Land der Dänen. Ihm hatten sie den Leib aufgeschlitzt, er starb so schrecklich langsam. Ich fand die rechten Worte, ihn zu segnen, und er starb schließlich in meinen Armen. Mich floh der Tod. Er floh mich, das war mein Schicksal – am Leben bleiben, alles überleben, Heilige Jungfrau …« Ein Schluchzer unterbrach ihn. »Alles überleben, Mädchen. Ja … das alles überleben und sich daran erinnern. Der allmächtige Vater gab mir die Kraft, an ihnen allen vorbei zum Altar zu kriechen, wo wir in einer verborgenen Öffnung unsere Bibel und das Stundenbuch aufbewahrten.« Er pausierte wieder, dann kam seine Stimme von hinten.

»Die Bibel auf dem Altar hatte ein zotteliger Wilder in das Feuer geworfen, mit dem sie Bruder Ythamar gequält hatten. Das Gebetbuch aber … das lag noch in seinem Versteck.« Laub raschelte, dann hörte sie, wie er etwas aufhob – das Buch. Mondlicht ließ den goldenen Deckel schelmisch aufblitzen. *Ja, es ist noch da, immer in deiner Nähe*, lachte der Fahle, doch sie konnte ihn nirgendwo entdecken. Oder entsprang Er nur ihrer Einbildung …?

Ich bin hier. – Hier! – Hier, tanzte seine Stimme durch die Ruine. *Hier bin ich …*

»Unser wunderschönes Buch … Ich nahm es an mich, Mädchen. Ich kannte es auswendig – ich hatte es ja selbst gefertigt, in all den Jahren, die ich hier in Jarrow lebte. Es ist einzigartig, denn Gott gab mir die Hände, es zu Seinem Lobpreis zu malen …«

»Es ist Euer Werk«, flüsterte Christina. Er lächelte und entblößte seinen zahnlosen Gaumen. Dann verschwand der Mond hinter einer Wolke.

»Es ist mein Werk, ja. Niemand hat je so ein Buch geschaffen. Gott wollte mich wohl für meinen Hochmut strafen, weil ich zu stolz auf mich und mein Werk war.« Er schwieg. Absolute Stille umgab sie, selbst das Rascheln war verklungen. Die Nacht legte sich über die Ruine und erstickte jedes Geräusch.

»Er strafte mich, nahm mir meine Augen, dass ich fortan weder Pinsel noch Farben würde sehen können, niemals wieder malen würde. Und anstatt Demut zu zeigen, ergab ich mich der Rachsucht, Mädchen.« Seine Stimme wurde heiser, die Erlebnisse waren noch so nah. »Ja … die Rachsucht in meinem unwürdigen Herzen entließ jene Reiter, auf dass sie Verderben säen bei jenen …«

»… die das Buch stahlen«, ergänzte Christina atemlos.

»Rachsucht führte diesmal die Feder, die getränkt mit der Tinte meines Blutes die Worte niederschrieb, Mädchen, Rachsucht schickte die apokalyptischen Reiter los, Verderben zu säen. Doch sie widersetzten sich mir. Sie wollten meinem Befehl nicht folgen. Sie waren an Sündern nicht interessiert, nur reine Seelen wollten sie …« Keuchend hielt er inne. »Nur unschuldige, reine Seelen wollten sie, um Angst und Schrecken ins Unermessliche zu steigern, denn wenn reine Seelen den Teufel erblicken, ist er umso größer. Die Angst der reinen Seelen verbreitet den wahren Schrecken. Und so sandte meine Rachsucht sie aus, reine Seelen einzuschüchtern …«

»Reine Seelen …«

»Reine Seelen, Kind …« Er rang nach Luft, als überwältigte ihn die Erinnerung an jene machtvollen Momente, in denen er das Buch mit dem Fluch belegte. Christina versuchte ihn mit ihrer Hand zu erreichen, doch wie ein Geist entfernte er sich von ihr, jedes Mal, wenn sie nach ihm tastete. War er am Ende ein Geist?, dachte sie erschaudernd und versuchte durch das Dunkel zu spähen.

»Vater? Wo seid Ihr? Sprecht zu mir …«, flüsterte sie mit immer mehr Furcht im Herzen. »Das Leben meiner Schwester steht auf dem Spiel, sie ist eine reine Seele – ich muss wissen, wie ich ihr helfen kann …«

Stille.

Sie wurde eingerahmt von langen Atemzügen, von rechts, von links, von über ihr. Sonst nichts, nicht einmal Schritte waren zu hören. Dann ein tiefer Atemzug, wie für eine lange Rede.

»Wer ist deine Schwester?«, knarrte die Stimme des Alten dicht hinter ihr. So ging wohl sein Spiel – er war der Herr dieser Dunkelheit, und die Rachsucht lebte immer noch bei ihm. Sie musste mitspielen, ob sie wollte oder nicht.

»Margaret, die Schwester des Edgar Æthling von England.« Und dann gab sie alles preis, ohne zu wissen, ob sie dem alten Klosterhüter wirklich über den Weg trauen konnte, ob er von seiner Rachsucht nicht so zerfressen war, dass er am Ende auch ihr schaden wollte. »Sie ist das Eheweib dessen, der Euer Buch gestohlen hat. Er schenkte es ihr zur Vermählung. Doch die Reiter quälten sie…«

»Ja, das tun sie«, sagte er ruhig. »Das ist ihre Aufgabe.«

»Aber meine Schwester ist doch unschuldig!«, unterbrach sie ihn, und wieder war seine Gegenwart nicht mehr zu spüren, wieder war er auf den Schwingen der Stille davongeflogen und hatte sie alleine gelassen. »Vater! Redet mit mir! Lasst mich nicht so stehen!«, rief sie in die Dunkelheit. »Malcolm will sie töten, wenn sie ihm nicht beiwohnt, und sie kann das nicht, weil Eure Reiter sie daran hindern!«

Die Schwärze vertiefte sich. Dann hörte sie den Fahlen irgendwo lachen. *Wenn reine Seelen den Teufel erblicken, ist er umso größer…*

»Ich kann deiner Schwester nicht helfen«, sagte der Alte schließlich von ganz weit hinten, und der Satz ging auf sie nieder wie ein morscher Ast. Er zerbarst in ihrem Kopf in tausend Teile – alles umsonst, der ganze schwere Weg, die Furcht, die Einsamkeit – Beth umsonst gestorben. Nial umsonst verlassen… Margaret verloren. Ihr wurde das Herz so schwer.

»Nehmt meine Seele, wenn es nötig ist«, sagte sie leise. »Aber erspart meiner geliebten Schwester, für etwas zu büßen, woran sie unschuldig ist.«

In dicken Tropfen rann die Stille an den moosbewachsenen Steinwänden herab. Von dort aus sickerte sie ins Erdreich und machte es schwer und fett. Mit Stille vollgesogen, trug es sie wie ein weiches Kissen, und ihre Füße verloren beinahe den Halt. So begann es stets, wenn sie sich sammelte, um ihre Hände zu nutzen… Doch hier wollte sie auf dem Boden bleiben, achtgeben, was der Alte vorhatte.

Obwohl es stockfinster war, schimmerte das Stundenbuch. Er musste es wohl aufgehoben haben, denn es wanderte wie ein geisterhafter Lichtfleck umher. Er hatte es in seinen Händen und kam damit auf Christina zu. Dicht vor ihr blieb er stehen. Sie fühlte die heiße Anwesenheit des Buches, den fauligen Atem des Fahlen im Nacken …

»Dir ist es ernst«, stellte der Alte fest.

Sie nickte. Er sah doch sowieso alles, und die Stimme versagte ihr, weil ihr Herz so heftig zu klopfen begann.

»Beantworte mir zwei Fragen.«

»Ja«, flüsterte sie mit zugeschnürtem Hals.

Er kam noch näher. »Kannst du die Reiter sehen?«

»Ja«, flüsterte sie. »Den einen sehe ich, den grauen …«

»Tut Er dir etwas zuleide?« Seine Stimme klang heiser.

»Nein. Er bedroht mich, aber er tut mir nichts.«

»Er hat nicht versucht, dich zu verletzen?«

»Ich lasse ihn nicht zu mir, Vater«, flüsterte sie.

Der Alte schwieg lange. Das schimmernde Buch bewegte sich im Rhythmus seines Atmens. Mehr Leben war nicht um sie herum. Christina ergab sich dem Warten, seinem Schweigen, der großen Stille. Alles war gesagt – er allein würde nun entscheiden, was zu tun war. Sie fühlte sich fast erleichtert.

»Bete«, sagte der Alte schließlich. »Bete eine Komplet, dann schweig bis zur Vigil. Ich werde dich wissen lassen, was mir möglich ist …«

Er kam noch einmal zurück und befreite sie aus der vollkommenen Dunkelheit, indem er eine Schale mit zwei glimmenden Torfbrocken hinstellte. Ihr Licht war nicht nur tröstlich, sondern auch warm, und es wärmte ihre eisigen Finger, die sie dankbar darüber hielt. Feiner Sprühregen ließ die Glut ganz leise zischen. Hellrot und senkrecht stieg der Qualm in die Luft, selbst der Wind hatte sich zur Ruhe gelegt und wartete, was als Nächstes geschehen würde. Das Feuer zeigte ihr diesmal nichts, sosehr sie auch hineinstarrte. Keine Margaret, keinen Malcolm, und in ihrem Herzen herrschte Ruhe, wenn sie an die Kathedrale von Dunfermline dachte. Sie sank auf ihre Unterschenkel und kauerte sich vor das Feuerchen. *Es gibt nichts zu berichten,* sagte es lautlos. Und zeigte ihr dann doch etwas: zwei Hände, ineinander verschränkt, und die Finger der kleineren Hand verschwanden fast vollständig in der anderen. *Es gibt nichts zu berichten…* So war es wohl. Sie starrte vor sich hin. Es spielte sowieso keine Rolle mehr, was in Dunfermline geschah – sie hatte ihr Möglichstes getan, den Rest würde nun Gott selbst entscheiden.

Der Alte war lautlos und nun offenbar endgültig verschwunden. Christina rutschte in den modrigen Blättern hin und her, bis sie eine Stelle gefunden hatte, wo sie lange würde knien können. Es lag schon eine Weile zurück, dass sie alleine bis zur Vigil durchgebetet hatte…

»*Cum invocarem, exaudivit me Deus iustitiae meae. In tribulatione dilatasti mihi; miserere mei et exaudi orationem meam. Filii hominum, usquequo gravi corde?*«, begann sie leise die Verse der Komplet zu beten, wie der Alte ihr aufgetragen hatte. Wie gut es tat, sich in die Worte des Stundengebets hineinzuversenken! »*Ut quid diligitis vanitatem et quaeritis mendacium? Et scitote quoniam mirificavit Dominus sanctum suum; Dominus exaudiet, cum clamavero ad eum.*«

Sie legten sich wie Freunde in den Mund, schaukelten sie auf starken Armen in einen Rhythmus, der die Furcht besänftigte und Ruhe schenkte, selbst in dieser düsteren Ruine. Gottes Nähe in den Versen half. Nachdem sie sie lange verloren geglaubt hatte, war sie an diesem unheimlichen Ort zu ihr zurückgekommen und würde ihr beistehen, was immer in dieser Nacht noch geschehen würde.

Nial und der Aussätzige lagen im Schutz der Klostermauer. Den Schimmel hatten sie außerhalb der Mauern angebunden; er hatte sofort den Kopf zum Schlaf gesenkt. Es war ein scharfer, kräfteraubender Ritt für ihn gewesen, denn er hatte beide Männer auf dem ganzen Weg nach Jarrow tragen müssen. Sie hatten lange nach einem Fährboot am verlassenen Ufer des Tyne suchen müssen und wären fast gekentert, weil das Pferd außer sich vor Aufregung herumgetrampelt war. Auf den Toten am anderen Ufer hatten bereits die Raben gesessen, und Nial hatte kein Halten mehr gekannt – er hatte das Pferd mit Schlägen vorwärtsgetrieben, um Jarrow noch vor Anbruch der Dunkelheit zu erreichen.

Und nun herrschte diese gespenstische Stille in der Ruine. Von außen war nicht zu sehen gewesen, ob die Gesuchten das Kloster schon erreicht hatten. Oder ob sie sich verpasst hatten. Nial spähte in die Dunkelheit. Da bewegte sich doch etwas. Ein Schatten. Auf allen vieren kriechend, verließ er den Schutz der Büsche.

»Wo willst du hin, Mann?«, raunte Lazarus und packte ihn am Fuß.

»Schauen, wer dort ist«, flüsterte Nial zurück. »Ich glaube, ich weiß es …«

Er spürte die Anwesenheit eines Kriegers. Roch die ungewaschene Männerhaut, deren Schweiß sich nicht aus Angst, sondern aus Wildheit zusammensetzte – Máelsnechtai. Ohne ihn zu erkennen, wusste er, dass es Máelsnechtai war, der da saß. Er bewegte sich nicht. Aber er war dort. Hungrig. Ungeduldig. Gefährlich. Die Sorge um Christina fiel ihn an wie ein wildes Tier – was hatte der Bruder mit ihr gemacht? Lebte sie noch? Vorsichtig kroch er noch weiter … und sah, dass Máelsnechtai kniete!

Fast lautlos hing Lazarus neben ihm. »Was tut er da?«, wisperte er. Nial kämpfte gegen die Schmerzen, die in seine zerschnittene Brust zurückkehrten, als er sich niederkauerte, vielleicht auch, weil er den Verursacher erkannte. Der Bruder kniete reglos, so viel verriet der wolkenlose Nachthimmel. Das Schwert lag in der Scheide vor ihm. Hatte er sie getötet?

Nial atmete tief durch.

»Du kannst ruhig näher kommen, du verdammter Narr«, knurrte der Mórmaer da. »Ich habe dich gehört. Deine Kutte raschelt so laut, dass der Papst wach werden würde.«

Ärger stieß sich wie ein Dolch in Nials Herz, und er hasste sich dafür, dass Máelsnechtai ihn nach all den Jahren der Kontemplation immer noch so provozieren konnte.

»Was hast du mit ihr gemacht?«, stieß er hervor und erhob sich mühsam.

»Nichts«, kam es zurück.

»Wo ist sie dann?«

»Knie dich hin und bete«, grunzte der Bruder. »Das gab sie mir als Aufgabe. Warum sollte es für dich dann anders sein? Ich nehme an, beten kannst du inzwischen wohl.«

Und zu Nials größtem Erstaunen rückte er zur Seite, als machte er in einer Gebetsbank Platz, und lud ihn zum Knien ein, statt die Faust gegen ihn zu erheben. Nial zögerte. Sein Bruder drehte sich um, und die Nacht ließ sein Gesicht weiß schimmern. Er las einen nie gekannten Frieden in dem Gesicht. Und so überwand er die letzten Schritte, die ihn von dem Mann trennten, der ihn vor wenigen Tagen noch hatte töten wollen, und kniete neben ihm nieder.

»Sie ist da drin, und sie hat mir verboten, ihr zu folgen«, erklärte der Mórmaer. »Deswegen wirst du auch hierbleiben. Und beten, wie sie es gesagt hat. Du kannst das besser als ich.«

Die Verse der Komplet lagen hinter ihr. Manche von ihnen kamen noch einmal zurück, um mit ihr in der Stille zu warten. »*Quoniam tu es, Domine, refugium meum. Altissimum posuisti habitaculum tuum. Non accedet ad te malum, et flagellum non appropinquabit tabernaculo tuo.*«

Anfangs hatte sie gefroren, doch auch das lag hinter ihr. Eine Komplet wie diese hatte sie in ihrem ganzen Leben noch nicht gesprochen. Die Jahre im Kloster lösten sich in Bedeutungslosigkeit auf, weil es niemals um etwas gegangen war. Zum ersten Mal ging es um ein Leben, und jedes Wort gewann an Gewicht, wurde zu einer göttlichen Formel, deren

Gesamtheit Margarets Leben würde retten können... wenn sie nur stark genug war.

Nichts prallte mehr an ihr ab, Leben durchfloss sie, ohne dass es durch irgendetwas aufgehalten oder gestört wurde – sie war ein dahingleitender Fluss, das Gebet hatte sie eins werden lassen mit der Kälte, dem Wind, dem Boden...

Die Wolken schoben sich auseinander. Der Vollmond warf sein Licht in die Ruine und färbte die Mauern so grau glänzend wie polierte Waffen. Und sie schienen immer näher zusammenzurücken, um das Gefängnis zu verkleinern, in das die Ruine von Jarrow sich verwandelt hatte. Christina blieb ruhig. Ihre Zuversicht hielt sie aufrecht und geduldig.

Der alte Mönch kam aus dem Dunkel herangeschlurft. Sie schaute ihm zu, wie er unter gemurmelten Gebeten den großen Granitblock dekorierte, der offenbar einmal als Altar gedient hatte – eine Schale Weihwasser erkannte sie, Kerzen, ein Kohlebecken... Das Buch glänzte erwartungsvoll, als er es in die Mitte legte. Dann drehte er sich zu ihr um, und sie fragte sich ein letztes Mal, wie er sie ohne Augen finden konnte.

»Ein Kampf liegt hinter mir, Mädchen. Ein Kampf darüber, ob das Leben einer Königin das Leben meiner Mitbrüder aufwiegt.« Er kam näher. Ihr Herz klopfte, aber sie schwieg. Es war deutlich zu spüren, dass er immer noch haderte und die Rachsucht ihn nicht verlassen hatte. »Das tut es vielleicht nicht – aber dass du den weiten Weg gegangen bist, um für ihr Leben zu bitten...« Er trat vor sie, und die weißen Augenhöhlen schimmerten. »Das stimmt mein Herz so milde. Vielleicht bringst du Frieden in diese zerstörte Kirche und Frieden über die ermordeten Seelen.«

Christina kniete sich vor ihn hin. »Ich will alles tun, was Ihr sagt, Vater.«

Seine Hand schwebte über ihr, dann legte sie sich auf ihren

Kopf – und sie wog schwer, so schwer wie das Leid, welches das Herz des alten Mönchs verzehrte.

»Noch niemals habe ich gehört, dass man einen Fluch ungeschehen machen kann«, sagte er leise. »Aber du scheinst mir stark genug zu sein, dass wir es versuchen können.«

»Ja«, flüsterte sie. »Das will ich sein.«

»Bist du also bereit?«, fragte er. »Bist du bereit, deine unschuldige Seele in den Kampf ziehen zu lassen? Ich kann dir nicht beistehen – ich kann dir nur den Weg weisen. Kämpfen musst du alleine, Mädchen. Deine Waffe sei deine Unschuld.«

Bebend berührte seine gichtige Altmännerhand ihr Gesicht, und sie staunte, wie warm die Finger waren und wie glatt sich die Haut anfühlte – und dass sie das überhaupt fühlte, wo doch ihr eigener Körper in Auflösung begriffen schien.

»Ich bin bereit«, flüsterte sie. »Zeigt mir den Weg, Vater…«

Und er führte sie zum Altar, wo Kerzen warmes Licht über den polierten Stein warfen. Allerdings zeigten sie auch gnadenlos die Kerben, welche die schottischen Klingen einst in den Stein geschnitten hatten… Das Stundenbuch verdeckte die Kerben nur halb, und ja, es gehörte zu ihnen, sie hatten dem Fluch den Weg geebnet, hatten dem Alten die Worte in den Mund gelegt und den Hass in sein Herz gesät.

Langsam öffnete der Klosterhüter das goldene Buch. Er streute Weihrauchkrümel über die Seiten, die sich ihm stöhnend entgegenwölbten. Vielleicht war es auch nur der Nachtwind…? Der Alte gab Weihrauch in das Kohlebecken. »Erhebe dich, heiliger Rauch, und reinige die Luft für das, was wir nun vorhaben!«, rief er. »Erhebe dich und mache uns stark für die Prüfung, die uns bevorsteht! Erhebe dich – reinige –, stärke im Namen des Dreifaltigen Gottes, in dessen Hand wir uns begeben…«

In dicken Wolken umtanzte das verbrannte Harz Christinas Kopf, als ahnte es, dass sie es war, die seines Schutzes bedurfte. Es drang in jede Pore und in jedes Haar und umschloss sie wie ein Schutzschild gegen das Böse, was bereits unter den Buchseiten lauerte und sie blähte, wie damals in der Kathedrale von Dunfermline, kurz bevor die Reiter der Apokalypse sich aus den Seiten befreit und sich ihr zum ersten Mal gezeigt hatten.

Schließt das Buch!, wollte sie dem alten Mönch schon zurufen. Doch sie hatte ihm ja versprochen, sich seiner Leitung anzuvertrauen – er würde schon wissen, was er tat. Und so ließ sie geschehen, dass schwarzer Rauch zwischen den Seiten hervorquoll und die Luft verpestete, dass sich ein See aus Blut aus der linken Buchhälfte über den Altar ergoss und von dort auf den Boden tropfte, es aber nicht nach Blut roch, sondern süß wie der frische Tod, der seinen Arm wie ein Lesezeichen aus dem hinteren Teil des Buches streckte und mit bleichen Fingern nach ihr suchte.

»*Adiuva me, Domine Deus meus, salvum me fac secundum misericordiam tuam. Et sciant quia manus tua haec: tu, Domine, hoc fecisti*«, betete Christina erschaudernd und hielt sich an den Psalmworten fest. »*Maledicant illi, et tu benedicas; qui insurgunt in me, confundantur, servus autem tuus laetabitur …*«

Dann gab es einen Knall, das Buch zerplatzte in tausend Seiten, und der Fahle stand auf dem Altar. Seine riesigen Hufe zertraten Kerzen und Buchseiten, die Weihrauchschale flog durch die Luft, und er schnaufte wie ein Bulle, als er Christina vor sich knien sah.

Jetzt ist es genug!, donnerte die hohle Stimme durch die Ruine, *jetzt wollen wir abrechnen!* Und der Fahle stieg, sein Schweif peitschte um den Altar herum und fegte den alten Mönch zu Boden. Christina trafen die Haare im Gesicht – kaum fühlte sie, wie ihr Blut über die Wangen rann, denn eisiger Wind ließ die Haut erstarren.

Nicht ein einziges Mal hatte der Fahle sie angegriffen, seit sie das Buch bei sich trug. Stets hatte er sie bedroht und umkreist, doch niemals hatte er sie berührt. Es war, als schützte sie etwas vor ihm, und sie hatte seinen unbändigen Zorn darüber stets gespürt.

Diesmal war das anders. Diesmal wusste sie ihr Leben in tödlicher Gefahr, und sie suchte nach Mut. Sie würde ihn brauchen …

»*Induantur, qui detrahunt mihi, pudore et operiantur sicut diploide confusione sua*«, betete sie, nun zitternd, denn der Alte rührte sich nicht mehr. War er tot? Sie hatte keine Zeit, darüber nachzudenken. Mit einem Riesensatz sprang der Fahle vom Altar herunter. Das Klappern warf ein schauerliches Echo durch die Ruine. Ein Huftritt schleuderte sie beiseite, dann stieg er wieder und ließ seine Hufe mit Wucht auf ihre Brust niedersausen, dass ihr die Luft wegblieb.

Zahltag!, lärmte Er. *Zahltag, her mit deiner Seele, kleiner Mensch!*

»*Adiuva me, Domine Deus …!*«, schrie Christina gequält. *Zahltag!*, höhnte ihr Feind und traf sie am Kopf.

Máelsnechtai hielt Nial am Kragen so fest, dass dieser der Länge nach hinschlug. Dann packte er die Beine und versuchte ihn wieder an die Stelle zurückzuziehen, wo sie gekniet hatten. »Bist du närrisch?«, knurrte er.

Als Christina stürzte, riss er ihn zu sich. »Tu was, verdammt!«

Nial krallte seine Hände ins feuchte Erdreich. Angst überfiel sein Herz, nackte, tödliche Angst lähmte ihn, als er mit ansehen musste, wie Dämonen Christina zu Boden warfen, wie sie ihnen schutzlos ausgeliefert war, wie sie mit ihr spielten, sie über den Boden rollten und nach ihr traten, wie sie unter den Tritten schrie vor Schmerzen und wie dickblasiger weißer Speichel aus ihrem Mund quoll, während ihre Augen immer größer wurden …

»Tu etwas«, hörte er den Bruder flehen.

»Ich weiß nicht, was…«, flüsterte Nial erstickt.

»Sie ist doch besessen«, flüsterte Máelsnechtai zurück. Die Brüder packten sich bei den Händen, Armen, hielten sich gegenseitig fest – nach so vielen Jahren des Hasses. Nichts sonst half, keiner von beiden hatte mehr Worte, kein Gebet, keine Formel, nur noch Angst einte sie, und Gott floh sie im Angesicht des Satans, der da vorne sein böses Spiel mit einer unschuldigen Seele trieb.

»Sie ist nicht besessen, Bruder.«

»Was denn dann?«, schluchzte Máelsnechtai und verfolgte fassungslos, wie der Frauenkörper von unsichtbaren Kräften herumgeschleudert wurde und wie das kurze blonde Haar Feuer fing.

»Sie ist nicht besessen«, wiederholte Nial. »Sie ist nicht besessen, nein…« Er rappelte sich auf, voll Scham, hier heulend im Schlamm zu liegen. »Bete mit mir, Bruder – *Ad te, Domine, levavi animam meam,* bete mit mir, sprich mir nach…«

»Ad te, Domine, levavi animam meam«, wiederholte Máelsnechtai mechanisch. Ihre ineinander verschränkten Hände knackten. Beten war gut. Beten half. Nial schöpfte neuen Mut und warf all seine Kraft in dieses Gebet für Christina. *»Deus meus, in te confido; non erubescam. Neque exsultent super me inimici mei, etenim universi, qui sustinent te, non confundentur…«*

Der alte Mönch kroch vom Altar weg. »Hier sind wir nun!«, ächzte er und stemmte sich an einer zerbrochenen Säule auf die Füße. »Hier sind wir nun, Satan, und hier werden wir dich zurückwerfen in die Tiefe.« Und erstaunlich flink hastete er zum Altar, um dort beide Hände über das wild flatternde Buch zu legen. Die Seiten ließen sich kaum davon beruhigen, mit scharfen Klingen versuchten sie seine Handflächen zu zerschneiden, und Blut troff über das Pergament.

Du kleiner Mönch, höhnte der Fahle da und ließ ab von Christina. *Du hast mich einst gerufen und glaubst wirklich, du könntest mich einfach wieder wegschicken? Hier bin ich nun, und ich werde auch dich zertrampeln – und wenn du dann noch Worte hast, kannst du bedauern, den Bösen versucht zu haben!*

Mit der Rechten hob der Alte sein Kreuz und streckte es dem Fahlen entgegen. »*Exorcizo te, immundissime spiritus!*«, rief er mit mächtiger Stimme. »*Exorcizo – omnis incursio adversarii, omne phantasma, omne legio, in nomine Domini nostri Jesu Christi eradicare, et effugare ab hoc plasmate Dei!*«

Gib dir keine Mühe!, schrie der Dämon. *Du hast keine Macht mehr über mich!* Und mit seiner Lanze stach er auf Christina ein, dass sie weinend niederfiel.

»*Ipse tibi imperat!*« Der Mönch ließ sich nicht beirren – wie er ihr gesagt hatte, würde ihre Unschuld die einzige Waffe sein, er konnte ihr nur mit seinen Beschwörungen beistehen. »*Qui te de supernis caelorum in inferiora terrae demergi praecepit. Ipse tibi imperat, qui mari, ventis, et tempestatibus imperavit!*«

»Allmächtige Jungfrau, warum hilft er ihr nicht?«, flüsterte Máelsnechtai. »Warum überlässt dieser verdammte Alte sie den Dämonen – was können wir denn tun, Nial, irgendetwas müssen wir doch tun können …«

Christina war aufgestanden. Ihr schmaler Körper zuckte konvulsivisch. Mit erhobenen Händen lief sie auf den Altar zu, wo das Stundenbuch immer noch leuchtete, als ob jemand goldenes Wachs darübergegossen hätte, um sich an Pracht und Überfluss zu ergötzen. Dabei hatte der Dämon die Kerzen zertrampelt. Indes – ihr Licht war auf wundersame Weise geblieben. Oder strahlte nur Christinas Haar so hell? Er war sich nicht mehr sicher, was dort vorne wirklich war und was sein verwirrter Geist ihm einzureden versuchte …

Sie war dort. Sie war dort, wehrte sich gegen die Kreatur, kämpfte mit ausgestreckten Händen, warf den Kopf hin und her, und ihre Stimme war so tief, wie Nial sie noch niemals gehört hatte. Worte in einer teuflischen Sprache entsprangen ihrem Mund, und ihre Augen lagen wie große schwarze Flecken in dem weißen Mädchengesicht. Stolpernd drehte sie sich um die eigene Achse, die Hände weiter in Abwehr erhoben. Sie schienen etwas gepackt zu halten, das sie nun herumschleuderte, und dann riss ihr Kleid entzwei. Unsichtbare Klauen durchtrennten es von unten nach oben – entsetzt sah Nial, wie sich der Riss immer weiter nach oben schob, dann bauschte sich das Kleid auf, ein Teil des Rocks flog durch die Luft und war kurz darauf verschwunden!

»Das ist der Teufel«, flüsterte Máelsnechtai voller Entsetzen. »Wir müssen …«

Nial umarmte ihn stumm. »Ja, hier ist der Teufel, aber sie ist in Gottes Hand. Bete weiter mit mir …«

Sie hatte sich auf die Lanze geworfen und hielt sich mit beiden Händen daran fest.

Lass los!, zischte der Fahle, *oder du stirbst!*

»Niemals!« Er schüttelte sie mit der Lanze, doch sie ließ nicht los, und mit aller Kraft, die ihr noch geblieben war, entriss sie dem Reiter die tödliche Waffe. Ihr Schrei gellte durch die Ruine, als sie viele Schritte rückwärts taumelte, weil sich das Holz in ihre Hände brannte und der Schmerz durch ihren Körper zuckte.

»*Audi ergo, et time, satana*«, drang die Stimme des Mönchs durch das Rauschen. Der Sturm hatte den Weg in die Ruine gefunden und reichte dem Fahlen die Kralle, um das grausige Werk der Verwüstung zu vollenden – und die Klosterruine dem Erdboden gleichzumachen? Christina sah dicke, graue Wände erbeben, sah Moos und Erdbrocken herabfallen. »*Adiuva me …*«

»Satana – inimice fidei, hostis generis humani, mortis adductor, vitae raptor, justitiae declinator, malorum radix, fomes vitiorum, seductor hominum«, beschwor der Alte, und der Sturm fuhr über ihn hinweg, drückte ihn so hart an den Altar, dass sich ihm ein lautes Stöhnen entrang, doch er schaffte es, seine Hände auf dem Buch liegen zu lassen. Welches Grauen würde dem Buch entweichen, wenn er stürzte? Er durfte nicht fallen, musste stehen bleiben und die Buchseiten niederdrücken – das war das Einzige, was er für sie tun konnte. Die Lanze klebte an ihren Händen wie ein Stück Eis an Metall. Der Fahle lachte.

Das hast du nun von deinem Hochmut! Diese Waffe ist nicht für dich bestimmt … Und tänzelnd drehte Er sich auf der Stelle, um sie zu bedrohen. Da sah sie, dass niemand mehr auf seinem Rücken saß!

»Satana – inimice fidei, hostis generis humani, mortis adductor, vitae raptor«, erklang die brüchige Stimme des Alten hinter ihr.

Sie konnte die Lanze nicht fallen lassen. Der furchtbare Reiter war tatsächlich verschwunden … sie konnte ihn nicht mehr sehen. Furcht kroch in ihr Herz. Welche Teufelei ersann er als Nächstes? Sie schüttelte ihre Hände – die Waffe klebte fest, versengte ihre Knochen mit Eis, lähmte sie …

Die Tritte des Fahlen erschütterten den Boden, dass sie sich kaum auf den Füßen halten konnte. Und als er losgaloppierte und wie ein vernichtender grauer Sandsturm auf sie zukam, das sich wild schüttelnde Haupt so stolz erhoben, dass es die Steine am obersten Rand der Ruine hinwegfegte, glaubte sie, ihren Kampf verloren zu haben …

Stirb!, brüllte Er. Aus den Nüstern quoll nun blutroter, ätzender Rauch, wehte in ihre Richtung, um sie zu ersticken, dem Ganzen ein Ende zu bereiten, während die Mauern von der Wucht zu wackeln begannen.

Christina fiel auf die Knie. Die beiden Männer sahen, wie

sie sich das zerfetzte Kleid vom Leib zog und wie ihr magerer Körper blau aufzuleuchten begann. Wie einen Spielball warf der Dämon sie hin und her, und doch stand sie nun auf und erhob ihre Arme.

»*Proditor gentium, incitator invidiae, qui stas, et resistis, cum scias, Christum Dominum vias tuas perdere*«, drang die Stimme des Mönchs durch das Brausen. Nial war das Beten vergangen. Sein Bruder hielt ihn eng umschlungen, und er war froh darum, weil er sonst vor Angst den Verstand verloren hätte. Máelsnechtai betete für sie beide und hielt ihn, hielt ihn …

Es war ganz einfach. Sie musste nicht kämpfen. Zu kämpfen war nicht ihre Aufgabe, lag nicht in ihrem Herzen. Und sowie sich der Gedanke in ihrem Kopf formte, fiel ihr die Stange aus den Händen. Sie nahm Hautstücke mit. Doch sie blieb am Boden liegen, Christina hatte ja gezahlt. Ohne nachzudenken, streifte sie sich das Kleid über den Kopf und warf es von sich. Der Moment war gekommen.

»*Ad te, Domine, levavi animam meam, Deus meus, in te confido; non erubescam*«, flüsterte sie und hob ihre Arme. Sie warf dem Fahlen ihre Seele entgegen.

Wie feiner weißer Schnee rieselte sie über die wilde Mähne und setzte sich mit tausend kleinen Blüten auf die Haare. Lautlos fielen sie herab, und sie nahmen dem eisigen Grau die Kälte und die Schärfe … Der Fahle blieb stehen. Immer weißer färbte sich sein mächtiger Kopf, das Mähnenhaar hing schwer zu Boden, als er schrumpfte. Aus seinen Nüstern tropfte jetzt weißes Blut.

Sie standen voreinander. Zwischen den erhobenen Händen hielt Christina ihren ganzen Willen, und der Fahle senkte den Kopf. Sie griff beherzt hinter seine sichelförmigen Ohren und streifte ihm den Zaum vom Kopf. Mit ohrenbetäubendem Rasseln fielen Gebiss und Ketten zu Boden, gruben sich mit

Wucht dort ein tiefes Loch, und erst als alles nebeneinanderlag, hörten auch die Kirchenmauern auf zu beben. Dann war es ganz still. Sie ließ die Arme sinken. Erschöpfung kroch an ihr hoch, doch noch war Er ja da, stand vor ihr – schwankend, unsicher, aber immer noch unberechenbar.

»Geh«, sagte sie leise. »Geh und komm nicht wieder.«

Du wirst mich begleiten, sagte der Fahle da.

»Nein«, flüsterte sie.

Hinter ihr murmelte der alte Klosterhüter nun Segensformeln, um das befreite Buch den Heiligen anzuvertrauen, und vielleicht rettete das ihrer beider Leben, denn im nächsten Moment wurde der Boden von Jarrow so heftig erschüttert, als hätte von unten jemand einen Rammbock gegen die Menschen geschleudert. Der Erdstoß ging durch Mark und Bein, dröhnte ohrenbetäubend nach, ließ die Mauern sprechen. Seine Wucht riss Christina von den Füßen und warf sie gegen den Altar, während ringsum die ersten Steine herabfielen – erst kleine aus den Zwischenräumen, dann folgten immer größere Trümmer, aus denen jene stolze Abtei einst erbaut worden war. Ihr Aufprall ließ die Erde wieder erzittern, damit sie nur nicht zur Ruhe käme, denn dies war kein Tag der Ruhe, sondern der Abrechnung.

Doch der Fahle zerbrach.

Sein Fell bekam Risse, und er bröckelte wie die Klostermauern vor ihren Augen, er zerfiel zu Steinen, Stücken und schließlich zu Staub, und der zurückkehrende Wind nahm das Grau mit sich, um es in alle Richtungen zu verteilen, damit die Menschheit nicht vergaß, dass das Böse immer noch in der Welt war …

VIERZEHNTES KAPITEL

Hienieden auf Erden rufe ich zu dir,
wenn mein Herz in Angst ist,
du wollest mich führen auf einen hohen Felsen.
Denn du bist meine Zuversicht,
ein starker Turm vor meinen Feinden.
(Psalm 61,3-4)

Sie hatten sich übereinandergeworfen, als die Ruine einstürzte.

Steine flogen weit, und sie hatten sich gegenseitig Schutz gegeben, um nicht von den Trümmern erschlagen zu werden. Sie hatten sich auch gegenseitig festgehalten, um nicht loszulaufen und die Frau zu retten, die doch ohnehin verloren war, denn sie stand unbekleidet inmitten des vernichtenden Trümmerregens. Und es war nur eine Frage der Zeit, wann sie zerschmettert werden würde. Nial schrie sein Entsetzen in den Himmel und streckte hoffnungslos die Hände nach ihr aus, als sie von einer dicken, grauen Staubwolke verschluckt wurde.

Máelsnechtai weinte neben ihm.

Der modrige Staub aus den alten, zerbrochenen Mauern brauchte ein halbes Menschenleben, bis er sich entschieden hatte, zur Erde zu fallen. Er machte sich breit und dünn und legte sich über sie. Dann war es still.

Durch die feine obere Schicht schimmerte im Osten das erste Licht der Morgendämmerung – nur ein sachter Hinweis darauf, dass diese Nacht bald zu Ende war. Und die Gewissheit, dass sie einen sehr hohen Preis gezahlt hatten. Lautlos fiel Schnee vom Himmel, rieselte in endlosen Flockenkaskaden langsam und schwer zu Boden und bedeckte die schlafende Staubschicht, damit niemand über die grausigen Ereignisse dieser Nacht schwatzen konnte. Die nächste Nacht würde Frost bringen – Maler des Schweigens, Totengräber des Winters –, und im Frühjahr würde die Ruine von Jarrow vollends vergessen sein.

Nial hob den Kopf und sah sich um. Die Stille war irritierend – nicht ein Blatt wagte sich zu rühren, kein Vogel, kein Rascheln – nichts. Hatte der Sturm alles Leben hinweggefegt?

Er hatte zumindest seinen Preis gefordert: Lazarus war von einem Trümmerbrocken erwischt worden, seine Brust war so sehr zerschmettert worden, dass der Brocken nicht einmal von der Leiche heruntergerollt war. Nial kniete neben dem Toten. Tränen liefen ihm über das Gesicht, denn Lazarus war erlöst zu Gott gegangen: Glatt und ebenmäßig bedeckte die unversehrte Haut sein Gesicht, feine blonde Härchen deuteten den Bartwuchs eines gut aussehenden Mannes an, eine buschige helle Augenbraue wachte über die friedlichen Züge. Mit einem kurzen Gebet für die Seele des Mannes schloss Nial die halb offenen Augen und bedeckte rasch den Kopf mit seinem Mantel, der wie ein Flügel neben ihm lag.

Sie lag zwischen den Trümmern, die sie wie durch ein Wunder verschont hatten. Er entdeckte sie sofort, obwohl sie so weit entfernt war. Schnee bedeckte ihren zierlichen Körper, um sie vor den wilden Tieren zu schützen, die mit der nächsten Nacht den veränderten Ort besuchen würden. Ein wenig wehte er zur Seite, vielleicht damit Nial sie fand. Auf allen vieren kroch er über die Schuttschicht und durch das von ihren Haaren versperrte Tor, das keines mehr war, weil auch hier die Pfeiler eingestürzt waren. Und weiter über den schneebedeckten Boden der Kathedrale, die keine mehr war, weil Gott ihr einst den Rücken gekehrt hatte, als Er es zuließ, dass Barbaren sein Haus verwüsteten.

Der letzte Hüter des Hauses – und sein Rächer – lag tot über dem Altar hingestreckt, ebenfalls erschlagen von den Trümmern seiner Kirche, und mit seinem ausgemergelten Körper schützte er das goldene Stundenbuch, das Christina ins Verderben geführt hatte und das nun ein verlogenes Licht über das Totenkleid von Jarrow warf …

Nial stöhnte auf. Er rappelte sich hoch und stürzte auf die Frauengestalt zu, die auf wundersame Weise von allen Steinen verschont geblieben war. Mit beiden Händen wischte er den Schnee beiseite und drehte sie um. Ihr Gesicht war blass und wunderschön. Keine Falte und keine Wunde nahmen ihm den Zauber, tiefer Friede wohnte in den Zügen. Ihr Leib war von keinerlei Schrammen entstellt. Sie hatte keine Schmerzen gehabt …

Schnee knirschte unter schweren Schritten, dann kniete Máelsnechtai neben ihm. »Ist sie tot?«, fragte er mit erstickter Stimme. Und: »Ich hätte alles für sie getan …« Und statt sie wie Nial nur fassungslos anzugaffen, zog er seinen Umhang aus und legte ihn über den nackten Körper, der die Blicke eines Mannes wahnsinnig werden lassen musste. Dann stolperte er davon, und man hörte ihn schluchzen und fluchen und nach den Steinen treten, die so viel Unheil gebracht hatten.

Nial hüllte sie in den Umhang. Er tat das sorgfältig, dabei spielte es doch keine Rolle mehr, weil sie dort, wo sie nun war, nichts wärmen konnte. Noch war er taub für die Trauer und blind für den Schmerz, noch hielt er sich aufrecht, weil ihr Werk nicht vollendet war. Es dauerte eine ganze Weile, bis der Gedanke in seinem Kopf ausgeformt war und sich gegen die Verlockung wehren konnte, einfach hier sitzen zu bleiben – für immer.

Das Buch musste nach Dunfermline zurück. Sie hätte das so gewollt. Und sie musste auch nach Dunfermline zurück. Leise betete er einen Psalm für ihre Seele – das half, das Herz zur Arbeit anzutreiben, weiterzuschlagen, und es half, dass er sich nicht einfach neben sie legte, seinem plötzlichen Todeswunsch nachgab …

Zwei weiße Arme streckten sich ihm entgegen. Sie umschlangen seinen Hals wie lange Tentakel, umfingen ihn komplett, bis ihre Hände seine Schultern erreichten, und er fühlte ihr Gesicht an seiner Wange, ihr Haar über seinen Augen, ihren Mund an seinem Hals, als sie mit zitternder Stimme flüsterte: »Bring mich nach Hause, Nial …«

Er lief tiefrot an, fühlte sich ertappt in seiner weibischen Schwäche, für die ihn früher schon alle verlacht hatten, und drückte sie an sich, damit sie nicht Zeugin seiner Scham wurde.

»Du bist hier gewesen und hast für mich gebetet«, flüsterte sie. »Ich danke dir.« Und er verging fast unter ihrem Kuss an seinem Hals.

Máelsnechtai hatte es gesehen, denn er drehte sich just in dem Moment zu ihnen um. An seiner Miene erkannte sie, dass nichts vergessen war, dass die Brüder sich vorhin vielleicht eine Stütze gewesen waren – dass sie aber immer noch dieselbe Frau begehrten. Selbst jetzt – hier an diesem Ort. Sie hatte wieder Angst um Nial, in dessen Armen sie lag, sich an ihm entlang auflöste, weil nur die Luft leicht genug war, ihr Herz zu tragen. Er küsste sie, und sie suchte seinen Mund nur nicht, weil noch etwas vor ihr lag, was wichtiger war. Es kostete sie große Kraft, die fordernde Geborgenheit seiner Arme zu verlassen, doch er war klug genug, sie nicht festzuhalten.

Der Mórmaer stand immer noch da und starrte sie an. Grimmig, eifersüchtig, besitzergreifend. Tränenspuren hatten eigenartige Pfade in sein staubiges Gesicht geschürft – der nächste Regen würde auch die Erinnerung an diese Nacht tilgen und den alten Hass gegen den Bruder herauswaschen. Sie wagte nicht einmal, Nial einen Hinweis zu geben. Sie ließ Nial auch in dem Wissen zurück, dass sie Máelsnechtais Blicke mit sich nahm und ihn ein weiteres Mal von Nial ablenkte.

Der Mantel bot nur ungenügend Schutz vor Kälte, trotzdem wagte sie sich in den Altarraum. Eine schüchterne kleine Morgensonne lugte zwischen den Ruinenteilen hervor. Sie warf goldenes Licht über den Stein und ließ das Moos auf den Trümmern zauberhaft schimmern. Sie war schwach, aber sie schaffte es, vergessen zu machen, dass hier in der Nacht eine Welt untergegangen war und Menschenleben mitgenommen hatte. Den Schnee zu schmelzen vermochte sie nicht, doch sie warf ihr zartes Licht über die Flockenschicht, um dem Tod ein wenig Dramatik zu nehmen. Niemand war da, um ihr zu sagen, dass der Tod dramatisch war, egal wie viel Licht man über Leichen warf und wie sehr man einzelne Staubteilchen zum Leuchten brachte. Die Morgensonne war noch jung – bis zum Abend würde sie gelernt haben, dass Schicksal niemals glänzt und dass Tränen das Licht nur reflektieren …

Christina liefen die Tränen übers Gesicht. Die Einsamkeit des alten Mönchs war vorüber. Er war seinen misshandelten Brüdern in die Ewigkeit gefolgt. Die tragische Geschichte des Klosters hatte ein Ende gefunden, ohne dass sie den Namen des Alten erfahren hatte – nun würde der namenlose Rächer ein namenloses Grab bekommen und hoffentlich Gnade vor seinem Schöpfer finden. Seine Hände glitten sanft über die befreiten Buchseiten, als sie ihn vom Altar zog und auf der zerbrochenen Stufe vor dem Altarstein zur Ruhe legte.

Dann schlug sie das Stundenbuch zu. Staub wirbelte auf, Licht brach sich darin, glitzernd rieselten Staubkörner herab. Das Buch war nun zahm und dünn, und es fühlte sich so leicht an wie eine einzelne Buchseite. So leicht wie der Rückweg zu Margaret. So leicht wie deren frohes Lachen, das durch ihren Kopf perlte. Sein Gewicht hatte sich zusammen mit dem Fluch aufgelöst. Alles würde gut werden. Das Buch würde Margarets Kammer zieren und ihre Tage begleiten, es würde die Spuren ihrer feinen Hände tragen, die es täglich aufschlugen, es würde sie erfrischen, beglücken. Sachte strich sie über den goldenen Deckel, der flach und kühl unter ihrer Hand liegen blieb. Nichts deutete mehr darauf hin, dass er einmal einen eigenen Willen gehabt hatte.

»Deine Seele ist für Gott bestimmt«, sagte da jemand. Sie fuhr herum. Da war niemand.

Außer dem Toten … der seine weißen Augen auf sie gerichtet hatte. Christina kniete neben ihn. »Du lebst«, flüsterte sie. »Du lebst ja – lieber Gott – du lebst!« Er tastete nach ihrem Gesicht, ließ seine verkrümmten Finger über ihre Wangen wandern. Dann seufzte er tief.

»Deine Seele ist für Gott bestimmt, Mädchen«, wiederholte er, »vergeude sie nicht an ein irdisches Leben, hörst du? Vergeude sie nicht, behalte sie für Gott …« Er fixierte sie mit aller Lebensenergie, die ihm noch geblieben war. »Bewahre sie für Gott!« Dann verloschen seine weißen Augen, als hätte jemand eine Kerze dahinter ausgehaucht.

Der Klosterhüter war endgültig zu seinen Brüdern gegangen. Jarrow blieb als einsamer Steinhaufen zurück, der stumm darauf wartete, dass Gottes Diener sich seiner eines Tages wieder erbarmen würden und vielleicht den Mut hatten, es der Natur zu entreißen und zu neuem Leben zu erwecken.

»*Libera, Domine, servum tuum, sicut liberasti David de manu regis Saul, et de manu Goliae. Subvenite Sancti Dei, occurrite, Angeli Domini. Suscipientes animam eius. Offerentes eam in conspectu Altissimi.*« Wie von selber kamen ihr die Totengebete über die Lippen, die eigentlich ein Priester sprechen musste. Doch da niemand sonst die Totenklage anstimmte, schien es ihr passend, dass sie dem Alten den Weg so weit ebnete, wie es ihr möglich war. »*Suscipiat te Christus, qui vocavit te, et in sinum Abrahae Angeli deducant te …*«

Der Mórmaer starrte sie immer noch in einer Mischung aus Fassungslosigkeit und Ingrimm an. Als sie verstummte, schlich er näher.

»Wie könnt Ihr Gottes Namen auf den Lippen tragen, wenn Ihr besessen seid?«, fragte er ungläubig. »Wie könnt Ihr ernsthaft glauben, dass Euer Gebet etwas wert ist, wenn der Teufel in Euch wohnt?«

Sie reckte den Kopf. »Wie könnt Ihr ernsthaft glauben, ich würde Euch folgen, wenn Ihr mir unterstellt, besessen zu sein?«, fragte sie zurück. »Wie könnt Ihr ernsthaft glauben, ich würde Euer Weib werden, wenn Ihr den Teufel in mir wähnt? *Hlæfweard?*«

Er blieb stehen. Sein Gesicht wurde blass.

»Ihr tragt den Teufel in Euch«, flüsterte er. »Ich – ich hab ihn gesehen. Ich hab gesehen, wie er Euch schüttelte, so als schlieft Ihr mit ihm – habt Ihr mit ihm geschlafen? Hat er es Euch ordentlich besorgt? Hat er?«

»*Hlæfweard*, Ihr vergesst Euch!«, schrie sie ihn an. »Wenn es einen Teufel gegeben hat, dann habt nur Ihr ihn gesehen.«

»Ich habe ihn gesehen und zwar mit Euch zusammen, *hlæfdige!*«, schrie er zurück und kam mit raschen Schritten auf sie zu. »Ich werde Euch den Priestern ausliefern – Ihr wart mein, und ich will keine Besessene …«

Bevor Nial sich in den Streit einmischen konnte, hob sie die Hände und senkte den Kopf. Dann sank sie langsam vor den beiden Männern in die Knie. Die Sonne war mit ihr und beschien ihr bloßes Haupt, warm legte sie ihr die Hand auf den Kopf und machte ihr Mut.

»Ein Toter liegt hier«, sagte Christina leise. Wärme stieg in ihre Hände, schützte sie, wie sie es viele Male getan hatte, schützte sie gegen den begehrlichen Kerl – schützte sie …

»Ein Toter liegt hier«, wiederholte sie, »und wir haben kein Recht, uns neben ihm zu streiten. Wir werden ihn beisetzen.« Sie hob den Kopf und schaute dem Mórmaer ins Gesicht. Sein Blick war starr, sie konnte nichts mehr darin lesen.

»Dieser Ort ist heilig«, fügte sie hinzu. Wenn er daran dachte, sein Schwert einzusetzen, war sie machtlos.

Doch vorläufig gab es keinen Widerstand, ein Grab für den Toten auszuheben. Die Männer schwiegen. Stille strich an allen vorbei, glättete Ärger, Eifersucht, Begehren. Für alles gab es eine Zeit – jetzt war die Zeit für den Toten, das begriff sogar der Mórmaer. Und Máelsnechtai schob mit dem Fuß Blätterhaufen zur Seite, um nach einer Vertiefung zu suchen, wo der Verstorbene seine letzte Ruhe finden konnte. Nial nahm den Toten auf die Arme und trug ihn zu der Stelle, wo sein Bruder mit bloßen Händen gefrorene Erde wegscharrte. Dann suchten sie stumm Steine zusammen und türmten sie erst über den einen Toten, bis er in einem Grab lag, das kein Raubvogel und kein hungriges Tier würde auseinanderbrechen können, dann auch über Lazarus, den sie von dem Trümmerbrocken nicht hatten befreien können.

Nial schenkte den beiden den schönsten Schmelz seiner Stimme, als er das Totengebet begann. *»Subvenite, Sancti Dei, occurrite, Angeli Domini, suscipientes animam eius, offerentes eam in conspectu Altissimi. Suscipiat te Christus, qui vocavit te, et in sinum Abrahae Angeli deducant te. Suscipientes animam eius, offerentes eam in conspectu Altissimi. Requiem aeternam dona ei, Domine: et lux perpetua luceat ei …«*

Sie standen noch eine Weile beisammen. Das gemeinsame Tun hatte Frieden gesät; es schien so, als würde sich der Mórmaer nicht mehr erinnern, worüber er vorhin noch so erregt gewesen war. Oder dass er den Teufel bei ihnen gewähnt hatte. Vielleicht war dies das letzte Werk des alten Mönchs, der friedlich aus der Welt geschieden war. Die Sonne hatte inzwischen den ganzen Himmel erobert und ließ die Schneepracht, die der frühe Morgen überraschend gebracht hatte, wie einen

Schatz aus tausend Kristallen glitzern. Nein, sie würde diese saubere Decke nicht schmelzen, sie würde sie noch ein wenig liegen lassen, weil sie das Hässliche zuverlässig verbarg. Die Trümmer, den Staub – die Erinnerungen.

Zumindest Nial war dankbar dafür.

Auch wenn ihm entsetzlich kalt war vom langen Verharren im Schnee, und gegessen hatten sie auch schon lange nichts mehr. Doch ein Blick auf Christina ließ ihn alle Schwernis vergessen – sie leuchtete von innen und schien den Strapazen und Verlusten keinen Tribut hatte zahlen müssen. Gott hatte die ganze Zeit Seine Hand über sie gehalten, wie musste Er sie lieben! Ihre Schönheit wirkte überirdisch. Und Nial begann leises Bedauern zu verspüren …

Im Lager des alten Mönchs fanden sie ein paar Lumpen, die dieser vor den schottischen Barbaren hatte retten können. Christina sortierte die Kleider und entschied sich für eine Kutte, die nicht ganz so zerfetzt war wie die anderen Lumpen. Zusammen mit wollenen Unterkleidern und dem Mantel des Mórmaer würde sie vor dem Erfrieren geschützt sein.

Auch für das Stundenbuch fand sie eine neue Hülle, es schien ihr nicht richtig, die alte zu nehmen, die den Fahlen noch erlebt hatte. Der Mönch hatte unter seinen Schätzen ein paar Altartücher, die sie um das Buch herumwickelte, um es auch für die Heimreise vor begehrlichen Blicken zu schützen. Keiner der Männer wagte es, sie bei ihrem Tun zu belästigen. Sie schwiegen und ließen sie gewähren, Máelsnechtai auf eine sehr grimmige Art. Nial ging sogar die Pferde suchen, obwohl es ihm sicher schwerfiel, sie in Gegenwart seines Bruders zurückzulassen. Doch den fürchtete sie nicht mehr. Sie fürchtete niemanden mehr, und das schien er zu wissen.

Die schwarze Stute trug Blätter in der Mähne. Das Pferd hatte die Nacht wohl liegend verbracht, es wirkte ausgeruht und würde Christina wohlbehalten nach Hause tragen. Sie hielten ihr das Pferd fest und halfen ihr beim Aufsteigen, und es war offensichtlich, dass jeder von beiden bedauerte, die Angelsächsin nicht auf dem eigenen Pferd mitnehmen zu müssen.

»Ich werde schweigend nach Dunfermline zurückkehren«, setzte Christina dem noch eins drauf und ließ ihren Blick zwischen den beiden Männern hin- und herwandern. »Ich werde beten und Gott danken, dass Er mir beigestanden hat in dieser Prüfung meines Lebens. Wenn Ihr mögt, schließt Euch mir an …«

»Wie – Ihr wollt mich schon wieder vertrösten?«, blaffte Máelsnechtai da los.

Sie lächelte ihn an, mit mehr Freiheit im Blick, als er vermutlich jemals erlebt hatte. »Ja, *hlæfweard.*« Und sie nahm den Zügel auf. »Wollen wir?«

Die Klosterruine sah ihnen nach. Sie duckte sich unter den hohen Tannen, die bald von ihr Besitz ergriffen haben würden, weil nun niemand mehr da war, um der Natur Einhalt zu gebieten. Dennoch umwehte ein Wind der Befreiung die Mauerreste. Zusammen mit dem alten Hüter hatten in der vergangenen Nacht auch Hass und Rachsucht ihr Grab gefunden und etwas Neuem Platz gemacht. Eines Tages …

Die Ruine versank im Gebet für die kleine, tapfere Frau, die ihr Leben aufs Spiel gesetzt hatte und mit großem Mut den Begehrlichkeiten des Teufels entgegengetreten war.

Gott sah die Heimreise der drei mit Wohlgefallen und hielt alle Unbill von ihnen fern. Er sandte ihnen ein mildes Winterwetter, damit sie nicht frieren mussten, Er sorgte für einen sicheren Tritt der Pferde und für einen störungsfreien Weg. Des Mórmaer schier unerschöpflicher Münzenvorrat versorgte sie mit Nahrung selbst dort, wo es keine zu geben schien, und öffnete ihnen Türen für ein Nachtlager.

Die Männer respektierten ihren Wunsch nach Schweigen und Gebet, und nur manchmal hörte sie, wie sie leise stritten –

über die Richtung, die nächste Pause oder wer von ihnen Wasser holen gehen musste.

Das Weihnachtsfest war vorüber, erfuhren sie auf dem Weg zum Forth. Weihnachten hatte in den verwüsteten Ländern des Normannen keine Rolle gespielt, niemand hegte dort noch Hoffnung, niemand war mehr dort, um einen christlichen Jahreskalender aufrechtzuerhalten – jedermann dachte nur noch daran, wie er den nächsten Tag überleben sollte. Vom Normannen hörte man, dass er York nach längerer Belagerung endgültig eingenommen und das Weihnachtsfest in der Stadt gefeiert hatte – ein Hohn für die leidende Bevölkerung, der Wilhelm damit nur auf ein Neues demonstrierte, wie ein Sieger auf den Köpfen der Besiegten tanzte. Bis zur schottischen Grenze war darüber nichts als Verachtung zu spüren.

Christina hatte sich vollkommen von alldem befreit. Das Gebet half ihr, diese Reisetage, für die sie eigentlich keine Kraft mehr besaß, zu überstehen… Nials scheue Fürsorge stärkte ihr den Rücken, obwohl er sie kaum zeigen konnte. Sie fassten sich nachts bei den Händen und schliefen so miteinander verbunden ein – alles Weitere hätte der Mórmaer bemerkt, der sie nicht aus den Augen ließ.

Ein einziges Mal brach sie ihr Schweigen, mitten in der Nacht in einer Scheune, als Máelsnechtais gleichmäßige Atemzüge verrieten, dass er nach einer Kanne Starkbier tief und fest schlief und sie Nial aber wach wusste – er schlief fast nie und wachte über sie, damit sie keine Angst haben musste.

»Nial.« Statt einer Antwort fuhr er mit der Hand an ihrem Arm entlang – er war hellwach. Vorsichtig rückte sie näher. »Nial, warum bist du Mönch?« Schon so lange brannte ihr die Frage auf der Zunge – sie wollte ihm den Eid nicht glauben, nicht wenn er sie mit Flammen im Blick ansah. »Warum…«

Es raschelte in den Blättern. Der *culdee* ließ alle Zurückhaltung und Vorsicht fahren und zog sie in die Arme, und seine Stimme war direkt an ihrem Ohr. Er fragte nicht einmal, was sie veranlasst hatte, ihr Schweigen zu brechen – vermutlich hatte er all die Tage nur darauf gewartet, ihre Stimme zu hören. Nun seufzte er ihren Namen und Worte, die sie nicht verstand, und sie musste ihn an ihre Frage erinnern.

»Der Hochmut machte mich zum Mönch. Und nun macht er mich so klein vor dir …«

»Warum – erzähl es mir, Nial. Ich muss es wissen«, flüsterte sie und schob ihre Hand durch alle Kleiderschichten, bis sie nackte Haut erreicht hatte. Sein Atem kam plötzlich stoßweise, und sie küsste ihn in den rechten Rhythmus zurück. »Erzähl es mir«, wiederholte sie, als er sich wieder erholt hatte. Sie wusste genau, was sie verlangte, sie badete ja im gleichen Feuer wie er, und es reute sie keinen Moment, sich dem hinzugeben. Aber vielleicht war dies die letzte Gelegenheit, seine Geschichte zu erfahren – den Mann zu erfahren …

»Malcolm tötete unseren Vater«, flüsterte er mit gepresster Stimme, »wir waren junge Heißsporne, hatten unsere ersten Kämpfe hinter uns gebracht. Ich hab den Kampf geliebt, das musst du mir glauben.«

»Ein Krieger also«, hauchte sie lächelnd, denn genau das lag da lockend unter ihr.

»Malcolm zwang uns, Lulachs Söhne, sich ihm zu unterwerfen. Mein Bruder tat es. Er unterwarf sich dem König von Schottland, um das Land und den Titel behalten zu können. Ich … konnte das nicht. Ich hatte gesehen, was er mit Vater gemacht hatte. Ich konnte mich nicht unterwerfen.« Er fing ihre Hand ein, die sich zu vorwitzig unter die Kleider gewagt hatte. »Da zwang er mich, entweder das Land für immer zu verlassen oder mich den Brüdern anzuschließen. Immerhin hatte ich … genug Schuld auf mich geladen …«

»Du hast ihm die Verlobte genommen«, flüsterte sie.

»Sie hat… ja. Bei Gott und allen Heiligen – verdammt, ja, und nicht nur sie.« Seine flinken Hände unter ihren Kleidern verrieten, dass er nichts verlernt hatte.

»Und du wirst es wieder tun«, raunte sie an seinem Ohr, wohl wissend, dass ihre Erregung nichts mehr mit Gott zu tun hatte – und dass sie bei alldem keine Sünde fühlte. »Dann tu es jetzt, Nial. Tu's…«

Danach wohnte Friede in ihren Herzen. Wenn Máelsnechtai irgendetwas bemerkt hatte, so behielt er jeden Streit für sich, vielleicht aus Rücksicht auf Christina. In der nächsten Nacht lagen sie nur nebeneinander und fühlten seine eifersüchtigen Blicke, die alles vermuteten, aber nichts fanden. In Gedanken war sie wieder bei Nial unter der Decke, fühlte wieder keine Sünde bei dem, was sie da tat, hielt wieder ihren erregten Atem in strengem Zaum. Und wusste wieder, dass die kleinste falsche Bewegung ein Leben kosten würde – Nials Leben. Trotzdem fühlte Christina sich so entspannt wie schon sehr lange nicht mehr. Es war, als hätte sie kleine Wolken unter ihren Füßen, und der ewige Ton in ihrem Ohr, der sie begleitete, seit sie denken konnte, mal schrill und mal sanft… der war verschwunden.

Die Kunde ihrer Heimkehr eilte ihnen voraus, kaum dass sie das Nordufer des Forth betreten hatten. Und wie um ihnen die letzten Meter zu erleichtern, hatte die Sonne schon an den letzten Hängen Northumbrias alle Schneewolken weggeblasen und für ruhiges Winterwetter gesorgt. Die Schneedecke war auf ein erträgliches Maß geschrumpft, niemand musste frierend in Schneewehen versinken, und zumindest im Reich des Schotten schien die Welt in Ordnung zu sein. Ein Herold begleitete sie die letzte Wegstrecke, am Waldrand entlang über die Serpentinen hinauf zur Schlucht von Dunfermline, deren tiefe Düsternis ebenfalls von Schnee bedeckt war und nicht mehr an den Schlund der Hölle erinnerte. Der Herold plapperte unentwegt von den Neuigkeiten der letzten Tage, vom Eroberer, wie unverfroren er Weihnachten auf den Trümmern Yorkshires verbracht habe und was die Exilanten zu dessen bösartiger Eroberung Yorks gesagt hatten. Immer wieder umkreiste er dabei Christina und betrachtete sie neugierig von oben bis unten. Die Augen fielen ihm aus dem rothaarigen Kopf, als sie das Angebot einer Sänfte auch ein zweites Mal ablehnte.

»Ihr seid wirklich ein stures Ding, *hlæfdige*«, sagte Máelsnechtai nicht ohne Bewunderung. »Euer Vater wäre entsetzt… oder stolz.« Er zog die Augenbrauen hoch. »Ich wäre vermutlich – hm – stolz auf so eine Tochter.«

Sie schenkte ihm ein strahlendes Lächeln, das er annahm wie ein Geschenk. Sie fühlte nur noch Sanftmut in sich, und nicht einmal er konnte jetzt noch irgendetwas Falsches sagen. Und ja – der Vater wäre vermutlich eher entsetzt über ihre Eigenmächtigkeit, ihren Trotz und das Licht, das sie auf das Blut seiner altehrwürdigen Familie geworfen hatte. Aber er hatte auch immer gewusst, dass sie Margaret mehr liebte als alles andere auf der Welt und alles für sie gewagt hätte – daher hätte er ihr ihren Ausflug am Ende verziehen.

Vielleicht wäre er sogar stolz gewesen. Nicht auf ihr unziemliches Abenteuer, aber darauf, wie man sie auf der Burg des Schottenkönigs empfing. Dass die Weiber, mit denen sie so lange die Kammer geteilt hatte, ohne ihre Zunge zu verstehen, vor der Zugbrücke Spalier standen und dass sich auf der Brücke allerlei hochgeborenes Volk versammelte, um die Reisegruppe lautstark zu begrüßen – so lautstark, dass Máelsnechtais Handpferd sich losriss und mit großen Galoppsprüngen über die Brücke stürmte, während Bündel, Decken und Taschen durch die Luft flogen, weil sich die Verschnürung gelöst hatte. Viele Hände fingen das Gepäck auf, bevor es in die Schlucht fallen konnte, man stützte sich gegenseitig, damit niemand von der Brücke rutschte, und das wilde Pferd war schnell wieder eingefangen. Unter Hurra-Rufen ritten sie durch das Tor von Dunfermline, und alle waren gekommen, um sie zu begrüßen – alle, bis auf den König. Christina lächelte vor sich hin. Sie hätte es ihm übel genommen, wenn er jetzt nicht bei seiner Frau in der Kirche gewesen wäre.

Es war gut, dass sie bis Dunfermline Schweigen gelobt hatte – aus Máelsnechtais Bemerkungen über ihren Vater und dessen Meinung zu seiner Tochter hätte schnell wieder ein Streit entspringen können, denn selbstverständlich hatte der Mórmaer seine Ansprüche auf Christinas Hand keinesfalls in Jarrow zurückgelassen. Und so gab es vor der Kathedrale denn auch ein nervöses Hin und Her, als sie inmitten all der Begleiter, die sich mittlerweile dazugesellt hatten, vom Pferd stieg und auf das Kirchenportal zugehen wollte. Máelsnechtai wollte sich vordrängeln und ihren Arm nehmen, jemand schubste ihn zur Seite – Nial? –, und dann war das schwarze Pferd zwischen ihnen, um sie vor Zudringlichkeiten zu schützen, und biss um sich. Der Mórmaer schrie wütend auf, gab dem Gaul einen saftigen Tritt in die Seite, worauf dieser einen Satz machte, mit dem Huf auf Menschenfüße trat und schließlich neben Christina stieg. Nial hängte sich in den Zügel, und sein Bruder riss das Pferd nach der anderen Seite herum, bevor es noch mehr Menschen verletzen konnte. Derweil öffnete sich das Kirchenportal von innen, und Gesang drang nach draußen.

»Iubilate Deo, omnis terra, psalmum dicite gloriae nominis eius, glorificate laudem eius. Dicite Deo: Quam terribilia sunt opera tua. Prae multitudine virtutis tuae blandientur tibi inimici tui. Omnis terra adoret te et psallat tibi …«

Und während hinter ihr Männer die wild gewordene Stute zu beruhigen versuchten, betrat Christina, geschützt durch den Kampf des Pferdes, die Kathedrale, in der ihre Schwester seit vielen Tagen saß und auf sie wartete. Doch diesmal war das Gotteshaus hell erleuchtet, wie beseelt vom Wunsch, das Winterdunkel mit dem Licht unzähliger Kerzen zu erhellen. Es gab ja nicht viele Mönche in Dunfermline, und ein paar waren wohl noch aus St. Andrews zu Bischof Fothad und seinen Ministranten gestoßen. Sie formten den kleinen Chor, der es schaffte, die Weite der Kirche zum Schwingen zu bringen.

»Convertit mare in aridam, et in flumine pertransibunt pede; ibi laetabimur in ipso«, sangen sie von Gottes großen Werken, und Weihrauch tanzte selbstvergessen durch die Luft.

Ein vornehm gekleidetes Paar kniete vor dem Altar, und diesmal war es kein Traum und kein Trugbild – er hielt ihre Hand, während sie beteten, und man hörte ihrer beider Stimmen den Psalm der Mönche beantworten.

»Magga«, flüsterte Christina, mit einem Mal fassungslos über die glückliche Heimkehr und so zu Tode erschöpft, dass sie keinen weiteren Schritt mehr gehen konnte. Das Stundenbuch, das sie auf ihre Hände geladen hatte, schien Tonnen zu wiegen. »Magga ...«

Und die Schwester hörte sie, durch den Gesang, das Stimmengewirr und den Lärm vor der Kathedrale hindurch. Margaret drehte sich um, ihr Schrei flatterte wie eine aufgeregte Taube durch den Dachstuhl, und dann stürzte sie los, auf Christina zu, stolperte über ihr Kleid, fing sich gerade noch und flog dann in ihre Arme, während das goldene Buch aus Christinas Händen glitt und zu Boden polterte.

Eng umschlungen und haltlos schluchzend sanken die Schwestern in die Knie, umfassten sich, küssten und liebkosten sich ungestüm und ohne sich darum zu kümmern, was die Leute in der Kirche dazu sagten.

Christina bohrte ihr Gesicht an die Schulter der Schwester. »Wie hab ich das nur ausgehalten – wie hab ich das nur geschafft ohne dich –, heiliger Jesus, wie hab ich das nur geschafft«, stammelte sie und fühlte Margarets Hände in ihrem Haar.

»Stina – ich hab solche Angst um dich gehabt!«, flüsterte Margaret. »Du hast den Fluch die ganze Zeit getragen, Gott schütze dich, meine liebe, liebe Schwester – hast du ihn gesehen? Hast du ihn gesehen, Stina …? Den Schrecklichen? Hat er sich dir gezeigt? Hat er dir etwas getan?«

»Er war die ganze Zeit bei mir«, antwortete Christina so leise, dass niemand mithören konnte. »Er war da, aber er hat mir nichts getan. Ich hab ihn nicht gelassen …«

»Und nun ist er fort …?«

»Nun ist er fort.« Sie nahm Margarets fein geschnittenes Gesicht in beide Hände und schaute ihr in die schönen blauen Augen. »Nun ist er fort, mit allen, die dazugehörten. Das Buch ist gereinigt und gesegnet und soll dir von nun an ein guter Begleiter sein.«

»Ich kann darin lesen …?«

»Du kannst darin lesen und deinem Mann nun eine gute Ehefrau sein.« Sie lächelte. »Das wird er wissen wollen. Und das solltest du ihm jetzt sagen, Magga.«

Die Schwester errötete. Christina konnte nur argwöhnen, dass sie sich in all den Tagen nach Malcolm verzehrt hatte. Wehmut glitt durch ihren Geist. Sie wusste ja jetzt, wie sich das anfühlte – und wie Erfüllung gleichzeitig sättigte und Hunger auf mehr weckte.

Und gemeinsam knieten sie vor dem goldenen Stundenbuch und schlugen es auf, blätterten Seite für Seite der prachtvoll verzierten Texte um, und nichts als heilige Andacht wehte ihnen entgegen … *»Retine gressus meos in semitis tuis, ut non moveantur vestigia mea.« – »Ad vesperum demoratur fletus, ad matutinum laetitia.« – »Ego autem semper tecum; tenuisti manum dexteram meam.«* Sie betrachteten die köstlichen Malereien, und Christina erinnerte sich mit Zärtlichkeit an die feinen Hände des alten Mönchs.

»Ich nehme an, unser Exil hat hiermit nun ein Ende«, dröhnte da die Stimme des Königs hinter ihnen. »Ich nehme an, Ihr wolltet mir sagen, dass Ihr mein Weib von ihrem verdammten Zölibat nun erlöst habt.«

Ein wenig verärgert sah er schon aus, vermutlich weil sich niemand um ihn kümmerte, weil die beiden Schwestern sich so einträchtig umarmten und weil die ganze Sache sowieso nicht nach Malcolms Geschmack war. Jeder wusste, dass die kleine Schwester ihm ein Dorn im Auge war, weil er Margaret mit ihr teilen musste. Nial konnte seinen Ärger deutlich spüren und wunderte sich, dass er nicht viel früher eingeschritten war. Er hatte der Wiedersehensfreude vom Altar aus erstaunlich lange zugesehen. Nun wurden seine Schultern immer breiter, und Nial konnte nicht anders – er überschritt die Kirchenschwelle, um Christina zu schützen, obwohl ihm der Zutritt zu allen Höfen des Königs verboten war.

Christina stand auf und trat auf Malcolm zu. Sie überreichte ihm das Buch. »*A rìgh* – Euer Hochzeitsgeschenk. Es ist nun ohne Gefahr für Eure Frau. Es ist losgesprochen und gesegnet worden – nehmt es und wagt einen neuen Anfang.«

Man sah ihm an, wie der Ärger eine Antwort verhinderte, wie Malcolm nach Worten suchte – suchte – und das Buch unter den Arm nahm. Dann streckte er die Hand nach Margaret aus und zog sie an seine Seite und ein Stück hinter sich, damit niemand sie ihm mehr wegnehmen konnte. Und weil sein Gesichtsausdruck davon so friedlich wurde, vergaß Nial alle Vorsicht und tat auch den letzten Schritt – in die Kirche hinein und an Christinas Seite, wo er verdammt noch mal hingehörte.

Der Friede zerstob. Er war ein Narr, dass er an Frieden geglaubt hatte.

»Ihr wagt es«, rief der König, »Ihr wagt es, Euch über mein Verbot hinwegzusetzen ...«

»Richtet über mich, *a rìgh.*«

Margaret warf sich vor Malcolm auf die Knie, just als dieser sein Schwert ziehen wollte, Kirche hin oder her.

»*A rìgh!* Ich erbitte eine Gunst von Euch, *a rìgh*, hört mich an!«

»Aus dem Weg, Frau, diese Geschichte ist viel älter als Ihr«, knurrte er.

»*A rìgh*, dieser Mann hat das Leben meiner Schwester beschützt und sie auf der langen Reise begleitet …« Christina nickte stumm und atemlos, Margaret hatte genau die richtigen Gedanken gehabt, die stille Verständigung zwischen ihnen klappte immer noch so gut wie in Kindertagen. »*A rìgh*, er ist es wert, Eure Gnade zu spüren. Gewährt ihm Zutritt, *a rìgh*. Ich bitte Euch.« Sie fasste seinen Mantel mit beiden Händen.

»Er füttert verdammte Bettler, wie kann ich das dulden?«, fauchte Malcolm außer sich.

»*A rìgh*, wenn Ihr die Bettler loswerden wollt, dann lasst sie über den Fluss setzen.« Sie sah ihn von unten scharf an. Es war still geworden in der Kathedrale – jedermann wusste, dass die Königin gerade ihr Leben aufs Spiel setzte, um einen jämmerlichen *culdee* vor dem Schwert des Königs zu bewahren. Und dass Malcolm sich vielleicht zum ersten Mal in seinem Leben auf eine Verhandlung mit einer Frau einließ – dieser Frau, die er anbetete, auch das wussten die meisten bereits.

Und Margaret ließ nicht locker, auf den Knien sprach sie weiter zu ihrem Ehemann. »Sie sind auf dem Weg nach St. Andrews, um Gebete zu sprechen, *a rìgh*. Erlaubt ihnen die Überfahrt ohne Bezahlung. Tut ein Werk der Nächstenliebe und ermöglicht allen Pilgern die Überfahrt, damit sie ihre Pilgerreise zu Ende bringen können. Dann gibt es keine Bettler mehr an Eurem Flussufer, und …«, sie stockte, »… und Gottes Wohlwollen soll Euch gewiss sein.«

Er sah sie lange an, sah ihr tief in die Augen. Christina war erschüttert, wie sich das Gesicht des Königs veränderte, nur weil er diese Frau ansah. Er nahm ihre beiden Hände und drückte sie an seine Brust, dann küsste er sie vor allen Zuschauern auf den Mund. Jemand hinter ihnen schnappte hörbar nach Luft – Fothad. Das hielt Malcolm nicht davon ab, die Kathedrale von Dunfermline für eine Liebeserklärung zu nutzen, wie sie die ehrwürdigen Mauern vermutlich noch niemals zuvor gehört hatten.

»Ich will *Euer* Wohlwollen, Margaret. Ich will nur Euer Wohlwollen. Meine Königin, meine Geliebte«, sagte er so laut, dass alle Umstehenden es mitbekamen. »So hört denn, was ich zu sagen habe. Dem *culdee* vom Forth, Sohn des erschlagenen Lulach von Moray, soll meine Gnade widerfahren. Es sei ihm erlaubt, meinen Hof zu betreten, und er möge … er möge … er möge diese Bettler …«

»Pilger«, unterbrach sie ihn leise. »Es sind Pilger, *a rìgh*.«

»Er möge diese Pilgerbettler fortan auf ihrem Weg nach St. Andrews begleiten.« Malcolm runzelte die Stirn und sah kurz aus wie ein wildes Tier, als er Nial musterte. »Dann muss ich ihn nämlich nicht dauernd sehen. Und er möge sich schleunigst seinen Schädel rasieren, wie sich das für einen Betbruder gehört. Und jetzt fort aus meinen Augen, verdammter …«

»Dank Euch, *a rìgh*.« Margaret strahlte ihn an und fing seinen Arm ab, der dem *culdee* möglicherweise einen Hieb verpasst hätte, weil er nah genug stand. Der Arm schlang sich daraufhin um sie, und Christina bemerkte ein frohes Lächeln auf dem Gesicht ihrer Schwester. Was für ein göttliches Wunder war hier geschehen …

Für ihren Bruder Edgar hatte das nichts mit Wunder zu tun, sondern eher mit seinem Kalkül, das auf nichts anderes als auf seine verlorene Krone abzielte, er stürzte nämlich an allen vorbei in die Kirche und warf sich vor Malcolm auf die Knie. »*A rìgh*, hat nun alles seine Ordnung, vergebt untertanigst die Kindereien meiner dummen Schwestern, es gibt keinen Grund mehr für irgendwelche Verzögerungen… vergebt das alberne Verhalten, vergebt, vergebt… und nehmt endlich das feinste Blut der Angelsachsen zu Eurer Gemahlin…«

Als auch die weinende Agatha vor ihm auf den Knien lag und um Vergebung bat und Christina darüber vor Scham fast im Boden versank, weil selbst die Mutter mehr an der Eheschließung der Ältesten als an der Unversehrtheit ihrer jüngeren Tochter interessiert schien, grinste Malcolm nach einem Blick in ihr Gesicht, ohne Margaret loszulassen.

»Wir werden heute eine Heimkehr und eine Hochzeit feiern. Und eine Versöhnung… und…«

»Eine zweite Hochzeit, *a rìgh*!« Máelsnechtai hatte es bisher nicht geschafft, die Kathedrale zu betreten, vielleicht weil er von der Menschenmenge abgedrängt worden war. Nun aber prügelte er sich seinen Weg in das Gotteshaus, bis er neben Christina stand. Ohne Vorwarnung schlug er Nial die Faust ins Gesicht, riss Christinas Arm hoch und verlangte: »Sie ist mein. Ich heirate sie – sofort!« Suchend sah er sich um – und fand Edgar Æthling als den Richtigen.

»Ihr da – gebt mir die Hand Eurer Schwester – jetzt!«

In dem Schreckmoment, da jeder die Luft anhielt, weil der Geruch von Streit und Waffengewalt in der Luft lag, straffte Christina sich. Sie hatte die ganze Zeit geschwiegen und war immer ruhiger geworden. Sie hob den Arm und schob Máelsnechtais Hand von ihm herunter wie einen überflüssigen Ärmel.

»*Hlæfweard*, Ihr sollt wissen, dass ich Eure beschützende Begleitung geschätzt habe. Ihr habt mein Leben bewahrt und mich sicher nach Jarrow und wieder zurück gebracht. Dennoch habe ich Euch niemals hoffen lassen, dass ich Euer Weib werden würde.«

Edgar hielt die Luft an. »Törichte Närrin«, zischte er, »den Hintern versohl ich dir…«

»Ich habe Euch niemals Hoffnung gemacht, *hlæfweard*«, wiederholte sie. Da packte er Nial, der sich gerade aufgerappelt hatte, am Kragen und schüttelte ihn wie eine Katze. Fothad lief mit entsetzt erhobenen Händen auf und ab. »*Hlæfweard*, Ihr seid im Haus Gottes, wie könnt Ihr wagen … wie könnt Ihr wagen …«, doch fand er kein Gehör unter den Barbaren. Christina empfand tiefstes Mitleid mit ihm. Sie hatte auf ihrer Reise gelernt, dass es eine andere Sprache brauchte, um von ihnen verstanden zu werden.

Und so trat sie vor, auf den kopfschüttelnden König zu, dem offensichtlich noch nicht eingefallen war, wie er den Streit ohne Handgreiflichkeit würde schlichten können.

»*A rìgh*, hört mich an.« Ihre klare Stimme hallte in der Kirche wider, ein wenig einschüchternd war das, doch sie fühlte genug Mut, um weiterzumachen. »Hört mich an, *a rìgh*. Von zwei Eurer Herren wurde mir die Ehe angetragen, *a rìgh*. Zwei hochgeborene Herren, deren Interesse ich schätze.« Vielleicht stand Morcar irgendwo in der Menge und hörte ebenfalls zu. Dem Earl, den sie in jener Nacht in die Tiefe gestoßen hatte, mochte sie erst recht nicht mehr begegnen. Sie holte erneut tief Luft.

»Ich bin die Schwester der Königin, und ich weiß, was das bedeutet. Dennoch ist es mein Wunsch, den Schleier zu nehmen, und ich bitte, das zu respektieren.«

Ein Raunen ging durch das hohe Gemäuer. Edgar starrte sie sprachlos an, Agatha schüttelte nur den Kopf. Margaret drehte sich aus Malcolms Armen zu ihr, und ein ganz leises Lächeln wanderte über ihr schönes Gesicht. Noch war ihr nicht anzusehen, ob es Zustimmung verhieß. Die war ihr von ihrer Schwester am allerwichtigsten, und so ließ sie sie nicht aus den Augen, fragte schüchtern, fragte nach …

Der Mórmaer begriff als Erster unter den Männern, was Christinas Worte bedeuteten. Und wieder fasste er nach ihrem Arm und versuchte sie mit sich zu ziehen.

»So kommt Ihr mir nicht davon, *hlæfdige*, diese Vertröstung ist der Gipfel! Unsere Abmachung war eine andere!«, rief er erbost, »unsere Abmachung lautete …«

»Eure Abmachung, *hlæfweard*. Ihr habt niemals gefragt«, unterbrach sie ihn. »Meine Seele gehört Gott. Ich habe nichts, was ich Euch geben könnte.« Er starrte sie an. Dann schlug er zu, gezielt mitten in ihr Gesicht, und sie schwankte, weil sie ihm nicht auswich. Doch der Schlag betäubte sie auch so, dass sie kaum noch mitbekam, wie Nial sich mit Gebrüll auf seinen Bruder stürzte und ihn zu Boden riss und wie der König Margaret losließ und seine Bewaffneten auf die beiden Söhne des Lulach von Moray hetzte. Der Eingang der Kathedrale von Dunfermline glich einem Jahrmarkt, weil sich immer mehr Männer berufen fühlten, der Prügelei handgreiflich beizuwohnen, und das Geschrei hallte in dem hohen Kirchenschiff wider wie auf einem Schlachtfeld …

Als die Nacht hereinbrach, kniete Christina alleine in der Kathedrale, genau an der Stelle, wo ihre Schwester viele Tage verbracht hatte – mit Gebeten und mit liebevollen Gedanken an sie. Fast fühlte sie die Kuhlen, die Margarets Knie auf dem Stein hinterlassen hatten, vorgewärmt und weich gepolstert, weil Margaret wusste, dass Christina nicht so lange knien konnte wie sie. Vielleicht brannten sogar noch die gleichen Kerzen wie in jenen Tagen, und die durch die Luft schwebenden Weihrauchwolken, mit denen Fothad am Abend das Gotteshaus von Streit und bösen Geistern gereinigt hatte, waren vielleicht die Brüder der Weihrauchwolken, mit denen er Margarets Gebetszeit eingehüllt hatte. Die Dunkelheit war die gleiche, die Kälte und auch der Hunger waren die gleichen, die auch Margaret gebissen hatten, weil sie sich für die Zeit des Wartens strenges Fasten auferlegt hatte.

Dieses Kleid um sie herum war wohltuend und gab ihr

Sicherheit, denn sie hatte nachzudenken. Über das, was am Nachmittag in diesem Haus geschehen war.

Der König hatte die von Máelsnechtai angezettelte Prügelei schnell und brutal beenden lassen – der Mórmaer verbrachte die Nacht wie seinerzeit Ruaidrí nackend auf dem Burgfried, und das hatte sie ihrer Schwester zu verdanken, die sie vor dem Schotten in Schutz genommen hatte. Nial hatte man für die Prügelei fünf Hiebe verpasst, die dieser stoisch ertragen hatte – offenbar nicht die ersten Hiebe seines Lebens. Die Versammlung vor der Kathedrale hatte sich dann schnell aufgelöst, weil der Wind empfindlich kalt wurde und in der Burg warmes Essen lockte. Und Malcolm wollte ja nun Hochzeit feiern, wie er immer wieder mit glänzenden Augen verkündete. Endlich seine Königin, endlich seine Margaret in Armen halten, endlich …

Christina lächelte. Vor Vorfreude hatte der Schottenkönig tatsächlich wieder zu stottern begonnen, und Margaret hatte ihn vor allen Leuten geküsst, bevor das Paar sich mit all den Zeugen, die vor Neugier vergingen, ob die Braut vor dem Vollzug nun ein weiteres Mal in Ohnmacht fallen würde, in das Königsgemach zurückgezogen hatte. Sie, Christina, hatte die Oberhalle nicht mehr betreten. Zu viele Erinnerungen hingen an dem Geschoss – an Mädchengekichere bei Kerzenlicht und an Katalin und ihre Geschichten, vor allem um die Geschichten über *táltos,* dessen Kraft sie immer noch in sich spürte, doch nun nicht mehr beunruhigend, sondern als Teil von sich, so wie sie das Pferd als Teil von sich empfunden hatte. Es war verschwunden, niemand hatte es gesehen, aber irgendwie war sie sicher, dass sie die schwarze Stute wiedertreffen würde …

Sie hatte dem Saal den Rücken gekehrt. Hatte Agatha und Edgar glücklich zurückgelassen und eine verliebt dreinschauende Margaret. Niemand vermisste sie, niemand fragte nach der Zwergin, die keine mehr war. Selbst der Grund für die

Prügelei schien vergessen – der Abgewiesene hockte ja frierend auf dem Turm, und Nial…

Nial.

Nial hatte sie flüchtig in Gesellschaft des Bischofs gesehen, später dann im Gespräch mit wild dreinschauenden Hochlandschotten, die sich bunte Bänder in ihre geflochtenen Bärte gebunden hatten, wohl um der Braut Ehre zu erweisen. Leider hatten sie sich nicht gewaschen, was Margaret sichtlich aufstieß. Als Christina ihre Mahlzeit beendet hatte, war Nial nicht mehr zu sehen gewesen.

Und nun saß sie hier, allein im Halbdunkel, am Scheidepunkt ihres jungen Lebens. Sie hatte vor Zeugen eine Eheschließung abgelehnt und sich den Schleier gewünscht – ein Lebensentwurf, der eigentlich immer Margarets Traum gewesen war. Sie rollte ihn vor ihrem inneren Auge hin und her und betrachtete ihn von allen Seiten… eines würde er ihr auf jeden Fall schenken: Sicherheit. Die Sicherheit eines Klosters, einer Gemeinschaft, die Sicherheit von Achtung durch die Mitschwestern – und auch die Sicherheit vor männlicher Zudringlichkeit, wie sie sie in den vergangenen Tagen erlebt hatte. Noch nachträglich schüttelte sie sich in Erinnerung an Máelsnechtais zupackende Gier.

Und nun war es genau andersherum: Die Schwester, deren Traum es gewesen war, ihr Leben Gott zu weihen, teilte das Leben eines Mannes. Und die, für die stets eine Ehe vorgesehen gewesen war, um dem Bruder Wege zu ebnen, hatte sich nun für das Klosterleben entschieden, weil sie nicht Teil eines Männerlebens sein wollte.

Sie lächelte ins Halbdunkel. Ja, vermutlich steckte genau das hinter ihrer Entscheidung. Und je länger sie darüber nachdachte, desto wohler fühlte sie sich damit.

Das Portal fiel ins Schloss. Jemand hatte die Kathedrale betreten. Noch bevor sie ihn sah, wusste sie, dass Nial gekommen war. Stumm glitt er auf den Stein neben sie, und er sparte sich sogar das Kreuzzeichen, als ob alles, was es hier zu tun gab, bei einem Sünder wie ihm sowieso vergebens war. Vielleicht war er auch zu aufgeregt. Sie hörte, wie heftig er atmete, und das nicht von schnellem Lauf.

»A finibus terrae ad te clamavi«, flüsterte sie und griff nach seiner Hand, *»dum anxiaretur cor meum. In petram inaccessam mihi deduc me! Quia factus es spes mea, turris fortitudinis a facie inimici …«*

»Hast du das ernst gemeint?«, fragte er hastig und ohne auf ihr Gebet zu reagieren. »Dass du ins Kloster gehen willst?«

Sie schwieg aufgeregt. Nahm seine Gegenwart, seinen Geruch in sich auf, erinnerte sich an die Nacht, als Máelsnechtai neben ihnen geschnarcht hatte, während sie sich ihm geschenkt hatte … hatte sie damals schon gewusst, dass sie, wenn überhaupt je einem Mann, dann nur ihm gehören würde?

»Ja«, flüsterte sie atemlos. Und setzte hinzu: »Irgendwann, Nial.«

Er sah sie an. Seine Augen schimmerten warm und ungläubig.

»Irgendwann, Nial«, wiederholte sie und liebkoste seine hohe Stirn, der man bald nicht mehr ansehen würde, dass sie durch Rasur einen *culdee* auszeichnete. »Irgendwann …«

Sie fassten einander bei den Händen und traten hinaus in das Dunkel vor der Kathedrale. Da sie niemand vermisste, gab es auch keinen Grund, sich zu beeilen. Der Sternenhimmel da draußen war überwältigend groß und schien zum Greifen nahe. Sie hatte das noch nie versucht – aber vielleicht konnte man Sterne ja doch anfassen.

Zuversicht wärmte ihr Herz. Sie würden einen Ort finden, wo sich die Sterne in die Hand schmiegten.

GLOSSAR

hlæfdige (angelsächs.)	Dame, Lady (wörtlich eigentlich die Brotformerin)
a rìgh (gälisch)	Anrede König
Æthling (angelsächs.)	»von edler Herkunft« bezeichnet Prinzen, die Anspruch auf den Thron erheben können
culdee	Irisch-schottische Mönchsgemeinschaft des Mittelalters, bis etwa Ende des 12. Jh. aktiv. *Culdees* lebten nicht in Klöstern zusammen, sondern in kleinen Gemeinschaften und legten keine klösterlichen Gelübde ab. Geleitet wurden die Gemeinschaften dennoch durch Mutterhäuser. Über die Traditionen der *culdees* ist sich die Forschung nicht einig.
hlæfweard (angelsächs.)	Herr, Lord, wörtlich eigentlich: der Brotwart
Ave, Maria, gratia plena, Dominus tecum; benedicta in mulieribus (…) Sancta Maria, Mater Dei, ora pro nobis peccatoribus, nunc et in hora mortis nostrae.	Gegrüßet seist du, Maria, voll der Gnade, der Herr ist mit dir. Du bist gebenedeit unter den Frauen (…) Heilige Maria, Mutter Gottes, bitte für uns Sünder, jetzt und in der Stunde unseres Todes.
Verba mea auribus percipe, Domine; intellege gemitum meum. Intende voci clamoris mei, rex meus et Deus meus. Quoniam ad te orabo,	HERR, höre meine Worte, merke auf meine Rede! Vernimm mein Schreien, mein König und mein Gott; denn ich will vor dir beten. HERR, frühe wollest du meine Stimme hören; frühe

Domine, mane exaudies vocem meam.	will ich mich zu dir schicken und aufmerken. (Psalm 5,2-4)
Jarl	skandinavischer Titel, vergleichbar einem Earl
Mórmaer	schottischer Adelstitel
táltos (ungar.)	Schamane
Exaudi, Deus, deprecationem meam, intende orationi meae. A finibus terrae ad te clamavi, dum anxiaretur cor meum. In petram inaccessam mihi deduc me!	Höre, Gott, mein Schreien und merke auf mein Gebet! Hienieden auf Erden rufe ich zu dir, wenn mein Herz in Angst ist, du wollest mich führen auf einen hohen Felsen. (Psalm 61,2-3)
Ad hunc autem respiciam, ad pauperculum et contritum spiritu et trementem sermones meos.	Ich sehe aber an den Elenden und der zerbrochenen Geistes ist und der sich fürchtet vor meinem Wort. (Jesaja 66,2)
In nomine patris et filii et spiritu sancti.	Im Namen des Vaters und des Sohnes und des Heiligen Geistes.
Verumtamen ipse Deus meus et salutare meum, praesidium meum; non movebor. In Deo salutare meum et gloria mea; Deus fortitudinis meae, et refugium meum in Deo est. Sperate in eo, omnis congregatio populi, effundite coram illo corda vestra; Deus refugium nobis.	Er ist mein Hort, meine Hilfe und mein Schutz, dass ich nicht fallen werde. Bei Gott ist mein Heil, meine Ehre, der Fels meiner Stärke; meine Zuversicht ist auf Gott. Hoffet auf ihn allezeit, liebe Leute, schüttet euer Herz vor ihm aus; Gott ist unsre Zuversicht. (Psalm 62,7-9)
Nolite sperare in violentia et in rapina nolite decipi; divitiae si affluant, nolite	Verlasset euch nicht auf Unrecht und Frevel, haltet euch nicht zu solchem, das eitel ist; fällt euch Reichtum zu,

cor apponere. Semel locutus est Deus, duo haec audivi: quia potestas Deo est, et tibi, Domine, misericordia; quia tu reddes unicuique iuxta opera sua.	so hänget das Herz nicht daran. Gott hat ein Wort geredet, das habe ich etlichemal gehört: dass Gott allein mächtig ist. Und du, HERR, bist gnädig und bezahlst einem jeglichen, wie er's verdient. (Psalm 62,11-13)
Laudate, pueri Domini, laudate nomen Domini. Sit nomen Domini benedictum ex hoc nunc et usque in saeculum!	Lobet, ihr Knechte des HERRN, lobet den Namen des HERRN! Gelobet sei des HERRN Name von nun an bis in Ewigkeit! (Psalm 113,1-2)
Quis sicut Dominus Deus noster, qui in altis habitat et se inclinat, ut respiciat in caelum et in terram?	Wer ist wie der HERR, unser Gott? der sich so hoch gesetzt hat und auf das Niedrige sieht im Himmel und auf Erden? (Psalm 113,5-6)
Hel	nordische Unterwelt, wo die Kranken und an Altersschwäche Gestorbenen aufgenommen werden, oft als Göttin personifiziert
Völvuauga	das »Auge der Völva«, nordischer Name der Tollkirsche, mit der im Mittelalter gerne vergiftet wurde
In nomine patri…	(s. o.)
In Deo tantum quiesce, anima mea, ab ipso enim salutare meum.	Meine Seele sei stille zu Gott, der mir hilft. (Psalm 62,2)
Semel locutus est Deus, duo haec audivi: quia potestas Deo est, et tibi, Domine, misericordia; quia tu reddes unicuique iuxta opera sua.	Gott hat ein Wort geredet, das habe ich etlichemal gehört: dass Gott allein mächtig ist. Und du, HERR, bist gnädig und bezahlst einem jeglichen, wie er's verdient. (Psalm 62,12-13)
In Deo tantum quiesce, anima mea, ab ipso enim salutare meum. Verumtamen	Meine Seele sei stille zu Gott, der mir hilft. Denn er ist mein Hort, meine Hilfe, mein Schutz, dass mich kein

ipse refugium meum et salutare meum.	Fall stürzen wird, wie groß er ist. (Psalm 62,2-3)
Salva me	rette mich
In Deo tantum quiesce …	(Psalm 62,2; s. o.)
Ceann Mór	schottischer Beiname Malcolms, »dicker Kopf«, aber auch »Häuptling«
Ave Maria …	(s. o.)
Quia factus es spes mea …	Denn du bist meine Zuversicht (Psalm 61,4)
Exaudi, Deus, deprecationem meam	Höre, Gott, mein Schreien (Psalm 61,2)
Nam et si ambulavero in valle umbrae mortis, non timebo mala, quoniam tu mecum es.	Und ob ich schon wanderte im finstern Tal, fürchte ich kein Unglück; denn du bist bei mir. (Psalm 23,4)
anima mea	meine Seele
In Deo tantum quiesce, anima mea, quoniam ab ipso patientia mea. Verumtamen ipse Deus meus et salutare meum, praesidium meum; non movebor. In Deo salutare meum et gloria mea; Deus fortitudinis meae, et refugium meum in Deo est.	Aber sei nur stille zu Gott, meine Seele; denn er ist meine Hoffnung. Er ist mein Hort, meine Hilfe und mein Schutz, dass ich nicht fallen werde. Bei Gott ist mein Heil, meine Ehre, der Fels meiner Stärke; meine Zuversicht ist auf Gott. (Psalm 62,6-8)
Dominus illuminatio mea et salus mea; quem timebo? Dominus protector vitae meae; a quo trepidabo? Dum appropiant super me nocentes, ut edant	Der HERR ist mein Licht und mein Heil; vor wem sollte ich mich fürchten! Der HERR ist meines Lebens Kraft; vor wem sollte mir grauen! So die Bösen, meine Widersacher und Feinde, an mich wollen, mein

carnes meas; qui tribulant me et inimici mei, ipsi infirmati sunt et ceciderunt.	Fleisch zu fressen, müssen sie anlaufen und fallen. (Psalm 27,1-2)
Unum petii a Domino, hoc requiram: ut inhabitem in domo Domini omnibus diebus vitae meae, ut videam voluptatem Domini et visitem templum eius.	Eins bitte ich vom HERRN, das hätte ich gerne: dass ich im Hause des HERRN bleiben möge mein Leben lang, zu schauen die schönen Gottesdienste des HERRN und seinen Tempel zu betrachten. (Psalm 27,4)
A finibus terrae ad te clamavi, dum anxiaretur cor meum.	Hienieden auf Erden rufe ich zu dir, wenn mein Herz in Angst ist, du wollest mich führen auf einen hohen Felsen. (Psalm 61,3)
A finibus terrae ad te clamavi, dum anxiaretur cor meum. In petram inaccessam mihi deduc me! Quia factus es spes mea, turris fortitudinis a facie inimici.	Hienieden auf Erden rufe ich zu dir, wenn mein Herz in Angst ist, du wollest mich führen auf einen hohen Felsen. Denn du bist meine Zuversicht, ein starker Turm vor meinen Feinden. (Psalm 61,3-4)
In petram inaccessam mihi deduc me! Quia factus es spes mea, turris fortitudinis a facie inimici. Inhabitabo in tabernaculo tuo in saecula, protegar in velamento alarum tuarum.	Du wollest mich führen auf einen hohen Felsen. Denn du bist meine Zuversicht, ein starker Turm vor meinen Feinden. Lass mich wohnen in deiner Hütte ewiglich und Zuflucht haben unter deinen Fittichen. (Psalm 61,4-5)
Inhabitabo in tabernaculo tuo in saecula, protegar in velamento alarum tuarum, quoniam tu, Deus meus, exaudisti vota mea, dedisti hereditatem.	Lass mich wohnen in deiner Hütte ewiglich und Zuflucht haben unter deinen Fittichen. Denn du, Gott, hörst mein Gelübde; du belohnst die wohl, die deinen Namen fürchten. (Psalm 61,5-6)
Quia factus es spes mea …	(Psalm 61,4-5, s. o.)
Libera me, Domine, de morte aeterna, in die	Rette mich, Herr, vor dem ewigen Tod an jenem Tage des Schreckens, wo

illa tremenda. Quando caeli movendi sunt et terra. Dum veneris iudiocare saeculum per ignem.

Himmel und Erde wanken, da Du kommst, die Welt durch Feuer zu richten. (Responsorium der Exequien)

Adhaesit anima mea post te, me suscepit dextera tua. Ipsi vero in ruinam quaesierunt animam meam, introibunt in inferiora terrae.

Meine Seele hanget dir an; deine rechte Hand erhält mich. Sie aber stehen nach meiner Seele, mich zu überfallen; sie werden unter die Erde hinunterfahren. (Psalm 63,9-10)

In petram inaccessam …

(Psalm 61,3-4, s. o.)

Libera me …

(Responsorium, s. o.)

»Subvenite sancti Dei occurrite angeli Domini, suscipientes animam eius, offerentes eam in conspectu altissimi. Requiem aeternam dona ei, Domine: et lux perpetua luceat ei.

Kommt zu Hilfe, ihr Heiligen Gottes, eilt herbei, ihr Engel des Herrn, nehmt diese Seele auf und bietet sie dem Auge des Höchsten dar. Herr, gib ihr die ewige Ruhe, und das ewige Licht leuchte ihr. (Sterbegebet)

Assiste parata votis poscentium et reporta nobis optatum effectum.

Sei bei uns, wenn wir beten, und schenke uns Antworten auf unsere Gebete. (Sterbegebet)

Cum invocarem, exaudivit me Deus iustitiae meae. In tribulatione dilatasti mihi; miserere mei et exaudi orationem meam. Filii hominum, usquequo gravi corde? Ut quid diligitis vanitatem et quaeritis mendacium? Et scitote quoniam mirificavit Dominus sanctum suum; Dominus exaudiet, cum clamavero ad eum.

Erhöre mich, wenn ich rufe, Gott meiner Gerechtigkeit, der du mich tröstest in Angst; sei mir gnädig und erhöre mein Gebet! Liebe Herren, wie lange soll meine Ehre geschändet werden? Wie habt ihr das Eitle so lieb und die Lüge so gern! Erkennet doch, dass der HERR seine Heiligen wunderbar führt; der HERR hört, wenn ich ihn anrufe. (Psalm 4,2-4)

Quoniam tu es, Domine, refugium meum. Altissimum posuisti habitaculum tuum.

Denn der HERR ist deine Zuversicht; der Höchste ist deine Zuflucht. Es wird dir kein Übel begegnen, und

Non accedet ad te malum, et flagellum non appropinquabit tabernaculo tuo.

keine Plage wird zu deiner Hütte sich nahen. (Psalm 91,9-10)

Adiuva me, Domine Deus meus, salvum me fac secundum misericordiam tuam. Et sciant quia manus tua haec: tu, Domine, hoc fecisti. Maledicant illi, et tu benedicas; qui insurgunt in me, confundantur, servus autem tuus laetabitur.

Stehe mir bei, HERR, mein Gott! hilf mir nach deiner Gnade, dass sie innewerden, dass dies sei deine Hand, dass du, HERR, solches tust. Fluchen sie, so segne du. Setzen sie sich wider mich, so sollen sie zu Schanden werden; aber dein Knecht müsse sich freuen. (Psalm 109,26-28)

Induantur, qui detrahunt mihi, pudore et operiantur sicut diploide confusione sua.

Meine Widersacher müssen mit Schmach angezogen werden und mit ihrer Schande bekleidet werden wie ein Rock. (Psalm 109,29)

Adinva me …

(Psalm 109,26, s. o.)

Ad te, Domine, levavi animam meam, Deus meus, in te confido; non erubescam. Neque exsultent super me inimici mei, etenim universi, qui sustinent te, non confundentur.

Nach dir, HERR, verlangt mich. Mein Gott, ich hoffe auf dich; lass mich nicht zu Schanden werden, dass sich meine Feinde nicht freuen über mich. Denn keiner wird zu Schanden, der dein harret; aber zu Schanden müssen sie werden, die leichtfertigen Verächter. (Psalm 25,1-3)

Exorcizo te, immundissime spiritus, exorcizo – omnis incursio adversarii, omne phantasma, omne legio, in nomine Domini nostri Jesu Christi eradicare, et effugare ab hoc plasmate Dei! Ipse tibi imperat! Qui te de supernis caelorum in inferiora terrae demergi praecepit. Ipse tibi imperat, qui mari, ventis, et tempestatibus imperavit!

Ich werfe dich hinaus, unreiner Geist, zusammen mit den letzten Heerscharen des bösen Feindes und jedem Geist und jeder teuflischen Armee. Im Namen unseres Herrn Jesus Christus fahre hinweg und weiche aus dieser Kreatur Gottes. Denn Er befiehlt dir! Er warf dich aus den Höhen des Himmels in den tiefsten Schlund der Hölle, Er befiehlt dir, so wie Er einst das Meer und den Sturm befahl. (Exorzismusformel, http://laudatedominum.net/files/exorcismale.pdf)

Audi ergo, et time, satana, inimice fidei, hostis generis humani, mortis adductor, vitae raptor, justitiae declinator, malorum radix, fomes vitiorum, seductor hominum, proditor gentium, incitator invidiae, qui stas, et resistis, cum scias, Christum Dominum vias tuas perdere.	Höre und zittere, Satan, du Feind der Gläubigen, du Feind der menschlichen Rasse! Überbringer des Todes und Räuber des Lebens, fliehst Gerechtigkeit und bist die Wurzel allen Übels, Anstifter allen Lasters, Verführer der Menschen, Verräter der Nationen, was verharrest du, wo du doch weißt, dass Christus, unser Gott, deine Pläne zunichtemacht? (Exorzismusformel, http://laudatedominum.net/files/exorcismale.pdf
Ad te, Domine, levavi anima mea …	(Psalm 25,1-2, s. o.)
Libera, Domine, servum tuum, sicut liberasti David de manu regis Saul, et de manu Goliae. Subvenite Sancti Dei, occurrite, Angeli Domini. Suscipientes animam eius. Offerentes eam in conspectu Altissimi. Suscipiat te Christus, qui vocavit te, et in sinum Abrahae Angeli deducant te.	Befreie, Herr, deinen Diener, wie du David aus der Hand des Königs Saul und aus der Hand Goliaths befreit hast. Kommt zu Hilfe, ihr Heiligen Gottes, eilt herbei, ihr Engel des Herrn, nehmt diese Seele auf und bietet sie dem Auge des Höchsten dar. Christus nehme dich auf, der dich gerufen hat, und in Abrahams Schoß sollen die Engel dich geleiten. *(Sterbegebet)*
Subvenite, Sancti Dei, occurrite, Angeli Domini, suscipientes animam eius, offerentes eam in conspectu Altissimi. Suscipiat te Christus, qui vocavit te, et in sinum Abrahae Angeli deducant te. Suscipientes animam eius, offerentes eam in conspectu Altissimi. Requiem aeternam dona ei, Domine: et lux perpetua luceat ei.	Kommt zu Hilfe, ihr Heiligen Gottes, eilt herbei, ihr Engel des Herrn, nehmt diese Seele auf und bietet sie dem Auge des Höchsten dar. Christus nehme dich auf, der dich gerufen hat, und in Abrahams Schoß sollen die Engel dich geleiten. Nehmt diese Seele auf und bietet sie dem Auge des Höchsten dar. Herr, gib ihr die ewige Ruhe, und das ewige Licht leuchte ihr. (Sterbegebet)

Iubilate Deo, omnis terra, psalmum dicite gloriae nominis eius, glorificate laudem eius. Dicite Deo: Quam terribilia sunt opera tua. Prae multitudine virtutis tuae blandientur tibi inimici tui. Omnis terra adoret te et psallat tibi …	Jauchzet Gott, alle Lande! Lobsinget zu Ehren seinem Namen; rühmet ihn herrlich! Sprechet zu Gott: »Wie wunderbar sind deine Werke! es wird deinen Feinden fehlen vor deiner großen Macht. Alles Land bete dich an und lobsinge dir, lobsinge deinem Namen.« (Psalm 66,1-4)
Convertit mare in aridam, et in flumine pertransibunt pede; ibi laetabimur in ipso.	Er verwandelte das Meer ins Trockene, dass man zu Fuß über das Wasser ging; dort freuten wir uns sein. (Psalm 66,6)
Retine gressus meos in semitis tuis, ut non moveantur vestigia mea.	Erhalte meinen Gang auf deinen Fußsteigen, dass meine Tritte nicht gleiten. (Psalm 17,5)
Ad vesperum demoratur fletus, ad matutinum laetitia.	Den Abend lang währt das Weinen, aber des Morgens ist Freude. (Psalm 30,6)
Ego autem semper tecum; tenuisti manum dexteram meam.	Dennoch bleibe ich stets an dir; denn du hältst mich bei meiner rechten Hand. (Psalm 73,23)
A finibus terrae ad te clamavi …	(Psalm 61,3-4, s. o.)

Die lateinischen Bibelzitate entstammen dem Vatikanarchiv: http://www.vatican.va/archive/bible/nova_vulgata/documents/nova_vulgata_vetus-testamentum_lt.html

Die deutsche Übersetzung der Bibelzitate entstammt der Lutherbibel von 1912 unter: http://www.zeno.org/Literatur/M/Luther,+Martin/Luther-Bibel+1912

NACHWORT

Die schottische Romanze zwischen König Malcolm Canmore und der englischen Prinzessin Margaret hat die Fantasie von Chronisten und unzähligen Schreibern beflügelt.

Die Geschichte vom barbarischen alten König, der sich Hals über Kopf in die schöne obdachlose Schwester des Edgar Æthling verliebt, klingt nach einem Märchen.

Und tatsächlich ist diese Eheschließung als ungewöhnlich zu bezeichnen.

Die Kinder des Thronerben von 1066, Edgar Æthling und seine Schwestern Margaret und Christina, waren auf der Flucht, als sie im Herbst des Jahres 1069 vor Edinburgh durch einen Sturm an Land gespült wurden. Der junge Edgar hatte sich nach Jahren der komfortablen Duldung am angelsächsischen Königshof mit dem neuen Herrscher Wilhelm von der Normandie überworfen. Edgar konnte nicht vergessen, dass der Kronrat ihn zum König hatte krönen wollen, just als Wilhelm England eroberte. Doch hatte er trotz seiner nordenglischen Verbündeten gegen Wilhelm nicht den Hauch einer Chance.

Es ist nicht ganz klar, ob die Familie auf dem Weg nach Norden war, um bewusst bei Malcolm von Schottland Asyl zu suchen. Manche Quellen deuten darauf hin, dass sie nach Flandern, möglicherweise sogar nach Ungarn unterwegs waren, als der Sturm sie ergriff.

Ebenfalls unklar ist, ob die Æthlings König Malcolm im Jahr zuvor schon aufgesucht hatten und ob Malcolm damals schon Heiratspläne hegte. In meiner Geschichte habe ich mich für die Variante entschieden, sie das erste Mal aufeinandertreffen zu lassen. Es hatte seinen Reiz, die Eindrücke aus der Sicht einer eingeschüchterten Ausländerin zu schildern, die nicht alles, was sie sieht, auch versteht, und die den Leser darüber in Ratlosigkeit und Einsamkeit mitnimmt.

Margaret und Christina betraten den Hof eines Königs, der sich nicht gerade durch die Förderung des Christentums einen Namen gemacht hatte. Der Norden und Westen Schottlands befanden sich in skandinavischer Hand, Malcolm III. herrschte über den südlichen und südwestlichen Teil und versuchte über viele Jahre erfolglos, seine Besitzansprüche nach Süden ins englische Northumbria auszudehnen. Seine diversen brutalen Überfälle auf Northumbria haben Zeitgenossen ähnlich entsetzt, wie es jener Verwüstungsfeldzug Wilhelms durch die Nordprovinz getan hat, mit dem er die normannenfeindlichen Aufstände zu beenden trachtete.

Von den beiden jungen Frauen wird berichtet, dass sie in Klosterschulen aufgewachsen waren. Margaret hatte sich schon früh entschieden, den Schleier zu nehmen, sie wird als äußerst fromm und demütig beschrieben. Umso bemerkenswerter ist es, dass ausgerechnet sie einen Menschen wie Malcolm heiratete, während ihre kleine Schwester ins Kloster ging und später Margarets Töchter erzog. Christina wird ihre Gründe gehabt haben, dem Heiratsmarkt zu entfliehen, für den sie als Schwester einer Königin zweifelsohne interessant gewesen sein muss. Das Kloster bot einer Frau im Mittelalter nicht nur Abgeschiedenheit, sondern vor allem Sicherheit und Ruhe vor Nachstellungen. Christina stand durch die Heirat ihrer Schwester in deren Schatten, doch war sie für mich die stärkere von beiden Frauen.

Die einzige nichtreale Hauptperson des Romans – Nial – spiegelt einen klerikalen Stand, der außerhalb von Schottland und Irland unbekannt war. *Culdees* sahen sich in der schlichten Tradition der großen irischen Missionare, sie legten keine

Gelübde ab und lebten zumeist als Einsiedler oder in kleinen Gruppen, durch ein Mutterhaus aus der Ferne betreut. Über ihr monastisches Leben ist nur sehr wenig bekannt. Gegen Ende des 11. Jahrhunderts waren sie durch ihr ausschweifendes Leben in Verruf geraten, und die Vereinigungen wurden bald aufgelöst.

Der *táltos* ist eine schamanische Gestalt der ungarischen Mythologie. Im Unterschied zu uns bekannten Schamanen wurde er mit seinem Wissen geboren und musste es nicht in Initiationsriten erlernen. Er wurde vor allem mit der Heilung Kranker in Verbindung gebracht und benutzte dafür die dem Reiki ähnliche Kräfte seiner Hände. An seiner Seite war oft ein Pferd zu finden, möglicherweise das Krafttier des Schamanen. Der *táltos* führte sein Leben innerhalb der Gesellschaft, ohne eine Sonderrolle einzunehmen. Ungarns Nationalheiliger, König Stefan, soll ein *táltos* gewesen sein.

Die apokalyptischen Reiter sind für katholisch erzogene Christen selten ein Thema. Für dieses Buch kamen die Schrecken, den die Reiter der Apokalypse säen, gerade recht. In der Offenbarung erscheinen bei der Öffnung der sieben Siegel vier Reiter – zwei von ihnen bringen Gutes: der schwarze Reiter mit der Waage und das weiße Pferd, dessen Reiter mit dem Bogen siegt. Die beiden anderen Pferde, das fahle und das feuerrote, bringen Tod und Verderben über die Menschheit:

Und ich sah, und siehe, ein weißes Pferd. Und der darauf saß, hatte einen Bogen; und ihm ward gegeben eine Krone, und er zog aus sieghaft, und dass er siegte. (Offenbarung 6,2)

Und es ging heraus ein anderes Pferd, das war rot. Und dem, der daraufsaß, ward gegeben, den Frieden zu nehmen von der Erde und dass sie sich untereinander erwürgten; und ward ihm ein großes Schwert gegeben. (Offenbarung 6,4)

Und ich sah, und siehe, ein schwarzes Pferd. Und der daraufsaß, hatte eine Waage in seiner Hand. (Offenbarung 6,5)

Und ich sah, und siehe, ein fahles Pferd. Und der daraufsaß, des Name hieß Tod, und die Hölle folgte ihm nach. Und ihnen ward Macht gegeben, zu töten das vierte Teil auf der Erde mit dem Schwert und Hunger und mit dem Tod und durch die Tiere auf Erden. (Offenbarung 6,8)

Die Lepra als Geißel des Mittelalters gewinnt erst in späteren Jahrhunderten an Schrecken, als überall Spitäler entstanden und Erkrankte zeremoniell der Gesellschaft entrissen wurden. Für das 11. Jahrhundert werden solche Dramen nicht berichtet, wohl aber die zunehmende Aufbewahrung in isolierenden Häusern. Aussätzige, die sich der Isolation entzogen, wurden immer härter bestraft – dass Lazarus (wie man Aussätzige in Anlehnung an den von Jesus Geheilten auch nannte) mit seinen Leuten außerhalb der Gesellschaft und eigenverantwortlich lebte, war fünfzig Jahre später schon undenkbar.

Für den mittelalterlichen Menschen war nicht die Ansteckung die große Gefahr des Aussatzes, sondern die Tatsache, dass Gott den Erkrankten für dessen Wolllust geschlagen hatte und man ihm das ansah. Die ansteckende Sünde auch als überaus hässliches Bild der körperlichen Verwüstung säte weitaus größere Angst als das medizinische Problem.

Das 11. Jahrhundert war für Südschottland sprachlich eine Wendezeit – zum Teil setzte sich das Angelsächsische durch, zum Teil wurde noch Gälisch gesprochen.

Da die gälischen Namen für unser Ohr nur schwer eingängig sind, habe ich mich entschieden, Orts- und Personennamen nicht in der Originalvariante zu verwenden.

Ein dickes Dankeschön an meine Freundinnen Fanny Franzen, Tanja Wedemeyer und Sigrun Zühlke, die ordnenden Hände in meinem Leben, Tatjana Brandes für ihre liebevolle Sorge für Odin und an Barbara Schnabel für ihre unzähligen E-Mails in den hohen Norden. Und an Yvonne Eberling für die Nutella-Rettung aus den USA auf den letzten Metern vorm Ziel.

Ég þakka Jens Einarsson fyrir nýju heimkynnin mín. Kærar þakkir til Gretchen (Krítar) frá Hlemmiskeiði sem er mér alltaf nærri þegar fer að dimma. Að lokum þakka ég Björg Einarsdóttir fyrir áhrifamiklu myndirnar sem hún sá fyrir mig.

Vielen Dank auch an Jörg Wiench für Hilfe in letzter Minute.

Mein ganz besonderer Dank gilt meiner Lektorin Petra Lingsminat, die auch unter Zeitdruck die Übersicht und ihr ganz besonderes Gespür für meine Texte bewahrt hat.